KB065919

SF는 공상하지 않는다

이 도서의 국립중앙도서관 출판예정도서목록(CIP)은 서지정보유통지원시스템 홈페이지(http://seoji.nl.go.kr)와
국가자료종합목록시스템(http://www.nl.go.kr/kolisnet)에서 이용하실 수 있습니다.
(CIP제어번호 : CIP2019001446)

SF는 공상하지 않는다

복도훈 SF 평론집

은행나무

| 차 례 |

3부 - 미래 없는 미래의 이야기들

4부 - 이 지상의 낯선 자들

들어가는 말

SF, 최초의 접촉

지구 — 대척행성 교류 보고서

분류: 문학

엔시블 발신: UN SF아카이브

엔시블 수신: 대척행성 문학아카이브

문서KLSF-2019

*2150년 **월 **일*

우리 은하 맞은편에 사는, 지구를 '창백한 푸른 별'로 부르길 좋아하는 대척행성인들이 우주선 편대를 끌고 지구에 도착한 지도 벌써 수년이 흘렀다('대척행성인'은 지구인처럼 두 발로 걷고, 지구인 평균 신장보다 머리 하나만큼이 더 크지만 몸무게는 삼분의 이 수준에 지나지 않으며, 우리와 똑같이 시를 쓰거

나 자동차를 몰고 컴퓨터를 취급하지만, 중력과 기후의 차이 때문에 저지대보다는 고지대를, 열대보다는 극지방에 머무르길 선호하는 외계인으로, 그들을 어떻게 명명해야 좋을지 몰라 지구인이 붙인 이름이었다). 특별한 종교는 없었으나 그들만의 독특하고도 비밀스러운 오컬티즘 문화 때문에 대척행성인들이 지구에 도착한 목적과 까닭에 대해서는 여전히 지구인들 사이에서 논의가 분분했다. 대척행성인들에 대한 지구인들의 까닭 없는 적의로 처음에는 몇 가지 크고 작은 불상사와 분쟁이 발생했지만, 이후 초정부 연방기구인 UN의 중재로 지구 단위의 대대적인 환영식이 거행되었다. 그러나 정작 대척행성인들은 지구인들처럼 요란법석을 떨지 않았다. 그것이 그들에 대한 지구인들의 호기심과 궁금증을 더욱 불러일으켰던 것은 사실이다. 대척행성인들은 두 세기 전, 지구인 작가 아서 클라크가 발표한 SF《유년기의 끝》(1953)에 나오는 '오버로드'라는 외계인들과 꽤 닮았지만, 정작 오버로드와 자신들은 무관하다고 말했다.

대척행성인들과의 교류에서 가장 무난하고 신속하다고 생각한 것으로 UN위원회가 고안한 것은 문화의 번역이었다. 대척행성인들은 번역을 가장 나중에 해야 할 행성 간 소통의 과제로 간주했지만, 지구인들의 설득에 결국 응하게 되었다. 그러나 시간이 지날수록 이 일은 여러 난관에 봉착하게 되었으며, 지금은 그들과의 갖가지 교류 가운데서도 가장 어려운 일이 되었다. 대척행성인들이 그 사실을 알고 있는지는 지금까지도 의문이다. 문제는 언어였다. 대척행성인들은 놀랍게도 단일 언어를 쓰고 있었다. 바벨탑 건설 이전의 단일한 언어라는 신화적 가상, 지구인들이 이후에 영어 또는 에스페란토어로 무던히도 실현하려고 노력하던 이 이념은, 대척행성인들의 도착으로 눈앞에서 다른 의미로 현실화되었다. 하지만 지구인에게 언어 현실은, 2150년 현재 시점에서 일반적으로 쓰이는 영어와 중국어 등을 제외하고서도 여전히 각

민족어들이 엄연히 존재하는 상태였다. 오래전 아메리카제국이 그저 땅덩어리만 큰 하나의 다민족국가로 기능과 힘이 축소되면서 영어는 세계어나 보편어로서의 기능을 상실하게 되었다.

대척행성인들이 지구에 도착해서 아직 우리에게도 그 메커니즘의 비밀이 거의 밝혀진 바 없는 행성 간 실시간 통번역기인 '엔시블'(대척행성인들이 '창백한 푸른 별'의 위대한 SF작가로 꼽은 어슐러 K. 르귄이 《어둠의 왼손》(1969) 등을 통해 상상한 바 있던, 행성 간 실시간 번역기를 기념하여 부른 명칭)을 통해 민족어와 국제어를 신속히 번역해서 쌍방 행성인 간의 부분적인 의사소통을 가능하게 한 것은 희대의 사건이었다. 물론 두 행성인 간의 번역은, 지구인 쪽에서 보기에도 낯설고 어색한 직역에 가까운 형태로 시작되었지만.

대척행성인들이 최근 지구인들의 문학 중에 가장 관심을 가진 것은 SF(Science Fiction) 장르였다. 그들은 무엇보다도 지구인이 오랫동안 상상해온 다른 행성, 다른 미래, 다른 우주, 다른 언어에 대한 문학적 상상에 대단한 호기심을 보였다. 그들이 보내온 지구인들이 쓴 SF를 읽은 소감 중 흥미로운 것들을 간추려 말하자면 이렇다. 지구인들이 말하는 '실재'나 '정신' '내면' 등의 어휘에 대해 대척행성인들은 흥미를 보이면서도 잘 이해할 수 없다는 등 분명한 견해차를 드러냈다. 우주의 암흑물질과 무(無)에 관한 발라드를 편집한 대척행성의 한 시인은 스타니스와프 렘의 SF인 《솔라리스》(1961)에는 대단한 흥미를 보이면서 이 작품을 대척행성어로 번역하겠다는 답신을 보내왔다. 철학이나 신학에서는 문제가 한층 복잡해졌다. 그들은 르네 데카르트의 《성찰》(1641)의 '방법적 회의'에 큰 관심을 보이면서도 방법적 회의의 중추인 '정신' 그리고 방법적 회의를 보증하는 '신'의 존재에 대해서는 매우 어리둥절해했다. 대척행성인들에게 정신은 자신들이 'C-신경섬유'라고 부르는 자극의 결과로, 지구인들에게는 육체의 감각적 반응의 부산물에 가까웠다. 그래서

그들은 심지어 신을 지구인들과는 다른 제3의 외계인으로 이해했다…….

계속하면, 대척행성인들에게 '현실'은 중력이라는 개념과는 아무런 연관이 없었으며, '추상'은 지구인들이 이해하고 있는 바와는 달리 오히려 현실에 가까운 개념이었다. 그들은 현재를 시간의 한 범주로 사고하는 지구인을 이해하면서도, 미래와 과거를 현재에서 잘라내는 지구인의 발상이나 특히 미래에 대한 상상이 과거에 대한 그것보다 풍부하지 못하다는 데는 아쉬움을 표했다. 물론 그들도 과거에 해당하는 시간의 범주에는 관심을 보였으나, 역사와 문학은 그들에게 미래에 대한 가상의 문서보관소(archive)에 가까웠다. 지구인들이 SF라고 부른 문학이 이에 그나마 근접했는데, 정작 지구 문학인 대부분에게 SF는 외계에서 침입한 낯선 문학 정도로 간주되었다. SF를 둘러싼 이러한 오해와 이해에 관한 데이터는 차고 넘친다. 그중에서 우리는…… 당시에 분단국가였던 한국의 한 문학평론가가 한 세기 훨씬 전인 2019년에 출간한 SF 평론집의 머리말로 작성한 자기 인터뷰 전문을 소개하고자 한다. 우리는 그의 인터뷰와 평론집 전문을 함께 대척행성의 문학아카이브로 전송한다…….[1]

*

SF는 다른 행성에서 온 문학인가……?

……아니면 쥘 베른이나 H. G. 웰스, 아서 코넌 도일의 어떤 작품들처럼 아동기나 청소년기에 읽는 (그러나 정말 읽어보았을까요?), 1970년대에 일본

1 이 부분은 리처드 로티의 〈정신을 가지지 않은 사람들〉(《철학 그리고 자연의 거울》, 박지수 옮김, 까치, 1998)의 SF적인 도입부에서 아이디어를 빌려온 것입니다.

어 번역의 중역으로 소개된 '아이디어회관' 식 축약본 '공상과학소설'? 과학적 상상력을 바탕으로 창작된 허구적 서사물? 감압우주복을 입고서 초광속 우주선을 타고 과거나 미래로 시간여행 할 줄 알면 모두 SF? 감압우주복을 입고서 초광속 우주선을 타지 않거나 시간여행을 하지 않으면? 현실의 재현과 동떨어진 무중력의 비현실적인 소설? 오컬트적인 팬덤이 즐기는 장르문학의 한 갈래? 대중소설? 현재의 연장으로서 미래에 대한 알레고리나 은유의 문학? 현실원칙보다 쾌락원칙을, 현실보다는 낮꿈을 우선시하는 환상문학의 한 갈래? '모든 건 다 외계인 때문'이라는 음모서사? 이 모든 것들을 인정한다손 치더라도 결국 '지금 여기'의 현실에 대한 알레고리? 글쎄요.

SF는 영국, 미국, 러시아 그리고 일본의 풍부한 문학적 사례가 증명하듯 리얼리즘 소설만큼이나 중요한 문학 장르입니다. 특히 SF는 리얼리즘 소설에서 대개 결핍된, 미래에 대한 상상력을 개방한다는 점에서 신화, 목가, 유토피아, 환상 등의 다채로운 하위문학 장르의 색다른 공기들과도 친숙합니다. 그래서 SF는 다른 미래, 다른 지식, 새로운 발견과 모험, 타자와의 만남, 대안적인 세계 등을 가능케 하는 소설 장르라고 할 수 있습니다.

SF에 관심을 갖게 된 계기는 무엇인가?

어쩌다가요. 중요한 일이 대부분 그렇듯이 모든 것은 우연에서 시작되었고 그 후에 필연이 되었죠. 2008년 봄에 우연히 청탁을 받아 이 책의 1부에 실린 복거일과 듀나의 SF에 대한 글을 쓰게 되었습니다. 그때서야 제가 드문드문 읽었던 이 작가들이 SF작가라는 생각을 비로소 하게 되었어요. 그리고 서둘러 국내외 SF를 찾아 읽었는데, 갈수록 SF에 더 많은 매력을 느끼게 되었습니다. 지금은 사정이 좀 나아졌지만, 제가 SF에 대한 글을 처음 쓸 때만 해도 SF는 이른바 본격문학 판에서는 문학으로 거의 취급되지 않았습니다. 그러나 그즈음 몇몇 젊은 작가들은 SF를 쓰기 시작했으며, 수업이나 강연에서 만난 젊은 문학도들은 이미 SF를 진지하게 받아들이고 있었습니다. 그래서 SF 장르에 비평적인 배팅을 하게 되었는데, 결국 한 권의 비평서로 나오기까지 무려 10년이나 걸리고 말았네요. 그사이 문학장에도 꽤 많은 변화가 있었습니다. 《SF는 공상하지 않는다》를 읽어보면 아시겠지만, 한국 SF에서 정말 여러 작가와 작품들이 출현했거든요.

SF에 대한 제 관심은 문학적인 동시에 정치적인 것입니다. 저는 서브프라임모기지 사태가 일어나고 이명박 정권이 집권한 2008년부터, 문재인 대통령이 집권하고 김정은 위원장과 트럼프 대통령이 악수한 2018년까지 이 책에 실린 글들을 썼습니다. 많은 것이 변했지만 변하지 않은 것이 제게는 더 중요했습니다. 그리고 그게 제 비평적 화두가 되었습니다. 바로 '미래'입니다. 전작 《묵시록의 네 기사》(2012)에서도 썼지만, 저는 '미래'라는 어휘에 대해 오랫동안 고민했습니다. 제가 SF에 대해 본격적인 관심을 갖고 글을 쓸 무렵에 가장 귀 따갑게 들었던 말이 '미래'일 겁니다. 그러나 그것은 결국 제게 '미래 없음'에 불과했습니다. SF가 대안적인 미래를 궁리하고 상상하는 문학이라는 것이 무엇보다 매력적이었습니다. 물론 실제 비평을 해보니, 아무래도 2010년대 한국의 SF는 아포칼립스적, 디스토피아적 상상력이 지배적이라는 생각이 듭니다. 현재의 가망 없는 연장으로서의 미래에 불가피하게 붙들려 있는 형국이라고나 할까요. 작가들이 미래 없는 미래를 비로소 인식했다는 점에서 정말 중요하지만, 아직은 이러한 인식의 자장 내부에 머물거나 어떤 경우 그것을 그저 반복하고 있다는 생각도 듭니다. 그러나 저는 진단할 뿐, 뭔가를 주문하지는 않습니다.

SF(Science Fiction)는 형용모순처럼 보인다. '과학'(Science)과 '허구'(Fiction)를 동시에 말하는 것이 가능한가?

SF를 읽다 보면, 수많은 과학적 사실이나 가설 등을 만나게 됩니다. 하드 SF라고 불리는 그렉 이건의 《쿼런틴》(1992)은 일정한 과학적 지식(양자역학)이 없다면 확실히 읽기 어렵습니다. 그렇다고 SF가 이공계 전공에 창작 수업을 듣는 이가 써야 하는 문학일까요? 그럴 수도 있지만, 꼭 그런 것은 아닙니다. 생각을 바꿔 SF를 읽으면서 과학을 진지하게 배운다고 생각하면 어떨까요. 예를 들면 '평행우주'나 '진화' 같은 개념들 말이죠. 저는 SF의 진지한 독자들이 그렇듯 SF의 과학을 하나의 인지적 가설로 보고 있습니다. 과학적으로 사실이냐, 거짓이냐, 검증된 가설이냐, 아니냐를 갖고 논쟁을 벌이는 일은 SF에서 '과학'을 이해하는 데 다소 소모적인 태도라고 생각합니다. 이 때문에 SF에 접근하는 것을 어렵다고 생각하는 분들도 있고요. 무엇보다 제가 그랬으니까요.

보통 메리 셸리의 《프랑켄슈타인》(1818)을 근대 과학소설의 선구로 간주합니다. 《프랑켄슈타인》의 서문(1818; 1831)에도 나오죠. 찰스 다윈의 할아버지였던 이래즈머즈 다윈의 실험과 그것의 토대가 된 갈바니즘(Galvanism)요. 갈바니즘은 이탈리아의 생리학자 갈바니의 실험에서 비롯된 이론입니다. 갈바니가 죽은 개구리 뒷다리에 칼을 대니 개구리가 경련을 일으켰으며, 그는 그 때문에 생체 전기가 동물 속에 있다고 믿었습니다. 만일 생체 전기가 과학적 사실로 밝혀진다면 죽은 사람도 되살려낼 수 있는 거죠. 오늘날 보기에는 터무니없이 우스운 실험이지만, 그것은 당시에 여러 가설과 실험을 낳은 과학(science)이었으며, 결국 《프랑켄슈타인》과 같은 완전히 상이하고 낯선 문학적 허구(fiction)를 탄생시켰습니다. 제 책 어딘가에도 썼지만, 과학소설은 미래를 재현한다기보다는 미래에 대한 가능한 관념을 일관되게 제시하려는 문학입니다. 또 과학소설에서 '과학'은 좁은 의미의 분과 학문에만 해당되지는 않습니다. '과학'은 사회학, 인류학 등 많은 학문들을 포함하는 일종의 '학(學)'이라고 할 수 있습니다.

SF는 오락소설인가? 진지한 사고실험인가?

둘 다였으면 합니다만, 제 바람과는 달리 모든 SF가 정치적이지는 않습니다. 제가 읽은 SF 상당수는 정치적 사고실험보다는 미지의 세계에 대한 모험 등 즐거움을 추구하고 있었습니다. 그렇지만 그 오락이 비정치적인가 하면 또 그렇지도 않습니다. SF의 오락적 성격은 다른 문학 장르에 비해 SF가 문학적 규약에서 자유롭다는 증거이기도 합니다. 가령 SF나 판타지 쪽에서는 리얼리즘 문학이 소망충족을 억압하는 장르처럼 보일 수도 있습니다. 물론 이때의 리얼리즘은 자신의 서사적 규칙밖에 요구할 줄 모르는 관습화된, '모든 게 리얼리즘이다'라고 말하는 리얼리즘을 뜻합니다.

오락적인 요소 때문인지는 몰라도 한국에서 SF는 여전히 '공상과학소설'로 번역됩니다. 이 책의 제목 'SF는 공상하지 않는다'는 '공상'에 오래 들러붙어 있는 내실 없거나 근거가 빈약한 상상이라는 낡은 의미를 도려내기 위해 다소 불가피하게 선택한 것입니다. 만일 SF를 공상과학소설로 번역하려면, '공상(imagination, fancy)'의 본래적인 의미를 되살려야 할 것입니다. 저는 문학에서는 근거 없고, 허황되며, 공허한 환상은 없다고 생각하는 편입니다. 근거 없고, 허황되며, 공허한 현실도 존재하는 마당에.(웃음) 물론 SF 역시 몇몇 문학적 코드나 서사적 관습에 묶여 있는 경우가 많습니다. 오락을 추구하기 위해 낡은 형식을 계속 차용할 뿐 장르적 갱신이 없는 경우가 많죠. 그런 점에서 제가 말한 '오락'은 양가적입니다.

한편으로 SF는 확실히 '제국주의' 경험이 있는 나라의 산물인 경우가 적지 않습니다. 미국, 영국, 일본, 러시아 등이 SF 강국이었거나 강국입니다. 저도 미지의 세계에 대한 호기심 어린 탐험을 그린 소설을 좋아하지만, 제가 좋아하는 쥘 베른, 그리고 미국의 몇몇 SF는 식민주의적이거나 인종주의적인 상상력을 가감 없이 드러냅니다. 그렇지만 또 아주 재밌거든요. 어떻게 해야 할까요? 제가 생각하는 SF의 정치성은 이러한 것들에 대한 비판적 탐구일 뿐만 아니라 그 안에서 행하는 각종의 소중한 사고실험을 추출하는 데 있습니다. 킴 스탠리 로빈슨의 뛰어난 대안(대체)역사소설인 《쌀과 소금의 시대》(2002)는 궁극적으로 '자본주의적 생산양식이 존재하지 않는' 역사를 어떻게 상상할 수 있을까와 관련이 있습니다. 《쌀과 소금의 시대》는 중세의 흑사병 이후 모든 유럽인들이 멸망했다면, 그래서 이른바 비서구권 사람들만 남았다면, 그들은 어떻게 종래의 의미와는 다른 역사를 만들어갈 것인가라는 가정에서 출발합니다. 일반적인 의미의 헤겔주의적인 역사관에 대한 비판이 이 작품에 있습니다. 비정치적인 작품으로 보이는 스타니스와프 렘의 SF 걸작 《솔라리스》는 타자성 또는 '이웃'의 문제를 정말 진지하게 취급합니다. 마지 피어시의 페미니즘 SF 《시간의 경계에 선 여자》(1976)는 어떻습니까. 미래의 유토피아인은 현재를 사는 주인공에게 접속해 경고합니다. 당신이 현재의 절망과 싸우지 않으면 유토피아의 미래는 사라진다고. 적(敵)에 의해 안전하지 못한 것은 과거(발터 벤야민)뿐만 아니라 미래이기도 합니다. 이러한 진지한 사고실험의 사례는 SF에서 무수히 많습니다.

SF는 장르문학인가, 문학 장르인가?

둘 다입니다. 이른바 본격문학과 장르문학이라는 이분법을 잠시 사용하자면, 서로가 서로를 실제로는 잘 모르면서도 잘 안다고 착각하는 데서 둘 간의 오해의 씨앗이 생기는 것은 아닐까 합니다. 조 홀드먼의 밀리터리 SF 《영원한 전쟁》(1974)에는 다음과 같은 장면이 나옵니다. 지구인과 외계 토오란 종족 사이의 1143년 동안의 전쟁 후, 겨우 첫 의사소통이 가능해졌을 때 서로가 주고받았던 말이 있습니다.

> 지구인: 왜 너는 그런 일을 시작했지?
>
> 토오란: 내가?

이쯤에서 누가 첫 싸움을 시작했을까는 의미 없게 됩니다. 지극히 단순한 의사소통의 부재에서 모든 비극이 눈덩이처럼 불어나기 시작한 거죠. 그 정도까지는 아니지만, 본격문학 쪽은 SF에 대해 단서를 달고 말하기 좋아합니다. '이 작품은 SF의 형식을 빌렸지만……' '이 작품은 단순한 SF가 아니다' 운운. 아니면 한국 문학에서 SF의 출현은 상업주의의 습격이다, 무중력 서사의 징후다, 이렇게 말합니다. 그러면서도 SF 소재인 침공, 습격 같은 어휘들을 본격문학 쪽에서 SF와 연관 지어 쓰고 있습니다. 반대로 SF 팬덤 중 일부는 본격문학에 대한 게토적인 원한과 뒤틀린 인정욕망에 사로잡혀 있습니다. 본격문학이 자기네 작품들을 '문학'으로 취급하지 않는다고 투덜대면서 정작 본격문학 쪽에서 SF적인 시도가 나오면 밥그릇 빼앗긴 것처럼 까다롭게 굴거든요. 서로가 서로를 마치 지구인이 토오란을 보듯, 토오란이 지구인을 보듯 합니다(사방에서 돌들이 날아오는 소리가 들립니다).

어쨌든 저는 본격문학 영역에서 활동해온 사람입니다. 아마 10년도 더 되었을 텐데, 소설가 김영하가 어디선가 본격문학도 장르문학의 어떤 부분 만큼이나 관습화되고 있다는 중요한 지적을 한 바 있습니다. 관습적으로 우울한 인물, 관습적으로 좁은 방과 같은 배경, 관습적으로 허무한 결말 등 본격문학 진영의 작품들에 수두룩하다고요. 본격문학과 장르문학, 이들은 어떻게 보면 서로에 대한 거울이 아닐까 싶습니다. 거울은 화장하거나 머리 빗을 때만 필요한 게 아닙니다. 각자를 잘 들여다봐야죠. 제가 이 두 진영의 중재자 노릇을 하려는 것은 아닙니다. 또 할 수도 없습니다. 사실 두 진영 모두로부터 오해를 사거나('SF가 오락이 아니라 문학이라고?') 무시당해온 게('SF를 모르면서 잘도 말한다!') 제 처지였습니다. 양다리를 걸치면 언젠가 다리가 찢어질 각오를 해야 합니다. 너무도 당연한 얘기이겠지만, SF는 장르문학일 뿐만 아니라 문학 장르다, 이게 제 생각입니다. 그렇다고 제가 편견과 원한 있는 사람만 만난 건 아닙니다. 제가 만난 젊은 문학인들뿐만 아니라 SF 팬덤 가운데 어떤 분들은 오픈 마인드였습니다. 2010년 즈음인가, 사당역 근처에 있었던 SF&판타지 도서관에 처음 갔을 때가 떠오르네요. 거기서 처음 뵌 어떤 분이 두리번거리던 제게 다가와 커피를 타 주시면서 도서관에 꽂혀 있는 무수한 SF와 장르문학의 현황을 소개해줬을 때, 정말, 은혜받는 기분이었어요.

한국 문학 독자들이 한국 SF에 대한 국내 첫 평론집이 될 《SF는 공상하지 않는다》를 지구인과 토오란족을 적과 동지가 아닌, 서로에 대해 진지한 타자로 만나도록 이끄는 조그만 가교로 간주하고 읽어주신다면 고맙겠습니다.

책의 의의와 목차에 대한 간략한 설명을 부탁드리고, 향후 계획과 소감을 말해달라.

《SF는 공상하지 않는다》는 한국 문학의 장에서 발표된 SF에 대한 국내 최초의 비평적 시도가 될 것이라 생각합니다(북한에서는 우리보다 먼저

SF 평론집이자 창작이론서가 출판되었습니다. 소설가이자 평론가인 황정상의《과학환상문학창작》이 출간된 것은 1993년이었습니다!). 2000년대 전후로 한국 소설은 기존의 문학 범주에 포섭되지 않았거나 바깥으로 밀려났던 다양한 문학적 장르의 시도와 확산을 꾀하고 있습니다. 과학소설과 아포칼립스, 판타지 등 한국 문학에서 그동안 장르문학으로 불려왔던 문학작품들이 자신의 목소리를 찾고 뛰어난 작품성으로 한국 문학의 영역을 폭넓고도 풍요롭게 만들고 있습니다. 물론 아직 많은 작품들이 나온 것은 아니며, 작품들의 수준 또한 돌올한 성취를 이뤘다고 확언하기에는 이릅니다. 그러나 SF와 아포칼립스의 등장은 그 자체로 문제적이며 고무적입니다. 그동안 한국 문학은 리얼리즘 서사에서 우수한 문학적 성취를 일구어왔으며, 그것은 확실히 '한국 문학의 보람'이라 할 만했습니다. 하지만 현실에 대한 재현과 해석의 측면에서 리얼리즘이 본의 아닌 규율과 법칙으로 다른 문학의 가능성에 억압적인 기제로 작용한 측면도 더러 없지는 않았습니다. 장르적인 혼효와 습합을 통한 소설미학의 갱신, 확대된 리얼리티로서의 환상의 세계에 대한 진지한 탐험, 현재의 연장 또는 단절로서의 미래에 대한 대안적인 상상력 등은 그동안 한국 문학에서 리얼리즘이 지닌 현실원칙의 강고한 규율에 얽매인 한낱 '낮꿈'과 같은 잔여물처럼 취급되었던 것입니다. 이 책이 한국 소설의 미학적 지평을 확대하는 데 조그만 기여를 할 수 있기를 바랍니다.

《SF는 공상하지 않는다》의 1부와 2부는 한국 SF 비평에 관한 비평, 작가론, 작품론 등을 묶은 것이며, 3부와 4부는 국내외 아포칼립스 소설이나 비평에 대한 글들을 묶은 것입니다. 책의 1부와 2부에서는 SF 장르에 대한 이해와 오해를 둘러싼 여러 비평들을 비판적으로 점검하고, 또 SF에 대한 제 나름의 유형화를 시도했습니다. 그리고 복거일, 듀나, 배명훈, 김보영, 박민규, 윤이형, 김희선, 백민석, 조하형 등의 SF와 1960년대 한국 SF의 돌연변이인 문윤성의 《완전사회》 그리고 북한의 SF(과학환상소설)를 읽었습니다. 3부와 4부에서는 정용준(《바벨》), 손홍규(《서울》), 최인석(《강철 무지개》)의 아포칼립스와 디스토피아 소설, 정유정의 재난소설(《28》), 장준환 감독의 「지구를 지켜라!」(2003), 한국 최초의 아포칼립스 소설인 김윤주의 〈재앙부조〉(1960)와 박문영의 《사마귀의 나라》(2014)를 읽었습니다. 그리고 J. G. 발라드, 필립 K. 딕, H. P. 러브크래프트의 SF를 다뤘습니다. 또 SF에 대한 제 생각의 이론적 근거가 되는 철학과 비평에 대해서도 언급했습니다.

이 책에는 실리지 않았지만 그동안 써온 좀비 아포칼립스 소설과 영화에 대한 글들과 외국 SF에 대해 쓴 글들이 조금 더 있습니다. 저는 앞으로 이 작업을 확대해나갈 예정입니다. 이번 평론집에서는 아무래도 본격문학 쪽에서 나온 SF에 많은 관심을 뒀지만, 좀 더 잠행해 장르문학 영역에서 지속적으로 생산되고 있는 SF에도 주목할 생각입니다. 저는 지난 10년 동안 SF에 대한 강의를 대학, 도서관, 대안연구공동체 등에서 해왔습니다. 기회가 주어진다면 앞으로도 계속할 예정입니다.

마지막으로, 10년 동안 쓴 원고를 다시 읽으면서 2019년에 SF 평론집을 출간한다는 사실에 잠시 흥분하기도 했습니다. 다른 무엇보다도 제게 2019년은 제가 처음으로 접한 SF이자 리들리 스콧 감독의 영화 「블레이드 러너」(1982; 1993)의 바로 그 우울하면서도 희망이 전혀 없지는 않은 시간적 배경이기 때문입니다.

*

책을 만들고 출간하는 데 여러 분들께서 도움을 주셨습니다. 우선 SF 문학 평론집이라는 타이틀만으로 흔쾌히 출간을 결정하신 은행나무출판사에 감사의 인사를 드립니다. 이 책의 기획과 편집을 맡아주었을 뿐 아니라 멋진 책 제목까지 제안해준 나의 고향 후배이자 문학 동료인 강건모 형, 함께 편집과 교정을 맡아준 은행나무출판사의 김서해 님, 멋진 표지를 만들어준 이승욱 님께 감사드립니다. 또 일일이 언급하기 힘들 정도로 글을 쓰고 책을 만들 때 격려와 도움을 주신 분들이 계십니다. 그분들께는 제 책으로 인사를 드리고자 합니다.

2019년 2월
복도훈

1부

과학소설, 새로운 리얼리즘

SF, 과학(Science)과 픽션(Fiction) 사이에서

SF 또는 본격문학의 신체강탈자?

화성 생명체가 19세기 말 지구의 최강대국인 대영제국의 한복판을 초토화시킨다는 스토리의 SF인 H. G. 웰스의 《우주전쟁》(1898). 이 소설은 지금 다시 읽어보면, 이후에 등장할 수많은 SF나 SF영화에서 외계인을 대하는 지구인의 관습적 반응 두 가지를 공식화해서 집약하는 SF가 아닐까 싶다. 칼 슈미트 식으로 말하면, 외계인은 지구인의 상상력 속에서 '친구'와 '적'으로 분할되며, 외계인에 대한 지구인의 태도는 환대와 적대로 양분된다. 《우주전쟁》만 하더라도 침략당한 이유도 도대체 모르는 지구인에게 화성 생명체란 당장 맞서 싸워야 할 적대적 존재로 그려진다.

냉전이 있기 한참 이전의 작품이지만, 2차 세계대전 후의 냉전시기와 동구권 해체라는 역사적 맥락과 다양한 해석을 통과하면서 《우주전쟁》은 핵과 같은 가공할 만한 무기로 인류가 전멸한다는 시나리오의 씨앗을 내포하는 SF로 다시 읽히는 측면이 있다. 오늘날의 관점에서 핵무기를 연상시키는 화성 생명체의 가공할 만한 무기들은 그에 상응하는 전 지구적 재앙을 상상하도록 만든다. 슈미트의 말을 빌리면, 핵무기는 그것이 머리 위로 떨어질 인간 '전체'를 전제한다. 핵 사용자는 그들 모두를 절멸시켜야만 한다. 여기에는 선택과 배제의 논리가 들어설 여지가 없다. 특별히 핵 버튼을 누르는 자 또는 핵 세례를 받을 인간이 잔인하거나 비도덕적이어서도 아니다. 핵을 사용하는 "그들은 상대방 인간들을 전체로서 범죄적이며 비인간적인 것으로, 즉 전체가 무가치하다고 선언하지 않으면 안 된다. 그렇게 하지 않으면 바로 그 자체가 범죄자요 비인간인 것이다. 가치와 무가치의 논리는 그 완전히 절멸적인 귀결을 전개시키며, 모든 생존할 가치가 없는 생명들을 절멸시키기에 이른다."[1] 그런데 마치 방금 읽은 구절은 가공할 만한 무기로 대영제국 영토의 인간을, 성별과 계급, 신분과 나이 고하를 막론하고 무차별적으로 공격하는 화성 생명체의 논리를 대변하는 것처럼 보인다. 그런데 만일 이 정도에 그쳤다면, 웰스의 《우주전쟁》이 오늘날 갖는 의의는 그만큼 퇴색되었을 것이다. 그렇다면 무엇이 더 있는가?

《우주전쟁》은 외계인을 대하는 단 하나의 태도를 지양하면서 외계인을 친구/적이라는 상상력으로 분할하고 그것들을 대표하는 각각의 존재를 별도로 그려낸 섬세한 SF다. 《우주전쟁》에서 작중인물들인 목사와 군인은 각각 외계인을 친구와 적으로 표상하는 임무를 떠맡고 있는 인물들이다. 목사는 화성 생명체를 지구인들의 타락과 죄악을 응징하기 위해 보내진 두려운 메시아적 존재로 여긴다. 반대로 군인은 화성 생명체를 인류에

1 칼 슈미트, 《파르티잔》, 김효전 옮김, 문학과지성사, 1998, 153쪽.

게 묵시록적 대재앙을 불러올 근본악의 화신으로 간주한다. 흥미로운 점은 친구/적이라는 분할이 근본적으로 상상력의 한 작용이라는 것이다. 슬라보예 지젝이 말했듯이, 적을 인식하는 일은 수행적인 과정이다. "적을 알아보기 위해서는 기존의 범주들 아래서의 개념적 포섭만으로는 충분치 않다. 그러기 위해서는 적의 논리적 형상을 '도식화'해야 하며, 증오와 투쟁의 적절한 대상이 되도록 적에게 손으로 만질 수 있을 정도로 구체적인 특성을 부여해야 한다."[2] 지구를 공격하고 지구인의 피를 빠는 SF 역사상 최초의 화성 생명체가 적으로 '도식화'되면서 끈적끈적한 연체동물의 형상을 갖추게 된 것도 이해할 만하다. 화성 생명체는 바로 우리에게 내재한 날것의 원초적 충동이 물질화된 것으로 이해할 수 있다. 화성 생명체는 그것이 침공하는 영국제국만큼이나 무차별적으로 공격적이다.

그런데 친구/적이라는 분할은 이제 《우주전쟁》이라는 작품을 넘어서 SF를 둘러싸고 기존의 문학 판과 평단이 내리는 각양각색의 반응에서 상이한 형태로 반복되고 있지 않은가. 비유하자면, SF가 기성 문학을 습격한다거나 또는 그 문학이 열렬히 환영해 마지않는 화성 생명체 역할을 한다는 것이다. 2000년대 장르문학의 부상에 대해 한국의 문학 비평은 이러한 SF적 침공과 적대, 또는 접속과 환대의 은유를 고스란히 반복하고 있다. 논쟁과 비판의 당사자들은 이쯤에서, 놀라운 발상을 담은 서준환의 소설 〈파란 비닐인형 외계인〉에서처럼, 자신이 외계인인지 지구인인지에 대해 곰곰이 한번 생각해볼 일이다. 이러한 상황은 《우주전쟁》 등의 SF(를 포함한 이른바 장르문학)에 대해 본격문학이 갖고 있는 오래된 선입견에

2 슬라보예 지젝, 《실재의 사막에 오신 것을 환영합니다》, 이현우·김희진 옮김, 자음과모음, 2011, 153~154쪽.

도, 그리고 SF 팬덤 등으로 상징되는 장르문학 집단이 동맥경화증에 걸린 본격문학의 문단 시스템에 대해 갖고 있는 모종의 반감에도 해당되지 않는가. 동시대 한국 문학에서 박민규, 윤이형, 조하형 등과 같은 이른바 본격문학 작가들이 선보인 SF(장르문학과 본격문학의 경계에 있는 슬립스트림 slipstream)에 대해 평론가들이 '침략'과 같은 어휘로 SF를 마치 본격문학을 호시탐탐 노리는 신체강탈자의 침입이나 외계인의 공습으로 비유하는 예는 흥미롭다. '침략'이나 '공습'처럼 낡았지만 강렬한 준군사적 어휘를 쓰지 않더라도, 박민규나 윤이형, 조하형 등의 작품을 SF가 아닌 알레고리나 신화라는 기존 문학 장르의 규칙 안에서 읽으려는 노력도 SF를 안드로메다 어디쯤에서 온 것으로 간주하는 지구인의 태도와 대동소이하다. 그 작품을 어떤 문학 장르로 규정하든 SF만 아니면 다 괜찮다는 듯이.

그러나 SF작가 듀나의 신랄한 표현처럼, 정작 SF는 별로 읽어본 적도 없으면서 복제양 돌리가 태어났다고 우려하거나 호들갑을 떠는 사람들이 삼류 SF적 상상력을 발휘하는 게 우리 시대의 진짜 모습이다. SF에 대한 본격문학 평단의 반응과 짝을 이루는 것이 SF 팬덤의 반응이라는 것도 흥미롭다. 그들 또한 박민규 등의 본격문학 작가가 SF, 판타지, 무협소설을 쓰는 문학적 움직임에 대해 자신들만의 고유한 문화적 게토를 침범당했다는 식으로 반응한다. 물론 더러는 적당한 호기심을 보이기도 하지만, 여전히 그 호기심의 양보다는 더 많은 적대감을 표출한다. 마치 SF는 SF를 오랫동안 쓰거나 읽어왔던 작가나 독자 클럽만이 알 수 있는 비밀스런 컬트 문화라는 듯이. 친구와 적으로 분할하는 상상력은 이처럼 작가 공동체를 포함한 문학 시스템과 그 바깥, 본격문학과 장르문학 등을 관통하면서 반복된다. 본격문학과 장르문학의 대립을 이른바 문단 시스템 안의 문학과 문단 시스템 밖의 문학으로 환원하는 일부 시도 또한 상대방을 각각 친구/적으로 분할하는 일을 반복할 뿐이다. 결국 우리는 가장 상상력이 풍부하다고 자타가 인정하는 공동체에서조차 친구/적이라는 분할의 상상에 내재한 고질적인 누습(陋習)과 마주하고 있는 셈이다.

SF를 본격문학에 대한 신체강탈의 침략으로 보는 반응만 있지는 않다. 접촉, 교섭, 접속을 즐겨 쓰면서 본격문학과 SF의 '최초의 접촉(first contact)'을 환영하고 장르문학을 옹호하는 비평가들도 더러 있다. 이때 SF는 그들에게 《우주전쟁》에서 화성 생명체를 보고 두려움에 떠는 목사가 열망하는 메시아까지는 아니더라도, 분명 기존 문학에 어떤 활로를 제공해줄 것이라는 진지한 믿음의 대상이 된다. 가령 "SF 자체가 풍부한 잠재력과 '문학적' 에너지를 지닌 장르"라는 확언은 외계인과 지구인의 접촉을 열렬히 환영하는 태도와 비슷한데, 이것은 나중에 다소간 지구인의 음모로 밝혀지기도 했다. SF의 "가능성들을 문학이 적극적으로 흡수해 들인다면, SF 장르는 문학의 가능성을 확장하고 심화하는 에너지원이 될 수 있다".[3] 당시 지구인 문학평론가의 글을 읽은 어느 대척행성인은 '흡수'와 '확장' '심화' '에너지원'처럼 지구인이 쓰는 어휘 목록이 마치 자원이 고갈된 지구가 자원이 풍부한 자신의 행성을 제대로 정복하기만 하면 다시 소생할 수 있다는 음험한 의도를 지닌 은유임을 재빨리 알아차렸다.

이 글은 다소 소박한 질문을 던지면서 출발한다. SF란 무엇인가. 친구와 적, 환대와 적대라는 상상과 개념의 은유더미로 덧칠해진 SF는 과연 어떤 종류의 문학인가. 상업주의 등의 가면을 쓰고 본격문학을 위협적으로 침탈하는 문학인가, 아니면 타성과 관습에 함몰되어 고사위기에 처한 본격문학에 필요한 자양분을 제공해줄 대안으로서의 문학인가. 그동

3 박진, 〈장르들과 접속하는 문학의 스펙트럼〉, 《창작과비평》, 2008년 여름호, 43쪽.

안 SF에 대한 논란은 많았지만, 정작 그것이 무엇이며, 그 용어를 구성하는 'science'와 'fiction' 각각의 개념에 대해, 그 두 개념이 교차하는 상호연관성에 대해 진지하게 질문을 던진 적은 드물었다. 이 글에서 나는 국내 SF의 부분적 성과물과 비평을 비판적으로 점검함으로써 SF에 대한 가설적인 시론(試論)의 하나를 정립해보려 한다.

SF (Science Fiction)

Science

먼저 SF의 두 구성 성분인 과학(science)과 허구(fiction)에 대한 정의를 각각 시도해보자. 나는 과학을 광의의 인지(cognition)로, 픽션을 '낯설게하기(estrangement)' '소격효과(verfremdungseffekt)'로 재해석하는 SF이론가 다르코 수빈(Darko Suvin, 1934~)의 유력한 논의를 일단 따라가보겠다.

수빈은 우선 실증적 의미의 과학적인 것 일반과 구별하기 위해 과학을 인지로 재정의한다. 그 이유는 과학을 자칫 사실과 진리에 대한 거짓이나 오류를 지적하는 일에만 몰두하는 실증주의로 오해하는 태도를 경계하는 한편으로, 이른바 과학적인 것으로 통칭되는 협의의 과학 개념을 돌파하기 위해서다. 여기서 인지는 '현실에 대한(of reality)' 정적(靜的)인 반영일 뿐 아니라, 반영된 '현실에 대해(on reality)' 창의적이며 역동적으로 접근하는 태도 모두를 포함한다. "과학소설은 어느 시대의 규범이든, 그 자신이 속한 시대를 포함하여, 이를 독특하고 바꿀 수 있는 것으로 보기 때문에 인지적 관점을 전제로 한다".[4]

물론 인지적 관점은 빅토르 시클롭스키가 시를 '이미지에 의한 사고'로

4 다르코 수빈, 〈낯설게하기와 인지〉, 문지혁·복도훈 옮김, 《자음과모음》, 2015년 겨울호, 315쪽.

정의 내리면서 언급한 '낯설게하기', 또는 브레히트가 자신의 작품 여기저기서 말한 '소격효과'를 요청한다. 시클롭스키의 '낯설게하기'의 핵심은 감성이 아닌 인지가 예술혁신의 근본적 방법이라는 것이다. 사물을 관습적인 방식으로 느끼고 이해하는 '인지의 자동화(automatization)'에 맞서 인지를 지연시키며, 인지의 시간을 연장하는 방법. '낯설게하기'와 비슷하게 브레히트의 '소격효과'는 대상이 무엇인지 인지하도록 하는 동시에 인지된 그것을 친숙하지 않게 보도록 만드는 행위다. 그럼에도 불구하고 '소격효과'와 '낯설게하기'라는 개념을 동원하는 것만으로 과학을 인지로 대체할 수는 없는 일이다. '낯설게하기'나 '소격효과'는 '날아다니는 양탄자'처럼 중력의 법칙을 비웃는 신화나 민담, 판타지에서도 얼마든지 만날 수 있기 때문이다. 그러나 신화, 민담, 판타지는 현실에 대한 '낯설게하기'의 문학적 구성 요소로 활용될 수 있지만, 반드시 인지적이지는 않다. 과학을 대체하는 인지 개념이 '날아다니는 양탄자'로 중력의 기초를 멋대로 무시하기란 쉽지 않다. 인지는 중력을 고려하면서 중력의 법칙에 맞서는 대안적인 (과학적) 상상력을 고안하는 방법이다.

① 과학적인 소설?

이러한 전제하에 우선, 과학소설로 번역되는 SF는 과학적인 소설(Scientific Fiction)인지에 대해 물을 필요가 있겠다. 《조립식 보리수나무》(2008)의 작가 조하형과 평론가 박진 사이에서 벌어진 논쟁[5]은, 조하형이 자신의 소설 《키메라의 아침》(2004)을 다룬 박진의 글에 의문을 제기하고 박진이 이에 응답

5 조하형, 〈몇 개의 주석들: 《키메라의 아침》에 관한〉, 《문학과사회》, 2008년 가을호; 박진, 〈장르문학에 대한 오해와 편견—그는 왜 《키메라의 아침》이 SF가 아니라고 주장하는가?〉, 《작가세계》, 2008년 겨울호.

하는 방식으로 단 한 번밖에 진행되지 못했지만, SF에 대한 이른바 본격문학의 수용과 정의를 둘러싼 혼란과 갈등을 집약하고 있다.

요약하면, 박진의 비평에 대한 조하형의 반박은 자신의 소설을 SF나 리보펑크 등과 같은 특정 문학 장르(또는 SF나 하위장르)로 귀속시키는 일이 텍스트에 대한 폭력이며, 해석의 난도질로 이어진다는 것이다. 가령 박진이 하드 SF나 리보펑크 등의 용어를 동원해가면서 조하형의《키메라의 아침》이 유전자조작의 성과가 가져올 수 있을 근(近)미래의 재앙을 형상화한다는 요지로 논평할 때, 조하형은 자신이 소설에 동원한 과학은 엄밀하게 검증된 과학이 아닌 유사과학일 뿐이며 따라서 SF로 규정되는 자신의 소설은 때론 판타지이기도 하다고 강변한다(확실히《키메라의 아침》에는 비(非)인지적 요소인 이카로스 신화 등이 활용되고 있다). 이러한 주장에 대해 박진은 조하형이 자신의 소설을 사이버펑크, SF에 귀속시키지 않았으면 하는 바람은 이해하지만 그의 반론은 문학의 외연을 넓히는 데 기여하기보다는 SF 등의 장르문학 일반에 대한 고질적인 선입견을 오히려 강화하고 있다고 말한다.

그렇지만 외관상 대치하고 있는 소설가와 평론가의 견해가 알게 모르게 전제하고 있는 사실이 하나 있다. 그것은 조하형의 소설이든 박진의 평론이든, SF를 부인하든 긍정하든, 작가가 쓰거나 옹호하는 문학이 현실, 나아가 기존의 문학 또는 리얼리즘적 재현 방식에 대한 '낯설게하기'라는 것만은 분명히 인지하고 있다는 것이다. 예컨대 이런 구절들을 보자.

> 다만, 세상은 그대로의 상태에서, 조금도 변하지 않으면서, 완전히 변해 있었다. 어느 날 갑자기, 똑같은 태양이지만 전혀 다른 태양이 떠오르고, 어느 날 갑자기, 똑같은 공기지만 전혀 다른 공기를 호흡하게 되고, 어느 날 갑자기,

똑같은 거리지만 전혀 다른 거리를 걷게 될 때, 인간은 어떻게 해야 하는가?[6]

그 자체로는 획기적이지 않은 과학 담론들이라도 SF적인 상상력과 결합하고 〈서사적〉 논리(스토리와 담화의 층위를 포괄하는) 속에서 구체화될 때, 우리 자신과 지금의 현실을 전혀 다른 각도에서 바라보게 하는 계기로 작용할 수 있다. 우리가 SF적인 〈바깥의 시선〉을 통해 인간 종이나 인간 문명을 조건화·상대화하고 스스로를 진화론적·생태적 시스템의 한 구성 요소로 바라보는 이질적인 경험을 할 수 있다면, 그 경험은 기존의 문학적이고 실존적인 인간 이해 방식(〈내부〉의 시선)과 구별되는 인식의 전환으로 이어질 수 있는 것이다.[7]

조하형의 '어느 날 갑자기' 다가온 '전혀 다른' 충격, 그리고 박진의 '전혀 다른 각도'나 '인식의 전환'을 통한 '이질적인 경험' 같은 용어들이 지칭하는 것이 바로 '낯설게하기'의 효과가 아닌가. 또한 조하형과 박진의 논쟁에 등장한 온갖 과학적 성과들, 시스템정보이론, 정보장이론, 유전자공학 등은 과학의 인지적 패러다임을 이루는 요소들이다. 따라서 개별 과학이론의 문학적 적용이나 옳고 그름에 대한 소설가와 평론가의 논쟁은 의미가 없지는 않지만, 두 과학적인 것을 둘러싼 입장의 상이함과 혼란에서 파생된 부수적인 사항들이다.

SF의 필수적인 방법의 하나로, 가정법의 실험을 통해 현실의 요소로부

6 조하형, 《조립식 보리수나무》, 문학과지성사, 2008, 36쪽. 앞으로 이 책을 인용할 경우 본문에 쪽수를 표시한다.

7 박진, 〈장르문학에 대한 오해와 편견〉, 《작가세계》, 2008년 겨울호, 341쪽.

터 미래를 일관되게 추출하는 '외삽(外插, extrapolation)'과 같은 개념이 일러주듯이, SF는 토머스 쿤이 패러다임이라고 불렀던, 지배적인 과학의 인식소를 알게 모르게 공유하고 전제한다. 예를 들면 예브게니 자먀찐의 디스토피아 SF인 《우리들》(1920)의 독재적인 '단일제국'은 1920년대의 신흥 산업국인 미국이 발명했으며, 서구의 발전된 산업을 뒤따라가고자 했던 레닌이 도입한 대량생산 체계, 즉 테일러주의의 무대인 공장이 논리적으로 연장된 형태다. 또 《우리들》 속에서 단일제국에 반대하면서 모반을 계획하는 벽 너머의 인간들이 주장한 영구혁명, 곧 엔트로피 법칙의 파괴를 통한 영구혁명의 논리는 무한수를 증명했던 로바체프스키의 혁신적인 수학적 성과에 빗대어 설명되고 있다. 여기서 테일러주의적 기술혁신과 로바체프스키의 무한수 개념, 그리고 엔트로피 법칙은 바로 《우리들》에 외삽된 당대의 과학적 성과이자 인지적 패러다임이다.

> 개미 크기의 인간이라면 옷을 입을 수는 있겠지만 표면 장력으로 인해서 옷을 벗을 수는 없을 것이다. 물방울 크기가 작아지는 데도 한계가 있으므로 샤워를 하는 것은 아예 불가능하다. 물방울 하나가 큰 바위 덩어리의 힘으로 내려칠 것이기 때문이다. 미세한 축소형의 인간은 젖은 몸을 타월로 닦으려 하다가는 타월에 영영 달라붙고 말 것이다. 정전기가 발생하기 때문이다. 그는 물을 부을 수도, 불을 켤 수도 없다(안정된 불길은 그 길이가 적어도 수밀리미터는 되기 때문이다). 그는 자신의 크기에 알맞은 책을 만들기 위하여 겉표지에 얇은 금박을 입힐 수는 있겠지만, 표면 장력 때문에 결코 책장을 넘길 수 없으리라.
>
> 인간의 기술과 행동은 자신의 크기에 꼭 맞게 조율되어 있다. 인간의 키가 지금의 2배로 커진다면 공중에서 떨어질 때의 운동 에너지는 16배 내지

32배로 증가하고 원래의 다리로는 늘어난 몸무게(8배나 된다)를 도저히 지탱할 수 없게 된다. 2미터를 훨씬 넘는 키였던 거인들은 젊은 시절에 죽거나 관절과 골격 이상으로 일찍 불구가 되었다. 인간의 키가 지금의 절반으로 줄어든다면 몽둥이를 휘둘러 큰 짐승을 잡을 만한 힘을 낼 수 없다(운동 에너지는 16배 내지 32배로 줄어들기 때문이다). 우리는 창과 화살에 그것을 움직일 만큼의 운동량을 가할 수 없고 원시적인 도구로 나무를 베거나 쪼갤 수도 없으며 곡괭이와 끌을 사용해서 광물을 캐낼 수도 없다. 이 모두가 인간의 역사 발달에 필요한 활동이었으므로, 인간 진화의 길은 인간의 체격이 비슷한 동물의 그것과 같을 수밖에 없으리라는 결론에 도달하게 된다. 여기에서 나는 우리가 그 모든 일을 행할 수 있는 그런 세계에서 살고 있다는 것을 주장하는 것이 아니다. 단지 나는 인간의 크기가 인간 활동을 제한하고 크게 보아서 인간의 진화를 규정했다는 점을 지적하고 있을 따름이다.[8]

SF의 한 문장을 인용하는 것보다 뛰어난 과학저술가의 문장을 인용해보는 것으로 SF에서 과학을 둘러싼 혼란스러운 문제를 풀어가보겠다. 일각에서 더러 SF생물학자로 부르기도 하는 스티븐 제이 굴드가 쓴 위의 문장들이 과학이라는 어휘가 물리학과 같은 협의의 과학 개념을 무시하지 않는 동시에 기존의 사고와 사물을 '인지적 낯설게하기(cognitive estrangement)'라는 충격요법으로 보도록 만드는 좋은 예가 아닐까 싶다. 호모 사피엔스가 지금보다 두 배 더 컸다면 장수나 종족보존이 어려웠을 터이고, 지금보다 두 배 더 작았다면 생겨나자마자 멸망당했을 것이라는 가설은 반드시 경험적 증명을 거치지 않더라도 과학적이다. 따라서 굴드

8 스티븐 제이 굴드, 《다윈 이후》, 홍욱희·홍동선 옮김, 사이언스북스, 2009, 256쪽

의 인용문의 바탕이 되는 과학적 가설이 혹여 누군가에게 다소간 당혹스럽게, 더러는 비현실적으로 인지되더라도, 그것은 여러 가설 중 하나일 뿐이지 반드시 현실적 검증을 통해 맞거나 틀리거나 할 것은 아니다. 동시에 이 과학적 가설은 우리에게 다른 인류의 진화론적 가능성에 대해 잠시 명상할 시간을 제공하며, 즐거운 인식을 낳도록 돕는다. 〈창세기〉, 그리스신화, 《산해경(山海經)》에 등장하는 거인들은 정말 신화의 소산이었을까. 그 당시의 신화는 혹시 과학은 아니었을까. 도대체 이 거인들은 모두 어디로 사라져버렸을까. 어째서 호모 사피엔스만 지금처럼 거인들이나 난쟁이들의 멸종을 뒤로하고 홀로 존재하게 되었던가.

인지적 즐거움과 명상은 SF에서 인지로서의 과학 개념이 주는 고유한 특권이다. 그러나 SF에 동원되는 (유사)과학 이론이나 개념 등의 정합성을 검토하는 작업은 자칫 SF에 대한 논의를 부지불식중에 미래에 대한 각종 예언의 대열에 동참시키는 쪽으로 흘러가게 하거나, 사실 여부와 타당성 검증이라는 지루한 실증주의 논쟁으로 빠뜨릴 위험성이 있다. 《우주전쟁》과 같은 SF는 지구인들에 대한 화성 생명체의 공격으로부터 가공할 핵전쟁이나 광선무기의 도래를 읽어내는 예언서가 아니라, 인류를 멸절시키는 기술, 또는 문명의 파괴적 가능성에 관한 사고실험에 가깝다.

또한 굴드의 인용문을 읽다 보면, 인류의 진화는 참으로 우연의 산물이라는 생각에 잠시 정신이 아득해지기도 한다. 판타지에서는 개미만 한 인간들이 무수히 등장하는 것이 얼마든지 허용되며, 인간보다 두 배 정도 키가 큰 거인족이 노인에서 아이에 이르는 세대와 집단으로 등장한다. 또한 톨킨의 《반지의 제왕》(1954)에 등장하는 호빗 난쟁이 종족이 그보다 두 배나 큰 인간과 동등한 힘을 발휘하는 장면도 어렵지 않게 만날 수 있다. 그러나 이러한 유사인간은 인류, 호모 사피엔스 종에 대한 근본적인 '낯설게하기'에 이르지는 못한다. 판타지문학에서 종종 만나는 극미인(極微人, homunculus)이나 거인족, 호빗 종족들은 잘해봐야 인류의 이형태(異形態)일 뿐이다. SF가 이른바 '공상'과학소설이 아닌 이유가 여기 있다. 일부 SF번역가들이 자신의 번역서 뒤에 싣는 대부분의 해설에서 SF가 공상과학소설이 아님을 계속해서 강조하는 일은 분명 일리 있다. 그러나 그러한 강조가 오히려 어떤 불안감을 부추길 때도 없지 않다. 굴드와 같은 방식으로 발상의 전환과 인지적 가설도 존중하지 않은 채 호빗과 거인, 극미인을 아무렇게나 동원하면서 자신이 읽고 쓰는 작품을 SF로 고집하는 행위, 또 SF를 공상과학소설로 명명하는 행위에 즉각적인 알레르기를 보이는 태도에는 어쩐지 나태하고 뻔뻔한 구석이 없지 않다. 그렇게 볼 때 SF는 공상과학소설이라는, 일역(日譯)이 주는 오욕 어린 명칭은 탈피했다손 치더라도, 또 다른 SF, 이른바 'Science Fantasy'를 명칭만 바꿔 뒤집어쓰는 격이 되는 것은 아닐까.

② 관상학과 골상학

최근에 '문학이란 무엇인가'라는 근본적 질문을 두고 프랑스 철학자 자크 랑시에르가 말한 '감각적인 것의 나눔', 또는 '감각'에 대한 논의를 경유한 문학에 대한 질문과 재정의 작업이 활발하다.[9] 종래에 감각은 그저 미학의 범주 아래에서 논의되어왔다. 그러나 랑시에르에 따르면, 감각은 단순히 미학이나 문학의 하위범주에서 논의할 법한 대상이 아니라, 기존의 예술적 배치를 재배치할 수 있는 능력, 다르게 느끼고 지각하는 능력의 쇄신과 새로운 나눔 가능성으로 재정의된다. 그래서 감각의 창안은 미학적

9 대표적인 예로는 진은영, 〈감각적인 것의 분배〉, 《창작과비평》, 2008년 겨울호.

인 동시에 정치적 과제가 된다. SF의 논의와 관련해 여기에서 말할 수 있는 것은 다르게 느끼고 지각하는 감각의 변혁만큼이나 감각능력의 쇠퇴 또는 마비 자체가 감각의 장 내부로 편입되는 역사적 변이(變異) 과정이다. 감각의 형질변환을 짚어야 하는 이유는 한국 문학의 영역 안팎으로 부상하는 SF가 과연 기존의 문학적 배치 안에 감각의 혁신, 감성혁명을 가져올 수 있느냐라는 문제와 어느 정도 연결되기 때문이다. 장르문학으로서의 SF는, 랑시에르 식으로 말해, 과연 감각의 혁신을 통한 언어적·문학적 초과(excess)를 성취하는 데 이바지할 것인가, 아니면 '새로운 낡음' 또는 시장 상업주의 형태로 스며들어 문학 시스템의 치안(police)을 더욱 공고하게 만들 것인가.

그러나 내 생각에 '감각적인 것의 나눔'은 문학에 대한 새로운 정의보다도 지각능력, 지각체계의 역사적 변화에 대한 문학적 탐구와 더욱 밀접한 관련이 있다. 더 정확히 말하면, 감각능력으로서의 미는 문학에서 재현이나 리얼리티, 나아가 문학적 리얼리즘에 대한 인지적 관점의 전환의 측면에서 바라봐야 한다. 여기서 백민석의 사이버펑크 소설인 《러셔》(2003)의 한 문단을 읽어보겠다. 주인공 모비와 메꽃은 미래도시의 재앙의 근원이 되는 가상사막의 호흡구체를 파괴하기 위한 타격점 데이터, 그리고 시 정부의 역습을 받을 경우 그로부터 멀리 달아날 수 있는 탈주선 데이터를 얻으러 각각 달 선생과 질을 찾아간다. 그런데 소설에서 달 선생과 질의 신체를 묘사하는 대목이 무척이나 인상적이다. 이후에 설명하겠지만, 그 묘사는 달 선생의 경우에는 관상학적이며, 질의 경우에는 골상학적이다. 《러셔》에서 "올드 마켓의 중독자"로 "시체나 다름"(88쪽)없는 달 선생을 묘사하는 대목을 먼저 읽어보도록 하자.

달 선생의 목소리는 끝도 없이 갈라지고 있었다. 성대가 얼마나 상했는지

> 말이 한 번에 끝나지 않고 여러 차례 짧게 끊어지며, 허밍처럼 울리고 있었다. 입술은 핏기가 전혀 없이 곤약처럼 희었고, 짓물러 있었다. 이빨은 없었다. 언뜻 비치는 잇몸은 시커멓게 죽은 채로 닳아가고 있었다. 궐련을 피울 때 쓰는 짧은 스트로를 착탈할 수 있는 작은 금속제 장치만이, 앞이빨이 있어야 할 자리에 끼워져 있었다. 눈의 흰자위는 실핏줄들이 터져 새빨갰고, 동자는 까맣게 죽은 빛을 냈다. 두 짝 다 인조 수정체였다. 코는 구멍만 나 있는 채 거의 흔적이 남아 있지 않았다. 거죽이 늘어져서 그런 건지 두개골이 삭아 쪼그라들어 그런 건지, 어쩜 이럴 수 있을까 싶게 얼굴 거죽 전체가 주름져 턱 쪽으로 흘러내리고 있었다. 덩치도 상당히 작아서 서보았자 그의 허리께밖엔 오지 않을 듯했다. 얼굴이며 손이며 할 것 없이 피부는 검누랬고 곰팡이가 슨 것 같은 상처들이 자리를 가리지 않고 곳곳에 나 있었다. 자리에서 일어나기는커녕, 당장 그 자리에 고꾸라져 시체가 될 것 같은 인상이었다.[10]

그저 산송장과도 같은 노인의 관상(觀相)에 대한 끈적끈적한 자연주의적 묘사로 치부해버리면 그만이겠지만, 《러셔》의 위 대목은 감각적인 것에 관한 랑시에르 식 논의가 활발한 지금 다시 읽어볼 때, 의외로 색다르고 신선하게 다가온다. 약물중독으로 감각이 완전히 마비된 달 선생의 신체는 인용된 묘사 속에서 서서히 해체되어간다. "거죽이 늘어져서 그런 건지 두개골이 삭아 쪼그라들어 그런 건지, 어쩜 이럴 수 있을까 싶게 얼굴 거죽 전체가 주름져 턱 쪽으로 흘러내리고 있었다"라는 문장은 단적으로 '얼굴의 몰락'에 대한 묘사를 통해서 '인간의 죽음'이라는 종말론적 테제마저 촉발시킨다.

10 백민석, 《러셔》, 문학동네, 2003, 87쪽. 앞으로 이 책을 인용할 경우 본문에 쪽수를 표시한다.

《러셔》에 등장하는 포스트휴먼은 그들의 신체가 인공보철장치를 끼우고 있기 때문에 포스트휴먼인 것은 아니다. 적어도 백민석의 소설을 기억하고 있는 독자라면, 그가 《목화밭 엽기전》(2000)과 같은 작품에서 행한, 인간신체가 해체되고 마비되어가는 과정에 대한 섬뜩한 탈승화(de-sublimation)의 묘사를 기억하고 있다면, 포스트휴먼의 감각은 호모 사피엔스에 초강력합금을 어색하게 덧씌운 것 같은 로봇이나 AI, 〈월드오브워크래프트〉의 캐릭터 언데드(undead)의 등장에서가 아니라, 바로 감각능력의 쇠퇴증상인 마비에서 찾아야 할지도 모른다. 보고 맛보고 듣고 냄새 맡고 만지는 등 오관이 모인 신체는 약물중독으로 인해 완벽히 마비된다. 신체는 더 이상 마음이나 정신을 담고 있는 '깊이'로 이해되지 않으며, '까맣게 죽은 빛'을 내는 '동자'라는 표현이 그렇듯 순수한 '표면'으로 부상한다. 여기서 잠시 '감각적인 것의 나눔'과는 다른 각도로 감각을 정의할 필요가 있겠다.

수전 벅모스에 의하면, 미학의 어원인 "아이스테시스(Aisthēsis)는 지각의 감각적 경험"으로 정의된다. "미학의 본래영역은 예술이 아니라, 리얼리티 자체다. 리얼리티는 육체적이며 물질적인 특성이다. 미학은 예술에 대한 학문이 아니라, 육체에 관한 담론인 것이다. 그것은 맛보고, 만지고, 듣고, 보고, 냄새 맡으면서, 즉 모든 육체적인 감각기관을 통해서 획득된 인식 형태다. 살아 있는 것은 즐거움뿐 아니라, 고통을 느끼는 것이기도 하다. 그것은 존재의 선험적 조건이자, 문화와 역사의 전제조건이다."[11] 벅모스는 보들레르의 시와 기술복제시대의 예술에 대한 발터 벤야민의 논의를 재검토한다. 벅모스는 감각적 지각능력에 관한 학문인 미학(aesthetics)은, 근대기술이 인간신체에 가하는 '충격(shock)'을 흡수하는 능력이 점차로 떨어져감에 따라, 리얼리티를 차단하려는 마취학(anaesthetics)으로 변했다고 말한다. 그리하여 마비(마취)된 몸에 인공적인 쾌감을 부여한다는 점에서 약물복용과 중독과 같은 현상의 급증은 모더니티의 독특한 특질이 된다. "약물복용은 충격과 더불어 모더니티에서 특별한 것이다."[12] 마취는 약물에 의존적이다. 마비된 신체에 자극을 줘서 중단된 감각활동을 인위적으로 생산하지만, 신체에 인위적인 자극을 주는 방식은 결국 인공물에 신체가 기형적으로 의존하는 중독을 일으키게 마련이다. 신경에 일시적인 고통을 줘서 강한 쾌감을 부여하는 방식, 곧 고통을 통해 쾌감을 자극하고 쾌감을 위해 고통을 허락하는 중독의 딜레마는 아편을 복용한 보들레르에서 코카인을 자신에게 실험한 프로이트, 해시시를 애용한 벤야민에 이르는 시인과 정신분석가, 비평가 등에게 모더니티 특유의 딜레마로 다가오기도 했다. 여기서 중독이나 약물복용 등 신경을 자극하는 방식으로 인공적인 감각이나 지각을 인위적으로 창출한 결과인, 벤야민이 분석한 환등상(phantasmagoria)은 그 자체로 테크노미학이다.[13]

벅모스의 논의는 2000년대 한국 소설에서 감각으로서의 리얼리티의 변동에 대한 색다른 접근법을 제공한다. 백민석의 《러셔》에서 그렇듯이, 우리는 앞서 서술한 바 있는 자극과 마비에 대한 모더니티적 딜레마의 종착지에서 마비된 신체의 감관이 하나씩 녹아내리면서 남긴 것이라곤 신체의 거죽, 곧 표면뿐인 사물을 본다. 다음 장에서 우리는 발가벗은 뇌로 환원되는 호모 사피엔스의 최후를 만날 것이다.

11 수전 벅모스, 《꿈의 세계와 파국》, 윤일성 · 김주영 옮김, 경성대학교출판부, 2008, 132쪽. 해당 쪽 번역은 다음 글을 토대로 약간 수정했다. Susan Buck-Morss, "Aesthetics and Anaesthetics: Walter Benjamin's Artwork Essay Reconsidered", *October*: Vol. 62, Autumn, 1992, p. 6.

12 Susan Buck-Morss, "Aesthetics and Anaesthetics", p. 21.

13 Susan Buck-Morss, "Aesthetics and Anaesthetics", p. 22.

Fiction

'낯설게하기(fiction)'만으로 SF가 성립할 수 없듯이 '인지(cognition)'만으로도 SF는 성립되지 않는다. 모든 사실주의, 자연주의 문학 역시 인지에 충실하기 때문이다. SF에서 'fiction'은 사실주의나 자연주의 문학이 아닌 이른바 '낯설게하기'의 문학을 지칭하기 위해 여기서 잠시 도입된다. 따라서 SF가 사실주의, 자연주의 문학이 아니면서 '인지적 낯설게하기'의 문학이기 위해서는 전적인 허구로서의 'fiction' 개념이 도입되어야 한다. 그렇게 인지는 'fiction'이라는 허구적 가설을 통해 일차원이 아닌 다차원의 세계로 진입할 수 있게 된다. 그 세계는 현실이라기보다는 현실을 태동시키거나 현실이 되지 않을 잠재성의 모델에 가깝다.

그리하여 우리는 SF에 대한 잠정적이지만 유효한 정의들 중 하나를 드디어 얻게 된다. "인지와 유사한 개념어로 과학(science)을, 낯설게하기와 유사한 개념어로 픽션(fiction)을 택한다면, (넓은 의미에서) 나는 이 완전히 새로운 장르를 과학소설이라 부르는 것에 확고한 이유가 생긴다고 생각한다."[14] 그러나 science와 fiction의 관계는 여전히 서로에 대해 내속적(內屬的)이며, 변증법적이어야 한다. "과학소설이라는 장르의 필요충분조건은 낯설게하기와 인지의 존재 여부 및 상호작용이며, 이 장르의 주된 형식적 도구는 작가의 경험적 세계를 대체하는 상상력의 틀이다."[15] SF에 대한 이러한 정의는 우리가 다루는 것이 문학 언어의 현실이라면, 그것을 낯설게 바라보고 재고하도록 만드는 기존의 문학에 대한 대안적인 성찰까지 포함해야 한다는 것을 의미한다. 그런 맥락에서 보면 SF는 경험적 현실을 취급하는 문학, 보통 리얼리즘으로 부르는 문학 그 자체에 대한 '인지적 낯설게하기'의 요청이 될 수도 있지 않을까.[16]

조하형은 자신의 작품을 SF에 귀속시키기를 원하지 않았지만, 《조립식 보리수나무》에는 이른바 '사이언스 픽션'에 대한 흥미로운 정의가 있다. 놀랍게도 SF에 대한 조하형의 정의는 이 글에서 시도한 SF에 대한 개념적 정의를 강력하게 지지하는 발언으로 들린다. "사이언스 픽션" "그것은 이론적 설명 모델의 현상학적 기술도 아니었고, 계산적 예측 모델의 예언도 아니었다. 차라리, 재난을 처방하는 모델에 가까웠다. 그것은 '모델'이라기보다, 하나의 '세계' 그 자체였다: 탄소 기반 세계에 반하여, 그 자체의 실재성을 주장하는, 실리콘 기반 세계."(53쪽) '사이언스 픽션'은 '탄소 기반 세계'와 평행하는 실리콘 기반 세계이기도 하며, 실리콘 기반 세계로부터 추출된, 실리콘 기반 세계와 나란히 있는 하나의 평행우주이기도 하다. 《조립식 보리수나무》에서 미래는 현재의 논리적 연장이라기보다 현재에서 생

14 다르코 수빈, 〈낯설게하기와 인지〉, 324쪽. 수빈은 이 문장에 앞서 다음과 같은 조건을 내건다. SF는 "(1) 비문학(nonliterature)과 구분되어야 하고, (2) 경험주의적 주류문학과도 구분되어야 하며, (3) 판타지와 같은 비(非)인지적 낯설게하기와도 구분되어야 하는 데다가 이 바닥에서 이미 횡행하고 있는 언어의 혼란을 최소화하는 것이어야 한다."(같은 쪽) 때문에 이 구분이 다소 엄격하고 제한적으로 보이더라도 SF에 대한 장르적 변별력을 확보하는 일은 불가피하다. 그렇지만 SF를 본격문학에 대한 '무방비한 침략'으로 읽는 한 평론가가 수빈의 정의를 오독하는 것과는 다르게(강유정, 〈한국 소설의 새로운 문체, SF(Symptom Fiction)〉, 《작가세계》, 2008년 봄호, 특히 246쪽), SF에 대한 수빈의 정의는 모든 문학이 갖춰야 할 조건으로 결코 일반화될 수는 없다.

15 다르코 수빈, 〈낯설게하기와 인지〉, 316쪽.

16 물론 다르코 수빈처럼 과학(science)을 인지(cognition)로만 엄격하게 한정할 경우에는 인지적 요소와 비인지적 요소가 뒤섞인 무수히 많은 소설들을 과학소설이 아니라고 내쳐버릴 위험이 발생한다. 가령 수빈은 어디선가 그렉 베어의 《블러드 뮤직》(1985)을 판타지로 비난하는데, 이 글의 입장에서는 다소 가혹한 처사가 아닐 수 없겠다. 그렇게 본다면 조하형의 《키메라의 아침》도 비인지적인 이카로스 신화를 외삽했기 때문에 SF가 아니거나 판타지로 분류되고 만다. 따라서 칼 프리드먼은 수빈의 과학=인지 개념을 롤랑 바르트의 '현실 효과(reality effect)'를 빌려와 정정한다. 프리드먼에게 '인지'는 '인지 효과(cognition effect)'로 재정의된다. Carl Freedman, "Definitions", *Critical Theory and Science Fiction*, New England & Hanover: Wesleyan University Press, 2000, pp. 17~18. 이 글도 프리드먼의 수정된 견해를 따르고자 한다. 말인즉슨 개념은 엄격하게 정의하더라도 개념의 활용은 그보다 조금 유연해질 필요가 있다는 것이다.

성되었지만 미래가 될 수도, 되지 않을 수도 있었던 잠재적 모델이다. '예정된 미래를 바꿀 수 있는가'가 이 소설의 핵심적 질문인 것도 그 때문이다.

① 뇌(腦)의 사례—리얼리티에 대하여

나는 여기서 어떤 '사물'을 꼼꼼히 들여다보고자 한다. 그것은 뇌(腦)이다.

마음이나 정신, 영혼, 자아, 나를 성찰하는 일은 언제든지 가능하지만, 그런 일을 행하는 당사자가 뇌라는 사실은 잘 떠올리지 않게 마련이다. 도대체 '소용돌이 모양의 흰회색 젤라틴 덩어리'가 마음이나 자아를 성찰한다는 생각이 오히려 부자연스러울 뿐이다. 그럼 '나를 성찰하는 나' 대신, '뇌 속의 나를 성찰하는 내 바깥의 뇌'라고 해보면 어떨까. 간단히, 뇌를 성찰하는 뇌는 어떨까. 뇌는 뇌를 생각하는 내 안에 있나, 밖에 있나. 뇌를 생각하는 나는 뇌의 안에 있나, 밖에 있나. 뇌는 이렇게 사고의 대상이 되자마자 어떤 섬뜩함(uncanny)을 안겨준다. 뇌와 나/우리 사이에는 좌뇌와 우뇌를 나누는 고랑만큼이나 깊은 간극이 있다.

SF영화나 윌리엄 깁슨의 사이버펑크 소설인 《뉴로맨서》(1984)에는 컴퓨터 모니터에만 출몰하는 홀로그램 인간이 등장한다. 푸른 빛깔의 전해질 용액이 가득 차 있는 수족관 같은 실험용 생명유지 장치에 채워진 채 외부의 컴퓨터와 복잡하게 꼬인 선으로 연결된, 피부가 벗어지고 두개골이 드러난 날것의 뇌. 뇌의 조작으로 컴퓨터 모니터에서 비로소 얼굴과 팔다리를 갖춘 신체 전체가 환영의 홀로그램으로 등장한다.

여기서 데카르트를 떠올리는 것은 자연스러워 보인다. 데카르트의 《성찰》(1641)을 오랫동안 읽어오면서 늘 마음속에 품고 있던 생각과 이미지는 이런 것이었다. 《성찰》을 지탱하는 가장 강력한 철학적 명제의 하나는 신체 없이 사유 또는 영혼만으로도 인간은 존재할 수 있다는 참으로 대담한 주장이다. "나는 내 신체와는 실제로 다르고, 신체 없이 현존할 수 있다."[17] 데카르트는 도대체 어떤 꿈을 꾼 것일까. 더군다나 데카르트는 영혼이 두뇌의 송과선(松科腺)에 위치해 있다고 말함으로써 척수를 통해 뇌로 모여드는 신경 다발과 그것을 감싸는 피부, 뼈와 근육으로부터 영혼을 보호한 철학자이기도 하다. 지금까지 한 말을 SF 식으로 뒤집으면, 전체로서의 신체는 한낱 가상, 오직 컴퓨터 모니터에 홀로그램처럼 출몰할 뿐인 가상이라는 뜻이다. 어쩌면 데카르트는 오직 뇌만으로 이루어진 영혼-신체를 꿈꾼 것은 아니었을까. 그 자체만 놓고 볼 때, 영혼에 대한 데카르트의 사고는 그리 특별하지는 않다. 그러나 뇌 한가운데 어딘가에 영혼이 존재한다는 그의 가정은 다른 기관들의 도움 없이 오직 뇌만으로 자립 가능한 신체에 대한 열망과 짝을 이루면서 갑자기 섬뜩하게 다가온다. 《성찰》의 저자가 다른 신체기관 없이 오직 용액에 담겨진 채 존재하는 발가벗은 뇌라니!

흥미롭게도 백민석의 《러셔》, 박민규의 〈깊〉, 조하형의 《조립식 보리수나무》 등에서는 '뇌'에 대한 성찰이 관상학과 골상학, 생리학과 신경학에 바탕을 두고 진행되고 있다. 뇌에 대한 이 소설들의 성찰은 근본적으로 유물론적이다. 또한 그들 소설에서 뇌에 대한 성찰은 감각, 다시 말해 리얼리티를 느끼는 지각능력의 쇠퇴(마비) 또는 변화와 관련이 있다. 이번에는 모비의 여자 동료이자 테러리스트인 메꽃이 만난, 탈주선 데이터를 확보하고 있다고 간주되는 이식인간, "뒤통수로부터 길게 뻗어오른 송수신 안테나"(98쪽)를 달고 있는 '질'을 묘사하는 《러셔》의 한 대목을 읽어보자.

17 르네 데카르트, 《성찰》, 이현복 옮김, 문예출판사, 1997, 109쪽.

이식용 인간의 원래 뇌는 자율신경 쪽만 깨어 있는 채로 마취상태이고, 사용자의 뇌는 이 저택 어딘가에 있을 생명유지장치 속에 꼭지까지 잠겨 있을 것이었다. 충돌하면, 미친다. 보내는 쪽이나 받는 쪽이나 다. (…) 이식인간의 뺨이 짧게 일그러졌다. 표정이란 것은 이식인간에게도 있었다. 다만 근육의 움직임이 섬세하지 못해서, 마주 보고 있으면 기괴한 기분이 든다. (…) 기껏해야 꼭두각시 신체 하나를 없앨 수 있을 뿐이다. 질의 뇌는 어디 있을까. (…) 저 꼭두각시 젊은이의 뒤통수를 쪼개면 무엇이 나올까. 하긴 죽지 않은 게 아니라, 연장할 뿐이다. 언제 뇌끼리 충돌하지 모르고, 과부하가 걸려 신경이 터져버릴 수도 있고, 사용자의 뇌를 담고 있는 생명유지장치가 차게 식어버릴지도 모른다. 게다가 아무리 전해질 용액이 좋더라도 사용자의 그 발가벗은 뇌는 녹게 마련이었다. 희퍼렇게 삭아가게 마련이었다. 오 년쯤 육 년쯤 삭지 않고 견디면 잘 견딘 것이다. 그다음은? 질펀한 푸딩처럼 된다.(99~100쪽)

마취되어 자율신경만 남은 채 기능이 정지된 뇌가 있으며, 그 뇌의 맞은편 어딘가 전해질 용액 속에 푹 담겨져 있는 뇌가 있다. 하나의 뇌와 다른 뇌가 있고, 마취와 감각이 호환된다. 뇌로 축소된 신체가 있는가 하면, 뇌 기능이 정지한 꼭두각시 신체가 있다. 그러나 두 개의 뇌는 '충돌하면 미친다'. 표정이 있더라도 '근육의 움직임이 섬세하지 못해서' '기괴'해 보이는 이식용 인간 '창아'의 육체를 빌려 생존하는 이식인간 질은 오직 두뇌만 남아 있는 기괴한 생명체다. 언제 '질펀한 푸딩처럼' 변할지 도무지 기약할 수 없는 발가벗은 뇌이지만. 그런데 인용문에서 묘사하는 질은 한 사람인가, 두 사람인가. 이식용 인간 '창아'는 과연 살아 있는 인간일까, 죽은 인간일까. 발가벗은 뇌만 남은 질은 인간이라고 부를 수 있을까. 도대체 신체와 정신이 대응한다는 인간이란 과연 어떤 존재인가. 백민석의 《러셔》가 과격하게 해체한 인간의 잔해 다음에 남은 것은 주인공이 마침내 그 일부분으로 흡수된 '초월의 나무'인 네트워크 시스템뿐이다. 이 글의 맥락에서 볼 때, 조하형의 소설은 《러셔》의 바로 이 네트워크 시스템을 문제 삼는 데서 시작한다 할 수 있겠다.

조하형의 소설에서도 뇌가 중요하게 취급된다. 먼저, 조하형의 언어로 재현되는 현실은 재난방지 시스템의 모니터에 재난의 현장과 결과가 실시간으로 모니터링되는 것처럼, 테크노문화의 이미지, 복제 샘플링, 데이터의 브리콜라주적 연장에 가깝다고 말해보자. 그 세계는 윌리엄 깁슨의 SF 《뉴로맨서》의 유명한 첫 문장, '항구의 하늘색은 방송 끝난 텔레비전 화면 색이었다'로 묘사되는 테크노도시 스프롤의 한 풍경처럼, 일종의 낯선 '추상적 보편성'의 세계이다. 《조립식 보리수나무》의 문장을 직접 읽어보면 이렇다.

> 여자는 어느 순간, 마카오 야경 홀로그램 속으로 들어갔다. 일정한 간격으로 시공간에 광원(光圓)을 새기는 투영기들. 다국적기업들의 유리숲에서 고대의 새처럼 날아오르는 네온 문자. 어둠의 회랑 속에서 천천히, 포르투칼풍 건물과 중국풍 건물들이 뒤섞인 채 떠오른다. 무한의 소실점을 향해 마주 보고 달리는, 바로크와 네오고딕과 포스트모던 발광체들. (…) 팔뚝에 돋을새김된 혈관과 가느다란 손가락의 잔주름, 돌멩이를 일렬로 세워놓은 것 같은 등뼈와 윤곽이 고스란히 드러난 갈비뼈, 빈약한 엉덩이에서 앙상한 겨울나무처럼 뻗어 나온 두 그루의 다리…… 여자는 사람의 형상을 한 그 폐허에서, 홀로그램적 리얼리티만을 느낄 수 있었다.(72쪽)

이 낯선 문장들에는 리얼리티가 있는가. 만일 리얼리티가 있다면 그 속성은 무엇인가. 작가가 '홀로그램적 리얼리티'로 명명한 그것은, 현실을 걸러낸, 재난방지 시스템 모니터로 본 추상의 세계다. 한편 그 세계는 불과 모래비의 가공할 만한 재난이 한반도 전체를 강타한다는 시나리오를 전제한다는 데서 보편의 세계, 도합 '추상적 보편성'으로 이름붙일 만한 세계다. 조하형 소설의 주인공들에게 현실과의 직접적인 접촉은 매우 드물게 일어나는데, 때문에 소설의 언어는 현실에 필사적인 충격을 주려는 테러행위처럼 과격해지며, 과격해지면 과격해질수록 그 언어는 더욱더 추상적이 되어간다. 그렇다면 이러한 추상은 한낱 리얼리티에 미달하는, 덜 여문 구체성에 불과할까. 이 추상 고유의 리얼리티는 과연 없는 것일까. 우리는 《조립식 보리수나무》의 작중인물들이 외계가 소원해지며 자주 겪는 증상, 두통을 거쳐 안면마비로 이어지는 감각의 총체적 마비를 눈여겨봐야 한다.

> 신경-몸: 얼굴에 있는 전용 감각 기관들, 눈·코·귀·입의 감각들이 약해지고, 피부나 근육, 관절의 고유 감각 역시 둔화되어갔다; 외계(外界)가 흐려지고 있었다. 반면에, 공복감이나 구역질, 요의 따위를 느끼는 내장 감각은 과장되기 시작했다; 내계(內界)가 팽창하고 있었다.(137쪽)

> 과대망상적 대가리로 피가 몰리면서, 통증만 심해졌다. 대가리는 어느새 고체성을 상실한 채, 끊임없이 변하는 벡터장의 강도와 형태에 따라, 젤라틴처럼 뭉개지고 있었다. (…) 이제, 좌반구의 통증이 얼굴로 내려오는 걸 느끼기 시작했다. 올 것이 왔다. 이마에서부터, 눈과 코와 입술의 순서로, 뜨거운 인두를 쑤셔 박는 느낌이 엄습했다. 얼굴 왼쪽 절반이, 점액질의 액체로 변해, 가상의 인두 근처에서 뒤엉키는 감각이 이어졌다. 이윽고, 젤리처럼 흘러내리던 얼굴

이 뭉개진 채로 얼어붙는다: 안면마비. (…) 편두통 특유의 환영; 관자놀이 부위의 피부가 찢겨 펄럭거리고, 그 안에서 튀어나온 신경이 용수철 형태로 꼬인 채 덜렁거린다, 산소 원자들이 그 노출된 통증 신경에 충돌하며 불을 지른다……(153~154쪽)

젤리처럼 흘러내리는 얼굴, 젤라틴처럼 뭉개지는 뇌, 갈수록 흐려지는 외계감각과 안면마비 증상들. 바로 조하형 소설의 '홀로그램적 리얼리티'는 작중인물들의 안면경련이나 마비와 같은 육체적 증상과 나란히 하고 있다. 하나가 다른 하나를 증상으로 품는 것이다. 조하형의 소설에서 리얼리티는 리얼리티의 마비에 대한 광대한 현상학적 경험이다. 피부로 느껴지지 않는 추상적 공포의 세계에서는 보통 환각의 융단폭격이 매개 없이 행해지거나 "고통을 느끼지 못하는 고통"(346쪽)인 마비를 앓게 되는데, 조하형의 소설은 후자의 감각, 곧 감각불능의 감각이 월등하다. 그리고 감각불능 상태를 감지하려는 언어에서 발생하는 추상은 비현실적인 것이 아닌, 현실에서 현실을 실감 있게 만드는 리얼리티가 마비될 때 돌출하는 낯섦의 감각이다. 이 낯섦, 현실로부터 물러나거나 현실이 압도적일 때 발생하는 추상의 생생함을 도대체 뭐라 불러야 좋을까.

SF에서 발생하곤 하는 이러한 추상에 대해 어떻게 이해하면 좋을까. 김영찬은 〈깊〉과 같은 박민규의 SF적 실험에 대해 이렇게 말한다. "현실을 삭제하고 미래의 가상공간으로 비약하는 그들 소설의 이면에 은밀하게 자리잡고 있는 것은, 어떻게든 현재적 삶의 중력을 벗어나거나 아니면 애써 외면하고 싶은 정치적 무의식이다."[18] 박민규의 SF는 짐작건대 그 발생론적

18 김영찬, 〈한국 소설의 장르문학적 상상력〉, 《문학수첩》, 2008년 가을호, 55쪽.

정황을 리얼리티나 현실의 문제에 대해 고민하는 노력을 포기하고 바로 무중력의 비상을 한다는 것이다. 탁월한 식견을 가진 비평가의 논평이라 더욱 당혹스럽다. 그러나 한국 문학에서 미래의 가상공간은 비현실이며 물질적 하부구조에 대한 성찰 없는 중력 이탈의 세계라는 식의 담론 역시 그저 반복되기만 하는 것은 아닌지 되묻고 싶다. 아니면, 이러한 관습적인 의심은 가령 SF와 같은 장르문학의 공세에는 문학이 상업주의와 결탁하는 시장이 그 배후에 자리 잡고 있을 거라는 혐의 두기로 곧잘 방향을 선회하기도 한다.[19] 말하자면, SF 등과 같은 장르문학의 습격에는 배후가 있으며, 그 배후는 시장이라는 것이다. 이것은 향후 있을 수 있는 모든 책임을 문학이 아닌 시장 탓으로 돌리자는 발상이다. 원래 문학은 시장에 내다파는 물건 따위는 아니었다는 듯이.

그러나 나는 '시장이 배후'라는 삼류 음모론을 발휘하기보다는 《조립식 보리수나무》에서처럼 재난방지 시스템 모니터에 비친 불과 모래비의 재난 현상에서, 재난을 재생산하는 초국적기업(재난을 예고하고, 시행하고, 복구하고 다시 예고하고 시행하는 등 일련의 자본순환의 과정을 통해 막대한 잉여가치를 뽑아내는 시스템)이 어른거리는 원초적 장면을 찾아내는 것을 더욱 선호한다. 문학의 진화론적 변이가 우리의 기존 감각에 낯설고 당혹스러운 방식으로 일어날 때마다 시장의 공세니, 현실과 리얼리티의 부재니 등의 담론들이 고루하게 반복되는 사태를 어떻게 봐야 할까. 또 어떤 경우는 문학이 공상(fantasy)을 이야기할지언정 묘사의 수준에서도 사실주의의 기율은 엄격해야 한다고 강변한다.[20] 리얼리즘이 언제부터 밀도 있는 묘사라

19 서영인, 〈문학의 경계, 시장의 법칙〉, 《문학수첩》, 2008년 가을호, 34쪽.

20 백낙청, 〈문학이 무엇인지 다시 묻는 일〉, 《창작과비평》, 2008년 겨울호, 33~34쪽.

는 문학의 초급학년 수준에서 자신을 증명해야 하는 처지가 되어버린 것일까.

다시 현실에 미달하거나 벗어나려는 추상이라면, 과연 박민규의 〈깊〉은 만만치 않은 추상을 무대화한 소설이겠다. 이 소설에서 지금 우리가 살고 있는 현실적 고민의 뚜렷한 흔적을 찾아내기란 쉽지 않으며, 또 그래야 할 필요도 없다. 처음부터 〈깊〉의 서사는 전혀 다른 곳을 겨누고 있다. 이 작품은 무엇보다 두 개의 실험에 대한 소설이다. 첫째, 〈깊〉은 시뮬레이션의 현실적인 위력을 실감하게 만든다. 〈깊〉에서 압력시뮬레이션의 결과로 해체된 공(孔)의 신체와 사지가 마비된 채 눈을 뜨고 죽은 소피의 신체를 비교해보라. 공과 소피는 똑같은 시뮬레이션 실험을 거쳤지만 공은 신체와 피와 분비물로 완전 분해된 채, 소피는 신체는 온전하나 의식만 삭제된 채로 죽게 된다. 〈깊〉에서 시뮬레이션 실험의 결과는 현실에서의 실제 압력과 똑같이 작용하고 있었던 것이다.

둘째, 〈깊〉은 인간 종의 실험에 관한 소설이다. 과학자 얀의 주도면밀한 야심에 의해 진행되는 새로운 해저인 유터러스 탐사작업은, 소설을 잘 읽어보면 미끼나 구실에 불과한 것으로 드러난다. 얀과 그를 후원하는 총통의 진짜 관심은 오히려 탐사 과정 일체에 적응할 "새로운 종의 인간을 만들어가는 작업"[21]이다. 공과 소피 등을 비롯한 막대한 디퍼들의 희생을 감수하면서도 시뮬레이션 압력실험을 결코 멈추지 않는 이유도 그 때문이다. 그것은 또한 팽창을 멈추지 않는 인류의 속성이기도 한 것이어서, 디퍼 중 한 명인 크리스의 말처럼, 인간은 지구와 우주 그리고 인식이 미칠

21 박민규, 〈깊〉, 《문학동네》, 2006년 겨울호, 286쪽. 앞으로 이 소설을 인용할 경우 본문에 쪽수를 표시한다. 〈깊〉은 다음에 수록되어 있다. 박민규, 《더블》 side A, 창비, 2010.

수 있는 거의 모든 영역을 정복했지만, 단 하나에 대해서는 그러질 못했다. 바로 신체. "이제 남은 건 인류가 가진 가장 원초적인 물질, 즉 인체"다.(290쪽)

이쯤에서 질문해보자. 공의 해체된 신체라는 처참한 물질적 결과 앞에서도 〈깊〉에는 '체험적 현실'이 증발되었다고 말하는 것은 어떤 의미가 있을까. 〈깊〉은 중력으로부터 이탈하는 소설이 아닌, 오히려 육체와 실존을 한꺼번에 압박해오는 중력의 무시무시한 압력을 이야기하는 작품이 아닌가. 이 소설에서 실감나는 중력의 위력은 왜 중력으로부터 이탈하려는 정치적 무의식으로 읽혀야 할까. 이 '정치적 무의식'이라는 표현에 내재한 정치적 무의식은 무엇일까.

> 여긴 어디지?
>
> 눈 같은 것을 뜬 기분이었다. 그리고 샘케는 자신이 죽었다는 사실을 알 수 있었다. 눈앞을 부유하는 룸의 전체를 내려볼 수 있어서였다. 룸은 아주 일그러졌고, 그야말로 오렌지만한 크기로 줄어들어 있었다. 저 속에 자신의 육신이 있다는 생각을 하자 묘한 기분이 들었다. 자신은 룸을 떠났고, 룸은 결국 인류사의 가장 값비싼 육체를 응축한 관으로 전락해 있었다. 크리스? 그리고 샘케는 크리스를 느꼈다. 그래 나야. 무언에 대한 무언의 대답을 그녀는 들을 수 있었다. 늦었구나. 소피와 공도 함께 있음을 알 수 있었다. 어, 어떻게… 하고 샘케는 속삭였다. 이곳은 마음이고 우리는 마음이야. 공의 목소릴 들은 것은 처음이었다. 그런데 이상해, 왜 지구가 보이지? 드미트리가 중얼거렸다. 눈을 의심했지만 과연 모두는 눈앞의 지구를 볼 수 있었다. 아무것도 아닌 공간인 채 지구를 보고 있자니, 새로운 눈 같은 것이 다시금 열리는 기분이었다. 소

피가 속삭였다. 얀은 또 아이를 낳을 생각을 하고 있어. 그나저나 어쩌지? 드미트리가 중얼거렸다.

룸은 그만 데브리가 되었군.(302쪽)

유터러스 해연보다 더 깊은 곳으로 특수 제작된 룸을 타고 들어간 디퍼들이 고도의 압력으로 '데브리'(쓰레기)가 된 후, 불가사의하게도 육체는 죽고 의식만 깨어난 샘케가 오렌지만 한 크기로 줄어든 룸을 바라보는 〈깊〉의 마지막 장면은, 그렇다면 어떻게 해석하는 것이 좋을까. 신체를 이탈해 신체보다 정신이 우위라는 낡은 사실을 증명하기 위해 동원된 것일까. 소설의 결말에서 박민규의 의식, 신체에 대한 탐구는 신체에 대한 의식의 상대적 우위성이라는 전통 형이상학으로 되돌아가는 것인가. 그러나 소설의 마지막 장면은 자신이 자신의 시체를 바라보는, 죽은 자가 산 자를 바라보는 것과 같은 불가사의한 응시의 장면이다. 이 지구 안에 미지의 다른 지구가 있으며, 죽은 자가 산 자를 보게 되고, 가상의 미래에도 변하지 않을 인간욕망의 역설을 읽는 수사. 차라리 〈깊〉의 마지막 장면은 SF가 모순어법(oxymoron), 역설의 글쓰기임을 암시하는 자기지시적 문장들이 아닐까.

② 미래는 현재인가?

그러면 SF의 시공간인 미래는 현재의 연장일까, 아니면 현재와는 완전히 상이한 시공간의 모델일까. 그것은 현실로부터의 도피인가, 현실과의 급진적인 단절인가. 박민규나 조하형, 백민석 소설 속 미래의 시공간은 현재의 표현적 연장으로서의 미래일까. 그들의 소설 속 가상의 시공간은 현실의 리얼리티와 동떨어진 것인가.

박민규의 〈깊〉에서 나타나는 SF 기법의 차용을 들어 SF를 징후소설(Symptom Fiction)로 읽고 〈깊〉 등에서 재현된 다른 시공간으로의 여행이 결국 '이곳의 삶'에 대한 은유라고 주장하는 강유정의 입장[22]은 SF를 본격문학에 대한 '침략'으로 간주하고 기존 문학의 틀 내에서 중화시키려는 움직임의 전형적 예다. 그러나 은유는 상이한 두 사물의 차이를 무화시키는 동일성의 수사다. 흥미로운 일은 SF에 대한 배척이 현실, 또는 현재에 대한 옹호로 나타난다는 것이다. 마치 SF가 현실이나 현재와 무관한 어떤 형이상학이나 추상만을 다룬다는 듯이. 여기서 현재와 미래는 동일한 시간적 범주로 묶이게 되면서 그 차이가 삭제되고 만다.

한편 김형중은 조하형의 SF에 대한 거의 유일하면서도 탁월한 작가론에서 조하형의 소설들이 그려내는 악몽의 미래는 현재의 논리적 귀결이라고 말한다. 조하형의 소설에서, 미래는 현재다. "요컨대, 조하형의 소설 세계에서 미래는 미래가 아니다. 미래는 현재이고, 그런 의미에서 우리가 겪고 있거나, 겪은 바 있는 사태들의 논리적 귀결이다. 이 지점부터 조하형의 소설을 SF의 문법으로 읽는 것은 무의미해진다. 사실 작가의 욕심도 여기에 있는 것 같지는 않다. SF 형식은 다만 악몽의 배경을 마련하기 위해 도입되었을 뿐, 정작 작가가 집어든 화두는 다른 것이다."[23] '미래가 현재'라는 주장 자체는 옳지만, 추론 과정에 대해서는 좀 달리 생각해볼 법하다. 우선 방금 읽은 문장에는 형식(SF)/내용(재앙의 미래)의 이분법이 스며 있다. 그러나 어떤 문학 장르도 형식이나 소재만을 무상으로 임대하지는 않

22 강유정, 〈한국 소설의 새로운 문체, SF(Symptom Fiction)〉 참조.

23 김형중, 〈기어서 넘는 벌레, 상처를 긍정하는 몸: 조하형론〉, 《문학과사회》, 2008년 가을호, 315쪽.

는다.

《키메라의 아침》《조립식 보리수나무》와 같은 근(近)미래소설에서 재앙의 상상력이란 '만일 사태가 이대로 지속된다면?'이라는 가정법을 근본적으로 전제하고 있다. 디스토피아적 재난소설은 현실의 어떤 특성이나 경향 중 일부를 실험실의 인공적 실험을 통해 외삽한 다음, 그 상태의 생장점에 영양을 주입하고 촉진시킨 잠정적 결과를 가능한 미래로 자라나도록 만든다. 그런데 '결국 미래는 현재의 논리적 귀결이다'라는 문장에는 알튀세르가 비판한 바 있는 '기계적 인과성'의 개념이 고수되고 있다. 강유정 역시 '징후'라는 어휘를 쓰고 있지만, 실제로 SF 장르가 현실원칙을 재확인하고 있다는 그의 말은 김형중의 논의와 대동소이하다.

우리가 미래에 대해 많은 잘못을 저지른 것은 사실이다. 그렇기에 미래를 악몽의 현재와 등치시키는 일은 식민화된 현재에 대한 비판적 관점을 제공하기도 한다. 그럼에도 '미래는 현재'라는 등식은 현재의 기계적 연장으로 배치하는 지배 이데올로기를 결국 승인하는 일이기도 하다. 그것은 현재를 전지전능한 태도로 여기면서 현재와 미래를 변증법적으로 파악하기를 거부하는 것이다. 이해 못할 바도 아닌 것이, 이것은 통상 우리 시대 지성인들에게도 일반화된 반(反)유토피아적 입장이기 때문이다. 그러나 이렇게 달리 생각해보면 어떨까.

"그러한 입장들은 너무도 성공적으로 오늘날의 이데올로기적 '담론투쟁'의 장에 자리를 잡아, 대부분의 우리는 아마도 무의식적으로 이러한 반유토피아적 원리들과 체계의 영원성을 확신하고 있으며, 우리가 지금까지 확인했던 환상의 '현실원칙'을 만족시키고 설득하는 방식으로 다른 것을 상상하기에 결국 무능해진다."[24] 그러니까 SF와 같은 문학적 실험을 통해 현실을 재확인하는 원칙에서 더 나아가야 할 필요가 있다. 조하형의 소설에서 정말 읽어야 할 부분은 현재의 논리적 연관으로 추출된 미래가 아닌, 그 예정된 미래 속에서도 '부재하는 미래'다. 따라서 미래는 재현보다는 관념, 청사진보다는 부재원인(absent cause)으로 파악해야 한다. 미래를 현재의 연장으로 단정하기 전에 우리는 그러한 단정부터 의심해야 한다. 그런 맥락에서 약간 부담스러운 당위적인 어투만 아니라면 다음의 진술도 참조할 만하겠다. "현재의 전복으로서 미래, 그러니까 단순히 우리의 자본주의적 현재의 지속일 뿐인 예상가능하고 식민화된 미래와 급진적이고도 체계적으로 단절하는 미래."[25]

SF에서 창조된 다른 시공간과 유사인간은 비현실적이지 않으며, 가능한 여러 모델 중 우세한 쪽으로 선택된 모델이다. SF의 시공간과 캐릭터가 아무리 낯설게 느껴져도 그것은 철저히 현재의 생산양식, 그 생산양식의 과거 잔여물에 구속되어 있게 마련이다.[26] 호메로스가 키메라(Chimera)를 만들어냈을 때, 그는 완전히 낯선 것들이 아니라 사자의 머리, 염소의 몸뚱이, 뱀 꼬리 등등을 떼어내어 한 마리 동물을 창조했던 것이다. 마찬가지로 《우주전쟁》에 묘사된 화성 생명체는 그냥 보아도 문어나 오징어 같은 끈적끈적한 연체동물, 아무리 예쁘게 봐주더라도 고르곤 자매들에 가까운 형상이다. 그러나 이제 화성 생명체로 인해 지구인, 다른 나라들을 마구 식민지로 만들었지만 단 한 번도 식민지였던 적은 없던 대영제국의 신민들은 자신을 바깥의 위치에서 처음으로 낯설게 바라보게 된다.

24 Fredric Jameson, "The Future as Disruption", *Archaeologies of the Future: The Desire Called Utopia and Other Science Fictions*, London & New York: Verso, 2005, p. 231.

25 Fredric Jameson, "The Future as Disruption", *Archaeologies of the Future*, p. 228.

26 Fredric Jameson, "Introduction: Utopia Now", *Archaeologies of the Future*, xiii.

이 글에서 SF의 방법론으로 잠정적으로 내세운 '인지적 낯설게하기'의 가설은 인간 대신에 로봇을, 뇌 대신에 컴퓨터를 갖다 놓는다고 해서 저절로 증명되지 않는다. 복거일의 단편집 《애틋함의 로마》(2008)에서 일련의 AI가 등장하는 SF의 사고실험이 실패하는 대목은 로봇이 자신이 한때 인간이었음을 기억하는, 인간적 정체성에 대한 애틋한 향수를 느끼는 부분이다. 그렇지만 SF적 상상력은 이보다 더 나아갈 필요가 있겠다. 가령 생명연장, 이식과 관련된 복거일의 SF에서 정말 이야기해야 할 것은 인간은 이미 그 자신만의 고정된 정체성을 결코 가져본 적 없는 로봇, 또는 AI라는 진실이다. 박민규의 SF 〈굿모닝 존 웨인〉[27]에서처럼 불멸성에 대한 복거일 식의 염원을 인육식(人肉食)에 의존하는 끔찍한 계급관계 또는 생존주의의 산물로 폭로할 수도 있다. SF에서 '두뇌는 모니터에 불과'(조하형)하다고 말할 때, 컴퓨터의 모니터는 두뇌의 연장이 아니라, 두뇌가 이미 컴퓨터 모니터인 것이다. 이렇게 유물론적 탐구를 보여주는 일련의 SF의 성과를 일컬어 비현실적이거나 리얼하지 않다고 말한다면, 나는 리얼리티나 현실 개념을 양보하더라도 SF의 유물론을 포기하지는 않겠다.

우리는 보통 '컴퓨터는 생각하지 않는다'고 생각한다. 그러나 '컴퓨터가 생각하지 않는다'는 것을 우리가 어떻게 아는가. '컴퓨터는 사고하지 않는다는 생각'은 생각, 곧 의식이 아닌 환상이다. 나아가 현실에 대한 의식은 현실이 아니라, 현실을 현실로 존재하게 만드는 환상의 보충을 필요로 하는 의식이다. 현실은 환상을 보충하면서 '있는 그대로의' 현실을 구성한다. 컴퓨터가 재현해놓은 현실은 가상현실일 뿐, 살아 있는 현실이

27 박민규, 〈굿모닝 존 웨인〉, 《더블》 side A, 창비, 2010.

아니라는 생각도 마찬가지다. 우리가 현실, 리얼리티라고 부르는 것에는 두렵게도 근본적으로 인지되지 않고 남아 있는 무언가가 늘 있게 마련이다.

솔라리스, 또는 SF의 안과 밖

스타니스와프 렘의 SF 걸작인《솔라리스》에는 두 개의 태양이 밤낮으로 푸른빛과 붉은빛을 반사하는 신비스런 행성 솔라리스가 등장한다. 놀랍게도 이 행성은 백여 년에 걸친 오랜 연구 끝에 스스로 사고하는 물질로 밝혀진다. 가령 행성의 바다 해면체 같은 표면의 물질은 행성 근처에 다가서는 인간의 모습이나 생각의 실루엣을 변화무쌍한 바로크적 형상으로 모방한다. 주인공에게 가장 강렬한 추억을 남긴 여인은 오래전에 죽었지만, 솔라리스 행성 근처에서는 신비롭게도 되살아나 주인공 앞에 모습을 드러낸다. 단적으로 말해 '솔라리스'는 도무지 인지 불가능한 '타자'이며, 가까워질수록 더욱 정체불명이 되는 타자다. 도대체 솔라리스는 무엇인가. 그는 물질일까, 생명체일까. 친구일까, 적일까. 도대체 솔라리스는 무엇을 원하는가. 그가 바로크적 의태(mimoids)를 행하는 이유는 무엇인가. 그것은 미(美)에 대한 칸트적 정의처럼 목적 없는 합목적성의 표출일까, 아니면 어떤 간절하거나 위협적인 의도가 있는 것일까. 의태의 동작은 순전히 기계적인가, 아니면 내가 부인하고 싶어 했던 진실을 돌려받기를 원하는 제스처인가. 솔라리스 앞에서 나는 환각인가, 아니면 여전히 생각하는 실체인가. 솔라리스는 어떤 비유도, 어떤 표현도, 그에 관한 어떤 글쓰기도 결국 불가능한 대상이다.《솔라리스》에서 거의 폐허가 된 '솔라리스 도서관'이 상징하는 바는 단적으로 이것이다.

《솔라리스》에서 '사고하는 바다'의 행성 솔라리스에 대한 수많은 연구들은 백여 년이 훨씬 지나도록 답보상태였다. 솔라리스에 대한 온갖 가설과 추측, 논리와 해석, 반박과 재반박, (유사)과학적 탐구, 신비주의적 태도, 역사와 계보를 저장한 이 소설의 이른바 '솔라리스 도서관'은 아마도 '바벨의 도서관'(보르헤스)의 오마주일 것이다. 《솔라리스》는 바로 이 '글쓰기의 불가능성'에 대한 현대문학의 우울한 알레고리다. 그리고 '글쓰기의 불가능성'을 '불가능성의 글쓰기'로 실현한 작품이 바로 《솔라리스》이기도 하다. 이 글과 관련해서 《솔라리스》의 혁신적인 측면은 외계인을 친구와 적으로 분할하는 《우주전쟁》 이후의 상상력의 패러다임(냉전시기를 지배한 친구/적의 정치적 상상력까지 포함한 패러다임)을 근본적으로 뒤집은 작품이라는 데 있다. 동시대에 타자와의 조우라는 측면에서 이와 견줄 만한 작품으로는 이른바 야만인과 문명인의 사고가 구조적으로 동등함을 밝힌 레비스트로스의 《슬픈 열대》(1955), 《야생의 사고》(1962)와 같은 구조인류학의 성과들이 있다. 우리에게 이른바 '공상과학소설'처럼 친숙해 보이지만, 여전히 미지의 문학인 SF란 《솔라리스》의 주인공이 그토록 곤혹스러워한 행성 '솔라리스'와 같은 타자는 혹시 아니었을까.

마지막으로 물어야 할 것이 있다. 과연 SF는 장르문학인가, 문학 장르인가. SF는 2000년대 한국 문학에서 부상하는 '문화적 부상종(浮上種)'(레이먼드 윌리엄스)으로 간주할 만한가, 아니면, 브리콜뢰르(bricoleur, 손재주꾼) 앞에 우연히 놓인 건축 재료의 자투리처럼, 본격문학이 잠시 가져다가 이어붙이고 내버리게 될 '잠정적 용도'(레비스트로스)에 불과한 것인가. 선택은 본격문학이나 장르문학 진영이 아니라, 문학 또는 작가 공동체 모두가 할 일이다. SF는 장르문학일 뿐만 아니라, 장르문학이기도 한 문학 장르다. SF, 그것은 렘의 뛰어난 인공적 창조물 솔라리스처럼 문학의 바깥에서 왔지만, 또 문학이 처음부터 잉태하고 있었던 타자인 것이다.

—《문학들》, 2009년 가을호

SF와 계급투쟁

—박민규와 윤이형의 SF에 대하여

"실험 중단해. 저 행성에는……

…… 더 이상 희망이 없어." 장준환 감독의 SF영화 「지구를 지켜라!」(2003)의 마지막 장면에서 안드로메다 왕자는 결국 지구를 없애버리고 만다. 지금 다시 보아도 영화에서 이 장면은 매우 충격적일 뿐만 아니라 이해하기도 쉽지 않다. 영화의 후반부 반전에서 중소기업 유제화학의 사장 강만식은 안드로메다 왕자로, 나아가 인간 종을 창조한 데미우르고스임이 밝혀진다. 기업가는 실제로는 창조주였으며, 만식과 최후의 아마겟돈을 벌이던 노동자 이병구는 외계인 창조주의 실험 대상인 가엾은 피조물 가운데 하나였다.

예전에[1] 나는 「지구를 지켜라!」를 보면서 이러한 반전은 반전이 주는 충

1 복도훈, 《묵시록의 네 기사》, 자음과모음, 2012.

격에도 불구하고 자본(가)-노동(자)의 '적대'를 메리 셸리의 《프랑켄슈타인》에서처럼 창조주와 피조물 간의 '대립'으로 전치한 것으로 생각했다. 내게 적대에서 대립으로 가는 길은 해결할 수 없는 모순에 대한 상상적인 해결책을 손쉽게 제공하는 방법으로 보였다. 나는 이 영화가 지구(인)의 종말로 급작스럽게 비약한 것은 만식-병구의 아마겟돈, 곧 자본(가)-노동(자)의 적대적 긴장을 리셋(reset)으로 해소하는 감독의 작가적 비관주의의 표현으로 간주했다. 자본주의의 종말을 상상하기보다는 세계의 종말을 상상하는 게 더 쉬우며, 다들 쉬운 쪽을 선택하는 게 대세라고 탄식하면서. 그렇다고 내게 딱히 다른 해결책이 있었던 것도 아니었다.

그런데 다시 본 「지구를 지켜라!」의 마지막 장면은 그렇게 간단하게만 보이는 '최종 해결책'이 결코 아니었다. 안드로메다 왕자의 주권적 결단으로 지구를 폭파시키는 것은 한마디로 주권자가 인민을 없애버리는 것이다. 처음에는 말이 안 되는 장면이고 또 행위라고 생각했다. 인민 없는 주권자가 존재할 수 있을까. 노동(자) 없는 자본(가)이 존재할 수 있을까. 영화도 만식과 병구가 적대적인 만큼이나 서로에게 얼마나 불가결한 관계인지를 공들여 보여주지 않았나. 이 관계의 희극적인 사례로, 납치된 만식과 병구가 밀실에서 벌이는 싸움을 상기해보자. 목이 졸린 병구의 심장이 멈췄을 때 만식은 병구가 죽었다고 생각하고 욕을 퍼부으면서 그의 심장 부근을 짓밟지만 오히려 그 때문에 병구는 깨어난다. 카메라는 엑스레이처럼 병구의 멈춘 심장을 투시하며, 심장이 다시 박동하면서 병구가 깨어나는 것을 보여준다.

그런데 주권자가 인민을 리셋한다? 그럼에도 국가가 여전히 존재한다니. 자본가가 노동자를 리셋한다? 그럼에도 자본주의가 여전히 존재한다니. 시쳇말로 '공상과학'에서나 가능할 법한 상상이지만, 만일 SF의 이러한 상상이 우리의 현실에서 소름 끼치도록 실감 나는 것이라면? 인민 없는 리바이어던이 상상될 수 있을까. 국민 없는 국가, 인민 없는 정부가? 국가 없는 국민, 정부 없는 인민이? 어떠한 재난에도 속수무책인 박근혜 정부를 규정하기란 이제 어렵지도 않다. 대한민국은 재난 대처를 포함해 공공 업무 전반을 기업으로 아웃소싱 중이다. 국가는 재난 컨트롤타워가 아닙니다. 그러면 어디로 가란 말입니까. 알아서 하십시오. 국가는 재난 컨트롤타워가 아니라 재난을 재생산하는 각자도생(各自圖生), 공도동망(共倒同亡) 시스템이다. 국가는 바이러스에 대항하는 항체가 아니다. 국가는 항체가 바이러스가 되는 자가면역 시스템이다.

이러한 현실에서 자본이 고용과 해고를 삶과 죽음으로 주관하고, 인격화된 자본인 자본가가 생사여탈을 관장하는 신이 되는 상상은 허황된 상상이 아니다. 자본주의가 종교라는 담론은 베버와 벤야민이 일찌감치 말한 바 있으며, 기업가가 신이 된다는 발상은 필립 K. 딕의 SF에서 실감 나게 형상화되기도 했다. 만일 완전고용이 자본주의적 현실의 불가능한 유토피아라면, 실업이야말로 마르크스가 《자본》에서 가장 공들여 묘사한 날것의 현실, 곧 고용이 삶과, 해고가 죽음과 동의어가 되는 현실의 실체다. 「지구를 지켜라!」가 개봉된 지 10년도 더 넘었지만, 오늘날 자본(가)과 노동(자)의 적대가 어느 정도로 파괴적인 수준에 이른 것인가를 이 영화의 마지막 장면은 섬뜩하리만치 예고하고 있다.

SF 또는 추상의 리얼리즘?

「지구를 지켜라!」에서 자본가가 창조주가 된다는 급격한 비약은 일종의 추상의 비약이다. 그런데 내가 말하는 추상은 현실의 구체적인 실감에 도달하지 못하는 불완전한 지각이나 덜 여문 사유의 결과물이 아니다. 오히려 국가 체제와 자본의 시스템이 어떠한 은밀하고도 비공개적인 방식으로 구체적 현실에 개입하는지를 선명히 보여주는 하나의 방법이다. 그렇기에 우리는 개체는 물론이고 집단의 수준에서조차 도무지 파악할 수 없는 냉혹한 현실의 객관적 한계의 형태로서 추상을 이해할 필요가 있다.

우리는 오늘날 금융자본주의가 어떠한 방식으로 작동하는지를, 도대체 파생 금융상품이 무엇이고 그것이 자본의 리스크를 어떻게 관리하는 동시에 자본의 소액주주로 살아가는 개개인을 어떻게 나락으로 몰아넣을 수 있는지를 거의 파악할 수 없는 상태에서 자본의 냉혹한 '현실'을 그저 살아간다. 그런 만큼이나 개개인의 빚과 신용을 담보로 스스로를 유지하는 금융과두제의 실재는 '추상'적으로 파악될 뿐이다.[2] 라캉의 상징적 현실(reality)과 그것의 틈새/과잉인 실재(The Real)의 구분은 여기서 유용한데, 말하자면 우리는 두 현실, 즉 현실과 실재 사이에서 분열된 채 살아간다.

'현실'은 자본주의를 살아가는, 빚을 지고 대출이자 상환일이 주기적으로 다가오는 것을 매번 한숨을 쉬면서 걱정하는 행위의 파편화된 총계이다. 이에 비해 '추상'이란 그것을 가능하게 하는 현실 저 너머 또는 배후의 시스템, 곧 이러한 대출 만기일이 영원회귀처럼 계속될 것 같은 자본

2　루이 알튀세르는 〈크레모니니, 추상 화가〉라는 글에서 내가 이 글에서 강조하는 '추상'과 '추상의 리얼리즘'을 더욱 엄밀하게 정의하도록 만든다. 한마디로, 자본이라는 실재를 이미지로 그리는 것, 재현하는 것은 불가능하다. 그러나 그것이 실제로 작동하는 방식을 감추는 것(부재)을 상연하는 작업, 자본이라는 구조의 효과를 드러내는 작업은 가능할 수 있다. 알튀세르는 그것을 회화의 일반적인 '추상화'와는 다르게 '추상을 그리는 것'이라고 말한다. 루이 알튀세르, 〈크레모니니, 추상 화가〉, 《레닌과 철학》, 이진수 옮김, 백의, 1991, 242, 245쪽. 이 글에 대한 상세한 논평으로는 최정우, 〈미학으로 (재)생산되지 않는 미학〉, 진태원 엮음, 《알튀세르 효과》, 그린비, 2011, 207~212쪽 참조. 나는 이어서 자본이 스스로 말하는 공연의 방식으로 자본이라는 추상을 추상으로 보이게 만드는 방법이 SF적 낯설게하기와 유사할 뿐만 아니라 그것을 통해서 가능하다고 말할 것이다.

이라는 냉혹한 실재의 저 너머 또는 배후에 대한 상상을 닮게 된다. 실재는 그것을 적극적으로 지각하거나 상상하기 시작하자마자 '저 너머'에 대한 지각과 상상으로 미끄러지면서 '음모'로 표현된다(박민규의 〈코리언 스탠더즈〉에서 가축과 곡식을 죽이는 UFO는 그렇게 농촌을 총체적으로 황폐화하는 자본이었다). 실재는 언어의 상징계로 포착할 수 없는, 이른바 언어도단이다. 그러나 그것은 언어도단의 상황, 부재 자체를 표현할 언어를 찾아 끊임없이 헤매고 있으며, 그래서 신화와 같은 낡고 오래된, 죽은 언어를 소환하기도 한다. 오늘날의 금융자본주의 시스템의 작동 방식은 마치 호메로스의 《일리아스》에서 올림포스의 신들이 지나가는 개개인에게 벼락을 내리쳐 그를 불가항력적인 나락으로 이끄는 것을 닮았다.[3] 자신들의 행위와 사고, 꿈을 신들의 개입으로 간주하기 좋아했던 그리스인들로부터 한참이나 멀리 떨어진 우리는 우리의 행위와 사고, 꿈에 개입하는 세계의 정체를 불가사의한 것으로 간주하거나 막연하게나마 지각할 수 있을 뿐이다.

단도직입적으로 말해 자본주의적 현실의 실재, 폭력적인 추상은 그리스 신들의 이름을 가장하고 있을 것이다. 《일리아스》에서 헤라와 아테네, 제우스와 아폴론 등은 각각 그리스인들과 트로이인들을 도와주고 보호하는데, 그만큼 그들의 반대편에 서 있는 적들을 사정없이 내리치기도 한다. "신성한 날이 점점 자라나는 아침나절에는 양군의 창과 화살이 서로 상대방을 맞혀 백성들이 잇달아 쓰러졌다. 그러나 해가 중천에 이르자 아버지께서 황금 저울을 펼쳐 들고 접시에다 사람을 뻗게 하는 죽음의 운명을 두 개 올려놓으니 하나는 말을 길들이는 트로이인들의 것이고 하나는 청동 갑옷

3 슬라보예 지젝, 〈「더 와이어」, 이 아무 일 없는 시대에 해야 할 일〉, 《멈춰라, 생각하라》, 주성우 옮김, 와이즈베리, 2012, 171쪽.

을 입은 아카이아인들의 것이었다. 그가 저울대의 중간을 잡고 들어 올리자 아카이아인들의 운명의 날이 위에 내려앉았고 트로이인들의 그것은 넓은 하늘로 올라갔다. 그래서 그가 손수 이데산에서 크게 우레를 치며 아카이아 백성들 사이에 불타는 섬광을 보내자 그들은 이것을 보고 놀라 모두들 두려움에 파랗게 질렸다."(호메로스, 《일리아스》 8권, 66~77절) 《일리아스》의 이 구절들은 오늘날 월가의 주식시장 이야기로 바꿔 읽어도 손색이 없다. '아버지'(제우스)의 보이지 않는 손은 정보와 운이라고는 없는 주식투자가들의 '죽음의 운명'을 저울질한다. 그리고 그는 디지털 전광판에 나타나는 숫자로 "우레"를 쳐서 "두려움에 파랗게 질"린 투자가들을 돌이킬 수 없는 나락으로 떨어뜨린다.

《일리아스》에서 신들의 작동 방식 가운데 하나는 앞서 환기된 것처럼 높은 곳에서 지상을 응시하는 것으로, 영화의 촬영 기법인 부감 쇼트의 설정과 흡사하다. 다음 장면에서 신들은 독수리로 변해 지상에서 벌어지는 인간들의 피비린내 나는 전쟁을 내려다본다. "한편 아테네와 은궁(銀弓)의 아폴론은 둘 다 독수리의 모습을 하고 아이기스를 가진 아버지 제우스의 키 큰 참나무 위에 앉아 그들의 전사들을 보고 기뻐했다. 그리고 전사들의 대열들은 촘촘히 붙어 앉아 그들의 방패와 투구와 창을 곤두세우고 있었다. 마치 바다 위에 갓 일기 시작한 서풍의 잔물결이 퍼지고 그 밑에서 바다가 점점 검어지는 것처럼 꼭 그처럼 아카이아인들과 트로이인들의 대열들이 들판 위에 앉아 있었다."(호메로스, 《일리아스》 7권, 58~66절)

「지구를 지켜라!」의 잘 알려진 반전에서 강만식이 외계인으로 밝혀지는 순간에 영화는 만식과 그를 구출한 경찰 일당을 위에서 아래로 내려다보는 부감 쇼트를 활용한다. 불가해한 초월적인 응시가 영화에서 갑자기 출현하는 것이다. 나중에 자신이 파괴할 지구를 지구 바깥에서 응시하는 초월적인 것의 정체는 도대체 무엇일까. 그것이 비록 외계인이나 그리스 신들로 나타나더라도, 이때 외계인이나 그리스 신들은 그 자체로 실재가 아니라 실재를 환기하는, 실재에 대한 증거이자 흔적인 알레고리다. 그것은 자본이라는 실재에 대한 알레고리, 언어의 상징계로는 실재를 파악할 수 없음을 끊임없이 환기하는 기능을 하는 서사적 알레고리이다. 이 알레고리는 재현(represent)이라는 오래된 어휘를 버리지 않고도 자본을 재현하는 기능이자 장치로 활용 가능하다. 그렇다면 「지구를 지켜라!」의 부감 쇼트에 상응할 만한 문학적인 장치는 없을까.

계속해서 질문하자면 자본의 실재, 추상성을 재현하려는 미학적 시도를 실행해볼 만하지 않을까. 현실의 구체적인 디테일을 재현하는 리얼리즘뿐만 아니라 자본의 추상적 실재를 지각하고 상상하려는 '추상의 리얼리즘(realism of abstraction)'[4] 또한 가능하지 않을까. 자본의 실재를 무매개적으로 지각하고 상상한다는 것은 애초에 불가능하다. 그러나 자본을 직접 재현의 무대로 등장시켜 그것으로 하여금 스스로 말하도록 만드는 장치와 기법을 궁리하고 고안하는 것은 가능하다. 「지구를 지켜라!」와 같은 SF영화는, 거의 비슷한 방식으로 한 가족을 파국으로 몰아넣는 권력의 집행자들(시장, 판사, 경찰관 등등)을 보여주는 안드레이 즈비아긴체프의 「리바이어던」(2014)과 같은 리얼리즘 영화와 비교해볼 때 어떠한가. SF를 추상의 리얼리즘이 가능함을 보여주는 장르로 적극 활용할 수 있는 방법은 없을까. 노동자를 몰살할 뿐만 아니라 더는 노동력의 도움 없이도 이

4 '추상의 리얼리즘'은 마르크스가 《자본》 1권(1867)에서 일찌감치 예시한 것처럼 '신학적인 변덕으로 가득 찬' 상품으로 하여금 직접 말하게 하는('나는 상품입니다') 서사적 사고실험이자 장치로 이해할 수 있다. 슬라보예 지젝, 〈「더 와이어」, 이 아무 일 없는 시대에 해야 할 일〉, 185쪽. 이 글에서 방금 예시한 사례로는 《일리아스》를 금융자본주의를 재현하는 포스트모던 서사시로 다시 쓰는 것이다.

윤을 뽑아내는 무소불위의 신 자본(가)이 지배하는 현실을 SF가 재현할 수 있지 않을까. 자본을 재현하는 미학적 기법은 리얼리즘 소설의 그것을 답습하는 것보다는 SF와 같은 장르를 적극적으로 활용하는 데서 도출될 수 있지 않을까. 그런데 그러한 재현은 혹시 현실의 모순적인 차원을 불변하는 자연(신, 운명, 필연)으로 치환하고 현실을 패배주의적으로 승인하는 시도로 귀착되지 않을까. 그럼에도 불구하고 이 포스트모던한 쇠우리(iron cage)에서 하늘을 분노에 떨게 하는 '울새'의 외침을 들을 수도 있지 않을까(윌리엄 블레이크, 〈순수의 전조〉). 나는 이러한 질문을 유지하면서 박민규와 윤이형의 SF가 미래와 다른 행성 등으로 외삽된 자본의 현실을 살아가는 우리 시대의 개인과 공동체를 어떻게 재현하는지를 살펴보겠다. 또한 그렇게 재현된 개인과 공동체의 삶을 들여다봄으로써 자본의 실재가 어떠한 민낯으로 재현되었는지를 해석할 예정이다.

국가 없는 시장, 미래 없는 미래

최근 한국의 SF에서 미래의 배경으로 외삽되는 국가와 시장, 사회의 모습은 한마디로 말하면 다른 행성과 우주의 규모로까지 확대된 '사회 없는 국가' 또는 '국가 없는 시장'이라고 해도 무방하다. 국가가 무너지고 사회가 무방비가 되는 이런 식의 배경 설정은 SF에서 익숙하고 흔한 토포스라고 할 수 있다. 그러나 나는 SF의 이러한 배경을 다만 소설 도입부의 설정으로 이해하는 데 머물지 않고 그 속에서 살아가는 인간이나 유사인간의 삶과 공동체를 결정짓는 구조의 중핵으로 독해해야 한다고 생각한다. 나아가 SF가 다른 리얼리즘 소설과 다르게 인간보다 세계를 더욱 중요하게 간주하는지에 대한 나름의 이유도 된다고 본다. 미래 세계를 묘사하든, 유사인간을 등장시키든 SF도 결국 인간의 문학이 아니냐고 반박한다면, 나는 그것을 지구촌 문학의 케케묵은 음모로 고발할 용의가 있다. 달에서 지구를 보는 것도 분명히 인간이겠지만, 달에서 지구를 바라보는 것과 지구에서 달을 바라보는 것에는 좁히기 힘든 차이가 있다.

사회 없는 국가, 국가 없는 시장의 외삽은 박민규와 윤이형의 SF로 한정해보더라도 SF에서 배경이 얼마나 중요한지를 예시한다. 예를 들면 박민규의 〈로드킬〉에서 "아시아가 여러 개의 기업연합으로 편성"[5]되고 "선거는 사라진 지 오래"(201쪽)라는 말에서 짐작되는 것처럼 국가가 사라지고 대기업화된 아시아는 또한 "프롤레타리아를 대체할 로봇의 대량생산에 성공한 후" 양란(壤欄)과도 같은 "최대의 철거민 이주지역"(198쪽)을 관리하는 곳으로 설정되어 있다. 그리고 엄청난 속도로 셔틀들이 질주하는 고속도로가 두 세계를 일도양단하고 있다. 아시아, 곧 도로 이편에는 로드킬 당한 동물들의 별칭인 "물컹물컹"(194쪽)을 수거하는 로봇들이 있으며, 양란, 곧 도로 저편에는 목숨을 걸고서라도 셔틀을 피해 탈출을 감행하는 인간들이 있다. 인간조차도 임노동의 세계에서 "개쓰레기 막장들"(같은 쪽)로 배제된 〈로드킬〉의 세계는 한마디로 프롤레타리아 없이도 잘 돌아가기만 하는 자본의 현실이라고 보아도 무방하다.

한편으로 자본주의에 대한 통탄할 우화라고 할 만한 〈대면(對面)〉에서는 자본이 서술하는 대체역사가 알려주는 것처럼 자본이 신이고 역사이며 세계인 현실이 보다 우화적으로 그려져 있다. 이 소설에서 국가 없는 시장은 박민규 특유의 솜씨와 기량에 힘입어 "자본이 세계를 묶고 유일 종교로 자

5 박민규, 〈로드킬〉, 《자음과모음》, 2011년 여름호, 199쪽. 앞으로 작품을 인용할 경우 본문에 쪽수를 표시한다.

리잡"고 "'전부를 가진 자'들"이 "신"이 된[6] 미래의 히말라야산맥으로 환기된다. 박민규가 고안해낸 자본주의의 약사(略史)에 따르면, 사천 년 전의 올림포스 제단에는 "태양신과 바다의 신, 땅의 신과 기름의 신, 고용과 해고를 주관하던 신, 모든 움직이는 것들의 신, 불과 창과 방패의 신, 교리와 전파의 신, 금융과 권익을 보장하던 신, 법과 질서의 신, 이윤과 금리를 주관하던 신"이 자리하고 있었다. 자본의 다신교들은 차츰 "이 모든 신들을 고용하고 주관하시는 '전부를 가진 신'"인 "라자드"를 숭배하는 일신교로 재편된다.(201쪽) 그리고 일신교는 세계를 하나씩 점령한다. 〈대면〉의 무대인 히말라야는 유일신으로 "영생"(같은 쪽)을 꿈꾸는 자본의 "팽창한 신체"(202쪽)에 의해 점령당한 지 오래다. 유일신이자 영생교의 교주인 자본은 "극지와 바다를 서서히 점거했고, 결국 히말라야마저 뒤덮고 새로운 '세계'가 되었"(같은 쪽)으며, 그 세계와 역사의 바깥은 더는 존재하지 않는다. 목마른 자들은 신의 체액을 마시며, 배고픈 자들은 신의 하늘에서 떨어지는 '뿌따'를 먹고, 헐벗은 자들은 신의 피부에서 추출된 '피뚜'로 옷을 해 입는다. 그런 식으로 "시간이 흐르면서" 인간들에게 "신은 점점 순환하는 자연으로 인식되었다."(같은 쪽) 그리고 "죽음을 의미"하는 단어인 "해고"를 당한(195쪽) 아들 '랑'의 시신을 남몰래 수레에 싣고 신을 기어코 만나야겠다고 순례의 길인 히말라야산맥을 오르는 한 아버지 '라까'의 실루엣이 초점에 잡힌다.

윤이형의 〈굿바이〉 〈윈, 캠프 루비〉에서 재현되는 미래 세계는 얼핏 보면 박민규가 소설에 외삽한 미래, 곧 자본에 의해 완전히 식민화된 세계와는 전혀 상이한 것처럼 보인다. 그런데 윤이형의 SF에서 그 미래는 곧 정체가

6 박민규, 〈대면〉, 《문학동네》, 2014년 겨울호, 200쪽. 앞으로 작품을 인용할 경우 본문에 쪽수를 표시한다.

탄로 날 유토피아, 즉 디스토피아에 가깝다는 데서 두 소설가가 재현하는 미래에는 최소한의 공통된 문제의식이 숨어 있다. 〈굿바이〉의 미래는 표면적으로는 "자본주의 이후의 삶에 대한 논의가 시작"되고 소설의 주인공인 '당신'이 "오랫동안 이 세계가 아닌 어딘가를, 인간을 넘어선 존재를, 다른 형태의 사회를 상상해온 사람들 사이에서 태어나고 자"라온 미래다.[7] 좀 더 구체적으로는, 서로의 뇌를 네트워크로 연결해 생각과 감정을 직접 주고받는 등 "머릿속에 든 모든 것"이 "디지털신호로 바뀌어 전자뇌에 이식"하는 프로그램이 가능한 스파이디 같은 사이보그가 만들어지고, 그들이 "화성에 기지를 건설하고 그곳을 지구와 비슷한 환경으로 개조하는 동시에, 화폐를 사용하지 않는 새로운 인류 공동체를 만들 계획을 품고 우주선에" 오르는 미래다.(100쪽)

그러나 한편으로 이 미래는 소설 속에서 임신한 비정규직 여성인 '당신'의 삶이 여실하게 증언하는 것처럼, 1억이 넘는 사채가 있고, 곧 태어날 아기가 있으며, 남편은 젊은 새 여자와 함께 떠나고, 임신한 그녀를 받아줄 직장이라곤 거의 없는 현실이다. 또한 새로운 신체와 공동체가 현실화되고 팩스머신으로 신체를 전송하는 등의 첨단 테크놀로지의 시대에서도 여전히 "백 년 전의 어떤 사람들이 느끼던 것과 똑같은 두통을 느끼며 통속적인 삶에 매달려"가는 육체의 고단함과 비루함을 체감하는 오래된 미래이기도 하다.(101쪽) 그런가 하면 스파이디의 신체를 포기하고 인간 신체로 되돌아가려는 스파이디에게는 리턴 시술의 대가로 "빚을 지고, 수십년간 죽을 때까지 당나귀—노새처럼 일—을 해서"(109쪽) 빚을 갚도록 만드는

7 윤이형, 〈굿바이〉, 《한국문학》, 2012년 겨울호, 117쪽(〈굿바이〉, 《러브 레플리카》, 문학동네, 2016). 앞으로 작품을 인용할 경우 본문에 쪽수를 표시한다.

자본의 현실이기도 하다. 〈굿바이〉에서 미래의 삶이 미래의 부재로 드러나는 것은 소설의 서술자 운용 방식에서도 확인되는데, 소설은 아직 태어나지 않은 '당신'의 아기인 '나'가 당신의 삶을 서술하는 방식으로 진행된다. 이러한 서술적 효과는 태아가 태어나지 않은 미래가 태아의 목을 칭칭 감은 미래, 미래 없는 미래임을 환기한다.

〈윈, 캠프 루비〉는 〈굿바이〉에서 화성을 테라포밍(terra-forming)하는 등 지구인의 외우주 진출과 행성 개척이 실제로는 "지구가 벌이는 방대한 토건사업"[8]을 실행하는 "거대 자본"(172쪽) 프로젝트의 연장이라는 것을 다른 방식으로 환기하는 소설이다. 소설의 주인공인 린이 "계약직 노동자"(174쪽)로 벌이는 작업은 원행성에 거주하던 토착 외계인들의 정신으로 침투하여 충돌 없이 그들이 자발적으로 행성의 다른 곳으로 떠나도록 유도하는 일이다. 테크놀로지적인 측면에서 소설에 제시된 미래는 인공분만을 통해 자라나는 아이에게 삶에 필요한 정보 주입이 가능한 기계인 성장기(成長器)가 개발되는 시점이다. 린은 이 성장기의 첫 수혜자인 포스트휴먼 사이보그로, 일찌감치 필립 K. 딕의 소설에 등장한 바 있는 분열증적인 예지자를 닮은 린의 과거에는 자본의 현실에서 추방당한 가족의 어두운 그림자가 드리워져 있다.

이 그림자는 또한 소설에서 재현된 다른 미래로 긴 그늘을 던지는데, 〈윈, 캠프 루비〉의 다른 미래란 서술자가 다소 친절하게 환기시키는 것처럼 소설의 또 다른 주인공인 진우가 지구를 "떠나올 때 동네에는 몇 푼의 동전을 모으기 위해 아침저녁으로 폐지를 주우며 돌아다니다 굶어 죽는 노

8 윤이형, 〈윈, 캠프 루비〉, 《창작과비평》, 2013년 겨울호, 172쪽(〈캠프 루비에 있었다〉, 《러브 레플리카》). 앞으로 작품을 인용할 경우 본문에 쪽수를 표시한다.

인이 지천이었고, 사람들이 투쟁할 때 입는 조끼는 여전히 그 모양으로 촌스러워 시민들의 눈살을 찌푸리게 하고 있었"던(184쪽) 현실, 아무래도 내가 글을 쓰는 지금 여기의 현실에서 유추된 것이다. 물론 이러한 미래는 결국엔 소설의 등장인물 라울이 해변에서 외계 생명체 붉은이(Reddish)들의 사체를 수거하는 대가로 약속받은 우주시민권, 행성부동산 임대 혜택 만큼이나 장밋빛 미래일 따름이다.

그렇다면 인간의 삶에 대한 포괄적인 채권자로 등장하고, 미래를 다른 대안이 없는 방식으로 철저하게 식민화하며, 고용과 해고를 삶과 죽음으로 관장하는 생살여탈의 권력을 가진 자본이라는 신은 박민규와 윤이형의 SF에서 세계와 (유사)인간에 대한 재현과 재현 방식인 언어에 어떤 영향을 미치는 것일까. 이러한 질문은 SF가 금융자본주의의 현실과 대면하고, 그를 무대에 올려, 해부할 수 있는 언어를 갖춘 새로운 리얼리즘, '추상의 리얼리즘' 문학이 될 자격을 과연 갖추고 있는가 하는 물음과 관련이 있다.

금융투기자본과 언어의 낯설게하기

박민규와 윤이형의 SF에서 재현된 자본은 직접적으로는 노동력을 필요로 하지 않으면서 자기증식하는 이윤(잉여가치)을 생산하는 시스템, 구체적으로는 금융자본주의의 현실과 관련이 깊다. 마르크스가 《자본》 2권에서 일찌감치 금융자본주의를 노동력 상품을 판매하는 과정이 생략된 G—G′(자본—자본′)로 묘사했던 것은 여기서 주목해야 마땅하다. G—G′는 노동력 상품(W)의 매개 과정이 생략된 투기자본주의의 특징을 함축하는데, 이러한 현실에서는 노동력뿐만 아니라 매개 과정이 생략된 인식과 언어의 양상이 현저해진다. 독일관념론에서 매개 과정 없이 초월적 대상을 직접 거머쥘 수 있다는 '지적 직관'에 상응했던 것은 돈으로 돈을 낳는 동시대 영국의 금융투기자본이었다.[9] SF에서 관건은 금융투기자본의 현실을 재현하는 언어의 층위에서 어떠한 새로움(Novum)의 미학이 출현하는가이다.

예를 들면 박민규의 또 다른 SF인 〈깊〉에서 새롭게 발견된 해구로 들어가다가 데브리(우주 쓰레기)가 된 디퍼들이 "새로운 눈"[10]을 지닌 채 육체 없는 정신 공동체로 부활하는 모습, 〈굿모닝 존 웨인〉에서 "누구나 예수"[11]가 될 꿈을 꾸면서 자본과 권력을 수단으로 자본가와 독재자 등이 수행하는 영생 프로젝트, 〈크로만, 운〉에서 '융' 계급의 노동력 착취에 절대적으로 의존하면서 "인위를 상실"[12]한 지배계급 '네드'의 평행우주 창조란 모두 금융투기자본의 추상성에 상응하는 인식과 언어수행에서의 중요한 변화를 반영하는 것이 아닐까 싶다. 육체의 감옥에서 탈출하려는 사이버노트의 영생 프로젝트는 그 자체로 중요한 것이 아니라, 금융자본주의 시대에 변화하는 육체와 정신에 대한 인식의 한 증상이다. 이러한 반영의 측면만을 두고서 박민규의 SF에서 필멸의 육체나 지구를 하나의 감옥으로 여기고 그로부터의 탈주를 감행하는 포스트모던한 영지주의가 드러난다고 해서 그것을 박민규 소설의 주제 의식과 직결시키려는 평가는 무리이지 싶다. 오히려 박민규의 SF는 "고용과 해고를 영원토록 주관하시는"(〈대면〉, 197쪽) "신이 버린 프롤레타리아"(〈로드킬〉, 214쪽)인 인간의 비참한 처지를 재생산한 대가로 영지주의가 만들어졌으며, 그러한 영지주의가 계급적 착취의 결

9 가라타니 고진, 《트랜스크리틱》, 이신철 옮김, 도서출판 b, 2013, 236쪽.

10 박민규, 〈깊〉, 《더블》 side A, 창비, 2010, 140쪽.

11 박민규, 〈굿모닝 존 웨인〉, 《더블》 side A, 226쪽.

12 박민규, 〈크로만, 운〉, 《더블》 side A, 282쪽.

과이자 추문임을 강렬히 풍자하고 있지 않은가.

또한 윤이형의 SF도 초기작인 〈아이반〉이나 〈완전한 항해〉[13]에서처럼, 인간 존재의 태생적인 불완전한 결핍, 마르크스가 말한 육체의 수고성(受苦性)을 미래의 기술적인 수단과 자본에 의지해 완전함으로 뒤바꾸려는 여러 노력이 오히려 존재의 유한성과 결핍을 재확인하게 되는 결과를 섬세하게 그려냈다. 박민규의 소설이 영성화된 지배계급의 탐욕과 육체를 그려냈다면, 윤이형의 소설은 자본과 테크놀로지 수단에 의지해 보편적인 공동체를 직접적으로 추구하는 행위의 무망함을 그려내면서 결핍과 수고를 감내하는 유한한 육체와 정신(〈굿바이〉에서는 여성, 〈윈, 캠프 루비〉에서는 양성구유 사이보그)을 뚜렷이 상기시킨다. '나'를 임신한 '당신' 몸의 고달픈 결핍은 로드킬을 당한 "개이거나 고양이였을 무언가가 납작하고 넓게 펼쳐져 있는 것"(〈굿바이〉, 107쪽)에 대한 언급에서도 거듭 환기되는데, 이러한 환기 또한 '당신'보다 완전한 육체와 정신을 소유한 스파이디가 "자본에서 벗어나기 위해 자본의 힘을 빌려 기계 몸으로 갈아탄"(111쪽) 모순이 내포된 불완전한 존재임이 드러나는 수순과 연관되어 있다. 스파이디는 지구에서 인간의 육체를 벗어버릴 때 남겨진 잔여물 즉, "인간의 육체에서 추출된 몇 가지 경험들을 압축해놓은 가상현실"(113쪽)의 촉매작용으로 인해 집단적인 정신이상을 일으키거나 자살을 하고 만다. 한편으로 〈윈, 캠프 루비〉에서 양성구유의 포스트휴먼 린은 스파이디처럼 무감무통(無感無痛)한 존재인 만큼이나 외계인들의 고통과 아픔에 감응하지 못하는 정신분열적인 존재로 등장한다.

돈이 세상을 직접 창조한다는 신념의 금융자본주의는 지시대상 없이도

13 윤이형, 〈아이반〉, 《내일을 여는 작가》, 2007년 여름호; 〈완전한 항해〉, 《큰 늑대 파랑》, 창비, 2010.

언어가 의미화 과정을 완수하려는 언어의 탈지시적 과정과 맞물리며 그것을 부추긴다.[14] 프랑코 베라르디 비포는 언어의 탈지시화를 상품경제와 노동 과정을 생략한 채 잉여가치를 창출하는 금융자본주의 시대의 언어에서 일어나는 중대한 변화로 보았다. 그러나 지시대상인 현실과의 연결 고리를 끊는 탈지시적·자기지시적 언어에, 리스크를 방지하고 신용을 확증하는 파생 금융상품과 같은 금융 언어에 저항하는 해방의 가능성이 내포되어 있다는 그의 믿음을 추종하고 싶지는 않다. 오히려 언어의 탈지시화는, 육체의 한계를 뛰어넘어 정신으로만 존립가능하다는 사이버노트의 믿음과 나란히, 지시대상이라는 육체적·물질적 경계를 건너뛰어 투명한 의사소통이 가능하리라는 망상과 관련이 깊다는 것을 먼저 염두에 두어야 하지 않을까 싶다. 언어의 탈지시화는 좁혀서 적용하면 〈윈, 캠프 루비〉에서 외계인들의 정신에 침투, 그들의 정신을 조종하지만 린 자신이 앓고 있는 정신분열증과 관련이 있다. 또한 그것은 채널링(channeling)처럼 육체를 배제하는 의사소통의 와중에 붉은이들의 여왕이 린에게 던지는 '왜'라는 근본적인 질문에 대해 린이 어떠한 대답도 할 수 없는 무능함과도 연관되어 있다. 그것은 언어의 탈지시화·자기지시화에 맞서 언어의 지시대상(현실)을 회복하자는 것이 아니라, 지시대상 없는 언어 또한 그것이 발화되는 육체의 육체성과 발화 행위의 물질성을 노출할 수밖에 없음을 인정하자는 것이다. 또한 그것은 금융자본주의에 상응하는 자동화·정보화되는 탈지시적인 언어의 현실에 대한 낯설게하기가 SF에서 어떠한 방식으로 수행될 수 있는가 하는 물음과도 관련되어 있다. 자본을 재현하며, 자본이 식민화하는 언어와는 다른 길을 가는 언어를 고안해내는 일은 SF가 지금의 문학

14 프랑코 베라르디 비포, 《봉기》, 유충현 옮김, 갈무리, 2012, 53~54쪽.

에서 새로움의 미학이 될 수 있는가를 판가름하는 바로미터다.

왜? 또는 필연과 자유의 변증법

그렇다고 박민규와 윤이형의 SF가 포스트휴먼적인 사이버노트의 한계를 폭로하고 인간 존재의 물질성과 유한성만을 강조하는가 하면 그렇지만은 않다는 데서 그들의 작품은 다시금 문제적이다. 이 작가들은 또한 안드로이드와 사이보그, 인간 사이에 가로놓인 포스트휴먼의 대안적인 주체성을 적극 탐색하고 있다. 그리고 그것은 고용과 해고처럼 중립을 가장하는 자본의 언어가 실제로 현실에서 무엇을 지시하는지를 낯설게하기를 통해 재의미화하는 한편, 인간이 로봇에게 주입하고 입력한 정보와 같은 자동언어의 수행을 극단과 과잉으로 몰고 가서 애초와는 전혀 다른 기호로 생성해내려는 노력과 맞물려 있다.

어떻게 보면 박민규의 〈로드킬〉은 마르크스가 말한 '필연(necessity)에서 자유(freedom)로' 도약하는 역사의 변증법적 전개 과정에 대한 정반대의 패러디로 읽힌다. 이 소설에서 'necessity', 즉 필연/필요는 로드킬 당한 사체들을 치우는 로봇인 막시와 마오가 주고받는 문답법의 낯설게하기를 통해 의미가 전혀 다르게 해석된다. 〈로드킬〉에서 동물들의 버려진 사체를 두고 "더는 기를 필요가 없어진 거야"라고 마오가 말하자 외눈의 고장 난 로봇 '나'(막시)는 그보다 진화된 로봇 마오에게 되묻는다.

> '필요'란 건 어떤 거지?
>
> 그건… 돌아가서 내 어휘코드를 입력시켜줄게.
>
> 규정과 같은 건가?

비슷해, 하지만 약간은 다르지. 즉 반드시 기르거나 버려야 한다가 아니고 기르는 것보다 버리는 게 더 이익이 된 셈이랄까.

그럼 다시 '귀찮아진' 것과 비슷해진 느낌이군.

실은 뭐, 죽어버려… 그런 게 아닐까? 규정을 어기는 순간 그 규정은 죽는 것과 마찬가지니까.(195쪽)

인간의 어휘사전에서 '반드시 요구되고 소용이 되는 바'라는 뜻의 '필요'는 인간이 동물을 '기르는 것보다 버리는 게 더 이익'이 되는 순간 어떻게 되고 마는가. '필요'에 내포된 '반드시'라는 필연은 우연에 휘둘려버린다. '필요'는 필요 없게 된다. 이러한 필요/필연조차 우연에 좌우되는 현실이란 러시안 룰렛게임이라는 우연에 기대어 살아왔으며 사이토 노인과의 마지막 룰렛 결전을 앞두고 있던 인간인 '너'(리)의 삶이 '자유방임'된, 즉 추방된 현실이다. 그러나 '너'가 목숨을 건 러시안 룰렛게임을 하는 이유는 오히려 'necessity', 즉 양란에서 우연히 만나 함께 살게 되었지만 "말 그대로의 식구(食口)들"(211쪽)인 란, 마루, 란의 아기 등과 새로운 삶을 살기 위한 필요/필연에서 비롯된 것이다.

엄청난 속도의 초고속 셔틀이 오가는 도로 이쪽에서 로봇 '나'(막시)는 '인간적인' 필요/필연조차 사라져버린 현실에서 죽은 아기의 사체를 안고 자신의 뇌에 입력된 프로그램이자 한낱 자동언어에 불과한 "어떤 경우에도 인간의 존엄성을 보호할 의무가 있다"(209쪽)라는 아이작 아시모프의 로봇 제1원칙을 곧이곧대로 지키면서 모니터가 꺼질 때까지 걷는다. 인간은 오래전에 '필요'에 따라 폐기해버린 프랑스 혁명의 '천부인권'을 고수하면서. 필요를 '기르는 것보다 버리는 게 더 이익'이라고 생각하고 아기의 사체를 동물의 사체와 마찬가지로 처분하라고 명령하는 상급자 요사와 같은 인간과 달리 로봇 막시는 '필요'를 '반드시' 고수함으로써 필연이 자유가 되는 강렬하고도 감동적인 느낌을 우리에게 선사한다. 한편, 도로 저편에서 인간인 '너'는 식구를 지키기 위한 필요가 '반드시'가 되어 죽음을 무릅쓰고서라도 도로를 건너려고 하다가 식구와 함께 죽음을 맞이한다. 도로를 건널 수 있는 가능성조차 "룰렛과 같은"(212쪽) 것임을 알고 있음에도 불구하고 '반드시' 그곳을 향하는 '너'에게는 마찬가지로 필연이 자유가 되는 경험, 인간이 쓰레기로 처분되는 시대에 남은 마지막 인간성이 감명 깊게 각인된다. 그리고 시스템이 정지되는 로봇 '나'와 로드킬 당한 인간 '너'는, 결코 만날 수 없는 곳에서 만나고, 연대한다.

윤이형의 〈굿바이〉에서 스파이디가 되었다가 지구로 되돌아온 '당신'의 옛 중학교 사이보그 친구 또한 박민규의 안드로이드가 수행하는 결단만큼이나 어려운 결정을 내리는 존재다. 그녀는 자본의 힘을 빌린 스파이디 공동체 실험이 궁극적으로 실패했다고 '당신'에게 고백한다. "우리는, 실패했습니다."(110쪽) 그러나 서술자는 "개별적인 인격을 잃지 않으면서 동시에 하나의 공동체로 존재하는"(111쪽) 스파이디의 실험이 실패한 원인을 사적 소유권이나 사유재산과 관련된 개체 중심적인 시각에서 파악하지는 않는다. 물론 소설은 인간이 스파이디로 다시 태어나면서 잊고 있다가 그들 뇌에 "한 덩어리의 낯선 개념이 공유"(113쪽)되면서 되살아난 몸의 독특성의 체험이라고 할 만한 것들을 묘사한다. "모래가 손바닥을 따끔따끔 찌르는 느낌, 바다에서 나는 냄새와 바람에 머리카락이 휘날리는 감각, 잘 내린 커피와 담배의 향, 켄터키프라이드치킨의 맛, 뜨거운 물에 샤워를 할 때의 느낌, 그리고 연인과의 친밀한 포옹" 등등 "몸을 바꾼 뒤로, 화성에 온 뒤로 완전히 잊고 있었던 것들."(같은 쪽)

소설은 이러한 개별적인 몸의 독특성에 대한 기억 때문에 스파이디에게 결과적으로 재앙이 닥쳐왔다고 직접 말하지는 않는다. 그러나 스파이디들의 정신분열과 자살이 그로부터 본격화되었으며, 마침내 7년 만에 공동체 실험이 중단된 것만은 확실하다. 그러나 '당신'의 친구는 인간으로 되돌아가려는 다른 스파이디에게 "어마어마한 비용을 부담하게 해서 그들의 남은 평생을 빚에 가둬"(116쪽)놓을 삶을 거부하고 화성에 잔존한 스파이디 "동료들 곁에 남을 수 있도록"(같은 쪽) 자신의 몸을 태워달라고 요청한다. '당신'은 친구의 요청을 수락하고 친구는 당신이 출산할 때 당신 곁에서 아이의 탯줄을 잘라준다. 친구의 결단은 궁극적으로는 인간으로 다시 사는 경우 지게 될 빚뿐만 아니라 빚지게 하는 자본 또한 거부하는 행위이며, 친구를 돕는 '당신'의 결단 또한 마찬가지다. 소설에는 태어나기 직전의 '나'와 친구가 서로 다른 상황에서 공통적으로 남기는 말이 있다. "나는 이제 다른 곳을 향해 갑니다."(120쪽) "나는 이제 다른 곳으로 간다."(123쪽) '다른 곳'이 어디를 향하는지는 알 수 없다. 그러나 '다른 곳'이 자본에게 빚을 지는 미래를 거절하고, 그러한 거절에 동참한 '당신'-'나'에게 지금까지 주어졌던 희망 없는 미래와 단절한 절단면임은 분명해 보인다.

〈원, 캠프 루비〉에서 린이 붉은이들을 회유하고 내쫓는 작업을 마침내 중단하기로 결정한 까닭은 어디에 있을까? 필립 K. 딕의 SF에 등장하는 안드로이드와 비슷하게 삶에 필요한 정보를 저장한 린에게는 〈로드킬〉의 막시와 마오에게 그랬던 것처럼 입력되지 않거나 초기화된 단어가 있다. 여섯 개의 행성 소유주로 거대 자본의 화신인 J&L 이사장 윈프레드 멘데스와 같은 인간은 알고는 있지만 사용할 줄 모르며, 린과 같은 사이보그는 몰랐지만 결국에는 그것을 실행함으로써 자신의 어휘 체계로 마침내 등록한 단어. 멘데스는 린에게 붉은이들을 비롯한 외계인들이 지구인과 어떻게 같고 또 다른지를 묻는다. "그런데, 다른가? 저들에게 사지가, 머리처럼 생긴

게 달려 있다는 사실이 일을 어렵게 만드나? 순수한 호기심에서 묻는 거요. 외형상 우리와 조금이라도 가까우면 연민이나 측은함이 커지는지, 난 그냥 그게 궁금해서 말이지."(170쪽) 한참 만에 나온 린의 대답은 이렇다. "아뇨, 어떻게 생겼든 다르지 않아요. 그런데…… 연민이 뭐죠?"(172쪽)

막시와 마오에게 '필요'에 상응하는 단어가 린에게는 '연민'이었다. 물론 린으로 하여금 외계인을 추방하는 일을 중단하는 결단을 내리게 된 동기에는 린을 돌보는 정신치료사 진우의 존재가 자리하고 있었을 것이다. 진우도 식민 행성의 지표면을 스캔하고 외계인을 내쫓는 린의 일을 돕는 것이 "선택의 여지가 없었던 일, 거부할 수 없는 세계의 거대한 흐름에 불과"(193쪽)했던 것인지를 묻는다. 그리고 린에게로 향할 때 이 물음은 "한 생명을 곁에서 지킨다는 사명감으로 다른 생명체들의 정신을 조작하고 망가뜨리는 일이?"(같은 쪽)라는 반문을 마저 낳는다. 정신의 탁월한 감응 능력으로 외계인의 마음속으로 들어가는 일을 맡는 린이 자신을 향하는 진우의 감정과 고뇌를 몰랐을 리는 없었겠고, 진우가 없었더라면 린의 고뇌도 무용지물이었으리라.

소설에서 두 번 반복되는 붉은이들의 여왕과 린의 만남은 오슨 스콧 카드의 SF《엔더의 게임》(1977)에서 주인공 엔더가 멸망시킨 외계 생명체들의 숙주인 여왕의 유령과 엔더의 환상적이고도 극적인 만남을 연상시킨다. 이 만남은《엔더의 게임》에서 타자에 대한 윤리적 질문을 동반하는데, 비슷하게도 〈원, 캠프 루비〉에서 여왕의 물음인 '왜'는 린에게 "행성 크기만 한 질문"(179쪽)이 되었다가 행성의 다른 쪽으로 떠나기로 하는 붉은이들과 여왕에게로 되돌려지는 윤리적인 질문이다. 그리고 붉은이들과 여왕이 린의 명령을 좇아 떠나가려고 할 때 린은 비로소 그들에게 진정한 아픔을 느끼며 지정된 추방의 길과는 다른 길을 알려주고야 만다. "아프구나, 린은 생각했다. 아픈 건 이런 거구나. 이런 느낌. 이런 소리. 이런 냄새. 이런 빛. 꿈이 아니야. 하늘이 울컥거렸다. 그녀는 그들과 이어진 단단한 끈에 기대며 눈을 감았다. (…) 사라지게 하지 마. 이 바보들아. 사라지지…… 마. 가! 가서 살아. 어디든."(212쪽) 타자의 정신으로 삼투하는 린의 정신분열에는 끝내 외면하기 어려웠던 타자의 목소리들의 흔적이 있었던 것이고, 린은 그 목소리를 따르는 주체가 되었던 것이다.

그런데 여기서 한 가지 더 짚고 넘어가야 할 사항이 있다. 〈윈, 캠프 루비〉는 타자의 고통에 감응하는 과정이 새로운 어휘를 발명하고 입력하는 일임을, 그것이 기존의 불편부당한 체계에 비틀림을 도입하는 주체의 몸부림과 무관하지 않음을 그렸다. 그러나 소설은 이러한 반성적인 메시지를 환기하는 데서 그치지는 않는다. 인간들이 파괴를 동반한 개발을 멈추지 않는 한, 희생을 강요당한 타자의 복수를 소설은 매우 불길한 방식으로 예고하기 때문이다. 소설의 한 대목은 인간들에게 개발수단으로만 취급당하는 희생자의 이름인 붉은이(빨갱이!)의 사체를 자세하게 묘사하는데, 묘사가 주는 전언은 이중적이다. 첫째, 붉은이는 뿌리의 존재 곧 다른 곳으로 강제적으로 이주하면 죽는 존재라는 것, 둘째, 붉은이의 죽음은 다만 죽음으로만 끝나지 않을지도 모른다는 것이다.

> 붉은이의 상반신은 체액이 다 빠져나간 것처럼 바짝 말라비틀어지고 수많은 조그만 버섯들로 뒤덮여 있었다. 흙 속에 묻혀 있던 아래쪽은 더 희한했는데, 달려 있어야 할 두 다리가 보이지 않았고 하반신 전체가 불그죽죽하고 둥근 덩어리로 감싸여 물컹거렸다. 덩어리 아래쪽에서 자라난 붉고 구불구불한 뿌리를 똑바로 펴자 사람의 팔만 한 길이가 되었다. 땅을 받친 채 굳어 있던 앞다리 여기저기에서 자라난 것도 다른 것일 수 없었다. 뿌리였다.(204쪽)

인간은 추방당해도 순순히 추방에 응하는 나약한 대상으로만 붉은이를 인식했지, 그 존재가 어떠한 다른 비밀을 갖고 있는지는 전혀 몰랐다. 〈윈, 캠프 루비〉에서 진우와 린의 눈으로는 볼 수 없는 다중초점의 하나를 담당하는 인물인 라울의 이야기는 해변으로 떠밀려오는 붉은이 사체는 붉은이가 추방이 곧 죽음인 존재인 동시에 인간에게 미래의 재앙이 될 불길한 언데드임을 아울러 환기하고 있다.

요약해서 말해보면 '어떤 경우에도 인간의 존엄성을 보호할 의무가 있다'는 로봇 제1원칙의 '필요'를 준수하는 안드로이드 막시와 마오(맑스와 마오!), 비록 자본의 힘으로 가능했다고 하더라도 공동체에 남은 동료들을 포기하지 않고 빚진 인간의 삶을 거부하는 사이보그 스파이디, 분열증을 앓고 있는 자신 속 타자의 목소리를 결국 외면하지 않으면서 '연민'이라는 어휘를 새로이 자신의 데이터에 입력하고 과감히 실행하는 사이보그 린. 이들에게는 '인간보다 더 인간적인 주체성'의 역량이 잠재되어 있다. 그렇다고 이러한 존재들을 그저 인간성을 재발견하는 수호자, 이를테면 '인간보다 더 인간적인 인간'으로 환원하는 것은 다소 안이하다고 생각한다. SF도 결국 인간의 인식적이고도 윤리적 지평의 확장을 도모한다는 식의 비평적 관점들이 그러한 것처럼.

막시와 마오, 스파이디, 린을 인간을 추문으로 만드는 인간의 또 다른 형상으로 환원해도 좋은 것일까. 만일 그렇다면 이 소설들에 굳이 인간이 아닌 유사인간이 등장할 필요도, 현재가 아닌 미래와 지구가 아닌 행성을 설정해야 할 이유도, 리얼리즘이 아닌 SF 장르를 활용해야 할 이유도 없을 것이다. 마찬가지로 인간의 존엄성이나 필요/필연, 공동체, 연민과 같은 '익숙한' 어휘를 유사인간이 처음 듣거나 발음하는 '낯선' 어휘로 탈바꿈하고 그것을 독자가 전혀 새롭게 인식하도록 만드는 힘은 SF가 수행하는 낯설게하기의 위력이 아니라면 무엇일까.

박민규와 윤이형의 SF에 등장한 안드로이드와 사이보그는 자본주의의 현실에 최적화된 인간 종을 추문거리로 만들고 탈중심화하는 포스트휴먼의 형상이다. 그리고 그들 자체가 인간과는 변별되는 새로운 주체의 가능성이기도 하다. 실제로 지금까지 우리가 읽은 소설에서 그들을 안드로이드나 사이보그가 아닌 '인간'으로 만드는 차이가 있다면 그 차이는 얼마나 식별이 가능할까? 만일 그들의 감수성과 인지능력 모두 타자인 인간으로부터 주입받은 한, 그들의 고유한 기억과 은밀한 환상조차 인공물에 불과하다면, 안드로이드와 사이보그의 코기토는 도대체 어디에 있는가?[15] 어쩌면 이러한 질문들이 소설의 안드로이드와 사이보그를 향하게 되고 그들에게 질문될 때, 이것이야말로 그들을 다른 삶의 가능성을 보여주는 주체로 만드는 것인지도 모르겠다.

자본=신은 천치다

우리의 남은 이야기를 〈대면〉에서 아들인 량을 해고로 잃고 참척(慘慽)의 슬픔과 고통을 감내하면서 신의 얼굴과 대면하기 위해 순례의 길을 떠난 아버지 라까에게 맡겨도 되는 걸까. 라까가 신에게 던지는 물음은 〈원, 캠프루비〉에서 여왕이 린에게 던지는 질문과 닮았다. 왜? 그러니까 "이 아이가 왜 해고되어야 했는지/ 제발 가르쳐주시오./ 이 아이는 계율을 어긴 적이 없소./ 누구의 뜻인지/ 누가 그 뜻을 행했는지만/ 알려달란 말이오."(213쪽) 소설 후반부에서 라까는 고대하던 신을 만나게 되는데, "량과 같은 또래

15 슬라보예 지젝, 《부정적인 것과 함께 머물기》, 이성민 옮김, 도서출판 b, 2007, 80쪽.

의 얼굴이고 머리카락도 눈썹도 한 올 없는 새하얀 얼굴"(211쪽)에 하는 말과 행동이란 천치를 닮은 신이어서 그저 놀라울 뿐. "말하자면 그게 전부였다."(214쪽) 그런데 소설은 적어도 신의 정체 둘을 알려준다. 첫째, "신은" "머리가 없다"(207쪽)는, 제어가 안 되는 충동의 화신이라는 것. 둘째, 하늘에 계신 신은 전능하지 않은, 천치(天痴)라는 것. 둘은 상통하며, 하나는 다른 하나의 비밀이다. 우리 시대의 금융자본처럼 맹목적이고 충동적이지만 결핍된, 결코 전능하지는 않은 존재. 왜, 라는 질문에 관심조차 보이지 않고, 응답할 수도 없는 무기력한 존재. 따라서 라까가 천치 같은 신의 목을 쳐내고 그 빈 구멍에 아들을 매장하는 것은 슬픔을 묻어버리는 행위로 한정되지 않는다. 라까의 행위는 분노이며, '자본=신=세계'에 틈새를 내고 구멍을 파는 일이다. 한편으로 이것은 박민규와 윤이형의 SF에서 인간과는 다른 혁명적 주체의 가능성을 보여주면서 안드로이드와 사이보그 등이 수행한 작업이기도 하다.

그렇다면 왜라는 질문을 품고 자본을 재현하려는 SF야말로 문학의 계급투쟁을 수행할 잠재성을 지니고 그것을 실현할 만한 문학 장르라고 주장해보면 어떨까. 문학의 계급투쟁이란 내용의 투쟁에 한정되지 않는다. 오히려 그것은 박민규와 윤이형의 SF가 보여주었듯이 우리에게 자동화된 방식으로 주어진 소설의 배경, 캐릭터, 어휘 등을 낯설게 만드는 형식의 투쟁이어야 한다.

—《자음과모음》, 2015년 가을호

이야기의 클리나멘, 클리나멘의 이야기

—김희선의 《무한의 책》에 대하여

세상이 끝날 때까지……

……이제 일주일 남았다. 우선 나쁜 소식부터 전해야겠다. 3년 전에 스마트폰에 무차별적으로 깔린 계시(revalatio) 앱의 예언처럼 2015년 12월 21일, 마침내 지상에 강림한 신들은 비로소 인간과 문자메시지로 소통하기 시작한다. 2016년 어느 날, 신들이 소설의 주인공 스티브(박성철)에게 경고하기로는, 그가 살고 있는 트루데의 채널 12번 방송에서만 방영되는 4D 광고가 보여주는 것처럼, 거대한 소행성이 빠른 속도로 지구로 다가오고 있으며 세상은 엔트로피의 임계점에 다다랐다는 것이다. 신들이 강림한 것은 그 소식을 전하기 위해서였다. 물론 지구 종말보다 덜 나쁜 소식도 있다. 종말을 막을 수 있는 구원자가 단 한 명 있는데, 그는 물론 신들이 보낸 황당무계한 메시지를 읽고 있는 스티브다.

세상이 끝날 때까지 이제 일주일 남았다는 말은 이 세상을 구원하려면 아직 일주일이 남았다는 뜻이다. 신들에 따르면 지구가 멸망하는 임계점에 도달할 때까지 시공간에는 수많은 오류가 있는데, 그것이 처음 꼬이기 시작한 과거의 어느 시점으로 스티브가 되돌아가 얽히고설킨 매듭을 풀면 된다는 것이다. 그리하여 이야기는 비로소 시작된다. 필요하다면 타임워프를 통해 이 세계의 시공간을 뛰어넘어 과거로 거슬러 올라가거나 다른 시공간의 우주로 가야만 한다. 그리하여 우리가 소설의 첫머리에서 만날 인물은 자신이 1958년의 경기도 용인 소재 명진고아원에서 왔다고 주장하는 한 소년이다. 그런데 그 소년은 2015년 어느 봄날, 다람쥐 복장을 한 아르바이트생의 목격담에 의하면 용인의 에버랜드 정문 부근의 거대한 플라스틱 나무 밑의 "땅에서 갑자기 쑥 솟아"났다고 한다.[1] 너, 누구냐? 소년은 소설의 주인공 스티브(박성철)일까, 아니면 또 다른 인물일까? 2016년의 트루데와 1958년의 경기도 용인 그리고 2015년 봄의 경기도 용인은 도대체 어떻게 연결되어 있는 걸까? 지구 종말의 원인, 그것을 낳게 한 과거의 특이점은 무엇일까? 도대체 뭐가 이리도 복잡하고 어지럽게 보이는 걸까? 매듭을 하나씩 풀 수밖에 없겠다. 본격적으로 이야기를 시작하기 전에 이 소설의 편집증적인 작중인물이 자주 쓰는 말 한마디를 변주해 다음과 같이 덧붙이고 싶다. '이건 정말 비밀인데 말이야.' 《무한의 책》은 매우 재밌는 SF입니다.

이야기하는 인간의 탄생

한 사람의 삶 속에는 얼마나 많은 삶이 숨어 있는 걸까. 하나의 시간 속에

1 김희선, 《무한의 책》, 현대문학, 2017, 15쪽. 앞으로 이 책을 인용할 경우 본문에 쪽수를 표시한다.

는 얼마나 많은 시간이 지층처럼 쌓여 있는 걸까. 하나의 우연적인 사건에는 얼마나 많은 필연들이 내포되어 있는 걸까. 그리고 하나의 이야기 속에는 얼마나 많은 이야기들이 담겨 있는 걸까. 김희선의 장편 SF《무한의 책》을 읽다 보면 이야기(narrative)는 인간 삶의 가장 기본적인 심급이며, 그것은 도처에 편재하는 신들이나 도심의 수많은 편의점처럼 "*every time everywhere(언제 어디서나)*"(126쪽) 무수한 형태로 존재한다는 이치에 절로 고개를 끄덕일 수밖에 없을 것이다. 유한한 시간을 살아갈 수밖에 없는 존재인 인간에게 이야기란 시간 속에서 세계를 이해하는 수단이며, 돌이킬 수 없는 허무로 흘러가는 삶의 어떤 순간들을 건져 올려 특별하게 의미 있게 조직하는 방법이다. 나아가 이야기는 시공간에 속박된 인간으로 하여금 전혀 다른 차원의 시공간으로 건너갈 수 있도록 도와주는 메신저이기도 하다. '이야기는 단지 거기에, 삶 그 자체처럼 존재한다'는 롤랑 바르트의 말은 아마도 이런 뜻이리라. 그리고 김희선 소설의 인물들은 무엇보다도 '이야기하는 인간(homo narrator)'이다. 그들은 자신들이 만들어내는 바로 그 '이야기'다.

첫 단편집인《라면의 황제》(2014)에 등장한 김희선 소설의 별쭝난 주인공들은 한마디로 '관심의 제왕'들이다. 끊임없이 타자의 이야기에 호기심 있게 귀를 기울이고, 능청과 딴청을 부려가면서 사건 A와 B의 인과관계를 추적하며, 인과관계가 불확실하다 싶으면 출처 불분명한 지식, 잡학의 콜라주, 음모론, 가설 등 갖은 마술을 동원하여 어떤 식으로든 이야기를 만들어가는 자들. 민족, 역사, 이념 같은 큰 이야기에는 별 관심이 없는 대신에 양탄자의 여행과 라면의 기원과 종말처럼 남들이 별로 관심이 없거나 쓸데없다고 여겨지는 곁다리 이야기에는 가히 열정과 재능을 바치는 오타쿠들. 마치 이야기란 별 볼 일이라곤 없는 우리네 삶이 여전히 살아 있다는 것에 대한 증거라도 되는 양 이 덕질의 제왕들은 신나게 이야기를 듣고 꾸며내고 전파한다. 그리하여 김희선의 소설에서 말이 없는 존재란 죽은 자, 유령에 불과하다(《무한의 책》에서는 살았는지 죽었는지 다소 모호하게 처리되어 있는 스티브의 어머니가 그러하며, 트루데의 유령타워를 떠도는 로저 코먼의 말없는 유령이 그러하다). 심지어 《무한의 책》에서는 신들도 인간과 문자메시지를 주고받으면서 이야기하기를 무척 좋아한다!

《무한의 책》은 첫 단편집에서 기상천외한 이야기를 빚어냈던 작가 특유의 솜씨가 유감없이 발휘된 장편소설이다. 스물네 개의 장으로 이루어진 소설은 얼마나 많은 다른 인형들이 숨어 있는지 도무지 짐작할 수 없는 마트료시카 인형을 닮았다. 이야기 속에 이야기가 있고, 그 이야기 속에 다른 이야기가 또 있다. 소설의 구조는 흡사 "각봉투⊃각봉투⊃각봉투⊃각봉투⊃각봉투⊃각봉투⊃각봉투⊃각봉투⊃가장 작은 각봉투"(123쪽)의 형식으로 짜여 있다. 이야기들은 릴레이경주 주자들처럼 서로에게 바통을 넘겨주면서 번역, 각색, 창작 등으로 생성된다. 구체적으로는 아래와 같은 형태이겠지만 이것도 내가 무리해 축약한 것이다. 주인공을 포함한 소설의 작중인물은 저마다 조금씩 개성이 다르지만, 한 가지 면에서는 분명히 일치한다. 이들 모두 이야기를 읽거나 듣고 만들거나 각색하고 전하는 '메신저'다.

T. 샤르댕 신부 ☞ 로버트 ☞ 스티브 ☞ 소년 ☞ 아르바이트생 ☞ 강승현 경장 ☞ 노인/소년

(회고록) ↗ (전기) ↗ (노트) ↗ (노트) ↗ (번역·창작) ↗ (노트 전달) ↗ (노트)

T. 샤르댕 신부가 쓴 회고록 《종교와 생물학의 통일장 이론에 관하여》가 《무한의 책》의 출발점에 있는 원본 텍스트처럼 보이지만, 이 텍스트조차 신이 파충류일 거라는 등, 안젤리코 델 지오반니가 히에로니무스 보슈로

살아갔을 거라는 등 황당무계한 유추와 콜라주로 만들어진, 한마디로 원본이 없는 텍스트다. 게다가 주인공은 이 책을 나중에 파묻는다. 원본은 사라지고 만다. 그렇기에 《무한의 책》의 장르적 속성이나 특징을 정의한다는 것은 한마디로 무모한 일일 것이다. 《무한의 책》은 목격담, 회고, 소설, 심문, 신문기사, 칼럼, 책 인용문, 포스트, 대화, 꿈, 편지, 이메일, 문자메시지, 주(註), 부록, 위키피디아, 참고문헌 등등의 다양한 서술로 이루어져 있으며, 그것들은 또한 책, 신문, 진술서, 블로그, 편지, 이메일, 핸드폰 등의 각종 매체를 통해 전달되고 있다. 전달 방식도 독특하다.

예를 들면 소설의 7장 '다람쥐탈을 쓴 아르바이트생'에서는 아르바이트생이 영어사전을 뒤적이면서 스티브가 쓴 문장을 노트에 번역해 옮긴 내용과 그에 대한 꿈, 그리고 PC방에서 쓰다가 만 글을 서술자가 마치 신이라도 되는 양 엿보고 있다. 그러면 "우리"(106쪽)로 정체를 슬쩍 드러내는 서술자는 또 누구일까. '우리'는 트루데에 강림한 공룡 신들인 '보리스'와 '아르까지'로 추정되지만, 《무한의 책》의 작가, 소설을 읽는 내포독자, 무엇보다 이 소설을 읽는 당신과 나라고 해도 무방할 것이다. 아무튼 PC방 컴퓨터 모니터에 뜬 글은 샤르댕 신부의 회고록 《종교와 생물학의 통일장 이론에 관하여》의 일부분과 그와 관련되어 일어난 사건을 일인칭 시점에서 기술한 로버트 와인버그의 첫 번째 블로그 포스트다. 그리고 두 번째 포스트로 넘어가기 전에 위키피디아의 '필트다운인 위조 사건' 항목이 서술된다. 두 번째 포스트는 이번에는 로버트가 전지적 작가시점을 취하고 자신이 작중인물로 출연한 소설이다. 순서를 매겨보자면 이렇다.

{서술자 (아르바이트생 [로버트 와인버그의 논픽션 ⊂위키피디아⊃ 픽션] 아르바이트생) 서술자}

그런데 로버트는 자신의 경험담을 왜 첫 번째 포스트에서는 논픽션으로, 두 번째 포스트에서는 픽션으로 썼을까. 로버트에게는 그럴 만한 사정이 있는데, 그것은《무한의 책》3장인 '계시'의 〈주 1〉에서 '나'(스티브)에 의해 적혀 있다. '나'에 따르면 로버트는 폐수를 무단방류하던 화약약품공장에 대한 르포르타주를 썼다가 천문학적 금액의 명예훼손에 휘말리게 되었고, 나중에 법정에서 그것이 전부 픽션이었노라고 변명했다. 로버트는 그 충격으로 망상과 육체적 질환을 얻게 되었던 것이다.

이처럼《무한의 책》에서 자유롭게 분기하거나 액자 속 액자로 담기는 무수하고도 현란한 이야기는 마침내 머리와 꼬리가 서로를 물고 있는 우로보로스의 형상으로 변한다. "과거를 현재처럼 느끼거나 혹은 아직 오지 않은 미래를 과거로 착각하는 기이하고도 이상한 질환"(32쪽)은 주인공 스티브만의 것이 아니다. 그것은 김희선의 소설을 읽는 당신과 내게도 종종 찾아드는 인지적인 혼란이다. 그러나 그 혼란은 쓸모 있는, 유쾌한 혼란이다. 만일 당신이 테드 창의 SF 〈네 인생의 이야기〉(1998)를 읽었거나 원작을 토대로 만든 드니 빌뇌브의 영화 「컨택트」(2016)를 보았다면 당신은 소설과 영화에 등장하는 헵타포드 외계인의 신비로운 표의문자, 곧 과거와 현재와 미래가 중첩되고 뒤섞이는 비선형적인 시간을 담은 문자 앞에서 느꼈던 진귀하고도 경이로운 혼란을《무한의 책》을 통해 다시금 경험한다고 해도 좋을 것이다(떠올려보니 타원형의 우로보로스와 헵타포드의 문자는 닮기도 했다). 그렇기 때문에 기원전 4세기경에 살았던 한 그리스 철학자는 자신의 사상을 요약해 제자에게 보내는 편지의 핵심적인 대목에서 김희선의 소설에 대해 다음과 같이 논평했던 것이다. 김희선의 소설에서,

이야기들은 영원히 운동한다. 이야기들 중 어떤 것은 아래로 곧장 떨어지

고 어떤 것은 비스듬히 떨어지고 다른 것은 충돌해서 위로 튕긴다. 그리고 튕겨나가는 것들 중 어떤 이야기들은 서로 멀리 떨어지게 되는 반면, 어떤 이야기들은 다른 이야기들과 엉키거나 주위를 둘러싼 이야기들에 갇혀서, 한곳에 정지해서 진동한다. 왜냐하면 각 이야기는 공백에 의해 다른 이야기와 구분되며, 공백은 이야기의 운동을 방해할 수 없기 때문이다. 이러한 이야기는 출발점(arche)을 가지지 않는다. 왜냐하면 이야기와 공백이 그 운동의 원인이기 때문이다.[2]

위의 문장들은 김희선의 소설에 대한 최초의 그리고 중요한 역사적 언급이라 특별히 여기에 인용할 만한 가치가 있다. 원자론자인 에피쿠로스는 세계의 생성원리로서의 클리나멘(clinamen)을 이야기한다. 클리나멘은 가령 빗방울이 아래로 떨어지면서 다른 빗방울과 부딪히거나 얽히고 되튕기는 등 수직의 낙하에서 비스듬히 이탈하는 원자의 운동을 설명하기 위해 고안된 개념이다. 그런데 인용문에서 넉넉히 짐작할 수 있듯이 에피쿠로스는 실제로는《무한의 책》에서 무수히 분기하고 충돌하고 간섭하고 변형되어 새로이 생성되는 이야기들의 브라운 운동에 매혹되어 자신의 원자론을 구상했던 것이다. 확실히 말해두겠다. 김희선의《무한의 책》은 '이야기의 클리나멘, 클리나멘의 이야기'라고.

장르적으로 볼 때,《무한의 책》은 세상이 끝나려면 이제(아직) 일주일 남았다고 경고하는 지구 종말의 묵시록일까? 구원의 비밀을 쥐고 있는 주인공 주변에 비밀스러운 음모가 전개되고 작당이 모반을 획책하는 음모서사

2 에피쿠로스,《쾌락》, 오유석 옮김, 문학과지성사, 1998, 56~57쪽. 원문에서 '원자'를 '이야기'로, '허공'을 '공백'으로 바꿨다.

일까? 지구 종말을 초래하게 한 특이점을 찾아 그 매듭을 풀려고 서로 다른 시공간을 넘나드는 시간여행 SF일까? 아니면 주인공과 작중인물들이 희극적인 과대망상으로 체험한 것을 기록한 편집증 서사일까? 소설에 등장하는 실제와 가공의 텍스트에 대한 해석망상일까? 해석망상이라…… 그래서였을까? 《무한의 책》은, 이 독특하고 희한하며 괴상한…… 정체 모를 미확인 소설을 독자들보다 먼저 읽었던 내게 경고하는 것처럼 보였다. "충고 하나 해줄까? 앞으론 책을 읽을 때, 과연 이걸 내가 감당할 수 있을까, 라는 질문을 스스로에게 먼저 던지는 게 좋을 거야."(57쪽) 나 또한 '과연 이걸 내가 감당할 수 있을까' 질문만 거듭하다가 마감기한을 넘겨 이 지경에 이르렀다.

브리콜라주, 편집증, 음모서사

우선 《무한의 책》은 일일이 열거하기도 힘들 정도로 때로는 명시적으로 때로는 모호하게 출처가 드러나고 감춰지는 수많은 문학, 영화와 드라마, 회화, 가요, 과학도서 등의 텍스트를 밑절미로 삼는 소설임을 말해둬야겠다. 그리고 이 텍스트들은 《무한의 책》에서 새롭게 변주되는데, 모티프나 소재, 이미지가 차용되는 정도가 아니라 원본과는 전혀 다른 용도로 활용되어 마술적인 세계를 콜라주한다.

① 문학: 한 몸뚱어리로 세 개의 삶을 살았던 인간의 비극을 그린 소포클레스의 《오이디푸스 왕》, 오이디푸스처럼 자신의 진정한 정체성을 찾기 위해 도처에 숨어 있는 비밀 신호들을 하나씩 해독해가면서 여행을 떠나는 한 중년 여성의 모험담인 토머스 핀천의 《제49호 품목의 경

매》(1966), 자신의 집을 방문하는 낯선 자들에게서 외계인의 징후를 감지하는 음모소설인 보리스와 아르까지 형제의 SF 《세상이 끝날 때까지 아직 십억 년》(1974), 새들이 끊임없이 자신의 귀에 대고 욕설을 퍼붓는 환청을 앓는 법관 출신의 정신병자인 슈레버가 쓴 회고록 《한 신경병자의 회상록》(1902), 편재하는 지명 '트루데'의 출처인 이탈로 칼비노의 환상소설 《보이지 않는 도시들》(1972), 테드 창의 SF 〈네 인생의 이야기〉 등등.

② 영화와 드라마: '진실은 저 너머에'라는 모토로 유명한 외계 납치서사인 미국 드라마 「X파일」(1993~2002; 2016~), 자신과 가족을 괴롭혀왔던 사장을 외계인으로 간주해 납치하고 지구를 구한다는 편집증적인 망상을 앓는 주인공이 등장하는 장준환의 영화 「지구를 지켜라!」, 로버트 하인라인의 SF 단편인 〈너희 모두 좀비들〉(1958)이 원작으로, 주인공이 시간여행을 통해 서로 다른 정체성을 갖고 있는 자신과 만나는 놀라운 스토리와 반전을 담고 있는 마이클·피터 스피어리그 형제의 영화 「타임 패러독스」(2014) 등등.

③ 회화: 에덴동산 같은 곳에서 악마와 인간을 삼키는 거대한 짐승, 새의 부리를 한 형상의 천사, 나태와 쾌락에 찌든 인간군상 등이 저주받을 황음탐락(荒淫耽樂)에 동참하는 광경을 초현실적인 화풍으로 묘사한 히에로니무스 보슈의 '지상의 환락의 정원—지옥 편'(1500년경), 흰 바탕에 검은 사각형 하나만 덩그러니 얹고 나서 20세기 아방가르드 회화의 선구자가 된 카지미르 말레비치의 '검은 사각형'(1915). 덧붙임: 《무한의 책》에서 '지상의 환락의 정원'에 "이것이 세상의 비밀이다"(67쪽)라는 글귀가 새겨졌다고 하는데, 물론 작가가 지어낸 것이다. 대신에 '검

은 사각형'에는 '어두운 동굴 속 니그로들의 전투'이라는 글귀가 새겨져 있다는 사실이 최근에 밝혀졌다. 이 글귀는 알퐁스 알레의 '검은 사각형'(1882)에 새겨진 글귀인 '어두운 터널 속 니그로들의 전투'를 패러디한 것이라고 한다.

④ 노래: 노필 감독의 영화 「꿈은 사라지고」(1958)의 동명 주제곡으로 주인공인 최무룡이 직접 불렀으며, 이듬해 히트곡이 되었다. 노래 가사는《무한의 책》에 수없이 등장하는데, 1958년 소련우주국 위성안테나에 그 첫 신호가 잡힌다. 소설에서는 1958년 용인에 도착한 스티브의 위치를 환기시킬 때 '꿈은 사라지고'가 들린다. "나뭇잎이 푸르던 날에/ 뭉게구름 피어나듯 사랑이 일고/ 끝없이 퍼져 나간 젊은 꿈이 아름다워/ 귀뚜라미 지새 울고 낙엽 흩어지는 가을에/ 아 꿈은 사라지고 꿈은 사라지고/ 그 옛날 아쉬움에 한없이 웁니다."

《무한의 책》에 등장하거나 참조되는 회화와 노래는 각각 주인공을 둘러싼 음모와 환각의 지옥도의 배경을 묘사하거나 그 세계 너머에 있는 다른 세계에 대한 동경을 환기하는 장치로 기능한다면, 문학과 영화 등은 인물들의 심리적 메커니즘을 형상화하고 플롯을 직조하는 데 소용된다. 2017년도의 한국 소설의 현장에서 레디메이드 문화상품을 새로운 형상의 성좌로 재배치하는 브리콜라주 텍스트 만들기는 더는 낯선 서사기법은 아니다. 이미 「지구를 지켜라!」와 박민규의 편집증적 소설, 듀나의 SF 그리고 작가 자신의 단편 등에서 모범적이고도 흥미롭게 선보인 바 있는 브리콜라주는, 레비스트로스가 말한 것처럼 쓸모없게 된 파손된 부품이나 설계에 맞게 쓰고 남은 자투리를 갖고 원래의 용도와는 전혀 다른 물건을 만들어내는 기법이거나 그 기법의 산물을 뜻하는 개념이다. 《무한의 책》은 당연히 브리콜라주 소설이지만, 더 공정하게 말하면, 브리콜라주적 상상력이 공룡의 제왕이라 할 만한 티라노사우루스 급으로 집대성된 소설이다. 한 예로 신들이 어떻게 형상화되었는지를 살펴보자.

《무한의 책》에서 티라노사우루스를 닮은 신들의 이름인 '보리스'와 '아르까지'는 앞서 말한 것처럼 《세상이 끝날 때까지 아직 십억 년》의 저자들의 이름에서 따온 것이다. 물론 공룡을 닮은 신들의 이미지는 샤르댕 신부의 회고록에서 언급되는 화가 안젤리코 델 지오반니, 곧 히에로니무스 보슈의 초현실주의적 그림 '지상의 환락의 정원—지옥편'에 등장하는 새의 부리를 한 천사, 스티브가 어린 시절에 《소년중앙》의 별책부록에서 본 공룡도감, 아버지가 환각 속에서 보았다는 괴물 새에 대한 이야기, 스티브가 일하던 도축공장 '브리티시 미트 앤 컴퍼니'의 돼지들, 마찬가지로 그가 키우던 앵무새 제트 등의 파편화된 이미지들이 어지럽게 결합되어 만들어진 것이다. 신부의 회고록에 따르면 인간은 파충류에서 진화한 존재이니, 만일 신이 자신의 형상으로 인간을 만들었다는 〈창세기〉의 진술이 맞는다면 신들은 분명히 파충류의 형상으로 지상에 도래할 것이다. 그런가 하면 스티브의 아버지(박영식)와 스티브를 내내 괴롭히는 악마적이고도 환각적인 새의 이미지도 또한 앞서 열거한 출처로 만들어진 것이다. 이렇게 만들어진 신들은 지구의 종말을 경고하는 선신(善神)인 동시에 1980년 5월 광주에서 끔찍한 짓을 저질렀던 아버지 그리고 아버지로 인해 고통을 받는 아들에게는 악신(惡神)이기도 하겠다.

한편으로 《무한의 책》의 브리콜라주적 상상력은 상상력에 재료를 제공한 수많은 텍스트에서도 짐작되는 것처럼 편집증적인 망상을 앓고 있거나 음모에 시달리는 주인공과 작중인물의 믿거나말거나 세계인식과 무관하지 않다. 그들은 단지 망상을 앓는 존재들이 아니다. 그들은 바로 그 자신의 '망상'이다. 스티브를 비롯, 스티브의 아버지, 샤르댕 신부, 신부를 위험에서 구하고 그의 자서전을 집필하는 전직 기자 로버트 와인버그, 스티브의 직장동료이거나 친구들인 챙, 구티에레즈, 스티브에게 수수께끼 같은 말을 하는 트랜스젠더 노인인 미스 왕(그는《오이디푸스 왕》의 양성인간이자 예언자인 테이레시아스를 닮았다), 마약을 함께 했고 스티브에게 일어난 일가족 살인사건의 목격자였던 디디, 1980년 군복무 시절 아버지의 부하였다고 말하는 도축장의 정 씨, 신부를 살해하는 음모에 가담하고 로버트와 스티브의 뒤를 쫓으라 명령을 내리는 교황청의 추기경들, 로버트의 비밀메시지를 스티브에게 전하는 편의점 아르바이트생 싱, 지구가 멸망할 것이고 구원자가 스티브 너라고 말해주는 신들인 보리스와 아르까지, 그리고 2015년 용인 에버랜드에서 정체불명의 소년을 발견한 아르바이트생 모두.

그렇다고《무한의 책》이 그저 망상의 산물이라는 뜻은 아니다. 오히려 나는 이 소설이 실제와 망상의 위계 및 이분법을 해체하고, 망상은 실제와 똑같이 존재할 권리를 주장하며, 결국에는 그 권리를 성취한다고 옹호하고 싶을 정도다. 주인공을 비롯한 작중인물들의 망상은 비현실이 아니라 현실의 한 비밀을 드러낸다. 음모로 가득 찬 것은 작중인물이라기보다는 그들을 둘러싼 현실이다.《무한의 책》에서 가히 이야기 이어달리기 주자(走者)들이라고 할 만한 작중인물들의 편집증적 망상은 개별적이면서도 집단적이다. 이들이 앓고 있는 분열증, 편집증, 해석망상에서 세계는 하나가 아니다. 그들은 저마다의 다중적인 세계를 산다. 그럼에도 세계에 대한 이들의 기분이나 감정은 고립무원의 밀실공포에 가깝다. 그들은 돌이킬 수 없는 과오가 저질러진 과거와 기약 없는 미래의 틈바구니에서 이러지도 저러지도 못한 채 얼어붙은 이중구속(doublebind)의 현재를 살아간다. 작중인물들을 둘러싼 이러한 처지가 《무한의 책》이 환기한 동시대적인 리얼리티가 아닐까. 트루데의 도축공장에서 일하는 스티브와 용인의 아르바이트생은 서로 다른 평행우주에 속해 있다. 하지만 '세계화의 현실'에서 볼 때, 그들은 미래도, 꿈도, 삶의 다른 가능성도 없이, 한마디로 '세계 없이' 오늘만 살고 있다. 있어도 그만 없어도 그만인 그들은 세계가 가짜(fiction) 취급하는 단자들이다. 그들의 운명은 닮았다.

그럼에도 스티브는 다음과 같은 순서로 자신을 망상 취급하는, 세계 없는 세계에 의미를 부여할 것이다. 이것이 《무한의 책》의 플롯을 순차적이면서도 중층적인 방식으로 만들어나갈 것이다(여기서 플롯plot이 음모를 의미한다는 것도 지적해야겠다). 첫째, 마약재활병원을 나와 몰락해가는 도축공장에서 미래 없이 지내는 한국인 청년 스티브에게 로버트와의 만남 등으로 새롭게 의미를 부여받기 시작한 세계는 서서히 종말 또는 구원의 기로에 놓여 있는 알레고리적인 대상으로 변한다(종말서사). 둘째, 단편적이고도 파편화된 채로 존재했던 주변 세계와 인물들을 일관된 이야기로 통합하면서 스티브에게 의미심장했던 불운의 원인을 진지하게 탐색하게 된다. 그리고 이를 통해 자신을 둘러싼 세계가 거대한 음모와 위협의 순간들로 이루어졌음을 지각하며, 모든 행동은 그에 대한 주의 깊은 대응으로 나타나게 된다(음모서사). 셋째, 최종적인 자기확신과 결단을 통해 개별자의 망상을 집단적인 구원의 진정한 계기로 삼는다. 세계는 보다 뚜렷하게 종말과 구원의 기로에 놓여 있게 되며, 《무한의 책》에서는 타임루프라는 방법을 통해 개별자를 사로잡았던 고통과 불안을 해소하는 동시에 모든 불행의 기원이 되는 과거 임계점의 매듭을 풀고자 한다(시간여행 서사).

슈뢰딩거의 고양이 소설

소설(fiction)은 현실의 평행우주(parallel world)라는 생각을 종종 해본다. 어렵거나 특별한 생각은 아니다. 우리가 살아가는 현실과 닮은 상상적인 우주로서의 소설, '만일 ~했더라면'의 반사실적 조건문에서 태어난 또 하나의 현실, 로버트 프로스트의 시 〈가지 않은 길〉(1916)의 화자가 두 갈래길 가운데 하나를 선택했던 순간에 영원한 가능성으로 뒤에 남겨지고 말 또 다른 인생길. 흰 종이와 검은 활자로 무한히 증식한다는 장점은 있으나 독서하는 우리의 상상 이외에는 어떤 것도 들어갈 수 없는 또 다른 세계. 그래서 소설은 현실을 닮았고, 현실은 소설을 닮았다고들 한다. 그런데 어떤 소설은 평행우주를 통해 아예 다른 모험을 감행하려고 한다. 평행우주는 더는 소설의 닮은 말이 아니다. 이제 평행우주가 소설의 배경이 되며, 소설이 창조한 바로 그 현실이 된다. 우리는 이런 소설을 SF라 부른다.

SF 가운데에서도 소프트 SF라고 할 만한《무한의 책》에는 세 개의 서로 다른 평행우주가 중첩된다. 2016년의 트루데, 1958년의 용인 그리고 2015년의 용인. 그런데 이것들은 하나의 세계, 동시대의 지구 안에 존재하는 서로 다른 세 개의 시공간이 아니다. 2016년의 트루데와 1958년 또는 2015년의 용인은 만일 하나가 없다면 다른 하나도 존재하지 않을 세계다. 한 세계가 다른 세계에 대해 평행우주인 것이다. 평행우주를 낳게 한 '슈뢰딩거의 고양이' 가설에 의하면 양자역학적인 상황에서 독이 든 상자 안에 갇힌 고양이는 살아 있는지 죽어 있는지 그 자체로는 알 수 없다. 살아 있을 수도 있고 죽어 있을 수도 있는 잠재성으로서의 고양이는 뚜껑을 여는 실험자의 개입으로 둘 중의 하나, 곧 살아 있거나 죽은 고양이로 결정된다. 즉 입자로 결정되기 전까지 고양이는 파동으로 존재하며, 파동의 위상이 일치하지 않을 때 고양이는 죽은 고양이로도 산 고양이로도 존재할 수 있다.

죽은 고양이가 존재하는 세계와 산 고양이가 존재하는 세계는 서로에 대해 평행우주다. 2016년의 트루데는 지구 종말이 임박했으며, 그 세계의 파멸을 막기 위해서라면 소설의 주인공 스티브는 다른 세계, 1958년의 용인으로, 이어서 2015년의 용인으로 건너가야만 한다. 말하자면 1958년과 2015년의 용인은 스티브와 더불어 새롭게 창조되는 것이다. 그렇다고 2016년의 트루데에서 벌어지는 이야기가 원본이고 1958년과 2015년의 용인에서 벌어지는 이야기가 복제본이라는 의미는 아니다. 우주는 다른 우주에 대해 평행우주일 뿐이다. 《무한의 책》의 마지막 부분, 덤프트럭 교통사고를 당한 아르바이트생의 꿈에서 그가 소년에게 넘겨주는 공책은 "온통 새하얀 백지"일 것이다. "다른 세상에서라면" 소년은 "다른 이야기를 쓰게 될" 것이므로.(488쪽) 이것을 세 개의 시공간이 맞물리는 벤다이어그램의 형태로 그려보고자 한다.

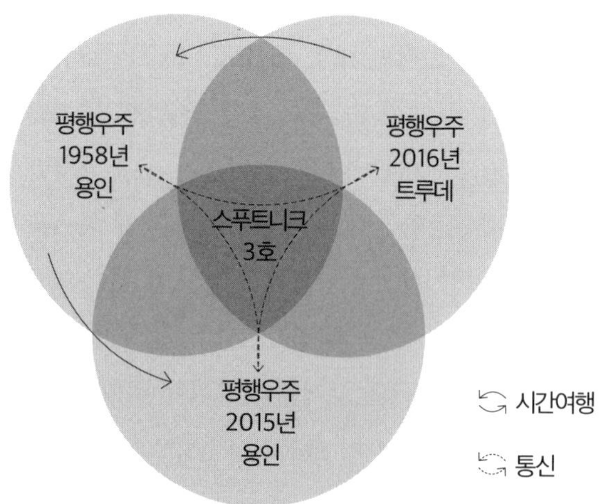

주의할 것은 세 개의 상이한 시공간이 중첩되는 곳에 '여행의 동반자'라는 뜻을 갖고 있는 소련의 우주선 스푸트니크 3호가 자리 잡고 있다는 것이다. "때로 어떤 전파는 시공간을 뛰어넘어 전달되기도"(170쪽) 하는데, 스푸트니크 3호가 바로 그 역할을 맡으면서 궁극적으로는 세 개의 시공간을 연결해주는 중개자 역할을 했던 것이다. 스푸트니크 3호와 관련하여 샤르댕 신부가 로버트에게 증언한 것을 상기해보도록 하자. 신부가 창조과학 세미나에서 만났던 레오니드 몰로디노프 박사는 신부에게 숫자가 적힌 중요한 쪽지를 하나 건네주면서 1958년 소련우주국 위성안테나에 "이상한 문자와 숫자, 음조 등이 조합된" "외계로부터의 신호"가 스푸트니크 3호를 통해 전달되었다고 말한다. 지구인 남성의 목소리와 유사한 것으로 밝혀진 그 음성은 2015년 12월 21일 신들이 지구에 도착하고, 곧 우주에 종말이 닥친다고 절박하게 경고하고 있었던 것이다. 그리고 "이상하게 마음이 아파오고 심장이 텅 비어버리는 것 같은"(114쪽) 구슬픈 노래도 함께 들렸는데, 물론 그 노래는 '꿈은 사라지고'이다. 그렇다면 쪽지에 적힌 숫자는? 바로 그 숫자 덕택에 로버트는 스티브를 만날 수 있었던 것이다.

문제의 숫자 2015-0666은 스티브의 전화번호였으며, 1958년 용인에 도착한 스티브는 저 번호의 휴대전화로 정체모를 누군가가 보낸 메시지를 받게 된다. 그것은 스티브 자신, 아니 아버지, 아니 인류를 구원해야 할 절체절명의 사명을 지니고 고독하게 용인의 한 허름한 여인숙에 누워 있던 구원자 스티브를 격려하는 단 하나의 메시지였다. 그러나 메시지를 보낸 누군가에게 답신을 보내려는 찰나 핸드폰이 꺼져버렸으며, 그때 스티브의 울부짖는 음성이 결국 그가 우주로 보낸 마지막 신호가 되었던 것이다. 스푸트니크 3호에 정체 모를 신호들이 잡힌 지 얼마 되지 않아 들렸던 "안 돼! 안 돼! 이건 정말 아니잖아! 제발, 다시 켜지라고!"(115쪽), "안 돼!

안 된다고! 이럴 순 없어!"(325쪽)라는 음성이 바로 그것이었다(첫 번째 음성은 두 번째 음성의 번역이다). 그렇다면 스티브에게 격려의 메시지를 보낸 것은 누구인가? 더는 숨길 것도 없다. 스티브의 노트를 번역하는 2015년 용인의 아르바이트생. 그는 인류 구원의 사명을 지고 1958년의 용인에 도착한 스티브에게 메시지를 보낸다. 물론 스티브가 보리스와 아르까지로 이름 붙인, 하나인 동시에 여럿으로 편재하는 신들이 아르바이트생의 귀에 대고 직접 들려준 음성 덕택이다.

> *그럼으로써 너도 계시의 완성에 기여하게 되는 거야. 그러니 어서 문자를 보내줘. 흔들리는 스티브에게 용기를 주라고. 그러지 않으면……. 그러지 않으면요? 그러지 않으면 네가 지금 발 딛고 선 이 세계가 사라질 거야. 쥐도 새도 모르게, 없어지는 줄도 모른 채 모든 게 무無로 화하겠지.(469쪽)*

물론 《무한의 책》에서 신들은 모든 문제를 해결하는 '기계장치 신(deuxexmachina)'이 아니다. 신들은 스티브가 임무를 마치고 자살할 것이라고 말했지만, 로버트가 스티브에게 마지막으로 전해준 의미심장한 메시지는 스티브에게 다른 삶이 가능함을 일러준다. "기억해두게나. 미래로 가는 유일한 방법은 하루하루 살아가는 것뿐이라고."(476쪽) 여기서 평행우주는 축자적으로는 소설에 외삽된 과학적 가설이지만, 비유적으로는 2016년 트루데의 청년 스티브와 2015년 용인의 청년 아르바이트생을 함께 묶는 세계화의 현실을 환기시키는 알레고리다. 스티브가 당한 의문의 덤프트럭 교통사고와 자신이 완성한 노트를 소년에게 주려고 오토바이를 몰고 가다가 아르바이트생이 당한 덤프트럭 교통사고 또한 두 평행우주가 상호간섭한 결과다. 그것은 또한 미래 없이 살아가는 두 청년(한 명은 몰락하는 도축공장에서 일하는 외국인노동자, 다른 한 명은 반지하방에서 살고 있는 가난한 한국인 휴학생)을 둘러싼 공통의 현실을 환기시킨다(트루데는 어디에나 존재한다!). 이것이 아르바이트생이 미처 읽지 못한 "*세계의 비밀과 덤프트럭 사이의 묘한 관계*"(479쪽)라는 로버트의 답장이 의미하는 바다. 평행우주는 인물들의 망상이 아니라 세계 없이 살아가는 단자들의 바로 그 현실이자 증상이다.

시간여행도 마찬가지겠다. 시간여행에는 치러야 할 대가가 따른다. 할아버지 패러독스, 또는 작가가 살짝 변형한 것처럼 "할머니 패러독스"(448쪽)라고 부르든 간에 시간여행의 역설 가운데 하나는 시간여행자가 그의 탄생을 가능하게 한 선조(先祖)를 만나는 불가사의한 행위다. 만일 이 선조에게 시간여행자의 탄생과 관련되어 불행한 일이 단 하나라도 일어나게 된다면 시간여행자는 더는 존재할 수 없다. 보육원에서 일어난 화재로부터 소년(아버지)을 구하지 못했더라면 스티브도 무(無)로 사라지고 말았을 것이다. 2016년 트루데의 스티브는 시간여행을 통해 모든 이들의 기억에서 존재하지 않는 인물이 되고, 1958년의 스티브는 그가 고아원에서 구출한 소년에게 자신의 한국인 이름을 넘겨주며, 2015년 용인의 그는 그의 이름, 과거와 현재에 대해 누구도 알 수 없는 정체불명의 노인으로 무려 57년 동안 '하루하루'를 살아왔고, 또 살아갈 것이다. 언젠가 "나는 허구가 될 거라고"(440쪽) 말했던 것처럼 그는 2016년 트루데의 세계에서 삭제될 것이다. 그것이 다른 평행우주 속에 던져진 스티브에게 주어진 현실이리라. 스티브는 시간여행을 통해 소년기와 청년기, 노년기를 한꺼번에 살게 될 것이다. 그것이 로버트가 스티브에게 말했던 '미래로 가는 유일한 방법'의 의미다. 스티브는 흡사 자신의 아버지를 죽이고 어머니와 결혼해 자식을 낳은 오이디푸스의 삶을 살아갈 것이다. 아버지에게는 아들, 어머니에게는 아들이자 남편, 자식에게는 아버지요 형제요 할아버지이기도 한 오이디푸스, 소년과 청년과 노인의 몸뚱어리를 한 번에 사는 괴물인 오이디푸스. 도대체 스티브는 왜 그럴 수밖에 없었던 것일까?

History & story

지금까지 나는 스티브의 시간여행의 과정을 상세하게 서술했지만, 그가 시간여행을 하게 된 원인에 대해서는 별로 언급하지 않았다. 《무한의 책》은 스티브가 시간여행을 떠나기까지의 과정을 공들여 재현했다. 서사의 다양한 기법과 장치, 치밀한 플롯은 모두 시간여행을 위해 동원되었다. 그런데 스티브가 마약재활병원에 있었을 당시의 주치의 닥터 싱(스티브의 평행우주에서는 편의점 아르바이트생 싱)이 용인의 아르바이트생에게 보낸 메일에 따르면 스티브의 시간여행이란 자신의 망상에 불과했다(따라서 닥터 싱은 스티브의 시간여행을 저지하는 타임패트롤이다). 스티브의 편집증, 음모론, 시간여행은 물론 그의 아버지가 과거에 저질렀던 한 사건 때문에 시작된 것이다. 《무한의 책》의 이야기 다발은 '만약 ~했더라면'의 가정법(fiction)으로 만들어졌다. '만약 아버지가 그때 ~하지 않았더라면.' 양상논리학에는 '고정지시자(rigid designator)'라는 흥미로운 개념이 있다. 어떠한 가능세계를 설정하더라도 같은 대상을 지시하는 말. 어떠한 가정법으로도, 어떠한 평행우주로도, 어떠한 시간여행으로도 결코 되돌릴 수 없을 '고정지시자'로서의 역사(1980. 5.18 광주). 그것은 비극을 일으킨 남자만이 아니라 후에 그의 가족과 자식마저 옭죄고 얽매는 운명이 될 것이다. '옐름가 1408번지 한국인 가족 몰살 사건'은 그 운명의 불가피한 결과였다. 소설에 등장하는 인지과학자 벤자민 리벳의 실험은 뇌의 전기신호와 행동 사이의 0.5초의 불가피한 간극을 설명한다. "자유의지에 앞서 0.5초 먼저 인간을 움직인다는 그 뭔가"(156쪽)의 정체는 도대체 무엇일까. 이 간극을 거스르는 자유의지 따위란 없다.

1980년 5월 광주에서 아버지에게 도대체 무슨 일이 일어났던 것일까. 아니, 아버지는 도대체 무슨 짓을 저질렀던 것일까. 아버지가 스티브에게 한 환각적인 고백에 따르면, 아버지는 그 도시로 향하던 군용트럭에서 사람을 닮은 기분 나쁜 괴물 새를 봤으며, 새에게 발포를 했지만 그놈은 도리어 아버지의 "몸뚱어리를 뚫고 들어왔다". 아버지는 자신의 몸속으로 들어온 새를 찾아 "내장과 갈비뼈 사이를 미친 듯이 뒤졌지만, 그새 놈은 어디론가 숨어"버린다.(183쪽) 게다가 자신이 신이라고 킬킬대던 새는 정 하사에게 총을 "쏘라고" 아버지의 "귀에다 대고 미친 듯이 떠들어댄 존재"였다.(184쪽) 리벳이 말한 0.5초 간극의 정체는 환각과 환청으로 사정없이 아버지를 쪼아댄 악신이었을까. 그는 자신도 모르게 정 하사에게 총을 쏜 후 이어 정체불명의 새도 총으로 쏴 죽였다고 생각했지만, 모든 것은 망상이었다.

> 난 완전히 속아 넘어갔던 거야. 새인 줄 알고 있던 것들은, 제길, 사람이었어. 그것도 어린애들. 웃통까지 벗고 물에서 놀고 있던 소년들. 한 놈은 머리가 터지고, 어떤 놈은 배가 뚫렸어. 밑바닥부터 피가 차오르더니, 시간도 움직임도…… 모든 게 완벽하게 멈춘 그 세상 전체가 새빨간 물속으로 잠겨 들었어.(185~186쪽)

주의할 필요가 있겠다. 아버지가 자기 자신에게 분명히 말했던 것처럼 "어쨌든 모든 건 너의 선택이니까. 지금 머릿속에 들어 있는 그 새도 사실은 네가 원해서 불러들인 거야".(184쪽) 아버지의 환각과 환청은 그가 광주로 향하던 당시의 개울가에서 실제로 경험한 현실이라고 말할 수 있을까. 혹시 그는 자신이 저지른 끔찍한 범죄를 도무지 감당할 수 없기 때문에 괴물 새의 환각과 환청을 만들어낸 것은 아닐까. 그렇게 그의 삶은 '망상'이 되어갔고, 그것이 그의 '현실'이었다. 스티브의 망상은 리처드 도킨스의 표현을 빌리면 아버지의 저주받을 밈(meme)을 운명적으로 물려받은 것이기도 하다. 만약 '나', 스티브가 로버트를 만나지 않았더라면, 만약 로버트의 이야기를 한낱 음모론에 빠진 미치광이 노인의 망상으로 치부했더라면, '나'는 도축공장에서 햄이나 팔고 평범한 인생을 살았겠지만……

> 만약 정말로 그랬다면 당신(들)은 이 노트를 구경도 못 했을 거야. 왜냐하면 우주의 틈새는 열리지 않았을 테니까. 내가 모든 비밀을 알아낸 덕분에, 그 작고 좁은 균열이 입을 벌렸어. 그리고 거기서 시간과 공간은 다시 태어났지. 우리—나와 당신을 포함해서—도 마찬가지고 말이야. 아, 물론 미안하긴 해. 나 때문에 무無가 되고 만 존재들에게는. 빌어먹을 내 아버지, 박영식. 그래, 그가 아니었다면 난 이 따위 노트 같은 건 쓰지도 않았을 거야.(32쪽)

나아가 《무한의 책》이라는 시간여행, 평행우주(허구)는 '만일 ~했더라면'의 가정법, 어떠한 양상논리의 무한한 변주 속에서도 지워지지 않고 단단히 고정되어 있는 역사(현실)의 상처에서 비롯된 것이다. 그렇다면 이 소설의 평행우주는 역사의 상처로부터 한낱 도피하기 위해 만들어졌다는 뜻인가. 물론 아니다. 오히려 역사의 모순, 괴로운 상처에 대한 상상적인 해결책이라고 봐야 한다. 모든 것은 만들어졌다는 구성주의자들에게 역사(History)도 이야기(story)의 하나겠지만, 이야기는 역사의 환부, 크랙, 임계점, 특이점을 환기하고, 어루만지며, 때로는 그것을 극복하기 위해 쓰이는 어떤 것이다. 비록 이 이야기가 《무한의 책》에서처럼 온통 해석망상, 편집증, 음모론 등을 동원해 만들어졌더라도.

> 각각의 순간을 상징하는 시공간들은 이 광대무변한 우주 전체에 비누거품처럼 둥둥 떠 있어. 그러니까 그야말로 무한에 가까운 순간의 거품들이 부글부글 끓어오르고 있다는 뜻인데…… 어쨌거나, '지금 이 순간'이라는 거품과 '과거의 어느 시점'이라는 또 하나의 거품을 서로 만나게 하려면 너는 현재라는 시공간의 거품에서 1958년의 용인이라는 시공간의 거품으로 건너뛰는 거야. 그 두 개의 비눗방울이 만나는 찰나의 순간에 말이야. 그리고 그곳에서 너는 '열쇠'를 찾아내 이곳으로 돌려보내야 해. 그게 바로 크랙을 메울 수 있는 유일한 방법이니까!(417쪽)

《무한의 책》에서 시간여행 서사는 이런 식으로 구상되었다. 스티브의 시간여행을 통해 무수한 거품의 순간으로 존재하는 2016년 트루데의 우주, 1958년 용인의 우주 그리고 2015년 용인의 우주는 양자역학의 용어를 빌리면 파동의 위상이 일치하지 않는 '결어긋남(decoherence)' 상태를 일주일 동안 지양할 수 있게 된다. 일주일이 지나면 트루데의 우주에 종말이 닥쳐오며, 우주는 다른 우주에 대해 존재하지 않게 된다. 종말은 과거의 어느 지점에서 최초의 크랙이 발생하고 이후에 도무지 어찌할 수 없을 정도로 커다랗게 벌어져 임계점을 넘어선 결과로 예고되었던 것이다. 신들에 의하면 스티브의 아버지가 "1980년 광주로 향하던 군용트럭 위에서 임계점을 넘어선"(416쪽) 것이다. 그리고 스티브는 감행한 것이다. 크랙이 발생하던 어느 시점으로 거슬러 올라가 어린 자신의 아버지를 만나기 위해.

그리고 스티브는 해냈다. 마침내 그의 망상은 현실을 이겼다.

'새로운 리얼리즘' 소설

《무한의 책》에서 스티브의 편집증 서사는 그 자체로 증상이다. 그러나 서사는 또한 증상의 괴롭고도 모순적인 해소 과정이기도 하다. 물론 스티브는 닥터 싱의 말처럼 "스스로를 구하기 위해서 이야기를 만들어"(459쪽)낸 것이다. 그의 망상(fiction)은 비참한 현실(reality)에 기원을 두고 있으며, 현실과 마구 혼동되는 것이겠지만, 그것을 왜소하게 비현실이라고 고집해 부를 이유는 없다. 닥터 싱도 용인의 아르바이트생에게 보낸 메일에서 스티브의 망상을 지적하다가 나중에는 그것을 철회하지 않았던가. 현실은 망상에 대해 더는 우위를 주장할 수 없게 되었다. 그 현실은 닥터 싱의 메일 주소처럼 사라질 것이다. 《무한의 책》에는 독단적인 현실 개념을 고수하는 사람들이 앉을 의자가 더는 남아 있지 않다.

최근에 독일의 한 젊은 철학자가 '새로운 리얼리즘'을 내세웠다고들 한다. 들어본즉슨 현실은 감각 너머에 있는 것도, 감각에만 있는 것도, 객관적으로 존재하는 대상도, 대상에 대한 나의 주관적인 관점도 아니다. 마찬가지로 모든 현실을 포괄하는 세계(현실)가 존재하는 것도 아니다. 물리적 대상인 우주도 세계보다 더 크지 않다. 세계가 나의 의미 장(場) 안에서 파악될 수 있는 것이라면. 세계는 전체로 파악될 수 없고 또 그럴 필요도 없다. '세계는 존재하지 않는다.' 《무한의 책》에서 읽었듯이 세계는 주인공이 존재하기를 그만두면 사라질 수 있는 어떤 것이다. 그렇지만 세계보다 더 많은 것들이 존재할 여지는 남아 있다. 빗자루를 타고 날아다니는 마녀나 경찰복을 입은 일각수와 같은 허구 또한 엄연히 존재하는 것이다. "새로운 리얼리즘은 우리가 사실을 두고 하는 생각 역시 그 생각의 대상인 사실 못지않게 똑같은 권리를 가지고 존재한다고 인정한다."[3]

이제 《무한의 책》과 더불어 이렇게 말해도 될 것 같지 않은가. 김희선의

《무한의 책》은 우리가 현실을 두고 하는 망상 역시 그 망상의 대상인 현실 못지않게 똑같은 권리를 가지고 존재한다는 것을 역설하는 새로운 리얼리즘 소설이라고.

— 해설, 김희선, 《무한의 책》, 현대문학, 2017

3 마르쿠스 가브리엘, 《왜 세계는 존재하지 않는가》, 김희상 옮김, 책세상, 2017, 16쪽.

데카르트의 SF적 후예들

—배명훈과 김보영의 SF에 대하여

한국의 SF?

리얼리즘 위주의 본격문학의 전통과 역사가 강고한 한국 문학의 역사적 물줄기에서 최근에 기존의 리얼리즘적 시각과 관념으로 포착이 쉽지 않은 돌연변이와도 같은 장르혼효적인 소설들이 출현하고 있다. 과학소설, 판타지소설, 무협소설, 추리소설 등 이른바 장르소설이 기존의 리얼리즘 소설적 전통과 나란히 하면서 새로운 문학적 세력으로 등장하고 있는 것이다. 또한 리얼리즘 소설과 장르소설의 경계가 혼합되는 추세도 강해졌다. 게다가 작품의 질적 성과 면에서도 기존의 본격 리얼리즘 소설과 견주어도 될 만한 우수한 작품들이 증가하고 있다. 이러한 장르혼효 경향 가운데 하나인 과학소설의 우세는 특별히 주목할 만하다. 과학소설은 주로 과학적 상상력과 사유, 비전에 근거해 현실에 대한 낯설게하기를 시도함으로써 다른 세계에 대한 꿈을 드러내는 한편으로 현실에 대한 풍자와 비판을 새로운 각도로 가능하게 하는 소설 장르를 일컫는다. 그동안 한국 과학소설은 창작과 비평의 수준에서 한국 문학사의 예외와 소수에 속했다고 말할 수 있다. 리얼리즘 문학의 전통이 매우 강한 한국 문학에서 SF는 양과 질에서 상대적으로 빈곤한 처지에 머무르고 있다. 문학으로 제대로 인정받지도 못하는 형편이다. SF는 오직 소수 팬덤의 향유물에 불과한 것으로 취급받았다. 그러나 소수와 예외의 자리에 있었더라도 한국 과학소설의 역사, 작가와 작품, 특징과 경향, 대표작이 없었던 것은 아니었다. 무엇보다 2000년대에 들어와서 한국의 SF는 주목할 만한 작가와 작품을 양산하기 시작했다.

배명훈과 김보영

2000년대 한국 문학은 기존 리얼리즘 문학에서 다루지 않았던 환상이나 미래를 적극적으로 탐사하기 시작했다. 그리고 그러한 탐사 속에서 새로운 리얼리티를 발견하기에 이른다. 젊은 작가들은 환상과 현실의 영역을 이전보다 자유롭게 넘나들기 시작했다. 그들은 리얼리즘 문학과 환상문학의 요소를 뒤섞었다. 소설에서 외계인과 좀비, 클론 등 유사인간이 주인공으로 등장하기 시작했다. 이러한 피조물은 인간이라는 종과 휴머니즘적 가치체계를 의문시했다. 소설의 배경은 기존 현실을 벗어나, 컴퓨터 등의 가상현실, 우주, 인류종말 이후의 세계 등으로 확장되었다. 그 와중에 2000년대 한국 소설에서 SF가 등장했던 것이다. 이러한 SF는 보다 확장된 독자의 반응과 전문적인 비평에 의해 조명받기 시작했다.

2000년대 한국의 SF에서 가장 주목받을 만한 젊은 작가는 단연코 배명훈과 김보영이다. 이들은 SF에만 머무르지 않고 판타지, 동화, 추리소설 등을 자유롭게 쓰는 작가들이다. 그런데 그중에서 이 작가들이 가장 많이 썼을 뿐만 아니라, 또 주목받았던 작품들은 대부분 SF다.

배명훈은 연작소설집 《타워》(2009)와 단편집 《안녕, 인공존재!》(2010)로 문단 안팎의 관심을 한꺼번에 받았다. 이후에 그는 장편 SF 《신의 궤도》(2011)와 SF의 요소가 가미된 연작소설 《총통각하》(2012)를 잇달아 펴냈다. 김보영 또한 SF 단편집 《멀리 가는 이야기》(2010)와 《진화신화》(2010)를 한꺼번에 펴냈으며, 신화, 묵시록, SF, 무협 등의 요소가 뒤섞인 장편소설 《7인의 집행관》(2013)을 펴냈다. 배명훈은 리얼리즘 전통이 강한 한국 문학의 장에서 당당하게 인정받고 있으며, 김보영은 SF 마니아 등 팬덤으로부터 상당한 지지를 얻고 있다. 이들의 작품세계로 들어가보자.

배명훈의 SF: 존재에 대한 실험

배명훈은 연작소설집 《타워》(2009)와 단편집 《안녕, 인공존재!》(2010)를 통해 한국 문학에서 SF의 문학적 가능성을 몸소 증명한 젊은 작가다. 배명훈 소설의 장처(長處)는 명료하고도 평이한 서술과 묘사, 기발하고도 재치 있는 아이디어와 인지적 가정법, 개성 뚜렷한 인물에 대한 형상화, 인간과 인간 사이에 놓인 다양한 관계에 대한 윤리적인 탐구에 있다. 여기서 비평가와 독자의 주목을 받기도 했던 〈안녕, 인공존재!〉(《안녕, 인공존재!》)를 읽어보자.

이 소설은 뛰어난 과학자였던 친구 신우정이 자살하면서 주인공에게 남긴 '조약'이라는 이상한 제품을 둘러싼 이야기다. 이 제품은 수수께끼 같은 존재다. 왜 주인공에게 유품처럼 남겼는지도 도대체가 의문인 물건이다.

설명서에 따르면 '조약'은 데카르트의 명제 '코기토 에르고 숨'을 통해 추출된 순수존재 그 자체다. 주인공은 이 물건을 두고 어찌할 바를 모르다가 결국 그것을 우주 바깥으로 방출시키려 한다. 주인공은 그때 깨닫게 된다. 이 순수존재 또는 인공존재는 바로 쓸모없기 때문에 "예술"이라는 것. 그리고 "존재를 우주로" 떠나보냈을 때, "존재의 남은 부분이 내 안으로 더 깊이 파고들어왔다"는 것. 이러한 일련의 사건을 통해 주인공은 납득하기 힘들었던 친구의 죽음이 바로 관계의 문제에서 비롯되었다는 것을 깨닫게 된다.

이러한 관계의 문제는 한편으로 〈청혼〉(《문예중앙》, 2010년 가을호)[1]처럼 배명훈의 SF의 진면목을 보여주는 중편소설에서도 심오하게 다뤄지고 있다. 이 소설은 평행우주가 주는 불안과 공포를 타자성이라는 관점으로 접근하는 진지한 문학적 실험이다. 또한 SF에서 필수적인 과학적 상상력이 매우 정밀하고도 유감없이 발휘되고 있는 탁월한 소설이다. 지구인들로부터 의심과 모함을 받는 궤도연합군 소속의 주인공은 우주의 낯선 외계인 함대의 공격에 필사적으로 대항한다. 소설의 말미에서 이 낯선 정체의 외계인은 평행우주의 시공간 특유의 왜곡을 통해 마주친 미래의 자신과 자신이 속한 공동체로 밝혀진다. 〈청혼〉은 외계인은 무엇보다도 가장 낯설고 소외된 나 자신이라는 투철한 자기인식이 돋보이는 SF다.

배명훈의 첫 번째 장편 SF인 《신의 궤도》(2011)는 SF 특유의 가정법으로 시작한다. '만일 신이 별들의 궤도 어딘가에 하나의 물질로 존재하고 있다면?' 이때부터 《신의 궤도》의 상상력은 막힘없이 곧바로 우주로 뻗어나가게 된다. 우주비행사의 꿈을 지닌 주인공 '은경'은 테러리스트 바클라바

1 이 소설은 단행본으로 출간되었다. 배명훈, 《청혼》, 문예중앙, 2013.

를 도왔다는 죄목으로 냉동인간이 된 채 15만 년 후에 행성 '나니예'에서 깨어난다. 은경은 나니예가 자신을 냉동인간으로 만든 인공위성 재벌인 아버지가 만든 인공행성임을 알게 된다. 그리고 그곳을 빠져나오려던 중 바클라바와 닮은 수도사 '나물'을 만난다. 그때부터 두 남녀는 온갖 진기한 모험과 방랑에 동참한다. 방대한 스케일에도 불구하고 매우 흥미진진하게 읽히는《신의 궤도》는 신의 존재증명, 인류의 몰락, 항성 간 여행 등 SF 특유의 프로토콜뿐만 아니라, 사랑, 믿음, 우정과 같은 인간본연의 문제를 진지하게 탐구하는 작품이다.《신의 궤도》는 한국 SF의 역사에서 이정표로 남을 중요한 소설이라고 할 수 있다.

배명훈은 최근에《총통각하》라는 연작소설집을 펴냈다. 이 소설집에서 작가는 지난 몇 년 간 한국 사회의 현실에서 벌어진 사건들에서 일련의 요소를 추출해 일종의 사회학적 외삽을 재치 있게 시도했다. 소설은 총통이 지배하고 있는 가상의 세계와 미래에서 펼쳐질 법한 인간의 다양한 양화와 음화를 묘사한다. 이처럼 배명훈의 SF는 외삽, 흥미로운 가정, 기발한 아이디어 등을 통해 인간의 존재의 심연에서 가장 본질적인 원소들을 추출해낸다. 그의 SF는 한마디로 세계와 인간으로부터 추출한 존재에 대한 실험이다. 세계와 미래에 대한 낙관적인 시각과 인간에 대한 믿음과 호의가 작품들에서 다소 지배적이지만, 그는 아직 역량이 무궁한 젊은 작가이다. 그를 지켜볼 필요가 있는 것이다.

김보영의 SF: 평행우주에서 진실 찾기

김보영의 SF 중단편의 특색은 등단작이자 김보영이 쓴 작품 중에 수작에 해당하는 〈촉각의 경험〉(《멀리 가는 이야기》)이 그렇듯이, SF 특유의 사고실험의 성격이 매우 강한 작품이다. 김보영도 배명훈과 비슷하게 데카르트적 코기토를 변주해 지금까지 당연시되어온 인간중심적 사고와 감각의 중추를 뒤흔드는 실험을 소설로 실행하고 있다. 그런데 배명훈의 사고실험이 애초에 인간의 관계문제를 해명하기 위해 동원되는 윤리적인 성격의 것이라면, 김보영의 사고실험은 배명훈과는 반대 방향이다. 김보영은 좀 더 철학적이고 인식론적인 질문으로 출발해 그 사고의 끝에서 윤리적인 것을 자연스럽게 도출해낸다. 그의 소설을 읽는 독자는 우선 자신의 감각과 지성을 최대한으로 집중해야 한다. 그렇게 해야만 김보영 소설의 마지막에서 인식적 충격과 감동을 충분히 얻을 수 있기 때문이다.

〈촉각의 경험〉은 이런 이야기다. 주인공('나')은 유시헌 박사를 통해 자신의 클론을 공급받는다. 배양기 안에 있는 클론과 인간의 감각교류는 일어날 수 있을까. 과연 클론은 클론의 주인인 인간의 꿈도 꿀 수 있는 것일까. 일반적인 전제는 불가능하다는 것이다. 그러나 소설은 차분하게 그 전제와 가정을 뒤집는 방식으로 진행된다. 소설의 진행 그 자체가 하나의 강력하게 지적인 사고실험이라고 할 수 있는 것이다. 게다가 〈촉각의 경험〉의 디테일은 뛰어난 하드 SF만큼이나 풍부하고 정교하다. 결국 클론이 바이러스로 인해 죽고 난 후에 '나'는 박사로부터 클론의 '꿈'에 대해 듣는다. "꿈이 아니었어요. 최초의 현실이었지요. 그가 일생을 통해 처음 접하는 강렬한 색채와 화음의 감각이었어요. 감각의 홍수 속에서 살아가는 우리는 생애에 경험하지도 못할 감정입니다. 마치 폭풍이 몰아치는 것 같았지요. 태어나 처음 만지는 것, 처음 접하는…… 다른 사람의…… 감촉이었던 것입니다."(〈촉각의 경험〉)

그러니까 클론이 최초로 접한 근원적인 감각은 촉각, 즉 타인과의 접촉을 전제로 하는 감각이었던 것이다. 이 소설에서 클론은 더 이상 인간의 감각과 감정, 지성을 일방적으로 받아들이고 기계적으로 모방하는 수동적인 존재가 아니라, 인간과의 접촉을 통해 인간과 동등하게 감정과 지성을 자율적으로 수행할 수 있는 존재로 거듭난다. 데카르트는 꿈이 한낱 감각이 사유하는 코기토를 기만하는 것에 불과하다고 말했지만, 김보영의 SF적 사고실험에서 근원적인 것은 코기토가 아니라 감각, 그것도 타자와 피부로 접촉하는 촉각이다. 이런 사고실험은 소리가 사라진 세계 속에서 감각의 문제를 의문시하는 단편 〈다섯 번째 감각〉에서도 뛰어나게 수행되고 있다. 이처럼 《멀리 가는 이야기》에 실려 있는 단편들은 미국의 과학소설 작가인 테드 창의 뛰어난 SF 단편들을 떠올리게 한다. 김보영은 감각의 문제뿐만 아니라 인간 종, 시간여행, 인간이 멸종하고 로봇만 남은 세상 등 익숙한 SF 프로토콜을 가져다쓰면서도 전혀 다른 이야기를 만들어내는 작가다.

《진화신화》도 특이한 작품집이다. 이 소설집에는 한국의 신화나 전설, 우언(寓言, allegory)을 다윈의 진화론을 활용하여 비트는 작품들도 실려 있다. 《진화신화》에 실린 단편 〈스크립터〉에는 이런 질문이 나온다. 감각하고 사유하는 존재인 주체는 "어떤 천재적인 프로그래머가 자신의 기량을 시험하기 위해 집어넣은 장난에 불과할까?" 이것은 데카르트를 사로잡았던 '사악한 천재(Malin Génie)'의 가설이다. 나는 오로지 나 자신일까, 아니면 누군가에 의해 프로그램화된 자동기계에 불과한 것일까. 장편소설 《7인의 집행관》은 이 질문을 겨냥하고 있다.

《7인의 집행관》은 SF, 묵시록, 무협소설, 추리소설 등의 요소가 뒤섞인 혼종적인 작품이다. 꽤 난해한 이 소설은 형식이 꽤 독특하다. 한 실존이 분화되어 서로 다른 우주에서 상이한 방식으로 존재할 수 있다는 평행우주의 가설이 이 소설을 이루는 형식인 것이다. 소설의 주인공으로 부도국의 왕자인 '흑영'은 형인 동시에 군주인 왕을 시해한 죄로 여섯 개의 세계에서 여섯 번의 사형을 언도받는다. 현재와 과거, 미래를 오가는 서로 다른 여섯 개의 세계에서 주인공은 이전 세계의 기억과 정체성을 잃고 집행관이 프로그래밍한 기억과 정체성을 부여받는다. 그러나 흑영은 집행관의 판결, 곧 자신의 삶과 죽음을 관장하는 예언에 따라 움직이면서도 일종의 '내기'를 감행한다. 그러한 방식으로 주인공은 필사적으로 자신을 지배하는 불가사의한 세계에서 자기만의 실존을 만들어가기 위해 필사적인 노력을 행한다. 《7인의 집행관》에서 여섯 번째까지의 집행관이 데카르트적 의미의 사악한 천재라면 일곱 번째 집행관은 그러한 사악한 천재에 맞서는 자기 자신인 것이다. 이것은 어떻게 보면 데카르트의 코기토에 충실한 것이면서도 데카르트가 사악한 천재에 맞서 신을 자기 자신의 보증인으로 내세웠던 것과는 사뭇 다른 결말이다. 김보영의 소설은 바로 삶과 죽음, 진실과 거짓, 기억과 망각, 주체와 타자가 혼란스럽게 뒤섞이는 세계 속에서 나만의 진실을 찾으려는 필사적인 모험이자 실험인 것이다. 비록 첫 번째 장편소설의 어조가 다소 무겁고 시종 엄숙하다는 느낌이 없지 않지만, 작가의 SF적 사고실험은 여전히 소중하다 하겠다.

한국 SF의 젊은 미래

배명훈과 김보영은 한국판 데카르트의 SF적 후예들이다. 그러나 이들은 '코기토 에르고 숨'이라는 사고실험을 감행했던 자신의 선조를 그대로 따라가는 방식이 아니라, 그들을 위반하고 비트는 방식으로 주체와 타자, 세계에 대한 근원적인 질문을 던진다. 배명훈이 경쾌하고 가볍게 사고실험을 행하는 데 비해, 김보영은 철저하고 무겁게 그것을 행한다. 그러나 이러한 비교는 어디까지나 두 작가를 비교했을 때 엿보이는 환영일 뿐이다. 이 작가들과 더불어 한국의 SF는 SF가 그러하듯이 미래의 문학이 될 것이다.

—《List》, 2013년 여름호

SF의 존재론을 위한 사고실험

세계없음 속에서 인지적 지도 그리기

한 외계인이 낯선 행성에 불시착한다. SF 가운데 낯선 외계행성을 인류학적으로 탐사하는 소설의 어떤 주인공이 소환되어도 무방하다. 어슐러 K. 르 귄의 《어둠의 왼손》(1969)에 등장하는 외계행성의 외교관이나 올슨 스콧 카드의 《사자(死者)의 대변인》(1986)에서 외계인을 연구하는 인류학자여도 좋겠다. 외계인은 낯선 행성의 습속을 하나둘씩 익힌다. 그곳의 철학자들은 일자(一者)와 다자(多者)의 존재에 사로잡혀 있고, 어떤 것을 서술하는 일의 불가능성에 대해 복잡하게 서술하며, 부유한 계급의 정치가들은 빈자들의 지출을 줄임으로써 더 많은 돈을 벌 궁리를 한다. 그러나 그 낯선 행성은 객관적으로 소외되어 있으며, 이런저런 불완전한 테크놀로지에 의해 지배받는다. 외계인은 이 행성이 자신이 살던 행성과 어떻게 다른 곳인지에 대해 행성의 지혜로운 노(老) 경제학자가 들려주는 놀라운 설명을 듣게 된다. 경제학자에 따르면, 외계인이 현재 불시착한 이 행성은 외계인이 거주했던 다른 행성의 사회경제적 체제의 최근 단계를 밟고 있는 곳이다. 그런데 외계인은 자신의 행성에서 사회경제적 체제의 두 번째 단계를 살아가고 있었다. 결국 외계인은 이 낯선 행성에서 자신의 사회경제 체제와 다르고도 같은 세 번째 단계를 발견하게 되었던 것이다. 그는 외친다. "이것이 변증법이다! 이제 나는 내 보고서를 쓸 수 있다!"[1]

비평가 프레드릭 제임슨이 들려주는 이 흥미로운 SF적 장편(掌篇)은 한마디로 세계화의 알레고리라고 해도 무방하다. 외계인은 자신이 불시착한 낯선 행성을 완전히 새로운 세계라고 생각했으나 실상 그 세계는 자신이 살아왔던 세계의 또 다른 버전에 불과했던 것이다. 자신의 세계와 완전히 다른 세계가 존재하는 것처럼 보였지만, 실제로 그 다른 세계란 자신의 세계와 조금만 다를 뿐 더 많이 닮은 세계였다. 문화적이든 경제적이든 외계인이 미지의 행성에서 발견한 낯선 차이란 실제로는 조만간 동일성으로 포섭되기를 기다리는, 동일성의 다른 이름이었다. 그것이 자본이라는 일자에 의해 지배되는 세계화라는 현재의 존재론이다. 이것은 마치 SF에서 타자로 지칭될 법한 완전히 새로운 어떤 것들조차 결국에는 동일성을 확장하거나 수축한 자기변형의 형태로 수렴되는 사태를 닮았다. "현재의 존재론은 SF적인 어떤 실행의 산물이다."[2] 세계화의 존재론은, 알랭 바디우의 표현을 빌리면, 세계화의 '세계없음(worldlessness)', 곧 '세계 없는 세계'에 대한 존재론이다.

1 프레드릭 제임슨, 〈단독성의 미학〉, 박진철 옮김, 『문학과사회』, 2017년 봄호, 286쪽.

2 프레드릭 제임슨, 〈단독성의 미학〉, 같은 쪽.

바디우라면 우리가 인종과 성별의 다양성, 신체와 언어, 요컨대 문화적 차이와 상대성을 존중하고 지구촌이라는 공동체에 속한 세계시민의 일원으로 함께 살아간다고 믿도록 하는 세계화의 이면, 즉 '세계없음'의 실상, 실제로는 자본이라는 거짓 보편 속에서 진리 없이 하루하루 살아가는 우리 삶의 처지를 비통하게 환기시켰을 것이다. 바디우는 세계화의 세계없음 속에서 인간은 한낱 "배설물로 가득 찬 의미 없는 세계에 살고 있는 동물"[3]임을, 세계를 살아간다는 것은 결국 "이념·이데아(Idea) 없이 살아가기"[4]임을 기꺼이 인정하는 것이 진리를 인식하는 최소 조건이라고 말한다. 그런데 세계없음에 대한 바디우의 비판과 진리론은 영지주의(Gnosticism) 세계관과 얼마간 닮았다는 것을 재빨리 지적할 필요가 있겠다. 그리고 영지주의는 SF의 존재론이 묘사하는 세계에 어울리는 지도(schema)를 제공할 것이다.

영지주의에 따르면 불완전한 신 데미우르고스에 의해 만들어진 지상의 세계는 부패와 타락을 도무지 면할 길이 없으며, 구원은 낯선 신, 결국 다른 세계로부터 온다. 창조와 구원, 육신의 길과 영의 길의 절대적인 분리, 그것은 바디우 자신이 부인했던 것과 달리 사도 바울의 후예를 자처했던 마르치온의 급진적인 영지주의와 친연성이 적지 않다.[5] 흥미로운 점은 인간 동물의 이해나 관심이 결국 "두더지나 딱정벌레"[6]의 그것에 지나지 않

3 피터 홀워드, 《알랭 바디우》, 박성훈 옮김, 길, 2016, 86쪽.

4 Alain Badiou, "What is it to Live?", *Logics of Worlds*, trans. Alberto Toscano, Continuum, 2013, pp. 510~511.

5 알랭 바디우, 《사도 바울》, 현성환 옮김, 새물결, 2008, 73쪽. 바디우의 바울주의가 마르치온의 영지주의와 연결되어 있다는 의심은 사이먼 크리츨리, 《믿음 없는 믿음의 정치》, 문순표 옮김, 이후, 2015, 250~251쪽 참조.

6 피터 홀워드, 《알랭 바디우》, 86쪽.

는다는 바디우의 세계없음(마찬가지로 마르치온에게는 '모기'와 '메뚜기'로 우글거리는 녹슨 철창의 세계)은 자본이라는 동일자로 포획되는 이 세계의 절망적 존재론에 대한 제임슨의 SF적 소묘와 상통한다는 사실일 것이다. 그렇다면 세계화의 세계없음에서, 바디우의 표현을 빌리면 이데올로기의 종언 또는 이념의 종말 이후, 사람들이 그에 대한 대안으로 삶 속에 새롭게 각인하는 것은 무엇인가.

물론 '신체'와 '언어'다. 바디우에 따르면 신체와 언어는 이데올로기, 이념, 대서사의 종말, 즉 보편자의 기각 이후에 취할 수 있는 특수주의적·상대주의적 세계관, 신체적·문화적 동일성과 차이에 대한 정체성 정치 등으로 대체 가능하다. 하지만 신체와 언어가 어떻게 역사의 종말 이후에 중요하게 부상했는지에 대한 역사적인 지도를 작성하는 일은 다른 이들의 도움을 빌려야 할 것 같다. 월터 벤 마이클스의 《기표의 형태》와 퀑탱 메이야수의 《형이상학과 과학 밖 소설》은, 각각 문학 이론과 철학에서 SF를 논증의 중요한 사례로 들고 있을 뿐만 아니라, 나아가 SF야말로 오늘날 '세계화'의 서사를 문화적으로 선취하거나 세계의 '세계없음'의 증상을 재현하는 '인지적 지도 그리기(cognitive mapping)'임을 주장하고 있다.

문제는 신체와 언어가 '아니다'

먼저 월터 벤 마이클스에 따르면 '역사의 종말' 이후, 사람들이 너나없이 '신체가 중요하다'고 말하는 것은 네가 원하는 것과 내가 원하는 것의 차이란 너와 나의 차이임을 말하는 것이며, '언어가 중요하다'고 말하는 것은 너와 나는 각각 서로를 무엇으로 부르고 있는가라는 질문이 중요하다고 말하는 것이다. 다시 말해 '신체가 중요하다'는 것은 신체적인 동일성보다 차이가 더 중요하다는 말이 아니라 '문제시되는 그것은 신체'라는 뜻이며, '언어가 중요하다'는 것은 그 언어의 의미가 무엇인지가 중요하다는 말이 아니라 '문제시되는 그것은 어떠한 언어인가'라는 뜻이다. 신체와 언어가 중요하다고 말하는 것은 '나(너)는 무슨 언어로 말하고 있으며, 그렇게 말하는 나(너)는 누구인가?'라는 정체성(identity)의 질문이 중요해졌다는 뜻이다. 그렇다면 이러한 사태의 변환은 왜 역사의 종말 이후에 일어나게 되었는가?

역사의 종말이란 무엇인가? 마이클스는 공산주의에 대한 자유주의적 자본주의의 전 지구적인 승리를 선언한 프랜시스 후쿠야마의 '역사의 종말'이란 실제로는 보편적인 것에 대한 "의견 불일치"[7](무엇이 옳고 그른가에 대한 논의가 가능한 공통의 지평)의 종말이라고 말한다. 보편적인 것이란 자본주의보다 공산주의가 더 낫다거나 반대로 자본주의가 공산주의보다 더 낫다는, 다시 말해 "어떤 가치들이 다른 것들보다 더 낫다는 생각"(86쪽)이며, 의견 불일치란 이데올로기를 두고 벌어지는 적대적인 각축전과 참된 이념이 무엇인가에 대한 해석의 갈등에서 생겨나는 것이다(이러한 저자의 입장은 《기표의 형태》를 관통하는 것으로, 보편적인 것이 여전히 가능하다는 마르크스주의다). 그러나 1989년 이후, 적어도 의견 불일치의 대상이 사라지고 나서 우세하게 된 것은 이데올로기, 이념, 진리에 대한 전면적인 상대주의적 회의이며, 필연적인 것 대신에 우연성과 아이러니가 찬양받는 현상이다. 진리는 언어(문화)의 맥락과 효과에 천착하는 소피스트적인 수행의 산물에 불과하며, 신체는 이데올로기에 의해 포획되는 동일자의 장소가 아니

7 월터 벤 마이클스, 《기표의 형태》, 차동호 옮김, 앨피, 2017, 46쪽. 앞으로 이 책을 인용할 경우 본문에 쪽수를 표시한다.

라 그로부터 해방된 타자성의 감각적인 발원지가 된다. 이것은 마이클스가 생각하기에는 진리는 존재하지 않는 대신에 교정하거나 해체해야 할 오류는 존재한다는 '이론(theory)'이 미국의 비평에서 우세하게 된 계기이기도 하다. 문학이론가인 저자는 이러한 역사적 전환이 문학비평에서 텍스트를 '저자의 의도'의 산물로 간주하기보다 '독자의 참여'에 의한 상이한 의미의 효과로 특권화하려는 경험의 우세와 관련이 깊다고 말한다. 마이클스의 이러한 문제의식은 우리에게도 시사하는 바가 적지 않다.

예를 들어 에밀리 디킨슨 시 전집의 한 판본이 있다고 하자. 전집을 편집한 편집자 A는 인쇄된 시인의 시와 함께 그의 유고와 메모 등을 전집에 포함시킨다. 전집에 실린 시 옆에는 시인이 육필로 쓴 시의 초고가 나란히 놓여 있다. 인쇄된 시와 육필 원고의 시가 있는데, 시에 등장하는 티(t)는 인쇄본과 육필 원고에서도 동일하게 티(t)다. 그런데 디킨슨 시의 해석자 B는 디킨슨 시의 육필 원고에서 티(t)가 마치 '그림'처럼, 육필 원고에 남아 있던 텅 빈 페이지와 약간의 얼룩, 다른 알파벳들 사이에서 '형상'처럼 배치되어 있다고 주장한다. 계속되는 그의 주장에 의하면 저자가 손으로 쓴 티(t)는 편집자에 의해 인쇄된 티(t)와 동일한 티(t)가 아니라는 것이다. 편집자 A에게 인쇄된 티(t)와 육필 원고의 티(t)는 저자인 디킨슨의 동일한 '의도'가 반영된, 다시 말해 디킨슨이 에스(s)나 유(u)가 아닌 바로 그것을 선택한 의도가 내포된 문자다. 하지만 해석자 B에게 "인쇄된 티(t)와 손으로 쓴 (혹은 '얼룩진') 티(t)는 동일한 문자이지만 동일한 표시는 아니다. 다시 말해, 둘의 형태(shape)는 동일하지 않다."(18쪽) 요컨대 편집자 A는 '저자의 의도'를, 해석자 B는 저자의 의도를 거스르는 '독자의 경험'을 더 중요하게 생각하는 것이다.

물론 '의도냐 경험이냐' 또는 '텍스트의 해석이냐 텍스트의 경험이냐'에 대한 논쟁은 얼마든지 벌어질 수 있다. 신비평에서 그것은 '의도의 오류'와

'감상의 오류'로 일찌감치 논의되어왔던 것이기도 하다. 주의해야 할 것은 텍스트의 해석(저자의 의도)과 텍스트의 경험(독자의 읽기)은 "역사적인 현상이 아니"라는 것이다.(36쪽) 그것은 텍스트를 둘러싼 해석에서 일어날 수 있는 두 개의 사건, 두 개의 양태이다. 하지만 텍스트의 "경험을 특권화하는 것, 즉 해석을 경험으로 고쳐 설명하고 사실상 해석 개념 자체를 없애려는 광범위한 노력은 역사적인 현상이다."(같은 쪽) 그리하여 디킨슨의 시를 읽을 미래의 독자는, 스탠리 피시의 독자반응이론에 따르면, 더 이상 디킨슨의 의도가 반영된 시가 아니라 "저마다 자신이 지은 시를 읽고 있을 것이다."(68쪽) 그것은 디킨슨의 시에서 '무엇을 읽느냐'가 아니라 디킨슨의 시를 '누가 읽느냐'가, 다시 말해 주체의 위치(정체성)가 더 중요해진다는 것을 뜻한다.

마이클스 책의 제목 '기표의 형태'는, 자크 데리다의 표현을 빌리면, 티(t)라는 "'기호(sign)'의 '표시(mark)'로의 대체"(124쪽)가 일어나는, 정확히는 기호보다 표시를 특권화하는 역사적인 과정을 함축하는 말이다. 이제 나와 너는 텍스트에 대한 의견 불일치를 두고 싸우지 않을 것이다. 너와 나는 누가 옳고 그르냐는 의견 불일치를 확인하는 대신에 저마다의 취향으로 텍스트를 경험하게 될 것이다. 너와 나는 서로의 의견을 주장하는 대신에 다르게 말하는 것을 선호할 것이다. 텍스트 읽기는 네가 서 있는 곳과 내가 서 있는 곳의 차이를, 네가 사용하는 어휘와 내가 사용하는 어휘의 차이를, 즉 정체성의 차이를 확인하는 일이 될 것이다.

저자가 요약한 바를 따르면, 역사의 종말 이후에 신체와 언어에 주목하는 포스트역사주의는 정치적, 인식론적, 존재론적 입장으로 각각 정의가 가능하다. 첫째, 포스트역사주의의 정치적 입장은 이데올로기적 차이로 불러왔던 것을 문화적 차이의 모델로 재서술하고, 그러한 차이 내부의 차이들에 더욱 전념해야 한다는 것이다. 둘째, 포스트역사주의의 인식론적 입장은 위에서 말한 차이들이 적절히 이해된다면 옳고 그름에 대한 의견 불일치나 해석적 갈등을 불필요하게 만드는 것인데, 이것은 느끼고 경험하는 주체의 힘을 진리에 비해 우위에 두는 것이다. 셋째, 포스트역사주의의 존재론적 입장은 텍스트의 의미에 대한 의견 불일치를 텍스트에 대한 효과와 경험, 즉 텍스트를 체감하는 주체적 힘의 작용에 대한 일체의 기록으로 변형시키는 것이다. 따라서 모든 것은 텍스트가 될 수 있다. '텍스트 바깥에는 아무것도 없다'(자크 데리다)는 그런 뜻이다.(157~158쪽)

우리의 의도에 초점을 맞춰 이야기를 해보자면, 마이클스는 1990년대 전후 출간된 미국의 SF, 그가 '문화소설(정체성 소설)'로 부르는 장르가 앞서 언급한 정체성, 즉 신체와 언어의 문제에 특별히 집중하고 있다고 말한다. 가령 "외계인을 인간과 신체적으로 다른 것으로 상상하는"(61쪽) 옥타비아 버틀러의 SF(《완전 변이 세대(Xenogenesis)》)와 "외계인을 인간과 문화적으로 다른 것으로 상상하는"(같은 쪽) 올슨 스콧 카드의 SF(《외계종족대학살(Xenocide)》)가 있다. 인간과 외계인의 차이를 신체적인 것이라고 주장하는 소설과 문화적인 것이라고 주장하는 소설은 어떻게 다른 것일까. 인간과 외계인의 차이가 신체적임을 말하는 소설은 인간과 다른 인간의 차이는 미미하다고, 즉 차이는 중요하지 않다고 주장하는 소설이다. 이에 비해 인간과 외계인의 차이가 문화적임을 말하는 소설은 인간과 다른 인간의 차이는 중요하다고 주장하는 소설이다. 그렇다면 이 두 소설은 다른 소설인가? 반대로 두 소설의 차이는 쉽게 간과될 수 없지 않은가. 그런데 마이클스에 따르면 "신체적인 것과 문화적인 것 중에서, 고정되는 것과 유동적인 것 중에서 선택하는 것"은 서로 전혀 다른 것을 선택하는 것이 아니다. "변화될 수 없는 것"(신체)과 "변화될 수 있는 것"(문화)의 차이란 "이데올

로기와 정체성의 차이"가 나타내는 "증상"일 뿐이다.(63쪽)

따라서 옥타비아 버틀러와 올슨 스콧 카드의 과학소설은 "정체성에 대한 상이한 두 가지 설명"을 시도한다는 데서 겉보기보다 더 친화적이다.(같은 쪽) 어째서 그러한가? 그런데 만일 정체성에 대한 상이한 두 가지 설명인 정체성(신체)과 차이(문화)가 갈등을 일으킨다면 어떻게 될까? 인간이 외계인과 결합해 후손을 낳는다고 가정해보겠다. 어떤 인간은 인간으로 남으려고 하겠고, 다른 인간은 외계인과 결합하려고 할 것이다. 그러나 어떤 인간이 인간으로 남으려는 욕망을, 즉 차이에 대한 두려움을 단지 정체성에 대한 욕망으로만 이해할 수 있을까. 이 두려움은 동시에 외계인과 인간은 다르다는 차이에 대한 욕망이지 않을까. 요컨대 "정체성과 차이는 대립항이 아니라 상보적인 항"이다.(77쪽)

마이클스의 이러한 입장은 대단히 논쟁적이다. 물론 그의 입장은 "경제적 불평등은 더 용인하고 인종차별과 성차별, 그리고 동성애 혐오는 참지 못하는 경향이 점차 커지는" "신자유주의"를 비판하는 마르크스주의의 그것이다.[8] 마르크스가 말한 것처럼 역설적인 방식으로 자본은 '보편적인 해방자'로 출현한다. 이 보편적인 해방자는 다양성과 차이를 존중한다. 비록 어떤 자본가가 인종차별적이거나 성차별적이더라도 자본은 인종차별적이거나 성차별적이지 않다. 자본은 당신이 더 많은 평등을 요구할 때 평등 대신에 더 많은 다양성을 안겨줄 것이다. 마르크스의 '포섭'은 바로 차이와 다양성을 한데 끌어모으는 자본이라는 일자의 역량을 의미하는 용어이다. 따라서 마이클스가 "문화들이 본질적으로 동등한 것으로 이해되는 차이가 존중되는 세상"에 대한 "정체성 소설(문화소설)"보다 "차이를 존중하지

8 월터 벤 마이클스, 〈계급이 인종보다 중요하다〉, 곽영빈 옮김, 《자음과모음》, 2014년 겨울호, 334쪽.

않는" "계급소설(풍속소설)"을 선호하는 것(282쪽)은 당연한 귀결이다. 그렇다면 전자보다 후자에 가까운 과학소설을 상상하는 것은 어려울까.

'세계 없는 실존의 진상'을 탐색하기

그럼에도 역사, 이데올로기, 진리, 형이상학 등의 종말 이후 중요해진 신체와 언어, 그에 대한 몰두와 탐구를 효과적으로 재현하는, 즉 정체성(인종, 젠더 등)을 수행하는 과학소설 이외의 다른 과학소설의 가능성은 존재하지 않는가? 여기서 나는 과학소설의 가능한 모델을 세 가지 정도 제안해 보려고 한다.

첫째, 신체와 언어, 바꿔 말하면 인종과 젠더, 민족 등의 신체적, 문화적 타자성에 환상적으로 매혹되고 그러한 타자(외계인이나 외계 등)와의 만남이나 경험 일체에 대해 서술하는 '문화주의적 과학소설'.

둘째, 제임슨의 SF 소묘에서 드러난 것처럼 문화주의적 과학소설이 상상하는 '다른 세계'가 자본이 지배하는 세계화라는 현재의 필연적인 연장, '세계없음'임을 비평하는 '인지적 지도 그리기로서의 과학소설'.

셋째, 앞의 두 가지가 결합할 수 있는 가능성을 배제하지 않는 최소한의 전제 아래, 세계의 필연성의 붕괴를 재현함으로써 '세계 없는 세계'와의 단절을 다양화하려는, 세계의 우연성을 재현하는 '과학 밖 소설'.

퀑탱 메이야수의 《형이상학과 과학 밖 소설》은 그가 《유한성 이후》에서

'사변적 실재론'으로 정립한 입장에서 앞에 제시한 세 번째 과학소설, 즉 메이야수의 표현을 빌리면 '과학 밖 소설'의 가능성을 탐색하고 있다. 그럼 사변적 실재론이란 무엇인가. 무리수를 두고 요약해 말해보겠다.

우선 사변적 실재론은 칸트에서 시작해 오늘날 일반화된 철학적 상관주의에 대한 반박으로 제출된 것이다. 상관주의는 주체와 세계, 사유와 존재는 서로에 대한 앎을 불가결하게 한계 짓는 것으로 받아들일 수밖에 없다는 철학적 입장이다. 그것은 절대자에 대한 탐구와 같은 인식의 독단주의에 대한 민감한 경계로 표출되지만, 결국에는 절대자에 대한 모든 탐구의 근간이 되는 이성 그 자체를 폐기하려는 회의주의나 허무주의로 빠질 수밖에 없다. 메이야수의 사변적 실재론은 절대자에 대한 탐구를 어떠한 방식으로든 거부해온 상관주의가 신(형이상학)의 죽음, 이데올로기(역사)의 종말 이후에 도처에서 창궐하는 절대자에 대한 근본주의적 신념이나 광기가 열렬하게 부활하는 사태를 조금도 설명하지 못하고, 오히려 독단주의나 종교적 광신에 부합하는 사태를 비판하면서 제출된 것이다.[9] 이러한 사태에 대한 메이야수의 인식은 월터 벤 마이클스의 《기표의 형태》에서는 제기되지 않았던 물음, 곧 의견 불일치가 물러나거나 사소해진 포스트역사주의의 세계에서 어째서 신체와 언어에 대한 전념과 나란히 온갖 형태의 파괴적인 근본주의나 종교적 광신 등이 출현하게 되었는지에 대해 던져지지 않았던 물음에서 한발 더 나아간다는 점에서 의미심장하다.

사변적 실재론은 앎에 대한 탐구가 형이상학으로 되돌아가지 않으면서도, 또 회의주의에 빠지지 않으면서도 여전히 절대적인 것에 대한 탐구가 가능하다고 말한다. 그것은 두 개의 명제로 제시될 수 있다.

9 퀑탱 메이야수, 《유한성 이후》, 정지은 옮김, 도서출판 b, 2010, 73쪽.

1. (절대자에 대한 사유의 근간인) 세계의 필연성은 불가능하다.

2. 유일하게 필연적인 것은 세계의 우연성이다(우연성은 필연적이다).

세계의 필연성이 불가능하다고 해서 우연성 속에서도 절대자(실재)에 대한 사유가 불가능해지는 것은 아니다. 과학소설 식으로 말해보면, 세계가 붕괴한다고 하더라도 그에 따라 우리도 반드시 붕괴되는 것은 아니다. 세계의 붕괴 속에서도 다른 세계를 상상하면서 살아갈 수 있다. 그렇다면 메이야수는 자신의 사변적 실재론을 설득력 있게 증명하기 위해 과학소설을 동원한 것인가? 그렇지 않다. 오히려 과학소설이야말로 사변적 실재론을 도출해내는 바로 그 모델이다.

그런데 메이야수는 왜 과학소설 대신에 '과학 밖 소설'이라고 말하는가? 일반적인 과학소설은 "세계를 과학적 인식에 종속시킬 가능성이 미래에도 여전히 존재할 것"[10]이라는 공리를 옹호한다. 과학소설에서 미래는 현재의 과학을 미래로 유추하거나 알려지지 않은 미래에 그것을 외삽하는 방식으로 재현되는 것이 보통이다. 그렇지만 과학 밖 세계들이 있다. 그것은 "실험과학이 권리상 불가능한 세계"다.(11쪽) 메이야수의 사변적 실재론에 의하면 과학 밖 세계는 세계의 법칙적 필연성이 불가능해지는 세계, 우연성이 유일한 필연성이 되는 세계다. 메이야수는 '실험과학이 권리상 불가능한 세계'의 한 양태로 데이비드 흄이 《인간 오성의 탐구》(1748)에서 언급한 인과적 필연성을 중단시키는 당구공을 예로 든다. 즉 첫 번째 공이 두 번째 공에게 다가가는 인과적인 운동을 멈추고 모두 정지해버린 당구공 또

10 퀑탱 메이야수, 《형이상학과 과학 밖 소설》, 엄태연 옮김, 이학사, 2017, 10쪽. 앞으로 이 책을 인용할 경우 본문에 쪽수를 표시한다.

는 "두 번째 공으로부터 똑바로 되돌아가거나, 임의의 방향으로 튀어"오르는 당구공.(15~16쪽) 이러한 상상의 당구공이 존재하는 한, 세계의 필연성은 지금도, 앞으로도 결코 법칙적으로 증명될 수 없을 것이다. 즉시, 흄 이후의 두 철학자가 그에게 반박한다.

먼저, 칼 포퍼는 흄의 당구공은 지금의 과학으로는 확률적으로 예측되지 않는 불확정적인 당구공일 뿐이며, 그러한 당구공은 미래의 과학에서는 충분히 예측 가능하다고 반박한다. 그러나 메이야수에 따르면 흄에 대한 포퍼의 반박은 잘못되었다. 흄의 사변적인 당구공은 "과학 자체가 불가능할 미래의 세계"(30쪽)에 대한 가설이 만든 것이기 때문이다. 흥미롭게도 과학소설가 아이작 아시모프는 SF 단편 〈반중력 당구공〉(1967)[11]에서 포퍼의 반박을 만족시킬 만한, 그러나 흄의 의문에 대해서는 여전히 답변이 불충분한 당구공을 상상했다.

〈반중력 당구공〉은 한 이론물리학자가 아인슈타인의 상대성원리에 입각하여 자연법칙을 위반하는 초광속의 당구공 가설을 실제 실험으로 증명해 친구이자 경쟁자인 실험 물리학자를 살해한다는 이야기다. 초광속의 당구공이 만들어지는 세계(당구공이 공중에서 멈추거나 거꾸로 돌아가는 세계)가 실현 가능할지는 여전히 예측 불가능하다. 그렇지만 그것은 권리상 과학 자체를 불가능하게 하지는 않는다. 아시모프의 소설은 결국 흄의 당구공에 대한 포퍼의 반박이 과학소설의 인식적 경계 안에 머무르고 있음을 반증한다. 그런데 만일 임마누엘 칸트였다면 〈반중력 당구공〉을 어떻게 읽었을까? 메이야수는 흄에 대한 칸트의 반박이 포퍼의 반증보다 중요하다고 말한다. 칸트는 흄의 당구공이 과학 밖 세계를 문제 삼고 있다는 것

11 아이작 아시모프, 〈반중력 당구공〉, 《반전》, 박준형 옮김, 나라사랑, 1994.

을 알아차렸기 때문이다. 인식은 본체(물자체)에는 접근할 수 없다는 칸트의 상관주의는 흄의 가설에 대해 어떠한 반박을 이끌어낼까.

그렇지만 칸트는 어떤 법칙도 따르지 않는 흄의 기상천외한 당구공의 세계란 단지 카오스적일 뿐이라고 말한다. "법칙들이 필연적이지 않다면 세계도 의식도 나타나지 않았을 것이고 단지 일관성도 잇따름도 없는 순수한 잡다만이 존재했을 것이다."(40쪽) 그리하여 《순수이성비판》의 저자는 드물고도 놀랍게도 SF작가의 문체로 필연적 법칙이 와해되는 순수 잡다의 카오스를 직접 묘사한다. "만약에 진사(辰砂)가 때로는 붉고 때로는 검고, 때로는 가볍고 때로는 무겁다면, 인간이 때로는 이런 동물의 형상으로 때로는 저런 동물의 형상으로 변한다면, 낮이 긴 날에 대지가 때로는 과실(果實)들로 때로는 빙설(氷雪)로 뒤덮인다면, 나의 경험적 상상력은 결코 붉은색의 표상에서 무거운 진사를 생각해낼 기회를 가질 수가 없을 것이다."(48쪽)[12] 그러나 필연적인 법칙이 무너지고 그에 따라 의식도 사라져버린 세계는 그저 카오스로 명명되어도 좋은 것일까.

메이야수는 반박한다. "과학의 조건들이 사라진 세계가 필연적으로 의식의 조건도 사라져버린 세계인 것은 아니다."(67쪽) 이제 칸트의 반론을 칸트에게 되돌려줄 때가 되었다. 그런데 칸트 선생, 당신은 어떻게 이러한 '카오스'를 상상해냈는가. 당신이 꿈을 꾸었다고 하더라도 당신의 의식은 권리상 과학이 불가능한 세계를 묘사하고 있지 않은가. 당신은 재현 불가능

12 임마누엘 칸트, 《순수이성비판》 1, 백종현 옮김, 아카넷, 2006, 322쪽. 메이야수는 더는 언급하지 않지만, 칸트는 감각적 세계의 종말, 즉 법칙이 사라져 의식마저 정지하는 종말론적 카오스를 제시하기도 한다. "그때는 물론 자연 전체가 딱딱하게 되고 화석화될 것이다. 그때 최후의 생각과 마지막 감정은 사유하는 주관 안에 정지하여 변화 없이 항상 동일한 상태로 머물게 될 것이다." 임마누엘 칸트, 〈만물의 종말〉, 이한구 옮김, 《칸트의 역사철학》, 서광사, 1992, 104~105쪽.

한 세계를 재현하고 있지 않은가. 칸트 선생, 당신은 당신이 만들어놓은 놀라운 세계에서 뒷걸음질 치고 있지 않은가. 과학 밖 세계, 필연성이 붕괴된 세계, 세계 없는 세계, 세계없음은 카오스가 아니다!

메이야수의 사변적 실재론을 지지하는 바디우에게 세계없음이 법칙이 붕괴된 카오스가 아닌 것은 당연하다. 바디우의 집합론의 용어를 빌리면 차이와 다양성이 어지러운 양태로 나타나더라도 세계없음도 결국 하나의 집합에 불과하다. 메이야수의 문제 틀은 유일하게 필연적이라고 주장하는 세계화에 내재된 세계없음의 증상, "금융시장 현재의 위기상황"과도 맞닿아 있다.[13] 따라서 그가 과학 밖 소설의 탁월한 사례로 세계의 '블랙아웃'을 재현하는 르네 바르자벨의 《대재난》(1943)과 같은 아포칼립스 소설을 상찬하는 것은 어쩌면 당연하다. 과학 밖 소설은 "붕괴를 유일한 환경으로 그 속에서 세계 없는 실존의 진상을 탐색"(94쪽)하는 귀중한 사고실험인 것이다(지금 우리는 과학소설을 메이야수의 '과학 밖 소설'을 포괄하는 개념으로 사용하고 있다).

지금까지 제임슨 그리고 마이클스와 메이야수가 오늘날 '세계 없는 세계화'(세계없음)에 대한 인지적 지도 그리기로서 과학소설을 비평하거나 그것의 사고실험을 측정하는 작업을 살펴보았다. 이들의 작업은 차이와 다양성을 선호하는 과학소설이 갈수록 증가하는 우리의 상황에도 시사하는 바가 적지 않을 것이라고 생각한다. 이에 대해서 조금 더 부연 설명해보겠다.

13 마르쿠스 가브리엘, 〈반성이라는 신화적 존재—헤겔, 셸링, 그리고 필연성의 우연성에 관한 소론〉, 슬라보예 지젝 외, 《신화, 광기 그리고 웃음》, 임규정 옮김, 인간사랑, 2011, 162쪽.

한국 SF를 유형화하기 위한 한 시도

나는 한국의 과학소설도 앞서 제시한 두세 가지 과학소설의 양태를 대체로 구현해왔다고 생각한다. 첫째, 타자성에 대한 환상적인 매혹(반발)과 그런 식으로 발견된 다른 세계와 (유사)인간을 그린 과학소설들이 있다. 일찌감치 문윤성의 과학소설 《완전사회》(1967)는 미래의 화성(남자)과 지구(여자) 사이의 정체성(젠더)의 갈등을 그리는 한편 하루에 네 시간만 일하는 탈자본주의적인 세계도 재현했다고 생각한다. 이 중에서 특히 정체성은 복거일의 《비명碑銘을 찾아서》(1987)를 비롯한 과학소설과 듀나의 과학소설에서 각각 민족적 정체성과 젠더 정체성으로 분화되어 묘사된다. 복거일의 경우, 민족적 정체성은 《비명을 찾아서》에서 일본인과 간통한 아내를 죽이고 자신의 남성적 정체성을 되찾는 방식과 결합한다. 듀나의 경우, 젠더 정체성은 무수한 소설적 변주를 통해 미분화된다. 대체로 최근 한국의 과학소설은 듀나의 노선을 따라 젠더, 인종, 인간과 유사인간의 정체성 형상화에 몰두하고 있다.

둘째, '세계의 세계없음'의 증상에 초점을 맞추고 그것을 '인지적 지도 그리기'로 형상화하는 과학소설(과학 밖 소설)이 있다. 첨단의 테크노 미래가 불과 모래비의 재난으로 무너지는 방식으로 세계의 세계없음을 재현한 조하형의 저주받은 걸작 《조립식 보리수나무》. 이 소설에서 '예정된 미래를 바꿀 수 있는가'라는 질문은 세계없음의 항구적인 재난을 살아가는 실존에게 던져진 '구원은 가능한가'라는 물음과 맞닿는다. 이와 더불어 '세계는 존재하지 않는다'거나 세계에서 '나는 존재하지 않는다'고 인식하고 살아가는 방식을 재현한 과학소설도 있다. 이 경우 과학소설은 정체성의 형상화와는 다른 방식으로 다른 세계를 재현한다. 그런데 세계화에 대한 '인지적 지도 그리기'의 집대성이라고 할 만한 김희선의 SF 《무한의 책》에서 평행우주와 시간여행으로 재현된 다른 세계란 소설의 진정한 무대라고 할 만한 세계화된 세계의 변주에 지나지 않음이 밝혀진다. 한국의 과학소설에서 이 노선은 귀하고 드물다.

셋째, 마이클스가 말한 풍속(계급)소설로서의 과학소설을 상상해본다. 그러한 과학소설에서는 정체성과 차이(신체와 문화)로 구축되는 과학소설의 유사인간과는 다른 유사인간을 상상할 것이다. 정체성(성, 인종, 민족)의 표시가 삭제되거나 별다른 기능을 하지 않고 미래의 프롤레타리아트가 순전히 헐벗은 비체(abject, 非體/卑體)로 드러나는 좀비는 풍속(계급)소설로서의 과학소설에 어울리는 유사인간일 수 있다. 그러나 클론, 로봇, 외계인 등이 정체성(차이)보다 계급(신분)을 구현하는 유사인간으로 등장할 가능성을 원칙적으로 배제할 필요는 없겠다. 이와 관련하여 박민규(《더블》 side A/B, 2010; 〈로드킬〉, 2011; 〈대면〉, 2014)와 김창규(《우리가 추방된 세계》, 2017; 《삼사라》, 2018)의 뛰어난 과학소설은 풍속(계급)소설로서의 과학소설을 개척하고 있다. 아울러 최민호의 문제적인 좀비 아포칼립스 장편소설인 《창백한 말》(2017)도 기억해둘 필요가 있다.

—《자음과모음》, 2018년 봄호

2부

한국 과학소설의 여러 면모

한 명의 남자와 모든 여자

—문윤성의 《완전사회》에 대하여

《완전사회》의 의의

과학소설은 보통 판타지, 무협, 추리소설 등과 같은 장르문학 또는 이른바 본격문학인 리얼리즘이나 자연주의 문학과 대척된다는 점에서 환상문학의 한 계열로 취급된다. 심지어는 과학소설의 전통이 희박한 한국 문학에서 과학소설은 'Science Fiction'에 대한 일본어의 와전된 번역으로 알려진 '공상과학소설'이라는, 낡았지만 여전히 유력한 오해를 낳는 표준한국어가 시사해주는 것처럼, 어떤 경우에는 다소 부정적인 의미에서 아동문학의 한 갈래로 간주되곤 한다. 특히 '공상과학소설'이라는 용어에서 '공상'이라는 접두어는 한국어의 문화적 사용법에서는 사무엘 콜리지가 《문학평전》(1817)에서 말했던 것과 같은 상상(imagination)이나 공상(fancy)의 의미와는 다르게 '허황되고 근거 없으며, 저급한 상상' 정도로 평가절하된 채 이해되어왔다.

한국 소설사에서 과학소설의 탄생과 그 진화의 역사를 돌이켜보면, 한국의 과학소설은 문학사라는 진화의 과정에서 출현하는 불연속적인 돌연변이에 가깝다는 인상을 준다. 또한 서구에서 과학소설이 발생한 역사적 배경과도 거의 들어맞지 않는다. 박용희 등 초기 유학생들이 쥘 베른의 《해저 2만리》(1870)를 《해저여행기담》으로 《태극학보》에 연재(1907~1908, 8호~21호)하다가 중단한 사례가 한국에서 과학소설의 시발점으로 논의된다. 이처럼 한국의 과학소설은 서구적 근대성에 대한 문화적 번역 또는 번안으로 출발했다.[1] 그러나 번역에 비해 본격적인 창작물이 출현하기까지는 시간이 꽤 오래 걸렸다. 적어도 한국 소설사에서 과학소설은 문윤성(본명 김종안, 1916~2000)이 《완전사회》로 1966년에 《주간한국》이 주최한 '제1회 추리소설'에 당선하기 전까지는, 식민지 시기에 발표된 김동인의 〈K박사의 연구〉(1929), 허문일의 〈천공의 용소년〉(1930), 남산수의 〈소신술(消身術)〉(1941) 등[2]의 몇몇 단편과 모작이 환기하는 것처럼, 거의 불모에 가까웠다고 할 수 있다. 따라서 해방 이후 번역과 축약, 아동과 청소년용으로 창작되다시피 한 분위기에서 《완전사회》의 출간은 특별한 사건이 아닐 수 없다. 해방 이후 남한의 과학소설 창작과 출판의 열세는 북한 문학의 경우에서 보듯 과학환상소설로 통칭되는 과학소설과 과학소설 창작이론에 대한 북한 당국의 정책적 지원과 창작의 활성화와는 다소 비교되는 측면이기도 하다.[3]

1 조성면, 〈SF와 한국 문학〉, 《대중문학과 정전에 대한 반역》, 소명출판, 2002, 189~191쪽.

2 이 세 편의 소설은 《천공의 용소년》(아작, 2018)으로 묶여 출간되었다.

3 북한 과학환상문학 전반에 대한 독보적인 연구로는 서동수, 《북한 과학환상문학과 유토피아》, 소명출판, 2018 참조.

문윤성의 《완전사회》는 한국 소설사에서 본격적인 과학소설의 출발을 알리는 최초의 작품일 뿐만 아니라, 과학소설 특유의 구성 요소와 품격을 비교적 충실히 갖춘 소설이기도 하다. 그럼에도 《완전사회》의 출현은 느닷없다는 느낌을 준다. 당시의 문학적, 사회적 분위기에서 《완전사회》의 출현을 유추할 만한 문학사회학적 단서를 이 작품 자체에서 찾아내기란 쉽지 않아 보인다. 물론 여권신장과 페미니즘에 관한 논의가 본격적이던 1960년대 후반이라는 세계적 추세에서 어떤 식으로든 페미니즘을 문제 삼는 이 작품의 사회학적 발생의 시점을 추측할 수도 있겠다. "과거의 현대인"[4]이었던 주인공 우선구가 시간여행으로 도착한 미래에서 자신이 살던 세기의 비극을 여성이 짧은 치마를 입게 된 점으로 들고 있는 소설의 한 대목을 눈여겨보자. 이 대목은 장발과 미니스커트 열풍이 한창이던 1960년대 중후반 세계의 문화적 분위기를 신문 등의 미디어로 접하던 작가가 갖고 있던 보수적 남성중심의 시각을 거친 형태로 작품에 삽입한 결과가 아닐까 싶다.[5]

문윤성의 《완전사회》는 소설이 갖추어야 할 기본적인 구성 면에서 여러 단점이 적잖게 노출되는 소설이다. 묘사는 일정한 수준을 유지하는 편

4 문윤성, 《완전사회》, 수도문화사, 1967, 36쪽. 앞으로 《완전사회》를 인용할 경우에는 본문에 쪽수를 표시한다. 《완전사회》는 나중에 《여인공화국》(홍사단출판부, 1985)으로 개정되어 재출간된 바 있다. 최근에 나온 판본(문윤성, 《완전사회》, 아작, 2018)은 초판본과 개정판인 《여인공화국》을 조합한 것이다.

5 《완전사회》의 다음 구절을 보라. "내가 아는 가장 큰 비극은 그 시대 여성들의 치마가 몹시 짧았다는 것일걸요."(208쪽) 《완전사회》가 연재되던 1966년부터 본격적으로 짧은 치마나 미니스커트에 대한 기사가 보도되고 가수 윤복희의 미니스커트 패션쇼가 1968년에 처음 열렸다는 것을 감안해 보면, 작가는 신문기사를 통해 미니스커트의 세계적 유행에 대한 사회일반의 점증하는 관심에 동참한 것으로 보인다.

이지만, 서술이나 대화는 전반적으로 조야하다는 인상을 준다. 500여 쪽에 이르는 분량을 감당하기가 다소 어려웠는지는 몰라도 장편소설 구성의 일관성을 종종 해치는 플롯 설정, 가령 우연성의 남발, 작중인물의 성격과 행동의 돌연한 변화, 핵서사(kernel narrative)와 에피소드(또는 위성서사, satellite narrative)의 어긋남 등은 작품으로서는 결격 사유다. 또한 인물의 성격은 지나치게 평면적으로 처리되고 있으며, 작가 특유의 이데올로기적 발화의 수위는 잘 제어되지 않는 편이어서 주인공 '우선구'뿐만 아니라 주인공에게 적대적인 인물들조차도 (내포)작가의 의도에 전반적으로 꼭두각시처럼 이끌리는 형국이다. 그에 비해 3차 세계대전의 시작을 두 공산주의 국가 간의 무력충돌에서 비롯된 것으로 보는 냉전적 사고는 '아마겟돈 이후의 세계'라는 냉전시기의 과학소설에 흔히 내재한 이데올로기적인 클리셰로 너그럽게 이해할 수도 있다.

이러한 결함들에도 불구하고 《완전사회》는 테크놀로지가 발달한 근(近)미래 사회에 대한 세부 묘사의 탁월함을 갖추고 있는 과학소설이다. 작가가 소설 속에서 공들여 가공한 수많은 미래의 발명품들은 그 자체로 흥미로운 상상력의 산물이라고 하지 않을 수 없다. 이러한 발명품들은 과학소설의 메타 기법의 하나인 '외삽'의 일관성을 나름대로 잘 유지한 창작의 결과이다. 또한 '만일 미래 세계가 여자들로만 이루어졌다면 어떻게 될까'라는 페미니즘의 문제의식[6]을 씨앗 삼아 그것이 상상력의 촉매 과정을 통해 하나의 완성된 주제와 작품의 구조로 자라나는 광경을 수미일관하게 보여준다는 점에서도 《완전사회》의 작품성은 높이 평가해야 마땅하다. 나

6 이런 점에서 《완전사회》는 미국의 페미니스트 작가인 샬롯 퍼킨스 길먼의 과학소설로 여자들만의 나라에 세 명의 남자가 발을 들여놓으면서 벌어지는 이야기인 《허랜드》(1915)와 신중하게 비교해볼 만하다. 샬롯 퍼킨스 길먼, 《허랜드》, 황유진 옮김, 아고라, 2016.

는 한국 소설사에서 본격적인 과학소설이라고 할 만한 문윤성의 《완전사회》를 분석하면서 '완전사회'라는 '페미니스트 유토피아'[7]의 갖가지 특징을 살펴볼 것이다. 그리고 이 낯선 미래를 여행하는 남성주체의 이데올로기적 (무)의식의 투사를 작품의 서사 구조와 관련시켜 문제 삼으려고 한다.

먼저 후자와 관련지어 말하면, 《완전사회》의 남성 주인공 우선구는 시종일관 성적 정체성의 변화를 거의 일으키지 않는다. 그는 여성만으로 이루어진 진성(眞性) 인간의 사회를 거부하고 비판하기 위해 작가가 동원하고 내세운 남성 이데올로그에 가깝다. '완전인간', 또는 '인류의 대표'라는 상징적 호칭과는 상관없이 상식 이하의 가부장 이데올로기로 무장해 성과 여성에 대한 편견을 가감 없이 드러내는 주인공 우선구는 작품의 스토리와 플롯에 개입해서 페미니즘 등의 담론에 대한 작가의 논평을 대신하는 (내포)작가 또는 서술자에 밀착된 대리인에 가깝다.[8] 그렇지만 내포작가 또는 서술자의 역할을 대리하는 우선구의 가부장적 이데올로기에도 불구하고 그것으로 수렴되지 않는 '완전사회'의 다양한 양상들, 그리고 우선구의 여장(女裝)이나 교주(教主) 되기 등의 모습은 (내포)작가가 의도하지 않았지만 텍스트 곳곳에 산포된 의미의 잉여로 독해해야 한다. 나는 선사적(先史

7 이정옥, 〈페미니스트 유토피아로 떠난 모험 여행의 서사〉, 《과학소설이란 무엇인가》, 국학자료원, 2000.

8 문윤성은 《완전사회》의 17회 분 연재를 마친 다음에 쓴 저자 후기에서 다음과 같이 덧붙이는데, 이러한 언급은 《완전사회》의 서술자이자 주인공 우선구의 남성중심주의적 입장이기도 하다. "현대는 아직도 여성에 대한 남성우위 시대에 속합니다. 그런데 남성의 우위(優位)라는 게 중세사(中世史) 이후 줄곧 내리막길을 걷고 있는 것 같습니다. 남성은 틀림없는 사양족(斜陽族). 우리는 몰락 직전의 남성의 몰골을 너무 흔하게 볼 수 있읍니다. (…) 한 가지 이런 자문(自問)을 해봅니다. 우리 둘레에 지금 남성다운 남성이 과연 얼마나 있을까? 하고. 강건한 육체, 굳건한 의지, 여성을 보호하는 희생정신, 이제 이런 어휘들은 차츰 망각의 장막 속으로 사라져가고 있는 것 같습니다." 김종안(문윤성), 〈작가로서 못다 한 말〉, 《주간한국》, 1966년 5월 10일, 18쪽.

的) 과거와 테크노 미래의 결합, 유토피아 여행의 이데올로기적 증상, 유토피아의 분열 양상, 남성적 정체성에 대한 알레고리로 나누어《완전사회》가 함축고 있는 서사적·이데올로기적 기호론을 살펴보겠다.

원시 선사(pre-history)와 하이테크 후역사(post-history)의 결합

《완전사회》의 여인천하인 '진성 사회'는 테크노피아, 곧 과학기술의 발전을 통해 유토피아를 성취한 곳으로 제시되어 있다. 소설에서 그 테크노피아의 결과물은 심지어 어떤 경우에는 공상적 사회주의의 색채마저 띠고 있다. 그렇지만《완전사회》에서 묘사되는 과학기술은 근본적으로 양가적인 의미를 내포하고 있다. 물론, 표면적으로 볼 때《완전사회》는 테크놀로지에 의해 이룩된 미래 사회의 발명품과 온갖 제도 등을 기술하는 방식에서 과학기술의 성취에 대해 다분히 낙관적인 견해를 피력한다.《완전사회》의 이야기는 시간여행을 가능하게 하는 과학기술의 성취를 통해 지구의 미래를 구원한다는 대전제를 포함하는 데서 출발하고 있다. 그렇지만 이 시간여행의 결과는 전혀 예상하지 못한 결과를 가져온다.

1977년에 시간여행을 떠난 주인공 우선구가 161년 만에 도착한 2138년의 '완전사회' 헤어지루는 그 자체가 이미 세 차례의 아마겟돈과 한 차례의 성(性) 전쟁을 치른 후에 성립된 세계정부의 임시수도다. 헤어지루를 포함한 세계정부는 궁극적으로 유토피아가 실현된 지구로 표상되는데, 그 지구는 12년 동안 계속된 남녀의 성 전쟁 끝에 남성이 완전히 패배하고, 추방된 "8천 명의 남녀"(197쪽) 이주민들로 구성된 사회구성체의 대표인 화성, 소설에서 남성사회의 대표인 화성과 적대관계에 놓여 있다. 그리고 그 적대의 한가운데에는 언제든 쌍방을 절멸시키고도 남을 광자포 등의 첨단무기기술이 가로놓여 있다. 《완전사회》에서 테크노유토피아의 산물들은 적지 않게 소개된다. 우선구가 미래로 시간여행을 떠나는 수면용 캡슐은 섭식과 수면에 이르는 갖가지 장치에 대한 묘사로 소개된다. 아마겟돈 이후의 테크노피아·페미니스트 유토피아는 성차, 섹슈얼리티와 젠더의 문제가 해소된 것이 아니라, 오히려 그 유토피아가 문제시되는 사회로 우선구의 남성적 시각과 의견(doxa)에 의해 최종적으로 교정되기에 이른다. 그리하여 남자와 여자가 조화롭게 잘 살 수 있는 사회야말로 작가가 생각하는 진정한 '완전사회'가 되는 것이다.

《완전사회》에서 테크노유토피아와 페미니스트 유토피아와의 관계를 살펴보면, 페미니스트 유토피아는 시작부터 발달된 테크놀로지의 산물로 주어진 측면이 역력해 보인다. 서기 2019년의 햄진학설 곧 "여성의 난자는 수정을 안 해도 특수조건만 갖추면 인간으로서 발육될 수 있다는 이론"(176쪽)이 실험에서 마침내 성공을 거두게 되고 2051년, "남성의 존재를 부인"하고 "여성을 인류 유일의 참된 모습으로"(174쪽) 선언하는 '진성 선언'이 등장하게 된다. 곧 이어 여성들로만 구성된 칼렘공화국의 건설, 칼렘공화국에 대항한 남성 테러리스트 집단인 스톤만 일당의 습격이 패배한 스톤만 사건, 12년간의 성 전쟁과 남성의 최종적인 패배인 종전에 이르게 되면서 남성은 결국 화성으로 추방되거나 멸종해버리고 마침내 지구는 인류의 유일무이한 성인 진성인으로 구성된다. 여기서 흥미로운 진실은 첨단테크놀로지의 발달이 결국 남성이 패배하고 여성이 승리하는 아마조네스의 세계를 가져왔다고 하더라도, 《완전사회》에서 실제로 묘사되는 남녀 간 또는 여성 간의 성적 대결과 적대의 양상은 마치 고대신화에서 재현된 바, 각기 다른 성으로 구성된 부족 간의 싸움마저 연상시킨다는 것이다.

테크노피아와 아마조네스, 또는 과학과 신화의 결합이라는 과학소설 특유의 구조는 《완전사회》에서도 중요하게 제기된다. 메리 셸리의 《프랑켄슈타인》이 예시한 것처럼, 모든 것을 탈신화화하지만 나중에는 그 자신이 전능에 가까워지는 과학은 그에 대한 절대적 믿음 때문에 근대의 새로운 신화가 될 수 있다. 《프랑켄슈타인》과는 상이한 맥락이지만 《완전사회》에서도 과학과 신화는 접속한다. 말하자면 과학기술에 의해 미래 사회가 첨단이 되면 될수록, 인간 사이에 해결해야 할 문제는 해묵은 원시의 형태로 귀환한다. 기술과 과학이 자연을 극복하면 할수록, 자연은 기술과 과학의 문제로는 해결할 수 없는 원시적인 형태로 강력하게 귀환하는 것이다.[9]

다소 조야하고 엉성하기에 이를 데 없지만 우선구가 미래 세계에서 만난 고전문화연구원 소속의 연구원이 발표한 한 논문에 따르면, 인류 문화는 왕후(王侯) 문화로부터 출발해 웅성(雄性) 문화, 양성(兩性) 문화, 진성 문화로 진화되어온 것이며, 진성 문화는 바로 인류사의 마지막 종착지, 역사의 종말이라고 설명하고 있다. 소설의 품격을 떨어뜨리는 이러한 투박한 설명 방식이 특별히 역사적이지 않다고, 황당무계하다고 부언할 필요는 없을 것이다. 그러나 진성 인간들이 성적 대립과 투쟁의 역사 이후를 살아

9 문윤성은 생전에 마지막이 된 인터뷰에서 과학소설의 장르적 가능성이 선험적으로 주어진 인간본성에 대한 추구임을 명확하게 한다. "과학기술이 아무리 발달한다 해도 인간 삶의 근원적 카테고리는 벗어나지 못합니다. 그것은 모든 인간에게 부여된 심성처럼, 태초부터 인류가 가지고 있던 잠재된 본성처럼 인간이 추구해 나아가야 할, 그리고 달성해야 할 이상이라는 것입니다. 그러한 이상에 가장 가까이 접근할 수 있는 장르가 바로 SF입니다. SF는 그것을 형상화하여 구체적으로 미래의 모습을 제시할 수 있는 것이지요. 때문에 앞으로 국내 문학계에도 분명히 매우 커다란 가치로서 대두되게 될 것입니다." 소준선, 〈미래지향적인 세계관을 가져야: 국내 최초의 장편 SF 《완전사회》의 저자 문윤성〉, 《SF 매거진》, 1993년 창간호, 46쪽. 그런데 작가의 이러한 생각은 《완전사회》에서 비록 테크노피아의 '진성 사회'라고 하더라도 성적 갈등을 해소하고 남녀의 화해와 공존, 나아가 여성을 보호하고 다스리는 남성적 주체성을 '인간본성'으로 간주하는 믿음과 상통한다. 이것은 역사적으로 변화하는 남성중심주의를 인간본성으로 자연화하는(naturalizing) 것이다.

간다는, 소설의 전체적 맥락에 기꺼이 동의한다면, 《완전사회》에서 우선구와 진성인간의 대립, 또는 진성 인간 내부의 대립을 역사에 의해 '억압된 것(성적 대립과 갈등)의 귀환'으로 볼 소지는 적지 않다. 또한 그 대립의 양태는 후(後)역사적이라기보다는 선사적이며 원시적인 느낌을 방불케 하는 측면이 있다.

프로이트와 라캉 계열의 정신분석에서 말하는 것처럼 억압된 것은 보통 생각하는 것과는 달리 과거에서 현재로 귀환하는 것이 아니다. 오히려 과학소설의 시간여행이 잘 보여주는 것처럼 억압된 것은 미래부터 현재로 귀환한다. 어떻게 그러한가? 《완전사회》에서 우선구는 현재에서 미래로 도착했으며, 따라서 우선구라는 남자, 이 '과거의 현대인'은 여자들만으로 이루어진 진성 사회라는 미래의 증상이 되어야 하는 것이 아닌가. 그런데 과학소설에서 미래로의 여행은 정신분석에서 분석주체(환자)가 분석가(의사)에게 감정이나 관념을 투사하는 일종의 전이(轉移, transference)의 수행과 비슷하다. 전이는 타자 속에 지식이 있음을, 주체가 갖고 있지 않은 그 무엇을 타자가 가지고 있다고 믿는 행위다.[10] 그런데 《완전사회》에서는 처음에는 전이가 타자(진성 사회)에 있는 것으로 설정되다가 후에는 인류의 대표인 우선구로 귀속되면서 서사적인 반전이 발생하며, 소설의 후반부에서 그것은 극단화된다. '인류의 대표'는 모든 여성 위에 군림하는 단 한 명의 신화적 남자로 격상되는 것이다.

《완전사회》의 후반부에서 진성인 리리시노가 주도해 '희망과 우정의 모임'의 교주로 우선구를 앉히려는 기획을 보자. 이것은 마치 지크문트 프로이트가 《토템과 터부》에서 묘사한 바 있는, 신화적 시대에서 모든 여자들

10 슬라보예 지젝, 《이데올로기의 숭고한 대상》, 이수련 옮김, 인간사랑, 2002, 104~105쪽.

의 소유주인 단 하나의 남자인 '원초적 아버지(primal father)'가 종족의 우두머리로 자리 잡는 장면을 자연스럽게 연상하게 한다. 리리시노를 중심으로 10만 명에 이르는 '희망과 우정의 모임' 회원들이 우선구 앞에 부복(仆伏)하면서 '오, 교주님'을 연발하는 장면에 대해 《완전사회》의 서술자가 논평하는 대목은 매우 흥미롭게 들린다. "그 꼴이란 마치 암흑시대에 있어 노예들이 절대권을 장악한 군주를 모시는 것 같았다."(444쪽)

프로이트의 설명에 따르면, 원초적 아버지란 부족 내에서 거세되지 않은 단 한 명의 남자다. 원초적 아버지의 가설은 《완전사회》의 미래 세계, 곧 여성만으로 이루어진 사회를 탐험하면서도 우선구의 정체성이 단 한 번도 바뀌지 않는다는, 즉 그가 상징적 거세를 겪지 않으며 오히려 그것에 저항하는 일련의 행위를 분석할 수 있도록 한다. 《완전사회》는 우선구가 여자들에게 군림하는 원초적 아버지 되기를 거부하고 평화사절의 일환으로 화성 대사의 임무를 맡는 것으로 끝맺는다. 그럼으로써 작가는 가부장적 남성의 의견(doxa)을 앞장세워 진성 사회라는 미래의 유토피아를 하나의 이데올로기 또는 의견으로 뒤바꾸면서 남녀의 화해와 상생이라는 이데올로기적 결말을 의식적으로 추구한다. 그럼에도 '희망과 우정의 모임'에서 우선구가 잠시나마 교주를 승낙하면서 보여주는 일련의 폭력적인 행동들(특히 그가 평소와 달리 말귀를 잘 알아듣지 못하는 비서의 뺨을 거칠게 때리는 행위)은 《완전사회》의 작가가 의식적으로 의도하지 않았으며 통제하지 않은 텍스트의 무의식이 돌출된 것이라고 할 수 있다. 이런 관점에서 보면 《완전사회》에서 테크노피아와 페미니스트 유토피아는 상보적인 비례 관계로 출발했다가 역비례 관계로 뒤바뀐다고 할 수 있다. 《완전사회》는 하이테크 사회에서 벌어지는 원시 종족 간의 투쟁을 재현하는, 선사시대와 하이테크가 공존하는 소설로 읽을 수 있는 것이다.

유토피아로의 여행

《완전사회》는 시간여행을 통해 또 다른 세계를 여행하는 모험서사, 미래서사의 형식을 내포하고 있다. 보통 과학소설에서 미래를 향한 시간여행은 "이야기의 배경을 바꾸기 위한 전술"로 활용되며, "미래로의 시간여행은 대개 현재의 세계에 대한 풍자를 뒷받침해주는 아이러닉한 무대를 제공해준다".[11] 《완전사회》에서 주인공 우선구가 수면을 통한 시간여행을 떠나게 되고 시간여행으로 도착하게 되는 비커츠섬은 이중의 역할을 담당하고 있다. 남태평양 뉴질랜드에서 1,300킬로미터 떨어진 비커츠섬은 마치 토머스 모어가 《유토피아》(1516)에서 설계한 '유토피아'처럼 사방으로부터 고립된 섬으로 표상된다. 유토피아가 고립의 형상으로 표상되는 이유는 현 체제와의 단절을 표시하면서도 동시에 현 체제와 완전히 상이한 체제를 구축할 수 없다는 재현의 한계를 재현 그 자체에 포함시키고 있기 때문이다.[12] 우선구가 시간여행을 위해 도착한 비커츠섬은 그가 참가함으로써 "국가나 민족관념을 초월한 명실상부한 참된 유엔 가족"(19쪽)이라는 이상적 이미지로 표상되기에 이른다. 나중에 미래의 비커츠섬에 도착하고 난 후에 우선구가 읽게 되는 과거의 약혼녀 정숙원 그리고 나달쟌의 일기에서 비커츠섬이 3차 세계대전부터 5차 세계대전에 이르기까지 한 번도 전쟁의 영향을 받지 않은 무풍지대의 유토피아로 재현된다는 사실은 얼핏 황당하게 들리지만, 실은 의미심장한 것이다. 비커츠섬은 유토피아처럼 이상적이면서도 존재하지 않는 느낌을 준다. 이러한 유토피아는

11 로버트 스콜즈·에릭 라프킨, 《SF의 이해》, 김정수·박오복 옮김, 평민사, 1993, 231쪽.

12 Fredric Jameson, "Introduction: Utopia Now", *Archaeologies of the Future: The Desire Called Utopia and Other Science Fiction*, London · New York: Verso, 2005, vii.

마치 “증상 없는 보편성”, 곧 “자신에 대해 내적인 부정으로 기능하는 예외의 지점이 없는 보편성의 가능성”을 점유하는 장소로 해석할 수 있다.[13] 우선구가 도착한 미래의 비커츠섬은 그가 시간여행을 떠나던 과거 비커츠섬의 연장일 뿐만 아니라, 국가와 민족의 한계를 초월한다는 소망충족이 미래에서 전면적으로 확대되고 실현된 공간적 모델로 출현한 것이다. 과연 우선구가 처음 도착한 미래의 비커츠섬은 〈남양 행정구 제3사회권〉에 소속된 행정구역으로 표시되지만, 그 최종심급에는 ‘국가나 민족관념을 초월한’ “단일국가”(129쪽)가 자리하고 있다. 다시 말해 미래의 비커츠섬은 과거의 비커츠섬의 꿈이 현실로, 당위(sollen)가 존재(sein)로 완료된 곳이다.

그렇지만 여기서 유의해야 할 사실이 하나 있다. 먼저, 우선구가 도착한 미래의 비커츠섬은 애당초 그를 미래로 보낸 유엔 총회가 의도한 목적지가 결코 아니라는 것이다. 우선구와 비커츠섬의 과학자들도 우선구가 미래의 어느 곳, 어느 시점에 도착할지 알 수 없었을뿐더러 소설도 우선구가 미래에서 다시 현재로 어떻게 되돌아와야 하는지에 대한 언급을 별달리 하지 않았다. 이러한 부분을 작가의 미숙한 구성 탓으로 돌리기보다는 그 자체로 읽어야 할 필요가 있다. 어떻게 보면 우선구는 미지의 행성에 불시착한 외계인 신세로, 도처에서 인류학적인 의미에서의 유사인간 곧 낯선 타자들과 대면해야 할 처지에 놓인 자가 되었다. 이렇게 유토피아로의 여행은 우선구에게는 처음부터 불길한 음조를 띠고 있었던 것이다.

슬라보예 지젝이 ‘증상 없는 보편성’이라고 불렀던 유토피아란 실제로 그 내부로부터 성적 적대의 요소를 은폐한 이데올로기에 가까운 것으로

13 슬라보예 지젝, 《이데올로기의 숭고한 대상》, 51쪽.

읽을 필요가 있다. 비커츠섬을 탈출한 우선구는 경비소에서 듣게 된 "정상 사회의 옳은 소리 방송"(108쪽)을 전달하는 목소리의 주인공이 남성이며, 잡음 가득한 목소리의 진원지가 '화성'임을 알게 된다. 여성들만으로 이루어진 지구의 세계정부를 "변태정권"(같은 쪽)으로 부르는 화성의 남성 중심 사회에서 들려온 목소리의 잡음, 그것은 바로 보편성(진성 사회의 페미니즘 유토피아)이 은폐한 증상이라고 해석할 수 있다. 진성 사회의 유토피아는 자신을 내적으로 부정하는 '예외'를 이러한 '잡음'으로 표출했던 것이다.

지젝보다 이론적으로 훨씬 정교하게 유토피아의 통시적·공시적 층위를 연구한 프레드릭 제임슨에 따르면 유토피아는, 모어의 《유토피아》가 그 모델을 전형적으로 제공해준 것처럼, 크게 '실존적 유토피아'와 '정치사회적(구조적) 유토피아'로 나눌 수 있다.[14] 실존적 유토피아는 가능한 모든 악(惡)의 말소라는 '소망충족'으로 나타나며, 이것은 《유토피아》의 경우 보통 사유재산의 근원이 되는 탐욕의 제거로 표상된다. 이에 비해 정치사회적 유토피아는 다양하고도 새로운 대안적 제도의 '건설'과 관련이 있다. 가령 《유토피아》에 나오는 정치기구, 원로원 제도, 54개의 도시, 결혼과 이혼 제도, 가정의 기능, 일정한 주거와 이주, 법률과 노예제 등에 대한 논의와 구성 등이 그러한 정치사회적 유토피아의 예들이다.

《완전사회》에서 실존적 유토피아는 바로 남성의 말소와 그에 따른 여인천하의 세계로 표현되며, 정치사회적 유토피아는 테크노피아와 세계정부의 각종기구들이 혼합된 형태로 묘사된다. 《완전사회》는 특히 후자의 측면에서 놀라울 정도로 방대한 현상학을 그려 보이고 있으며, 이러한

14 프레드릭 제임슨, 〈유토피아의 정치학〉, 황정아 옮김, 《뉴레프트리뷰》 2, 길, 2010, 354쪽.

장관(壯觀)이 몇 가지 결격 사유에도 불과하고 과학소설로서의 《완전사회》의 작품성을 굳건히 지탱하는 요소다. 《완전사회》에서 정치사회적 유토피아는 테크노피아와 혼재되어 표상되는데, 그것들은 국가의 형태와 사회조직, 의학, 노동, 사회복지, 교통수단, 언어, 종교, 교육 등으로 세분되며, 그 각각에 대한 소설이 전개하는 설명과 묘사는 놀라울 정도로 자세하고 또 흥미롭다. 그것을 각 분야로 나눠서 표로 요약해 간단히 제시하면 다음과 같다.

제도	형식	내용
정치 (국가소멸)	세계정부 단일중앙집권제	세계정부(입법기관)→지역권→사회권(행정기관) 인민은 평등하며, 일정한 권리와 의무가 있다. 인민원, 현자원, 원로원의 입법기구가 3년에 한 번씩 세계정부의 최고책임자인 '따루'를 선출한다.
경제	정부의 통제경제	모든 생산시설이나 판매 기구는 사회권 직영이며, 데기온 공장에서 보듯이 인민은 하루에 표준 네 시간 정도 노동한다.
언어	혜민어	'가장 합리적인 표음문자'인 한글을 에스페란토어처럼 교정, 정착시켜 세계의 단일 언어로 사용한다.
교육	자율교육	초급 5년제, 단련학교 3년제, 성인학교 4년제, 전문학교 순이다. 학생들이 스스로 배우며 깨우치도록 하는 교육을 목적으로 한다.
의학	평형상태유지	약물 만능을 벗어나 자연의 원칙에 순응하며, 생명체와 반생명체의 평형상태를 유지하는 것이 건강이라고 생각하고 그런 방식으로 처방한다.
종교	수양단체	개인의 신앙은 허용되지만 종교단체의 형성은 금지되어 있으며, 수양단체가 집단적 종교활동을 대신한다.

표 1 《완전사회》의 유토피아 기구들

《완전사회》에 제시되는 각종 유토피아 기구와 프로젝트 중에서 미래 사회의 노동에 대해 이야기하는 부분은 특히 흥미롭게 보이며, 지면도 많이 할애되어 있다. 헤어지루 제5국의 감시요원들과 함께 우선구는 '데기온 공장'을 견학한다. 데기온 공장은 데기온이라는 특수물질로 인형을 제조하는 공장으로, 이 공장의 기계는 정상적으로 작동할 때는 음향과 향기가 나온다. 《완전사회》는 이 부분을 다음과 같이 묘사한다. "산골짝 작은 시내에 걸려 있는 물방아보다도, 양지쪽에 누워 졸고 있는 젖소의 사귐질보다도 이곳 기계들은 부드럽고 온순하게 움직인다."(226쪽) 데기온 공장은 "기계설계의 크나큰 혁명"(같은 쪽)인 것이다. 이어지는 서술자의 논평은 이렇다. "그윽한 향기와 재미있는 음악 속에서 탄생하는 인형들이야말로 얼마나 행복스러우냐. 인형뿐만 아니라 모든 장난감의 제작 과정이 마치 꿈속의 유희처럼 즐겁기만 하다. 여기서 즐겁다는 건 작품을 만들어내는 기계들을 두고 하는 말이다. 그만큼 이곳의 기계들은 단순한 물건이 아니라 감정이 담기고 품위가 갖춰진 어엿한 영적 존재라고 말하고 싶다."(229쪽) 이 대목에 오면 사물화와 노동소외가 철폐되면서 테크놀로지가 자연의 리듬과 결합하는 공상적 사회주의의 비전마저 얼핏 엿보인다(데기온 공장 노동자들은 하루에 네 시간 노동을 한다).

분열되는 유토피아

그렇지만 유토피아적 진성 사회가 허락하지 않거나 그 사회에서 소멸되어가는 예외적인 제도나 문화 기구도 있다. 그중 징후적인 경우가 바로 예술이다. 예술은 유토피아 사회에서는 '예술의 종말'로 나타난다고 할 수 있다. 《완전사회》에서 관객이 전혀 찾아들지 않아 텅 빈 객석으로 가득 찬

극단의 공연에 관한 에피소드가 '예술의 종말'이라는 징후를 암시하고 있다고 보는 것은 다소 무리한 해석일지도 모른다. 《완전사회》의 대단원에서 '세계 정부 문교 위원회'가 3년에 한 번씩 문예 작품을 모집하고 우선구가 쓴 〈미래 전쟁〉이라는 우화소설이 '문예 대상배'를 받는다는 약간은 억지스러운 설정에서 보이는 것처럼, 이 미래 사회는 문학 또한 적극적으로 장려하기 때문이다. 그러나 소설의 마지막 대목은 오히려 '문학(소설)'이 남녀 화해와 공존(그 이면의 여성에 대한 남성지배의 전략)이라는 작가의 이데올로기적 봉쇄 전략을 효과적으로 실현시키는 수단으로 간택되었음을 증명한다. 남녀 공존 이면의 남성 지배의 바로 그 이데올로기적 내용이 소설에서 결말짓기라는 서사적 봉합의 형태로 구조화된 것이다.

피에르 마슈레는 쥘 베른의 과학소설을 분석하면서 "모든 이데올로기는 화해를 시도한다"고 말하며 이데올로기를 작품의 내용이 아니라 서사, 곧 작품의 형식과 연관시키고 있다.[15] 소설의 이데올로기는 그것의 내용적 층위가 아니라 서사를 꿰매어 이데올로기적으로 봉합하는 일, 곧 출발로부터 일관된 결말을 이끌어내는 형식에 있는 것이다. 이 모든 점을 고려하면, 우선구가 남녀의 이데올로기적 화합을 도모하기 위해 지구에서 화성으로 파견되는 지구의 대표이자 화성 대사가 되는 일은 '인류의 대표'라는 사명감을 갖고 미래로 여행을 떠나기 전, 곧 과거의 우선구에게 지구인들이 부여했던 소망과도 일치한다. 우선구가 쓴 〈미래 전쟁〉이라는 '소설'은 그것을 가능하게 하는 이데올로기적·형식적 전술이다. 더 나아가 〈미래 전쟁〉 덕택으로 우선구가 화성 대사로 임명된다는 플롯 설정은 진성 사회의 지구

15 피에르 마슈레, 〈쥘 베른, 혹은 결여가 있는 이야기〉, 《문학생산의 이론을 위하여》, 윤진 옮김, 그린비, 2014, 268쪽.

를 궁극적으로 탈환하기 위한 모종의 전략으로 생각해볼 수도 있다. 작가는《완전사회》의 〈머리말〉에서 이 작품의 2부 격에 해당하는 소설을 10년 후에 발표할 것이라고 예고했다.(2쪽) 그러나 작가가 쓰겠다고 공언한 이 작품은 지금까지 발표되거나 공개된 적이 없다. 그렇지만 추측해본다면 우선구가 화성 대사로 간 이후에 전개될 이야기는 화성의 '지구 재탈환'이라는 상상적 시나리오 정도가 아닐까 싶다. 앞서 예상한 것처럼 이것을 굳이 새로운 작품으로 쓸 필요까지는 없어 보인다.《완전사회》는 이데올로기적인 답변을 서사 형식으로 이미 제출한 작품이기 때문이다.

다시 극단의 공연 에피소드로 돌아가보도록 하자. 극단 '파랑새'의 공연장을 찾은 우선구는 공연에 관한 특별한 광고도 없는 점, 다른 사회정치적·문화적 기구들은 변화에 변화를 거듭했으면서도 유독 연극과 극장 구조만이 옛날의 그것과 비슷하게 구태의연한 것을 보고 의아해한다. 극단의 대표인 비봐부리힐은 "오늘의 사회인들은 예술에는 장님입니다"(320쪽)라고 말하면서 자신들이 공연한 작품인 〈내일의 하품〉에 대해 이야기한다. 〈내일의 하품〉은 재기발랄한 어린 시절을 보내던 진성인이 사회인이 되면서 서서히 "허수아비"(같은 쪽)가 되어가는 과정을 그린 작품이다. 그런데 이 작품의 제목인 '내일의 하품'은 그 제목이 작품의 내용보다 시사적으로 보인다. 진성 혁명이 완료되고 그로 인해 역사가 끝난 후에 남는 것은 반복되는 일상의 지루함과 권태뿐이라는 뜻일까. 다른 유토피아 텍스트들(특히 모어의《유토피아》)에서도 흔히 나타나는, 유토피아가 예술에 대해 지면을 할애하는 데 인색하거나 침묵하는 이유는 무엇일까. 그것은 앞서 언급한 바 있는 데기온 공장의 기계나 헤어지루의 사회처럼 일상 영역에서 공공기관에 이르기까지 작가가 세심하게 장식한 하이테크놀로지의 발명품들 자체가 이미 미적인 공정의 산물이기 때문은 아닐까.

다시 말해 유토피아의 각종 세목(細目) 그 자체가 이미 심미적 공정의 결과이기에 이 사회는 별도의 예술을 필요로 하지 않는 것은 아닐까.[16] 다소 놀라운 얘기로 들릴 수도 있겠지만, 유토피아에서 예술은 그다지 쓸모 있는 물건이 아닐지도 모른다. 유토피아 그 자체가 예술작품이기 때문이다.

서사이론의 관점에서도 《완전사회》는 흥미로운 유토피아 문학이다. 일차적 층위에서 《완전사회》는 낯선 세계에 던져진 우선구의 모험서사로 이루어진다. 그런데 이 모험서사는 여인천하 유토피아의 각종 담론들을 무화하는 일에 주력하면서 반유토피아의 서사로 뒤바뀌며, 유토피아의 숨겨진 실체를 드러낸다. 서사이론을 적용하자면, 유토피아 이야기는 반유토피아 이야기로 그 정체가 바뀌며, 유토피아 담론은 이데올로기 담론으로 변질되는 것이다. 《완전사회》에서 진성 사회가 성립된 역사에 관한 장황한 설명에서처럼, 유토피아는 사실 이야기 또는 현재진행형의 역사가 완전히 소거되는 동시에 성립된 것이다. 많은 비평가들이 유토피아 장르가 박진감 있는 스토리를 가지는 소설이 아니라, 따분하고 지루한 교설에 가깝다고 하는 데에는 그만한 이유가 있다. 실제로 흥미진진한 것은 반유토피아나 디스토피아 서사다. 반유토피아나 디스토피아 서사는 유토피아라는 담론의 한 층위가 이야기의 층위에 의해 조목조목 반박되면서 재구성되는 서사이기 때문이다.

실제로 유토피아 텍스트들은 그 사회나 사회의 거주민들의 생활만큼이나 읽기에 다소 지루하고 따분한 측면이 적지 않다. 유토피아에서 개개인의 개성이라곤 보통 찾아보기 힘들다. 모두가 비슷한 복장에 비슷한 표정을 지니고 있다. 《완전사회》도 예외가 아니다. 이 작품을 하나의 흥미진진

16 Fredric Jameson, "Journey into Fear", *Archaeologies of the Future*, p. 185.

한 모험 이야기로 만드는 것은 소설에 등장하는 숱한 유토피아 담론 때문이 아니다. 그렇지만 이것은 유토피아의 단점도 아니고 더더구나 디스토피아의 증거도 아니다. 가령 《완전사회》에 관한 선구적인 글에서 이정옥은 "인민들은 모두 복제 인간과 같이 동일한 스타일을 하고 있으며, 인민들의 표정에는 생동감이나 웃음을 찾아볼 수 없다"는 정황에서 진성 사회를 "우울한 디스토피아"[17]로 간주하지만 꼭 그렇게 단정할 수는 없다. 사실 진성인들의 모습은 우선구의 시선에 의해 걸러진, 낯선 타자에 대한 즉자적인 첫인상에 불과할 수도 있다. 그렇지만 이러한 몰개성화와 집단화의 움직임이야말로 유토피아의 유력한 증거 중 하나라면 어떻겠는가. 제임슨은 이러한 몰개성화, 통계화, 집단화야말로 유토피아가 성취하고자 하는 평민화(plebeianization)의 산물이며, 유토피아에서는 개성까지 포함해 개인주의적 이데올로기는 결국 말소된다고 덧붙인다.[18] 물론 우선구는 이야기가 진행되어가는 도중에도 진성인들에 대한 첫인상을 교정하지 않는다. 대신 그는 과거의 약혼녀 정숙원과 비슷한 인상을 지닌 '여자', 다른 진성인들을 찾는 편을 택한다.

또한 유토피아를 대면하는 일에는 어떤 근본적인 불안(anxiety)이 도사리고 있다. 유토피아가 정말로 두려운 곳이라면 유토피아란 굳이 욕망할 필요가 없는 대상이라는 생각이 들 수도 있다. 제임슨은 약물중독이나 섹스처럼 모더니티의 문화에서 주체의 리비도 집중이 가장 현격한 행위의 산물들을 유토피아라고 불리는 욕망 앞에서 멈칫거리면서 느끼는 주체의 현기증과 불안을 가장 잘 드러내는 증상, 일종의 거세불안으로 꼽고

17 이정옥, 〈페미니스트 유토피아로 떠난 모험 여행의 서사〉, 147쪽.

18 프레드릭 제임슨, 〈유토피아의 정치학〉, 358~359쪽.

있다.[19]

문윤성이 성적 차이의 적대나 갈등, 다시 말해 대상 리비도 집중이 강한 성이라는 주제를 미래 사회에 있을 수 있는 중요한 문제의식으로 설정한 점은 높이 사서 마땅하다. 물론 앞서 말한 것과 비슷한 성적 차이와 갈등에서 비롯되는 근본적 불안을《완전사회》의 주인공 우선구가 느낀다고는 볼 수 없으며, 텍스트에 그런 증거가 딱히 발견되는 것도 아니다. 차라리 시종여일하게 우선구가 보여주는 고질적인 남성중심적 사고와 행동 패턴에서 앞서 언급한 유토피아라고 불리는 욕망 앞에서의 불안을 유추하거나 상상해낼 수 있을 뿐이다. 가령 그의 리비도가 자신의 남성적 정체성을 잃지 않으려는 자아(ego) 곧 선입관과 관습의 저장고로 집중된다는 식으로 생각해볼 여지는 얼마든지 있다. 이제 역사와 유토피아는 완전히 대립하며, 유토피아라는 미래의 '배경'은 이야기가 전개되어나감에 따라서 주인공에게 문제적인 '전경'으로 바뀌게 된다. 유토피아 담론에 이야기가 적극적으로 개입하면서 유토피아 또한 둘로 분열되기에 이른다.

서사이론의 용어로 다시 말해보면,《완전사회》에서 유토피아 이야기는 유토피아 불청객의 모험을 통해 유토피아가 더 이상 유토피아가 아님을 증명하는 데 주력하는 방향으로 전환하며(안티유토피아, 디스토피아 서사), 유토피아 담론은 유토피아에 대한 의심이라는 해석학적 과정을 통해 무화되어가면서 차츰 이데올로기 담론으로 전환된다. 유토피아의 여행은 궁극적으로 공포의 여행으로 정체가 드러난다. "만약 유토피아에서 어떤 사회적 행위나 사건, 예컨대 무질서, 변화, 폭력, 새로움 등의 사태, '역사' 그 자체가 발생할 수 있다면, 무한한 자유의 해방을 약속했던 유토피아의 각

19 프레드릭 제임슨, 〈유토피아의 정치학〉, 374~375쪽.

종 정치 사회적 제도들은 결국 자유를 억압하는 현실원칙으로 판명될 것이다."[20] 이와 비슷한 반전이 《완전사회》의 서사적 공정에서도 나타난다. 그리고 그것은 남성적 정체성에 대한 방어기제의 작동으로 그 모습을 드러낸다.

정체성에 대한 알레고리

미래의 진성 사회에 불시착한 우선구가 이런저런 모험을 거치는 동안 그의 정체성을 보다 쉽게 설명할 수 있는 정서는 남성중심주의적 선입관(doxa)의 가면을 쓴, 의심을 동반하는 냉소와 반어에 가깝다고 할 수 있다. 우선구의 냉소는 진성 사회가 여성만으로 이루어졌다는 데서 시작되지만, 그의 의심과 냉소적 태도가 성적 차이의 표지가 될 만한 남녀라는 최소한의 구분이 사라지면서 자신의 성적 정체성조차 사라질지도 모른다는 심층적 불안의 동기에서 표출된다고 생각해볼 수 있다. 다음에 묘사되는 것처럼 진성 사회는 생물학적인 성적 차이가 거의 무화된 사회에 가깝다. 그들은 신체적으로는 '평평한 가슴' '수염' '굵은 목소리'를 가진 탈성화(脫性化, desexualizing)된 인간에 가깝다.[21]

20 차동호, 「프레드릭 제임슨의 포스트모던 정치학」, 부산대학교 영어영문학과 석사논문, 2008, 10쪽.

21 이정옥, 〈페미니스트 유토피아로 떠난 모험 여행의 서사〉, 152쪽. 이정옥은 진성인을 '양성인간'이라고 불렀지만, 진성인은 두 개의 성을 잠재적이든 명시적이든 가지고 있지 않다. 과학소설에서 양성인간은, 예를 들면, 어슐러 K. 르귄의 페미니즘 과학소설《어둠의 왼손》에서 상징적으로 예시된 것처럼, 일정한 주기에 따라 성과 사랑을 충족시키는 외계인 '게센인'처럼 정신과 육체 양면에서 남성과 여성의 성적 정체성을 잠재적인 형태로 함께 가지는 존재다.

몸 체격이 같고 입성이 같다. 남자인지 여자인지 얼핏 분간할 수 없는 것도 같다. 남녀의 구별이 안 되어서는 말이 아니겠으나 사실이 그렇다. 키가 늘씬하고 눈이 부리부리한 건 남성다운데 거의 반나체로 노출된 살결이라든지, 살결이 다 나오게끔 된 입성이라든지, 솥뚜껑 모양의 모발 스타일은 여자답다. 화장은 한 것도 같고 안 한 것도 같다. 도무지 알 수 없다. 알 수 없는 중에도 특히 눈에 띄게 인상적인 것은 그들의 입성이다. 참 이상한 옷이다. 이런 입성은 여태 본 적이 없다. 위아래가 한데 붙은 콤비네이션 스타일인데 웃통은 거의 전부가 노출된 질방걸이고 아랫도리는 반바지와 반치마의 중간형태다. 그렇군, 반바지에다가 치마폭을 덧붙이면 저 꼴이 될 거라.(33쪽)

인용한 대목은 우선구가 미래 사회의 진성 인간에게 처음 느꼈던 반응 속에 불안과 막연한 호기심이 뒤섞여 있음을 암시한다. 그런데 이들 진성 인간은, 우선구가 나중에 알게 되는 것처럼, 모두 인공수정을 통해 공장에서 태어나며, 신체 수술을 통해 성호르몬과 수란관(輸卵管)을 인위적으로 제거할 수 있는 존재다. 따라서 그들은 양성구유(兩性具有)의 생물학적 신체가 아니라 보철술(補綴術)을 가진 무성(無性)의 사이보그 신체에 더 가깝다고 할 수 있다. 혹시 우선구가 느꼈던 호기심 이면에는 미래 사회가 모두 여성이라는 사실보다는 성적 차이를 확인해줄 수 있는 최소한의 표지(남성/여성)가 사라졌다는 것, 그리하여 그 자신조차 하나의 성적 정체성으로 인정받을 수 없는 무성의 그것이 될지도 모른다는 두려움과 불안이 도사렸던 것은 아닐까. 이러한 두려움과 불안의 표출이 성적 차이에 내재한 적대가 순간적으로 명확해지는 경우가 아닐까.

그래서 수면 캡슐에서 깨어나자마자 진성 인간들과 마주쳤던 최초의 경험 이후, 우선구의 모험이 정체성의 변화나 새로운 정체성을 탄생시키는 쪽보다는 기존의 자신의 남성적 정체성을 방어하고 강화하거나 진성인들에게 자신의 성적 정체성을 매번 주지시키는 등의 인정투쟁 쪽으로 나아가는 것은 자연스러워 보인다. 그것은 한편으로 자신을 도와주는 리긴이나 리리시노 등처럼 '과거의 현재인'인 우선구의 관점에 이른바 '여자처럼' 보이는 진성 인간과의 연대를 도모하는 쪽으로 전개된다. 《완전사회》의 구성적 미숙함은 여기서도 나타나는데, 그 미숙함은 리긴, 리리시노를 가부장제에 동화된 스테레오타입의 여성으로 형상화한다는 데서도 엿보인다. 사실 그들은 내포작가의 꼭두각시 역할을 떠맡는 캐릭터에서 조금도 벗어나지 못하는 것이다.

오히려 이런 캐릭터 설정보다 흥미로운 것은 우선구가 진성 사회를 관람하기 위해 당국의 요청으로 "완전 여장"(214쪽)을 하는 일련의 대목인데, 여장을 하고 난 우선구는 거울에 비친 자신의 모습에 냉소를 보내면서도 실제로는 여장에 잘 적응한다. 뿐만 아니라 진성인들 역시 우선구의 여장이 잘 어울릴 뿐만 아니라 그가 여자와 다를 바 없다고 말한다. 젠더적 자리바꿈의 의례인 드래그(drag)에 완벽히 부합하는 사례는 아니더라도, 우선구가 대단원에서 화성 대사로 임명되기 직전에 진성인들에 의해 남장을 마침내 허락받는 장면을 떠올린다면, 우선구의 여장을 젠더 수행의 하나로 이해하는 것은 결코 무리가 아니다.[22]

어떻게 보면 《완전사회》에서 반유토피아적 측면은 다른 곳에 있을지도 모른다. 그것은 홀랜(정부에서 장려하는, 자위행위를 통해 성적 욕구를 해소하는 진성인)과 께브(정부에서 금지하는, 동성애를 통해 성적 욕구를 충족하는 진성인) 또는 두버무(성호르몬선 등을 제거하여 성행위 자체를 거부하는 과격파

22 주디스 버틀러, 《젠더 트러블》, 조현준 옮김, 문학동네, 2008, 342~343쪽.

진성인) 간의 적대적인 갈등이 완전사회에서 벌어진다는 점에 있지 않다. 작가는 완전사회라는 테크노페미니즘의 유토피아를 세밀하게 가공했으면서도 정작 그 앞에서 뒷걸음질 치며 자신이 만들어놓은 상상의 산물을 방어하기 위해 소설의 이야기와 담론에 개입하면서 남성중심주의적인 편견을 휘두르는 전제적 (내포)작가의 시선에는 반유토피아적 욕망, 곧 여성사회라는 유토피아에 직면한 남성의 거세불안이 노출되어 있었던 것이다. 지금까지 말한 것을 도표로 정리해보면 다음과 같다.

담론 층위	텍스트	이야기 층위: 《완전사회》의 이야기(story)의 순서		
		완전사회 1 (→)	완전사회 2 (→)	완전사회 3
표층	기표	· 여인천하	· 홀랜과 께브, 두버무 · 지구와 화성의 대립	· 지구와 화성 외교
	기의	· 유토피아	· 성차 갈등 · 동성 간의 갈등	· 화해 이데올로기
심층	기표 (표층의 기표+기의)	· 여인천하	· '우정과 희망의 모임' 요구 수락	· 우선구의 화성 대사 임명과 파견
	기의	· 안티 유토피아	· 한 남자에 의한 모든 여자 지배	· 지구 재식민화 단초

표 2 담론과 이야기의 관계로 본 《완전사회》

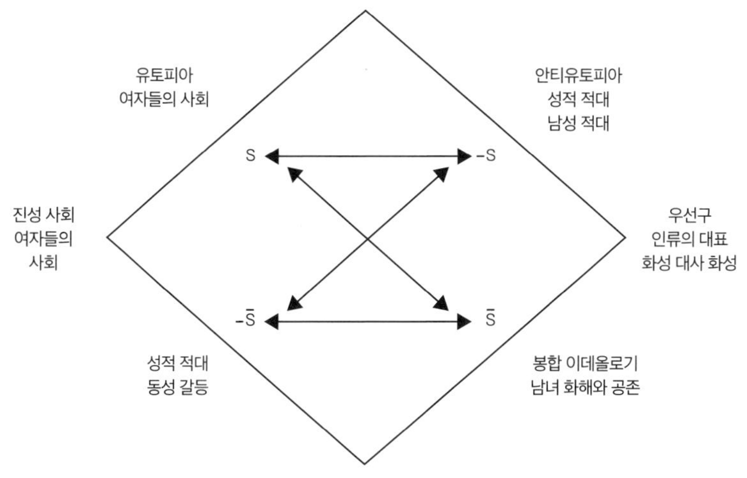

표 3 이데올로기와 유토피아의 대립과 갈등으로 읽은 《완전사회》

결국 작품의 제목인 '완전사회'의 의미는 이중적으로 읽힌다. '완전사회'라는 시니피앙은 소설의 출발점에서는 여성만으로 이루어진 유토피아라는 표층적 의미였다가, 우선구의 모험에 의해 남성 없는 여성만의 사회는 불완전함을 입증하는 징표로 그 의미가 뒤바뀐다. 그리고 작품의 말미에 이르게 되면 '완전사회'는, 우선구라는 '완전인간' 없는 '완전사회'가 불완전한 사회에 불과할 뿐만 아니라, 우선구라는 단 한 명의 남성이 포함된 여성사회가 진정한 '완전사회'라는 심층적 시니피에로 마침내 닻을 내리기에 이른다. 그러나 화성(남성)과 지구(여성), 곧 두 적대적인 사회를 중재하고 화해하는 임무를 띤 '인류의 대표', 우선구라는 "남자의 중립적 보편성이란 이미 거세를 부인하는 지표"의 결과이다.[23] 인류의 대표란 실제로는

23 슬라보예 지젝, 《향락의 전이》, 이만우 옮김, 인간사랑, 2001, 304쪽.

남자의 대표에 불과하며, 모든 여자를 독점하려 하고 거세되지 않으려는 '대표적인 남자'인 원초적 아버지인 것이다. 우선구라는 이 남자의 존재야말로 《완전사회》의 표층적인 가부장 이데올로기에 숨겨진 리비도적인 욕망의 화신이 아니었을까.

'완전사회'의 불완전함

최근 한국 문학은 그 어느 때보다도 문학에서 리얼리티의 범주에 대한 근본적인 재고와 함께 환상에 대한 적극적인 도입 등 기존 문학에 대한 '낯설게하기'를 창작과 비평에서 적극적으로 실험하고 있는 분위기다. 환상의 복권 또는 장르문학과의 제휴라고 할 만한 그러한 시도가 문학적으로 어느 정도의 성취를 가져왔는지에 대해서는 비평을 통해 앞으로 더 점검해야겠지만, 일단은 한국 문학의 미학적 지평을 확대하려는 의미 있는 시도의 하나로 간주해도 좋을 것이다. 이러한 일군의 문학적 시도에서 그동안 환상문학의 한 계열, 또는 장르문학이나 아동청소년문학의 하위범주로 간주되던 과학소설의 창작 또한 양적으로 늘어가고 있는 추세다. 아울러 한국의 과학소설에 대한 비평적이고도 문학사적인 접근 또한 조금씩 시도되고 있는 형편이다. 그러나 한국 문학에서 과학소설의 창작과 이론은 거의 불모상태에 가까웠다고 할 수 있다. 여러 가지 원인들이 있겠지만, 그중 하나는 리얼리즘의 창작과 비평이 문학의 유일한 기율처럼 군림하면서 다른 문학의 가능성을 억압하거나 문학공동체가 리얼리즘이라는 문학의 현실원칙만을 일률적으로 수용한 것과 무관하지 않아 보인다. 그만큼 과학소설 역시 다른 환상문학과 마찬가지로 한낱 '낮꿈'처럼 취급되었던 것이다. 그렇지만 과학소설은 문학이 보통 취급하지 않는 시제인 미래를 적극적으로 상상한다는 점, 다양한 사고실험을 통해 문학의 인지적 혁신을 도모한다는 점, 과학과 같은 인접 학문 분야와 적극적인 통섭과 제휴를 가능하게 하는 점 등에서 미래의 문학이라고 할 만하다. 이 글은 한국 과학소설사에서 선구적인 작품인 문윤성의 《완전사회》를 자세히 읽음으로써 과학소설의 문학적 가능성과 잠재성을 이끌어내려고 했다.

《완전사회》는 여성과 남성의 충돌과 화해를 각각 서사의 시작과 결말로 의도하고 있으며, 그 결말은 외관상 남성과 여성의 조화로운 공생을 꾀하고 있다. 그러나 과학소설에서 자주 취급하는 이러한 공생이라는 모티프는 《완전사회》에서 페미니즘 유토피아에 대한 가부장제 이데올로기의 궁극적인 우세를 재확인하는 서사의 봉쇄작용으로 수렴되고 만다. 결국 주인공 우선구는 화성과 지구를, 남자와 여자를 중재하는 인류의 대표 화성 대사로 활약하겠지만 그가 여성에 대해 갖고 있는, 결국 서술자뿐만 아니라 작가로 환원되는 보수적인 남성관은 외관상의 남녀의 공생과 화해를 여자에 대한 남자의 지배로 역전시키고 말 것이다. 물론 《완전사회》는 이렇게만 잘라 말할 수 있는 작품은 아니다. 작가가 보여준 테크놀로지의 발달에 따른 미래상은 다만 새로운 테크놀로지의 전시장이 아니라, 데기온 공장 견학에서 보이는 것처럼, 노동소외의 현실에 대한 암묵적인 비판을 담고 있는 유토피아적인 요소가 엄연히 존재한다. 또한 작가가 살던 시점에서 유추한 미래 사회에 대한 각종 세목들은 과학소설적 상상력의 측면에서 충분히 흥미롭다.

그러나 《완전사회》는 형식적인 측면에서 이야기의 구성 요소인 사건이 존재를 압도하며, 담론의 측면에서 유토피아 담론이 안티유토피아/디스토피아 담론으로 역전되는 양상을 보인다. 간단히 말해 그것은 역사(시간)가 유토피아(공간)에 대해 최종적인 우위를 점하는 것이기도 하다. 내용적인 측면에서 이 소설에서 발생하는 이러한 봉쇄작용은 가부장제 이데올로기가 페미니즘 유토피아에 대해 승리를 거두거나 이른바 페미니즘 유토피아가 페미니즘 이데올로기로 역전되는 양상으로 나타난다. 마지막으로 이 글은 이러한 역전과 반전의 서사 속에서 성적 차이에 내재한 근본적 적대(antagonism)라는 문제가 《완전사회》에서 부각되자마자 남성 주도의 남녀 화해라는 이데올로기적·서사적 봉합 속에 은폐되고 있음을 주목했다. 아도르노가 말한 것을 참조하자면 어설픈 화해란 이데올로기적인 가상일 따름이다.

—《한국근대문학연구》 24집, 한국근대문학회, 2012

화성을 젠더 수행하기

—김성중의 〈화성의 아이〉에 대하여

"장담컨대 그런 일은 없어. 이봐, 인간은 백 년도 못 산다고. 한두 세기 가지고 무슨 화성이주계획을 실현하겠어? 인간의 1세대는 늘 꿈을 꿔. 배를 타고 신앙의 자유를 쫓거나 황금을 찾아 낯선 땅으로 떠나는 거야. 마침내 정착하고 아들이 그곳을 물려받아. 기름진 땅에는 번영이 이뤄지겠지. 그들의 아들이나 아들의 아들쯤이면 과실에 취해 유약해진단 말이야. 인간에게 성공이란 중력이 줄어드는 것과 같아. 오분의 일 정도 되는 중력만 받고 산다면 키는 크겠지만 뼈는 약해지겠지. 그래서 아무 데도 가지 않아. 기왕에 만들어진 세계를 탕진해버리면 저들끼리 전쟁이 시작된단 말이야. 그러면 여기 화성처럼 황무지가 되는 건 순식간이야. 자, 이 스토리에서 너희들의 역할이 뭐일 것 같아? 너희는 1세대의 야망 때문에 태어나서 2세대까지는 부지런히 메시지를 전송하겠지. 3세대쯤이면 잊히기 시작해. 화성기금 같은 게 있으면 전쟁비용에 벌써 써버렸을걸? 너희가 보낸 전파도 지구 어딘가에 고스란히 고여 있을 지 모른다고. 받을 사람이 없어서 말이야.

그러니까 진실은 이거야. 너는 쓸데없는 의무에서 벗어나도 돼. 고감도 안테나를 세우는 데 전력을 낭비하지 말고 차라리 화성의 돌이라도 하나 치우는 게 나아. 더 이상 돌아다니지 말고 여기서 우리와 지내자."[1]

김성중의 SF 단편 〈화성의 아이〉에서 인용한 위 대사는 1957년 10월 4일, 소련에서 쏘아 올린 인공위성 스푸트니크 2호에 탑승했던 시베리안 허스키 종(種)의 개 '라이카'가 화성의 위성 이름을 딴 탐사로봇인 '데이모스'에게 건넨 말이다. 그리고 두 피조물의 대화를 듣고 있는 '나'는 지구의 한 연구소(미국 휴스턴)에서 250년 후의 미래로 보낸 "열두 마리의 실험동물"(245쪽) 가운데 유일하게 살아남아 화성에 막 도착한 임신부 클론이다. '실험동물'이었던 라이카는 "중력도 통과하고 은하계도 통과하고 백색과 적색의 모든 행성을 통과"(250쪽)해서 달에서 화성으로 왔으니까 "죽은 개"(같은 쪽), 즉 유령이겠다. 그러니까 이 소설에는 인용문에서 라이카가 말하는 '인간(human)'은 등장하지 않는다. 인간은 '나'의 불안한 꿈속에서 잠깐 출현하는데, '나'의 꿈에서 "인간은 무서운 존재였다".(268쪽) 소설의 시작에서 끝까지, 인간은 그들 곧 동물, 로봇, 클론에게 위협적이고도 적대적인 타자다.

그런데 여기서 '인간'이라는 기호(sign)는 〈화성의 아이〉의 동물과 로봇, 클론을 실험동물로 취급하는 인류 일반을 가리키는 중립적인 보통명사에

1 김성중, 〈화성의 아이〉, 《현남 오빠에게》, 다산북스, 2017, 263~264쪽. 앞으로 이 소설을 인용할 경우 본문에 쪽수를 표시한다.

불과할까. 소설의 몇몇 정보와 진술은 '인간'이 특정한 성별로 젠더를 수행하는 어휘임을 직간접적으로 환기하고 있다. 우선 라이카는 암컷이며, 클론인 '나'의 성별 또한 여성이다. 소설의 마지막 부분에서 '나'는 "만삭의 배를 어루만지며" "이모가 둘이나 더 있으니 걱정할 것이 없다"(271쪽)고 말한다. 그렇다면 '나'의 "성별이 여자냐고 되묻는"(같은 쪽) 로봇 데이모스의 성별 또한 여성이겠다. 그리고 곧 태어날 아이도…… 희미한 단서가 하나 더 있다.

미국 애리조나 출신의 '나'는 우주선 발사 직전의 순간을 단편적으로 기억하는데, 그때 '나'의 기억 속에서 지나가듯이 떠오르는 "자만심에 젖은 남자들"(247쪽)이라는 표현을 놓칠 수는 없겠다. 유추해보면, '자만심에 젖은 남자들'이란 "인간의 꿈"(246쪽)을 실현할 동료 클론들과 '나'의 시간이동 우주여행에 기대를 건 연구소 직원들이라고 해도 좋다. 이처럼 〈화성의 아이〉에서 '인간'은 '자만심에 젖은 남자들'이라는 성별로 젠더화된다. 인간은 남자로 분절된다(hu-man). '나'의 꿈속에서 화성으로 오고 있는 70명의 인간들이란, 인용문에서 라이카가 이미 이야기한 것처럼, 과거에 지구 행성의 식민개척사를 주도했던 인간들, 정확히는 '그들의 아들이나 아들의 아들'이 '나'의 꿈속에서 어지러이 변형되어 나타난 존재들이다. 소설의 서술 전략은 인간을 남자로, 비인간(동물, 클론, 로봇)은 여자로 성별화한다.

따라서 김성중의 SF에서 화성은 지구 행성의 불안한 미래이며, 나아가 지구 행성의 역사, 곧 식민개척과 정복을 수행했던 '자만심에 젖은 남자들' '그들의 아들이나 아들의 아들'의 남성지배의 '스토리'(hi/he-story)에서 황폐해져버린 지구의 과거와는 단절되어야 할 미래의 장소가 된다. 화성에 대한 정보를 지구로 전송하는 임무를 맡은 로봇과 임신한 클론을 화성으로 미리 보내는 화성 테라포밍의 1단계란 처음부터 실패했던 지구에 대한 식민지배, 곧 남성지배의 맹목적인 반복이자 엔트로피적인 확장에 불과할 것이다. 만일 그렇게 된다면 '나'와 데이모스는, 라이카가 스푸트니크 2호에 탑승한 지 다섯 시간 만에 산산조각 나버리고 훗날 인간에 의해 한낱 "우표"(263쪽)로 기념되는 방식과 똑같이 취급되고 말 것이다. 따라서 '나'와 라이카, 데이모스의 '스토리'는 화성에서 처음부터 다시 쓰여야만 하겠다. 지구에서 "스스로가 무슨 생물인지조차 알지 못한"(247쪽) '나'는 화성에서 자신이 누구인지 알아야 한다. 이 소설에서 화성은 미개척의 자연이 아니다. 화성은 젠더를 새롭게 수행하는 문화적인 장소가 된다. 이런 경우, SF는 새로운 세계를 재현하는 것이 아니라 그 세계에 대한 새로운 관념을 제안한다.

글 첫머리에 나왔던 〈화성의 아이〉의 인용문으로 되돌아가 보면, 죽은 개의 유령인 라이카의 말은 결코 반복되어서는 안 될 역사에 대한 경고문이 된다. 소설에서 "여기가 어디야? 우주야, 사후야?"(252쪽)라고 묻는 '나'의 질문에 대한 라이카의 대답은 지극히 의미심장하게 들린다. "장소를 묻는 건 우리가 누구냐고 묻는 것과 같아."(같은 쪽) 장소에 대한 질문은 정체성, 정확히는 젠더 정체성에 대한 질문이 된다. 〈화성의 아이〉에서 젠더화되는 것은 인간뿐만이 아니다. '나'와 라이카, 데이모스에게 화성은 지구에서의 남성지배의 젠더 수행을 허무는 장소로 새롭게 정체화될 것이다. 소설에서 화성이 어떤 곳으로 묘사되었는가. "마침내, 화성에 발을 디뎠다. 풍경 자체는 지구의 황무지와 크게 다를 바 없었다. 모서리가 뾰족한 돌, 윤곽뿐인 바위들, 구름 한 점 없는 살굿빛 하늘. 여기가 정말 화성인가? 구름이 없는 탓에 하늘은 무표정한 얼굴 같았다. 속을 알 수 없는 사람의 얼굴."(256쪽)

반복하지만, 화성은 동물과 클론, 로봇이 개척해야 하는 미지의 자연이 아니다. 화성의 땅은 이미 '지구의 황무지'를, 화성의 하늘은 '사람의 얼굴'을 얼마간 닮았다. 화성은 지구에서의 남성지배의 악몽을 떠올리게 한다. 화성을 개척하는 일이란 지구에서 신대륙을 개척해왔던 끔찍한 역사를 반복할 위험을 내포할 수도 있다. 그러나 더는 그럴 수 없어야 한다. 장소를 묻는 것이 우리가 누구인가에 대한 물음인 것과 마찬가지로, 화성의 자연에 이름을 부여하는 일은 화성을 새로운 문화적 장소로 정체화하는 첫 번째 작업이 될 것이다. 그리하여 화성에서 가장 아름다운 물결사막은 라이카에 의해 '에덴'으로 새롭게 명명될 것이다. 그곳은 이미 폐허의 과거가 된 지구의 에덴과 결코 같을 수는 없다.

김성중의 〈화성의 아이〉는 지구의 기억, 인간의 기억, 역사의 기억과 스스로 단절을 꾀하고 그들 버림받은 존재들끼리의 공존을 모색하는 이야기이자 지구의 역사(hi/he-story)와 단절하는 화성의 역사(her-story)를 새롭게 서술하는 단편 SF다. 그리고 화성에서의 공동체적 삶은, 자신의 몸에 달라붙어 피를 빨아먹는 애완벼룩을 정성스럽게 보살피는 라이카의 삶이 그러한 것처럼, 한마디로 공생이다. 〈화성의 아이〉에서 또 다른 인상적인 장면 가운데 하나는 '나'가 라이카와 데이모스가 우주선 아래에 달아준 해먹에서 낮잠을 자다가 태동(胎動)을 느끼면서 눈물을 흘리고, 그것이 "실험의 탓인지, 새끼를 품은 어미가 겪는 자연스러운 본능인지 구별할 수"는 없지만 그럼에도 "그것과 상관없이 진실"임을 깨닫는 부분이다.(266쪽) 이러한 깨달음이 인간이 수행한 실험의 결과든, 본능의 표출이든 간에 그것을 서술하는 과정을 통해 '나'를 자각하는 일은 화성에서의 새로운 젠더 수행이라고 하겠다.

결국 〈화성의 아이〉는 '나'가 꿈속에서 라이카로부터 듣는 말 "한 아이가 태어났도다!"(269쪽)는 말의 의미를 중심으로 회전하는 이야기다. 그런데 '나'가 이 말('한 아이가 태어났도다!')에 대해 질문하자 라이카는 "넌 한나 아렌트도 안 읽었어?"(같은 쪽)라고 반문한다. '한 아이가 태어났도다!' 이 감탄의 언명은 공교롭게도 스푸트니크 2호가 발사된 이듬해에 출간된 《인간의 조건》(1958)에서 한나 아렌트가 "이 세계에서 믿음을 가질 수 있고 이 세계를 위한 희망을 가져도 된다는 사실에 대한 가장 웅장하면서도 간결한 표현"[2]이라고 불렀던 것이다. "1957년에 인간이 만든 지구태생의 한 물체가 우주로 발사되었다"는 문장으로 시작하는 《인간의 조건》은 "인류는 지구에 영원히 속박된 채 머물지는 않을 것이다"라는 기대를 적극 피력하는 것으로 보인다.[3] 그러나 이 책은 미래와 다른 행성을 식민화하려는 의도에 무조건적인 찬사를 보내지 않는다. 오히려 아렌트는 자신의 책에서 기술의 진보에 따른 미래에 대한 무분별한 식민화 가능성에 대해 당혹스러움과 불안감을 기꺼이 표현하고 있다. 그렇다면 김성중의 〈화성의 아이〉는 아렌트의 불안과 당혹을 희망으로 다시 쓰는 새로운 정체성의 우화가 되겠다.

— 웹진 《비유》, 2018년 9월호

2 한나 아렌트, 《인간의 조건》, 이진우·태정호 옮김, 한길사, 1996, 312쪽.

3 한나 아렌트, 《인간의 조건》, 49~50쪽.

한국의 SF, 장르의 발생과 정치적 무의식

—복거일과 듀나의 SF에 대하여[1]

SF, 미래에 대한 질문

이 글을 시작하기에 앞서 간단하지만 선뜻 답변하기엔 의외로 곤란한 질문 하나를 단도직입적으로 던져보자. 최근의 한국 소설(비평)은 역사(과거)에 대한 해체적 상상력을 그 어느 때보다 강하게 발휘하고 있다.

1 본문에서 인용되는 복거일과 듀나의 텍스트는 다음과 같다. 복거일: 《비명을 찾아서》, 문학과지성사, 1987; 《역사 속의 나그네》 전 3권, 문학과지성사, 1991; 《역사 속의 나그네》 연재(《사이언스 타임즈》, 2005; 《판타스틱》, 2007~2008)[《역사 속의 나그네》는 2015년에 여섯 권으로 완간되었다. 《역사 속의 나그네1~6》, 문학과지성사, 2015]; 《목성잠언집》, 중앙M&B, 2002; 《그라운드 제로》, 경덕출판사, 2007; 복거일 시론집, 《벗어남으로서의 과학》, 문학과지성사 2007. 듀나: 《면세구역》, 국민서관, 2000(북스토리, 2013); 《태평양횡단특급》, 문학과지성사, 2002; 《대리전》, 이가서, 2006; 《용의 이》, 북스피어, 2007. 복거일·듀나 외, 《얼터너티브 드림》, 황금가지, 2007. 앞으로 작품을 인용할 경우 본문에 작품명과 쪽수를 표시한다.

그 성과는 그런 대로 빈곤하지는 않다. 그런 반면, 미래에 대한 상상력은 좀처럼 찾아보기 쉽지 않다. 혹시 사람들은 미래에 대해 말하기를 주저하는 방식으로 과거만 그토록 문제 삼는 것은 아닌가. 풍요와 빈곤의 기형적 현실은 문학의 장르 내에도 반영되어 있다. 그러자 '무슨 소리! 문학은 가장 희망에 차 있을 때에도 엄연히 부정성을 고수해야 하며, 가장 강렬한 부정을 통해 역설적 긍정이 이야기되는 것이오'라는 이구동성의 합창이 도처에서 들려온다. '희망의 원리'(블로흐)보다는 '부정변증법'(아도르노)이 여전히 대세이다. 침윤된 비관주의라는 공통 감각이 가장 세련된 방식처럼 문학의 정직한 전제조건으로 간주되는 때이며, 느리고 끈질기더라도 세계를 변화시키려는 상상력보다 단번에 그것을 파괴하려드는 공상이 더 솔깃한 시대다. 그러나 사회주의 유토피아의 선구자인 샤를 푸리에를 비틀어 말해보면, 사람들은 고통과 불행에는 온갖 상상력을 발휘하지만, 엄청난 행복을 얻기 위해서는 아무것도 상상하지 않으려 한다. 미래를 묻는다는 것은 당위적 전망이나 예언을 하는 행위라기보다는 삶을 다르게 상상하는 방법이 아닐까. SF가 그 방법 중 하나가 될 수는 없을까.

한국 문학의 장르적 정체성이 급격한 해체를 겪고 있으며, 또한 각 문학 장르 간의 이질혼효가 두드러지는 현상은 더 이상 어제오늘의 일이 아니다. 한국에서 SF 장르를 선구적으로 개척한 복거일과 듀나(이영수)의 SF를 다루기 전에 먼저 짚고 넘어가야 할 것들이 있다. 그 예로, 이미 수많은 논의가 있어왔지만, 김영하의 《검은 꽃》(2003), 김훈의 《칼의 노래》(2001), 신경숙의 《리진》(2007) 등으로 대표되는 이른바 '뉴에이지 역사소설'(서영채) 등과 같은 명칭으로 통용되는 역사소설의 한 경향을 보자. 이 작가들은 공적이며 기록사관적인 역사개념을 내파하면서 보다 은밀하고 숨겨진 역사적 재료들의 틈새에 잠입하여 자신만의 또 다른 서사를 상상적으로 주조해낸다. 거기에 마술적 활극(김영하), 내적 독백(김훈), 로맨스(신경숙) 등의 장르가 역사소설 장르와 결합하면서 장르혼효 현상이 가속화되고 있다. 역사소설이라는 장르에 대한 해체의 보다 단순한 과정은 이인화, 김탁환의 역사소설에서도 나타난다. 그들의 소설에서 역사는 반영으로서의 현재의 전사(前史)가 아닐뿐더러, 앞서 언급한 김영하와 같은 작가들이 염두에 두는 장르적 대당(counterpart)도 아니다. 역사는 이인화, 김탁환과 같은 작가들에게는 도구적으로 활용되는 미장센이나 장신구에 훨씬 더 가깝다. 이 작가들이 그려내는 역사는 조선 후기라는 특정한 시공간을 탈현대로 통째로 옮겨놓은 박물관과 흡사하다. 그들의 소설에서 18~19세기의 조선은 포스트모던한 중세로 뒤바뀌게 된다. 구한말이나 1930년대의 상하이에 대한 모방에서 역사는 더 이상 사람들에게 상처를 주는 것이 아니다. 역사는 낭만적 향수를 불러일으키는 유물, 집단적 기억보다는 영웅서사적 주인공의 사적 전유물로 둔갑하는 고고학적 토포스가 된다.

그러나 역사소설의 장르적 변화에 대해 숱한 이야기들이 오갈 때 정작 거의 참조되지 않거나 무시되는 《역사소설론》(1937)의 저자 게오르크 루카치는 서구역사소설 장르의 쇠퇴를 이야기하는 도중에 플로베르의 《살람보》(1862)를 예로 들면서 역사가 역사의 의장(意匠)을 한 고고학으로 대체되고 있음을 주목했다. 시효가 지난 것 같지만 충분히 되살릴 만한 생각이다. 루카치의 견해는 역사가 고고학으로, 과거라는 시간개념이 고고학적 발굴의 무덤으로 대체되는 최근 역사소설의 형질 변화를 조망하도록 이끈다. 그런데 루카치가 《살람보》를 고찰하면서 역사소설 장르의 쇠퇴를 보았던 시기, 1848년의 혁명 좌절 이후의 그 시기는 한편으로는 SF가 난만한 꽃을 피우던 때이기도 했다.[2] 현재를 비춰줄 수 있는 전망으로서의 역사를 잃어버리자마자, 작가들은 미래를 상상하기 시작했던 것이다.

루카치와 같은 역사적 문맥에 있다고 볼 수는 없지만, 이 글에서 복거일과 듀나의 작품들을 통해 다루려는 SF라는 장르적 발생에 대한 질문은 이런 물음과 궤를 같이한다. 적어도 세계 체제 혹은 분단 체제의 정치경제적 지형 변화와 관련하여 미래에 대한 한국 문학의 상상력은 어떤 형식으로 나타나고 있는지를 한국의 SF작가의 작품들을 통해서 어림짐작이라도 해 볼 수는 있지 않을까. 그들은 어떤 미래를 상상해왔던 것일까. 현실에 대한 '낯설게하기'라는 미적 공정(工程)으로 대안사회, 또는 대안의 정치적 삶을 구성한다는 SF에 대한 정의 중 하나는 최근 한국 문학 전반에서 진행되는 장르혼효의 현상에 대한 성급한 찬탄에 앞서 복거일과 듀나 같은 작가들의 선구적인 작업의 의의와 문제점을 찬찬히 되묻게 만든다.

장르소설로 분류되는 SF에 대한 일련의 정의들은 문학의 여타 장르에 대한 정의만큼이나 각양각색이며, 작가에 따라 그 정의도 천양지차이다. 과학소설(science fiction)로 번역되는 SF는 '과학적 사실과 예언적 비전이 융합된 매력적인 로맨스'라는 최초의 정의에서 인지적 낯설게하기를 특장으로 갖는 반(反)리얼리즘적 허구서사물이라는 비교적 최근의 정의에 이르기까지 변화무쌍한 시공간의 역사만큼이나 다양한 정의의 역사 또한 갖고 있다. SF를 자신만의 고유한 문학의 장르로 개척해온 복거일과 듀나는 SF 장르에 대한 자의식에서 스타일과 사고방식, 정치적 성향에 이르기까까

2 프레드릭 제임슨에 따르면, 역사소설과 SF는 서구의 서사 장르의 발생적 역사에서 거의 동시대적인 장르이다. 역사소설 장르의 최초의 작품인 월터 스코트의 《웨이벌리》는 1814년에, 근대 SF의 효시로 불리는 메리 셸리의 《프랑켄슈타인》은 1818년에 출간되었다. Fredric Jameson, *Archaeologies of the Future: The Desire Called Utopia and Other Science Fictions*, London & New York: Verso, 2005, pp. 1~2.

지 상이하며, 어떤 경우는 전혀 상반된 문학적 행보를 보여준다. 그럼에도 그들은 1990년대부터 본격화된 한국의 SF 장르가 가지는 고유한 특색과 미래에 대한 상상력의 단초를 고스란히 보여주고 있다는 점에서 주목해야 마땅한 작가들이다.

한 자유주의자의 미래프로젝트

소설가, 시인, 사회비평가 등의 다양한 경력이 말해주듯, 복거일은 예술의 근대적 분업화의 결과인 저자(author), 소설가보다는 전통적인 동아시아 지식인의 형상인 박람강기(博覽剛氣)의 문사(文士)라는 명칭에 더 부합하는 작가다. 첫 장편소설《비명을 찾아서》에서《그라운드 제로》에 이르는 근 20년의 창작기간 동안 그가 쓴 작품의 상당수는 장르적으로는 SF에 속한다. 그런데 그 안에는 작가의 시편들과 한국 사회의 지식계에서 논쟁적이었던 수많은 사회 비평적 언급들, 예를 들면 영어공용화론, 자유주의 경제이론, 신다윈주의적 진화론, 남북통일론, 김대중 정부의 햇볕정책에 대한 비판 등이 서사적 논평이나 우화의 형태로 광범위하게 퍼져 있다. SF는 복거일에게 이 모두를 담아내고 실험을 통해 뒤섞을 수 있는 혼용의 시험관인 문(文)에 가까우며, 거기에는 복거일의 SF가 갖고 있는 정치적 (무)의식이 응축되어 있다.

한일합방이 쇼와 62년(《비명을 찾아서》가 출간된 1987년)까지 지속되고 있다는 가정을 담은 복거일의《비명을 찾아서》는 일본 국민으로 살아온 조선인 주인공이 자신의 민족적 정체성에 눈을 떠간다는 스토리다. 그동안 이 작품은 주로 대체역사(alternative history)를 성공적으로 구현해낸 작품으로 역사소설 장르와 범주에서 평가되어왔으나, 대체역사의 발상과 공식은 원래 SF 장르의 것이다.[3] SF와 역사소설은 결합이 무리하거나 서로에게 낯선 장르가 결코 아니다. SF와 역사소설은 서구 소설사에서는 거의 같은 시기에 발생한 근대적 서사 장르들로 근친성이 엿보인다. 낯선 시공간의 발견과 이동, 이국적인 과거에 매혹당하는 여행자와 미래에 대한 호기심 어린 방문자를 역사소설과 SF는 공유하고 있지 않은가.

《비명을 찾아서》에서 독자들이 또 다른 역사의 진행형인 대체역사, 낯선 미래를 간접 체험하는 과정은 그 역사를 실제로 살아가는 주인공에게는 묻혀 있는 과거를 복원해나가는 과정과 다르지 않다. 그렇지만 SF에 대한 작가의 애착과 실험은 개인에서 민족에 이르는 정체성의 통합이 절실해진 보다 큰 전 지구적, 역사적 변환의 계기들로부터 비롯되고 있다고 보아야 한다. 세계 체제의 변동, 그리고 그에 따른 한반도의, 즉 남북한이라는 상이한 정치경제적 지형학의 변화라는 변수가 그것들이다.

복거일의 두 번째 장편《역사 속의 나그네》는 1991년에 처음 출간된 후, 2015년이 되어서야 완간된 SF다. 이 작품은 2078년이라는 미래의 시점에서 '가마우지'라는 시낭(時囊)을 타고 16세기 후반(1578년)의 조선 땅에 불시착한 주인공 이언오가 자신이 소유한 과학기술의 이기(利器)를 활용하여 봉건사회의 모순 아래서 살아가고 있던 농민들을 규합, 농민전쟁을 수행해나가면서 역사를 변혁시키고자 하는 주인공의 의지와 행동을 표출하는 소설이다. 그러나 토대의 급진적 변혁보다는 주인공의 영웅담을 초점으로 한 사회개혁이 점진적으로 실현되는 형태의 작품이라고 하겠다. 《역사 속의 나그네》 1권은 시간여행을 통해 과거의 시공간에 도착한 미래

3 이에 대한 보다 자세한 설명은 박진, 〈대체역사 서사물의 메타적 자의식〉, 《장르와 탈장르의 네트워크들》, 청동거울, 2007.

의 인간이 그 현실에 영향을 미치게 될 때 후에 발생하게 될 "가능성의 특이점"(《역사 속의 나그네》 1권, 43쪽)과 같은 시간의 아포리아, 평행우주론에서 그렇듯 독립된 형상인 미래와 현재가 한순간에 합쳐질 때의 시차(視差, parallax)의 감각 등 SF 특유의 인식론적 가설을 서사적 육체와 밀도 있게 결합시키는 데 비교적 성공하고 있다. 그러나 이언오는 이러한 사색에 몰두하다가 아픈 아이와 대면하고 난 후에 다음과 같은 물음을 하지 않을 수 없게 된다. 거기서 이론은 실천으로, 인식은 윤리로 전환된다. "저렇게 아픈 아이 앞에서 시간 줄기를 지킨다는 건 얼마나 허황한 일인가? 지금 존재하는 것은 저 아이의 목숨과 아픔이지, 아득한 시공 건너에 있는 어느 세상이, 어느 세상의 가능성이, 아니잖나? 저 단단한 실존 앞에 무엇이……"(《역사 속의 나그네》, 2권, 22쪽)

그런데 《역사 속의 나그네》에는 SF 장르에 대한 작가의 애착이 어디로부터 연원하는지를 간접적으로 시사해주는 대목이 있어 눈길을 잡아당긴다. 26세기를 떠난 시낭이 2077년, 조선공화국의 대전에 처음 불시착했을 때 벌어졌던 전 지구적 소동을 그리고 있는 아래의 인용문이 그것이다.

> 마침내 사람들은 깨달았다, 시간여행은 이미 일어난 일을 바꿀 수도 있다는 것을, 그리고 그렇게 바뀔 수 있는 것들 속엔 자신들이 이미 태어났다는 사실까지도 들어간다는 것을. 병이나 사고로 죽는 것만 걱정해온 사람들에게 시간여행은 훨씬 무서운 죽음의 가능성을 보여준 것이었다. 잘못하면, 아니, 자신의 잘못이 없는데도, 어느 날 갑자기 자신과 자신이 사는 세상이 송두리째 없어질 수 있다는 사실에서 사람들은 딛고 선 대지가 문득 갈라지면서 컴컴한 심연이 드러난 듯한 느낌을 받을 수밖에 없었다. 그런 심연에서 광기의 검

은 기운이 올라와 단숨에 세상을 덮었다. 모든 사회들에서 사람들은 세상에 끝이 온 것처럼 행동하기 시작했다. 폭력과 파괴가 전염병처럼 사회에 번졌고, 내일을 생각지 않는 쾌락주의가 세상을 휩쓸었다. 정신병에 걸린 사람들이 부쩍 많아졌고, 스스로 목숨을 끊는 사람들이 늘어났다.(《역사 속의 나그네》, 1권, 54~55쪽)

'딛고 선 대지가 문득 갈라지면서 컴컴한 심연이 드러난 듯한 느낌'이라고 묘사한 인용문의 한 대목을 주의해서 읽는다면, 이 대목은 사람들이 그때까지 의지하고 있던 믿음의 무의식적 체계가 전 지구적인 형태로 집단적 붕괴를 겪는 것과 상관이 있다. 이어지는 대목에서 북미 연방의 '복음재해석교회'나 조선의 '미륵하생교(彌勒下生敎)'와 같은 각종 신흥종교의 출현은 그런 믿음의 붕괴를 막고자 이른바 대타자(The Other, 미륵, 신)를 재도입하려는 절망적인 시도의 결과들이다.

1991년에 《역사 속의 나그네》 첫 세 권이 출간되었다는 것을 염두에 둔다면, 여기서 "대지가 문득 갈라지면서" 드러난 "컴컴한 심연"을 드러내는 "세상"의 "끝"에 해당할 만한 당시의 커다란 역사적 사건들(구소련 및 동구권 공산주의국가의 붕괴와 미국식 자본주의의 최종 승리, 역사, 이데올로기 같은 대서사의 종말, 연방국가의 해체와 민족주의의 폭력적 난립 등 이른바 세계체제의 격변이라고 부를 만한)을 지적하는 것은 그리 어렵지 않다. 물론 이 말은 이러한 일련의 역사적 사건들이 사람들의 집단적 광기와 폭력과 파괴의 직접적인 원인이며, 그것이 소설에서는 시낭의 불시착이라는 사건으로 알레고리화되었다는 뜻은 아니다. 다만 《역사 속의 나그네》 첫 세 권이 집필되던 시기가 때마침 일련의 역사적 사건들의 폭발로 인해 전 지구적 의미의 세계 체제가 급작스런 변경을 동반하면서, 소설 속에서 시낭의 출현으로 인해 그랬던 것처럼, 불확실해진 미래를 목전에 둔 집단과 개인의 정체성 위기가 한꺼번에 표출되던 격변의 때였음을 상기할 필요는 있겠다.

한편, 인용한 대목은 소설에서 이언오의 개인적 삶에 닥친 변화와 정확하게 맞물리게 되면서 그가 시간여행을 통해 백악기로 가려고 했다가 16세기 후반의 조선에 불시착하게 된 계기가 단순히 시낭의 계기 고장이라는 우연의 산물이 아님을 짐작하게 한다. 16세기라는 과거의 무대는 정확히 이언오가 그 무대에 포함되기 시작하면서 하나의 서사로 비로소 전개되는 것이기에. 《역사 속의 나그네》는 이언오가 해군 대위로 진급했다가 교통사고를 당해 군인으로서의 삶을 더 이상 잇지 못하고 《만일에》라는 과학 잡지사에 입사하게 된 경위를 요약하고 있다. 그때가 바로 시낭이 불시착하기 3년 전(2074년)이다. 이언오의 시간여행이 그의 좌절된 소망이 대리 성취되는 결정적인 기회임을 염두에 둔다면, 《역사 속의 나그네》는 일종의 소망충족의 서사가 되는 셈이다. 어떻게 보면 이언오는 시간여행을 통해 자신의 잃어버린 정체성을 회복하는 기회를 맞이한 것이며, 그것은 그를 다시 태어나도록 만들었던 것이다. 이언오가 시낭이자 인공지능인 '가마우지'를 떠날 때, "시낭이 모체였고 시간비행사는 태아였다"(《역사 속의 나그네》, 1권, 40쪽)고 덧붙이는 서술자의 진술은 이를 확증한다. 또한 《역사 속의 나그네》 3권에서 자신이 조직한 창의군 소속 기병대의 돌격을 지켜보면서 농민군 대장이 된 이언오에 대해 서술자는 "이제 그는 꿈을 많이 꾸었던 생도 시절에도 꾸지 못했던 꿈을 얼결에 이룬 것이었다"(《역사 속의 나그네》, 3권, 267쪽)라고 적고 있다. 복거일에게 SF는 이처럼 현실과 미래에 대한 '만일에(as if)'라는 실험적인 서사적 가설일 뿐만 아니라, 특정한 이념을 표방하는 개인과 집단 정체성의 통합을 가능하게 하는 대안적 세계에 대한 욕망의 서사이기도 하다.

하이텔통신에 연재되었던 《파란 달 아래》는 2039년이라는 시점에서 "인류의 생장점"(《파란 달 아래》, 267쪽)으로 불리는 달의 월면기지에서 민족통합의 꿈을 이루고자 하는 염원을 그린 SF다. 그런데 작품 후기인 〈작가로부터의 편지〉에 SF에 대한 복거일의 견해가 정치적 형태로 드러나서 흥미롭게 읽힌다. 작가에 따르면, 전산망과 과학소설은 "전체주의적·권위주의적 질서보단 자유주의적·민주주의적 질서를 불러오는 특성을 지녔"(《파란 달 아래》, 298쪽)다고 한다. 복거일이 염두에 두는 SF가 자유민주주의적 유토피아의 정체(政體)를 상상적으로 구현하는 한편, 그런 프로젝트의 걸림돌이 되는 전체주의와 권위주의에 대한 비판을 실천한다고 생각해볼 수 있는 구절이다. 《역사 속의 나그네》가 전자를 구현한다면, 《목성잠언집》과 그 연작인 레제드라마 《그라운드 제로》는 후자를 실현한다. 작가의 상상력에서 2000년 전후의 한반도의 정치경제적 상황에 대한 은유인 미래의 '개니미드 기지'는 《목성잠언집》에서는 혜성과의 충돌로, 《그라운드 제로》에서는 핵전쟁으로 완전히 사라져버리고 만다. 그렇지만 아무래도 SF 형식이라는 주형(鑄型)에 사회 비평적 내용들을 단순히 붓고 찍어낸 인상을 주는 작품들이라서 아쉬운 곳이 적지 않다.

《역사 속의 나그네》를 좀 더 읽어보면, 이언오는 혁명가가 아닌 개혁가로 이른바 민주주의 이전의 민주주의적 실천을 감행한다. 관헌에 예속된 기생들의 신분을 평민으로 승격시켜주고 남녀평등을 실현하고자 남자들이 받을 수 있는 품계를 여자들에게 주는 등의 평등한 조치, 그리고 개별 농민군의 이름을 일일이 호명하고 품계와 직책을 부여해주는 등 이언오는 민주주의적 대의정치를 실현하고자 한다. 저수지 공사를 계획하거나 신무기를 제작하고 세금개혁을 단행하는 등 이언오에게서 엿보이는 인간형은 실용주의적 엔지니어의 형상이다. 그 형상은 수많은 시평(時評)을 통해 과학 기술을 어떻게 활용하느냐에 따라 인류의 존망이 달려 있다는 작가의 생각과 근본적으로 연관된다. '과학이 사람의 삶과 문명에 영향을 미치는 모습들을 다루는 소설'이라는 SF에 대한 복거일의 정의는 과학소설 일반보다는 그 자신의 SF에 더 잘 들어맞는다. SF에 대한 복거일 식의 정의는 그의 SF가 갖고 있는 장르적 특성과 함께 서사가 갖고 있는 이데올로기와 유토피아를 동시에 드러내기 때문에 또한 문제적이다. 그런데 여기서 듀나의 SF를 염두에 둘 때, 듀나의 텍스트는 SF에 대한 복거일 식의 정의와 그리 잘 들어맞지는 않는 것 같다. 복거일의 SF에서 '과학(science)'에 아무래도 방점이 찍힌다면, 듀나의 SF에서 어쩌면 과학보다 더 중요한 것은 '허구(fiction)', 다른 말로 장르다.

어느 독신기계의 브리콜라주

"과연 빈정거리는 장르 패러디인지, 진지한 드라마인지, 아니면 초현실적인 판타지인지 감을 잡을 수 없었다. 그냥 장난일지 모른다는 첫 번째 가설도 아직 지울 수 없었다. 진담으로 치기엔 작품 자체가 너무나도 기형적이었던 것이다."(〈히즈 올 댓〉, 《태평양횡단특급》, 38~39쪽) 이 인용문은 듀나의 SF에 대한 언급으로 읽힌다. 게다가 듀나의 주인공이 쓴 문장이다. 이 자기지시적(self-referential) 대목이야말로 듀나의 SF에서 종종 환기되는 특징이다.

첫 단편집 《나비전쟁》(1997)을 시작으로, 이 글에서 읽을 《용의 이》에 이르는 두 편의 장편(《대리전》 《용의 이》)을 포함해 다섯 권 이상의 창작집을 낸 듀나의 SF를 읽고 나면, 그의 글에서 수시로 받는 어지러운 인상이 잘 지워지지 않아 먼저 그 인상부터 정리해야 듀나와 그의 SF에 대해서 비로소 어떤 말이라도 뗄 수 있을 것 같은 느낌이 든다.

그 무질서한 인상의 목록들은 대략 이럴 것이다. 더 이상 자라지 않으려고 하는 영악한 소녀의 냉소적 웃음, 사물과 세계에 대한 놀라울 정도의 중성적이고도 무심한 응시, 어떠한 관계에서도 감정의 잔여를 남기지 않으려는 '쿨'한 독신자적 냉담함 등등. '듀나는 누구인가'에 대한 그토록 호기심 어린 항간의 질문들에 관한 가능한 최선의, 그러나 궁여지책의 대답을 하나 골라냈다고 한다면, 그것은 듀나가 근대적 의미의 저자 개념에 잘 들어맞지 않는 작가라는 것뿐이다. 하나의 고정된 정체성이기를 거부하는 듀나 소설의 주인공들과 닮은 '독신기계들'이 등장하는 《천개의 고원》(1980)에서 들뢰즈와 가타리는 "우리는 둘이서 《앙띠 오이디푸스》를 썼다. 우리들 각자는 여럿이었기 때문에, 이미 많은 사람들"[4]이라고 말한 바 있다. 듀나는 그 '우리들'과 어쩌면 가장 가깝다고 해야 할 것이다. 이러한 '우리들'의 정체는 듀나의 작가적 위상과 주인공들, 그리고 듀나의 SF가 갖는 장르적 특성과도 이어진다.

듀나의 SF는 기왕의 SF 장르 클리셰들을 조합해서 새로운 서사를 만들어나가는 방식으로 이루어진다. 사고실험의 성격이 강한 두 번째 단편집 《면세구역》에서 듀나는 시스템 무한증식의 부산물인 '면세구역' 같은 위상학적인 공간에 대한 탐색, 상호텍스트성과 패러디, 나비효과와 같은 카오스이론, 영혼불멸의 현대적 판본인 유전자복제, 데카르트의 '사악한 천재'의 가설에 발단을 두고 있는 음모론, 도플갱어, 인간과 기계의 위상 등의 무거운 문제를 실험적이면서도 재치 있는 방식으로 다루고 있다. 특히 표제작 〈면세구역〉은 시스템의 자기증식의 예상치 못한 부산물이

4 질 들뢰즈·펠릭스 가타리, 《천개의 고원》, 김재인 옮김, 새물결, 2001, 11쪽.

자 일종의 포스트모던한 '제2의 자연'의 틈새인 돌연변이적 블랙홀의 탄생이라는 주제를 함축한다. 그런데 이 단편은 듀나의 SF 전반을 염두에 두고 읽는다면, 듀나의 SF는 장르들의 잡동사니와 클리셰 더미들 속에서 돌올한 돌연변이에 가까운 문화생산품임을 지시하는 알레고리로도 보인다.

주로 1인칭의 냉소적인 서술자가 등장하는 듀나의 SF는 매우 개인주의적이고 사적인 방식의 이야기 스타일을 선호하는 것 같다. 그러나 음모의 개별 요소들로 수집된 개인의 정보가 기업 전체의 구조로 드러나는 음모론적 서사를 구축하는 방식을 보여준다는 점에서 듀나의 SF는 사회적이다. 〈꼭두각시들〉(《태평양횡단특급》)에서처럼, 합병과 구조조정 프로그램 같은 집단의 음모가 벌어지고 있을 것으로 확신하는 개별자의 집요한 편집증적 서사는 마찬가지로 음모의 대상인 편집증적 사회체계를 간접적으로 인식할 수 있도록 도와준다.

듀나의 SF는 하나의 문화상품이 생산, 유통, 소비의 과정을 걸쳐 하나의 장르문학으로 재활성화되는 과정을 보여준다는 점에서 전적으로 후기자본주의시대 문화논리의 산물이다. 《면세구역》에 실린 단편들의 후기에 첨가된 짤막한 작품 설명, 《태평양 횡단특급》과 같은 단편집에서 종종 인용하고 참조하는 SF작가들의 작업이나 아이디어의 출처를 간접적으로 밝히는 일들이 이를 단적으로 증명한다. 자신의 창작물에 대한 이 자기지시적 언급은 선배 작가들로부터의 '영향의 불안(anxiety of influence)'을 나타내는 한편, 표절과 같은 저작권 문제에 대해 우회적이지만 정당한 방식으로 항변하며, 하나의 텍스트가 기성 문화생산품에 대한 해체와 재조립이라는 공정을 통해 나왔음을 간접적으로 알려주고 있다. 이것은 듀나의 SF의 자체 생산 과정에도 동일하게 해당된다. 실제로 듀나의 SF의 모티프나 설정은 다음 작품의 밑절미와 아이디어가 되는 식으로 상호텍스트성을 형성하며, 단편은 장편의 형태로 확장되기도 한다.[5] 그래서 듀나의 SF는 상품의 자기복제와 증식이라는 생산 과정에 대한 알레고리로도 독해 가능하다. 듀나의 SF는 상품화된 문화를 자기지시적으로 서사 내부에 기입하는 방식을 특징적으로 보여준다는 점에서 후기자본주의의 문화논리를 함축하며, 또한 그런 문화의 산물이다. 그렇지만 여기서 어떤 후기자본주의의 문화논리인가라고 물을 수 있겠다. 《면세구역》 이전까지는 듀나의 SF는 막연한 의미에서 후기자본주의의 생산품이며, 그것이 지시하는 알레고리적 공간은 아무래도 덜 구체적이었다고 평가할 수 있다. 듀나의 SF가 '낯설게하기'나 외삽을 통해 현실을 탈현실화하거나 반대로 탈현실화된 공간을 구체화하는 작업은, '2005년 부천'이라는 시공간을 무대로 외계인과 지구인이 첨단의 4기 문명에 도달할 수 있는 매개물로 믿는 '코어'를 둘러싸고 학교 운동장에서 우주전쟁을 벌인다는 코미디인 《대리전》에 와서야 가능했다고도 볼 수 있다. 부천의 아저씨와 아주머니들이 광신적으로 매달리는 코어에 상응할 만한 현실적 상관물(2005년에 한국인들이 집단적으로 열광했던 과학을 빙자한 대사기극), 그리고 그에 대한 작가의 냉소적 풍자를 이 작품에서 유추해 읽어도 재미있으리라.

《용의 이》에서 산송장이나 유령과 교신할 수 있는 염력을 지닌 열두 살 소녀 주인공 '나'가 낯선 행성의 우주 쓰레기장에 불시착해서 위협적인 바

5 '면세구역'과 같은 블랙홀로 사라지는 사람들에 관한 이야기인 〈사라지는 사람들〉(《면세구역》)의 경우가 그러하다. 단편 〈대리전〉(《얼터너티브 드림》)은 동명의 장편 《대리전》으로 확대, 개작된 것이다. 그 외에도 듀나가 애용하는 '꼭두각시' 캐릭터는 〈꼭두각시들〉(《태평양 횡단 특급》)로부터 시작, 《대리전》에서 외계인에게 육체를 대리하는 '숙주', '역사의 종말' 이후의 인간형인 '꼭두각시' 등의 몰개성적 집단으로 변주되어 등장한다.

다로부터 빠져나와 육지에 도착하는 일련의 장면들은 듀나의 SF 제작 원리가 서사 그 자체로 용해되는 특수하고도 상징적인 경우에 해당될 것이다. '나'가 도착한 행성은 스타니스와프 렘의 SF인 《솔라리스》의 행성 '솔라리스'처럼 일종의 '사고하는 사물(res cogitans)'에 가깝다. 그 행성은 '나'에게 알 수 없는 신호와 정보의 단편들을 끊임없이 송신하며, '나'는 기억의 정보망으로 송신된 자료들로부터 유의미한 정보와 데이터를 수집하는 방식으로 위협적이고 불가사의한 행성에 대처한다. 과거와 현재와 미래는 뒤섞이고, 진짜 기억과 가짜 기억도 구분할 수 없다. '나'의 이야기 속에서 '나'가 포함된 그 행성은 행성의 주인인 여왕이 '나'에게 그렇듯 동일자인 동시에 정체 모를 타자가 되기도 한다. 그래서 《용의 이》는 부모나 사회와 같은 상징적 초자아의 간섭 없는 정체성 탄생의 기나긴 여정처럼 읽히기도 한다(당연히 '용의 이'라는 제목은 용을 죽이고 용의 이빨을 뿌린 곳에서 테베 왕국을 건설한 카드모스의 신화를 염두에 둔 것이겠다).

'나'는 인간의 지능과 대등한 생명체 중 그 어느 것도 전혀 존재하지 않는 것 같은 불시착한 행성의 바다를 표류하면서 "어른 팔뚝 굵기의 지렁이들"(《용의 이》, 147쪽)과 같은 낯선 원시생명체(《용의 이》에 실린 여타의 단편에도 자주 등장하는 '강간'이라는 어휘에서 연상되는 신체침탈의 남근적 이미지)의 위협에 저항하는 한편으로, 난파된 우주선에서 자신의 몸을 보호하고 상륙에 도움이 될 만한 잡동사니들을 하나둘씩 꺼내어 몸에 부착한다. "비상식량, 생존도구모음, 여벌 속옷, 우주복 그리고 고장 나지 않은 열선총들."(《용의 이》, 139쪽) 그러나 '나'가 육지로 갈 만한 뗏목이나 배를 마련할 수밖에 없게 되자, 이번에는 "커다란 대문만 했고 한쪽 구석이 잘려나간 직사각형" 모양의 "우주선 표면에서 떨어져 나온 단열재"를 뗏목으로 삼는다.(《용의 이》, 143쪽) 이처럼 미리 준비되거나 비축되었다기보다는 임시방편으로 주어진 재료들이나 소도구들이 새로운 용도의 제작물이 되는 셈이다. 주인공은 사소하더라도 쓸 만한 것들은 몸에 지니고 당장 필요 없는 것들은 내다버리는 한편으로, 외부와의 최대한의 교신을 통해 이전의 데이터들을 마구 끌어모은다. '나'가 갖고 있는 재료와 소도구들은 필요한 양에 비해 부족하며, 그나마 있는 재료들은 준비된 것이 아니라 그저 '나'의 눈앞에 우연히 놓여 있었을 뿐이다. 레비스트로스가 구조적이고도 건축술적인 사고에 비해 주어진 신화의 세목들을 이리저리 뜯어고쳐 새로운 신화를 주조하는 '야생의 사고(la pensée sauvage)'의 특성으로 부른 브리콜라주[6]는 이처럼 듀나의 SF적 상상력의 모태가 된다. 당연히 아래의 인용문이 예시하듯 '나'의 브리콜라주적 행위는 근본적으로 언어와 연관되어 있다.

> 그날 오후, 나는 배를 타고 도시 주변을 돌아다니며 조각난 정신의 찌꺼기들을 긁어모았다. 내가 모은 것은 대부분 언어와 관련된 것들이었다. (…) 충분한 양의 찌꺼기들을 머릿속에 담아 집으로 가져온 나는 탁자 앞에 앉아 그 찌꺼기들을 토해냈다. 찌꺼기들이 꿈틀거리며 옆에 있는 다른 찌꺼기들과 연결되려고 하는 동안 나는 잽싸게 손가락을 놀려 그들을 배분하고 정리하고 끄트머리를 다듬고 조립했다. 모르는 사람이 봤다면 내가 빈 탁자를 건반 삼아 악기 연습이라도 하고 있는 줄 알았을 것이다. 자정 무렵에 부품들이 완성되었다. 나는 남은 찌꺼기들을 불어 증발시키고 완성된 부품들을 다시 머릿속에 넣었다.(《용의 이》, 274~275쪽)

6 클로드 레비스트로스, 《야생의 사고》, 안정남 옮김, 한길사, 1996, 71쪽.

자신의 위치조차 제대로 파악할 수 없기에 위협적으로만 느껴지는 전체 속에서 방향키를 잡지 못한 채 '나'가 잡동사니의 사물과 데이터 들의 바다를 표류하는《용의 이》의 첫 장면을《역사 속의 나그네》도입부에서 이언오가 16세기의 조선의 바닷가에 불시착했을 때 보였던 대처방식과 비교해보면 흥미롭다. 레비스트로스 식으로 말해, 이언오가 침착하게 시낭으로부터 필요한 도구들을 꺼내어 전체를 조망하는 지도를 든 '엔지니어'에 가깝다면, 듀나의 주인공은 그 전체를 도무지 파악할 길이 없고, 그러기에 전체의 부분들이 대단히 위협적인 대상으로 다가오는 세계의 음모 전략에 맞서 자신만의 대항서사를 구축하는 '브리콜뢰르'라고 할 수 있다. 이런 대항서사의 결말은《대리전》의 결말과 비교해볼 때 그리 체념적이지 않다.《용의 이》의 마지막에서 초경(初經)을 겪은 열두 살 소녀인 '나'가 행성에서 살아남기 위한 방법으로 일종의 '인지적 지도(cognitive map)'를 작성하는 장면도 순전히 다음을 위해서이다. "이제 뭐 하고 놀까?"(《용의 이》, 386쪽)

SF, 독단론과 안락사의 경계에서

SF를 '인지적 낯설게하기'의 효과를 통해 대안사회와 정체(政體) 등을 구상하는 장르로 정의 내린 다르코 수빈은 SF와 유토피아와의 관계에 대해 간명하지만 인상적인 지적을 한 바 있다. "유토피아는 SF의 사회정치적 하위장르다."[7] 이 말은 SF가 대안사회와 정치라는 유토피아적 내용을 담는 하나의 문학 형식이나 장르라는 일반적 뜻과는 상당히 다른 정의다. 이 정의는 SF는 구조적으로 대안사회와 정치에 대한, 한마디로 유토피아적

7 Darko Suvin, *Metamorphoses of Science Fiction*, New Haven: Yale University Press, 1979, p. 61.

모델을 어떤 식으로든 포함할 수밖에 없다는 뜻으로 읽힌다. 다른 말로 하면, 유토피아는 SF텍스트의 직물을 짜는 욕망의 근원적 움직임이다. SF를 읽는 비평가에게 유토피아의 독해라는 추가적 난제를 던져주는 것이 아닐 수 없겠다.

앞서 살펴본 것처럼, 복거일이 한국 소설의 지형에서 SF라는 장르에 대한 실험적 모색을 본격적으로 시작할 즈음은 글로벌 자본주의와 그것의 이론적 뒷받침인 자유주의의 지지 세력들이 승리의 환호성을 지르던 때였다. 어떻게 보면, 자유주의 유토피아는 이른바 '역사의 종말'을 통해 어느 정도 그 목적을 실현했다고도 볼 수 있다. 남은 것은 일명 팍스아메리카나라는, 자유주의가 실현되지 못하거나 따르지 않으려는 국가와 사회에 자유주의 프로그램을 강제적으로 주입하는 일뿐이다. 그에 비해 현실 사회주의의 붕괴 이후, 자유주의를 제외한 좌파의 유토피아 프로그램 대부분은 일종의 부정변증법, 현실에 대한 부정과 비판으로만 구축되기 시작했으며, 유토피아 프로그램의 추종자들은 그것의 실정적인 기획, 근본적인 재현과 비전을 스스로 금지시켰다. 그것이 유토피아에 대한 전 지구적 부인(denial)의 암묵적인 형태였다. 그리하여 1990년대 이후에 가속화된 글로벌 자본주의 속에서 유토피아는 자유 시장경제의 자유인인 '최후의 인간'(니체)의 알량한 행복과 쾌락으로 대체된다.[8] 따라서 SF의 상상력은 더 이상 유토피아에 대한 반영적 재현이나 그것의 금지가 아니라 재현불가능성의 재현, 또는 중층적 재현의 임무를 떠맡을 수밖에 없게 되었다. 복거일과 듀나의 SF에 나타난 유토피아적 소망, 이데올로기적 독소에 대한 비평적 해독(解讀, 解毒) 역시 이런 견지에서 행해질 필요가 있다.

8 Fredric Jameson, *Archaeologies of the Future*, p. 142.

복거일의 SF에서 표방되는 유토피아의 구체(具體)는 일관되게 그의 실용주의적 자유주의 이념을 모델로 하는 정치경제적 사회다. 그러나 복거일이 SF라는 형식으로 자유라는 내용을 전달할 때, 도킨스의 신다윈주의적 생존기계, 애덤 스미스에서 하이에크에 이르는 자유주의 경제이론이라는 저 '과학'을 지칭하는 일련의 계열체는 자유시장경제의 불평등하고도 살벌한 현실을 자연화하고 합리화하는 '자생 이데올로기'에 가깝다. 예를 들면 '자유'라는 기표는 복거일의 SF에서 그 의미가 이동하고 있다. 그것은 세계 체제의 변동에 대한 낙관적 기술(記述)에서 사회적 적대(antagonism)를 은폐하는 이데올로기적 기의로 변신하고 마침내 그런 체제를 갖추지 않은 국가에 대한 맹렬한 적의로 전치(轉置)된다. 그런데 이러한 전치 과정은 공산주의 체제에 대한 적대적 긴장을 토대로 존속해온 시장경제 근간의 자유민주주의 체제가 1990년대 이후에 존속하는 방식이 아닌가. 복거일의 SF는 그 과정의 서사화가 아닐까. 작가가 제시한 미래의 한 형상을 상기해 보자.

《파란 달 아래》에서 작가가 미래형으로 설정한 민족어의 잔멸(殘滅)과 영어공용화의 보편화, 남한 자본주의 주도하의 남북통일의 이상, 과학기술의 발전에 대한 낙관적 믿음 등은 미국이 주도하는 세계 체제의 헤게모니적 재편, 그에 따른 분단 체제의 지각변화 등에 대한 작가의 현상 긍정이 작품에서 미래의 형식으로 투사된 것들이다. 이 작품에서 묘사된 남북통합의 유토피아는 남북한의 통일 과정에서 보여준 문제점, 즉 남한의 통일 부담비용으로 발생한 남한 노동자 임금의 하락의 결과와 그에 따른 남북한 인민들끼리의 갈등이라는 적대로부터 거리를 두는 방식으로 실현가능했다. 복거일의 자유주의 유토피아는 사회적 적대의 은폐이자 그 결과다. 그리고 그것은 10여 년이 지나, 《목성잠언집》 등의 작품에서 자유주의 유토피아는 독재 체제에 대한 적의로 전치되어 말 그대로 '폭발한다'. 그래서 그의 '자유주의'는 자유라는 기표가 점령한 정치경제적 식민영역을 제외하고는 그 어떤 것도 의미하지 않으며, 자유는 그것이 의미하는 바와 다른 자유는 허락하지 않는 자유라는 점에서 독단론적 교의(doxa)다. 아이로니컬하게도 복거일의 자유주의 유토피아는 작금의 전 지구적 자본주의 현실에서 보면, 그 꿈을 이미 실현한 것으로 볼 수 있지 않을까.[9]

한편으로 듀나의 SF에서 묘사되는 현실은 대체로 미셸 푸코가 '헤테로토피아(heterotopia)'[10]라고 부른 이질적이고 수수께끼 같으며 때론 유희적인 반(半)공간을 낯설게 한 형태에 가깝다. 육체와 정신이 알 수 없는 대타자의 조종에 의해 꼭두각시처럼 움직이고 탈주체화되는 음모론의 세계는 어떻게 보면 복거일의 자유주의가 꿈꾸는 일직선의 미래에 숨겨진 어두운 이면, 음화(陰畵)일지도 모른다. 듀나의 SF에 이따금씩 등장하는 지도(《대리전》의 부천시 축소지도, 《용의 이》의 행성지도)가 음모로 가득한 현실에 대한 대항서사를 구축하기 위해 단자가 휴대하는 '인지적 지도'라는 점은 그래서 흥미롭다. 그래서 듀나의 SF는 어떤 경우 복거일의 SF에 대한 대항서사처럼 읽히기도 한다. 듀나라면 SF의 오랜 주제 중 하나인 영혼불멸의 문제를 유전자프로그램의 변형이나 로봇의 발명이라는 복거일 식의 낙관론으로 해소하기보다는 유물론적으로 희화화하거나 좀비처럼 살아 있는 시체로 탈바꿈시키는 '절멸의 프로젝트'로 해결할 것이다. 〈펜타곤〉(《면세구

9 공평을 기하자면, 오히려 복거일의 SF에서 정작 진솔하게 읽히는 대목은 삶의 유한성을 자각하는 노년의 주인공이 장수(長壽)를 바라는 은밀한 방식으로 유전자공학의 성과와 로봇 개발에 삶의 미래를 점치는 순간들이다. 복거일, 《마법성의 수호자, 나의 끼끗한 들깨》, 문학과지성사 2001; 〈꿈꾸는 지놈의 노래〉, 《얼터너티브 드림》(〈꿈꾸는 지놈의 노래〉, 《애틋함의 로마》, 문학과지성사, 2008).

10 미셸 푸코, 《헤테로토피아》, 이상길 옮김, 문학과지성사, 2014.

역》)과 《대리전》 그리고 〈천국의 왕〉(《용의 이》)에서 종종 보이는 '안락사'의 이미지는 영혼불멸에 대한 인간의 소망을 풍자하는 은유다(복거일은 의학적 '안락사'에 대한 해법을 인간의 자유의지에서 찾는 데 비해, 듀나는 인간의 어리석은 자유의지에 대한 풍자적 해법을 '안락사'에서 찾고 있다).

듀나의 SF에는 유토피아에 대한 어떠한 강박도 없다. 그러나 희망의 형상이 아주 없는 것도 아니다. 〈너네 아빠 어딨니?〉(《용의 이》)는 아빠의 폭력에 시달리던 가난한 소녀 주인공이 여동생을 강간하려던 아빠를 죽이고, 아빠가 좀비로 다시 태어나게 되면서 일련의 사건들이 펼쳐지는 좀비 판타지물이다. 이 작품에서 소녀 주인공들을 제외한 모든 사람들이 좀비가 되어 도심을 어슬렁거릴 때, 소녀들은 수많은 상품이 고스란히 남아 있는 대형마트를 발견하고 그 절해고도(絶海孤島) 같은 곳에서 새로운 삶을 꿈꾼다. 이 소녀들의 판타지에서 교환이라는 냉정한 시장원리에 아랑곳없이 마음대로 물건을 갖게 되도 좋다는 리비도적 만족은 모든 인간들의 좀비화, '세계 몰락 프로젝트'라는 초점에 의해 전치된 이 소설의 또 다른 유쾌한 소주제가 아닐까 싶다.[11]

더러 인식 불가능한 복잡하고도 위협적인 현실에 대한 선험적 체념이 나타나기도 하지만, 듀나의 방식이 복거일의 방식보다 미래라는 가능성을 살피는 방법으로는 그래도 더 유효하다는 것이 지금 솔직하게 드는 생각이다. 프레드릭 제임슨이 한탄하듯, 급진적인 작가들이나 비평가들조차 현실의 변화에 대한 느리지만 끈질긴 변증법적 모색보다는 그런 세계의 전멸을 상상하는 손쉬운 방법을 택하고 있다. 사실 듀나의 소녀 주인공들이 얻

11 슬라보예 지젝, 《그들은 자기가 하는 일을 모르나이다》, 박정수 옮김, 인간사랑, 2004, 119쪽. 한편 '세계 몰락 프로젝트'는 영화평론가 정성일이 쓴 《용의 이》 추천사 제목이다.

는 리비도적 만족이라는 것도 인간의 좀비화, 세계 몰락이라는 허망한 공상의 대가이지 않은가. 그러나 제임슨 자신이 SF를 읽는 방식도 마치 초국적 자본주의 국가라는 거대한 고고학적 폐허에서 변증법적 무기가 될 만한 낡은 유물들을 하나씩 발굴하는 침울한 자의 그것에 가깝지 않은가. 듀나의 SF가 세계의 몰락을 택하든 몰락 이후의 세계를 살아가든, 독자들은 소녀들의 '노는' 방식의 유쾌함에 당분간 흥미를 가질 필요가 있겠다.

오래전 임마누엘 칸트는 이성이라면 불가피하게 빠져들 수밖에 없는 경험 불가능한 대상, 가상으로 불렸던 것들(영혼불멸, 신, 우주의 기원 등)의 증명 불가능성에 직면할 때, 이성은 독단론을 고수하거나 회의론(이성의 안락사)에 빠진다고 했다. 이 순수이성의 이율배반에서 정립과 반정립의 무한 논쟁을 이루는 주제들은 또한 SF의 오랜 숙제이기도 했다. 글을 쓰면서 복거일과 듀나는 SF의 이런 이율배반을 양극단에서 보여주는 작가들이 아닐까 하는 생각이 들었다. 복거일과 듀나의 SF에서 공통적으로 '전멸의 상상력'이 나타난다는 사실은 독자들에게 의아스럽게 보일지 모르지만, 그 결과가 반드시 동일한 것은 아니다. 혜성과의 충돌이나 핵전쟁으로 인한 지구의 멸망은 복거일 식의 자유주의적 이데올로기를 역설하기 위한 SF적 극약처방이었지만, 논쟁적인 정치경제적 내용을 별도로 하더라도 그 결과는 SF 장르의 가능성을 스스로 제한한 느낌이다. 그에 비해 듀나의 SF는 그의 SF가 주는 인상이 그러하듯, 어지러운 카오스에서 '이제 뭐 하고 놀까'라는 유희의 가능성을 좀 더 보여준다고 판단된다. 한국 SF의 가능성은, 듀나의 SF에서 보았듯이, 자기복제 시스템의 부산물인 카오스에서 태어나 좀비들이 우글대는 적대의 세계 한가운데서 조금씩 삶의 권역을 넓혀가는 헤테로토피아처럼 자리 잡게 되었다.

복거일과 듀나는 상이한 방식으로, 각각 반면교사의 지식과 독신기계적

놀이의 형태로 SF라는 장르문학의 가능성과 한계를 확인케 해주었다. 이 작가들의 선구적 작업이 장르문학과 본격문학의 해체와 혼효라는 2000년대 문학의 현실에 어떤 명암을 던져줄 것인가. 그들이 상상하는 세계 몰락 이후의 미래는 어떤 것일까. 그 형상이 기껏 과거나 현재의 한 변형에만 머무르지 않기를!

—《창작과비평》, 2008년 여름호

"원쑤들을 쓸어버려라"
—북한 과학환상소설과 바다

북한에도 과학소설이……?

……있다! 북한의 과학소설(북한에서는 '과학환상소설'이라고 부른다)은 서구 및 남한의 과학소설과 비교했을 때 그 위상이 여러모로 독특한 문학 장르다. 1950년대 중후반부터 소련의 과학소설과 서구의 과학소설이 북한에 번역되기 시작했으며, 대개의 북한 문학이 그렇듯이 당과 지도자의 제도적인 지원과 관심, 심의와 검열 속에서 과학환상소설도 1960년대부터 본격적으로 창작되기 시작했다. 북한의 과학환상소설은 창작과 비평의 양적인 비중으로 짐작해볼 때 남한에 비해 그 내력과 축적이 상당하다 하겠다.

북한에서 출간된 과학환상문학에 대한 최초의 평론집이자 창작이론서인 황정상의 《과학환상문학창작》(1993)은 과학환상소설의 위상과 특이성이 서구 및 남한의 그것과 어떻게 변별되는지를 여러모로 짐작게 하는 중요한 텍스트다. 북한 문학에서 과학환상문학은 다음과 같이 정의된다. "과학환상문학은 미래의 인간생활을 보여주는 독특한 '얼굴'을 가진 문학의 한 형태로서 세계를 정복하는 인간들에 의하여 더욱 휘황해질 미래에 대한 동경과 사랑의 정신으로 사람들을 교양하는 데서 매우 중요한 의의를 가진다."[1]

'미래의 인간생활'을 재현하고 '미래에 대한 동경과 사랑의 정신'을 독자들에게 전달한다는 표현들은 과학소설에 대한 여타의 정의들과 비교해볼 때 크게 다르지 않아 보인다. 그러나 좀 더 자세히 들여다보면 북한의 과학환상소설은 서구 과학소설에 대한 정의에서 볼 수 있는 과학소설의 정의와 다른 중요한 차이를 내포할 뿐만 아니라, 서구의 과학소설에 대한 대타적인 자의식 속에서 역사적으로 성장해온 일종의 탈식민주의적인 문학임을 짐작할 수 있다. 특히 서구 과학소설과의 변별점이 중요하게 강조되는 부분을 중심으로 과학환상소설에 대한 개념적 정의를 잠시 살펴볼 필요가 있다. 과학환상소설에서 중요한 개념은 무엇보다도 과학과 환상이다. 먼저 과학환상소설에서 과학의 의미에 대해 알아보겠다.

과학환상소설에서 '과학'은 서구 과학소설과 비교해볼 때 그 정의가 한정적이다. 서구 과학소설에 대한 여러 정의에서 과학은 협의의 기술과학이나 테크놀로지에 머무르지 않고 지식 일반을 의미하는 사이언스(science, Wissenschaft, 學)를 폭넓게 포함하는 경우가 많다.[2] 그러나 과

1 황정상, 《과학환상문학창작》, 문학예술종합출판사, 1993, 5쪽. 앞으로 이 책을 인용할 경우 본문에 쪽수를 제시한다.

2 레이먼드 윌리엄스, 〈과학〉, 《키워드》, 김성기·유리 옮김, 민음사, 2010, 421~426쪽 참조.

학환상소설에서의 과학은 "과학기술적 내용"(11쪽)에 한정되며, 과학환상소설은 과학을 수단으로 하여 "인민경제 각 분야에서 해결을 요하는 절실한 문제를 풀어나가는"(63쪽) 정치경제적인 과제나 실용주의적 목표와 깊이 연결되어 있다. 물론 과학환상소설에서 과학은 다만 자연에 대한 탐구 수단이나 도구에 머무르는 것이 아니라, 그를 통해 자연을 극복하고 개조할 인민의 주체적인 의지와 노력과 결부되어 독특한 인간학(주체사상, 종자론)을 내포하는 개념으로 변주되기도 한다. 과학환상소설의 이러한 특징은 주로 스탈린이 통치하던 시기에 창작되었던 과학소설, 즉 사회주의 리얼리즘의 미학에 충실하고 과학기술에 의해 변형된 실용주의적인 유토피아나 미래를 재현하는 데 주력했던 소비에트 과학소설의 특징과도 얼마간 닮아 있다.[3] 그렇다면 과학기술적인 내용에 의해 변모된 미래에 대한 상상인 '환상'은 과학환상소설에서 어떠한 의미를 지니고 있는지를 알아보겠다.

과학환상소설에서 '환상'은 "현실에 실재하지 않는 사물현상"을 "상상해내는 능력"이자, "새것을 창조해내며 자연과 사회를 자기의 의사와 요구대로 개조 변혁해나가는 힘"으로 정의된다.(7쪽) 서구의 과학소설에서도 환상의 역량을 강조하는 논의는 물론 적지 않다. 그중에서 과학소설을 '인지적 낯설게하기'의 문학으로 규정하는 과학소설에 대한 중요한 한 정의는 과학에 내포되고 과학에 의해 수행되는, 대상에 대한 반영과 더불어 역동적으로 상상적인 창조를 강조한다.[4] 그러나 과학환상소설의 환상에서 강조되는

3 Darko Suvin, "Russian SF and Its Utopian Tradition", *Metamorphoses of Science Fiction*, New Haven: Yale University Press, 1979, pp. 264~265. 북한 초기의 과학환상소설에 미친 소련 과학소설과 담론의 영향에 대해서는 서동수, 《북한 과학환상문학과 유토피아》, 소명출판, 2018, 109~136쪽 참조.

4 다르코 수빈, 〈낯설게하기와 인지〉, 문지혁·복도훈 옮김, 《자음과모음》, 2015년 겨울호, 319~320쪽.

것은 자연과 사회를 주체의 의지대로 바꾸는 역량, 즉 "세계와 자기 운명의 주인"으로 "자주적으로" 살고 "발전하려는" "자주성"이다.(51쪽) 이러한 자주성의 보다 완전한 사상적 구현인 주체사상의 입장에서 볼 때, 인간이 만든 기계가 오히려 인간을 지배하고 과학기술의 미래가 인간을 위협하거나 파국에 몰아넣는 서구 과학소설의 종말론적이거나 디스토피아적 비전은 "부르죠아적이며 수정주의적인 과학환상"(88쪽)의 잔재에 지나지 않는 것으로 배제된다.

과학환상소설은 북한 문학의 상당수가 그러하듯이 주체사상 그리고 김정일 문학예술론의 핵심이자 북한 문학의 이론적 중추인 종자론(種子論)과 깊은 관련이 있다. 과학환상소설은 "사회생활의 기본을 개인으로 보면서 인간증오사상을 고취하며 개인주의적으로 살 것을 설교하는 실존주의를 비롯한 부르죠아사상에 기초한 과학환상소설문학과 근본적으로 대립된다".(197~198쪽) 나아가 과학환상소설은 "미일제국주의자들을 비롯한 민족적 및 계급적 원쑤들과는 한 하늘을 이고 살 수 없으며 놈들을 지구상에서는 물론 우주공간에서조차 철저히 쓸어버려야 한다는 정신을 형상적으로 구현하는 것"(185쪽)을 목표로 한다. 분단과 내전, 냉전시대의 남한 및 미일과의 정치적 대립과 충돌, 소련과 동구권의 몰락 등을 겪으면서 지구상에 남은 몇 안 되는 사회주의 국가를 표방하게 된 탈식민주의적 정치 체제인 북한에서 과학환상소설은 대내적으로는 인민의 자주적 삶의 향상을, 대외적으로는 반제국주의를 표방하는 것을 일관되게 추구해온 정치적인 문학 장르인 것이다. 이 글은 1960년대부터 2000년대에 이르는 북한의 과학환상소설사에서 주로 바다의 크로노토프를 형상화하는 네 편의 중·장편 과학환상소설인 김동섭의 《바다에서 솟아난 땅》(1964~1965), 황정상의 《푸른 이삭》(1988), 박종렬의 《두 개의 화살》(1989), 그리고 리금철의 《유전의 검은 안개》(2007)를 분석하고 그것들의 문학적 특징, 수사학적인 전략, 정치적인 함의를 해석할 것이다.

이 글에서 과학환상소설을 분석하기 위한 첫 번째 이론적 개념으로 동원된 것은 크로노토프(chronotope)이다. "문학 작품 속에 예술적으로 표현된 시간과 공간 사이의 내적 연관"으로 이해되는 크로노토프는 길과 이정표 등 보통 육지를 표상하는 것으로 알려져 있다. 그러나 바다 또한 멀리는 호메로스의 《오디세이아》에서 가까이는 멜빌의 《모비 딕》(1851)과 같은 문학 작품들에서 매우 중요한 크로노토프로 새롭게 인식될 필요가 있다.[5] 크로노토프가 "소설의 이야기를 구성하는 기본적인 사건들을 조직하는 중심"이자 "이야기의 마디가 맺어지고 풀어지는 곳"[6] 이라면, 과학소설에 재현된 바다 역시 내러티브에 플롯을 부여하고 다양한 인물형상이 각축을 벌이는 크로노토프로 볼 수 있는 것이다.

미지의 신비로운 섬으로의 모험적인 항해, 암초와 같은 난관과의 예기치 못한 조우, 바다를 지배하는 해적 또는 육지 세력과의 갈등, 해저 또는 고립된 섬에 유토피아나 식민지를 건설하려는 계획 등 과학소설에서 바다의 크로노토프는 소설의 구성 그 자체와 관련되어 중요한 모티프들을 생성시킨다. 이러한 요소들을 부분적으로 포함하여 과학환상소설에서 바다의 크로노토프는 우선 인공적 노력과 의지로 극복하거나 개척해야 할 자연으로 표상된다. 뿐만 아니라 바다는 냉전과 탈식민화 과정, 현실사회주의의 붕괴를 거친, 유격대국가이자 가족국가 그리고 극장국가의 층위가 중

5 Margaret Cohen, "The Chronotopes of the Sea", Franco Moretti edt, *The Novel, vol 2: Forms and Themes*, Princeton University Press, 2006, pp. 647~650.

6 미하일 바흐친, 〈소설 속의 시간과 크로노토프의 형식〉, 《장편소설과 민중언어》, 전승희 외 옮김, 창비, 1988, 260, 458쪽.

층 결정된 국가인 북한의 문학에서 '정치적 상상의 도상(the icon of political imaginary)'으로 작동한다고 가정해볼 수 있다.

과학(자)의 사명과 바다

과학환상소설에서 재현된 바다 표상은 자연에 대한 북한 문학의 근본적인 관점을 내포한다. 자연은 인민의 집단적이고도 주체적 의지로 정복해야 할 대상으로 주어지며, 바다 또한 거기서 예외가 아니다. 과학환상소설에서 바다가 대부분 육지로 간척되거나 개발되고 자원을 발굴해야 할 장소로 우선 재현되는 것은 그 때문이다. 물론 과학환상소설에서 바다는 서구 과학소설에 나타난 바다의 표상과 부분적으로 부합한다고 하겠다. 일찌감치 쥘 베른의 과학소설인 《해저 2만리》에서 재현된 것처럼 바다는 자연에 대한 모더니티의 태도 변경, 의미론적 변환과 깊은 관련이 있다. 쥘 베른의 해양과학소설에서 "인간에게 적대적인 자연이라는 신화는 사라진다. 오히려 자연은 인간이 하려는 모든 일에 협조한다. 자연은 이미 과학의 뜻을 알고 있으며, 자연은 실험실의 산물이 쌓여 있는 무한한 저장고이다".[7] 인간의 주체적 의지로 순순히 정복 가능한 대상으로 그 의미가 변경되는 자연은 과학환상소설의 자연 개념에도 어느 정도 들어맞는다. 물론 과학환상소설에서 보다 중요한 것은 자연 그 자체라기보다 자연에 대한 인간의 주체적 인식, 자연의 난관을 극복하려는 의지, 자연의 개발을 통해 꿈꾸는 미래의 소망이다. 과학은 자연의 현재와 그것을 정복하는 미래가 합쳐지는

7 피에르 마슈레, 〈쥘 베른, 혹은 결여가 있는 이야기〉, 《문학생산의 이론을 위하여》, 윤진 옮김, 그린비, 2014, 294쪽.

지점으로 정의된다. 그리하여 과학은 자연 안에 있고 미래는 현재 안에 있게 된다.[8]

《아동문학》에 연재(1964. 6~1965. 4)된 《바다에서 솟아난 땅》(이하 《땅》)은 북한의 초기 과학환상소설에서 개발의 대상이자 풍성한 자원을 확보한 자연(바다)의 표상이 전형적으로 드러난 작품이다. "과학의 힘으로 자연을 다시 개조할 수 있"다거나 "자연과 세계를 우리 인민들이 소원하는 대로 유익하게 개조하는 데 목적이 있다"는 신념[9]은 직접적인 언설로 작품 속에서 무수히 강조되고 변주된다. 소설은 "조국이 통일되고" "제국주의 강도들"이 "이 땅에서 모조리 쫓겨나 발붙일 곳이 없게"(《땅》 3회, 70쪽) 되었지만, 여전히 미제국주의의 잔당들이 출몰하는 미래의 서해를 크로노토프로 삼고 있다. 소설의 주인공으로 나중에 지구공학기사가 되는 철수와 지질학자가 되는 숙희는 어린 시절 함께 바다를 바라보면서 "어떻게 바다 속 깊이 잠겨 있는 땅을 떠올릴 수 있"는가(《땅》 1회, 7쪽)를 궁리한다. 그것은 근본적으로 미지의 "바다에 대해서는 아직도 우리들이" 그 비밀을 모르는 "원시인"이라는 인식을 전제로 한다.(《땅》 3회, 76쪽)

소설에서 바다를 땅으로 만드는 방법은 1만 미터의 땅속에서 일어나는 핵반응의 에네르기를 이용해 지질적인 운동을 인공적으로 일으키는 것으로 되어 있다. 과학기술의 힘으로 개척해야 할 바다는 "장산곶으로부터 친선도를 련결하는 약 8만 평방 킬로메터의 지역"으로 "우리나라 전체 면적의 약 3분지 1에 해당"하는(《땅》 3회, 76쪽) 크기다. 그리하여 바다

8 피에르 마슈레, 〈쥘 베른, 혹은 결여가 있는 이야기〉, 315쪽.

9 김동섭, 《바다에서 솟아난 땅》 1회, 《아동문학》, 1964. 6, 18쪽. 앞으로 이 작품을 인용할 경우 본문에 연재 호수와 쪽수를 표시한다.

를 간척하는 계획은 "동해와 서해를 잇는 넓은 운하를 만들고 다음엔 제주도까지 땅으로 연결"(《땅》 11회, 76쪽)시키는 미래의 비전으로 확대된다. 해리맨으로 대표되는 미제국주의자들과 그들에게 매수된 석호 등이 벌이는 일련의 방해공작에도 불구하고 주인공인 철수와 숙희는 다른 과학자들의 도움과 협력으로 서해에서 대량의 지하자원과 원유를 발견하게 되며, 마침내 제국주의자들의 침탈을 격퇴하기에 이른다. 《바다에서 솟아난 땅》에서 과학(자)의 사명과 역할은 발전된 공업과 농업이 더 많이 요구하는 땅(자연)을 바다의 육지화라는 개간과 간척사업을 통해 인민들에게 공급하고 그들의 생활수준을 드높이는 것이다. 이러한 사명과 역할은 궁극적으로 소설의 한 작중인물의 설명대로 "우리들이 오랜 옛날부터 받아오던 자연의 예속에서 용감히 벗어나 우리의 뜻에 맞게 우리의 행복을 위해 그것을 정복한 세계사적 의의"(《땅》 11회, 77쪽)마저 내포하게 된다.

다른 과학환상소설에서도 자연은 거의 변함없이 인간의 의지와 노력에 의해 개발되는 대상으로 재현되고 있다. 앞서 언급한 《과학환상문학창작》의 저자이며 소설가이기도 한 황정상의 《푸른 이삭》에서도 자연은 개발과 개척의 대상이다. 《땅》이 미래의 서해안을 무대로 하고 있다면, 황정상의 《푸른 이삭》에서 크로노토프는 미래의 동해안으로 설정되어 있다. 《땅》보다 과학적인 설정과 장치의 세목이 한층 정교하게 배치된 《푸른 이삭》의 미래는 신형바람주머니식 로케트자동차, 인공눈 작용을 하는 텔레비전카메라, 두뇌작용을 하는 극소형전자계산기, 자가용 비행기, 열차식 공중버스, 로봇교통정리원, 자동로보트 등 미래의 기계장치들이 활약하고 "생활상 아무런 근심걱정이 없고 과학기술이 고도로 발전"되었을 뿐만 아니라, "교수가 승용차를 타면 평범한 로동자도 넉근히 자가용차를 탈 수 있

는" 평등이 구현된 "호시절"이기도 하다.[10]

동해안에 위치한 바다식물육종연구소를 배경으로 연구사인 진오석과 동해미는 항암성바다식물재배에 대한 연구를 수행한다. 이 연구는 바다 밑의 땅을 간척해 암을 예방하고 치료하는 벼를 대규모로 재배하려는 프로젝트다. 바다 밑 땅을 융기시켜 항암성벼종자를 개발한다는《푸른 이삭》의 모티프는 이 소설이 종자론의 과학환상소설적인 형상화임을 어렵지 않게 짐작하게 한다.[11] 소설은 여타 과학환상소설과 비슷하게 주인공들이 예기치 못한 시련을 거치고 나서도 결국은 프로젝트를 완수하고 사랑의 결실을 맺는다는 멜로드라마적인 플롯으로 구성된다.《푸른 이삭》에서 자연에 대한 인간의 인식적 태도는 소설의 앞부분에 명확하게 제시되어 있다. 비록 "자연이란 횡포하기 그지없어 때로는 길들이지 못한 수말처럼"(6쪽) 날뛴다고 하더라도 바다 밑을 개발하는 연구 사업은 "자연사적 과정"이 아니라 "인간의 정력과 지혜의 변수"를 따르게 마련이라는 것(186쪽)이 소설에서 제시하고 강조하는 주요한 관념(이데올로기)이다. 작중인물도 이러한 관념을 육화하는 과학자로 그려지는데, 진오석의 연인인 동해미가 연구소에서 실험하는 장면은 "이 모든 자연을 자그마한 흰 손에 거머쥐고 조종하듯 그 무슨 측정을 하고 있다"(2쪽)고 묘사된다. 자연은 과학(자)의 손아귀에 놓여 있다.

10 황정상,《푸른 이삭》, 금성청년출판사, 1988, 149쪽. 앞으로 이 책을 인용할 경우 본문에 쪽수를 표시한다.

11 다음 구절과 비교해볼 만하다. "종자는 과학환상소설 작가가 독창적으로 발견한 생활의 진리, 생활의 사상적 알맹이이며 탐구자의 존재가치와 삶의 목적, 방향에 관한 사상의 정수이다. 따라서 종자는 과학환상소설 작품에 인간문제를 제기하고 소재와 주제, 사상의 근저에 놓이며 형상의 모든 요소들을 진리를 밝히는 방향으로 떠밀어주게 된다." 황정상,《과학환상문학창작》, 126쪽.

《푸른 이삭》에서 흥미로운 것은 자연에 대한 개발의 이론적인 근거를 제시하고 있는 부분이다. 아래 인용문이 뜻하는 바는 자연(바다)은 그 자체로는 어떠한 위협이나 난관이 될 수 없다는 것이다. 오로지 자연을 다루는 '인간의 자주적이며 창조적이며 의식적인 계기'가 중요할 뿐이다. 만일 자연이 위협과 간계로 다가오게 된다면 그것은 위장된 외세(적)의 개입인 것이다. 적의 설정과 형상화야말로 과학환상소설의 플롯을 추동하는 힘이다. 그리고 이러한 플롯에서 적의 음모를 밝히고 해결하는 한편으로 인물 간의 갈등을 봉합하는 추리소설적인 구성이 아울러 배태된다고 하겠다.

> 사람에 의한 자연의 개조발전은 주위세계의 더욱더 넓은 령역의 운동이 사람의 지배 밑에 들어오는 과정으로 이루어진다. 이와 함께 자연의 보다 높은 운동형태와 더욱더 복잡한 운동과정이 사람의 지배 밑에 들어오는 것을 통하여 이루어진다. (…) 자연 세계는 자기 원인에 의하여 운동하면서 사람에게 작용한다. 자연세계의 운동에는 사람의 활동과는 달리 자주적이며 창조적이며 의식적인 계기가 없다. 그러므로 자연세계를 지배하는 사람의 자주적이며 창조적이며 의식적인 활동이 있어야만 자연의 개조가 이루어지고 따라서 사회가 발전하게 되는 것이다.(《푸른 이삭》, 278~279쪽)

《푸른 이삭》에서 북한의 젊은 과학자들이 자연의 난관을 극복하게 되는 주요 플롯과 함께 중요하게 취급되는 부수적인 이야기는 외국에서 북한으로 유학 온 연구생인 스티븐슨의 인식 변화와 관련된 것이다. 스티븐슨은 "집단 속에서 수평화되고 집단 속에서 개성을 잃는다"는 "키에르케골"의 "개인주의"적인 "생의 철학에 쩌들고" "돈벌이를 위해서는 수단에 선악이 없다"는 "실용주의에 물젖은" 사회에서 자라온 인물이다.(57쪽) 외국인 스티븐슨이 북한의 젊은 과학자들의 '사심 없는' 과학에의 열정과 인민에 대한 헌신에 서서히 감화되는 과정은《푸른 이삭》에서 과학이 주체사상과 종자론의 인간학과 긴밀하게 연관되어 있음을 환기한다. 과학환상소설에서 바다의 크로노토프가 함의하는 기능은 이처럼 시련을 통해 한 인물의 내적인 성숙과 교양체험을 심화하는 것과 관련이 있다. 이제 자연 그 자체는 더 이상 위협적인 적이 될 수 없다. 북한의 과학환상소설에서 위협적이거나 기만적인 자연이 있다면 그것은 과학기술을 앞세워 주권과 영토를 침탈하기 위해 이런저런 방식으로 위장하고 감시하는 미국과 일본이라는 '쌍둥이 승냥이' 제국주의 국가들이다.

(반)제국주의의 응시와 정치적 전장(戰場)으로서의 바다

개발과 탐구의 대상으로서의 바다는 한편으로는 식민과 탈식민화의 과정이 착종된 모더니티 역사에서 매우 중요한 지정학적 대상이기도 하다. 과학소설의 역사적 전개 과정에서 바다는 제국주의의 식민지적 팽창과 관련된 지정학적 크로노토프로 이해할 필요가 있다. 예를 들면 근대세계 체제를 개시한 섬나라 영국의 근대 문학에서 바다의 심상지리는 섬의 영토적 확장과 관련이 있다. "섬의 개념에서 바다는 육지만큼 중요하기 때문에, 바다는 섬을 광대하게 확장시키면서 정체의 심리적 크기 또한 다른 나라의 영토에 부딪히지 않으면서 확장하도록 해준다."[12]

영국과 같은 해양제국이 생겨나기 전의 바다는 자유로이 획득물을 취할 수 있는 자유로운 장소였다. 그러나 바다가 만인의 공공재산이라는 오래된

12 질리언 비어, 〈섬과 비행기〉, 호미 바바 편저, 《국민과 서사》, 류승구 옮김, 후마니타스, 2011, 424쪽.

관념은 근대 해양제국의 본격적인 등장과 함께 육지와 마찬가지로 질서와 장소 확정의 통일성을 부여받는 주권의 공간으로 재편되기에 이른다.[13] 이제 바다는 여러 정치적 세력이 각축을 벌이고 전쟁을 수행하거나 해상 노획권과 포획권이 행사되는 무대로 변경된다. 1차 세계대전 이후에 본격적인 주도권을 쥔 영미의 국제법은 영토와 마찬가지로 바다를 주권국가의 공간으로 설정한다. 문학에서도 예외가 아니다. 예를 들면 대니얼 디포의 《로빈슨 크루소》(1719)는 청교도적인 주체가 비서구의 공간을 식민화하는 과정을 알레고리화한 근대세계체제 초기의 근대 소설로 읽을 수 있다. 과학소설도 마찬가지다. 서구의 초기 과학소설은 과학소설이 성장하게 된 토양인 제국주의나 식민주의와 긴밀한 연관관계가 있는 문학 장르다. H. G. 웰스의 《우주전쟁》에서 영국인들의 식민지 점령은 대영제국에 대한 화성 생명체의 침공과 긴밀한 유비관계에 있다. 《우주전쟁》 등을 포함해 과학소설의 출현과 제국주의의 상관관계에 대한 한 연구의 표현을 참조하면, 과학소설은 '식민주의(자)의 응시(the colonial gaze)'가 아로새겨지고, 식민주의의 환상적 시나리오가 상연되는 일종의 양피지(palimpsest) 텍스트다.[14]

탈식민화의 오랜 과정을 겪어온 북한에서 과학환상소설은 엄밀하게 말하면 서구의 과학소설에 대한 탈식민주의적인 '전유(appropriation)'보다는 '폐기(abrogation)'에 비교적 가까운 문학적인 수행으로 이해할 필요가 있다. 탈식민주의 문학이론에서 폐기의 수사는 "제국의 문화, 미학 그리고 그것의 적용 범주를 부정하는 것이다."[15] 그런데 과학환상소설에서 '폐기'의

13 칼 슈미트, 《대지의 노모스》, 최재훈 옮김, 민음사, 1995, 16쪽.

14 John Rieder, "Introduction: The Colonial Gaze", *Colonialism and the Emergence of Science Fiction*, Middleton: Wesleyan University Press, 2008, p. 15.

15 빌 애쉬크로프트 외, 《포스트 콜로니얼 문학이론》, 이석호 옮김, 민음사, 1996, 65쪽.

수행적인 과정은 극단적으로 단순한 방식을 따른다. 그것은 제국주의와 공모 관계에 있는 서구 과학소설의 수정주의적 잔재를 미학적 재현의 경계 바깥으로 추방하며, 서구 과학소설에 함축된 제국주의의 흔적을 말소하려는 반동일시(anti-identification)의 글쓰기 전략이다.

과학환상소설에서 정치적 의미로서의 적인 제국주의자들의 음모, 간섭, 사보타주는 무엇보다도 간교하게 위장되고, 음험하며 살인적인 식민주의적 응시로 출현한다는 데서 주목할 만하다. 예를 들면 《땅》에서 북한 과학자들의 해양개발과 탐사를 집요하게 저지하는 세력은 바다에서 출몰한 "눈이 둥글둥글한 짐승"(《땅》 2회, 84쪽)이라는 자연의 형상으로 등장한다. 그 바다의 짐승이 내뿜는 강렬한 빛에 의해 공학기사인 철수는 일순간 눈이 멀게 된다. 물론 이 짐승은 미제국주의자들이 탄 잠수함으로 그 정체가 어렵지 않게 밝혀진다.

> 그러나 철수는 순간 그 짐승의 두 눈알이 번뜩하는 것을 본 듯하였다. "아니요, 저걸 좀 보오, 저 두 눈을." 철수는 한편 놀라며 한편 호기심에 차서 소리쳤다. 숙희는 그제야 단꿈에서 깨여 난 것이 몹시 아쉬운 듯이 투덜거리면서 몸을 일으켰다. 순간 번개 같은 섬광이 번쩍하고 일었다. 철수는 눈앞이 삽시에 캄캄해졌다. "아니 이게 웬일이요 응 왜 이렇게 캄캄해졌소?" 철수는 두 눈망울이 골속까지 쑤시는 듯한 아픔을 느꼈다. "왜 그러세요?" 소스라쳐 놀란 숙희는 두 손으로 앞을 허위적거리는 철수를 붙잡으면서 웨쳤다. "아니, 숙희 동무, 눈이, 내 눈이 보이지 않소! 이게 웬일이요?"(《땅》 2회, 82~83쪽)

제국주의자들의 이러한 살인적인 응시는 《두 개의 화살》(이하 《화살》)에서도 변주되어 등장한다. 이 소설은 소년 과학자인 주인공 진성이 작가에게 쓰는 편지와 진성이 보내는 편지를 작가가 되받아 이야기로 재구성하는 방식으로 이루어진 작품이다. 《화살》은 오랫동안 제국주의 국가들의 식민지였던 한 아프리카 국가의 바다 자원 개발을 둘러싸고 북한 과학자들이 보여주는 과학적 탐구에 대한 헌신과 열정을 미국의 과학자들의 간계와 음모와 대립시키는 방식으로 전개된다. 이러한 이야기의 전개방식은 제3세계 탈식민 국가들과의 연대를 구축하고 그들을 후원함으로써 "북한이 세계의 모든 진정한 진보세력의 유일하고 독립적인 중심축이라는 이미지"[16], 이른바 '글로벌 조선'이라는 이미지를 구축하려는 의도가 담겨져 있다.

소설의 주요한 인물로 아내를 식민주의자들에 의해 잃고 아들마저 제국주의자들에게 납치되어 행방불명이 된 아프리카의 과학자 캐리 무스만은 자신의 동료인 미국인 과학자 브라이스 박사가 미제국주의의 하수인임을 모르고 있다. 《화살》에서 제국주의자들의 음모는 브라이스 박사가 기획한 "보디로보트에 의한 제2노예사회의 실현"[17] 프로젝트로, 무스만의 아들인 미라타는 바로 이 프로젝트의 희생양이다. 그런데 소설에서 모든 문제와 사건을 실제로 해결하는 이들이 진성을 포함해 북한의 과학자들이라는 사실은 꽤 흥미롭다.

《화살》에서 제국주의자들의 식민주의적 응시는 미국 CIA의 후원으로 아프리카 국가의 자원개발 과정을 염탐하는 브라이스 박사의 쏘아보는 것 같은 시선과 처음 연결된다. "이 순간 저의 가슴을 더욱 서늘하게 한 것은 브라이스 박사의 두 눈이였습니다. 그가 얼핏 흑인 로동자를 돌아다보았는

16 권헌익·정병호, 《극장국가 북한》, 창비, 2013, 116~117쪽.

17 박종렬, 《두 개의 화살》, 금성청년출판사, 1989, 140쪽. 앞으로 이 책을 인용할 경우 본문에 쪽수를 표시한다.

데 그야말로 해골바가지 밑에서 쏘아보는 귀신의 눈이라고 할는지요. 파란 두 눈에서는 몸서리쳐질 만큼 차거운 랭기가 뿜어져 나왔습니다."(21쪽) '차거운 랭기'가 뿜어져 나오는 미국인의 시선은 한편으로는 동력자원의 해결을 위해 북한 과학기술자들이 모여 연구를 진행하는 공사지휘부를 정탐하다가 붙잡힌 문어의 염탐하는 응시와 연결된다. "그놈은 화면에 나타나 두 눈알을 디룩디룩 굴리는 모양으로 보아 '카메라'를 자세히 살피는 것이었습니다."(73쪽) 물론 이 문어는 단지 몸집이 비정상적으로 큰 해양 동물이 아니라 나중에 미제국주의자들이 인공뇌수를 심어놓은 일종의 인공지능, 곧 자연으로 위장한 "우리의 적"(107쪽)으로 정체가 밝혀지게 된다.

한편 《유전의 검은 안개》(이하 《안개》)에서도 제국주의자들은 감시하는 빛으로 자신의 정체를 위장하면서 등장한다. 이 소설은 갈매수역의 56호 유전에서 원유가 대량으로 유출된 사건을 조사하는 과정에서 북한의 과학자들 및 수사 검열기관이 합심하여 "땅속의 유령들"[18]인 일본 제국주의자들의 음모를 밝혀내는 방식으로 이야기가 전개된다. 다른 과학환상소설들과 다르게 《안개》의 제국주의자들은 국가가 아니라 외국 기업으로 설정되어 있는데, 이러한 설정은 석유를 둘러싸고 쟁탈전이 벌어지는 자본주의의 전 지구적 현실에서 고립된 북한의 처지를 다소나마 환기시킨다. 소설에서 '왜나라' 기업 제국주의자들은 "외국인구락부의 푸른색 랭온풍기에서 반짝이던 빛점"(86쪽)으로 갈매수역의 56호 유전의 비밀을 정탐한다. 랭온풍기에서 발사되는 "레이자 빛"은 "아주 높은 지향성으로 하여 방 안에서 이야기할 때 그 음파에 의하여 생기는 창유리의 미세한 흔들림도" "음성으로

18 리금철, 《유전의 검은 안개》, 문학예술출판사, 2007, 211쪽. 앞으로 이 책을 인용할 경우 본문에 쪽수를 표시한다.

재생"(97쪽)시켰던 것이다.

그러나 과학의 음모는 과학으로 맞서 해결해야 한다. 《안개》에서 과학은 자연을 정복하려는 인간의지의 숭고함을 환기하거나 인간을 감화시키는 인간학인 동시에 음모와 갈등을 해결해가는 방법론으로 설정된다. 이것이 북한의 여타 과학환상소설들과 다른 《안개》의 특징이다. "현시기 적과의 투쟁은 과학전이다. 적들이 과학으로 접어들기에 우리 역시 과학으로 맞서야 하는 것이 투쟁의 진리이다."(83쪽) 이러한 담론에 걸맞게도 원유가 사라진 원인을 추적하기 위해 수사 검열기관의 수장으로 갈매수역에 파견된 옥임은 과학자인 다른 작중인물들 이상으로 과학자의 면모를 갖춘 인물(전직 과학자)로 설정된다. 원유탐사계획 설계도를 탈취하기 위해 일본인 스즈끼가 마련한 '락타표전자안경' 또한 제국주의자들의 간계와 음모를 환기하는 응시의 장치다. 그러나 응시는 응시로 되받아쳐지게 되며, 음모는 결국 탄로 나게 된다. 스즈끼가 소설의 주인공 과학자인 명진으로부터 몰래 탈취한 원유설계 녹화자료는, 명진의 애인이자 '왜나라' 기업의 조카로 위장한 "처녀탐정"(221쪽)인 금주가 스즈끼의 자동차 앞시창에 발라놓은 특수한 발광물질로 인해 모두 지워지게 된다. "그 발광물질에서 발산하는 눈에 느껴지지 않는 특수한 빛이 스즈끼의 전자안경에 복사된 연구 자료들을 모두 지워버렸던 것이다."(188쪽)

이처럼 《안개》에는 과학기술에 의해 제조된 두 개의 빛이 대립한다. 그러나 그중에서 제국주의자들의 빛은 '땅속의 유령들'을 지배하는 '어둠'으로 그 정체가 밝혀진다. 《안개》에서 북한 과학자들의 원유탐사계획을 알아내려던 제국주의자들의 간교한 응시와 그것을 되받아치는 응시, 기밀자료의 삭제 과정은 앞서 언급한 것처럼 과학환상소설에서 볼 수 있는 탈식민주의적 '폐기'의 글쓰기 전략으로 간주할 수 있다.

과학환상소설 또는 '해적'에 맞서는 파르티잔 극장국가의 대중문화

지금까지 살펴본 것처럼 과학환상소설에서 바다의 크로노토프는 개발과 발굴이라는 과학적 탐험을 추동하는 자연일 뿐만 아니라 식민주의자들과 반식민주의자들이 각축을 벌이는 지정학적 대상이자 목표로 설정된다고 보아도 무방하다. 여기서 지정학은 "패권과 그것의 구체화, 공간에서의 힘의 실행"[19]과 근본적으로 관련이 있다. 그것은 다만 영토의 확보와 확장에 머무르는 것이 아니라, 주권의 확립 및 방어의 핵심적 사항이 되기도 한다. 특히 바다와 육지가 만나는 접경 지역이자 해양 세력과 대륙 세력의 충돌이 빈번한 '림랜드(邊境, rimland)'는 미소 냉전의 주요한 각축장이었다. 냉전의 한복판에 자리 잡았던 한반도는 지정학적 관점에서 이러한 림랜드의 중심에 자리하고 있다고 볼 수 있다. 과학환상소설에서 바다가 제국주의자들의 침탈과 간섭, 음모가 항상 도사리는 준전시의 상상적인 공간으로 재현된다는 것은 분명해 보인다. 그곳에는 잠수함에 탄 해적이 출몰하고, 제국주의의 스파이가 잠복한다.

그와 관련하여《땅》에서 미제국주의자들이 "해적 떼"(3회, 70쪽)로, 그들이 탄 잠수함은 "해적선"(4회, 65쪽)으로 비유되는 부분은 언뜻 사소해 보이지만 지정학의 맥락에서 보면 그냥 지나치기가 쉽지 않아 보인다. 분명 해적은 바다에 출몰한 적을 악마화하는 낡고도 상투적인 비유에 지나지 않는다. 해적은 주권국가의 영역에 해당하는 해양을 침탈한 한낱 무법자다. 그런데 그 해적이 세계의 경찰임을 자처하고 영해(領海)에 속하지 않는 자유해의 영역까지도 관할하는 제국에 관련된 비유라면 이야기는 잠시 달라질 수밖에 없다. 국제법의 역사적인 맥락에서 해적은 꽤 독특한 지위를 가

19 필립 모로 드파르쥐,《지정학 입문》, 이대희·최연구 옮김, 새물결, 1997, 46쪽.

지고 있다. 특히 해양제국이 생겨나고 제국이 국제법의 주도권을 잡은 이후에 법과 질서에 의해 새로이 구획된 바다에서 사적으로 노획물을 취득하는 해적은 만민법상의 적, 이른바 '인류의 적'으로 선고된다.[20] 해적은 한마디로 인간(인류)이 아닌 어떤 존재, 절대적인 적, 인류와는 다른 외계인이거나 악마로 표상된다.[21] 그런데 미국과 같은 해양제국의 만민법상의 전통에서 규정하는 '인류의 적'인 해적이 과학환상소설에서 오히려 자국의 바다를 침탈하는 해양제국 세력을 지칭하는 것으로 고쳐 쓰인다는 것은 흥미롭다. 또한 이 해적들이 "자유해의 표면에 의존하지 않는 바다의 전투수단과 교통수단"[22]인 잠수함이라는 '해적선'을 타고 나타나는 것도 주목할 만하다.

1차 세계대전 이후에, 특히 전쟁 중에 영미의 상선을 공격한 독일제국의 잠수함은 영미의 국제법에 따르면 정치적인 적을 공격한 정규군이 아니라 '인류'에게 범죄를 저지른 이른바 '해적선'이다. 그에 따라 해적선을 운용한 국가 또한 해적으로 간주되고 만다. 그런데 잠수함이라는 '해적선'이 과학환상소설에서는 오히려 해양제국주의 국가를 표상하는 제유(提喩)로 기능하는 것이다. 이렇게 보면 《땅》의 미제국주의자들과 그들의 하수인, 《화살》에서 아프리카 국가의 해저자원 발굴프로젝트를 염탐하는 미국의 과학자들 그리고 《안개》에서 56호 유전을 몰래 빼돌리려다가 발각된 '땅속

20 칼 슈미트, 《대지의 노모스》, 16쪽.

21 해적의 비인간적 특징이야말로 해적이 대중문화의 캐릭터로 설정되는 이유이기도 하다. 이 글과는 다른 맥락으로 유럽 근대 해양사에서 해적의 지위와 해양제국의 관계에 대해 상세하게 탐구한 글로는 마커스 레디커·피터 라인보우, 〈히드라국: 선원들, 해적들 그리고 해양국가〉, 《히드라》, 정남영·손지태 옮김, 갈무리, 2008. 그리고 마커스 레디커, 〈해적으로서의 선원〉, 《악마와 검푸른 바다 사이에서》, 박연 옮김, 까치글방, 2001 참조.

22 칼 슈미트, 《대지의 노모스》, 392쪽.

의 유령들'인 일본 제국주의의 대기업은 오히려 북한에 의해 '인류의 적'인 해적으로 취급된다고 하겠다. 어떻게 보면 과학환상소설은 '바다의 육지화'를 통해서 인류의 적으로부터 자국을 지켜내고 방어하는 '유격대국가(partisan state)'[23]의 서사를 구현하는 것이다.

지정학적 대상인 바다는 한편으로는 그것이 문학텍스트에서 상상적으로 구현될 경우에는, 수전 벅모스의 개념을 빌리면, '정치적 상상'으로 이해할 필요가 있다. '정치적 상상'이란 "엄밀한 의미에서 지형학적 개념으로, 정치적 논리가 아닌 정치적 풍경이고, 하나의 구체적·시각적 영역으로서 그 안에 정치적 행위자들의 위치가 정해지는 것이다."[24] 벅모스는 정치적 상상을 하나의 시각적인 '도상(icon)'으로 이해할 필요가 있으며, 이러한 도상에서 공공의 적, 정치적 집단, 전쟁을 수행하는 기관의 출현에 유의해야 한다고 말한다. 과학환상소설의 기원이 될 만한 소련의 과학소설은 정치적인 적을 악마로 만드는 데 선호되는 매우 대중적인 방식이었다. 예를 들면 우리의 유토피아적 사회주의 대 그들의 자본주의적 지옥이라는 식으로 말이다(마찬가지로 냉전기 미국의 대중문화 또한 소련을 '악의 제국'으로 간주하고 미국을 '악의 제국'으로부터 자유를 수호하는 세계경찰로 간주한다).[25]

북한 대중문화로서의 과학환상소설은 적을 구성해내는 한편으로, 적과 싸우는 인민 또는 국가주권의 집단적인 세력의 출현을 알린다. 따라서 과학환상소설에서 바다의 크로노토프는 대부분 준전시 태세 또는 잠재적인 비상사태를 환기한다. 이것은 전 지구적 공간에서 북한이 위치한 국제정치

23 와다 하루키, 《북조선》, 서동만·남기정 옮김, 돌베개, 2002, 7, 131쪽.

24 수전 벅모스, 《꿈의 세계와 파국》, 윤일성·김주영 옮김, 경성대학교출판부, 2008, 24쪽. 번역은 일부 수정했다.

25 수전 벅모스, 《꿈의 세계와 파국》, 39쪽.

적 관계에서의 예외적인 위치를 가늠하게 한다. 과학환상소설에서 외계인이나 클론 등과 같은 유사인간이 작품 수에 비해 별다르게 형상화되지 않는 이유는 무엇일까.[26] 서구 과학소설과 달리 과학환상소설에서 외계인은 고도로 위장, 전치된 존재가 아니다. 과학환상소설에서 압도적으로 등장하는 외계인이 있다면, 그들은 조선민족의 자주적인 삶을 수시로 위협하는 살인적 응시의 담지자이자 '원쑤들'인 미일제국주의자들이다. 따라서 북한에서 과학환상문학은 만화와 동화, 청소년 소설, 영화 등에 이르기까지 적과 동지의 구분이라는 정치적인 것의 핵심을 유년기부터 지속적으로 교육하고, 대중적으로 전파하는 대중문화라고 해도 무방하다.

'정치적 상상의 도상'과 관련하여 《땅》의 마지막 부분에는 미제국주의자들의 비참한 최후를 예고하는 흥미로운 대목이 나온다. 이제 제국주의자들은 "짐승들처럼 외딴 바다나 섬으로 쫓겨나고 말았고 이 세상에서 종적을 감추어버릴 날이 멀지 않았"다. 한 작중인물은 여기에 이렇게 덧붙인다. "그때면 제국주의자들이 어떤 못된 짐승인가 알기 위해서 동물원을 짓고 몇 놈씩 남겨둬야겠군요."(《땅》 11회, 78~79쪽) 이 "패망한 '제국주의 동물원'"(같은 쪽)은 말하자면 서구 과학소설에서 제국주의자들에 의해 환상 시나리오로 구축되는 식민지, 곧 피식민지인들이 갇혀 있을 법한 동물원의 뒤집혀진 거울상이다. 앞서 과학환상소설은 제국주의의 문화와 미학의 적용을 '폐기'하는 탈식민주의 문학의 수사를 구사한다고 말했다. 그것은 궁극적으로 제국주의적 식민주의자들에 대한 문화적인 복수다. 그런데 제국

26 조천종의 장편 《남색하늘의 나라》(1985)에서 드물게 외계인은 '전파별'의 괴물과 행성 '탈해루'의 행성거주인으로 묘사된다. 전자가 공격적이고 야만적인 존재들이라면, 후자는 선전과학기술을 갖춘 조선인들이 교화해야 할 '선량한 야만인'에 가깝다. 이에 대해서는 서동수, 《북한 과학환상문학과 유토피아》, 337~351쪽 참조.

주의적이고도 수정주의적인 과학소설에 대한 북한 과학환상소설의 폐기의 수사, 다시 쓰기는 아래 미국 과학소설 펄프 잡지 표지가 흥미롭게 환기하는 것처럼, 제국주의의 수사와 의외로 닮아 있다.[27]

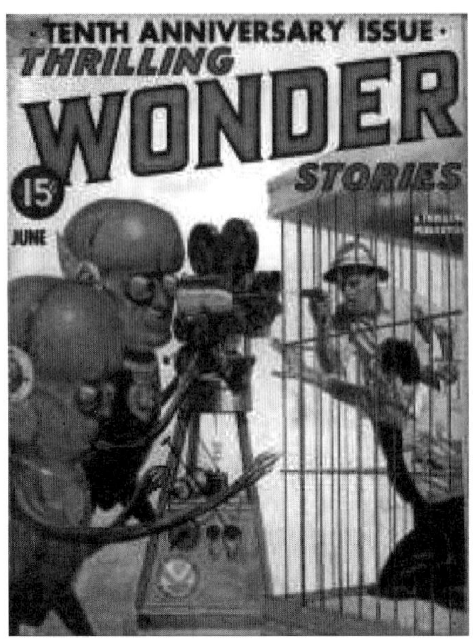

그림 1 Howard V. Brown, Thrilling Wonder Stories, Vol.13, June 1939 [28]

잡지의 우스꽝스러운 표지 그림에서 동물원의 철장 안에 백인 탐험가들이 갇혀 있고, 머리가 대단히 크고 긴 팔을 한 외계인들이 영사기를 통해 그들을 호기심 어린 눈으로 응시하고 있다. 이 잡지의 표지 그림은 19세기 말

27 서동수도 《바다에서 솟아난 땅》을 분석하면서 비슷한 결론을 내린 바 있다. 서동수, 《북한 과학환상문학과 유토피아》, 223~224쪽.

28 이 표지는 인용하는 다음 책의 표지이기도 하다. 이 표지에 대한 논평은 John Rieder, "Introduction: The Colonial Gaze", *Colonialism and the Emergence of Science Fiction*, pp. 9~10에서 볼 수 있다.

과 20세기 초의 수많은 과학소설에서 발견할 수 있는 낡아빠진 코드, 즉 제국주의 국가의 백인 탐험가와 피식민지 원주민의 관계를 각각 지구인과 외계인으로 전치시킨 것을 다시 한번 역전치한 것이다. 의식적이든 무의식적이든《땅》의 마지막 대목에서 인용한 '제국주의 동물원'은 **그림 1**의 백인 탐험가들이 갇혀 있는 동물원 철장과 흡사한 부분이 없지 않다. 이러한 전도된 유사성은 탈식민주의적인 폐기의 수사학이 과학환상소설의 경우에서는 그다지 성공적인 성과를 거두지 못했음을 의미한다 하겠다.

지금까지 살펴본 것처럼 과학환상소설에서 정치적 상상의 바다는 (탈)냉전의 전쟁이 수행되거나 준전시 상태를 대비하는 파르티잔의 방어공간이다. 그런데 과학환상소설에서 바다는 또한 세계인들의 시선과 관심, 이목이 집중되는 '세계 속의 조선', '조선 속의 세계'라는 글로벌 조선의 이미지를 구현하는 것과도 깊이 연관된다. 이것은 극장국가로서의 북한의 특징을 시사한다.

그림 2 《두 개의 화살》의 무스만과 진성 삽화 **그림 3** 《푸른 이삭》의 해저 유토피아 삽화

극장국가라는 개념은 북한과 같은 국가권력의 실행상의 모순, 즉 "국가가 물질적 힘과 경제력 면에서 더 비효율적이고 약해질수록, 어떻게 과시적 수단과 환상적 방식을 동원하여 자신의 권력을 더 적극적이고 효과적으로 주장하는지 보여"주는[29] 과정을 분석하는 데 유용하다. **그림 2**에서 탈식민 아프리카 국가의 과학자 무스만과 북한의 꼬마 과학자 진성이 손을 잡고 있는 삽화는《화살》에서 "인간자주의 힘찬 구호를 들고 이 나라의 참된 독립의 길은 자립경제의 건설로부터 시작되여야 한다고 주장하면서 그 길을 도와나선 벗들"(58쪽)인 북한이 제3세계와 맺고 있는 친선연대와 원조를 상징적으로 기호화한다. 특히 무스만이 "조선의 벗들이 일을 다하지 저는 별로 하는 일이 없습니다. 모든 것은 전적으로 다 조선의 과학자, 기술자들이 하고 있습니다"(같은 쪽)라고 말할 때, 거기에는 증여와 무상의 도덕 경제를 이데올로기적으로 설파함으로써 전 지구적인 시장경제의 흐름에 지역적인 형태로 저항하는 북한 정치 체제에 대한 과시적 선전기술마저 엿보인다. 이러한 과시적 선전은 한편으로《푸른 이삭》에서 암에 걸린 스티븐슨의 어머니를 조선의 항암성 바다 벼를 통해 무상으로 치료하고자 할 때, 북한의 과학자들에게 감화를 받은 스티븐슨이 어머니를 달래면서 한 말에서도 명시적으로 드러난다.

> "어머니, 그 선생들은 물론 이 나라 사람들 모두가 그런 신세갚음을 받으려고 안 해요. 남을 도와주고 남을 위해 자신을 희생하는 것을 응당한 본분으로 여기기 때문에 오히려 보수를 주려고 하면 모욕을 느끼고 수치로 생각해요"(《푸른 이삭》, 288쪽)

29 권헌익·정병호,《극장국가 북한》, 184쪽.

과학환상소설에서 외국인은 대부분 적으로 등장하지만, 《푸른 이삭》에서 스티븐슨과 연인 메리메는 북한 사회의 무상원조와 헌신, 가족에서나 볼 수 있는 호혜관계를 대외에 과시하고 선전하기 위한 기능을 부여받는 인물로 설정된다. 물론 위의 장면에서 상징적으로 드러나는 '전면적 호혜성(generalized reciprocity)'은 궁극적으로는 인민들의 삶에 은총을 선사하는 초유기체적인 가족경제(oikonomia)의 담지자이자 무언의 집행자와 무관하지 않을 것이다. 지도자와 당, 인민이 삼위일체로 존재하는 가족국가 북한의 이미지는 《땅》에서 두 남녀 간의 헌신적인 동지적 관계, 《화살》에서의 형제애적인 연대와 무상원조, 《푸른 이삭》의 전면적인 호혜성, 《안개》에서의 유기적 관계로 얽혀 있는 대가정[30]의 이미지로도 잘 드러난다.

과학환상소설에 대한 한 선구적인 연구는 미래를 그리는 과학환상소설에서 "정치적 생명의 원천이 되는 수령의 존재가 제시될 수 없"으며, "미래의 세계에서도 과연 수령이 존재하게 될지, 존재한다면 어떤 모습일는지는 작가들이 상상할 수 있는 것이" 아닌 점이 과학환상소설의 주요한 특징이라고 했다.[31] 그러나 마침내 바다 밑의 땅을 개척하여 항암성 벼를 대량으로 재배하는 데 성공하고 이에 환호하는 북한 과학자들의 모습을 그린 **그림 3**에는 분명히 '해적'과 '원쑤'의 살인적인 응시와 확연히 대비되는 태양의 자애로운 응시가 있다.

> 인공태양이 유난히 밝은 빛을 내뿜었다. 오리오리 빛을 골라 물속을 오색령통히 수놓은 그것은 저 하늘의 태양과 열을 합쳐 이 땅과 하늘, 바다 속까지

30 서동수, 《북한 과학환상문학과 유토피아》, 266~274쪽.

31 신형기, 〈과학적 환상〉, 《북한소설의 이해》, 실천문학사, 1996, 205쪽.

도 골고루 그리고 강렬히 비쳐주며 영원한 삶과 행복, 신념과 의지, 탐구와 창조를 드팀없이 약속하는 것 같았다.(《푸른 이삭》, 295쪽)

두 개의 태양이 등장하지만 실제로는 하나의 태양이다. 북한 문학과 정치 포스터에서 주권자인 김일성과, 그를 태양왕조의 시조가 되도록 예술정치를 펼쳐 태양 상징의 이콘(icon)을 전수하고 계승한 후계자 김정일 모두가 태양으로 비유된다는 사실은 익히 잘 알려져 있다.[32] 인용문에서처럼 '태양'의 은총에 힘입어 북한의 과학환상소설은 수령, 당, 인민의 삼위일체인 '사회정치적 생명체'를 새롭게 재창조해내는 북한 문학의 주요한 종자라고 할 수 있다. 그리고 지도자는 바로 그러한 생명체로서의 국가를 디자인하는 디자이너가 된다.[33] 《땅》의 한 표현을 빌리면, 하느님조차도 감히 달성하지 못한 세계창조의 위대한 과업을 최고 존엄인 '태양(수령)'은 인민들에게 약속하고 달성해내는 것이다. 이 글에서 살펴본 과학환상소설들의 결말은 공교롭게도 북한에서 열리는 세계 과학자 대회, 곧 제국주의자들의 음모가 폭로되고 북한 과학자들의 진정성이 입증되는 유사법정의 개최와 폐막으로 구성된다는 공통점이 있다. 이러한 결말은 적에 대한 유격대국가의 응징, 대가족의 전면적 호혜, 지도자(태양)의 은총이 궁극적으로는 전 지구적인 세계의 응시를 위해 연출되는 '정치의 예술화' 프로젝트임을 시사한다.

32 정병호, 〈극장국가 북한의 상징과 의례〉, 《통일문제연구》 54호, 평화문제연구소, 2010, 12~13쪽.

33 보리스 그로이스, 《아방가르드와 현대성》, 최문규 옮김, 문예마당, 1995, 193~194쪽.

북한 과학환상소설의 이데올로기와 유토피아

이 글은 북한 과학환상소설에 재현된 바다의 크로노토프를 다양하게 살펴봄으로써 과학환상소설이 유격대국가, 가족국가, 극장국가 등으로 정의되는 북한의 글로벌 조선(조선 속의 세계, 세계 속의 조선)의 이미지를 구축하는 정치적인 문학임을 밝히고자 했다.

이 글에서는 주로 1960년대부터 2000년대에 이르는 과학환상소설의 구조적인 공통점에 주목했다. 물론 텍스트가 생산된 역사적인 차이, 그리고 그러한 차이가 텍스트에 기입되는 방식 또한 중요하다고 할 수 있다. 1960년대 작품인《바다에서 솟아난 땅》은 이후에 등장하는 과학환상소설의 공통적인 특징들, 즉 개발의 대상으로서의 자연, 적과의 파르티잔적인 투쟁, 유격대국가의 정체성 확립, 탈식민주의적 폐기의 수사학 등을 선취하고 있다. 이에 비해 1980년대 후반의 소설인《푸른 이삭》《두 개의 화살》에서는《바다에서 솟아난 땅》에는 잘 보이지 않던 '글로벌 조선'의 이미지 구축이라는 프로젝트가 특별하게 중요하게 취급되고 있다. 이 소설들에 등장하는 외국인들 일부가 적이 아니라 북한 과학자들의 헌신과 실천에 감화를 받는 동지로 등장하는 이유는 그 때문이다. 이 소설들 속에 등장하는 '글로벌 조선'의 이미지 구축과 그 일환으로서의 친선연대, 초유기체적 가족의 등장 등은 현실사회주의 붕괴라는 세계사적 격변의 조짐이 강했던 1980년대 후반의 북한 사회의 정체성의 위기를 다양하게 반영하고 있다. 또한 2000년대에 출간된《유전의 검은 안개》에서 석유라는 지하자원 그리고 그를 둘러싸고 대결하는 적이 국가가 아니라 기업으로 설정된 것도 흥미롭다. 이 소설에는 현실사회주의의 붕괴 이후 고립된 상황에서 식량과 천연자원의 결핍을 상상적으로 만회하려는 북한 사회의 노력이 환기될 뿐만 아니라, 글로벌 시장경제를 근본적인 위협으로 간주하는 북한 사회의 처지가 엿보인다. 이처럼 과학환상소설은 역사적으로 북한 사회의 여러 변화를 징후적으로 함축하고 있다.

한편으로 과학환상소설은 구조적인 측면에서 텍스트(존재)와 이데올로기(당위) 간의 불일치가 텍스트 성립의 구성적인 조건이 된다는 피에르 마슈레의 설명과는 오히려 정반대되는 특징을 지녔다고 하겠다. "작품이 존재하는 이유는 오로지 그것이 될 수 있었던 것, 되어야 했던 것과 정확하게 일치하지 않기 때문이다. 작품은 외부로부터 내적인 현실로 단계적으로 이끌어가게 될 기계적 생산의 단순한 연쇄에서 나오는 것이 아니라 반대로 자기의 존재 이유인 이념적 틀을 채우는 것이 불가능하다는 것을 모호하게 이해하는 데서 생겨나는 것이다."[34] 마슈레의 설명을 참조하면 과학환상소설은 이데올로기와 유토피아 간의 간극이 존재하거나 그것들이 모순을 일으키는 방식으로 기입되는 텍스트가 아니다. 과학환상소설의 문제는 오히려 이데올로기와 유토피아가 정확히 일치함으로써 유토피아가 이데올로기로 함몰되고 마는 것에 있다. 이러한 설명은 과학환상소설의 단순한 멜로드라마적인 구성 방식, '원쑤(절대적인 적)'와 투쟁하는 마니교적인 이분법, 어설프고도 빤히 예상되는 낡은 추리소설 기법, 개성보다는 상투적 전형에 가까운 인물 형상화, 프로파간다적인 수사와 비유, 교설의 잦은 출현 등을 성급하게 비판하기 위해 동원한 것은 물론 아니다. 이 글은 다만 과학환상소설의 구조적인 특징과 무관하지 않은 모종의 획일성에서 비롯되는 작품의 문제점을 지적하려고 한 것이다.

과학환상소설은 초기부터 지금까지 낯선 외계행성과도 같은 북한 체제의 특성들, 유격대국가의 극단적인 전투성, 가족국가의 초유기체적인 성격,

34 피에르 마슈레, 〈쥘 베른, 혹은 결여가 있는 이야기〉, 274쪽.

극장국가의 권력 과시를 다양한 방식으로 잘 구현하는 미래소설이다. 물론 주체사상과 종자론을 통해 이해되는 과학에 대한 주술적 태도, 세계 창조의 신화적 이미지, 그것을 형성해내는 국가의 디자이너라는 정치의 예술화 과정 또한 과학환상소설의 주요한 또 다른 특징이라고 할 수 있겠다. 이에 대해서는 다음 장인 〈"무한히 넓어지는 우리의 조국 땅!"〉에서 이야기해보고자 한다.

—《국제어문》 65집, 국제어문학회, 2015

“무한히 넓어지는 우리의 조국 땅!”

—북한 과학환상소설과 우주

“SF 영화의 한 장면”

2018년 6월 12일 오전 9시가 막 지난 싱가포르 카펠라 호텔, 북한 김정은 위원장은 미국 대통령 도널드 트럼프와 회동한 자리에서 이 세계사적인 회담을 지켜보고 있을 세계인들의 반응을 매우 정확하게 요약했다. 그때 그는 세계 언론이 주목한 흥미로운 단어 하나를 썼으며, 트럼프 대통령에게 통역으로 전달된 그 단어는 방송을 타고 전 세계로 번져나갔다. 김정은 위원장이 한 말은 국내외 언론에도 대략 이렇게 소개되었다. ‘사람들은 이 회담을 SF영화의 한 장면으로 생각할 것이다.’

‘SF(Science Fiction)’. 북한의 최고통치자가 SF라는 말을 쓰다니. 놀랍다. 하지만 정확하지 않은가. 미국 대통령과 북한의 최고통치자가 만나다니. 정말로 SF영화에서나 볼 수 있는 한 장면이 아닌가. 실제로 미국의 한 칼럼니스트는 'SF'에 주목해 김 위원장이 SF작가 로버트 A. 하인라인의 팬이었다는 추측성 기사를 쓰기도 했다. 그런데 정말로 김정은 위원장은 'SF영화'라고 말했을까? 실제로 그가 한 말은 무엇일까?

〈가디언〉 〈텔레그래프〉 등의 영상에 담긴 김 위원장의 발언을 다시 한번 잘 들어보겠다. "(이것을) 환상적인 영화의 한 장면으로 생각하고 볼 사람들이 많을 것입니다." 그리고 북한의 통역관은 김 위원장의 발언을 이렇게 옮겼다. "There are many people who will think of this as a scene from a fantasy, from a science fiction movie(많은 사람들은 이것을 판타지와 SF영화의 한 장면으로 생각할 것입니다)." '환상적인 영화의 한 장면'은 '판타지와 SF영화의 한 장면'으로 번역되었다. 통역관은 트럼프와 전 세계인이 가장 무난히 이해할 수 있는 장르적 어휘를 선택했을 것이며, 김 위원장 또한 특별한 의도를 품고 '환상적인'이라는 말을 썼다고 추정하기는 어려울 듯하다. 1983년생의 유학생 출신인 김 위원장에게 SF영화는 그의 서구문물 체험 가운데 극히 평범한 일부였을 것이다. 그렇지만 북한의 통역관에게서 나온 'Science Fiction'은 외국인들에게는 매혹적으로 들리지 않았을까. 그동안 그들의 상상에서 북한은 자본주의적 세계 체제의 태양계로부터 외따로 떨어진 "우주공간에 있는"[1], 적의(敵意)로 뭉친 수상쩍은 외계행성이 아니었던가. 그런데 그들은 북한을 SF적인 상상으로 바라볼지언정 정작 SF가 북한의 주요한 문학 장르라는 사실은 아마도 잘 모를 것이다. 만일 북한이라면 저 세계 체제의 태양계를 어떻게 바라보았을까. 그런데 그 환

1 헤이즐 스미스, 《장마당과 선군정치》, 김재오 옮김, 창비, 2017, 21쪽. 나는 언론에서 영화, 문학에 이르기까지 북한을 이른바 '좀비 국가'로 바라보는 표상을 다음 글에서 비판적으로 검토한 바 있다. 복도훈, 〈북한과 디스토피아: '좀비 국가' 표상을 중심으로〉, 《대중서사연구》 24집, 대중서사학회, 2018.

상적인 시선의 역사는 북한 체제의 성립 시기로 거슬러 올라갈 만큼이나 오래되었다.

북한 과학환상소설은 본격적인 국가 재건의 시기인 1950년대 중반부터 현재에 이르기까지 지속적으로 창작되고 여러 비평적인 평가를 받고 있는 북한의 중요한 문학 장르다. 스탈린 통치 기간 전후 소련 과학소설의 번역, 번안의 영향 아래 과학환상소설 창작은 북한의 사회주의 재건과 건설의 시기에 당 주도의 적극적인 정책으로 독려되기 시작했으며, 이후에는 문화예술에 관한 김정일의 특별한 관심과 지속적인 주목 아래서 활발히 수행되었다.[2] 김정은 위원장의 아버지 김정일은 납북된 신상옥 감독에게 북한 최초의 SF영화 「불가사리」(1985)를 만들라고 지시한 장본인이다. 그런데 그는 SF를 다음과 같이 정의한 바 있으며, 이 정의는 북한 문학에서 흔들리지 않는 신성한 권위를 지니고 있다. "과학환상문학은 고도로 발전된 과학기술시대에 살고 있는 우리들에게 있어서 절실히 필요한 문학의 한 형태"[3]다. 과학환상소설은 당의 선전정책에 문화를 적극 장려하고 동원하는 북한 문학예술의 일반적인 특성을 공유하는 동시에 북한의 정치사회 체제가 지향하는 다른 세상과 미래에 대한 이데올로기적 욕망을 잘 드러내는 소설 장르다.

2 서동수, 《북한 과학환상문학과 유토피아》, 소명출판, 2018. 한편으로 한국전쟁 이후 재건 시기의 우주표상에 대한 북한 문학의 적극적인 관심을 연구한 글로는 김민선, 〈'위성시대'의 도래와 북한문학의 응답: 스푸트니크 직후(1957~1960)의 북한 문학 텍스트들〉, 《상허학보》 53집, 2018. 6 그리고 비슷한 시기의 북한 아동과학환상소설에 대한 선구적인 연구로는 Dafna Zur, "Let's Go to the Moon: Science Fiction in the North Korean Children's Magazine Adong Munhak, 1956~1965", *The Journal of Asian Studies* Vol. 73, No 2 (May), 2014.

3 황정상, 《과학환상문학창작》, 문학예술종합출판사, 1993, 3쪽에서 인용. 앞으로 이 책을 인용할 경우 본문에 쪽수를 표시한다.

그렇다면 과학환상소설에서 '정치적 상상계'인 우주는 어떠한 방식으로 상상되고 재현될까. 여기서 정치적 상상계란 "엄격한 의미에서 지형학적 개념으로, 정치적 논리가 아니라 정치적 풍경이며, 정치적 행위자들이 위치하는 구체적이고 시각적인 영역"이다. 그리고 정치적 상상계는 구체적으로는 시각적 형상, 기호, 형태를 뜻하는 이콘으로 재현된다.[4] 과학환상소설이 서구 과학소설과 비평에 대한 탈전유를 수행하면서 탈식민주의적인 정치체제로서의 북한의 특징인 극장국가의 속성을 잘 드러내는 소설 장르임은 〈"원쑤들을 쓸어버려라"〉에서 어느 정도 해명했다.[5] 그렇다면 과학환상소설에서 표상된 우주를 해석하는 것은 어떤 의미를 지니고 있을까. 과학환상소설에서 우주는 과학기술의 주체적 발전에 힘입어 북한이 마땅히 지향하고 도달해야 할 미래에 대한 공간적 표상, 확장된 주권적 영공이라고 할 수 있는가. 이른바 우주의 노모스는 과학환상소설에서 재현된 바다의 노모스적 위상과 어느 정도 비슷하며 또 차별되는가.

이 글에서 중점적으로 읽을 박종렬의 《탄생》(2001)은 과학환상소설에서 우주 표상에 대한 가장 종합적이고도 다채로운 문학적 사례를 제공한다. 그렇다면 이 소설은 이전 과학환상소설에서 우주를 재현하는 방식과 어떠한 차이를 내포하고 있으며, 또한 동시대 북한의 현실과 맺고 있는 관련성은 무엇인가. 하나씩 살펴보도록 하겠다.

4 수전 벅모스, 《꿈의 세계와 파국》, 윤일성·김주영 옮김, 경성대학교 출판부, 2008, 24쪽. 번역 수정.

5 복도훈, 〈"원쑤들을 쓸어버려라": 북한 과학환상소설과 바다〉, 이 책의 앞의 글. 북한 체제의 극장국가적 성격에 관해서는 권헌익·정병호, 《극장국가 북한》, 창비, 2013 참조. 또한 기어츠의 극장국가 개념에 대해서는 클리포드 기어츠, 《극장국가 느가라》, 김용진 옮김, 눌민, 2017, 특히 4장을 참조할 것.

과학환상소설과 우주

북한에서 과학환상소설은 북한의 여타의 다른 문학과 비슷하게 사회적이고도 정치적인 문제의식의 문학적 산물로, 문학적 독자성과 자율성을 거의 견지하지는 않는다. 과학환상소설을 포괄하는 개념인 과학환상문학은 다음과 같은 의의를 갖고 있는데, 이러한 기능적 정의는 문학의 실용주의적 도구화, 즉 문학을 당 정책의 예술적인 수행 과정으로 간주하는 북한 문학의 일반적인 속성을 공유하고 있다.

> 과학환상문학은 인민경제의 주체화, 현대화, 과학화의 력사적 위업을 수행하는 데서 당의 과학기술정책의 열렬한 옹호자, 적극적인 선전자로서의 교양적 역할을 수행하게 되며 근로자들과 청소년들의 과학기술적 안목과 지식을 넓혀나가는 데서 커다란 인식적 의의를 가진다.(24쪽)

인용문에는 과학환상소설이 견지하고 추구하고자 하는 교육적이고도 정치적인 과업의 특징이 잘 드러나 있다. 이러한 특징은 북한 사회와 역사에서 새로운 사회를 건설하고 보존하려는 지도자와 당 그리고 인민의 주체적인 의지와 불굴의 노력을 강조하는 주체사상 및 종자론(種子論)과 서구 제국주의 국가와 경쟁하려는 독자적인 과학기술 개발에의 의지가 결합한 데서 비롯된 것이다. 보다 구체적으로 과학환상소설은 인민의 주체적 의지와 사회주의적 인간형의 싹을 내포하는 주체사상과 종자론의 도움을 얻어 과학기술에 의해 발전된 미래를 "형상적 화폭으로 그려내며 환상적인 수법으로 일정한 사회적 문제를 제기하고 해명"(6쪽)하려고 한다. 이때 환상이란 "자주성과 창조성, 의식성을 지닌 사람에게 고유한 사유형식의 하나"로 "현실에 실재하지 않는 사물현상에 대하여 상상해내는 능력", 즉 "자연과 사회를 자기의 의사와 요구대로 개조 변혁해나가는 힘 있는 사회적 존재로 만드는" 능력이다.(7쪽) 과학환상소설과 환상에 대한 이러한 정의는 북한 사회와 정치 체제가 표방하는 현실적인 특성뿐만 아니라 그들의 이데올로기와 이념의 정치적 상상계를 유추하고 탐구하는 데도 도움을 준다.

과학환상소설의 주요한 무대는 무엇보다도 바다와 우주다. 과학환상소설에서 바다는 풍부한 자원을 보유한 주권적 영토의 일부분으로, 미국과 일본 제국주의자 또는 그에 상응하는 해적들의 상시적이고 위협적인 도발이 발생되고 결국에는 격퇴되는 정치적 장소다. 또한 간간이는 태양으로 상징되는 수령의 은총이 해저까지 두루 비추는 새롭게 간척된 영토다. 이에 비해 우주의 정치적 이콘은 수령, 당, 인민이 삼위일체가 되는 '사회정치적 생명체'로서의 국가를 설계하고 디자인하는 배후의 설계자로서의 수령의 이미지가 바다보다 한층 강조된다. 국가의 디자이너인 수령에 대한 강조는 우주 설계자로서의 데미우르고스와 국가 설계자로서의 지도자의 이미지를 합치시킨 스탈린이 통치하던 소련의 사회주의 리얼리즘에서 유래한 '정치의 예술화'의 또 다른 중요한 사례에 비견될 수 있다.[6] 이와 비슷하게 과학환상소설은 분단과 내전, 냉전시대의 정치적 대립, 소련과 동구권 등의 몰락을 겪고 최근에는 글로벌 자본주의의 바깥에서 탈식민적인 정치 체제를 일관되게 표방해온 북한의 오래된 문학적 선전도구다. 그렇지만 과학환상소설 읽기는 북한 문예이론의 종자론 및 그와 관련된 미학적 감응인 숭고에 대한 검토를 요구한다.

먼저 종자론이 소설의 형상화 측면과 연관되어 중요한 것은 사회주의적 신념과 행동의 원인이자 그 결과를 소설의 긍정적인 주요 인물을 통해 형

6 보리스 그로이스, 《아방가르드와 현대성》, 최문규 옮김, 문예마당, 1995, 70쪽.

상화해야 하는 작업과 관련되어 있기 때문이다. 과학환상소설에 등장하는 인물들은 연애나 결혼을 전제로 시련을 겪는 남녀 과학자이거나 과학기술에 관심이 많은 미래의 과학자들인 아동들, 그리고 이들을 물심양면 지원해주는 노(老)과학자들이다. 이들은 과학환상소설에서 과학기술을 중립적인 실험의 도구로 간주하는 부르주아적 인식론을 비판하고 과학기술을 통해 자연을 개조하고 변형하는 의지를 지닌 사회주의적 인간 주체성의 역량을 가늠하는 가늠자와도 같은 존재들로 그려진다. 이러한 종자론을 토대로 한 인물에 대한 문학적 형상화는 이들 과학자들에게 미학적 위엄을 부여하는데, 그것은 북한 문예미학에서 표방하는 '숭고'와 관련이 있다.

숭고에 대한 논의는 보통 임마누엘 칸트의 《판단력비판》(1790)의 '미와 숭고'에 대한 논의에서 이론적 근거를 끌어오고 있다. 그런데 북한 문예미학의 숭고론은 칸트의 숭고론을 염두에 두되 그것에서 두려움, 불쾌, 공포 등을 수반하는 '부정적 쾌감'을 제거하고 있다는 데서 흥미롭다. 북한 미학의 숭고론은 "숭고한 자연을 보면서 공포감에 잠기는 것이 아니라 그것이 아무리 크고 웅장하다 하더라도 반드시 인간의 위대한 힘에 의하여 정복되고 개조되고 만다는 굳은 신심과 용기로 가득 찬 강렬한 충동"[7]과 관련이 있다는 점에서 독특하다. 왜냐하면 "숭고한 것을 공포의 감정이라고 규정짓는 것은 궁극에 있어서 인민 대중을 지배계급 앞에 공포에 떨며 무릎을 꿇게 하는 데 복무"[8]하기 때문이다. 이러한 숭고는 과학환상소설에서 바다, 우주의 외계행성 등 험난한 자연의 위용과 시련 앞에서도 조금도 움츠러들지 않는 사회주의적 인간의 주체적 의지를 담지하는 과학자 인물형

7 김정본, 《미학 개론》, 사회과학출판사, 1991, 131쪽.

8 리기도, 《주체의 미학》, 사회과학출판사, 2010, 85쪽.

을 감싸고 있는 아우라다. 또한 숭고는 과학환상소설에 흔히 등장하는 외국인에게 깊은 감화와 감명을 주는 방식으로 그것을 세계로 뻗어나가도록 만드는 미학적 전시의 효과다. 나아가 과학환상소설에서 인물의 숭고미는 '글로벌 조선'의 이미지를 전 세계에 전파하는 한 모두가 관객이자 동시에 배우가 되는 극장국가의 과시적 전시의 산물이기도 하다. 따라서 과학환상소설은 가능한 하나의 미래를 재현하거나 미래에 대한 관념을 일관되게 형상화한다기보다는 미래를 기획하고 전시하며 공연한다. 미래에 대한 재현(representation)보다는 공연(performance), 이것이야말로 서구 과학소설과 대비되는 과학환상소설의 독특한 특징이다.

이러한 특징을 클리포드 기어츠의 '극장국가'의 개념으로도 살펴볼 필요가 있겠다. 북한의 정치사회 체제를 연구한 한 논문에 따르면 북한은 극장국가로, 거기에서 지도자는 제작자이자 주연배우, 당과 군의 간부들은 연출, 예술가 집단은 극작가, 안무가, 조연출, 무대감독, 조연 그리고 인민은 엑스트라, 관객이 된다.[9] 그리고 극장국가적인 자기전시의 핵심에는 그것을 효과적이면서도 주기적인 상징적 의례로 조직화하는 문화영웅인 수령이 있다. 수령은 세상, 국가, 나아가 우주의 정지된 중심축, '부재하는 중심'으로 여기도록 비가시적인 방식으로 환기되며, 그는 인민과 전 세계에 무한한 은총, 즉 전면적인 호혜성을 행사하는 국가의례의 객체이자 주체가 된다. 과학환상소설에서 과학이 가져다줄 수 있는 미래에 대해 관심을 보이는 아동들은, 바로 도래하지 않은 미래의 표상으로, 수령이라는 주인기표(master-signifiant)를 환기하는 작은 수령들이다.[10] 따라서 과학환상소설

9 정병호, 〈극장국가 북한의 상징과 의례〉, 《통일문제연구》 54집, 통일문제연구소, 2010, 8쪽.

10 서동수, 《북한 과학환상문학과 유토피아》 참조.

에 자주 등장하는 상징이나 비유체계 등의 이콘, 서사의 공식인 마스터 플롯에 대해서는 남다른 주의가 필요하다.

우주의 노모스

과학환상소설에서 우주는 바다와 마찬가지로 개발과 정복의 대상이다. 그러나 우주는 좀 더 세분화되어 존재한다는 점에서 바다와 차별성을 지닌다. 한 예로, 외계행성과 거주자의 경우도 제국주의자로 표상되는 적대적인 외계인, 공산주의적 기술과 심성을 함께 지닌 선한 외계인 그리고 그것들을 전수받을 외계인('고귀한 야만인')과 그들이 거주하는 외계행성으로 나뉘기도 한다.

나는 〈"원쑤들을 쓸어버려라"〉에서 과학환상소설에 재현된 바다의 크로노토프에 주목했다. 바다는 북한의 이데올로기적인 관점에서 개발 가능한 무수한 자원을 저장한 곳이자 바로 그 때문에 해양주권의 중요한 정치적 경계선이다. 일찌감치 서구의 과학소설에서도 바다는 정복과 개발의 주요한 대상뿐 아니라 주권의 경계가 모호해지는 정치적 다툼과 분쟁의 장소로 재현된 바 있다. 바다는 육지 이상으로 과학기술을 통해 개발 가능한 엄청난 자원을 지닌 자연이지만, 동시에 바다라는 자연의 심상지리는 이를 통해 자원을 확보하려는 국가 간의 분쟁과 적대가 펼쳐짐으로써 각 국가의 주권적 특징을 잘 드러내는 정치적 상상계의 무대가 되기도 한다. 그렇다면 지구 바깥의 다른 행성과 외계인, 생명체 등을 탐사하는 내우주 및 외우주(inner space & outer space)는 과학환상소설에서 어떻게 재현되며, 또 그것의 의미는 무엇인가. 이러한 의미를 밝히기 위해서는 먼저 우주 탐사에 대한 현 국제법의 조항을 살펴보는 것이 필요하겠다.

1963년에 UN에서 제정한 〈국가의 우주 탐사 및 활용을 규정하는 법 원리의 선언〉을 읽어보자. 선언에는 "우주의 탐사와 이용"에는 "어떤 종류의 차별도 없이 평등 이념을 기반으로 국제법에 따라 모든 국가에 개방되어야 하며"(1조), 더 중요하게는 "우주는 통치권의 주장이나 점유, 이용 방법 혹은 기타 어떤 수단에 의해서도 국가의 전유 대상이 되지 않는다"(2조)고 적혀 있다.[11] 그렇지만 영공의 확장된 형태인 우주의 노모스화는 UN의 국제법에 아랑곳없이 미국과 소련의 경쟁적인 우주전쟁으로 이미 전개되고 있었다. 여기서 노모스란 칼 슈미트적인 맥락에서 장소와 주권을 결합시키는 개념으로 이해해야 한다. 일찌감치 슈미트는 조국 독일의 군대가 서서히 연합군에게 밀려날 즈음에 쓴 《땅과 바다》(1942)에서 이렇게 말하고 있었다. "비행기들이 바다와 대륙 위의 영공을 횡단할 뿐 아니라, 모든 나라의 송신소에서 나오는 무선전파들이 눈을 깜빡이는 속도로 대기공간을 통과해 지구 전체를 맴돌고 있다는 것을 생각해보면, 인간은 이제 새로운 제3의 차원을 획득했을 뿐만 아니라, 급기야 세 번째 원소, 즉 인간실존의 새로운 원소 영역인 공기를 정복했다고 결론짓고 싶을" 것이라고. 이어서 그는 조심스럽게 땅(베헤모스)과 바다(리바이어던)의 주권을 넘어서는 "우리 행성의 새로운 노모스가 멈추지 않고 저항할 수 없을 정도로 자라나고" 있으며, 흙과 물 대신에 공기와 불의 원소가 강제하는 인간 실존의 모습, 그 관계들에서 어떠한 새로운 척도가 생겨날지에 대해 궁금해하고 있다.[12] 그러나 《대지의 노모스》(1950)에서 와서 슈미트는 이전보다 확고한 어조로 영토와 해양을 자유자재로 넘나들면서 "바다의 표면뿐만 아니라 바

11 크레이그 아이젠드래스·핼런 캘디컷, 《하늘 전쟁》, 김홍래 옮김, 알마, 2010, 210쪽.

12 칼 슈미트, 《땅과 바다》, 김남시 옮김, 꾸리에, 2016, 128쪽.

다의 요소 자체도" 버리는 비행기의 등장[13]을 노모스의 패러다임적 전환과 관련지어 이야기한다. 급기야 그는 소련이 인공위성을 쏘아 올린 우주시대 개막 이후에 출간된 《파르티잔》(1963)에서는 "우주 비행사"를 새로운 노모스를 놓고 다툼을 벌이는 "우주 해적" '우주 파르티잔"에까지 비유한다.[14] 나는 이를 염두에 두고 물질적 자원으로 가득한 주권적 영토를 우주로 확장하려는 과학환상소설의 상상력의 특징에 주의를 기울이겠다.

우주 표상과 관련된 과학환상소설의 창작과 비평은 소련의 위성 발사를 전후로 한 소련 과학소설에 대한 적극적인 번역과 번안의 수용으로 시작되었다. 그런데 여기에는 서구 과학소설과는 다른 소련 과학소설의 특수성이 있음을 염두에 두어야 한다. 일찌감치 알렉산드르 보그다노프의 《붉은 별》(1908), 알렉세이 니콜라예비치 톨스토이의 《아엘리타》(1922) 등의 과학소설은 사회주의적으로 건설된 외계행성과 사회주의적 심성과 행동을 갖춘 외계인의 존재를 등장시킨 바 있다.[15] 이것은 외계행성의 생명체를 인류에 적대적인 것으로 간주하는 H. G. 웰스 등 서구 초기 과학소설의 상상력을 의도적으로 역전시킨 것이다.[16] 과학환상소설사에서 소련의 과학소설집 《혹성간 비행선 달—1호》의 번역(1955)은 향후 북한의 과학환상소설 작가들의 주요한 참조점이 되는데, 이 소설집에서도 외계행성과 외계인에 대한 호기심 어린 우주 탐사 작업의 밑그림이 그려진다. 이러한 영향 아래 창

13 칼 슈미트, 《대지의 노모스》, 최재훈 옮김, 민음사, 1995, 393쪽.

14 칼 슈미트, 《파르티잔》, 김효전 옮김, 문학과지성사, 1998, 133쪽.

15 이 두 작품은 모두 번역되었다. 알렉산드로 보그다노프, 《붉은 별》, 이수연 옮김, 아고라, 2016; 알렉세이 니콜라예비치 톨스토이, 《아엘리타》(축약본), 김성일 옮김, 지만지, 2008.

16 Darko Suvin, "Russian SF and Its Utopian Tradition", *Metamorphoses of Science Fiction*, New Haven: Yale University Press, 1979, p. 252.

작된 배풍의 〈땅나라 손님〉(1959)과 같은 과학환상소설에서 별나라에 온 외계인은 선진 기술문명과 사회주의적 심성을 두루 갖춘 소련인들로 재현된다. 거기서 소련인들은 별나라인들(조선인들)이 보기에 모방해야 할 자아이상(ego-ideal)으로 그려진다. 그렇지만 1960년대부터 과학환상소설에서 주인공의 자리는 북한 과학자들이 차지하며, 그들은 몸소 도덕적인 공연을 하는 모범적인 존재가 된다. 많은 과학환상소설이 주체적 자아가 되기 위한 성장서사의 형식을 갖추게 된 것도 그 때문이다.

그중에서 조천종의 장편 과학환상소설 《남색하늘의 나라》(1985)는 소련 과학소설에서 외계행성과 외계인의 표상을 일정 부분 받아들이면서도 북한 정치사회 체제를 유지하고 보존하는 특수성이 내포되어 있어서 주목을 요하는 작품이다.[17] 이 소설에는 두 개의 외계행성이 등장한다. 먼저 '전파별'은 괴물들이 사는 적대적인 타자의 세계로, 곧 싸워야 할 제국주의 국가를 상징한다. 이에 비해 난쟁이의 나라 '탈해루'는 우주여행을 하는 남솔이네(조선인들)에게 비적대적이지만 계몽과 교화의 대상이다. 작품에서 이들을 형상화하는 방식을 살펴보면, 그것은 서구 과학소설에서 외계인의 존재를 인간과 유사하지만 인간보다 덜 진화한 형태로 재현하는 것과 얼마간 닮아 있다. 그리고 소설에서 우주여행 끝에 탈해루에 도착해 환대를 받는 남솔이네의 모습은 다만 제3세계와의 친선연대와 원조를 넘어서 우주의 진정한 주권자이자 주인이 누구인가를 재확인하는 상징적인 장면으로 읽힌다. 우주를 재현한 여타 1980년대의 과학환상소설에서 텍스트 안에서는 부재하는 방식으로 통치하고 다스리는 비가시적인 수령은 국가와

17 이 작품에 대해서는 서동수가 자세하게 분석한 바 있다. 서동수, 〈외계인을 향한 제국의 시선과 인종주의〉, 《북한 과학환상문학과 유토피아》, 348~351쪽.

그것의 환상적인 연장인 우주의 진정한 설계자, 질료의 디자이너로서의 상상적인 지위를 확보한다. 이러한 측면들이 바로 우주의 크로노토프를 설정하고, 내우주 또는 외우주로 나아가 미지의 여러 행성들을 탐사하며, 외계인과 조우하는 등 북한 과학환상소설의 서사적 플롯에 내포된 중요한 '정치적 무의식'이라고 할 수 있다.

뇌수(腦髓)의 소생

아마도 박종렬의 장편 과학환상소설 《탄생》은 국내에서 읽을 수 있는 과학환상소설 가운데 여러모로 가장 뛰어난 작품일 뿐만 아니라, '고난의 행군' 이후 변화하는 북한 사회의 특징을 종합적으로 선취한 매우 중요한 소설일 것이다. 이 소설에는 수면파장을 조절하는 전기장치, 우주승강기 이론, 핵 원소를 만들기 위해 필요한 온갖 질료들에 대한 과학적 설명, 뇌와 신체의 관계에 대한 유사의학적 탐구에 이르는 과학소설의 세목(細目)에 대한 꽤 풍부한 묘사와 상세한 설명으로 가득하고, 더러는 서구 하드 SF에서처럼 난해한 과학이론이 등장하기도 한다. 이 소설의 풍부한 과학적 세목은 새로운 에너지를 발견하려는 과학자들의 의지와 탐구 속에서 드러나는 것처럼, 하나의 세계를 만들기 위한 질료의 최소 단위로서의 원소들에 대해 거의 연금술을 방불하게 하는 지칠 줄 모르는 가설과 탐구로 나타난다. 《탄생》은 이러한 과학적 요소들과 세목의 튼튼한 뒷받침을 통해 과학환상소설의 오래되고 고유한 주제들을 본격적으로 형상화한다. 달기지를 중심으로 전례 없이 새로운 에너지를 얻기 위한 북한 과학자들의 고군분투는 우주라는 광대한 자연에 맞서 때로는 시련으로 때로는 소중한 존재의 상실과 인간적인 갈등으로 구체화된다. 그러나 마침내 삼대(三

代)가 협동하는 과학자들의 열정과 상호 간의 독려와 협동은 결실을 맺는다. 그들은 달과 새로운 에너지를 얻기 위해 탐사한 소행성에 인공기를 꽂고 확장된 조국의 영토를 바라보며 감격한다.

과학환상소설에서 우주는 바다와 마찬가지로 새롭게 상상되는 주권적 영토로, 자원에 대한 무한한 탐사를 가능하게 하고 그러한 인간 능력의 위대함과 숭고함을 강하게 불러일으키는 장소다. 우주에 대한 이러한 비전은 소련의 로켓과학자이자 과학소설가로 '우주 승강기'(우주 엘리베이터) 가설과 관련되어 《탄생》에도 언급되는 콘스탄틴 치올콥스키(1857~1935)의 과학소설에서도 일찌감치 표명된 바 있다.[18] 이미 박종렬은 중편 과학환상소설 〈별은 돌아오리라〉에서 우주가 불러일으키는 숭고함에 대해 다음과 같이 묘사한 바 있다. "인간은 대지의 품속에서 태여나 대지의 품속에서 자라 다시 그 속으로 돌아간다. 그러나 인간의 '대지'는 이 땅만이 아니다. 그들의 자유로운 넋 속에는 해와 달과 별들과 푸른 하늘이 있고 무한한 우주 공간이 자기의 것으로 되어 있어 일찍이 그에 대한 아름다운 노래들이 불리워지고 있었다. 땅에서 태여난 인간은 땅만이 아닌 그 땅을 둘러싼 모든 것을 가질 권리가 있었다. 우리의 하늘, 우리의 별, 우리의 해와 달이였다.

18 "인류는 머지않아 이 무한한 공간에 이주해서 살게 될 것입니다. 인간 자신이 가장 위대한 시가 아닐까요? 이 광활한 우주를 개척해나가는 인간의 위업. 이것이야말로 정말 멋지고 훌륭한 시가 아니고 무엇이겠습니까?" 콘스탄틴 치올콥스키, 《로케트 선구자의 꿈》(원제: 지구 밖으로), 지학사 교양부 옮김, 지학사, 1986, 104쪽. 치올콥스키는 북한에 일찌감치 번역된 소련 과학소설이나 초기 과학환상소설에서 우주여행의 중요한 선구자로 여러 번 호명된다. 《혹성간 비행선 달-1호》(국립출판사, 1955)에서 "찌올꼬브쓰끼"는 "분사 기술과 별 비행의 창시자"(39쪽)로 등장한다. 김동섭의 소설에서 '국제 소년호'가 화성으로 가기 위해 중간에 갈아타는 인공 지구 위성의 이름은 "찌올꼽스끼역"이다. 김동섭, 〈소년 우주 탐험대: 화성 려행편〉, 《아동문학》, 1960. 3.

그것은 결코 남의 것이 아니였다."[19]

그런데 숭고는 우주 그 자체에서 오는 것이 아니라 그것을 정복할 수 있는 인간의 무한한 능력에서 비롯되는 것이다. 따라서 태양계를 비롯한 우주는 인간의 합목적적인 노력과 탐사에 의해 특수하게 기호화된다. 공포와 재난으로 존재하는 우주적 숭고는 텍스트에서 삭제되거나, 다만 주인공이 극복해야 하는 시련의 계기로 주어질 뿐이다. 《탄생》에서 과학자들이 우주선에서 관찰하는 태양계의 모형에 대한 묘사를 보자. 아래 인용문에서 잘 나타나듯이 모성적 존재인 태양을 중심으로 지구를 포함한 다른 행성들은 마치 '대가정'처럼 묘사되고 있다. 과학환상소설에는 대개 수령의 형상이 직접적으로 등장하지 않는 대신에 수령을 비유하는 태양의 이콘이 우주의 중심에서 확고히 빛을 뿜어낸다.

> 지상의 모든 삶의 원천이며 힘의 창조자인 태양은 무궁무진한 자신의 활력을 과시하면서 금빛 찬연한 빛발을 화면 가득 채우는데 이 세계의 가장 복받은 왕자인 양 지구는 특별히 호화로운 빛으로 화면중심에서 빛나고 있었다. 그리고 태양계의 행복한 아홉 행성 형제 중 제일 꼬마동이인 수성은 엄마인 태양의 품에 바싹 안기여 방긋방긋 웃는 듯하였고 장수같이 크고 우람한 목성과 토성은 거인의 힘을 뽐내면서 누구든 문제없다 하고 기세등등하여 자기네 뜨락을 지켜서 있는 듯하였다.
>
> 배경의 희벗한 하늘빛공간은 차츰 어두운 남색으로 변하고 그 속에서 태양과 그 빛발을 받는 아홉 형제 행성들은 보석처럼 반짝반짝 더욱더 령롱한 빛을 뿌리기 시작하였다. 그 별들은 넓은 공간을 거침없이 날아 멀리로 가더니

19 박종렬, 《별은 돌아오리라》, 금성청년출판사, 1993, 94쪽.

태양성이라는 하나의 덩어리로 되여 빛났다. 그 주변에 은하계의 뭇별들이 나타났다. 그런데 오로지 찬란하게 빛나는 것은 태양계의 그 덩어리뿐이였다.[20]

이미 김정일은 북한 문학이 "온 사회가 수령을 어버이로 보신 하나의 대가정"을 형상화한다는 목표 아래 수령과 인민의 관계가 하나의 긴밀한 "혈연적 유대"를 이루고, 수령을 모시는 사회구성원들의 관계는 "혁명적 의리와 동지애"에 기초한 관계로 형상화되어야 한다는 당위를 설파한 바 있다.[21] 따라서 위 인용문은 태양을 중심으로 확장된 대가정의 우주 이미지를 표상하며, 태양은 정치적 이콘이 된다. 태양은 북한예술의 다양한 정치적 상상에서 태양 왕조의 시조인 김일성에 대한 오래된 상징 조작의 결과다.[22] 따라서 태양의 이콘이 보내는 자애로운 시선 아래 자연으로서의 우주는 더는 '진공의 공포(horror vacui)'로 우주인들에게 전율과 두려움을 선사하는 부정적 숭고의 대상이 아니다. 그럼에도 우주는 과학기술의 예측과 통제로 제어하기 힘든 우연한 재난이나 사고로 가득하지 않은가. 그렇지만《탄생》에서 우주에서 일어나는 각종 돌발변수의 사건은 주인공이나 작중인물에게 시련의 계기로 주어질 뿐이다. 마찬가지로 과학기술에서 비롯되는 사고와 재난 또한 재앙이나 파국을 가져다주는 사건이 아니라 극복과 시련의 계기로 존재한다.

《탄생》에서 우주야금공장에 필요한 자원을 얻기 위해 달의 45구역으로 갔던 인물들은 난데없는 운석 소나기를 만나게 된다. 특히 소설의 주인공

20 박종렬,《탄생》, 문학예술종합출판사, 2001, 173쪽. 앞으로 이 책을 인용할 경우 본문에 쪽수를 표시한다.

21 김정일,《김정일 주체문학론》, 조선로동당출판사, 1992, 116~117쪽.

22 정병호, 〈극장국가 북한의 상징과 의례〉, 12~13쪽.

인 과학자 리철민의 애인이자 마찬가지로 과학자인 순희는 운석에 의해 온몸이 찢겨나가고 뇌만 살아남은 상태로 구출된다. 리철민 또한 '32'라는 이름이 붙은 소행성의 궤도를 조정하는 임무를 수행하기 위해 행성에 접근했다가 우주 비행선에서 이탈되는 사고로 우주 미아가 된다. 다시 말해 두 연인 가운데 한 명은 사고로 뇌만 살아 있는 죽은 신체로, 다른 한 명은 마비된 신체 속에서 뇌의 의식 작용만이 남아 "우주공간에 뿌려 진채 하나의 운석덩이"(353쪽) 신세가 된 것이다. 소설에서 이 부분에 대한 묘사는 섬뜩할 정도로 자세하고 인상적이어서 면밀하게 주목할 필요가 있다.

그런데 두 연인 과학자가 겪는 시련은 궁극적으로는 유한한 개별적 신체를 넘어서서 개체가 이미 전체이며, 전체가 다시 개체가 되는 사회생명적인 숭고한 신체를 만들어내기 위한 계기다. 두 과학자의 시련은 소설 초반부에서 리철민의 어머니이자 핵과학자인 오윤경이 핵융합로에서 사고로 죽게 된 사건의 반복으로, 그것은 나중에 오윤경의 남편이자 뇌과학자인 리희정의 노력으로 복구된 어머니의 유언으로 인해 리철민의 친구이자 경쟁상대로 야심만만한 과학자인 김창식의 실수임이 밝혀진다. 리희정은 만일 신체가 불구가 되었더라도 뇌만 살아 있는 조건이라면 뇌파에서 나오는 신호를 뇌신경조직에 넘겨주는 생체집적소자로 뇌를 재활성화해 온전한 신체의 복구를 꾀한다는 거의 불가사의한 노력을 수행하고 있다. 비록 그는 자신의 아내는 살리지 못했지만 아내의 뇌 활동이 정지하기 직전의 마지막 뇌파 신호 정보로 아내의 목소리를 복구해 핵융합사고의 원인을 알아내며, 후에는 뇌만 살아 있는 불구의 순희를 온전하게 재생시킨다.

그런데 여기서 "온전하게 살아 있는 뇌수는 곧 온전한 육체 전체를 의미"(303쪽)한다는 리희정의 과학적 신념은 예사롭지 않다. 뇌수만 제대로 살아 있다면 죽은 신체를 얼마든지 소생시킬 수 있다는 유사과학적 생명유기체설은 이른바 북한판 트랜스휴먼 가설이겠다. 하지만 "집단의 뇌수로서의 수령, 집단 생명체의 중추인 당, 그리고 그 몸을 이루는 대중의 '삼위일체'의 원칙을 통해 국가를 인체에 비유하며 죽음을 넘어선 영원성의 국가 패러다임"[23]을 제시하는 사회정치적 생명체론의 관점에서는 결코 낯선 이야기만은 아니다. 더러 섬뜩함을 줄 수도 있을 법한 아래의 흥미로운 묘사를 읽어보겠다.

> 뇌수는 지금 랭동상태에서 생명활동을 정지한 채 꼼짝 않고 있는 셈이였다. 이제 그것을 산 인간의 활동하는 뇌수로 전환시키자면 랭동을 해소시키고 생명 률동을 주어야 하며 일정한 기간 영양액 속에서 독자적인 생명체로서 세포들에 영양을 공급 받으면서 자기갱신을 해나가도록 해야 하는 것이다. 그 기간은 그것이 완비된 인체의 두개골 속에 자리를 잡을 수 있을 때까지이다. 그런데 문제는 이 기간에 발생할 수 있는 것이다. 바로 이 기간에 뇌수세포들에 잠재해 있던 흥분은 약해지고 소실되고 마는 것이였다. 리희정을 그토록 다년간 고심 어린 탐구의 고된 걸음을 걷게 한 것이 바로 이것을 방지하기 위한 난문제였던 것이다. 하지만 실지 대상을 앞에 한 그는 재고 또 재지 않을 수 없었다. 만일 그가 발명제작한 생체소자를 도입하여 그것이 뜻대로 동작하지 않을 경우에는 대상에게 삶이 아니라 오히려 더 비참한 죽음을 가져다주게 된다는 것을 의미하기 때문이였다. 뇌수에서 기억이 다 빠져버린 사람을 상상해보라. 그는 사람의 형체는 갖추었을지언정 하나의 생물학적 존재일 뿐 사람은 아닌 것이다. 만일에 그가 살려 낸 사람이 이러한 상태에 이른다면… 생각만 해도 소름이 끼치는 일이였다.(330~331쪽)

23 정병호, 〈극장국가 북한의 상징과 의례〉, 4~5쪽.

마지막 세 문장이 줄 법한 흥미로운 상상, 기억과 의식 없는 생물학적 존재라는 좀비 가설의 가능성을 더 상상하고 싶은 유혹은 조금 미뤄두고 하던 이야기를 계속하겠다. 아무튼 이러한 실험과 수술 끝에 리희정이 순희를 되살려내는 데 성공하는 일은 경이롭다. 흥미롭게도 그 과정 중에 리철민 역시 동료들에 의해 극적으로 구출된다. 서술자는 리철민의 구출이 그가 처해 있는 위기 상황에 수반되는 정념을 "텔레파스"(355쪽)로 송수신한 순희 덕택에 가능해진 것으로 추정한다. 그렇다면 순희의 뇌가 보낸 '텔레파스'가 우주 미아 리철민에게 전해져 그로 하여금 살려는 의지를 북돋는 것이라면, 순희의 뇌를 활성화하여 그녀의 신체마저 재생시키는 리희정의 작업은 우주의 무질서한 질료 상태를 제어하고 극복하는 과학자 리철민의 초인적인 노력에 상응하는 것이 된다. 여기서 한 '개체'의 뇌를 소생시키는 일은 우주라는 '전체'를 다스리고 통제하고 활성화하는 일과 맞먹게 된다. "하나는 전체를 위하여, 전체는 하나를 위하여!"[24] 존재한다는 사회정치적 생명체론은 과학환상소설에서 인간 신체를 우주와 유기적으로 만나게 한다. 그리고 죽은 자의 뇌수 전파를 해독함으로써 중요한 유언을 물려받거나 신체를 소생시키는 장면들은 김일성이라는 '뇌수'의 유훈(遺訓)을 통해 국가의 '신체'를 되살린다는 '그리움의 정치'[25]의 미학화라고 할 만하지 않은가. 그런데 《탄생》의 과학자들은 불굴의 초인적인 의지를 지닌 영웅들일 뿐인가. 그들은 근본적으로는 우주 질료의 새로운 창조자다.

24 김정일, 《김정일 주체문학론》, 117쪽.

25 권헌익 · 정병호, 《극장국가 북한》, 53~57쪽.

"돌을 가지고 금을 만들자는 거요"

《탄생》은 저자 박종렬의 말을 빌리면 "'고난의 행군' 시기에 우리 로동계급과 과학자, 기술자들이 난관을 박차며 영웅적 투쟁을 벌리고 있는 공장 현실 속에 들어가 구상하고 창작"(391쪽)한 작품이다. 작품이 창작된 역사적 배경을 짐작해볼 수 있는 대목으로, 그즈음에 나온 김정일 시대의 과학기술에 대한 한 자료는 '고난의 행군' 이후에 현저하게 달라지고 높아진 과학기술의 필요와 위상을 짐작하게 한다. "우리나라는 령토도 크지 않고 자원도 제한되여 있다. 만약 우리가 자원이나 캐서 팔아먹을 내기만 하면 남을 것은 빈 굴과 황폐화된 강산밖에 없게 될 것이다. 무슨 수를 써서라도 과학기술을 발전시켜 거기에서 먹는 문제도 풀고 경제 강국도 건설해야 한다. 과학기술만이 자체로 살아나가는 유일하게 옳은 길이라는 것, 이것이 우리가 간고한 투쟁[인용자-고난의 행군]에서 체득한 고귀한 진리이다."[26] 새로운 자원에 대한 개발과 그것을 가능하게 하는 과학기술에의 믿음은 여느 다른 과학환상소설과 다를 바가 없지만, 자원과 영토의 한계에 대한 인정은 예사롭지 않다. 《탄생》이 다른 과학환상소설보다 유독 과학자들의 죽음, 고난, 내적 투쟁을 상세히 재현하는 반면, 다른 과학환상소설과 달리 외부의 적을 형상화하지 않는 이유에는 고난의 행군과 김일성 사망 등 북한의 위기적 정세가 반영되어 있다. 한편으로 《탄생》이 여느 다른 작품보다도 과학적인 세목과 온갖 가설, 이론을 서구 과학소설 못지않게 자세하게 전시하는 이유는 무엇일까. 《탄생》에서 제시된 과학기술은 물론 과학환

26 공동논설, 〈과학중시사상을 틀어쥐고 강성대국을 건설하자〉, 《로동신문》 & 《근로자》, 2000. 7. 4. 전문은 다음 책에 실려 있다. 변상정, 《김정일 시대 북한의 과학기술정책》, 한국학술정보, 2010, 469쪽.

상소설의 과학이 대개 그렇듯이 '관념의 만능'을 설파하는 애니미즘[27]에 가깝다고 하겠다. 그러나 그렇다고 이러한 애니미즘을 다만 근거 없는 황당한 환상에 불과하다고 일축하기란 쉽지 않다.

러시아 출신의 비평가 보리스 그로이스는 무(無)로부터 질료를 만들고, 통제하며, 그것에 형식을 부여하는 예술가의 형상이 러시아 혁명 이후에 등장한 소련의 아방가르드 예술에서 스탈린 시대 이후의 사회주의 리얼리즘에 이르는 예술에서 일관되게 등장하며, 그 예술가의 궁극적인 형상이 영도자 스탈린이라고 흥미롭게 이야기한 적이 있다.[28] 이러한 설명을 부분적으로 참조해 말하면, 과학환상소설에서 이러한 예술가에 상응하는 존재는 물론 과학자들이다. 박종렬은 이미 《별은 돌아오리라》에서도 노과학자와 손녀 등이 지구로부터 수십 광년 떨어진 행성에 있는 원자력 에너지를 이끌어내는 질료가 될 114번 원소(노오비온티움)라는 마술적 존재를 찾는 모험을 그린 바 있다. 한마디로 과학자는 '돌을 가지고 금을' 만드는 연금술사다. 우주에 대한 이들의 탐구는 과학인 동시에 예술이 된다.

> "돌을 가지고 금을 만들자는 거요."
>
> "예?"
>
> 권강철은 놀라서 눈을 흡뜨며 쳐다보았다.
>
> "로장 동무, 자연계에 있는 원소들은 고정불변한 것이 아니란 걸 알겠지. 례하면 자연방사성원소들은 저절로 핵이 붕괴되면서 다른 원소로 전환되오."

27 지크문트 프로이트, 〈토템과 터부〉, 《종교의 기원》, 이윤기 옮김, 열린책들, 1997, 333쪽.

28 보리스 그로이스, 《아방가르드와 현대성》, 17~18쪽.

(…)

"물론 자연적으로 이루어질 수는 없소. 그러나 과학자의 탐구가 자연에서 불가능한 것을 가능하게 할 수 있는 거요. 원자번호가 14이고 핵의 자연붕괴와는 거리가 먼 규소핵을 붕괴시켜 알파알갱이를 떼낼 수 있는 그런 신기한 립자를 새로 발견하게 되였소. 이것이 바로 내 이번 연구의 핵이요. 그 현실성 여부는 이제 여기서 진행하게 될 시험을 통해 확증하게 될 거요."(162~163쪽)

인용문에서 명시적으로 드러나는 것처럼, 《탄생》의 리철민은 우주의 질료를 이루는 가장 원초적이고도 최소한의 단위인 극도로 불안정한 원소를 순전히 과학자의 탐구와 노력을 통해 새로운 '에네르기'로 전환시킬 수 있는 갖가지 방법을 영웅적으로 모색한다. 소설에는 불가능을 가능으로 전환하는 과학의 역량과 가능성에 대한 확신 어린 진술이 가득하다. 그런데 이러한 진술은 궁극적으로는 서구 과학소설의 아이디어의 주요 원천이라고 할 만한 영지주의와는 다른 판본의 영지주의가 과학환상소설에 존속하고 있음을 일러준다.

존 그레이는 지구를 영혼의 감옥으로 보고 자신의 내면에 대한 규율을 통해 지구 감옥으로부터 벗어나는 것을 주장한 서구의 영지주의와 다른 영지주의에 대해 주목한 바 있다. 그레이에 따르면 볼셰비키주의는 인류를 자연에서 집단적으로 구원하는 물질주의적 영지주의의 대표적인 사례다.[29] 앞서 언급한 치올콥스키는 로케트로 행성 간 여행을 하는 것을 불멸로 가는 수단임을 이미 말한 바 있으며, 그 영향력은 《별은 돌아오리라》에서 "로케트의 발명"은 "단순한 기술상의 진보만이 아닌 인간정신

29 존 그레이, 《불멸화 위원회》, 김승진 옮김, 이후, 2012, 209쪽.

의 보다 높은 상승"[30]이라는 구절에서도 여전히 지속되고 있다. 또한 "과학은 이질동소체를 원자량도 원자번호도 꼭 같은 동질동소체로 만들수 있"(387쪽)다는《탄생》의 리철민의 신념, 그리고 뇌의 소생으로 죽은 신체의 부활마저 가능하게 할 수 있다는 리정희의 신념은 과학자의 신념이라기보다는 그레이가 말한 물질주의적 영지주의자의 오컬트적 신념에 가깝다고 할 수 있다. 그리고 그러한 신념은 대가정을 이룰 과학자 집단에 의해 '무한히 넓어'진 우주의 노모스를 '멋있는 시'로 승화된다.

> 한명진은 어떤 령감이 떠올랐을 때처럼 두 눈을 빛내이며 희정을 바라보았다. 그는 잠시 동안을 두었다가 이렇게 말하였다.
>
> "그의 참된 아들들의 투쟁과 노력에 의해서 우리의 조국 땅은 삼천리강토만이 아니라 무한히 넓어질 수 있다는 그것이요, 3만리, 백만리, 천만리로도!"
>
> 리희정은 의아하여 한명진을 쳐다보았다. 그러자 명진이 웃음을 터뜨렸다.
>
> "하하… 희정 선생 역시 나처럼 생각이 제한되여 있군요. 그러기에 내 서두에 말하지 않습디까. 우리 로세대는 낡았다구요. 나나 희정 선생은 3천리 조국강토를 놓고 극진히 생각하고 있지만 그 이상은 보지 못했거든요. 그러나 생각해 보우, 철민이랑 저렇게 우주의 뭇별들을 점령하고 거기에도 보금자리를 만들려고 나섰으니 그곳 역시 조국 땅이 될게 아니겠소, 그러니…"
>
> "참 그렇군, 우리의 조국 땅은 무한히 넓어지겠군!"
>
> 희정은 환성을 올리듯 하면서 명진의 앞으로 다가가 그의 두 손을 그러쥐었다. 두 사람은 마치 새로운 과학적 발견이라도 한 때처럼 희열을 느끼면서

30 박종렬,《별은 돌아오리라》, 105쪽.

통쾌한 웃음을 터뜨렸다.

"무한히 넓어지는 우리의 조국 땅! 하하하…"

옆방에서 음식상을 차리던 한명진의 부인과 순희 그리고 그들의 일손을 거들어주던 철민이 두 아버지 과학자의 열기 띤 말소리에 귀를 기울이고 있다가 박수소리를 울리며 모여 들었다.

"참 아버님들은 시인이 되셨네요! 무한히 넓어지는 우리의 조국 땅! 세상에서 제일 큰 우리나라! 정말 멋있는 시예요!"

순희가 박수를 치면서 웨쳤다.

김정순이 모두를 식탁으로 청하였다.

"자 그럼 식탁으로들 모이세요. 좋은 생활을 위해서, 노력과 투쟁을 위해서, 좋은 시를 위해서 축배를 들어야죠."

모두들 잔을 높이 들었다. 한명진이 축배사를 하였다.

"과학전선에서 굳게 맺어진 우정으로 한 덩어리가 된 우리 두 가정의 소박한 이 연회에서 나는 무한히 크고 화려한 꿈과 포부를 안고 조국강토를 넓혀가는 위대한 사업에 나서는 우리의 젊은 과학자와 그의 벗들 모두를 위해 이 잔을 들기 바랍니다."(264~265쪽)

이 장면은 두 가지 점에서 의미심장하다. 첫째, 과학적 탐구와 열정은 '조국강토를 넓혀가는' 새로운 노모스 확장에 대한 믿음에 다름 아니며, 그것은 한 편의 시로 비유된다. 과학과 영토, 시가 하나 됨을 축하하는 위 연회 장면은 과학환상소설에서 다른 국가의 과학자들이 참석한 가운데 북한과학자들의 위업을 전 세계에 과시하는 장면 못지않게 연극적인 데가 있다. 이러한 연극적 특성은 《탄생》에서 배우로 분장한 리철민과 한순희가 관객들이 지켜보는 극장에서 배낭식 로케트를 분사해 하늘로 함께 올라가는 '불의 선녀춤' 장면이나 김창식과 정인순의 뇌파 신호로 이루어지는 탁구 대회 등에서도 심심찮게 엿볼 수 있다. 특히 '불의 선녀춤' 장면을 보자. 이 장면은 어딘지 모르게 에로틱하다.

> 안전성과 조종의 다양성이 보장된 기계는 용감한 그들을 싣고 쳐다보는 수많은 사람들의 머리우로 높이높이 날아올랐다. 두 사람은 합쳐지기도 하고 갈라지기도 하고 서로 엇갈리고 감돌기도 하면서 광장상공에서 춤추듯이 오락가락하였다. 불꽃단추를 누르자 앞부분에 설치된 불꽃 분사구에서는 빨갛고 파랗고 노란 색갈의 꽃불이 뿜어 나와 그들의 온몸을 휩싸고 주위에 뿌려졌다. 하늘은 축포의 그것과도 같은 꽃보라가 뒤덮였다. 또 단추를 누르자 쇠물을 상징하는 무용수의 붉은 비단천과 같은 빨간 연무가 뿜어져 나오며 필필이 휘감기였다.(172쪽)

《탄생》에는 두 쌍의 연인(리철민과 한순희, 김창식과 정인순)의 사적인 만남이 한 번도 등장하지 않는다. 인용문에서 환기되는 에로스도 공개적이다. 중요한 것은 그들의 유사성애적인 행위가 사적일 수 없다는 것이 아니라 그것이 공개적인 상연과 연출로 나타난다는 것이다. 이러한 장면은 다시금 극장국가로서의 북한의 특징을 환기한다. "극장국가에서는 모두가 관객이면서 동시에 모두가 배우"[31]다. 이러한 배우의 연기는 과학적 신념을 공개적으로 고백하는 행위다. 그것은 앞서 말했던 것처럼, 과학환상소설이 재현보다는 공연의 문학이자 예술임을 다시금 증명한다. 둘째, "조국의 경계선은 옛 시대의 영토개념을 떠나 새롭게 규정됨으로써 그 한계가 어디

31 정병호, 〈극장국가 북한의 상징과 의례〉, 32쪽.

까지인가는 쉽게 단정될 수 없는 문제"(279쪽)는 우주를 상상하는 이전 과학환상소설에서는 찾아보기 어려운 주제였다. 마찬가지로 파르티잔 국가의 확대된 영토인 바다를 상상하는 과학환상소설에서도 확장되는 영토 개념을 문제화하는 상상력은 만나기 힘들었다. 따라서 소설의 제목인 '탄생'은 뇌수의 유훈을 통한 신체의 부활, 노모스의 우주적 확장, 고난의 행군 이후 그리움의 정치를 경유한 극장국가의 재탄생을 의미한다.

"소름이 끼치는 상상"

글을 끝마치기 전에 박종렬의 《탄생》에서 살아 있는 뇌를 활용하여 죽은 신체를 되살려내고 죽은 자의 유언을 후세대에게 전송한다는 식의 유사과학적 발상을 다시 한번 상기해보자. 앞서 살펴본 것처럼 그것은 '개체가 전체이며, 전체가 개체인' 사회정치적 생명체론에 대한 우주적인 은유였다. 과학환상소설은 박종렬의 《탄생》을 통해 고난의 행군, 김일성 사후의 국가적 위기 상황에서 북한이 여전히 세계의 중심임을 과시하는 극장국가임을 우주적으로 공연함으로써 장르적 생명을 이어가고 있다. 그러나 어떤 '소름이 끼치는' 상상이 자꾸 끼어드는 것은 어쩔 수 없다. 만일 김일성이라는 '뇌수'의 유훈을 통해 수백만 인민의 전몰 속에서도 국가의 '신체'를 되살린다는 '그리움의 정치'의 미학이 현실에서의 실패에 대한 상상적 벌충이라면? 불굴의 주체적 의지를 통해 죽은 자를 소생시킨다는 과학자들의 애니미즘적인 신념의 이면에는 기억도 의식도 없는 순전히 '생물학적인 존재'가 소름끼치는 부활을 준비하고 있었다고 한다면? 나는 마지막으로 보리스 그로이스가 《코뮤니스트 후기》에서 언급한 개념인 '메타노이아(metanoia)'로 《탄생》의 뇌수의 소생 장면을 조금 다르게 읽고 싶다.

그로이스에 따르면 메타노이아는 원래 기독교에서 신앙을 얻는 것이나 회심, 다시 말해 세상을 바라보고 이해하는 관점의 근본적인 변화를 의미한다. 따라서 기독교에서 메타노이아는 신체가 죽은 이후에도 계속될 영혼의 영생을 뜻하기도 한다. 그렇다면 몰락한 소비에트 체제에서 이 메타노이아의 대표적인 이콘은 무엇일까. 그로이스에 따르면 그것은 레닌의 시신(屍身)이다. "영묘mausoleum에 전시되어 있는 레닌의 시신은 소비에트 공산당 지도자들에 의해 실행된 영구적 변화, 즉 유물론적 메타노이아의 불변의 이콘이다."[32] 그런데 메타노이아는 일방향적이지만은 않다. 메타노이아는 신체의 사멸 이후 불변하는 영혼뿐만 아니라 영혼의 사멸 이후 불변하는 신체를 상상하게도 한다. 메타노이아는 공산주의의 종언 이후 자본주의 체제에 의해 모든 인간의 육체와 영혼에 전면적으로 허락된 어떤 상황을 상상하게 유도한다. "즉 영혼의 삶이 육체의 삶보다 더 짧기 때문에 오히려 인간의 육체성이 더 우세한 것으로 여겨지는 상황"[33]에 대한 상상을. 그로이스는 자본주의적 메타노이아의 이콘, 즉 영혼의 죽음 이후에도 계속되는 육체의 상징으로 대중문화에서의 좀비와 뱀파이어를 예로 든다.

그렇게 볼 때 포스트 소비에트 체제로 오늘날 가장 끔찍한 형태의 자본주의가 실현되는 러시아에서 영묘에 보존된 레닌의 시신은 더는 유한한 신체의 소멸 이후 공산주의적 이념의 이콘으로만 간주되기는 힘들지 않을까. 마찬가지로 영도자 뇌수의 소생을 통해 인민의 죽은 신체를 되살린다는《탄생》의 메타노이아 프로젝트는 어떻게 될까. 그것은 주체사상의 메타

32 보리스 그로이스,《코뮤니스트 후기》, 김수환 옮김, 문학과지성사, 2017, 142쪽.

33 보리스 그로이스,《코뮤니스트 후기》, 136쪽.

노이아적 제목인 '탄생'의 반대 방향, 곧 '사람의 형체는 갖추었을지언정 하나의 생물학적 존재일 뿐 사람은 아닌' 사람, '뇌수에서 기억이 다 빠져버린 사람'의 부활로 향하는 것은 아닐까. 《탄생》의 '탄생'은 실로 어떠한 메타노이아인가. 트럼프 대통령을 만난 김정은 위원장은 우리 시대의 세기적인 만남을 '환상적인 영화의 한 장면'이라고 했다. 앞으로 김정은 위원장이 언급한 '환상'은 어떤 식으로 구체화될까. 그것은 《탄생》에서도 그러했듯이 여전히 전 세계에 북한 체제를 과시하려는 극장국가적인 환상의 확장판이 될까 아니면 이전의 체제 유지 방식과는 다른 메타노이아적인 전환의 프로젝트를 담고 있는 환상으로 변할 것인가.

—《한국예술연구》 22집, 한국예술종합학교 한국예술연구소, 2018

3부

미래 없는 미래의 이야기들

마니교 시대의 아포칼립스와 디스토피아

—《바벨》《서울》《강철 무지개》에 대하여

미래는 끝났다

(근)미래를 형상화하는 포스트 아포칼립스, 디스토피아 소설 등을 포함해 2010년대의 한국 소설에서 부상하는 종(種)이라고 할 만한 SF는 우리 시대 민주주의적 삶의 형식에 대해 무엇을 말해줄 수 있을까. 마찬가지로 우리 시대의 민주주의적 삶과 공동체의 양태는 (근)미래를 어둡고도 절망적인 방식으로 형상화하는 서사의 출현과 어떠한 관계를 맺고 있는 것일까. 그리고 이러한 서사 속에서 우리의 삶과 공동체는 어떠한 방식으로 재현되고 있는 것일까. 종말론적 침울함이나 디스토피아적 어둠이 가득 차 있는 소설에서 삶과 공동체라는 것이 과연 존재할 수나 있는 것인지, 비록 존재한다고 하더라도 거의 부서지고 망가진 형태로나마 상상될 삶과 공동체에 대해서 도대체 무슨 이야기를 할 수 있는 것인지. 질문에 앞서 회의

가 먼저 들어서는 것은 어쩔 수 없는 일이다. 그러나 이러한 회의감은 다시금 어떠한 문제 틀을 구성하도록 이끌기도 할 것이다. 예를 들면 아포칼립스나 디스토피아 소설의 크로노토프를 구성하는 대참사의 배경은 종종 참사의 원인을 은폐하거나 신비화하는 서사적 봉쇄작용의 결과이지만 한편으로는 대참사를 가능하게 한 총체, 부재 원인을 어느 정도나마 가늠하거나 상상하는 계기이기도 하다.

한국 소설에서 (근)미래를 형상화하는 서사는 그동안 한국 소설의 전통과 역사 속에서는 거의 드물었다고 하겠다. 그러나 이러한 서사는 잠시 일별하더라도 선진화의 기치를 내걸고 정경야합을 노골적으로 본격화했던 이명박 정권이 등장하던 2008년 이후로는 가히 현저하게 증가하고 있으며, 지금도 여전하다. 특히 젊은 작가들의 소설적 작업에서 이러한 서사의 출현은 더 이상 예외로 간주할 수 없게 되었다. 그런데 한 시대의 예술이라는 상부구조의 출현에 대해서는 유물론적 접근과 분석이 필요하다. '지배적인 것(dominant), 잔여적인 것(residual), 부상하는 것(emergent)'으로서의 문화에 대한 분석[1]을 동시대 상부구조와의 자율적이고도 상대적인 역학관계뿐 아니라 하부구조(생산양식)의 흔적들을 담아내는 방식으로 진행해야 하는 것이다. 이렇게 볼 때 디스토피아적이거나 묵시록적인 상상력을 선보이는 2010년대 한국 소설은 '미래의 소멸'이라는 가치와 의미가 다른 가치 및 의미체계와 길항, 갈등하는 방식을 서사화한다고 하겠다.

한국 소설의 묵시록적이고도 디스토피아적인 상상력은 '미래 서사'를 가능하게 했지만, 거꾸로 그러한 서사를 가능하도록 만들었던 것은 '미

1　이에 대해서는 레이먼드 윌리엄스, 《이념과 문학》, 이일환 옮김, 문학과지성사, 1982, 152~169쪽.

래의 소멸'이라고 할 수 있다. 소멸된 미래, 그것은 어떠한 미래일까. 단적으로 말해 그것은 공허하고 동질적인 현재의 연장으로서의 미래, 자본주의가 식민화함으로써 대안적인 바깥을 좀처럼 상상하기 어려운 미래라고 할 수 있다. 1991년 무렵, 바야흐로 전 지구적으로 확대되는 자본주의와 자유민주주의의 야합(governance)을 축복하고 전망했던 후쿠야마의 '역사의 종말'은 보통 주인과 노예의 피비린내 나는 인정투쟁으로서의 역사(시간)가 끝났다는 것을 의미하는 서사와 담론으로 이해된다. 그런데 한편으로 '역사의 종말'은 시장-자유민주주의의 외부를 좀처럼 상상하기 어려워진 상황 속에서 우리가 살고 있음을 다소간 체념적으로 환기하는 우울한 어휘이기도 하다. 후쿠야마 식 역사의 종말이라는 아포칼립스·디스토피아 서사와 담론은 시장-자유민주주주의 이외의 다른 미래(외부)의 가능성과 구상을 체계적으로 봉쇄하는 전략으로 작동해왔다.

이러한 전 지구적 상황은 1997년의 금융위기 이후, 이른바 87년 체제라고 부르는 민주주의의 제헌적인 성립과 제도화 과정이 한편으로는 고삐 풀린 금융자본주의의 진행을 거의 제어하지 못하게 되거나 도리어 가속화하는 상황과 맞물리게 되면서 한국인들의 삶 속에서 강하게 체감되기 시작했으며, 급기야 삶과 공동체에 특정한 생존의 형식을 강요하거나 구성하도록 만들었다. '권력이 국가에서 시장으로 넘어갔다'(노무현)는 말은 사태의 반면에 지나지 않았으며, 오히려 시장의 권력을 증대시키고 유지하는 방식으로 국가의 권력 또한 강화되었다고 말하는 게 보다 정확할 것이다. 오늘날 한국의 민주주의는 선거에서부터 경영적 합리성으로 관리되며, 선거의 주체를 민주주의라는 주식에 투자하는 일종의 소액금융 투자자로 간주할 뿐만 아니라, 그런 방식으로 금융자본주의를 가속화하는 일종의

'법인화된 민주주의'[2]에 가깝다고 할 수 있다. 민주주의는 변질되거나 쇠퇴하는 것이 아니라, 법인화되고 경영적으로 관리되는 방식으로 소수의 정치 엘리트적 경영자(CEO)와 대주주가 정치적 의사결정과 권한을 갖게 되는 금융과두제를 닮게 된다. 민주주의의 인민이 자신의 주권권력을 실력행사할 기회란 오직 정치적 대표를 선출하는 주기적인 선거 과정으로 축소·대체되면서 현재의 정치적 채무를 미래의 투표로 변제하는 방식으로 관리되기에 이른다. 이것이 오늘날 대체로 민주주의적 합의라고 부르는 것이 아닐까 싶다.

민주주의에서 합의(consensus)란 관리되는 민주주의 시스템에서 다양한 의사결정, 그것의 제도화 과정에서 일어날 수 있는 다원적 갈등이나 적대를 봉쇄하는 행위다. 이러한 합의는 한편으로 법인화된 민주주의 시스템의 후원을 받는 금융자본주의가 현재의 대출과 미래의 상환이라는 방식으로 인간 공동체와 삶의 형식에 개입하는 것과 공교롭게도 닮아 있다. 금융과두제 자본주의 아래에서 대다수 인민의 미래는 빚과 죄의 악순환 속에 놓이게 되며, 그리하여 돌아오는 이자납부일이라는 시시포스의 변제일이 기다리는 우울한 삶에서 "속죄는 죄지은 자를 기다리는 미래가 된다".[3] 이러한 미래 또한 변제 이외에는 다른 선택을 하기가 매우 어려운 일종의 합의의 결과다. 만일 여기에 이의를 제기하는 인민들이 있다면, 그들은 시장의 자유방임이라는 유일한 합의의 잔혹한 이면이라고 할 수 있는

2 기업 통치의 모델이 민주주의의 정치적 과정에 통합되는 '법인화된 민주주의'의 도래와 현상에 대해서는 셸던 월린, 《이것을 민주주의라고 말할 수 있을까?》, 우석영 옮김, 후마니타스, 2013 참조. 보다 간단한 요약으로는 웬디 브라운, 〈"오늘날 우리는 모두 민주주의자이다……"〉, 《민주주의는 죽었는가?》, 김상운 외 옮김, 난장, 2010, 88~94쪽.

3 프랑코 베라르디 '비포', 《미래 이후》, 강서진 옮김, 난장, 2013, 120쪽.

극단적인 추방을 겪을 수밖에 없다. 요컨대 우리 삶에서 미래는 정치와 경제의 야합이 선사해준 독배인 것이다. 미래는 끝났다.

윤리로의 전환과 재앙의 증언으로서의 예술

'미래는 끝났다'는 선언적 진술이 반드시 미래를 현재의 공허하고도 동질적인 연장으로 무차별화하거나 패배를 자인한다는 의미는 아닐 것이다. 미래는 끝났다는 진술은 오히려 시장-자유민주주의의 합의로 도출된 단 하나의 미래만이 존재하는가라는 대항질문을 낳게 하며, 과거=현재=미래라는 공허한 등식을 다시금 문제 삼는 것이어야만 한다. 확실히 과거=현재=미래라는 등식은 무엇보다도 현존하는 질서, 자크 랑시에르의 어법으로 말해보면 지배적 합의의 체계와 질서의 재분배라고 할 만한 치안(la police)을 유지하고 관리하며 확장하는 지배 담론과 서사가 선호하는 이데올로기적 책략일 것이다. 여기서 치안을 단지 사물들의 단순한 질서나 존재상태만으로 이해해서는 곤란하다. 오히려 치안은 국가행정과 신자유주의적 시장을 유지하는 데 고도로 집중하는 경찰의 치안과 전방위적인 사법적 감시 테크놀로지의 외설적인 보충을 필요로 하는 어떤 것이다. 치안이라는 합의는 배제의 외설적인 보충을 요구한다. 배제는 합의의 유령적 분신인 것이다. 그렇다면 치안 또는 관리되는 민주주의를 정치의 유일하고도 예외를 허용하지 않는 형식이자 내용으로 획일화하는 오늘날의 정치적 상황, 즉 합의의 지배 체제는 예술, 여기서는 문학에 대해 무엇을 시사해줄 수 있을까. 미래는 끝났다는 것에 대한 합의를 강요하고 종용하는 지배 체제의 진술로 읽을 수 있지만, 한편으로는 그러한 지배 체제가 선호하는 미래는 과연 무엇인가라는, 도래하는 대항진술로도 읽을 수 있다. 이 글에서 분석하는 최근 한국 문학의 디스토피아 소설과 아포칼립스 서사에서 미래는 그 외부를 좀처럼 상상하기 어려운 지배 체제의 미래로 재현되지만, 동시에 그러한 미래에 질문을 던지는 방식으로 형상화되는 미래이기도 하다. 그리고 이즈음에서 민주주의의 급진성을 숙고하는 어떤 정치철학적 사유는 디스토피아 소설이나 아포칼립스 서사의 부상을 조망해줄 수 있다고 판단된다.

랑시에르는 '미학과 정치의 윤리적 전환'에 대해 이야기한 바 있다. 이 테제는 최근 한국의 문학비평에서 공동체적 삶의 다소간 낡은 습속으로 정의되는 도덕(moral)과 구별되고 도덕을 넘어서려는 윤리(ethic)에 대한 숙고를 곧 급진적인 정치적·미학적 발명과 동일화하려는 것과 다소 상이하고도 상반되는 것이어서 흥미를 끈다. 앞서의 도덕과 윤리의 구분과는 다소 다르게 랑시에르에게 도덕은 정치의 영역에서 사실과 권리(법), 존재와 당위를 구분하는 판단력의 심급으로 정의된다. 이에 비해 윤리는 그러한 도덕의 소거, 즉 사실과 권리, 존재와 당위가 무차별적으로 뒤섞이는 사태를 지칭한다. 물론 이러한 사태가 도덕이 부재하는 상황을 의미하는 것은 아니다. 윤리적 전환 또한 예술창작이나 정치활동에 가해지고 군림하려는 도덕적 당위나 판단의 전일적 지배를 뜻하지 않는다. 오히려 "윤리는 규범이 사실 속에서 해체되는 것이며, 담론과 실천의 모든 형태들을 구분되지 않는 동일한 관점 하에 식별하는 것이다".[4] 무슨 말인가. 예를 들면 아래와 같은 사태가 초래되는 것이다.

법은 사람들이 정의, 즉 법에 곧바로 의지하지 않고도 옳고 그름에 대한 공통된 분별과 선택을 가능하게 만들었던 조건과 상황에 군림하면서 그것을 대체하기에 이른다. 법은 불의에 맞서는 정의였지만, 그렇다고 정의

4 자크 랑시에르, 〈미학과 정치의 윤리적 전환〉, 《미학 안의 불편함》, 주형일 옮김, 인간사랑, 2008, 172쪽.

가 곧바로 법이라고 할 수는 없었다. 예를 들어 국가의 반역자인 오빠의 장례를 두고 안티고네와 크레온, 정의와 법의 화해할 수 없는 대립을 상기해보면 좋겠다. 여기에서 안티고네의 정의(도덕)는 법(반역에 대한 처벌)과 사실(오빠의 반역)의 분리를 뜻하는 것, 일종의 최소한의 도덕이었다. 도덕이란 그러한 분리의 이름이다. 그러나 랑시에르가 말한 '정치의 윤리적 전환'이라는 사태에서 법 이외에 다른 정의란 존재하지 않게 된다. 안티고네는 단지 악의 형상인 테러리스트에 불과할 뿐이며, 법은 (무한한) 악에 맞서는 유일한 (무한한) 선(정의)이다. 안티고네의 반항(정의)을 숙고하거나 배려하는 대신 법은 그저 "사물들의 상태의 단순한 구속으로 환원된다".[5] 소포클레스 비극의 결말과 달리 안티고네가 제거되고도 끔적하지 않는 크레온의 이야기를 상상해보면 되겠다. 앞서 사물들의 상태의 단순한 구속이라고 했지만, 《안티고네》의 사례를 한 번 더 들면, 이러한 구속(제약)이란 궁극적으로는 시체의 장례를 허용하지 않는 금지가 시체가 부패되도록, 시체가 시체로 추방되도록 내버려두는 행위와 같게 되는 것이다. 즉 법은 사물들의 상태(존재)와 일치하고, 법의 목표는 생명(존재)의 관리가 되는 예외상태가 도래하는 것이다.

이제 법과 사실이 일치하게 되면서 법=사실이 오히려 유일하고도 절대적인 윤리(정의)를 참칭하고 군림하는데, 랑시에르에 따르면 이것이야말로 '합의'(의 정치)인 것이다. 다른 말로 합의의 이면은 예외(배제)다. 법과 사실의 영역에 가로놓여 있는 정치가 이렇다면 미학이나 예술은 어떠할까. 더 정확히는 재난과 파국을 재현하는 서사의 출현과 '윤리로의 전환'이라

5 자크 랑시에르, 〈미학과 정치의 윤리적 전환〉, 같은 쪽.

는 사태는 어떠한 연관을 맺는 것일까.[6] 랑시에르를 인용하면 "정치가 합의의 무한한 정의라는 쌍 안에서 소멸되는 것과 마찬가지로 예술과 미적 성찰은 예술을 사회적 관계를 위해 바치는 예술관과 예술을 재앙에 대한 끝나지 않는 증언에 바치는 예술관 사이에서 다시 배분되는 경향이 있다".[7] '미학의 윤리로의 전환'이라는 사태에서 예술은 합의의 예술과 배제의 예술로 양분화되고, 재배치된다. 먼저 '사회적 관계를 위해 바치는 예술'이란 '미학의 윤리적 전환의 소프트 버전', 즉 존재의 균열을 복구하고 치유하며 관리하는 것으로 오늘날 보통 '힐링'의 이름으로 행해지는 예술 사업을 상기하면 되겠다. 이에 비해 '재앙에 대한 끝나지 않는 증언'은 '무한한 악의 하드한 버전'으로, 이 글에서 다루는 디스토피아 소설이나 아포칼립스 서사와 연관이 있다. 후자의 서사는 부서진 사물들의 상태, 존재론적 파국에 대한 예술의 증언과 매우 닮아 있다.

마니교 시대의 아포칼립스와 디스토피아

랑시에르가 말하는 '무한한 악의 하드한 버전'에 해당하는 재난과 파국의 미학과 예술은 정치에서 그것의 맞짝이 될 만한 조르조 아감벤의 정치철학적 사유, 즉 파국적인 존재론적 사태에 대한 이름인 예외 상태와 그 파국의 밑바닥으로부터 격렬하게 솟아오르는 메시아주의를 겨냥한 것이다.[8] 랑시에르는 합의의 정치적 질서에서 배제되는 방식으로 형상화되는

6 이 글과 비슷한 관점으로 랑시에르의 윤리로의 전환에 비춰 한국 소설의 아포칼립스적 상상력을 해명하는 글로는 황정아, 〈재앙의 서사, 종말의 상상〉, 《창작과비평》, 2012년 봄호, 특히 297~299쪽 참조.

7 자크 랑시에르, 〈미학과 정치의 윤리적 전환〉, 186쪽.

극단적 악의 형상, 테러의 악마화는 아감벤 등의 정치적 존재론에서 "존재하는 것의 단순한 보존"(예외 상태)과 "재앙의 극단화 자체로부터 오는 구원에 대한 기대"(메시아주의)로 양분된다고 말한다.[9] 이러한 양분은 존재의 역사(시간)를 진보와 해방이 아닌 파국적 엔트로피로 향하는 숙명적인 과정으로 파악하는 데서 도출된 것으로, 랑시에르는 이를 '시간 흐름의 역전'이라고 명명한다. '시간 흐름의 역전'은 발터 벤야민이 〈역사철학 테제〉(1940)에서 파울 클레의 〈새로운 천사〉(1920)를 묘사한 바, 즉 진보의 폭풍에 등을 떠밀리면서 파국으로 나아가는 천사의 이중구속의 상황을 떠올리게 한다. 그것은 앞서 말한 것처럼 과거=현재=미래의 공허한 동질화를 사실상 정치적 존재론으로 승인하는 것으로, 이 글의 맥락에서는 '미래는 끝났다'라는 우울한 사태 자체의 도래라고 할 수 있겠다. 물론 랑시에르의 진술은 아감벤의 사유를 다소간 이분법적인 방식으로 요약하면서 그것을 오늘날 합의/배제라는 지배적 질서의 정치적·미학적 상황의 단순화된 판본으로 기각하려는 위험을 내포한다. 또한 랑시에르는 정치와 미학(예술) 특유의 비대칭성을 '감각적인 것의 나눔'이라는 전제 아래 정치와 미학(예술) 각각에서 일어나는 사건을 대등한 유비(類比)로 환원하려는 것처럼 보인다.

그렇다면 랑시에르가 과녁을 향해 겨누는 파국과 메시아주의, 존재와 사건의 이분법이야말로 랑시에르 자신의 정치와 치안의 이분법적 분리에

8 그러나 이런 식의 단순화라면 330여 척의 일본군 함대의 기습이라는 절체절명의 파국적 상황 속에서 메시아(거북선)의 환영적인 출현을 집단적 최면상태의 환각 속에서 맞이하는 백성들의 모습을 재현한 「명량」(2014)이야말로 아감벤의 파국과 메시아주의 정치철학에 정확히 들어맞는 영화가 되어야 할 것이다.

9 자크 랑시에르, 〈미학과 정치의 윤리적 전환〉, 183쪽.

도 똑같이 겨냥할 수 있는 것은 아닐까. 물론 랑시에르는 치안과 정치의 분리선이 애매하고 이른바 어떻게 계쟁의 대상인지에 대해 면밀하게 주의한다. 이에 비해 정치와 치안을 분리하면서, 정확히는 치안을 다소 손쉽게 기각하면서 정치적인 것에 호소하는 방식으로 랑시에르의 논의를 받아들이는 최근 문학비평의 열광은 랑시에르의 정치적인 것에 대한 논의를 '모든 소들이 검게 보이는 밤'(헤겔)으로 전제하는 것으로 보인다.

그런데 그 밤은 원래 헤겔의 경쟁자였던 셸링의 절대지 '개념'을 비판하는 데 헤겔이 '비유'를 동원한 밤이 아닌가. 그 밤은 비유('모든 소들이 검게 보이는 밤')가 개념('절대지')을 비판하고 그렇게 개념이 비유가 된 밤이 아닌가. 그 밤은 노동자들이 시를 읽고 쓰는 일이 영어교사이자 부르주아 시인 말라르메가 밤새 멍하니 자기가 쓴 미완의 시를 들여다보는 일과 같은 것이 되는 밤이 아닌가. 그 밤은 또한 치안의 낮과 분리되는, 마니교의 제의가 펼쳐지는 정치적인 밤이 아닌가. 그 밤은 시의 정치가 어느새 문학의 정치가 되고 문학의 정치가 어느새 예술의 정치가 되는 밤이 아닌가. 그 밤은 시와 정치가 갑자기 시의 정치가 되고 문학과 정치가 난데없이 문학의 정치가 되고 예술과 정치가 마침내 예술의 정치가 되는 마술의 밤이 아닌가. 그 밤은 윤리학이 사회학이 되고 사회학이 정치학이 되는 전능한 문학의 밤이 아닌가. 그 밤은 언젠가는 도덕과 윤리를 구분했다가 이제 와서는 윤리와 정치를 구분하고 있는 밤이 아닌가. 그 밤은 도덕과 정치를 한데 묶어 윤리를 기각하거나 이번에는 윤리와 정치가 한패가 되어 도덕을 기각하는 밤이 아닌가. 그 밤은 적과 동지를 구분하다가 적의 적은 나의 친구라고 하거나 적의 친구는 나의 적이라고 하는 식으로, 이럴 때는 이렇게 말하고 저러할 때는 저렇게 말하길 좋아하는 오성(悟性)의 밤이 아닌가. 그러나 '프롤레타리아의 밤'이 아니라 '모든 소들이 검게 보이는 밤'에 랑시에르를 읽는 문학비평들과는 다르게 랑시에르는 오히려 헤겔의 비유를 인용하면서 세계를 선(합의된 민주주의의 무한한 정의)과 악(근본주의적 전체주의의 테러리스트 악)의 마니교적인 세계로 나누는 방식에 대해 비판하지 않았는가.[10]

물론 랑시에르의 문체에서 때때로 환기되는 자유간접화법은 합의의 지배적 질서와 그 외설적 이면(배제), 이른바 정치가 치안으로만 분배되는 지배 체제의 현상 형태에 대한 단순한 진술인지 그에 대한 수행적인 비판인지 도무지 종잡을 수 없을 때가 있다. 랑시에르가 묘사한 치안의 질서가 그가 해체하고자 하는 세계의 현상 형태인지, 해체를 통해 재구성하고자 하는 세계의 실상인지에 대한 물음은 잠시 접어두자. 다만 이 글에서는 랑시에르의 진단을 참조해 아포칼립스와 디스토피아 소설에 각각 묘사되는, 선험적인 형태로 부서진 암울하고도 비관적인 어둠의 세계('바벨'과 '서울')와 '강철 무지개'에 내포된 부정적인 뉘앙스를 환기하는 포스트모던적인 쇠우리가 지배 체제의 합의/배제로 재구성된, 매우 생생한 마니교적인 현실의 비유 형상임을 우선이나마 상기시키고자 한다.

마니교 교리에서 주장하는 핵심은 선한 하느님에게서는 악이 결코 유래할 수 없으므로, 이 지상은 악의 그 영원하고도 적대적인 힘이 다스리는 어둠의 왕국이며, 그것은 빛의 왕국을 끊임없이 침범한다는 것이다. 세계는 악의 왕국이며, 현실은 악이 지배하는 쇠우리를 닮았다. 빛의 왕국은 오로지 잔존하는 단자의 불빛이라는 약한 흔적으로만 악의 왕국인 이 지상에 존재하며, 그렇기 때문에 선은 기본적으로 무기력한 어떤 것이다.[11]

10 자크 랑시에르, 《합의의 시대를 평론하다》, 주형일 옮김, 인간사랑, 2011, 150쪽.

11 피터 브라운, 《아우구스티누스》, 정기문 옮김, 새물결, 2012, 69, 76쪽.

그럼에도 불구하고 선의 약한 빛은 강렬한 아포칼립스적인 어둠 속에서도 마치 반딧불의 미광처럼 희미하지만 뚜렷하게 존재하기를, 존재를 고집하기를, 연약함을 지속하기를 결코 멈추지 않는다. 아감벤의 정치신학(《왕국과 영광》, 2007)을 패배주의적인 아포칼립스 서사와 담론으로 비판하는 현대의 어느 섬세한 마니교도 미학자의 말을 빌리면 "약한 빛들은 이제 그들의 실존을 엄습하는 위협과 고발에서 벗어나기 위해 최대한 노력하고 있다."[12] 반면에 어둠의 왕국은 서치라이트가 사방을 비추면서 대낮처럼 환해진다. 우주의 색채는 뒤바뀐다. 이 글에서 읽을 세 편의 장편소설의 색채가 그러하듯이 선한 이들은 빛이 아니라 어둠 속의 박명(薄明)을 닮았다. 그들은 대낮을 피해 돌아다닌다. 악의 왕국은 더 이상 어둡지 않으며, 오히려 서치라이트의 사나운 빛으로 꽉 찬 대낮을 닮았다.

미학에서 이러한 노력과 비슷한 방식으로 랑시에르가 부지불식간에 선과 악이라는 용어를 사용하여 정치에서 잔존하는 선의 불빛을 보이게 만들려는 노력을 오로지 치안으로 분배된 악의 왕국 한가운데서 수행하고 있을 때, 그는 때로는 정치철학에서의 급진적인 마니교도처럼 보이기도 한다. "정치란 보이지 않았던 것을 보게 만드는 것, 그저 소음으로만 들릴 뿐이었던 것을 말로서 듣게 만드는 것, 특수한 쾌락이나 고통의 표현으로 나타났을 뿐인 것을 공통의 선과 악에 대한 느낌[감각]으로 나타나게 만드는 데 있었다."[13] 랑시에르의 사유가 현대 마니교도의 그것인가 아닌가를 검증하는 것은 중요하지 않다. 오히려 시장과 정치의 야합의 현실 언저리

12 조르주 디디-위베르만, 《반딧불의 잔존》, 김홍기 옮김, 길, 2012, 18쪽.

13 자크 랑시에르, 《정치적인 것의 가장자리에서》, 양창렬 옮김, 길, 2008, 253쪽.

에서 출현하는 어떤 문학 장르가 재현하는 세계가 희미한 빛과 캄캄한 어둠으로 세계를 양분하는 마니교의 그것과 흡사하지 않은가 하는 정세적인 판단이 더 중요하다.

너무도 많이 우회한 느낌이 없지 않지만, 이쯤에서 중세와 현대의 마니교도들이 거의 비슷한 방식으로 묘사한, 빛이 희미한 어둠이 되고 오히려 어둠이 찬란하게 지배하는 왕국은 2014년에 세 달 간격으로 출간된 아포칼립스 장편소설인 정용준의 《바벨》(2014)과 손홍규의 《서울》(2014)을 잠식하고 있는 회색빛 톤의 주요한 배경을 이루고 있음을 언급해야겠다. 마찬가지로 최인석의 디스토피아 장편소설 《강철 무지개》(2014)에서는 SS 울트라마켓에서 24시간 내내 뿜어져 나오는 불빛과 SS 울트라 돔의 서치라이트가 찬란하게 비추는 근미래의 악의 왕국이 유토피아를 가장하고 출현하며, 빛으로 가득 찬 기만의 왕국과 도무지 가망 없는 전투를 벌이는 심판자로서의 극단적인 마니교도들이 출현함을 지적해야겠다.

종말의 내재성, 디스토피아의 임박함

확실히 전망의 부재라는 말과는 다른 미래 없음, 미래의 소멸이라는 소실점의 희미한 불빛을 길잡이 삼아 출현하게 된 미래서사(아포칼립스와 디스토피아 소설)를 포함한 한국의 SF, 특히 본격문학의 토양에서 문학의 씨앗을 심어 길러온 작가들의 작품에서는 현실의 재료들로부터 가능한 미래를 상상하는 방법으로 외삽보다는 유추가 다소간 우세한 편이다. 그 자신이 SF작가이기도 했던 레이먼드 윌리엄스에 의하면 SF는 "사회에 대한 공식을 발견하고 그것을 구체화"하며, "사회적 경험을 모아 특수한 패턴을 추상화하고, 이 패턴으로부터 하나의 사회를" "전체적으로 전혀 다른 시공간

속에 구체화"하는 일종의 공식(公式) 소설이다.[14]

사회적 경험의 재료들을 모아서 특수한 패턴을 추상화하는 방식으로 리얼리즘 소설이나 판타지 등과 변별되는 SF의 낯설게하기 방법은 외삽과 유추로 잠시 나눠 살펴볼 수 있다. 먼저 '외삽'은 현실의 재료들을 가정법의 시험관에 넣어 지금껏 전개되지 않았거나 앞으로 전개될 수도 있는 가능한 미래를 논리적 일관성으로 해석해내는 SF의 형식적 방법이다. 이에 비해 '유추'는 현실의 귀납적 재료들을 변형하고 연장하는 방식으로 미래를 연역하는 방법이다. 외삽과 유추 모두 SF에서 미래를 상상하는 방법으로 얼핏 큰 차이가 없어 보인다. 외삽이 과학소설(science fiction)에서 '과학(science)'이 강조되는 방법이라면, 유추는 '소설(fiction)'이 강조되는 방법이다. 어느 정도 통계학적 예측이나 미래학을 닮은 외삽에 비해 유추에서 보다 두드러지는 특징 하나를 여기서 지적해야겠다. 한마디로 유추에서는 '현재의 연장으로서의 미래'라는 인식론이나 세계관이 좀 더 직접적이거나 다소 강하게 환기된다는 것이다. 유추에서 미래는 작가의 "의도, 욕망, 그리고 신념"[15]에 의해 구성된다. '만일 이대로 계속 진행된다면'이라는 위기의식이 여기에 덧붙여진다면 SF에서 미래는 가능한 종말이나 파국, 또는 디스토피아로 각각 형상화될 공산이 크다.

주의해야 할 점은 미래를 형상화하는 소설에서 '종말이냐 디스토피아냐'라는 선택지가 작가의 개인적 세계관의 직간접적인 반영이라기보다는 미래를 형상화하는 방법이나 형식적인 숙고에서 비롯되는 차이, 요컨대

14 레이먼드 윌리엄스, 《기나긴 혁명》, 성은애 옮김, 문학동네, 2007, 421쪽.

15 Darko Suvin, "SF and Novum", *Metamorphoses of Science Fiction*, New Haven: Yale University Press, 1979, p. 77.

장르적 차이와 더욱 밀접한 관련이 있다는 것이다. 물론 최근 한국 소설에서 종말과 파국을 형상화하는 작품들이 압도적으로 많이 등장하게 된 까닭은 미래의 소멸에 대한 위기의식, 비관주의적인 공통 감각과 결코 무관하지는 않으리라. 그러나 이 글에서 다루는 소설들만 놓고 보더라도 정용준과 손홍규의 아포칼립스 소설이 최인석의 디스토피아 소설보다 더 비관적인 세계관을 전시하거나 허무한 결말을 가져오는 것은 아니다. 디스토피아 소설은 작가가 속해 있는 경험적 세계의 인간관계와 권력구조를 하나의 가능세계로 유추·대체한다. 거기서 현실은 주인공에게 저항을 불러일으키거나 대체 가능해야 하는 어떤 것으로 설정된다.[16] 이에 비해 아포칼립스 장르는 파국적인 상황이 주인공에게 도무지 어찌할 수 없을 만큼 선험적으로 내재화된 상태로 주어질 때가 적지 않다. 얼핏 보면 디스토피아 소설이 아포칼립스 서사보다 현실에 대한 태도에서 더욱 적극적이고 유연한 것으로 보인다. 디스토피아 소설은 반대항인 유토피아 장르가 그렇듯이 현실에 대한 풍자와 밀접한 관련이 있다. 그와는 다르게 아포칼립스에는 현실에 대한 주인공의 태도에서 확실히 수세적이고 수동적인 측면이 많다.

그러나 희망이나 다른 세계에 대한 기대와 관련해서는 꼭 그런 것만은 아니다. 반드시 그런 것은 아니겠지만 아포칼립스 장르는 대체로 역사적·구조적으로 '새 하늘, 새 땅'에 대한 기대와 예감을 내포하고 있다.[17] 예를 들자면 《바벨》의 프롤로그와 에필로그에 등장하는 얼음의 나라 '아이라'는

16 Darko Suvin, "A Tractate on Dystopia 2001", *Defined by a Hollow: Essays on Utopia, Science Fiction and Political Epistemology*, Oxford & New York: Peter Lang, 2010, p. 395.

17 이에 대해서는 문강형준, 《파국의 지형학》, 자음과모음, 2011; 복도훈, 《묵시록의 네 기사》, 자음과모음, 2012 참조.

종말론적인 바벨의 시대를 끝내면서 도래할 낙원에 가깝게 묘사되며, 《서울》에 등장하는 주인공 소년과 동생, 할아버지와 여자, 소녀가 이루는 유사 가족은 각자도생, 공도동망하는 생존지상주의의 잔혹한 현실 속에서도 인륜성의 최소한의 지표로 제시된다. 이 글에서 다루는 작품들과 관련하여 디스토피아 소설과 아포칼립스 장르의 차이를 거칠게 요약하자면 그것은 종말과 파국에 대한 인식과 감수성의 차이, 즉 종말의 내재성(《바벨》《서울》)과 종말의 임박성(《강철 무지개》)의 차이라고 해도 좋겠다. 따라서 항간에서 그러하듯이 디스토피아 소설보다 아포칼립스 소설이 더욱 염세적이고 비관적이기에, 문학적 패배주의의 발로에 지나지 않는다는 식의 해괴망측한 판단은 작가의 개성뿐만 아니라 장르의 변별성에 대한 최소한의 식별조차 할 수 없는 무능력과 무지를 민망하게 증명할 뿐이다.

이 글에서 전제로 두고 있는 '미래는 끝났다'라는 정세적인 판단 및 감수성과 관련하여 크리샨 쿠마르의 다음과 같은 진술은 의미심장한 구석이 있다. 그는 밀레니엄 전후로 등장한 아포칼립스적 상상력의 역사적인 특징을 "투쟁과 활력을 거의 전적으로 결여"할 뿐만 아니라, "새로운 시작이 없는 끝을 상상"하는 방식이라고 요약한다. T. S. 엘리어트의 시 '텅 빈 사람들'(1925)의 마지막 구절처럼, 오늘날의 아포칼립스적 상상력은 '새 하늘과 새 땅' 또는 메시아의 재림에 대한 희망이 없는 것은 둘째치고서라도 쾅하는 소리를 내면서 오는 종말이 아니라 "훌쩍이며 오는" 종말로 기울어지고 있다는 것이다.[18] 장르와 인식의 차이는 다소 있더라도 '훌쩍이며 오는' 종말의 느낌은 확실히 《바벨》《서울》《강철 무지개》의 공통 감각을 이루고 있

18 크리샨 쿠마르, 〈오늘날의 묵시, 천년왕국 그리고 유토피아〉, 맬컴 불 엮음, 《종말론—최후의 날에 관한 12편의 에세이》, 이운경 옮김, 문학과지성사, 2011, 인용 순서대로 263, 279, 266쪽.

으며, 비교적 젊은 작가들의 작품에서 그 공통 감각은 더욱 두드러지게 표출된다. 《바벨》에서 "오래전부터 이 세계는 종말이었다. 종말은 미래가 아닌 현재였고 과거였다"라는 진술이나 《서울》에서 "소년이 아는 건 과거와 미래라는 개념이 무의미해졌다는 사실뿐"이며, "미래는 오지 않는 것이 아니라 섬광처럼 지나가버리는 것이었다"라는 등의 서술에서 환기되는 종말의 내재성은 《강철 무지개》에서는 '쇠우리' 같은 세계의 외부를 좀처럼 상상하기 어려운 파국의 임박함과 함께 자리하고 있다. "SS 울트라는 따로 그녀의 바깥에 존재하는 것이 아니었다. 세계와 삶 가운데에, 시간과 존재 가운데에 이미 SS 울트라가 자리 잡고 있었다. 피할 수 없었고, 벗어날 수 없었다."[19] 다만 차이가 있다면 《바벨》과 《서울》의 경우에서는 시간적 차이의 소거가 종말의 감각으로 표출된다면, 《강철 무지개》에서는 외부의 소멸이 파국의 임박에 대한 느낌으로 나타난다는 것이다.

마니교적인 현실에 대한 서사적 대응

《바벨》《서울》《강철무지개》에는 모든 시간적 차이를 공허하고도 동질적인 연속성으로 소거하는 '종말의 내재성'과 아울러 생존이 아닌 삶을 위한 최소한의 장소를 상상하고 만들려는 노력조차 무색하게 만드는 '파국의 임박함'이 공존하고 있다. 그리고 이러한 공존이 '미래는 끝났다'는 테제를 한층 더 실감나게 만든다. 이러한 실감 속에서 비로소 최소한의 도덕과 지배적인 재앙, 빛의 어두운 잔존과 찬란한 어둠으로 분할된 마니교의 세

19 정용준, 《바벨》, 문학과지성사, 2014, 273쪽; 손홍규, 《서울》, 창비, 2014, 16, 111쪽; 최인석, 《강철무지개》, 한겨레출판, 2014, 436쪽. 앞으로 이 책들을 인용할 경우 본문에 쪽수를 표시한다.

계가 각각의 소설을 통해 구체적으로 펼쳐지게 된다.

먼저 정용준의 장편소설《바벨》은 과학자 노아의 실험으로 인해 발생한 '펠릿(pellet)'이 모든 인류에게 예외 없이 재앙이 되는 '바벨'의 시대에, 재앙이 삶과 공동체의 선험적인 삶의 조건이 되어버린 사람들 간의 반목과 갈등, 사랑과 우정 등을 재현하는 미래소설로 읽힌다. 소설에 전개되는 가상의 미래는 재앙이 일어난 지 10년이 지난 바벨의 시기로, 〈창세기〉에서 언어의 혼란이 일어나고 바벨탑의 건립이 중단된 직후의 신화적 세계와 정부 및 산하연구소, 대학과 신문사, 시위대와 경찰 등 작가의 경험적 세계가 중첩되어 빚어진 것이다. 소설에서 재앙의 핵을 이루는 펠릿은 말하는 입을 가진 인간에게 내려진 말의 재앙이 물질적인 형태로 형상화된 것으로,《바벨》에 전개되는 말에 대한 유물론적 사유와 통찰은 값지다고 하겠다. 소설에서 매우 인상적으로 묘사된 것처럼, 발화된 말은 "아메바 같은 원생동물의 모양을 하고 있"는(52쪽) 불쾌한 물질, 비체(abject)인 펠릿으로 변한다. 말한 사람의 목을 감아버리는 등 질식과 사망에 이르게 만드는 펠릿의 재앙은 어릴 적부터 말더듬이 증상이 있었던 노아가 완전하고도 투명한 말, 생각과 느낌을 그대로 전달할 수 있는 말을 발명하려는 실험이 실패하면서부터 시작된 것이다. 노아는 펠릿의 재앙을 돌이키기 위해 새로운 실험에 착수하지만, 그에 대한 소문만 무성할 뿐 인류의 상황은 나날이 악화되어간다. 펠릿의 재앙은 애초에는 균등하게 시작되었으나 그 재앙은 점차 사회구조 전반에 불평등한 방식으로 배분된다. 급기야는 정부에 대항하는 반정부 조직 NOT 등이 출현하여 정부와 막다른 갈등을 빚게 된다.

《바벨》에서 펠릿의 재앙은 한마디로 말하는 입을 가진 인간의 구성적인 결핍, '장애'를 환기하기 위한 장치라고 할 수 있는데, 이러한 재앙으로 인해 세계는 도무지 화해할 수 없는 극단으로 양분된다. 그러나 이러한 극단과 적대가 실제로는 바벨의 사회를 구성하는 조건임을 밝혀낸 것은《바벨》의 주요한 성과라고 할 만하겠다. "나무 팽이가 이리 맞고 저리 맞아도 언제나 균형을 되찾는 것처럼 바벨의 사회는 단단한 불안과 절망을 기초 삼아 이상한 방식으로 굳건히 유지되고 있었다."(91쪽) 'NOT'에서 발행하는《횃불》의 기자인 요나와 펠릿의 재앙을 점차 말을 잃어가는 인간의 불가피한 조건으로 수용하려는 '레인보'의 마리가 만나 오해를 차츰 풀어가면서 사랑의 '공통 감각'으로 맺어지는 소설의 주요한 플롯은 바벨이라는 마니교적인 현실을 해체하기 위한 첫 번째 서사적 의도로 읽힌다. 물론 그들만의 '방주' 속에서 사랑을 나누는 요나와 마리 커플 이른바 '연인의 공동체'가, 사람들이 점차 말을 잃어가고 침묵을 강요당하는 방식으로 단자화되어가는 마니교적인 바벨의 현실에 대한 비틀림을 제공하는지에 대해서는 다른 반문이 들 법도 하다.

《바벨》은 여기서 두 번째 비틀림을 시도한다. 반정부 시위에 적극적이었던 동료 아벳의 죽음에 대한 소식을 듣게 되고 마리의 방주에서 시청한 영상 속 경찰에 의해 속수무책으로 죽어가는 소년을 목도한 후, 요나는 마리의 방주를 떠나기로 결심하며 떠나기 전 그녀에게 한 통의 아름다운 편지를 남긴다. 편지의 결정적인 구절을 읽어보면 다음과 같다. "절망의 다른 이름은 무력함이 아닙니다. 진짜 절망한 자들은 가만히 있어서도 안 되고, 가만히 있을 수도 없습니다."(260쪽) 요나가 거부하는 것은 "NOT과 레인보는 결국 똑같다. 그들은 모두 절망하는 인간들이다"(같은 쪽)라는 마리의 아버지이자 노아의 동료인 볼의 생각이다. 요나의 심중에서 볼의 이러한 생각은 펠릿의 재앙에서 비롯된 절망을 토대로 유지되는 바벨이라는 합의체에 대한 사실상의 판단중지로 보였던 것이 아닐까 싶다. 세월호

참사가 일어나기 두 달 전에 출간(2014. 2. 11)된 이 소설의 가장 인상적인 구절에서 펠릿처럼 저주 어린 '합의'의 언어라고 할 만한 '가만히 있으라'에 대해 "가만히 있을 수는 없다. 가만히 있을 수는 없다"(같은 쪽)라는 결의의 말을 집단적인 절규의 예언처럼 분명하게 들리도록 만드는 힘은 요나의 절규 어린 예언마저 물속에 가라앉은 것인 양 더는 들으려 하지 않는 바벨 시대에 한국 소설이 성취한 나름의 몫이 아닐까. 문학이 파국의 압도적인 현실을 미처 따라가지 못하기에 문학은 그저 현실에 대한 사후적인 증언에 불과하다는 생각은 수정되어야 한다. 그렇다고 문학이 예언이라는 뜻은 아니다. 문학은 침몰하는 현실을 불길하게 예감하고, 망각되어가는 현실을 다시금 호출할 뿐이다. 만일 '문학의 정치'가 가능하다면 그것은 말 속에서 말하는 입 달린 인간과 말에 대한 사유를 벼려나가는 공통감각의 복원에 달려 있다고 하겠다. 《바벨》은 '가만히 있으라'와 같은 저주 어린 합의/배제의 말이 우리에게 들리는 유일한 말이 아님을 항변하는 소설이다.

이에 비해 《서울》은 "사람이 사람을 사냥"(65쪽)하는 것에 합의하면서 사람이 아닌 다른 어떤 존재, 아마도 "좀비"(233쪽)로 변해가는 와중에 끝까지 사람이고자 하는 소년과 동생, 노인과 여자, 여자의 딸인 소녀 그리고 그들을 따라다니는 목소리 잃은 개가 들려주는 산문시와도 같은 이야기다. 방금 산문시라고 말했지만, 실제로 이 소설은 《바벨》이나 《강철 무지개》에서 볼 수 있는 플롯이 최소한의 가느다란 선 하나만을 남긴 채 진행된다는 인상을 주는데, 《서울》에는 희미한 플롯의 선만큼이나 플롯의 인과율, 원인과 결과, 시작과 끝이 불분명하게 제시되어 있다. 소년 일행이 작년 겨울부터 폐허가 된 서울을 왜 떠도는지, 서울은 왜 폐허가 되었는지, 사람들은 왜 네이팜탄에 맞아 새까맣게 타들어 죽어갔는지, 소년 일행을 추적하는 개의 네 배나 되는 몸집의 짐승과 "한때는 사람이었으나 이제는 결코 사람이라고 할 수 없는, 그러나 사람과 너무도 흡사하기에 사람이 아닌 다른 무엇으로 부르기에도 어색한 저 새로운 종족들"(197쪽)의 정체는 도대체 무엇인지 이 소설은 조금도 말해주지 않는다. 그것들은 언젠가부터 저절로 거기에 있었던 것처럼, 선험적이고도 숙명적인, 삶이라기보다는 생존의 불가피한 조건인 것처럼 제시되어 있다. 작심한 것처럼 빛과 어둠만을 묘사하겠다는 《서울》의 세계는 《바벨》만큼이나 마니교적이라고 할 수 있다.

이 종말의 세계에서 소년 일행은 "대낮을 소유한 자들"(166쪽)의 낮을 피해 밤에만 이동하기에 밤의 어둠과 조금도 구분이 되지 않는다. 그러나 그들은 어둠을 어둠으로 드러내는 가느다랗고 희미한 윤곽처럼, 밤을 밤이게 하는 최소한의 반딧불이인 양 그렇게 남쪽으로 향하고 있다. 마니교의 오래된 교리가 말해주는 것처럼 소년의 일행이 떠도는 폐허의 서울은 악, 다시 말해 '증오'에서 태어났다.

> 지난겨울 이후로 소년은 양서류처럼 살았다. 선과 악을 오가며 하늘과 지상을 오가며 옛 서울과 파괴된 서울을 오가며 소년 자신과 소년이 아닌 그 무언가를 오가며. 이제 그 모든 게 끝이었다. (…) 세계가 끝났는데 여전히 인간과 짐승은 의사소통을 할 수 없었다. 서로를 사랑할 수도 없었고 서로를 용납할 수도 없었다. 증오만은 처음처럼 순결했다. 세계가 끝난 뒤에도 증오는 살아남을 것이다. 그건 곧 우주가 증오에서 태어났다는 의미인지도 몰랐다.(128~129쪽)

그렇다고 《서울》이 그저 '멸망의 시'인가 하면 또 그렇지는 않다. 멸망을 통해 뭔가 다른 것을 말하려고 하거나 멸망으로 인해 도래하는 무엇을 고

대하는 것도 아니다. 이 소설에서 멸망은 목적을 위한 수단이 아니며, 목적 그 자체도 아니다. 이 소설에서 소년의 가방 속에 들어 있는 시집은 마치 '도래하는 책'이나 '미래의 책'마냥 제시되어 있는데, 《서울》에서 시는 이렇게 정의된다. 시, 그것은 "우리가 저 세계에서 이 세계로 소환한 눈부신 지옥"(49쪽)이다. 그런데 '눈부신 지옥'은 '대낮을 소유한 자들'과 육지에 오른 리바이어던을 닮은 '짐승'이 돌아다니는 대낮의 세계라고 할 만하다. 그렇다면 '눈부신 지옥'을 닮은 시는 저 세계에서 이 세계로 온 것으로, 눈부신 지옥을 눈부신 지옥으로 드러나게 만드는 희미한 윤곽, 잔존하는 어둠이 아닐까. '잔존하는 어둠' 또한 소년 일행이 어둠 속에서만 이동하면서 어둠을 어둠으로 드러내는 희미한 윤곽을 닮았기에 어쩌면 '잔존하는 빛'으로 볼 수도 있다.

이 소설에서 '시'는 가느다란 윤곽을 남기면서, 마치 반딧불이로 떠도는, 한 줌의 도덕이자 인륜을 수호하는 소년 일행을 은유하는 것으로 해석될 수 있겠다. 소년은, 루쉰 소설에 등장하는 광인의 말을 빌리면, '사람을 잡아먹지 않은 아이'다. 그 아이는 구조되기를 기다리면서 죽어가는 희생자일 수만은 없다. 《서울》에서 시는, 헬멧을 쓰고 다녀야 하는 자신이 괴물인지 사람인지를 연거푸 묻는 동생에게 너는 괴물도 사람도 아닌 내 '동생'이라고 말하는 소년의 말이며, 동생을 구하기 위해 죽어가는 소년과 노인의 처연한 몸부림을 닮았다. 그러면 "다시는 볼 수 없는 단 한편의 시"는 대체 어디에 있는가? 그러나 죽은 소년의 동생이 이렇게 말하지 않았는가? "이미 보셨잖아요."(279쪽)

마지막으로 《강철 무지개》를 살펴보겠다. 이 소설이 그려내고 있는 2087년의 미래는 표면적으로는 남한 주도로 흡수 통일된 한반도, 제3차 중일전쟁, 서해상에서의 핵폐기물 사고, 소행성의 지구충돌 가능성, 테라포밍한 달과 화성 등의 배경으로 설정되어 있다. 그런데 소설에서 미래의 진정한 핵심은 앞서 언급한 것처럼 국가가 기업화되고 기업이 국가를 대신해 통치하는 현실이다. 그 현실은 "기업 확장 문화의 가장 경악할 만한 화신"이자 "전체주의의 권력체"인 "월마트"[20]를 연장한 것 같은, "전 세계로 뻗어나가는"(139쪽) SS 울트라마켓이 지배하는 전 지구적 현실이다. 그리고 그 현실은 포드주의적 생산소비 사회(올더스 헉슬리, 《멋진 신세계》, 1932)와 빅브라더(조지 오웰, 《1984》, 1948), 주상복합원전(테리 길리엄, 「브라질」, 1985)을 합쳐놓은 것 같은 울트라 돔 시티가 미래 인간의 "요람에서 무덤까지"(149쪽)를 지배하는 등 탈주가 불가능하고 외부를 좀처럼 상상할 수 없는 미래다.

《바벨》과 《서울》에서 세계는 빛과 어둠으로 양분된 마니교적인 교리로 구획되어 있으며 그러한 세계의 합의된 구획에 이의를 제기하는 인물들이 등장한다면, 최인석의 《강철 무지개》에는 울트라마켓과 울트라 돔에서 눈부신 빛으로 쏘아대는 유토피아를 거짓이라고 고발하고 가짜 유토피아에 복수를 꾀하는 마니교도들이 등장한다.

> 심판이 존재하지 않는다면 이 세계를, 이 세계의 무지막지하고 참혹한 존재 방식을 무엇으로 회복시킬 것인가? 심판이 있으므로 비로소 이 세계는 유의미했다. 이 세계가, 그곳에서 버둥거리는 인간이 의미를 획득하는 유일한 길이 바로 심판이었다. 심판이 없다면 인간도 세계도 더불어 나약하고 동시에 사악한, 나약하므로 사악할 수밖에 없는 쓰레기였다.(197쪽)

20 셸던 월린, 《이것을 민주주의라고 말할 수 있을까?》, 223쪽.

마치 4세기의 로마제국에 대항하던 극좌 마니교도의 교리문답을 옮겨 놓은 것 같은 구절들로 가득한《강철 무지개》는 랑시에르가 민주주의적 합의에서 배제/전치되는 '테러의 악'으로 명명했던 존재가, 한국 소설에서는 거의 최초로, 자살폭탄 테러리스트로 등장하는 소설이다.

소설의 세 여성 주인공인 지연, 에스더, 영희는 크고 작게는 현실에서 극단적인 소외를 겪었던 만큼이나 희미한 희망을 간직한 인물들로, 가짜 유토피아적인 환영(幻影)의 족쇄와도 같은 '강철 무지개'인 쇠우리를 어떻게 파쇄할 것인가라는 질문을 육화한 존재들이다. SS 울트라마켓 직원으로 소진과 불면의 삶을 견뎌냈던 지연에게는 재선과 함께 핵폐기물의 방사능 누출로 폐허가 된 '세상의 끝', 서해의 어느 바닷가에서 잠시나마 강렬하게 누렸던 낙원의 삶과 그에 대한 간절한 기억이 있었다. 세상에 대한 심판을 통해 인간은 구원된다고 믿는 마니교도 에스더에게는 예수님 사랑학교에서 영희와 함께했던 지난날의 소중한 기억이 있었다. 그리고 고아 시절부터 폭력적인 세상에 의해 삶을 유린당해 복수로 세계의 절멸을 실행하는 영희에게는 마찬가지로 예수님 사랑학교에서 에스더와 함께했던 사랑의 기억이 있었다.

세계의 끝이라는 낙원으로부터 추방당한 후에 울트라 돔에 기거하다가 PeC(빵과 서커스)라는 테러 조직과 연계되어 울트라 돔과 함께 자폭하는 지연, 서울클라우드 익스프레스의 회장의 간호사로 회장의 사욕에 의해 신체장기의 일부를 훼손당한 멕시코 소년 아담을 찾기 위해 악의 소굴로 걸어 들어가는 에스더, 에스더의 죽음에 대한 복수를 감행하다가 죽음을 맞이하는 영희에게는 각각 상실된 낙원에 대한 우울증적 애착, 자신의 삶에 대한 '최후의 자기 심판'으로서의 사랑과 연민, 사랑하는 이의 죽음을 낳게 한 세상에 대한 분노와 원한이라는 정념이 자리하고 있다. 여기서 우울, 연민, 원한은 서로 상이한 정념이지만 모두 악한 세계로부터의 소외, 그 세계에 대한 거절과 복수라는 측면에서 근본적으로 계급적인 정서(affect)[21]로 이해할 필요가 있겠다. 따라서 《강철 무지개》에서 세 주인공이 삶의 종착역에서 선택하는 자살폭탄 테러, 무고한 소년을 구하기 위한 탈주의 감행, 사랑하던 사람에 대한 복수는 그에 대한 서투르고도 재빠른 가치평가를 허용하지 않는다. 그것들은 쇠우리 같은 '강철 무지개'에 맞서는 가능한 세 가지 대안이라기보다는, 문제 틀을 근본적으로 재구성하는 질문으로 생각해야 옳다. 이것이 《강철 무지개》의 문제의식이다.

아이: 공통 감각, 시(詩), 아담 그리고……

앞에서 이미 살펴본 것처럼 《바벨》《서울》《강철 무지개》에 공통적으로 등장하는 모티프는 아이(소년)의 존재다. 《바벨》에서 요나가 마리와 함께하던 방주를 떠나게 된 계기는 영상 속에서 경찰의 폭력에 의해 죽어가는 소년을 보았기 때문이다. 요나가 목격한 고통스럽게 죽어가는 '소년'은, 요나와 마리가 서로 교감을 나누면서 체득한 어휘인 공통 감각이 다만 사랑하는 사람들끼리의 감각과 정서의 나눔에 머무르지 않고 고통과 아픔에 대한 책임감과 연대를 동반하면서 확장되는 윤리적 각성과 무관하지 않음을 일깨우는 존재다. 이러한 공통 감각의 확장은 마침내 타락한 말의 상징인 펠릿을 말하는 인간 존재에게 침입한 사악한 이물질이 아니라 존재의 결핍이라는 내적 속성으로 끌어안는 화해의 결말로 소설을 이끈다.

21 프레드릭 제임슨, 〈맑스의 도둑맞은 편지〉, 전희경 옮김, 《성균비평》 제3호, 성균관대학교 대학원학생회, 1996, 113쪽.

한편 《서울》에서 '소년'은 《바벨》에서 제시한 윤리적인 공통 감각이 처음부터 육화된 존재로, 영화 「설국열차」(2013) 등에서 이미 잘 드러난 것처럼 낡은 세계의 몰락과 새로운 존재의 탄생이라는 아포칼립스 서사의 내적 형식을 매개하는 상징이다. 핵겨울(nuclear winter)의 세계에서 살아남은 아버지와 아들의 고된 여정을 그린 코맥 매카시의 《로드》(2006)의 오마주라고도 할 수 있는 《서울》에서, 손홍규는 〈작가의 말〉을 통해 다음과 같이 쓰고 있다. "폐허 위에 다음 시대의 아름다운 인간들의 거처가 마련될 것임을 의심하지 않는다".(282쪽) 말하자면 《서울》은 아버지가 살아가는 '폐허'의 현실을 핍진하게 서술한 산문이라기보다는, 아버지가 아이에게 물려주고 싶은 '아름다운 인간들의 거처'를 소망하기 위해 산문적인 현실을 폐허로 만든 시라고 할 수 있다. 그렇다고 이 시가 절망적이지는 않다. "그들은 따스한 햇살을 등에 맞으며 길을 떠났다"(279쪽)라는 소설의 마지막 구절이 환기하는 것처럼 말이다.

마지막으로 《강철 무지개》에서 에스더는 생존의 대가로 신체의 장기를 회장에게 지불한 멕시코 '소년' 아담을 찾아 나서면서 다음과 같이 묻는다. "아담, 어디 있어?"(448쪽) 이 질문은 소설을 관통하는 윤리적인 물음이다. 선악과를 먹고 죄책감에 사로잡혀 무화과 잎으로 몸을 가린 채 숨어 있는 아담을 찾는 〈창세기〉의 야훼의 질문은 《강철 무지개》에서는 아담의 장기이식수술을 도운 간호사 에스더의 죄책감과 아담에 대한 연민으로 뒤바뀐다. 예수님 사랑학교에서 배운 '최후의 심판'의 교리를 좇아 인간에 대한 사랑과 연민조차도 도래하는 최후의 심판 이전에는 존재하지 않는다고 믿었던 에스더는 그녀의 차갑고도 냉정한 표정이 환기하는 것처럼 무감(無感)과 무통(無痛)의 삶을 살아왔다. 하지만 아담의 신장이식수술을 계기로 그녀는 그때까지 믿어왔던 최후의 심판의 교리가 잘못되었음을 깨닫는다.

'아담, 어디 있어?'라는 질문은 소년 아담의 행방에 대한 물음이자 에스더 자신의 실존적 위치에 대한 질문이다. 에스더의 실존적 물음은 타자와 대면하는 윤리적 물음과 다르지 않다.

《바벨》《서울》《강철 무지개》에서 '아이'는 주체에게 윤리적인 고통과 죄책감을 불러일으키는 무구한 희생자이거나 반대로 생존에 굴복하지 않는 강인한 윤리적인 존재로 설정되어 있다. 물론 희생자가 다른 편에서 윤리적 존재일 수 있다는 사실이 희생자를 그저 숭고한 존재로만, 즉 구제의 손길을 필요로 하는 타자를 고귀한 희생자로만 취급한다는 뜻은 아니다. 그럼에도 '아이'는 세 편의 소설에서 마니교적인 현실에 의해 끝내 침입당하지 않고 해체 불가능한 정의로 설정되어 있다는 느낌이 없지는 않다. 마치 악의 거대한 물결 속에서도 끝내 훼손되지 않고 침범당하지 않는 최소한의 선, "한 조각의 순전한 완벽함"[22]이라는 마니교의 정화된 신념을 세 소설은 때때로 공유하는 것으로 보인다. 긴 겨울이 지나고 봄이 온다는《바벨》의 도입부와 결말부의 동화적인 배치,《서울》의 결말에서 소년의 동생과 여자, 개가 '햇살'을 받으며 떠나는 장면에서 연상되는 정화의 분위기는 선과 악이 혼탁하게 뒤섞여 있는 현실에 대한 산문적인 대응이라기보다는 시적인 처방과 진단에 가까워 보인다.

이에 비해《강철 무지개》는 앞의 두 소설보다는 훨씬 산문적으로 대응하고 있다. 소설은 에스더(아이리스)의 탈주를 유일한 윤리적 선택으로 남겨놓지는 않았다. 앞서도 언급했지만 지연의 자살폭탄 테러와 영희의 복수가 에스더의 탈주 옆에 나란히 놓여 있으며, 그것들은 소설이 제시한 세 가지 해결책이라기보다는 독자가 질문을 던질 수 있는 문제 틀이다. 만일

22 피터 브라운,《아우구스티누스》, 86쪽.

테러나 복수, 연민에 따른 자기희생을 해결책으로 간주하게 되면 세 주인공의 선택은 그저 막다른 자기파괴나 허망한 속죄의식으로 수렴될 여지가 농후하다. 《강철 무지개》에서 독자에게 다소 당혹스럽게 보일 수도 있는 지연의 자살폭탄테러를 극단적인 악이나 파괴행위로 읽는 것은 너무도 쉽다. 보통 예술은 현실의 모순에 대한 상상적인 해결책을 제시한다고들 한다. 그러나 문학 작품에서 해결이란 오히려 현실에 대한 질문이다. 프로이트의 소망충족이 단지 소망의 발현이 아니라 그것을 억압하는 현실원칙에 대한 근본적인 문제제기인 것처럼. 테러는 문제에 대한 막다른 해답이 아니라, 그 자체로 문제이자 질문이다.

이렇게 본다면 오히려 《강철 무지개》의 테러를 울트라마켓과 울트라 돔이 합의로 지배하는 치안의 질서에 대한 파괴적인, 근본적인 이의제기로 읽을 필요가 있지 않을까. 슬라보예 지젝이 프랑스 혁명의 자코뱅 테러에 대해 언급한 것을 참조하자면 치안으로 분배된 체계, 실정적인 질서를 쓸어버리는 테러의 광란하는 자기파괴는 인간 사회의 실정적인 질서 바로 그 토대를 이뤘던 것이다.[23] 소박하게 말하면 민주주의는 피를 먹고 자라는 나무이며, 테러는 언제든 출몰할 여지가 있는 '억압된 것의 회귀'다. 디스토피아 소설이 재현하는 미래가 제아무리 극단적으로 형상화되었더라도 결국 '그들의 이야기는 우리의 이야기'다. 디스토피아 소설의 미래는 현재의 재확인으로 귀결되는 것이 아니라 현재에 대한 질문으로 다시금 피드백된다. 이러한 피드백 작용을 통해 소설은 다만 다가올 미래를 염려하는 것이 아니라 현재의 지배 질서를 지독한 추문거리로 만든다.

그렇다고 《강철 무지개》의 이러한 문제의식 때문에 세 편의 소설에서 각

23 슬라보예 지젝, 《까다로운 주체》, 이성민 옮김, 도서출판 b, 2005, 392쪽.

각 공통 감각, 시, 아담에 대한 연민이라는 윤리적인 도약의 중요성이 약화되거나 과소평가될 수 있다고 생각하지는 않는다. 한국 사회는 그 어느 때보다 선과 악으로 극단화되는 마니교적인 이분법이라는 합의와 치안의 질서를 닮아가고 있으며, 때로는 그에 대한 분노 어린 이의제기조차 다시금 선과 악으로 파편화되어 나누어지는 상황이 도처에서 눈에 띄고 있다. 그런데 이러한 시대에 문학은 이 글의 앞에서 참조한 정치철학자가 진단한 것처럼 과연 재난과 희생에 대한 사후적인 증언에만 몰두한다고 말할 수 있을까. 확실히 최근 한국 문학의 한 경향은 재난과 재앙의 역사적 현실을 작품의 내재적인 구조로 수용하면서, 현실에 대한 패배주의와 마니교적으로 분리되는 세계의 양극화를 선험적으로 수용하고 승인하는 것처럼 보인다. 삶은 생존과 분리되었으며, 우리 대 그들로 현실은 나누어졌고, 미래는 현재의 공허한 연장이거나 채무변제 기일에 불과하게 되었다.

정용준의 《바벨》, 손홍규의 《서울》 그리고 최인석의 《강철 무지개》와 같은 아포칼립스, 디스토피아 서사에서도 이러한 수용과 승인이 깊숙이 엿보인다. 앞서 자주 인용했던 프랑스의 정치철학자가 묘사하고 분석한 대로 문학(예술)마저 현실의 어떤 징후를 닮아가고 있는 듯하다. 그러나 이들 작가들이 취한 미래서사의 형식을 단지 현존하는 지배 질서에 대한 한숨 가득한 체념적 수용과 사후적 증언으로 손쉽게 반납 처리할 수는 없다. 무엇보다도 문학에서 예전에 볼 수 없었던 새로운 형식의 출현은 그것을 가능하게 만든 하부구조(토대)에 대한 참조를 필요로 하지만, 토대로 환원되거나 용해되는 방식으로 설명될 수는 없다.

이 글은 세 편의 미래소설을 분석함으로써 '미래는 끝났다'라는 현실에 대한 진단이 그러한 '미래는 무엇인가'라는 문제적인 질문으로 변형되고, 그것이 다시금 특수한 문학 장르(아포칼립스, 디스토피아 소설)로 형식화되고 서사화되는 과정을 살펴보았다. 한국에서 미래를 재현하는 서사가 그 장르의 낯설고도 새로운 출현에 맞춤하게 좀처럼 바깥을 상상할 수 없는 지배 체제의 시공간과는 전적으로 상이한 시공간을 상상할 수 있는지는 물론 좀 더 찬찬히 지켜볼 일이겠다.

—《민족문화연구》 68집, 고려대학교 민족문화연구소, 2015

'인간 없는 세상'을 꿈꾸는 소설

—정유정의 《28》에 대하여

"인간이 중요하지 않은 시대가 와야 한다."

—존 그레이, 《하찮은 인간, 호모 라피엔스》

hot and cool

정유정의 장편소설 《28》은 뜨겁고도 차갑다. 외부와의 그 어떤 통로도 차단된 채 혼돈만이 백열처럼 끓어오르는 엔트로피적 고립계의 상징인 화양(火陽)이라는 도시와 피조물들의 죽음을 불길하게 예고하는 하울링이 멀리서부터 울려 퍼지는 알래스카라는 광활한 야생의 자연이 조우하며, 살아남고자 하는 피조물들의 뜨거운 아우성과 얼어붙는 것 같은 죽음의 냉혹한 침묵이 교차한다. 문장도 차갑고 뜨겁다. 형용사와 부사가 최대한 절제된 소설의 냉랭한 어절들은 다가올 죽음을 예감하고 살풍경을 고요히 응시하고 있는 듯하다. 그런가 하면 문장과 구문의 바퀴를 이루는 뜨거운 동사들. 그 가운데 자동사는 죽어가는 피조물의 안타까운 신음을, 타동사는 살려고 발버둥치는 피조물의 격한 비명을 체현한다. 인간과 개를 포함한 피조물들은 오직 움직임으로서만 살아 있음을 증명한다. 웅크리거나 누워 있거나 멈추게 되면, 곧 죽음이다. 소설의 서술자는 마치 카메라를 멘 기사처럼 피조물들의 거친 호흡과 함께 보조를 맞추며 그들의 움직임 일거수일투족을 쫓는가 하면, 한편으로는 공중에 떠 있는 맹금의 눈처럼 삶과 죽음이 엎치락뒤치락 교차하는 무간지옥 화양을 고요하게 응시한다. 삶과 죽음, 사랑과 증오, 희망과 절망, 문명과 야생, 비명과 침묵이 교차하는 28일간의 숨 막힌 기록이 펼쳐진다. 뜨겁고도 차갑다.

《28》의 자연주의

《28》은 29만 명의 인구가 사는 수도권의 위성도시 화양에 유례없는 인수공통전염병이 발생한다는 가정법에서 시작하는 재난소설이다. 《28》에 실린 〈작가의 말〉도 이 소설이 '만약'이라는 가정법에서 출발한 작품임을 알려주고 있다. "만약 소나 돼지가 아닌 반려동물, 이를테면 개와 인간 사이에 구제역보다 더 치명적인 인수공통전염병이 돈다면 어떤 일이 일어날까?"[1] 소설에서 인수공통전염병은 도무지 치료법뿐만 아니라 발병의 원인조차 찾을 수 없는 난공불락의 질병이다. 사람과 동물이 함께 걸리는 것뿐만 아니라, 잠복기가 짧고 전염 속도가 매우 빠르며, "개가 개한테, 개가 사람한테, 사람이 사람한테, 사람이 개한테 전염시키는 게 모두 가능"(171쪽)한 인수공통전염병은 그 누구 무엇에게도 예외가 존재하지 않는, 한마디로 자연 그 자체의 재앙이라고 할 수 있다. 다시 말해 《28》에서 자

1 정유정, 《28》, 은행나무, 2013, 494쪽. 앞으로 이 책을 인용할 경우 본문에 쪽수를 표시한다.

연은 더 이상 인간이 거주하는 환경, 곧 소설 속에서는 한낱 배경이기를 그치고 그 자신이 주체가 되어 마치 하나의 (비)인격, 개성, 표정, 시선을 적극적으로 가지고 활동하며, 자연의 일부분으로서의 인간 존재를 낯설게 응시하기 시작한다. 배경(background)이 아닌 전경(foreground)으로서의 자연 또는 재난.

《28》에서 인간과 개를 동시에 습격하는 인수공통전염병이 어떤 방식으로 개뿐만 아니라 인간에게도 전염되는지를 최초로 묘사하는 다음 문장을 주의해서 읽어보겠다. "아침이 되어 거실로 나온 남자는 검은 안개의 포로였다. 전날보다 짙고 선명한 검은 안개가 누런 눈구멍과 콧구멍과 입 속에서 혓바닥처럼 날름거렸다. 속셔츠만 입은 남자의 살갗을 뚫고 수만 마리 실뱀처럼 기어 나왔다. 기어 나온 자리마다 땀구멍 같은 검은 자국들이 남았다."(50쪽) 이러한 섬뜩한 묘사는 두 가지 점에서 문제적이다. 첫째, 이 묘사는 이 소설의 특이한 시점 운용에서 나오는 것으로, 서술자와 개 '링고'의 혼재된 시점(초점화자)에서 보여진 것이다. 링고는 자신을 포함해 개들이 감금된 아파트에서 극적으로 탈출하기 전에 앞으로 닥칠 파국의 진원을 목격하고 있는 것이다. 둘째, 앞의 묘사는 사실적이라기보다는 비유적이다. 이렇게 인간 존재는 자연이라는 '검은 안개', 인수공통전염병이라는 '수만 마리 실뱀'에 의해 그 존재가 관통당해버린 한낱 사물, 자연의 또 다른 먹잇감에 대한 비유가 되어버리고 마는 것이다. 오히려 인간이라는 유적(類的) 존재는 실제로는 "태어나고, 싸우고, 사고치고, 병들어 죽어가는 털 없는 원숭이들"(236~237쪽)이라는 종적(種的) 존재에 불과했던 것으로 밝혀진다. 이제 인간은 동물종의 아종(亞種)일 뿐이다.

만일《28》을 재난소설이라고 명명할 수 있으려면, 이때의 재난소설이라는 낡은 용어는 한국 소설의 장르소설적인 추세와 경향을 염두에 두는 것을 전제로 하여 다시금 문학적인 생명력을 불어넣어 새롭게 정의해야 마땅할 장르적 명칭이다. 최근 국내외에 유행하고 있는 좀비 아포칼립스와 과학소설(영화) 장르에 속하는 어떤 작품들은 보다 근본적인 차원에서 인간을 물음표나 괄호에 닫고 그를 유적 존재가 아니라, 종의 일부, 종적 존재로서 간주하기 시작했다는 데서 자연주의적인 세계관을 체현한 문학의 최신판이라고 할 수 있다. 《28》도 예외가 아니다. 그런데 여기서 자연주의란 특별히 문예사조 일반을 지칭한다기보다는 인간에 대한 도저한 환멸과 무망(無望)을 독기 있게 표현한 영국의 철학자 존 그레이가 《하찮은 인간, 호모 라피엔스》에서 정의한 세계관과 일맥상통한다 하겠다. "진정으로 자연주의적인 세계관은 세속의 희망을 위한 어떤 여지도 남겨놓지 않는다."[2] 실제로 《28》을 《하찮은 인간》과 함께 읽다 보면 "미래에 대한 지침으로 '계획'이나 '희망' 같은 것보다는 유행병학과 미생물학이 더 나을 것이다"[3]라는 그레이의 일침에 절로 고개를 끄덕일 수밖에 없게 된다. 정유정의 《28》 또한 사회적이고도 자연적인 재난 설정에서 시작해 계급, 인종, 젠더 등으로 분열되고 와해된 인간 사회를 서사적으로 재통합하려는 재난서사의 흔한 공식을 순순히 따른다고 할 수는 없다. 사회적 재통합을 위해 가정된 재난이 보통의 재난서사에서는 하나의 배경에 머무를 경우가 많다면, 앞서도 언급한 것처럼, 《28》에서 재난은 인간 존재 그 자체를 괄호로 묶는 문제적인 전경이라고 할 만하다.

이러한 재난의 전경 속에서는 삶과 죽음 사이에 일종의 기호론적인 전도가 일어난다. 엄밀히 말하면, 《28》에는 유한성의 표식으로서의 죽음은

2 존 그레이, 《하찮은 인간, 호모 라피엔스》, 김승진 옮김, 이후, 2010, 10쪽.

3 존 그레이, 《하찮은 인간, 호모 라피엔스》, 25쪽.

더 이상 존재하지 않는다. 오직 시체들의 대량생산과 제조가 있을 뿐이다. 아래 인용문은 불과 몇 해 전에 TV로 모두들 힘들게 지켜보았던 가축들의 끔찍한 살처분을 연상케 하는 장면이다. 물론 개들을 살처분하는 무덤덤하지만 불쾌하도록 실감나는 묘사는 정유정도 〈작가의 말〉에서 밝히고 있는 것처럼 《28》의 서사적 출발점에 자리 잡고 있다.

> 덤프의 적재함은 위로 올라가기 시작했다. 동시에 개들이 구덩이로 떨어져 내렸다. 처음엔 몇 마리씩, 곧 무더기로. 떨어진 개들은 곧장 허공으로 튀어 올랐다. 누워 자빠진 동료의 몸을 딛고 서로의 머리를 밟으며 필사적으로 탈출을 시도했다. 구덩이를 에워싼 군인들은 착검한 총 끝으로 개들을 찍어서 구덩이로 다시 떨어뜨렸다. 죽창 군인 둘은 철장 벽에 붙어 버티는 개들을 창으로 찍어 떼어냈다. 큰 개, 작은 개, 검은 개, 흰 개들이 눈을 찍히고, 뱃가죽이 뚫리고, 등을 꿰인 채 핏물을 내뿜으며 구덩이 속으로 떨어져 내렸다. (…) 다른 한편에선 굴삭기가 구덩이를 덮기 시작했다. 개들은 떨어져 내리는 흙과 쓰레기 더미 속에서 울부짖었다. 그 울음이 윤주에겐 사람의 말로 들렸다.
>
> 살려주세요.
>
> 흙덮기가 끝났다.(240~241쪽)

그런데 인용문에서 '살려주세요'라는 울음소리는 다만 소설의 주인공 신문기자 윤주에게만 들린 환청에 불과한 것일까. '살려주세요'라는 목소리는 《28》에서 인간과 동물을 포함한 모든 피조물을 가로지르는 공통의 신음소리가 된다. 소설 속에서 인간은 인수공통전염병이 마치 개에게서 비롯된 것인 양 보도하고 개를 마구잡이로 살처분했지만, 인간 역시 개처럼 살처분당하기는 마찬가지다. "설마, 하는 새에 군인들은 곤봉과 소총을 들고 사람 사냥을 시작했다. 사람들은 인근 점포, 주택, 빌딩으로 피신했으나 붙잡힌 이들이 수백도 넘었다. 그들은 손을 뒤로 묶인 채 카고 트럭에 실려 어디론가 사라졌다."(261쪽) 군인들에게 붙잡혀 트럭에 실려 간 사람들 가운데 '빨간 눈'의 감염자들이 있었다면, 그들은 도대체 어디로 끌려간 것일까. 다음 문장은 소방대원 기준이 목격한 것으로, 앞서 트럭에 실려 떠났던 자들이 맞이한 최후라고 할 수 있다. "소방서 차고만 한 공간을 시신들이 꽉 채우고 있었다. 얼굴을 수건으로 덮고 반듯하게 누운 사람, 가슴을 움켜쥐고 엎어진 사람, 홀로 벽 모서리에 기대앉은 사람, 눈을 부릅뜨고 천장을 노려보는 사람. 시신들의 자세로 봤을 때 죽어서 버려진 이들은 아니었다. 이곳에 갇혀서 죽어간 사람들이었다. 짐작대로 감염자를 외딴곳에 격리 감금한 후 죽도록 내버려둔 것이었다."(413쪽) 소설에서 "사람과 개는 결국 같은 운명을 맞고 있는 셈"이 된다.(352쪽)

그리하여 사람이 개와 함께, 개와 똑같이 살처분되는 "죽음의 만신전"(272쪽) 앞에서 "희망"이란 "세상에서 가장 배신을 잘하는"(434쪽) 낱말에 불과하게 된다. 그토록 무망한 언어인 '희망'은 소설의 주제 층위뿐만 아니라 플롯 층위에서도 작동한다. 먼저 주제 층위에서 보면 11년 전 아이디타로드라는 개썰매 경주에서 16마리의 썰매 개들을 모조리 잃고 홀로 살아남아 죽은 개들에 대한 죄책감을 갖고 있는 주인공이자 드림랜드의 수의사인 재형이 표방하는 세계관은 한마디로 '인간 없는 세상'에 대한 동경이다.

> "나는 때로 인간 없는 세상을 꿈꾼다. 자연의 법칙이 삶과 죽음을 관장하는 곳, 모든 생명이 자기 삶의 주인으로 살아가는 세계, 꿈의 나라를. 만약 세상 어딘가에 그런 곳이 있다면 나는 결코 거기에 가지 않을 것이다."(28쪽)

그런데 인용문에서 '자연의 법칙이 삶과 죽음을 관장하는' '인간 없는 세상'에는 '가지 않을 것'이라는 재형의 다짐이 뜻하는 바는 무엇일까. 딱히 어려운 의미는 아니다. 단 한 사람의 인간이라도 '인간 없는 세상'에 가게 되면, 그곳은 이미 '인간 없는 세상'이 아니기 때문이다. 그곳은 어쩌면 인간의 경우, 오로지 죽은 다음에야 비로소 갈 수 있는 세상인지도 모른다. 어떻게 보면 재형이 꿈꾸던 '인간 없는 세상'은 인수공통전염병이라는 재난을 계기로, 적어도 자신의 죽음으로 실현된 것이라고도 할 수 있겠다. 그는 애지중지하던 늑대개 링고와 싸우다가 링고와 함께 죽음을 맞이한다.

이처럼 《28》의 세계를 관류하는 주조음인 자연주의적 세계관은 심지어 인수공통전염병의 대재난 앞에서 그래도 이들만큼은 최소한 살아남을 수 있지 않을까라고 희망했던 소설의 인물들, 소설의 주인공이라고 할 만한 수의사 재형, 환자들에게 헌신적이었던 간호사 수진, 할아버지를 잃고 홀로 남겨진 눈먼 아이 승아까지 안타깝고도 무참하게 죽는 것으로 스토리 상에서 구현된다. 《28》은 서로 갈등을 일으키는 세계관이나 인물들 간의 최종적인 화해와 통합을 위해 재난을 스펙터클로 극대화하려는 여타 재난소설이나 재난영화와는 확실히 다르다. 그런 점에서 《28》의 문학적 성공은 예외적이고 남다르다. 그것은 비단 재난소설이라는 장르의 형식과 문법을 빌린 성취만은 아니다. 한국 소설에서 이토록 자연의 관점에서 인간과 휴머니즘을 상대화한 문학의 사례는 많지 않을뿐더러 그 성취 면에서도 돌올하다.

물론 작가의 전작인 《7년의 밤》(2011) 《내 심장을 쏴라》(2009) 《내 인생의 스프링캠프》(2007) 등에서 또렷하게 드러났던 자유의지의 인간적 발현과 휴머니즘의 벅찬 감동을 《28》에서 읽을 수 없는 것은 아니다. 무엇보다도 동물에게 헌신적인 수의사 재형, 자신이 쓴 신문기사로 인해 전염병의 원인이 개에게로 집중된 책임을 통감하고 재형의 구조 활동에 동참하는 윤주, 구급소방대원인 기준, 간호사 수진 등이 벌이는 활약은 인상적이다. 또한 작가는 인력과 물자 등이 턱없이 부실한 총체적 난국에서 "왕년의 목수, 아코디언을 켜는 카바레 악사, 전기 수리공" 그리고 "재야의 장의사"(263쪽) 등으로 불리는 20여 명의 노인들만이 자원해서 환자들이 누울 자리를 만들고 식사를 배달하며 세탁과 환자의 치다꺼리, 사망자 처리와 운전까지 떠맡는 등의 영웅적인 활동을 결코 소홀히 취급하지 않는다. 그러나 《28》은 이러한 몇몇 대목을 제외하고는 반(反)인간주의로 일관하는 편이다. 오히려 작가는 이번 소설에서 일견 우화적으로도 보이는 반려동물의 시선과 조감을 통해 인간과 문명세계를 관찰하는 데 더욱 많은 관심을 쏟을 뿐이다. 이 부분을 좀 더 자세히 읽어보겠다.

도처에 눈(目)

물론 일반적인 재난소설이나 영화에서도 재난은 자연에만 그 원인이 있지는 않다. 예를 들면 《28》의 경우에도 간호사 수진은 재난의 틈바구니 속에서 악행을 일삼는 남자들에게 윤간을 당한 뒤에 정신적으로 붕괴된 상태에서 바리케이드를 넘으려다가 무장군인들에게 안타깝게 사살당하고 만다. 말하자면 《28》에서 재난은 자연적일 뿐만 아니라 인위적이다. 화양병원장인 박남철의 둘째 아들이자 이 소설에서 '악의 화신'이라고 부를 수 있는 인물로 사람과 개를 마음대로 도륙하다가 끔찍한 최후를 맞이하는 동해와, 약탈과 방화, 연약하고 보호받지 못하는 자들에 대한 폭행을 일삼는 무리들은 재난을 이용하여 자신의 억압된 욕망을 발산함으로써 재난상황을 더욱 악화시키는 존재들이다. 전염병을 방지하기 위한다는 명목으로 군인들을 파견해 도시를 통제하는 국가는 어떠한가. 국가 또한 세계의 이목과 국민의 안전을 구실로 삼아 화양시와 시민들을 저버리는 것뿐만 아니라, 바리케이드 봉쇄를 풀기 위해 행진을 시도하려던 화양 시민들에게 이른바 '700미터 구간'의 끔찍한 학살로 응답한 잔인무도한 통치기계일 뿐이다.

《28》에서 인수공통전염병은 소설 전체로 확산되는 재앙의 환유인 동시에 특정한 신체기관에 대한 은유이기도 하다. 소설 곳곳에서 표현되는 것처럼 인수공통전염병은 사람이든 개든 간에 눈(目)에서부터 증상이 확연해지는 질병이다. "접촉한 지 하루면 눈이 빨갛게 되고, 빨간 눈이 나타난 지 이삼 일 내에 사망에 이른다는 이 무시무시한 전염병"(230쪽)인 인수공통전염병의 실제 증세는 이렇게 묘사된다. "흰자위가 핏빛이었다. 아니, 안구 자체가 푹 퍼낸 선지 덩어리 같았다. 눈꺼풀과 눈두덩이까지 자줏빛이었고 눈자위엔 고름 덩어리 같은 점액질이 들러붙어 있었다."(88~89쪽) 한마디로 "빨간 눈은 인수공통전염병"(180쪽)이며, 인수공통전염병은 '빨간 눈'인 것이다.

그런데 《28》에서 '빨간 눈'은 유사성에 대한 은유일 뿐만 아니라, 부분을 통해 전체를 대표한다는 데서 제유(提喩)이기도 하다. 제유의 수사는 감염의 수사다. 제유의 수사는, 한국에서 '빨갱이'라는 제유의 기표가 역사적으로 그러했던 것처럼, 부분에서 전체로 확산되고 감염되는 이데올로기(대표)로 기능한다. '빨간 눈'은 이제 인수공통전염병의 증상에 대한 은유로 기능하는 데서 끝나는 것이 아니라, 극단적 봉쇄 조치가 내려진 "화양과 빨간 눈이 동의어"(230쪽)라는, 간명하지만 강렬한 표현에서도 잘 드러나는 것처럼, 무차별적 동일화와 일반화를 낳는 이데올로기적 폭력으로 작동한다. '빨간 눈'은 자연적인 질병인 동시에 이데올로기적 질병이 된다. 화양에서 개와 인간을 포함해 살아 있는 피조물들 모두 저주받은 '빨간 눈'으로

낙인찍히고 마는 것이다.

《28》에서 군인들이 인간과 동물에게 가하는 폭력과 살육의 기원에는 이처럼 이데올로기적인 '빨간 눈'의 맹목이 자리하고 있었던 것이다. 인수공통전염병이 확산된다는 소식을 방송하는 뉴스에서 "'사람이 사람에게, 사람이 개에게'라는 부분을 생략하고 '개 한 마리가 수백 명의 사람에게'를 부각시키는"(213쪽) 문장이 개들에 대한 살처분을 가져오는 치명적인 원인이 되고 말았다. 발화되자마자 가감되고 왜곡되는 '말'이라는 전염병이야말로 또 다른 재앙의 원천이다. 그리고 이 모든 사태야말로 인수공통전염병이 자연적인 재앙일 뿐만 아니라 인공적인 재앙이 되는 극단적인 사례가 아니라면 또 무엇일까.

흥미롭게도《28》에는 인간의 저 맹목적인 눈, 눈멂에 대한 간단한 것 같으면서도 심심(深深)하게 울리는 통찰이 있다.《28》을 읽은 독자라면 잘 알다시피 수의사 재형은 다른 누구보다도 동물과의 교감과 오랜 동거생활로 동물들의 생태를 잘 이해하는 인물이다. 재형은 이제 막 그와 사랑을 시작하는 윤주와 함께 눈길을 걸으며 눈 위에 뿌려진 미세한 핏자국이 부엉이가 아침 식사거리를 마련한 표식이라고 일러준다. 그러나 윤주는 재형이 알려준 다음에서야 그저 새하얀 눈길로만 보였던 그곳에서 겨우 핏자국을 알아본다. 이것은 단지 "시력의 문제는 아니었다. 시선의 차이였다".(236쪽) 재형은 윤주에게 말한다. "인간은 본시 자기 앞의 구멍을 못 봐요. 시신경이 망막을 관통해 뇌로 가기 때문에 망막에 맹점이 생기거든. 그저 거기에 그것이 있으리라는 추측이 그 구멍을 채우는 거지."(237쪽) 방금 읽은 재형의 대사에서 특별히 '그저 거기에 그것이 있으리라는 추측'이라는 표현을 꽉 붙잡을 필요가 있겠다. 화양이 '빨간 눈'으로 둔갑해버리는 희비극은 또한 사물을 보고 판단하는 망막의 맹점 때문에 생기는 것은 아닐까. 화양에는 '빨간 눈'이 있기 때문에 '화양은 빨간 눈'일 거라는 '추측'이 인간인식과 판단의 한계인 맹점을 메우고 만 것이다.

물론 이러한 해석은 단지 '빨간 눈'의 질병인 인수공통전염병이 인간인식과 판단의 한계에 대한 인간의 무반성과 오만함에서 비롯되었다는 뜻은 아니다. 오히려 '빨간 눈'의 질병으로 인해 인간이 자신의 구성적이면서도 자연적인 한계와 맞닥뜨리게 되었다고 말하는 편이 옳겠다. 인간은 개와 마찬가지로 '빨간 눈'의 불가항력의 희생자인 동시에 인간과 개에게 가해자로 군림하는 역설적인 존재다. 한마디로 인간은 자연의 외상(外傷, trauma)이자, 왜상(歪像, anamorphosis)이다. 인간에게 '빨간 눈'의 질병은 자연의 괴물일지도 모르지만, 자연에게 인간이라는 존재 역시 자연에서 떨어져 나온 괴물이지 않을까. 인수공통전염병의 원인은 소설의 마지막 페이지에서도 밝혀지지 않는다. 마침내 화양에서 군인들이 철수하고 바리케이드가 철거되었더라도 '빨간 눈'이 사라졌다는 뜻은 아니다. 병인은 밝혀지지 않더라도 '빨간 눈'은 원인으로 존재한다. '빨간 눈'은 부재하는 원인, 그러나 지금까지 일어난 재난의 결과를 결정하는 최종심급으로 잠복할 뿐이다.

《28》에는 소설의 문장 전체를 감염시키는 인수공통전염병이라는 '빨간 눈'과 대비되는 눈이 없지 않다. 아직은 '빨간 눈'에 감염되지 않은 동물의 눈과 사람의 눈이 있다. 그 눈은 바라보는 눈이 아니라 응시하는 눈이다. 마주하기에 연약하고 안쓰럽고, 될 수 있으면 회피하고 싶은, 그럼에도 결코 외면할 수 없는 그런 눈. 소설은 먼저 동물의 눈에 대해 이렇게 쓰고 있다. 재형이 '빨간 눈'이 휩쓰는 드림랜드에서 구출해 구급차에 실은 "개들 사이에서 대장 츄이의 푸른 눈이 자신을 응시하고 있었다. 흔들림 없고 차분한 눈이었다. 세상이 어떻게 되든, 우리만큼은 안전하게 보호받으리라 믿는 것처럼".(213쪽) 그러나 재형은 츄이의 '푸른 눈'을 당장은 외면해버릴 수밖에 없다. "모든 것이 부질없으리란 비관과 멍한 기운이"(같은 쪽) 그를 압도했기 때문이다. 그러나 츄이의 푸른 눈을 끝까지 외면할 수는 없을 것이다. 또 다른 눈은 사람의 눈이다. 소방대원 기준이 떠올리는, 모든 희망을 빼앗기고 비극적인 죽음을 맞이한 간호사 수진의 눈이 그것이다. "애처로운 희망으로 반짝거렸던 눈, 현관문을 열고 나오던 초점 없는 눈, 팔을 잡는 순간 공황으로 치달아버리던 눈, 공포에 질려 현실을 놔버린 눈."(435쪽) 그리고 비극적인 죽음을 맞이한 승아의 멀어버린 눈도 기억해야 한다. 공교롭게도 츄이와 수진, 승아는 모두 '빨간 눈'의 대재난 속에서 '빨간 눈' 때문이 아닌 다른 사건들로 인해 어이없는 죽음을 맞이하고 말았다.

그렇다면 츄이, 수진, 승아의 응시는 한낱 응시로 그치고 마는 것일까. 응시에는 응시로 응답할 수밖에 없지 않을까. 응시에 응시를 되돌려줄 수밖에 없지 않을까. 살아 있음을 죽음으로 이끄는 '빨간 눈'의 살인적인 응시와 함께 재난을 더욱 악화시키는, 마스크와 방독면 안쪽에 고인 어둡고도 맹목적인 응시가 있었다. 그러나 바라보는 자, 감응하는 자에게 책임=응답가능성(responsibility)을 수반하는, 정언명령을 작동시키는 응시도 있었다. 연약하고, 애처롭고, 애원하는. 응시는 무언의 부름이고 부름에 대한 응답이다. 그러고 보니 《28》은 소설의 첫머리에서부터 침묵 속에서 말하고 응답을 기다리는 눈을 등장시켰다.

부름과 이름

자크 데리다는 흥미로운 철학적 에세이인 〈동물, 그러니까 나인 동물(계속)〉에서 발터 벤야민을 인용하면서 이렇게 말한 적이 있다.

> 자연(그리고 그 속의 동물성)은 말이 없기 때문에 슬픈 것이 아닙니다. 반대로, 자연의 슬픔, 비탄이야말로 자연을 침묵하게, 실어증적으로 만듭니다. 자연의 슬픔이 자연을 말이 없게 합니다. 왜냐하면, 시간 이래로, 자연을 슬프게 만들고 뒤이어 그 비탄에 잠긴 자연에서 말을 박탈했던 것, 자연에 말을 금한 것은, 무언이 아니고 무능력의 경험이 아니라는 겁니다. 이름 부르지 못함이 아니라, 무엇보다 이름을 받음이 문제라는 것이지요. 이름을 부여하는 자가 신들과 동등한 자, 행복하고 축복받은 자인 바로 그때, 이름을 부여받는다는 것, 자신의 고유명이 주어짐을 보는 것은, 아마 슬픔으로 엄습당하는 일일 것이라고 벤야민은 말합니다.[4]

아리스토텔레스 이래로 인간과 동물을 구분하는 결정적인 것은 '말'이라고 알려져왔다. 동물들은 외치거나 소리를 지를 뿐, 결코 말할 수 없다는 사실이 인간과 동물을 구분하는 표지였다. 간혹 동물이 등장해 말을 하게 되더라도 그것은 어디까지나 우화에 불과하다. 그저 인간이 동물의 탈을 쓰고, 동물의 입을 빌려서 말하는 것뿐이다. 그나마 다행히도 비트겐슈타인에 와서야 인간은 겨우 이런 말을 들을 수 있게 되었다. '사자가 말할 수 있다고 해도, 우리는 그 말을 이해할 수 없을 것이다.' 그러나 동물의 말, 즉 기호의 한 가능성에 대한 이러한 견해들은 말하는 동물인 인간의 역량을 전제로 한 것들이다.

그런데 벤야민-데리다에 따르면 동물들을 포함해 자연은 그저 말 없는, 말할 수 없는, 말없이 슬픈 존재가 아니다. 오히려 자연은 태초의 인간인

4 자크 데리다, 〈동물, 그러니까 나인 동물(계속)〉, 최성희·문성원 옮김, 《문화과학》, 2013년 겨울호, 330쪽.

아담에 의해 이름을 부여받는다는 절대적인 사실에서, 말하는 것은 언젠가는 소멸된다는 유한성의 표지 곧 죽음을 부여받는다는 의미에서 슬픈 존재다. 자연의 말없음과 실어증은 이름없음이 아니라 이름받음에 의해 강요당하고, 부과된 것이다. 그리하여 동물 그리고 자연의 저 무언의 슬픔은 말을 대신하는 호소, 응시로 대체된다. 츄이라는 이름을 부여받은 개가 푸른 눈으로 인간인 재형을 빤히 들여다볼 때, 츄이의 당혹스러운 응시는 재형에게는 타자의 심연과 마주치는 경험과 그리 다를 바 없게 된다. 나아가 동물의 응시는 인간에게 무언의 응답을 강요한다. 동물인 네가 마찬가지로 동물인 나에게 바라는 것, 말하려는 것, 호소하려는 것은 뭐지? 흥미롭게도 데리다는 나체 상태에서 고양이의 응시를 접하고 당혹스러워했던 자신의 경험, "어떤 동물이 다른 동물 앞에 발가벗고 있다는 부적절함/곤란한 만남"[5]을 이야기하고 있다.

그리하여 《28》에서 무엇보다도 동물의 눈은 말하는 눈, '조심스레 물어오는 눈'이다. "눈뜨고 가장 먼저 대면한 것 역시 마야의 다갈색 눈이었다. 반가워 어쩔 줄 몰라 하는 눈이었다. 무한한 신뢰와 애정이 담긴 눈이었다. 조심스레 물어오는 눈이었다." 마야의 눈이 재형을 응시하며, 재형에게 묻는다. "대장, 내 아이들을 어쨌어?"(12쪽) 11년 전에 있었던 알래스카의 아이디타로드 경주에서 재형이 늑대들의 출현에 개들을 모조리 희생시키고 혼자만 살아남게 되었을 때 "썰매개의 어미이자 할미"이자 "눈빛으로 말하는 법을 가르친 그의 노쇠한 연인"(8쪽)이었던 마야가 재형에게 보냈던 다갈색의 이 눈빛은 이후에 재형의 삶 전체를 뒤바꾸게 된다. '대장, 내 아이들을 어쨌어?' 이 목소리는 군인들이 드림랜드에 들이닥쳐 개들을 잡아갈

5 자크 데리다, 〈동물, 그러니까 나인 동물(계속)〉, 303쪽.

때(218쪽) 그리고 링고와 싸우다가 함께 죽기 직전에 재형에게 마지막으로 들린다.(470쪽) 따라서 마야의 목소리는 재형에게 들러붙는 강박적인 환청에 불과하지 않다. 무엇보다 그것은 타자가 주체를 소환하는 윤리적 정언명령이다. 거기에 재형은 마땅히 응답해야 할 의무가 있다.

목소리는 이름을 부르는 행위인 동시에 이름을 붙이는 행위다. 이름을 붙인다는 것은 또한 이름에 책임을 진다는 행위다. 예를 들어 재형은 마리라는 이름의 개를 드림랜드의 문간에 버리고 달아나버린, 더는 주인이 아닌 사람을 향해 다음과 같이 말하는데, 이미 없는 사람에게는 들릴 리 없는 이 말의 진짜 수신자는 따라서 당연히 《28》의 (내포)독자다. "이 개는 당신의 '마리'야. 마리라는 이름을 붙여준 자가 바로 당신이라고. 그게 무슨 뜻인 줄 알아? 책임진다는 거야. 편의에 따라 관계를 파기하지 않겠다는 약속이야."(210~211쪽) 그러나 이러한 책임=윤리는 다만 여기에서 그치는 것은 아니다. 그것은 훨씬 무거운 책임, 때로는 희생마저 동반하는 어떤 것이다.

《28》에서 가장 안타까운 광경 가운데 하나를 꼽으라면 그 광경은 아내와 딸을 잃은 기준이 개들에게 무차별적인 살해를 감행하고, 링고가 그에 맞서서 기준과 최후의 대결을 벌이는 장면일 것이다. 개들에 대한 기준의 복수는 이해할 수 없는 행위는 아니겠지만, 특정한 개가 아닌 개 일반을 향한다는 점에서 납득하기 어려운 점이 있다. 그것은 앞서도 말했지만, 부분을 전체로 간주하는 등 인간의 인식과 판단의 맹점에서 비롯된 극단적인 폭력행위다. 그럼에도 딱히 그렇게 잘라 말하기가 어려운 기준의 복수와 그에 대한 링고의 반격에 드리워진 비극적 갈등은 둘 중 하나가 죽어야 끝이 날 수밖에 없는 성질의 것이기도 하다. 이 둘의 싸움에 재형이 개입하고, 재형은 링고와 싸우다가 링고와 함께 죽게 된다. 그리고 그 직전에 부름과 이름, 책임과 응답이 내포된 숭엄한 장면이 재현된다.

> 링고.
>
> 재형은 자신이 소리 내어 링고를 불렀다고 생각했다. 링고는 몸을 움찔했다. 그가 처음으로 이름을 불렀던 밤과 같이. 몽롱해져가는 시선으로 허공을 더듬었다. 자기를 부른 자를 찾는 것처럼. 세상에 태어나 처음으로 이름이 불린 것처럼. 그 순간을 향해 재형은 "내가 불렀어"라고 말해주었다.(469쪽)

이름과 부름, 책임과 희생. 이러한 측면에서 볼 때, 앞에서도 잠깐 언급한 적이 있지만, 《28》의 독특한 시점 또는 초점화자의 운용이라고 할 만한 것으로, 개(링고)의 관점에서 이야기를 전개해나가는 방식을 보자. 이것은 소박한 의미에서 우화적인 것으로, 즉 인간의 감정, 감각, 지각을 동물에게 상상적으로 투사한 결과로 간주하거나 기각할 수 없다. 이른바 '개의 초점화'는 매우 적극적인 방식으로, 소설의 시점에도 자연스럽게 내재한 인간중심주의에 대한 도전으로 간주할 필요가 있겠다. 물론 링고의 시점은 서술자-작가에 의해 어디까지나 매개된 것이다. 그러나 그것은 동시에 서술자-작가의 장악을 물처럼 빠져나가는 나머지, 잉여이기도 하다.

개들이 집단으로 군인들에게 살처분될 때 윤주가 들었던 '살려주세요'라는 환청도 그러한 잉여, 주체 내부의 목소리와 겹치는 타자의 목소리로 고려해볼 필요가 있겠다. '살려주세요'라는 환청은 '대장, 내 아이들을 어쨌어?'라는 재형의 환청과도 공명한다. 그것은 이미 동물이라는 타자에 의해 매개된, 주체 내부에서 들려오는 내면적 양심의 목소리만큼이나 친숙하지만, 그럼에도 어딘지 모르게 낯설고도 삐걱거려 불편하기만 한 이질적인 타자의 목소리이기도 하다. 또한 이 목소리는 봉쇄선을 뚫고 화양시 밖으로 나가려고 행진을 시도하는 화양시민들의 절박하고도 간절한 "살려달라"(411쪽)는 외침과 공명한다.

여기서 인간의 편에서 볼 때 다소 익숙하지 않은 낯선 평등의 관념을 생각해볼 필요가 있겠다. 바로 "살아 있는 것들에 대한 애정인 생명애(biophilia)", 곧 "아직 미약하게나마 남아 있는, 지구와 인류를 묶어주는 유대감"이라는 관념이 그것이다.[6] '지구와 인류'라는 거창한 표현까지 쓰지는 않더라도, 적어도《28》에서 '링고'와 '스타' 그리고 재형과 윤주의 안타깝기만 한 사랑은 소설에서 각각 동물의 사랑과 인간의 사랑을 표상하는데, 그것들은 무엇보다 생명애의 관점에서 다시 정의해볼 만한 사랑이다. 여기서 생명애란 그저 살아 있는 피조물에 대한 막연하게 평등한 사랑이라기보다는 삶의 본성에서 비롯되는 자연적 결핍과 한계, 폭력성과 슬픔, 나약함과 모자람을 처절하게 수락할 수밖에 없는 사랑이다.

> 삶은 선택의 문제가 아니었다. 본성이었다. 생명으로 존재하는 모든 것들의 본성. 그가 쉬차를 버리지 않았다면 쉬차가 그를 버렸을 터였다. 그것이 삶이 가진 폭력성이자 슬픔이었다. 자신을, 타인을, 다른 생명체를 사랑하고 연민하는 건 그 서글픈 본성 때문일지도 몰랐다. 서로 보듬으면 덜 쓸쓸할 것 같아서. 보듬고 있는 동안만큼은 너를 버리지도 해치지도 않으리란 자기기만이 가능하니까.(345~346쪽)

그것은 한마디로 "살아 있어서 무섭고, 살고 싶어서 무섭다"는 것을 깨닫는 사랑이다.(344쪽) 이제 '사람과 개는 결국 같은 운명'이라는 통각(痛覺)은 그들 모두가 쓰레기 매립지로 실려 갈 허무한 운명을 나누는 피조물이라는 뜻으로만 한정되지 않는다. 이러한 통각은 무엇보다도 동물과

6 존 그레이,《하찮은 인간, 호모 라피엔스》, 34쪽.

인간, 자연과 인간을 엮는 존재론적 공통점과 공존 가능성이 있다는 전제, 곧 통각(統覺)이어야 한다. 그간 한국 소설에서는 좀처럼 만나기가 쉽지 않았던 《28》의 반휴머니즘과 자연주의적 세계관은 인간에 대한 염오와 냉소, 그로부터 흔히 뒤따라 나오게 마련일 인간과 동물에 대한 어설픈 평등주의를 넘어선다. 이러한 것을 두고 휴머니티의 위장된 표현으로 간주하는 평가도 지극히 단순한 독법의 결론에 지나지 않는다. 기준과 링고의 목숨을 건 싸움에 재형이 끼어듦으로써 재형과 링고 모두가 죽고 마는 장면은 비극적이다. 그러나 이 비극은 비극에 대한 헤겔의 중요한 정의가 그런 것처럼 옳음과 옳음이 충돌해 빚어지는 비극과는 다소간 그 성격이 다르다.

《28》의 비극은 다른 비극이다. 그것은 인간이 자신의 자연적 한계와 맞닥뜨리면서도 그것을 순순히 받아들이지 않을 때 발생하는 비극이다. 물론 오이디푸스가 역병의 원인이 자신에게 있음을 알고 두 눈을 찔러 테베를 구하는 희생양이 된 것처럼, 《28》과 같은 다른 비극에도 속죄를 통한 화해의 예감이 내포되어 있다. 링고와 재형, 동물과 인간이라는 두 존재의 싸움과 죽음은 재형에게는 동료와 같았던 개들을 희생시키고 살아남았던 과거에 대한 속죄를 치르는 것이며, 링고에게는 동료들을 위해 자신을 희생해 이타성을 구현하는 행위다. 두 존재의 이러한 비극적 충돌은, 따라서, 두 존재의 공존에 대한 희미한 예감이기도 하다. 그러나 그와 동시에 소설은 경고한다. 《28》의 '에필로그'는 '빨간 눈'으로부터 일시적으로 회복되는 화양을 묘사하고 있는 듯하지만, 결코 '빨간 눈'이 사라졌다고 쓰지 않는다. '빨간 눈'이 인간의 기억상실증에 의해 잊히고 만다면, 《28》에서 벌어진 비극은 다시 반복되지 않을까. 반복되면 그것은 이제부터 인재(人災)다. 소설의 결말이 스산한 냉기로 느껴지는 순간이다.

인간, '자연이 빚어낸 우연의 산물'

글을 쓰면서 인간을 둘러싼 환경이 인간보다 중요해야 마땅할 세기로 접어들었다는 사려 깊은 진단들을 두루 접했다. 개중에는 꽤 극단적인 견해들도 있었다. 어떤 과학소설이나 SF영화에서처럼 다원적인 순환주기가 끝나고 고립기 속에서 인간은 자신이 만든 인공적 환경과 보철물에 전적으로 의존해 살게 될 것이라는 예견이 있었다. 그런가 하면 인류는 마치 수만 년 전 네안데르탈인이 현생인류인 크로마뇽인과 처음 마주친 이후 지구상에서 서서히 멸종된 것처럼 조만간 그렇게 멸종될지도 모른다고 내다보는 견해도 있었다. 양극단으로 나눠져 있고 제아무리 비관적으로 보이더라도 이러한 견해들은 《28》의 한 표현을 빌리면 기본적으로는 인간이 "자연이 빚어낸 우연의 산물들"(495쪽)임을 통찰하는 데서 시작한다. 한국 문학에도 이러한 자연주의적인 문학적 감수성과 지성이 이제는 절실히 필요한 때, 정유정의 재난소설 《28》은 그 문학적 필요를 몸소 변증한 좋은 작품으로 평가할 만하다.

—《자음과모음》, 2013년 여름호

원한의 리셋충동과 구원의 해석학
—다시 본 「지구를 지켜라!」

2016년의 「지구를 지켜라!」

장준환 감독의 「지구를 지켜라!」(2003)를 2016년도에 다시 본다는 것은 어떤 의미를 지니고 있을까요? 자본이라는 베히모스와 국가라는 리바이어던의 야합(governance)이 그 어느 때보다 위력을 떨치고 있는 이때입니다. 노동자들뿐만 아니라 절대다수의 사람들마저 필립 K. 딕의 《안드로이드는 전기양의 꿈을 꾸는가?》(1968)에 등장하는, 자신의 수명이 4년밖에 되지 않는 것을 처절히 인식하면서 나날을 종말처럼 살아가는 안드로이드들과 다를 바 없는 처지입니다. 이윤이라는 몰록(Moloch)을 위해서라면 아이들마저 제물로 바다에 바치기를 결코 주저하지 않는 이러한 지옥과도 같은 현실을, 「지구를 지켜라!」는 마치 칸트의 철학에 등장하는 한 시령자(視靈者)가 그랬던 것처럼, 또는 딕의 중편 〈마이너리티 리포트〉(1956)에 등장하는 카산드라와도 같은 예지자들이 그랬던 것처럼 2003년도에 미리 내다보기라도 한 걸까요? 개봉 당시부터 '저주받은 걸작'으로 평가받은 「지구를 지켜라!」가 보여준 놀랍고도 불길한 예지력과 13년이 지나서도 여전히, 아니 더욱 실감나는 영화 속 현실을 우리는 도대체 어디서부터 어떻게 이야기할 수 있을까요? 마치 2016년에 다다른 현실이 2003년의 영화를 거꾸로 모방한 것 같은 저 도착적인 느낌을 어찌하면 좋을까요? 이 글은 이러한 당혹스러운 기시감에서 출발합니다.

우리는 자조와 분노로 가득 찬 채 떠도는 기표(signifiant)인 '헬조선'에 지금 막 도착했습니다. 「지구를 지켜라!」는 2003년 전후의 한국 현실을 그리고 있습니다. 미래의 디스토피아도, 지구를 떠난 우주의 낯선 행성도 아닙니다. 강원도 산골의 오래된 폐광이 배경입니다. 탈출 불가능해 그저 표류할 수밖에 없다면, 그렇기에 그 어느 때보다 죽창을 들고 초기화하려는 욕망 또는 리셋충동 이외에는 그 어떤 대안조차도 없어 보이는 헬조선 변방의 조그만 폐광에 이제 막 도착했습니다. 저는 《묵시록의 네 기사》의 1부에서 이미 「지구를 지켜라!」를 상세하게 분석한 적이 있습니다.[1] 그런데 그때 제가 영화를 보면서 그렸던, 이렇게까지 그려도 되나 싶었던 지옥설계도는 헬조선이라고 부르는 기표에도 채 미치지 못하고 있습니다. 이 글에서는 「지구를 지켜라!」의 제작 원리에서 구원의 해석학에 이르기까지 영향을 미치는, 일반적으로는 상호텍스트성이라고 부를 법하지만 좀 더 정밀하게는 '브리콜라주적 상상력'이라고 불러야 마땅할 부분에 대해 집중적으로 분석하고자 합니다.

1 복도훈, 《묵시록의 네 기사》, 자음과모음, 2012.

축자적 해석: 구조조정과 브리콜라주

저는 이제 소개할 중세의 '네 가지 해석학'의 층위에서 「지구를 지켜라!」를 다시 볼 겁니다. 프레드릭 제임슨은 역작 《정치적 무의식》(1981)에서 아래의 도표처럼 단테와 아퀴나스 이래의 중세의 네 가지 해석학을 마르크스주의 해석학으로 다시 고쳐 쓰는 작업을 합니다.[2] 저는 중세의 네 가지 해석학, 그리고 이를 고쳐 쓴 제임슨 식의 마르크스주의 해석학이야말로 좌파 블록버스터 영화라고 부를 만한 「지구를 지켜라!」를 해석하는 데 꽤 유용하다고 전제하고자 합니다. 마르크스주의의 네 가지 해석학, 그것은 기존 영화의 서사적·문화적 코드를 재활용해 새로운 텍스트를 생산하는 기제를 흥미롭게 노출하는 재주, 강력한 해석적인 충동을 자극하는 다층적인 알레고리를 형성하는 솜씨 그리고 개별자의 적대적 충돌로부터 집단적인 구원의 해석학을 유추하도록 이끄는 강력한 비전을 간직하고 있는 이 흥미로운 텍스트를 해독하는 데 있어서 반드시 필요하다고 생각합니다.

중세 해석학	마르크스주의 해석학	「지구를 지켜라!」
축자적 (문자적)	역사적 또는 텍스트적 상관물	구조조정과 브리콜라주
비유적 (알레고리적)	알레고리적 열쇠 또는 해석의 코드	편집증적인 음모서사
도덕적 (개별적)	심리적 독해 (개별적 주체)	원한(ressentiment)과 리셋충동
신비적 (집단적)	정치적 독해 (역사에 대한 집합적 '의미')	노동(자)과 자본(가)의 적대/구원의 가능성

2 프레드릭 제임슨, 《정치적 무의식》, 이경덕·서강목 옮김, 민음사, 2015, 84~128쪽. 보다 간단한 요약으로는 그렉 램버트, 《누가 들뢰즈와 가타리를 두려워하는가?》, 최진석 옮김, 자음과모음, 2013, 55쪽.

네 가지 해석학은 서로 변별되는 자질을 내포하고 있지만, 또한 겹쳐지기도 합니다. 축자적(문자적) 층위는 비유적(알레고리적) 층위와 어느 정도 겹쳐지며, 텍스트의 축자적 층위를 해석하다 보면 어느새 우리는 텍스트의 비유적 차원에 대해 이야기하고 있을 겁니다. 도덕적(개별적) 층위는 스토리와 플롯의 수준에서 인물 간의 갈등과 대립으로 이야기할 수 있으며, 마지막의 신비적(집단적) 층위는 인물 간의 갈등과 대립에서 보다 집단적인 모순을 추출해내는 겁니다. 텍스트의 신비적 층위는 마르크스주의 해석학이 달성해야 하는 가장 중요한 임무가 되어야 합니다. 그것은 다른 세 가지 해석학의 매트릭스인 동시에 다른 세 가지 해석과 독립적으로 존재할 수도 없습니다. 「지구를 지켜라!」는 이 네 가지 해석학을 강력하게 충동하는 텍스트로 읽힙니다.

먼저, 축자적 해석의 층위에서 중요한 것은 이 영화가 출현한 동시대적 특징이나 현실의 지시대상 그리고 영화가 제작되는 방식, 기법적 층위와 관련된 것들입니다. 「지구를 지켜라!」를 보면 그것이 제작된 시점인 2003년의 현실적인 지표를 알려주는 지시적인 어휘를 찾기가 꽤 힘들어 보입니다. 영화가 출시된 2000년도 초반의 현실을 지시하는 기호와는 동떨어진 강원도 산골의 탄광 마을의 풍경도 그러하거니와, 플래시백에 가깝게 촬영된 비극적인 장면, 곧 병구의 옛 애인이 죽음을 맞이하는 노동자들의 투쟁은 마치 1980년대나 1990년대 초반의 노동자 투쟁의 현장을 연상케 합니다. 그러나 단서가 전혀 없는 것은 아닙니다. 제가 이 영화에서 가장 좋아하는 장면 가운데 하나가 있습니다. 강원도의 폐광 마을에서 벌어지는 동양식 쿵푸영화와 마카로니 웨스턴무비를 섞어놓은 것 같은 한 장면. 병구가 산골에서 우연찮게 마주친 양아치 중고등학교 동창이 시비를 걸면서 뭐라고 말합니까. "그놈의 구조조정인가 좆인가, 나 지난주에 잘렸거든."

「지구를 지켜라!」는 바로 구조조정이 무엇인지를 즉각적으로 알게 해준 1997년의 IMF 이후의 이야기인 것입니다. 강원도 산골의 폐광에까지 침투한 어휘, 구조조정. 플래시백으로 촬영된 것 같은 노동자 투쟁의 비극적 말로는 2003년도 즈음에 '권력은 국가에서 시장으로 넘어갔다'(노무현)는 자조적인 판단에서 환기되는 신자유주의적인 현실과도 오버랩이 됩니다.

이제 텍스트의 제작 원리에 대해 본격적으로 이야기해보겠습니다. 아마 영화를 많이 보신 분들은 「지구를 지켜라!」에 수많은 기존 영화 텍스트의 운석들이, 때로는 날것 그대로 제시되고, 때로는 편집되고, 때로는 재해석된 채로 「지구를 지켜라!」라는 텍스트의 우주를 떠도는 것을 짐작하셨을 겁니다. 장준환 감독은 2015년 가을에 재난을 주제로 개최된 한 포럼에서 스티븐 킹의 원작을 영화화한 「미저리」(1990)에서 영화를 시작하게 된 힌트를 얻었다고 말한 적이 있습니다. 「미저리」뿐만이 아닙니다. 「지구를 지켜라!」를 보면서 어떤 영화들이 떠올랐나요? 영화광들은 「지구를 지켜라!」에서 최소한 20편, 아니 그 이상의 다른 영화 텍스트를 지적해낼 수 있다고 합니다.

그뿐만이 아닙니다. 영화의 첫 장면에서 병구와 순이가 쓰는 헤드기어를 보세요. 옴진리교 교도들이 교주 아사하라 쇼코와 소통하기 위해 썼다고 하는 헤드기어, 어떻게 그것이 지구인의 마음을 조종하는 외계인의 강력한 전파를 차단하는 기계가 되는 겁니까. 이것저것 잡동사니를 붙여 뚝딱뚝딱 만든 거죠. 재료는 원래의 용도에서 벗어난 겁니다. '신신 물파스'가 외계인을 고문하는 가장 강력한 수단이 되는 줄 누가 알았겠습니까. 지금 저는 「지구를 지켜라!」의 제작 원리를 레비스트로스의 한 유력한 개념을 빌려 브리콜라주(손재주)라는 어휘로 설명하고 있습니다. 그런데 브리콜라주는 「지구를 지켜라!」에 대해 가능한 해석의 네 가지 층위에 모두 걸려 있습니다. 이것이 이 글에서 주장하고자 하는 핵심입니다. 곧 텍스트에 대한 축자적(문자적) 해석은 저 마지막의 신비적(집단적) 해석학에 도달하자마자 치워버리는 사다리가 결코 아니라는 겁니다.

클로드 레비스트로스는 《야생의 사고》(1962)에서 서구 문명의 '과학적 사고'와 준별되는, 그러나 과학적 사고의 전 단계가 아니라 그것과 완전히 대등한 자격과 의미를 갖는 비서구적인 '야생의 사고'에 대해 말한 적이 있습니다. 브리콜라주는 야생의 사고를 가능하게 하는 바로미터이며, 브리콜라주를 사용하는 브리콜뢰르는 목표와 개념을 갖고 사유하고 실행하는 서구의 엔지니어와 과학자와 대별되는 존재입니다. 먼저 브리콜뢰르는 "아무것이나 주어진 도구를 써서 자기 손으로 무엇을 만드는 사람을 장인에 대비해서 가리키는 말"입니다.[3] "그가 갖고 있는 도구와 재료는 항상 얼마 안 되고 그나마 잡다한 것들이다. 왜냐하면 그저 주어진 것들의 내용은 현재의 계획이나 또 어떤 특정한 계획과 관련되어 구성된 것이 아니라 단지 우연의 산물이기 때문이다. 그는 어느 때고 종전의 파손된 부품이나 만들다 남은 찌꺼기를 가지고 본래 모습을 재생시키는가 하면 완전히 새것을 만들어내기도 한다." 브리콜뢰르의 "도구와 재료라는 것은 잠정적 용도로밖엔 정의할 수가 없"습니다.[4] 그러면 브리콜라주는 무엇입니까. 그것은 기획과 개념을 갖고 작업하는 엔지니어링(engineering)과 다릅니다. 브리콜라주는 "인간이 만든 제작품의 나머지인 잡동사니들, 즉 문화의 하위집합과 대화"[5]를 하는 것입니다.

3 클로드 레비스트로스, 《야생의 사고》, 안정남 옮김, 한길사, 1999, 70쪽.

4 레비스트로스, 《야생의 사고》, 71쪽.

5 레비스트로스, 《야생의 사고》, 73쪽.

문화의 하위집합이라는 잡동사니, 바로 이것입니다. 병구가 추 형사와 만나 술을 마시면서 "추 형사님은 외계인을 믿으십니까?"라고 물을 때, 영화 카메라는 추 형사의 시점으로 병구의 책상에 꽂혀 있던 수많은 외계인 영화 비디오테이프를 재빠르게 보여줍니다. 병구의 병적인 상상의 한 기원이 바로 이러한 잡동사니들, 문화의 하위집합에 있었던 것입니다. 병구만 이러한 상상력을 발휘하는 것은 아닙니다. 브리콜라주가 「지구를 지켜라!」라는 텍스트의 직물을 짜는 근본적인 제작 원리이며, 장준환은 브리콜뢰르 감독인 겁니다.

브리콜라주를 영화에서 뛰어나게 응용한 부분을 몇 개 더 소개하자면, 그중 하나는 영화의 후반부, 강만식이 병구가 적은 수많은 노트와 인류의 창세와 공룡의 도판이 들어간 책들을 즉석에서 마구 편집해 병구에게 장엄하게 들려주는 '가속성 공격 유전자'를 가진 인류 타락의 서사입니다. 「지구를 지켜라!」에서 이 부분은 스탠리 큐브릭의 영화 「스페이스 오딧세이 2001」(1968)에서 인류 진보서사를 압축해 보여주는 영화사의 명장면, 곧 '투석기'가 '우주선'으로 비약하는 진보서사를 반(反)진보, 몰락의 서사로 고쳐 쓴 것입니다(그리고 브라이언 싱어의 「유주얼 서스펙트」(1995)에서 신비로운 주인공 카이저 소제가 경찰을 따돌리고 유유히 탈출하는 그 유명한 방법도 포함되었지요). 뿐만 아닙니다. 강만식이 브리콜라주의 방식으로 병구에게 들려주는 인류 타락사에 대한 해석은 네 번째 해석학의 도움을 받아야 합니다. 왜냐하면 가속성 공격 유전자로 인한 인간 타락의 역사를 재구성하는 강만식의 서사는 인간은 외계인의 지배를 받아 마땅하거나 언제든 용도 폐기될 대상이 될 수 있다는 전제를 내포한 것이기 때문입니다. 이것은 자신을 자연화하고 본질화하는 자본주의라는 거대서사의 책략입니다. '인격화된 자본' 강만식은 스스로를 구원할 능력이 없는 인간에 대한 지배를 합리화하는 서사의 대변자입니다.

비유적(알레고리적) 해석: 편집증적 음모서사

1997년 IMF 체제라는 현실적 지시대상을 가진 브리콜라주 텍스트로서의 「지구를 지켜라!」. 둘째, 비유적 또는 알레고리적 층위로 넘어가보겠습니다. 2장에서 말씀드렸지만 축자적 해석에서 비유적 해석이 추출되는 것이며, 축자적 해석은 비유적 해석의 원인입니다. 이것은 「지구를 지켜라!」가 어떠한 영화 코드로, 어떠한 장르적 특징을 (재)활용해서 만들어졌는가 하는 것보다 영화 장르 그 자체에 집중하는 질문과도 관련이 있습니다.

외계인 또는 외계생명체와의 '최초의 접촉' 테마에서 흥미로운 것은 외계인을 보통 '친구 또는 적'으로 상상하는 것입니다. 여기서 친구를 메시아, 적을 반(反)그리스도로 간주해도 좋겠습니다. 이러한 영화적 코드를 활용한 상상력은 정말 무수합니다. 외계인을 친구와 적으로 상상하는 방식이 서사로 만들어지는 경우의 하나가 「X파일」과도 같은 외계납치 서사입니다. 두 번째로 외계인 또는 외계생명체가 등장하는 영화의 또 다른 관습적 코드는 다른 유사인간이 등장하는 영화와 다르게 외계인들이 적으로 등장할 경우, 인류가 전 지구적으로 똘똘 뭉쳐 하나가 된다는 서사입니다.

SF영화 「인디펜던스데이」(1996)에서 보기에 가장 민망한 장면 가운데 하나는 베트남전에 공군으로 참전했던 미국 대통령이 그로부터 20년도 더 지나 최신예 비행기를 몰고 외계인들과 싸우는 장면이 아닙니다. 오히려 그것은 모스 부호로 미국이 동맹국들을 차례로, 하나씩 호출하는 장면입니다. 먼저 영국 공군 조종사들이, 뒤이어 사우디아라비아 공군 조종사가 등장합니다. 이스라엘 국기를 배경으로 이스라엘군이 보이고, 이라크의 공군 조종사들도 보입니다. 이스라엘과 이라크, 미국과 이라크는 사이가 크게 좋지 않습니다만, 외계인 앞에서 그들은 하나가 됩니다. 즉 인류가 됩니다. 이어 천둥 치는 밤하늘을 배경으로 러시아 정교회 비밀기지에서 초조하게 담배를 피우는 러시아 공군들이 등장하고, 마지막으로 일본의 자위대 순이죠(한국은 어디에 있습니까?). 영국 공군과 사우디아라비아 공군은 말이 통하지 않습니다만, 뭐, 괜찮습니다. 모스라는 인류의 공통언어가 있기 때문입니다. 그런데 이러한 인류 대 외계인의 분할이 「지구를 지켜라!」에서는 어떻게 됩니까. 인간과 다른 인간, 피고용인과 고용인, 노동자와 자본가의 분할이 인류 대 외계인의 분할로 전치되는 겁니다.

그리고 「지구를 지켜라!」에서는 외계납치 서사와 외계인으로부터 인류를 구하는 서사가 다시 한번 비틀려 결합됩니다. 이번에는 인간이 외계인(강만식)을 납치하고, 그로부터 지구를 구하는 겁니다. 누가 지구를 구해줄지는 영화 초반부에서 확실하게 제시되지 않습니다. 강만식은 병구에 의해 개기일식의 날, 지구의 생사여탈을 주관하는 안드로메다 PK-45행성의 주권자인 왕자와의 중간연락책 외계인으로 설정됩니다. 미지의 안드로메다 왕자가 지구를 구해줄지, 파멸시킬지는 당장에 알 수 없습니다. 이에 따라 지구를 수호하는 전사 병구의 위치도 애매해집니다. 그는 때로는 안드로메다 왕자를 메시아로 간주하다가도 반대로 왕자의 최고책임자인 외계인(강만식)에게 환대로 영접하는 대신에 모진 고문을 가합니다.

외계납치 서사든, 외계인으로부터 지구를 구하든 서사든 이 서사의 동력은 하나로 말할 수 있습니다. 그것은 바로 음모서사(conspiracy narrative)입니다. 그리고 그 음모서사를 움직이는 심리적 리비도는 바로 병구를 사로잡고 있는 과대망상증적인 편집증입니다. 병구의 과대망상증적 편집증이 행동으로 유감없이 발휘될 때마다 우리는 영화 속에서 실컷 웃습니다. 그때 관객인 우리가 웃는 웃음은 병구를 편집증적 과대망상의 비정상인, 곧 정상인 우리 저편에 위치한 존재로 보고, 오히려 병구가 외계인으로 간주하는 강만식과 우리 자신을 부분적으로 동일시한 결과 때문입니다. 그러나 영화 후반부의 놀라운 부감 쇼트의 반전, 곧 강만식이 외계어 '아케루치오 팔라'를 연신 외치면서 비행접시에 이끌려 올라가는 장면에서 우리는 우리의 정상성이 완전히 오류였음을, 병구의 망상이 오히려 진실이었음을 뼈저리게 깨닫게 됩니다.

그런데 왜 편집증이고, 음모서사의 코드일까요? 「지구를 지켜라!」는 가능한 한 이러한 문화적 코드를 다 끌어 모았습니다. 동시대 한국의 하위문화적인 상상력에서 편집증적 음모서사가 이 영화 말고 또 있을까요? 「지구를 지켜라!」와 비슷한 때에 발표된 박민규의 단편 〈코리언 스탠더즈〉를 잠시 읽어보죠. 황폐한 농촌에서 소의 눈은 빨갛게 되고, 가축들은 내장이 터진 채 죽으며, 곡식들은 병듭니다. 무엇이 그랬을까요? 주인공의 선배는 UFO라고 말합니다. 이 선배가 미쳤나? 그런데 정말입니다! 주인공의 카메라에 찍히지 않는 UFO가 농촌의 하늘에 정말 나타난 겁니다. 이 UFO는 혹시 황폐한 '한국의 표준형(Korean standards)' 농촌까지 침투해 들어간 가공할 만한 자본, 총체적이고도 전지전능한 그 '외계(인)'의 힘은 아니었을까요.[6]

바로 여기에 편집증적 음모서사가 갖고 있는 동시대적인 미학적 쓸모, 참신함이 부각됩니다. 제임슨은 음모서사에 대해 이렇게 말합니다. "전 지구적 규모의 경제 체제를 꿈꾸고 있는 야망에 찬 프로그램과 대면할 때, '아무 일도 일어나지 않는'(칼 크라우스) 집단적 혹은 사회적 상상력의 광범위한 마비 속에서 '음모'라는 낡은 모티프는 최소한의 기본적인 구성 요

6 복도훈, 《묵시록의 네 기사》, 147쪽.

소들, 즉 잠재적으로 무한한 네트워크와 아울러 그것의 비(非)가시성에 대한 그럴듯한, 다시 말해 집단적이고도 인식론적인 설명을 재결합시킬 수 있는 능력을 갖춘 하나의 서사 구조로 신선한 생명을 얻는다."[7] 무슨 말입니까. 한마디로 전 지구적 자본주의(금융자본주의)의 실체가 복잡해지고 갈수록 불확실해질 때 그에 대한 절망적인 대항서사로 음모서사가 출현하며, 세계가 총체적 위협으로 육박해 올 때 그에 대응하는 종말의 상상력이 작동한다는 겁니다. 그래서 음모서사와 아포칼립스 서사는 '부재하는 총체'에 대해 많은 것을 상상하고 생각하도록 만든다는 장점이 없지 않습니다.

물론 음모의 상상력은 거의 아메바 수준으로 단자화된 약자의 상상력입니다. "음모는 포스트모던 시대의 약자가 그리는 인식의 지도다. 그것은 후기 자본의 총체적 논리에 대한 타락한 표현이고 자본의 체제를 재현하려는 필사적 시도다."[8] 그런데 생각해보면 지배 체제 역시 음모론과 음모서사의 살포자입니다. IMF와 세계은행, 대기업과 재계, 정부의 프로젝트처럼 비공개적이고도 비밀스럽게 진행되다가 어느새 그 가공할 만한 재앙의 결과를 사람들이 훨씬 나중에야 알게 만드는 조직적인 지배 방법이 강자의 음모론(음모서사)이 아니면 무엇이겠습니까.[9] 우리는 지금 두 개의 음모론 또는 음모서사를 이야기했습니다. 여기서 우리는 리얼리즘에서 이야기하는 총체성(루카치)과는 다른 총체성, '부재하는 총체성'을 여전히 상상해낼 수 있는 역량을 SF를 통해 가늠해볼 수 있겠습니다. 그러면 음모서사의 리

7 프레드릭 제임슨, 《지정학적 미학》, 조성훈 옮김, 현대미학사, 2007, 31쪽. 번역 수정.

8 프레드릭 제임슨, 〈인식의 지도 그리기〉, 이명호 옮김, 《문예중앙》, 1992년 겨울호, 301쪽.

9 복도훈, 《묵시록의 네 기사》, 145~146쪽.

비도적인 동력이라고 할 만한 병구의 과대 피해망상적인 편집증에 대해서는 또 어떻게 해석하면 좋을까요?

도덕적 해석: 원한과 리셋충동

여기서부터 「지구를 지켜라!」에 대한 본격적인 이야기를 시작해야 할 것 같습니다. 영화는 어떻게 전개됩니까. 핵심적인 사건을 위주로 요약해보죠. 병구와 순이가 유제화학사장 강만식을 납치하면서 이야기는 시작됩니다. 병구는 오래전에 자신의 어머니와 옛 연인과 함께 유제화학에서 일한 노동자로, 강만식을 '로얄 분체교감 유전자 코드'를 가진 외계인으로 간주하고 그를 납치했던 겁니다. 물론 병구와 강만식의 관계는 본질적으로는 노동자와 자본가의 관계입니다. 병구는 타인을 묶는 쇠사슬 이외에는 아무것도 가진 것이 없는 원한의 노동자이며, 강만식은 경찰청장이 사위인, 한마디로 공권력과 자본을 모두 가진, '다 내 거야'라고 말하는 오만하고 냉소적인 자본가입니다. 경찰들은 강만식의 납치범을 추격하지만, 사건은 오리무중에 빠지고, 결정적인 단서를 발견한 추 형사는 병구에게 죽임을 당합니다.

이야기가 진행될수록 우리는 병구와 만식의 갈등과 대립 속에서 병구의 가족사에 얽힌 비극적인 이야기를 강력한 배음으로 듣게 됩니다. 어머니는 화학약품중독으로 죽어가고 있었으며, 애인은 파업쟁의 도중에 유제화학 공장장의 곤봉에 맞아 죽었습니다. 그것을 무력하게 지켜보기만 했던 병구는 근본적으로 원한(ressentiment)의 주인공이라고 할 수 있습니다. 강만식을 인류를 파괴하는 외계인으로 상상하고 자신을 지구를 지키는 구원자로 상상하는 간절한 망상은 거기서 비롯되는 겁니다. 또한 강만식을 향한 그의 납치와 복수, 고문도 이러한 원한에서 비롯된 것입니다. 병구의 납치 사건은 일견 성공한 듯 보이지만, 추 형사를 따르던 명민한 경찰 김 형사의 기지로 납치 사건의 실마리는 하나둘씩 풀려나갑니다. 안드로메다 왕자를 만나게 해주겠다는 만식의 교활한 술수에 이끌린 병구는 유제화학 제2공장에서 그것이 속임수임을 깨닫게 되고, 만식과 최후의 아마겟돈을 벌이지만, 병구와 그를 도우려던 순이 모두 강만식에게 죽임을 당합니다. 뒤늦게 김 형사 등의 경찰 일행이 강만식을 구하는 것으로 이야기는 끝난 듯하지만, 놀라운 반전이 벌어집니다. 강만식은 병구가 망상했던 것 이상으로 실제로 안드로메다 왕자였으며, 지구에 더 이상 희망이 없다고 간주한 왕자의 명령으로 지구는 결국 완전히 폭파되고 맙니다.

도덕적 해석, 다시 말해 인물과 사건의 갈등과 대립, 반전에 대한 해석은 병구의 마음을 꽉 채운 원한을 분석하는 것에 달려 있습니다. 「지구를 지켜라!」에서 병구가 원한의 주인공임을 가장 잘 드러내주는 명장면이 있습니다. 앞서 보여준 것처럼 웨스턴 마카로니와 결합된 쿵푸장르의 한 방식으로 병구가 중고등학교 동창인 동네깡패를 혼내주는 일련의 신(scene)이 그것이죠. 그러나 이것은 한낱 병구의 상상일 뿐, 그는 실제로는 깡패 앞에서 전적으로 무기력한 존재에 불과합니다. 게다가 그는 약을 먹지 않는 한 쇠사슬에 묶여 있는 자신의 과거의 주인이었던 강만식 앞에서도 꼼짝하지 못합니다.

원한의 분석가 니체에 따르면 원한은 '이에는 이'와 같은 실제적인 복수를 하지 못하고 그 복수를 대체 보충하는 상상적인 복수의 감정더미들로 정의됩니다. 니체는 "실제적인 반응, 행위에 의한 반응을 포기하고, 오로지 상상의 복수를 통해서만 스스로 해가 없는 존재"[10]로 여기는 사람들을 노

10 프리드리히 니체, 〈도덕의 계보〉, 《선악의 저편 · 도덕의 계보》, 김정현 옮김, 책세상, 2002, 367쪽.

예로 불렀으며, 기독교를 그러한 무기력한 노예도덕에서 비롯된 종교로 보았습니다. 마르크스와 동시대인이었던 니체는 온갖 형태의 평등적 사회혁명운동을 노예들의 집단적 반항으로, 약자 도덕의 수행으로 바라보았습니다. 여기서 니체를 급히 기각시키거나 억지로 구제할 필요는 없어 보입니다. 니체가 잘 본 것처럼 원한이야말로 사회를 뒤바꾸려는 집단적 충동의 밑바닥에 있기 때문입니다. 원한이야말로 계급적인 감정입니다.[11]

이제 「지구를 지켜라!」와 더불어 우리는 헬조선이라는 기표의 깊숙한 밑바닥에 존재하는 가장 계급적인 감정인 '원한'을 다루게 되었습니다. 저는 원한의 주체가, 원한 감정이 곧바로 혁명적이라고 말하지는 않겠습니다. 일베가 짓는 비웃음의 심연에도 사회적 약자에 대한 약자의 원한이, 강자를 숭배하는 방식으로, 도착적으로 자리하고 있기 때문입니다. 당신이 괴물을 들여다볼 때, 괴물도 당신을 들여다봅니다. 그렇다고 병구가 결국 일베와 도긴개긴의 원한을 갖고 있다고 할 수는 없습니다. 그런 식으로 보게 되면 우리는 일베와는 다르게 이 영화의 해방적인 상상력에 참여할 길을 스스로 봉쇄하게 됩니다.

그러면 병구의 원한과 그의 편집증적 망상 그리고 영화 텍스트의 브리콜라주적 상상력은 어떻게 연관될까요? 여기서 네 가지 해석학의 세 번째 층위는 첫 번째의 축자적 층위와 두 번째의 비유적 층위와 결합됩니다. 정신분석에서 보통 편집증이란 망상증의 한 형태로, 보통의 사회적 정보와는 일치하지 않고 상징적 세계에서 일반적으로 통용되지 않는 확고하게 고정되고 수정되지 않는 허위의 신념입니다. 그것은 일종의 그물망(인타

11 프레드릭 제임슨, 〈맑스의 도둑맞은 편지〉, 전희경 옮김, 《성균비평》 제3호, 성균관대학교 대학원학생회, 1996, 113쪽.

라망) 같은 체계를 형성하는 것이 특징입니다. 편집증의 대표적인 형태인 박해망상의 경우, 타자에 의해 상처 입고 붕괴된 자아의 감정(「지구를 지켜라!」에서는 병구의 원한)을 특정한 외부 세계, 즉 타자로 투사하는 데 그치지 않고 그 배후, 즉 '타자의 타자'를 탐색하기에 이르는 겁니다. 편집증적 자아에는 의심이 거의 없으며, 확신만 있습니다.

프로이트는 독일의 유명한 정신병자인 다니엘 파울 슈레버 판사회의장이 쓴 백문이 불여일견인 초현실주의적 자서전《한 신경병자의 회상록》을 분석하는 가운데, 편집증을 병일 뿐만 아니라 붕괴된 자아와 세계를 재구축하려고 필사적으로 노력하는 치유 과정으로 보았습니다.[12] 한마디로 병구에게 강 사장은 자신을 박해하는 세상의 배후에 있는 외계인입니다. 타자의 배후에 있는 타자, 타자의 타자입니다. 편집증적 자아에게 외부세계는 배후, 즉 타자의 타자를 위한 재료로 취사선택되고, 재배치되며, 일관된 서사로 연결됩니다. 말하자면 외부세계는, 원래의 의미와 용도에서 벗어나, 특정 서사를 만들기 위한 브리콜라주의 재료가 되는 겁니다. 모든 파편적인 사물이나 기표는 서사적 네트워크로 연결되어야 하며, 체계를 구축하려는 주체의 병적이고도 절망적인 의지 아래로 모아져 일관된 서사로 편집되어야 합니다. 이것이 지금 「지구를 지켜라!」의 병구에게 일어나는 일이며, 이 영화의 놀라운 브리콜라주적 미장센을 이루는 원리입니다. 병구의 원한, 편집증적 박해망상, 브리콜라주는 이렇게 하나의 계열체로 연결될 수 있습니다. 이 글에서 주장하고자 하는 요점에 따르면 텍스트에 대한 문자적 해석의 층위에 있는 브리콜라주라는 텍스트의 제작 원리는

12 지크문트 프로이트, 〈편집증 환자 슈레버—자서전적 기록에 의한 정신분석〉,《늑대인간》, 김명희 옮김, 열린책들, 1998; 다니엘 파울 슈레버,《한 신경병자의 회상록》, 김남시 옮김, 자음과모음, 2010 참조.

텍스트에 대한 개별적 해석의 층위(인물 간의 적대와 갈등, 심리적 리비도)에서 비롯된 것입니다. 그렇다면 이 영화의 리셋충동은 또 어떻게 봐야 할까요?

물론 그것을 유추할 수 있는 자료가 슈레버와 프로이트에게 이미 있습니다. 태양광선을 항문으로 받아 폐허의 잔해 속에서 신인류를 잉태한다는 슈레버의 《한 신경병자의 회상록》은 기본적으로 아포칼립스입니다. 그래서 프로이트는 슈레버의 편집증적 망상에 대해 비록 자기와 세계가 붕괴하는 증상이지만, 회복하려는 노력이라고도 보았습니다. 여기서 우리는 SF의 하위장르라고 할 수 있는 아포칼립스의 본래적인 의미에 도달하게 됩니다. 첫째, 아포칼립스(Apocalypse)는 파국적인 사건을 의미하는 것뿐만 아니라 은폐된 것을 폭로하는 계시(Revelation)라는 의미도 내포하고 있습니다. 유대인 신학자 야콥 타우베스가 말한 것처럼 아포칼립스는 폭로, 아직 밝혀지지 않은 것을 미리 엿볼 수 있게 하는 폭로입니다. 둘째, 아포칼립스는 회복하려는 노력, 즉 소망충족의 서사입니다. 영화가 출시된 2003년에는 극소수의 하위문화에 잠복해 있었지만 우리 시대에는 사회현상 전반으로 확대되고 현저해진 리셋충동이 「지구를 지켜라!」에는 강렬하게 자리 잡고 있습니다. 물론 「지구를 지켜라!」의 리셋충동은 「신세기 에반게리온」(1995~1996) 등의 리셋충동 모티프를 모방하고 활용한 것일 수도 있습니다. 리셋충동은 초기화 작업입니다. 그것은 파괴를 통한 정화만이 아닙니다. 리셋은 새로운 세계에 대한 소망, 유토피아적인 충동이기도 합니다. 병구의 원한과 리셋충동은 당연히 개인적인 층위, 강만식에 대한 사적인 복수로 환원되지 않습니다. 네 번째 해석학을 통해 영화의 리셋충동에 대해 좀 더 자세히 해석해보겠습니다.

신비적 해석: 노동(자)와 자본(가)의 적대 또는 어떤 사랑과 공감……

서구중세의 네 번째 해석학은 신비적 해석학이며, 제임슨이 제안한 마르크스주의 해석학은 그것을 집단적 해석학으로 바꿔서 읽고자 합니다. 그런데 신비적 해석학은 문자 그대로 취할 필요가 있습니다. 그것은 「지구를 지켜라!」의 마지막 반전에서 자본가-강만식 사장이 병구가 믿던 그대로 외계인, 안드로메다의 왕자가 된다는 설정과도 결코 무관하지 않기 때문입니다. 영화는 비약하며, 개별적인 원한과 복수의 차원은 신학적인 알레고리로 변해버리는 것처럼 보이니까요. 어떤 비평가들은 부감 쇼트의 설정에 상응하는 영화의 충격적인 반전 또는 비약에 대해 다소 못마땅해하면서 「지구를 지켜라!」가 애초의 노동(자)-자본(가)의 적대를 제기하다가 그것을 사적 복수의 차원으로 한정시켰으며, 그 사적인 차원은 영화 마지막의 우주적인 종말의 차원(신비적 차원)과 결코 다르지 않다고 이야기합니다. 일리가 없지 않습니다. 영화에서 리셋충동도 그런 견지에서 해석될 수 있을 겁니다.

「지구를 지켜라!」에서 리셋충동은 병구가 마지막으로 죽어가면서 눈을 감으며 엄마를 부르고 죽은 순이를 쳐다보는 장면에서 비롯된다고 볼 수 있습니다. 그러니까 그 이후의 부감쇼트의 장면들, 강만식 사장을 구한 경찰들이 하늘에서 날아온 광선을 맞아 즉사하고, 외계인으로 우주선으로 오른 강만식-안드로메다 왕자가 '저 행성엔 더 이상 희망이 없어'라는 말을 끝으로 지구를 폭파시키는 일련의 신은 실제로는 죽어가는 병구의 흐릿해져가는 의식과 환상이 만든 몽환적인 잔여물이겠죠. 리셋, 그것은 이 영화가 도달한 막다른 절망의 골목으로 볼 수도 있습니다. 그리고 그것은 영화에 제기된 복잡한 현실의 모순을 리셋의 상상으로 다소 손쉽게 해소하려고 한 것처럼 보입니다. 저도 《묵시록의 네 기사》에서 그런 해석에 동참했습니다.

생각해보면 다시 제임슨의 말마따나 자본주의의 종말을 끈질기게 상상하는 것보다 세계의 종말을 상상하는 것이 훨씬 쉽고 속편합니다. 「지구를 지켜라!」도 그 속편한 문화적 비관주의의 시류와 대열에 동참한 것처럼 보입니다. 게다가 영화는 역사를 운명으로, 인간을 종으로 환원하는 강만식-자본가의 논리가 결국 압승하는 것을 씁쓸하게 보여주는 것처럼 보입니다. 이쯤에서 병구와 대립되는 강만식의 논리를 잠시 살펴볼까요? 그것을 한마디로 요약하면 이렇습니다. "넌 날 못 이겨. 나는 너 같은 병신새끼들에게 한 번도 진 적이 없거든." 앞에서도 이야기했지만, 게다가 강만식은 병구를 속이면서까지 인류 타락의 거대한 서사-역사를 인간의 DNA 안에 있는 '가속성 공격 유전자' 탓으로 자연화·운명화합니다. 자본-국가의 지배자들은 그런 상상력의 소유자들입니다. 자신들이 지배하는 체제가 천년만년 계속 갈 거라고 생각하는 거죠. 우리들은 계속 체념하고 있고요. 그러니까 여기서 리셋충동은 원한으로 가득 찬 병구와 같은 노예만 갖고 있는 것이 아닙니다. 강만식과 같은 지배자, 주인 역시 언제든 단 한 방으로 그가 부리던 노동자들을 초기화하거나 리셋할 역량을 갖고 있습니다. 무자비한 해고라는 이름의 리셋. 이것이야말로 2016년에 다시 본 「지구를 지켜라!」의 섬뜩하고도 무시무시한 점이라고 저는 생각합니다.

영화를 한 번 보고 나면 강만식이 정말로 처음부터 무시무시한 위력을 지닌 외계인이 아니었을까 다시금 곰곰이 돌이켜보도록 만드는 신이나 시퀀스가 여럿 있습니다. 150볼트의 전기고문에도 이(齒) 하나만 빠지거나 괴력으로 양손에 박힌 못을 빼내더라도 피를 별로 흘리지 않을뿐더러 금방 회복되는 강만식의 모습을요. 이병구와 강만식을 대립 축으로 한 「지구를 지켜라!」에 대한 신비적 해석학은 아래의 도표로 정식화할 수 있습니다.

이병구	강만식
지구 파르티잔	안드로메다 왕자
피조물	창조주
생존 또는 전멸	생사여탈권
벌거벗은 신체	주권권력
노동자	자본가

저는 《묵시록의 네 기사》에서 이러한 도식으로 「지구를 지켜라!」를 다소 신비적·신학적인 차원에서 읽었습니다. 이병구가 노동자이며, 강만식이 자본가라는 적대적 현실은 영화가 신비적이고도 신학적 차원으로 비약하면서 그 의미가 다소 약화되는 듯합니다. 게다가 네 가지 해석학을 토대로 아래의 도표에서처럼 이병구와 강만식의 대립을 두 사람의 이름에 대한 알레고리적 대립으로 환원해, 그것을 축자적 해석에서 신비적 해석까지 확대·적용시킬 수도 있습니다. 오히려 이러한 해석이 노동(자)-자본(가)의 적대를 애써 강조하는 것보다 잠시는 훨씬 그럴듯해 보이기도 합니다. 확실히 영화는 똑같은 음악, 곧 노동자들과 병구의 투쟁이 패배할 것임을 예감하는 장면에서 특유의 비애의 멜로디로 가득한 음악을 반복적으로 재생하면서 유제화학공장에서 있었던 집단적 투쟁의 비극적 말로를 환기합니다. 그리고 그 음악은 이번에는 병구와 강만식이 폐쇄된 공간에서 벌이는 아마겟돈을 통해 앞서 유제화학공장의 노동자 투쟁이라는 비극적·집단적 사건을 희극적·사적으로 반복한다는 것을 아프게 환기합니다.

네 가지 해석학	이병구	강만식
축자적 (문자적)	병구(病究+病構) 외계인 연구자	만식(萬植+萬食) 공권력+기업권력의 화신
비유적 (알레고리적)	병구(病球) 외계인 납치범	만식(蠻識): '더럽고蠻 교활한識' 외계인
도덕적 (개별적)	병구(病狗) 원한의 노예(피조물)	만식(慢飾) 오만한 주인(조물주)
신비적 (집단적)	병구(兵球+病救) 지구 파르티잔	만식(萬識+萬蝕) 생사여탈의 주권자

그러나 이것은 어디까지나 지구가 폭파되는 충격적인 신에서 비롯되는 영화에 대한 다소 비관적인 해석일 겁니다. 그렇다고 제가 이와 대비될 만한 대안적이고도 낙관적인 해석을 따로 준비하고 있다는 뜻은 아닙니다. 2016년 벽두의, 헬조선에서 다시 보는 「지구를 지켜라!」에는 제가 지금까지 간과해왔거나 부러 읽지 않았던 부분도 엿보입니다. 지금까지의 해석적인 도식에서 빠진 부분이 있다는 것입니다. 그것은 바로 병구 편의 순이와 비록 경찰 편이더라도 병구의 세계에 그나마 근접했던 추 형사와 김 형사 같은 존재입니다. 예전보다 이들의 존재가 더 중요해 보입니다.

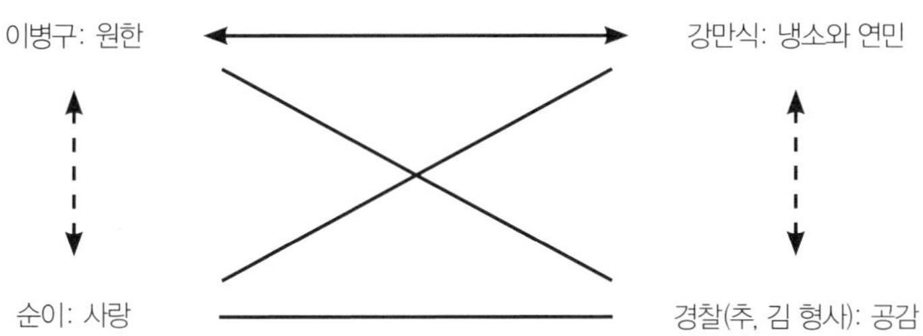

「지구를 지켜라!」의 지배적인 정념인 병구의 원한은 강만식의 순간적인 연민으로도 어찌할 수 없을 뿐만 아니라, 연민(악어의 눈물!)이 갖는 한계를 분명히 일러줍니다. 그러나 같은 연민이라고 하더라도, 그리고 결국 적대적으로 돌아설 수밖에 없겠지만, 병구를 대하는 추 형사의 인간적 따뜻함이나 병구에게 보내는 김 형사의 연민 어린 시선은 강만식의 연민과는 분명히 질적으로 다르다고 생각합니다. 저는 그것을 연민과 대비되는 의미에서 공감이라고 불러보겠습니다. 병구에게도 느껴졌던 공감, 그것이 없었더라면 병구가 김 형사를 살려주면서 지구를 부탁한다고 말하지는 않았을 겁니다. 뿐만 아니라 가장 결정적으로 병구를 향한 '젤소미나' 순이의 지고지순한 사랑이 있습니다. 순이의 사랑은 그저 숭고한 것이거나 헌신적인 것이 아닙니다. 순이의 사랑은 타자에 대한 사랑의 본질적인 특징 하나를 일러줍니다.

흔히 생각하는 것과는 달리 사랑은 타자의 판타지(환상이나 망상)를 깨거나 자신의 판타지를 깨고 자신 또는 타자의 진정한 모습을 만나는 일이 아닙니다. 오히려 사랑은 타자의 판타지에, 그것이 병구의 망상처럼 제아무리 끔찍한 것이라고 할지라도, 거기에 기꺼이 동참하는 아슬아슬한 모험에 가깝습니다. 저는 방금 위험한 말을 했습니다. 저는 사랑이 본질적으로 판타지이기 때문에 이렇게 말한 것은 아닙니다. 타자의 판타지를 순순하게 용인하자는 얘기를 한 것도 결코 아닙니다. 순이가 병구에게 묻습니다. "오빠, 날 사랑해?" 병구는 대답하지 못합니다. 그는 근본적으로 무능력합니다. 사랑 앞에서의 무능력. 뿐만 아닙니다. 병구의 판타지는 순이의 "날 사랑해?"라는 물음 앞에서 가격(加擊)당했다고 할 수도 있습니다. 원한과 복수의 판타지로 가득한 그의 마음속에 희미한 구멍을 낼 수도 있었을 물음. 수 년 전 애인이 눈앞에서 죽어갈 때 무기력하게도 지켜주지 못했던 실패를 만회할 수도 있었을 물음. 병구의 답을 듣지 못한 순이는 떠납니다. 병구는 자신의 판타지에 미끄러지며 더욱 파국을 향해 치닫게 됩니다. 그러나 순이는 다시 병구에게로 되돌아오고, 그와 비극적인 최후를 함께 맞이합니다. 안타깝습니다.

제아무리 병구의 마지막 판타지, 리셋충동의 구현이라고 하더라도 폭파된 지구의 잔해 가운데 하나인 흑백 TV 화면에서 병구의 비교적 행복했던 유년 시절, 그가 살아생전의 애인과 함께 하모니카를 불거나 유랑극단에서 놀라운 밧줄타기의 기예를 보여주는 순이와 처음으로 만나는 과거의 장면 등이 재연되는 부분은 네 번째 신비적 해석학이 담보하는 구원의 이념을 포함하고 있다고 말씀드리고 싶습니다(「지구를 지켜라!」에서 자주 나오는 음악이자 스크린 표면을 떠다니는 음성존재로 기능하는 'Over the Rainbow'는 '저 너머'에 대한 유토피아적 동경을 내포하고 있다고 하겠습니다). 저는 「지구를 지켜라!」의 흑백 TV 화면을 다만 화석화된 향수의 상영으로 볼 것이 아니라, 여전히 숨 쉬는, 현재에게 손 내밀 뿐만 아니라 내민 손을 다시 잡아주는 과거임을 강조하고 싶습니다.

어떤 과거입니까. 다시 반복하겠습니다. 그것은 '~할 수도 있었을'이라는 결코 완료되지 않은 과거로, 발터 벤야민이었다면 현재를 구원하는 일에 실패한 과거를, 그리하여 가능성으로 남아 있을, 구원을 애타게 기다리고 갈망하는 과거라고 불렀던 것입니다. 사랑타령을 하는 건 아닙니다만, 저는 병구에 대한 순이의 사랑, 추 형사와 김 형사의 병구에 대한 인간적인 공감, 이것을 깊이 사려(思慮)해야 영화의 마지막 장면을 비로소 적극적으로 해석할 수 있다고 봅니다. 이것만큼은 이 글에서 반드시 강조하고 싶습니다.

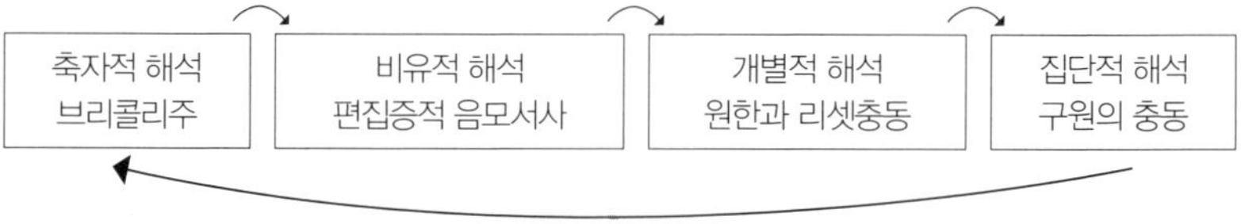

축자적 해석 브리콜리주	→	비유적 해석 편집증적 음모서사	→	개별적 해석 원한과 리셋충동	→	집단적 해석 구원의 충동

저는 엔딩 크레디트가 올라오는 와중에 상영되는 낡은 흑백 TV 화면을 SF에서 말하는 평행우주, 병구가 자신의 원한을 고수하는 대신에 순이의 사랑이나 추 형사, 김 형사의 공감과 함께 갈 수도 있었던, 그러나 안타깝게도 '가지 않은 길'(로버트 프로스트)을 편집(약한 의미의 브리콜라주)한 것이라고 생각합니다. 우리는 「지구를 지켜라!」를 지배하는 사나운 서사적인 필연성을, 이병구가 결국 강만식에게 패배하고 말 것이라는, 제어하기 힘든 파국으로 치닫는 서사의 폭주기관차를 급정거시킬 브레이크와 같은 '희미한'(벤야민) 순간을 다시금 꽉 붙잡아야 합니다. 병구에 대한 추 형사와 김 형사의 안타까운 연민과 공감, 병구를 향한 순이의 지극한 사랑, 더러 신파처럼 보이기도 하는 이러한 소중한 감정들이 드물지만 강렬하게 산포되어 있었기 때문에, 「지구를 지켜라!」의 흑백 TV 화면, 거기서 환기되는 '가지 않은 길'이라는 다른 삶의 가능성을 보여주는 브리콜라주적 편집 화면은 가능했던 것입니다. 「지구를 지켜라!」의 마지막 장면조차 이 영화의 제작 원리인 브리콜라주적 상상력의 도움을 받아 행복의 이념, 구원을 추동하고 있는 것입니다. 이렇게 텍스트의 형식적인 층위의 충동에서 내용적인 층위가 전개되며, 텍스트에 대한 신비적(집단적) 해석은 다시금 그에 대한 축자적(문자적) 해석으로 되돌아가는 것입니다.

—《현대시학》, 2016년 3월호

리셋과 무망(無望)의 서사

— 김윤주의 〈재앙부조〉와 박문영의 《사마귀의 나라》

천만 명 이상의 기독교 신자를 보유한 한국이지만 한국인에게 〈창세기〉에서 〈요한계시록〉으로 이어지는 시간의 끝, 끝의 시간에 대한 상상, 이른바 종말론적인 상상력은 지치지 않고 증축되는 교회와 신앙의 과한 열기에 비해서는 아직까지 현저하게 저조해 보인다. 물론 몇몇 비정통파 교단에서 때로는 심각하고 때로는 해프닝에 가까운 종말론적인 소동을 벌인 바는 있었지만, 본격문학에서 하위문화에 이르는 다양한 문화전선에서 종말론적 상상력이 제대로 가동된 적은 거의 드물었다고 할 수 있겠다. 그러나 최근에 들어 사정은 서서히 바뀌기 시작하는 것처럼 보인다. 대략 2007년을 기점으로 한국 문학, 특히 젊은 작가들의 상상력에서 세계의 절멸과 재앙에 대한 이야기는 하나둘씩 피어나기 시작했다. "언제나 찾아올 것 같기만 하고 정작 오지는 않던 세상의 끝"(윤이형, 〈큰 늑대 파랑〉, 《큰 늑대 파랑》, 창비, 2010)을 재현하는 이야기가 시작되었던 것이다. 나는 먼저 두 작가의 단편소설을 예로 들고자 한다.

방금 인용한 윤이형의 〈큰 늑대 파랑〉과 듀나의 〈너네 아빠 어딨니?〉(《용의 이》, 북스피어, 2007)는 모두 2007년에 발표된 단편소설로, 포스트 좀비 아포칼립스 장르에 속하는 작품들이다. 윤이형의 소설은 젊음의 비극적인 종말을 좀비가 출현하는 세상에 대한 멸망과 구원의 슬픈 알레고리로, 듀나의 소설은 그와는 반대로 어른세상의 종말을 어린 소녀의 냉정하고도 쿨한 리셋(reset)의 서사로 유쾌하게 재현했다. 두 소설은 모두 루쉰의 단편 〈광인일기〉(1918)에 등장하는 광인의 마지막 다짐, 곧 '아직 사람을 잡아먹지 않은 아이가 있다. 그 아이를 구해야 한다'는 모티프를 중심으로 움직이고 있다. 윤이형과 듀나의 소설은 향후 한국 소설의 전위에서 출현하는 아포칼립스 장르의 두 가지 주요한 특징을 선취하고 있다.

첫째, 아포칼립스 장르는 비단 멸망의 이야기만은 아니라는 것이다. 윤이형의 소설에서 네 젊은이 가운데 세 명은 십 년이 지나 모두 갑자기 출현한 좀비의 희생양이 되고 만다. 그러나 남겨진 한 젊은 여성은, 좀비와의 사투 끝에, 자신이 마음에 두었던 한 남자를 구하러 세상의 끝으로 떠난다. 절멸 속에서 희망의 씨앗을 찾고, 파멸 속에서 구원을 염원하는 것이다. 실제로 아포칼립스는 유대의 묵시문학에서도 그랬듯이 두 가지 희망을 동시에 염원하는 서사다. 한마디로 그것은 절멸에의 희망을 통한 새로운 세상과 삶을 염원하는 이야기다. 듀나의 소설에서도 어른들의 세상이 좀비 천하로 리셋된 이후의 가난하고도 폭력에 노출되었던 소녀들의 삶은, 포스트 좀비 아포칼립스 장르에서 단골로 등장하는 공간인 쇼핑센터에서 어떠한 소비 원리에도 구애받지 않고 마음껏 상품들을 향유하는 즐거움으로 나타난다. 소설의 마지막 장면에서 좀비들이 거리를 떠돌아다니는 핏빛 황혼녘을 물끄러미 내려다보는 두 소녀의 시선에는 암울함보다는 냉소적인 유쾌함이 담겨 있다.

둘째, 아포칼립스 장르는 서사의 내용이 형식의 일부로 형상화되는 특징을 지니고 있다. 말하자면 절멸과 파괴 속에서도 은밀하게 피어오르는 희망의 내용이 서사의 형식 그 자체에 각인된다는 것인데, 이것은 포스트 아포칼립스 장르에서 흔히 미성년 아이들이 서사의 주인공이 되는 것과도 무관하지 않다. 코맥 매카시의 소설《로드》에서 봉준호 감독의「설국열차」에 이르는 포스트 아포칼립스 소설과 영화에서도 아이는 서사의 최후에도 살아남는 존재다. 물론 그 존재가 당장 희망을 뜻하는 경우도 있고, 보다 애매한 경우도 있지만.

윤이형과 듀나의 소설이 발표될 즈음만 하더라도 한국 소설의 아포칼립스적 상상력은 그저 일시적이고도 특이한 문학적 돌출이거나 하위문화의 한 상상력에 대한 문학적인 변종 정도로 취급되었다. 장준환 감독의 영화「지구를 지켜라!」와 박민규의 소설《핑퐁》(2006)에서 보았듯 '병맛 코드'의 우울하면서도 활달한 리셋의 서사가 없었던 것은 아니었지만, 이 두 탁월한 작품은 아직까지는 장르혼효적인 성격이 강했다. 두 작품의 장르혼효적인 성격에서 장르 그 자체가 분화되어나온 것은 그다음이었다. 윤이형과 듀나의 포스트 좀비 아포칼립스 소설이 발표된 이후로 상황은 본격적으로 판이하게 달라졌던 것이다. 이른바 본격문학과 장르문학의 최전선에 선 젊은 작가들의 상상력에 파국과 절멸의 이야기가 강렬하게 점화되기 시작했던 것이다. 그즈음은 또한 젊은 작가들의 상상력에서 본격문학과 장르문학 사이의 공고하던 위계와 구분이 서서히 해체되기 시작한 때이기도 했다. 배명훈과 김보영과 같은 SF작가들의 소설이 박민규와 윤이형의 SF와 나란히 함께 읽히기 시작했다. 한국 문학의 포스트 아포칼립스적 경향에 한정하더라도 박민규와 윤이형을 필두로 김애란, 황정은, 조해진, 김사과, 박솔뫼, 손홍규, 정용준 같은 주요한 젊은 작가들이 종말론적 상상력의 흐름에 이미 대거 동참한 바 있다. 그리고 장르문학 진영에서도 듀나를 필두로 배명훈과 ZA(Zombie Apocalypse) 문학 공모전 당선 작가들, 포스트 아포칼립스적 상상력의 한 극지에 다다른 멸망 이야기를 주조해낸 《사마귀의 나라》의 작가 박문영에 이르기까지 많은 장르 작가들이 포스트 아포칼립스 장르의 지평을 확대해나가고 있다.

그런데 돌이켜보면 한국 소설에서 아포칼립스적 상상력의 발현은 최근 10년에 한정된 이야기만은 물론 아니다. 나는 남은 이야기에서 한국 소설의 아포칼립스적 상상력의 시작을 알리는 선구적인 한 작품과 그 상상력의 한 극점을 강렬하게 선보인 최근 소설로, 앞서 언급한 박문영의 《사마귀의 나라》를 읽을 예정이다. 공교롭게도 두 소설은 핵전쟁과 오염 이후의 세상, 보다 장르적인 용어로 말하면 '핵겨울' 이후의 이야기를 그리고 있다.

먼저, 1960년 4·19 혁명이 일어난 지 7개월 후, 핵전쟁으로 도시의 문명에서 인륜적 도덕에 이르기까지, 인간이 이룩했거나 지켜왔던 모든 것들이 단 한 번에 사라지는 이야기가 한국 소설사에서 처음 쓰였던 적이 있었다. 성서학자였던 김윤주(1927~1995)의 《자유문학》 신인당선작 〈재앙부조(災殃浮彫)〉가 바로 그 소설이다.

> 버섯구름의 재앙은 압도적이고 순간적이었다.
>
> 사진(沙塵)인지, 재인지, 연기인지 분간할 수 없는 황적색의 안개 속에서 이 문명도시는 해체하였다.
>
> 빌딩들은 채석장의 돌무더기가 되었다.
>
> 아스팔트는 화산의 용암처럼 녹아 흐르다가 아무렇게나 굳어버렸다.

> 역전광장에는 엿가락 모양 휜 레루들이 딩굴었다.
>
> 전차는 뻐스를, 뻐스는 전차를 박살하였다.
>
> 가로수가 어쩌다 타다 남아, 새까만 말뚝이 된 것이 오히려 기이하였다.
>
> 공원의 못에서는 잉어의 내장이 썩어갔다. 물론 분수탑은 빠개졌다.
>
> 개선문은 주춧돌만 남았고, 박물관의 높고 넓던 돌계단은 무너지고, 오랜 역사의 유물들이 재가 되어 바람에 날리고 있었다.[1]

아포칼립스 소설의 전형적인 초두다. 소설의 시작부터 종말의 장면을 재현하고 있는 것이다. 물론 이 소설은 문장의 수준에서 소설적 구성에 이르기까지 여러모로 많이 조악하고 서툴다는 느낌을 준다. 방금 읽은 인용문에서도 드러나듯이 핵의 파괴적 숭고에 필적할 만한 묘사는 다소 막연하게 환기되는 수준이고, 전지적인 서술자와 작중인물 간의 거리도 확보되어 있지 않으며, 일어나는 사건들의 수순 또한 썩 자연스럽지는 않다. 그럼에도 이 소설은 포스트 아포칼립스 장르의 특징으로 이야기했던 서사의 코드를 고스란히 내포하고 있다는 점에서 흥미를 끌 만하다. 인용한 부분에서 절멸의 상황이 차례로 제시되었으니, 마지막 문장 다음에 이어지는 문장은 당연히 이것이겠다. "종말이었다."(130쪽)

〈재앙부조〉는 이런 이야기다. 시인 창수와 그의 친구인 화가 그리고 화가의 아내는 공회당을 들렀다가 나오는 도중에 핵전쟁이 발발했음을 알게 된다. 그들은 다른 생존자로 화가의 친척 아저씨인 절름발이와 물리교수와 함께 식료품 시장의 지하실에 칩거한다. 버섯구름을 본 화가는 시력

1 김윤주, 〈재앙부조〉, 《자유문학》, 1960년 11월호, 129쪽. 앞으로 이 소설을 인용할 경우, 본문에 쪽수를 표시한다.

을 잃고, 물리교수는 과학은 개구리 눈알 하나 만들지 못한다는 헛소리를 하다가 몸이 경화되어가면서 죽고, 절름발이는 버섯구름의 환영을 보면서 미쳐죽게 된다. 화가의 아내는 다른 남자들과 마구잡이로 성관계를 맺는다. 한마디로 모든 것들이, 총체적으로, 파산하고 마는 것이다. 문명적 현실, 물리적 현실, 도덕성, 과거, 한마디로 모든 것이 무너지고 만 것이다. 포스트 아포칼립스 장르를 읽을 때 흔히 던질 수 있는 독자의 질문은 이것이다. 왜? 왜, 이러한 일이, 파국이 발생했는가? 소설의 주인공인 시인 창수를 대신해 서술자는 진술한다. "살아남은 이유를 알 수 없었다." 그러면 어째서 다른 이들은 파국을 맞이했는가? "그 황적색의 안개 속에서, 조용히 묵주를 헤아리고 있었을 수녀들의 흰 수건, 푸울장에서 물장난하고 있었을 어린 하동(河童)들의 구릿빛 잔등, 교외의 숲속을 산책하고 있었을 젊은이들의 얽힌 손, 수염 기른 점잖은 영감들이 못가에 나란히 앉아서 드리웠을 낚싯대, 이 낯익은 것들이 핵세례를 받은 이유를 창수는 알 수 없었다."(138쪽)

포스트 아포칼립스 소설은, 마르틴 하이데거의 표현을 빌리면, 근거(grund)의 근거 없음(ab-grund)을 근본적으로 되묻는다. 사상에서 근거율이란 어떠한 것도 근거=이유 없이는 존재하지 않는다는 원리다. 그런데 하이데거에 따르면 '어떠한 것도 근거=이유 없이는 존재하지 않는다' 그 자체에는 근거가 없다. 인간문명과 도덕의 지반, 이유, 근거가 무너졌다. 한마디로 '왜'라고, 살아남은 '이유'를 물을 수 있는 지반이 무너져 내린 것이다. 그렇다면 포스트 아포칼립스 장르는, 〈재앙부조〉에서도 그런 것처럼, 근거의 근거 없음을 물어가면서 필사적으로 이유=근거를 찾아나서는 서사라고 하겠다. 소설에서 눈먼 화가가 철근 부스러기로 지하실의 콘크리트 벽에 부조를 집요하게 새기는 행위가 바로 근거의 근거 없음에서 근거=이유를 물어나가는 서사적 과정으로 주요하게 제시되고 있는 것이다. 그 행위는 "죽음의 막바지에서 헤어나보려는 화가의 모질고 줄기찬 본능"(133쪽)의 발로다. 배가 불룩한 나신의 여자, 눈먼 벌거숭이 사내, 앉은뱅이 사내, 외팔이 여자, 애꾸눈의 남자, 성기가 큰 남자아이와 머리가 큰 여자아이 등을 그리는 행위의 종점에 "어둠 속에 묻혀버린 사랑"(143쪽)을 재현하고자 하는 화가의 욕망이 자리하고 있다는 것은 의미심장하다. 소설은 화가가 그림을 마무리한 뒤 '원자병'으로 죽어가면서 창수에게 아내와 아내가 임신한 아이의 삶을 책임져달라는 부탁으로 마무리된다. 그것은 창수가 빵 부스러기를 물고 묵묵히 기어가는 개미 떼를 바라보면서 여전히 폐허의 세상에서도 살아가야 할 이유를 깨닫는 것과 동시적이다. 〈재앙부조〉는 화가가 벽면에 새겨 넣는 부조를 통해 넌지시 희망(사랑)을 이야기한다.

〈재앙부조〉가 발표되고 나서 반세기가 조금 넘게 지난 후에 또 하나의 핵겨울의 이야기가 펼쳐지는데, 박문영의 소설 《사마귀의 나라》는 한층 처절할 뿐만 아니라, 어떠한 희망도 암시하지 않는다.

> 모든 섬은 귀신이 달라붙기 좋은 곳이었다. 축축하고 다리가 없는 나쁜 기운은 물길을 타고 가장 먼저 섬으로 기어가 거주민들의 꿈자리로 스며들었다. 새카만 밤, 한 여자의 눈썹이 허물을 벗는 꽃뱀처럼 꿈틀거렸다. 손바닥으로 그녀의 이마를 짚어 주는 사람은 없었다. 상체를 일으켜 물 몇 모금을 넘기게 하는 이도 없었다. 섬에 사는 사람들은 통증을 각자 버텨낼 줄 알았다. 흐릿한 새벽 해가 폐선 조각의 따개비 떼를 비추었다. 쓸개 모양을 한 섬의 윤곽이 점차 분명해졌다. 섬을 지나 바다 건너에 있는 건물, 벽, 도시에도 공평한 분량의 햇빛이 들었다. 밀물에 잠겼다 나타나는 자갈이 의심하는 사람의 눈처럼 반짝였다. 물을 지나면서부터 하얀 풀무더기가 가득했다. 나라가 망한다는 개망초

로, 내버려둔 땅마다 씨앗이 집요하게 파고드는 습성이 있었다.[2]

이 소설의 도입부는 〈재앙부조〉의 그것보다는 얼핏 덜 심각해 보인다. 비록 핵에 오염되었지만 여전히 사람들이 살아 있으며, 끈질기게 땅을 파고들어 살아나려는 개망초에 대한 묘사는 희망의 여지를 독자들에게 남겨놓는 듯하다. 그러나 《사마귀의 나라》의 서사는 소설의 초두에 어렴풋이 제시된 희망을 서서히, 하나씩 삭제하는 방식으로 전개된다. 문장은 군더더기 없이 짧고, 명료하며, 냉정하다. 마치 방금 쓴 문장을 삭제하기 위해 다음 문장을 쓰는 방식이다. 포스트 아포칼립스 장르에 전형적으로 내재해 있는 파괴를 통한 정화, 파국을 경유한 구원에 대한 은밀한 염원 따위조차도 리셋해버리겠다는 비인간적인 냉정함과 잔인성이 박문영의 문체에 도사리고 있다. 최근의 포스트 아포칼립스 장르의 경향의 한 흐름을 반영하듯이 《사마귀의 나라》는 국가가 차츰 사라지고 기업이 국가를 대신해 지배하는 2083년의 미래에서, 핵폐기물과 함께 서서히 죽어가는 섬사람들의 마지막 모습을 그리고 있다. 핵폐기물을 관리하는 '동방 유니버설'이라는 대기업이 섬사람의 생계와 복지 모두를 대신하는 미래. 소설의 주인공은 사마귀와 반점과 같은 아이들로, 이들의 이름은, 섬사람들의 다른 이름과 마찬가지로, 본명이 아니라 핵폐기물 방사능으로 인한 질병이 신체에 깊숙이 각인된 이름이다. 아이들이 주인공이지만, 이 아이들은 한국의 다른 포스트 아포칼립스 장르에서 종종 엿보이는 것처럼, 마지막에 살아남는 아이들이 결코 아니다.

2 박문영, 《사마귀의 나라》, EPIC+LOG, 2014, 9~10쪽. 앞으로 이 책을 인용할 경우 본문에 쪽수를 표시한다.

사마귀와 반점, 섬의 두 아이들은 핵폐기물을 담은 초록색 드럼통에 그림을 그리면서 서로에게 질문하고 대답한다. "선택은 자신이 해야 하는 거야. 그런데 여기는 우리에게 무엇을 선택하게 하지? 너와 내가 앉은 이 땅이 무엇을 묻지? 이 섬은 더 이상 아무것도 질문하지 않아."(85쪽) 한마디로 이 '미쳐가는' 땅은 아이들에게조차 아무런 질문도, 이유도, 근거도 제시하지 않는다. 그냥 파국이다. 이러한 근거의 근거 없음을 소설에서 가장 극적으로 드러내는 사건은 사마귀의 어머니인 궁이 갓난아이, '무무(無無)'를 낳은 일이다. 그런데 태어난 무무에게는 다른 이들과 구별되는 결정적인 특징이 하나 있다. 바로 성기(性器)가 없는 것이다. 무무에게 성기가 없다는 것은, 한마디로, 이 미쳐가는 섬에 어떠한 희망의 싹조차도 없다는 뜻이다. 게다가 핵폐기물로 인한 각종 질병에 시달리는 섬사람들과 아이들조차도 태어난 무무와 무무의 가족을 괴롭히고 멀리한다. "순도 높은 이기심"(120쪽) 이외에 다른 어떤 것도 찾아볼 수 없는 현실이다.

《사마귀의 나라》에서도 〈재앙부조〉의 화가가 콘크리트 벽면에 부조를 새겨 넣는 것과 비슷한 장면이 두 차례 등장한다. 사마귀와 반점은 드럼통에 그림일기를 그리는데, 파란 기린, 노란 공룡, 초식동물 및 바다와 고래를 노란색과 파란색 등으로 번갈아 그린다. 그림을 그리는 동안에는 "섬의 어제도 내일도 보이지 않았"을 정도로 그들은 "자신들이 지은 새로운 세계"를 희망하는 것처럼 보인다.(127쪽) 그러나 섬의 상황은 갈수록 악화일로로 치닫는다. 이제 동방 유니버설의 지원도 끊기게 되며, 섬도 폐기될 지경에 이른 것이다. 사마귀와 반점이 두 번째로 드럼통에 그린 그림일기에는 뼈밖에 남아 있지 않은 동물들, "큰 머리통 아래 철사 같은 다리를 매"단 사슴이 그려지고 나머지는 욕설들로 채워지고 만다.(148쪽) 그리고 파국이다. 용도가 폐기되자 섬은 물과 시멘트로 완전히 매장되고 만다.

무무를 안고 있던 궁이 굳어갔다. 한 팔을 벌린 반점이 딱딱해졌다. 사마귀와 반점이 그린 드럼통의 그림일기는 죄다 지워졌다. 진회색 곤죽만이 땅을 메워 갔다. 사마귀는 그 밤, 코피를 쏟다 외롭게 죽었다는 키 작은 소년을 생각했다. 그는 해안의 한계선을 향해 달음박질쳤다. 그리고 무작정 먼 불빛 쪽으로 헤엄쳤다. 사마귀의 식도로 더러운 바닷물이 몇 모금 들어왔다. 멀리 보이는 건물에서 무언가 뜨거운 것이 날아왔다. 사마귀의 왼손에서 새끼손가락 하나가 떨어져나갔다. 그는 눈물 때문에 앞을 잘 볼 수 없었다.(155쪽)

소설의 대단원이다. 완전한 절멸이다. 어떠한 희망도, 희망의 씨앗도 보이지 않는다. 사마귀는 섬을 빠져나갈 수 있을까. 이런 질문을 던지는 것조차 무의미할 정도로 《사마귀의 나라》에서 파국은 완전무결하다. 〈재앙부조〉가 발표된 지 거의 반세기가 지난 후에 등장한 포스트 아포칼립스가 재현하는 파국의 강도는 더할 나위 없이 강해졌다. 파국을 통한 희망의 은밀한 제시, 살아남는 아이들과 같은 포스트 아포칼립스의 서사적 코드도 이 소설에서는 증발되고 말았다. 《사마귀의 나라》는 한국 소설의 아포칼립스적 상상력에서 패러다임의 전환을 예고하는 중요한 작품이다. 태어난 아이의 이름이 무무인 세상은 도대체 어떠한 세상일까. 얼마나 더 끔찍한 이야기가 계속 쓰여야만 할까.

—웹진 《크로스로드》, 2016년 7월호

4부
이 지상의 낯선 자들

역사의 기후와 인간 종의 변이

—J. G. 발라드의 파국 삼부작에 대하여

자연사의 질문

역사와 자연의 관계는 오늘날 근본적으로 변하고 있다. 잠바티스타 비코(1688~1744) 이래로 지탱되어온 역사에 대한 단단한 관념, 즉 역사학이 자기 자신의 이데올로기로 지탱해온 관념이 하나 있다. 그것은 역사는 인간행위의 산물이며 인간 자신도 역사의 산물이라는 관념이다. 역사의 호흡이 거칠어지고 빨라지기 시작한 산업혁명 이래로 인간이 자신을 둘러싼 자연에 막대한 지질적인 영향을 끼치기 시작했다. 그런데 역사가 인간행위의 원인이자 결과라는 근대적 관념은 자연을 여전히 역사와는 별개인 신화적 불변항으로 간주하거나 역사에 종속되고 역사를 위해 복무하는 수단으로 유지해왔다는 점에서 이데올로기라고 할 수 있다. 여전히 자연은 역사와 무관한 신화이거나 역사로 흡수되는 역사의 부속품이자 보충병인 것이다. 이런 관점에서 역사는 이데올로기다. 이데올로기에 대한 루이 알튀세르의 정의를 빌리면 자연에 대해 그동안 역사가 품어온 관념이야말로 오히려 비역사적(비시간적)이다. 또 롤랑 바르트의 말을 빌리면 주술과 신화를 깨부수면서 등장한 역사가 이제 주술과 신화가 된 것이다.

역사라는 관념의 본격적인 등장 그리고 역사가 자신도 알게 모르게 신화에 복무해왔다는 주장의 유효성은 자본주의가 전 지구적인 시장을 확보하기 시작하면서 자신의 신화를 구축해왔으며, 이제는 자본주의의 신화가 오늘날의 신자유주의처럼 도무지 다른 경제 시스템으로 대체되거나 바꿀 수 없는 불변항의 지위를 차지했다는 사실을 숙고해본다면 더욱 타당하게 들린다.

말하자면 자본주의의 신화란 무엇인가? 그것은 자본주의가 자기 자신을 역사적 산물이 아니라 인간본성에 기초한 '자연'으로 위장해 스스로를 신화화하는 것을 뜻한다. 자본주의를 인간본성 가운데 특히 '자유'에 위치시키고자 하는 프랜시스 후쿠야마가 말하는 '역사의 종말'이란 인간행위의 동력이자 피비린내 나는 투쟁의 역사가 끝났다는 뜻이 아니라, 자율성을 획득한 자본주의의 경제적 논리가 그 상부구조에서 인간본성의 자연적 발로임을 최종적으로 승인하고 합의하는 이데올로기로 완성되었다는 의미다. 여기서 역사와 신화가 각각 시간의 가변수와 불변항으로 서로 대립되고 있는 것이라면, 자연은 역사와 신화 사이에서 보다 모호하게 위치해 있다.

역사와 관계할 때 자연은 인간행위의 원인이자 결과로서의 역사를 재고하는 새로운 개념을 선사할 수 있다. 반면에 역사가 인간이 만든 것임을 망각하거나 은폐할 때 자연은 하나의 은유로 작동하면서 역사를 신화로 둔갑시킨다. 그러므로 오늘날 자본주의가 역사적 산물임을 망각하고 역사를 은폐하거나 망각하는 이데올로기적 신화로 작동하면서 스스로를 자연(본성)으로 위장할 때, 자연은 차이를 은폐하는 동일성의 은유가 아닌 그 안에 역사적 변화가 포함된 '자연사(Naturgeschichte)' 개념으로 새롭게 이해할 필요가 있다. 여기서 아도르노의 말은 매우 중요하다. "자연과 역사의 관계라는 문제는 우리가 역사적 존재를 심지어 그 가장 극단적인 역사적 결정성 속에서도 자연적 존재로 이해하거나 자연을 심지어 그것이 명백히 가장 정태적인 것으로 남아 저항하는 곳에서도 역사적 존재로 파악하는 데 성공할 때만 대답될 수 있다."[1]

최근에 등장한 역사에 대한 새로운 패러다임적 접근법은 역사와 자연 간의, 역사가 자연에게 투사하는 이데올로기적 관계를 정면으로 문제시할 뿐만 아니라, 인간이 지구의 지질적 변화의 주된 행위자라는 통찰을 시작했다는 점에서 아도르노의 사유노선을 일부 따른다. 지질적 변화의 행위자인 인간은 역사뿐만 아니라 자연의 변화에 강력한 영향을 미친다는 점에서 유적·보편적 존재인 '인류'가 아니라 종적 존재, 즉 그 자신조차 자연적 변이의 결과로서의 존재, '인간 종'을 전제한다. 이른바 '지구사(global history)'라고 불리는 역사학의 새로운 동향은 석탄과 석유 등의 화석연료를 기반으로 한 산업의 발달로 인간이 자연에 미칠 수 있는 결정적인 환경변화와 기후변화의 역동성에 주목해 인간사와 자연사가 건축물과 그것을 타고 오르는 등나무줄기처럼 구별할 수 없을 정도로 서로 뒤섞여 있음을 강력히 시사하고 있다. 인도 출신의 역사학자인 디페시 차크라바르티는 다음과 같이 쓰고 있다. "이제 인류가—그 수와 화석연료의 연소 그리고 다

1 스벤 뤼티겐, 〈비자연적 역사?〉, 정대훈 옮김, 《뉴레프트리뷰》3, 길, 2011, 91쪽에서 인용.

른 관련 행위 덕분에—지구에 영향을 미치는 지질적 행위자가 되었다면, 일부 과학자들은 인간 행위가 지구 환경의 주요 결정요인이 되는 새로운 지질 시대가 시작되었음을 인정할 필요가 있다고 주장한다. 이런 새로운 지질 시대를 위해 고안된 명칭이 인류세(人類世, The Anthropocene)다." 새로운 지질 시대를 연 인간은 여전히 그 자신의 종을 당연히 전제하는 보편자가 아니라, 자신의 유적 특징을 부정적으로 포함하는 인간이라는 종이다. 여기서 인간이라는 "종은 기후변화라는 위기의 순간에 살짝 모습을 보이는 새롭게 대두하는 인류의 보편사를 위한 위치 표시자를 가리키는 이름"[2] 이다.

이제 호모 사피엔스인 인간은 홍적세에서 시작해 역사와 자연이 접목하는 인류세의 문턱에서 새롭게 재정의해야 할 진화의 산물이 된다. 그에 따라 자연도 역사의 기후변화의 주원인으로 귀환하게 된다. 한마디로 인간이 단지 수백 년 동안 지구를 정복했음에도 불구하고 자연에 대한 통제가 전혀 이루어지지 않았다는 역사적 사실에서 중요한 것은 자연이 인류의 역사에서 핵심적 행위자로 귀환한다는 것이다.[3]

가이아 또는 생명체로서의 지구

영국의 과학소설 작가인 J. G. 발라드(1930~2009)의 종말 삼부작인 《물에 잠긴 세계》(1962) 《불타버린 세계》(1964; 1965) 《크리스털 세계》(1966)[4]에

2 디페시 차크라바르티, 〈역사의 기후: 네 가지 테제〉, 김용우 옮김, 조지형·김용우 엮음, 《지구사의 도전》, 서해문집, 2010, 366~368쪽.

3 다이앤 듀마노스키, 《긴 여름의 끝》, 황성원 옮김, 아카이브, 2011, 12쪽.

서 묘사되는 바, 전 지구적인 환경변화에 따라 각양각색으로 펼쳐지는 환상적인 세계(역진화한 중생대, 사막화된 자연, 크리스털로 변한 식민지)와 그 안에서 다원적인 변이를 겪는 인간의 양태는 앞서 설명한 것처럼 역사와 자연사가 만나는 인류세라는 "부정적 보편사"[5]를 허구적으로 선취했다고 할 수 있겠다.

그런데 과학소설은 통념과는 달리 일어날 수 있을 법한 미래에 대한 실제의 이미지나 사회체계를 선취해 제공하는 문학 장르가 아니다. 오히려 과학소설에서 미래는 조만간 하나의 과거로 결정되거나 수렴되고 말 현재를 극단적으로 변형시키는 다양한 기능에 대한 명명이다. 이러한 명명은 무엇보다도 발라드의 소설에 비교적 잘 부합하는 것으로 보인다. 프레드릭 제임슨의 말을 빌리면, 과학소설의 "주요한 잠재성들 중에 하나는 분명 우리 자신의 경험적인 우주에 대한 실험적 다양체를 제시하는 능력"인 것이다.[6]

마찬가지로 발라드의 종말 삼부작은 극단적으로 변화한 지구환경에 대한 세 개의 변형체, 세 개의 초현실적인 평행우주라는 실험실을 각각 마련한 다음 그 실험실 안에서 인간이 겪는 정체성의 다양한 변이, 신체적 자

4 이 글에서는 발라드의 장편 데뷔작으로 허리케인으로 인해 폐허로 변하는 문명세계를 환상적으로 재현한 《무(無)에서 불어온 바람The Wind From Nowhere》(1961)을 다루지 않았다. 발라드 자신은 훗날 이 작품 대신 《물에 잠긴 세계》를 자신의 데뷔작으로 언급했다. 본문에서 인용하는 J. G. 발라드의 작품들은 다음과 같다. 《물에 잠긴 세계》, 공보경 옮김, 문학수첩, 2012; 《불타버린 세계》, 이나경 옮김, 문학수첩, 2012; 《크리스탈 세계》, 이미정 옮김, 문학수첩, 2012. 앞으로 이 책들을 인용할 경우에 본문에 작품명과 쪽수를 나란히 표시한다.

5 디페시 차크라바르티, 〈역사의 기후: 네 가지 테제〉, 386쪽.

6 Fredric Jameson, "World reduction in Le Guin", *Archaeologies of the Future: The Desire Called Utopia and Other Science Fictions*, London & New York: Verso, 2005, p. 270.

율성의 상실에 수반된 정신적 자율성의 상실, 기억의 망각 작용과 선사(先史)의 무의식적 기억으로의 복귀, 개체발생의 계통수적 반복에 대한 환각적 경험, 원초적 폭력과 무질서에 대한 강렬한 희구 등을 추출해낸다. 발라드의 과학소설은 서구의 묵시록에 내포된 엔트로피 관념을 극화한 것처럼 보인다. 엔트로피 법칙은 에너지로 전환되고 남은 폐기물 속에서 외부로 방출되지 못한 열(熱)이 쌓여 결국 환경을 열사(熱死)에 이르게 한다는 물리학적 개념이다.《물에 잠긴 세계》《불타버린 세계》《크리스털 세계》 각각은 완전히 상이한 우주이지만, 세 우주의 한 가지 공통점은 열이 팽창되고 시간의 운행이 중지된 엔트로피 상태라는 것이다. 따라서 발라드의 과학소설은 과학소설의 한 계통수인 묵시록이다.

철학적으로 볼 때 묵시록은 임마누엘 칸트가 말한 감성적 세계와 예지적 세계의 모순을 역설적으로 구현한다. 칸트에 따르면 만물의 종말은 감각적 세계의 종말이며, 그에 대한 어떠한 개념도 형성할 수 없는 예지적 세계의 시작이다. 그러나 시작과 종말은 시간의 범주에 묶여 있는 개념이므로, 만물의 종말은 역설적으로 '표상 불가능한 표상'에 가깝게 된다. 그런데 칸트는 만물의 종말을 "상상력에 반하는 개념", 즉 표상 불가능한 것이라고 한정해놓고서는 이어서 종말의 감각적 현상을 미래시제로 표상한다. "그때는 물론 자연 전체가 딱딱하게 되고 화석화될 것이다. 그때 최후의 생각과 마지막 감정은 사유하는 주관 안에 정지하여 변화 없이 항상 동일한 상태로 머물게 될 것이다."[7] 현상과 물자체에 대한 칸트적인 이원론은 묵시록에서 내파되기에 이른다. 묵시록은 표상 불가능한 표상, 일종의 철학적인 초현실주의 장르다.

7 임마누엘 칸트, 〈만물의 종말〉, 이한구 옮김, 《칸트의 역사철학》, 서광사, 1992, 104~105쪽

발라드의 종말 삼부작은 각각 상이하면서도 상세하게 환경의 엔트로피 현상을 초현실적인 분위기로 묘사하고 있다.《물에 잠긴 세계》는 태양폭풍이라는 지구물리학적 대격변에 의해 대륙의 대부분이 물에 잠기고 중생대로 역진화한 2150년의 대도시 런던을,《불타버린 세계》는 바다에 방류한 산업폐기물에서 발생한 세포막으로 인해 물의 순환이 정지되어 사막화되어가는 근미래의 육지와 해안을,《크리스털 세계》는 우주의 허블 효과에서 발생한 반물질로 인해 시간이 고갈되어버리는 크리스털화 작용이 일어나 가사(假死) 상태에 이른 프랑스와 영국의 식민지 카메룬 공화국의 마타레 숲을 배경으로 하고 있다. 발라드의 종말 삼부작은 급격한 기후변화에 의해 극단적으로 변모된 지구환경의 과잉과 결핍을 현란하게 묘사하고 있다. 그렇지만 기후변화의 원인은 각 작품마다 상이한 양상으로 나타난다. 그것들은 우주 그 자체의 환경변화(《물에 잠긴 세계》), 지질적인 행위자로서의 인간에 의한 환경변화(《불타버린 세계》), 우주와 역사의 뫼비우스적 상호작용의 결과(《크리스털 세계》)로 나뉠 수 있다.

그러나 발라드의 소설은 엔트로피의 문학적 구현에만 그치는 것이 아니다. 종말 삼부작은 모두 일종의 순환적인 플롯(출발—여정—귀환)으로 구성되어 있는데, 그것은 이 소설들이 마냥 속수무책의 파국으로 치닫는 서사가 아니라 어느 정도 부활과 재생의 상징성을 내포하는 서사임을 암시한다. 발라드의 묵시록에서 묘사되는 지구생태계는, 영국의 과학자인 제임스 러브록이 가이아 이론에서 주장하는 것처럼, 엔트로피적인 무질서와 파국으로 향하는 것을 생명체의 자기순환방식으로 조절할 뿐만 아니라 자신의 존속을 위해 생태계를 폭력적으로 재구성하는 자기조절시스템으로서의 가이아를 닮았다.

도시의 대부분은 오래전에 사라졌지만, 도심의 상업 지역과 금융 지역의 철재 건물들은 밀려드는 홍수에도 불구하고 여전히 굳건하게 서 있었다. 그러나 교외 지역의 벽돌 주택과 단층 공장들은 흘러드는 토사에 밀리고 묻혀 완전히 자취를 감추었다. 토사가 쌓여 수면 위로 올라온 곳에는 너른 숲이 조성되어 탁한 초록색을 띤 뜨거운 하늘을 향해 초목이 자라났다. 한때 온화한 기후였던 유럽과 북미의 밀밭 역시 토사에 밀려 사라졌다. 달라지는 수면의 높낮이에 따라 가끔 해발 90미터에 달하기도 하는 마토 그로소 고원에는 다양한 유기체들이 빽빽하게 자라나, 고생대 때처럼 도저히 헤치고 들어갈 수 없는 어마어마한 밀림이 조성되었다. 그로 인해 그곳을 지나는 유엔 군부대들은 과거의 도시 위에 만들어진 석호들 사이로 이동할 수밖에 없었고, 그마저도 퇴적토로 막혀버리기 일쑤였다.(《물에 잠긴 세계》, 32~33쪽)

《물에 잠긴 세계》에서 자연은 도처에서 문명의 흔적들을 하나씩 말소하며 귀환하고 있다. 인용문에서 묘사하고 있는 자연사적 상황의 근본 요인은 앞서도 잠시 언급한 것처럼 태양폭풍과 복사열, 이른바 태양온난화가 지구에 가한 외적 작용 때문이다. 기온의 지속적인 상승과 끊임없는 해빙으로 기후는 갈수록 열대화될 뿐만 아니라, 물의 엄청난 증가로 인해 대륙의 형태와 윤곽마저 뒤바뀌고, 인류는 극지방으로 옮겨 살기 시작한다. 방사능을 다량으로 포함하고 있는 반알렌대 층이 확대되어 지상에는 돌연변이들이 많아지며, 이온층이 파괴되어 지구온난화는 끊임없이 가속화된다. 지구는 인간을 포함하는 포유류가 아닌 양서류와 파충류가 새로운 지구의 포식자 위치에 오르게 되는 등 "무수한 유기체들이 생존을 위해 돌연변이를 일으켜 새로운 환경에 적응해나가고" 있는 것이다.(《물에 잠긴 세계》, 79쪽) 인간에게 자연의 귀환은 자신의 생물학적 종의 변이에 심각한 타격을 미칠 것이지만, 그러한 변이는 다른 한편에서 자기조절시스템으로서의 지구에게는 '항상성(homeostasis)'을 유지하기 위한 국소적인 변화일 뿐이다.

생명체로서의 지구라는 개념은 물론 러브록의 독창적인 과학적 창조물은 아니다. 고대의 우주론을 종합하는 《티마이오스》에서 플라톤은 일찌감치 지구를 "모든 다른 살아 있는 피조물들이 각각 발생론적으로 일부를 이루고 있는 단일한 거대 생명체"[8]로 묘사한 바 있다. 또한 그 어떤 문학적 상상력보다 바로 과학소설에서 하나의 지능과 사유를 갖춘 생명체로서의 행성이라는 개념은 스타니스와프 렘의 과학소설 《솔라리스》에서 의태를 행하고 타자의 사유와 감정마저 복제하는 사이버네틱 시뮬라크르 시스템이자 불가사의한 행성 '솔라리스'에서도 이미 구현된 바 있다.[9]

러브록의 가이아 이론에서 가이아는 "지구의 생물권, 대기권, 대양 그리고 토양까지를 포함하는 하나의 복합적인 실체"로, 가이아에서 중요한 것은 급격하게 변화된 환경에서의 생명체의 적응과 변이일 뿐만 아니라, "지상의 모든 생물들에게 적합하도록 주위 환경 조건을 끊임없이 변화시킨다는 것"이다.[10] 《물에 잠긴 세계》에서 종으로서의 인간은 다른 인간에 대해서는 희귀자원을 둘러싸고 생존투쟁을 벌이는 한편으로, 자연에 대항해서

8 다이앤 듀마노스키, 《긴 여름의 끝》, 332쪽에서 인용.

9 솔라리스는 "지구상의 어떤 유기체보다도 복잡한 구조를 지닌 물질, 그것도 상상을 초월할 정도로 고도로 진화된 생물임에 틀림없다. (…) 바다의 가장 기본적 형태였던 원시 해양—반응 속도가 느린 갖가지 화학물질의 용액—이 외적 조건(그 존재를 위협하는 불규칙적인 궤도 변화)의 영향을 받아 단세포 생물과 다세포 생물의 형성, 식물과 동물의 진화, 신경계 및 대뇌 중추의 발달 같은 지구적 진화 단계를 모두 건너뛰고 단번에 일종의 호메오스타시스 기능을 획득하기에 이르렀다는 것이다." 스타니스와프 렘, 《솔라리스》, 김상훈 옮김, 오멜라스, 2008, 28~30쪽.

10 제임스 러브록, 《가이아》, 홍욱희 옮김, 갈라파고스, 2004, 52, 248쪽.

는 포식자의 지위를 박탈당해 거대해진 자연의 위협에 둘러싸인 약한 존재일 뿐이다. 물론 이 소설은 급변화된 지구환경에 인간을 포함한 생명체가 진화와 돌연변이를 거듭해가면서 적응하는 등 다소 다윈주의적 상황의 전형을 묘사하고 있다. 그러나 신다윈주의적인 가이아 이론의 다른 편은 자연의 복수 또는 '자연의 간계'(칸트)라고 할 만한 것을 이야기하고 있다. 가이아는 항상성을 유지하기 위해서라면 "후손들의 생존 기회를 줄이는 환경변화를 계속 야기하는 존재를 인간이든 다른 어떤 종이든 간에 멸종시키는 진화시스템"[11]이기도 하다.

《물에 잠긴 세계》가 아직까지 인간과 무관한 우주적 변화에 의해 돌연변이를 겪는 생태시스템과 이상기후를 묘사하고 있다면, 《불타버린 세계》는 인간의 무분별한 자연파괴에 대한 자연의 "보복 행위"(《불타버린 세계》, 59쪽)의 결과를 황폐화된 사막으로 재현하고 있다. 《불타버린 세계》에서 전 지구적으로 발생한 가뭄과 사막화는 50년 동안 인간이 버린 수백만 톤의 산업폐기물에서 형성된 것으로, 물이 공기로 증발하는 것을 차단하는 포화 연쇄 중합체에서 발생한 얇은 단세포막 때문이었다.

> 이 중합체의 형성 메커니즘은 잘 알 수 없었지만, 석유 분류 후에 오염된 촉매와 용매 등과 같은 반응성이 매우 높은 산업 폐기물 수백만 톤이 바다로 버려졌고, 이것은 원자로 폐기물과 하수도 폐기물과 함께 섞였다. 이것들을 가지고, 바다는 원자 몇 개 정도의 두께이면서도, 한때는 자신에게 물을 대 주던 육지를 황폐화시킬 만큼 강력한 막을 만들어냈다. (…) 새티일알코올 필름은 저수지에서 증발을 막기 위해 오랫동안 이용되어왔다. 자연은 그 원칙을 확장

11 제임스 러브록, 《가이아의 복수》, 이한음 옮김, 세종서적, 2008, 167쪽.

시키고, 처음에는 감지할 수 없을 정도로 작은 변화를 주어 균형을 유지해 낸 셈이었다. 인류를 더욱 감질나게 괴롭히려는 듯, 시원한 비를 가득 담은 뭉게구름이 꾸준히 해안선을 향해 다가왔지만 늘 밀봉된 바다 위의 건조한 공기 속에만 그 짐을 풀어놓을 뿐, 울부짖는 땅에는 선심을 베풀지 않았다.(《불타버린 세계》, 58~59쪽)

《불타버린 세계》에서도 사막화로 나타나는 황폐화된 자연은 다른 편에서 보면 스스로에게 작은 변화를 주어 지질적인 행위자인 인간이 저지른 환경파괴의 결과를 중화하고 제어하는 자기조절시스템으로 기능하고 있다. '자연은 그 원칙을 확장시키고, 처음에는 감지할 수 없을 정도로 작은 변화를 주어 균형을 유지해 낸 셈이었다'라는 구절이 단적으로 이를 환기한다. 소설의 마지막 대목에는 빛이 사라지고 공기가 짙어지며 커다란 구름이 사구(砂丘)를 뒤덮고 나서 갑작스럽게 그리고 천천히 비가 내리는 장면이 등장하고 있다. 고갈된 물을 찾는 것이 생존이자 삶인 종말 이후의 인간에게 지상에 내리는 비는 행운이자 축복이다. 그러나 오히려 이 장면에서 볼 수 있는 것은 오래전 니콜라 말브랑슈와 같은 데카르트학파 신학자가 말한 은총의 논리다. 말브랑슈는 농부가 파종을 하는 밭고랑뿐만 아니라 사구와 바다에도 내리는 비의 은유를 통해 신의 은총의 단순성과 무차별성을 논증한 바 있다.[12] 《불타버린 세계》를 지탱하는 자연주의는 말브랑슈의 신학적 자연주의의 세속적 판본이라고 할 수 있다. 사막에 비가 내리든 비구름을 머금고 '울부짖는 땅에는 선심을 베풀지 않'든 간에 변화한 환경은 인간과 아무런 관련이 없을 뿐만 아니라, 심지어는 종의 멸종에도

12 미란 보조비치, 〈신체의 반역〉, 《암흑지점》, 이성민 옮김, 도서출판 b, 2004 참조

전혀 아랑곳하지 않을 것이다.

《물에 잠긴 세계》에서는 순전히 우주와 자연의 외적 변화에 의해, 《불타버린 세계》에서는 인간행위의 역사적 결과에 의해 생긴 재앙과 파국의 세계 그리고 가이아의 폭력적인 자기조절 시스템을 묘사하고 있다면, 《크리스털 세계》는 유기물에서 무기물 전체로 퍼져나가는 환각적인 '크리스탈 이미지'로 식민지를 묘사한다. 이 소설의 크리스털 이미지는 질 들뢰즈가 말한 '이중적인 움직임'을 내포하고 있는 크리스털 이미지와는 정확히 반대 방향으로 해석된다. 들뢰즈는 이렇게 쓰고 있다. "크리스털 안에서 바라보는 것은, 현재를 지나가게 하고 이들 서로를 차례로 대체시켜 미래로 향하게 함과 동시에, 모든 과거를 보존하면서 어두운 깊이로 떨어뜨리는 이중적인 움직임을 갖는 시간이다."[13] 다시 말해 들뢰즈의 크리스털 이미지에서는 과거와 미래가 현재로 응축된다. 그런데 《크리스털 세계》에서 크리스털은 미래로 향하지도 않으며 과거의 모든 것을 망각시키는 등 시간을 중지시키고 살아 있는 유기체를 가사 상태로 만들어놓는 반(反)시간 작용의 순수 결정체임을 염두에 두어야 하겠다.

> 샌더스 박사는 보트 옆에 멈춰서 보트 양쪽을 뒤덮은 크리스털 돌기들을 만져보았다. 그때 딱딱한 크리스털 껍질에 반쯤 뒤덮인 네발동물 한 마리가 껍질을 벗어 던지려고 꿈틀거렸다. 동물의 주둥이와 목 주변에 얼키설키 붙은 크리스털 조각들이 투명 갑옷처럼 흔들거렸다. 동물은 주둥이를 쫙 벌렸지만 소리가 나오지 않았고, 몸부림쳤지만 다리가 꼼짝도 하지 않아 소량의 물이 고여 있는 움푹한 구덩이에서 몇 센티미터도 벗어나지 못했다. 그 네발동물의 정체는 악어였는

13 질 들뢰즈, 《시네마 II : 시간-이미지》, 이정하 옮김, 시각과 언어, 2005, 175쪽.

> 데 몸통에서 쏟아져 나오는 반짝이는 빛에 둘러싸여 전설에 등장하는 상징적인 짐승처럼 보였다. 앞을 보지 못하는 두 눈은 커다랗고 투명한 루비로 변해 있었다. 악어가 다시 한번 샌더스 박사 쪽으로 꿈틀거릴 때 주둥이를 발로 차자, 주둥이를 꽉 막고 있던 젖은 결정들이 깨져 나왔다.(《크리스털 세계》, 133~134쪽)

악어가 크리스털화되는 초현실적 변형의 원인은 앞의 두 소설의 지질학적 변화와는 상이하게 나타난다. 《크리스털 세계》는 무엇보다도 제국주의의 식민지배의 역사적 종말이라는 구체적인 시점에 매우 근접하고 있는 소설이다. 다시 말해 이 소설은 역사적 시간의 종말과 시간의 우주적 파열이 크리스털 이미지 안에서 이중적으로 중첩되는 양태를 묘사하고 있다. 전 지구적인 크리스털화는 다른 제국(미국과 소련 등)으로 점차 확대되는데, 물론 이러한 현상은 제아무리 우주론적인 파국의 규모로 일어난다고 하더라도 결국 역사적인 현상을 우주적 현현(顯現, epiphany)으로 확장한 결과인 것이다.

소설은 프랑스와 영국의 분할 식민지였던 카메룬 공화국에 거주하면서 다이아몬드 수출산업에 의존하던 식민지배자들이 본국으로 철수하기 직전의 운명을 묘사함으로써 유럽 식민제국과 식민통치와 역사의 종말을 암시한다. 《크리스털 세계》의 한 대목은 이를 상징적으로 환기한다. "아시겠지만 이곳의 다이아몬드 광산에서는 원석이 나오지 않아요. 그런데 원주민 시장에는 커다란 원석들이 나와 있으니 다들 놀라죠. 그 바람에 파리 증권거래소의 주식가격이 엄청나게 올랐어요. 그게 문제의 시작이었죠."(《크리스털 세계》, 109쪽)

식민주의자인 서구백인들의 착취적 생산으로 다이아몬드 원석의 씨가 말라버리고 일자리를 잃은 과거의 광산 노동자 출신의 원주민들은 숲의 크리스털화에 따른 부산물인 크리스털 장식품을 직접 들고 나와 시장에서 염가로 판매한다. 주식가격의 상승으로 더 많은 백인들이 식민지를 향해 일시적으로 몰려들더라도 그것은 오히려 식민지 경영의 종말을 가속화하는 것을 반증하는 증상에 불과하다. 증권거래소의 주식이라는 금융자본의 일시적인 호황은 결국 다이아몬드 원석이 아닌 크리스털 모조품, 원본이 아닌 복제의 대량생산품에 위태롭게 의존하고 있는 것이기 때문이다. 또한 소설은 곳곳에서 일어나는 원주민들의 폭동과 소요, 진압의 광경을 짤막하게 기록하는 한편으로, 이와 대비시켜 정신적 불균형과 히스테리 발작, 무기력함을 앓는 백인식민주의자들의 최후를 공들여 묘사한다.

이러한 면에서 《크리스털 세계》는 제1세계가 '암흑의 오지'인 제3세계에 대해 갖는 두려움을 모더니즘적으로 형상화한 조지프 콘래드의 《암흑의 핵심》(1899)의 서사적인 전통을 잇고 있는 작품이라고 할 수 있겠다. 제임슨이 발라드 소설의 열기로 가득 찬 우주적 엔트로피를 냉랭한 역사적 알레고리로 치환하면서 다음과 같이 말했을 때, 그는 《크리스털 세계》를 포함한 발라드의 종말 삼부작을 염두에 두었다. "열대지역에 대한 악몽은 제1세계의 번영과 이권에 대한 제3세계의 인식불가능하고 형식을 가늠할 수 없는 위협에 대해 제1세계가 가진 숨겨진 두려움을 드러내고 있는 것이다."[14] 《크리스털 세계》는 이처럼 제1세계가 제3세계에 대해 갖고 있는 역사적인 두려움과 식민지배의 종말을 형상화한 문학적 알레고리다.

14 Fredric Jameson, "World reduction in Le Guin", *Archaeologies of the Future*, p. 269.

개인의 종말 또는 인간 종의 변이와 진화

한편으로 발라드의 파국 삼부작에서 공통적으로 엿보이는 것은 열과 고온으로 인해 육체적으로 끊임없이 무기력해질 뿐만 아니라 그로 인해 발생한 환각적 이상심리로 거의 분자적인 상태에 이르기까지 서서히 해체되어가면서 원초적 질료로 환원되는 인간의 모습이다. 제임슨은 이에 대해서도 다음과 같이 분석한다. "열기는 신체를 외부세계로 용해하며, 인간에게 자율성을 주었던 옷과 외부 대상과의 명백한 분리를 말소한다. 열기는 육체적 유기체와 그것을 둘러싼 표면 사이의 경계면에서 점차 증가하는 동화작용과 점착성의 감각인 것이다. 결국 워즈워스의 자연과는 반대로, 신체가 흡수되어버리고 마는 이질적이고도 거대한 유기체란 다름 아닌 밀림 그 자체다."[15]

발라드의 소설은 인류의 구성원이었던 인간이 종으로서의 인간으로 환원되는 순간을 극적으로 묘사하는데, 거기에는 오래된 진화의 우연한 산물인 인간 종에 대한 궁극적인 종말론적 비전이 담겨 있다. 물론 이러한 비전은《크리스털 세계》에서 보여주는 것처럼 오랫동안 식민지 역사를 개척해왔던 인간진보를 전면으로 내세웠던 서구계몽주의의 자율적 개인주의가 다다른 막다른 교착상태를 극화하는 데서 비롯된 것이다. 예를 들면《물에 잠긴 세계》의 초반부에는 온갖 호화로운 가구와 설비로 꾸며지고 "상아 손잡이가 달린 스쿼시 라켓, 수공으로 나염한 실내복, 이제는 빈티지급이 된 위스키와 브랜디가 잔뜩 채워진 칵테일 바에 이르기까지"(《물에 잠긴 세계》, 13쪽) 화려한 물품들을 소유했던 자본가 부르주아 가족이 심지어 가족사진마저 버려두고 황망히 떠나버린 리츠 호텔의 습기로 가득 찬

15 Fredric Jameson, "World reduction in Le Guin", *Archaeologies of the Future,* p. 268.

스위트룸을 묘사하는 인상적인 대목이 나온다. 부르주아 핵가족의 해체는 《불타버린 세계》와 《크리스털 세계》에서는 파괴되거나 불안정한 관계를 간신히 유지하거나 혼외관계를 맺는 커플들에서도 잘 드러나고 있다. 《불타버린 세계》에서 주인공 랜섬과 다른 남자의 연인이 된 아내 주디스의 관계를 묘사하는 아래 인용문은 분해되는 개인적 정체성의 마지막 기억과 흔적을 되찾으려는, 필사적이지만 덧없는 노력을 환상적 필치로 묘파한다. 부르주아적 개인성과 인륜적 관계는 분자적인 속도로 빠르게 해체되면서 궁극적으로는 인간 정체성의 종말로 결정(結晶)된다.

> 하지만 그들을 하나로 묶어주는 것은 그 때문이 아니라, 둘이 함께 있어야만 예전에 지녔던 각자의 개성을, 결함까지도 희미하게나마 살려둘 수 있기 때문이었다. 그리고 그래야 소금 지옥에서 차츰 무뎌지는 지각과 정체성을 붙잡아 둘 수 있었다. 연옥이 모두 그렇듯, 해변은 대기실이었고, 끝없이 펼쳐진 젖은 소금은 그들에게서 가장 단단한 핵심만을 남기고 모든 것을 빨아들였다. 그들이 태양에 말라가는 결정처럼 용해되고 증발하기를 기다리는, 아무것도 없는 그 지옥의 경계에서 이 작은 정체성의 결절이 반짝이고 있었다.(《불타버린 세계》, 219쪽)

물과 불(빛)의 화학적 결정체인 소금이라는 크리스털 이미지의 최소화된 형태로 수축되고 원자화되는 개인에 대한 형상화는 발라드의 소설에서 인류라는 관념의 필연성을 인간 종의 우연성으로 급진적으로 대체하는 데 기여하고 있다. 《불타버린 세계》에서 빠르게 말라가면서 사막으로 변해버리는 강의 환각적인 형상과 모래더미에 고스란히 묻혔다가 드러나는 수많은 자동차는 각각 진보의 시간과 테크놀로지의 산물의 덧없음을 상징한다.

여기서 발라드의 묵시록은 작가의 동료이자 사상가로 진보의 관념을 등에 업은 서구의 정치철학 이데올로기 등에 가차 없는 파산선고를 내리는 존 그레이의 허무주의적 사유와 상통하는 측면이 많다(마찬가지로 그레이는 가이아 가설을 주장하는 러브록과 절친한 사이로, 러브록의 책에는 그레이의 글이 종종 인용된다)[16]. 그레이는 신자유주의의 대부(大父)인 프리드리히 하이에크 등을 신봉하는 경제적 자유주의 이데올로그로 출발해 한때는 대처리즘을 지지했으나 지금은 세속적 진보 관념에서 비롯되는 좌우파의 정치와 이념, 휴머니즘과 테크놀로지 중심주의를 신랄하게 비판한다. 그에게 인간 존재는 미셸 푸코의 말처럼 해변에서 그 이름과 실체가 지워져버리는 한낱 인간 동물에 불과하다.

《물에 잠긴 세계》에 대한 짤막한 논평에서 그레이는 "삶을 송두리째 바꾸는 변화에 직면한 인간 생명체들이 그에 대한 창조적 반응으로서 (더 이상 필요 없어진) 개인성을 내버리는 모습"[17]을 읽는다. 그렇다면 '개인성을 내버리는 모습'의 구체적인 형태는 어떠한 것일까. 이 소설에서 바드킨 박사는 주인공 캐런즈에게 수많은 유기체들이 자신들의 생존을 위해 급변화된 기후환경에 돌연변이로 적응하는 광경에 대한 상세한 자연과학적 관찰을 수집해왔으면서도 "이 행성에서 가장 중요한 생물인 인류에 대해서는 간과하고 있었"다고 말하면서 다음과 같이 덧붙인다. "앞으로 2~3억 년 후에는 호모 사피엔스가 멸종하고 우리의 사촌이랄 수 있는 이 자그마한 마모셋

16 발라드와 그레이의 개인적이고도 사상적인 교류에 대해서는 Mike Holliday, "Fulfillment in a time of nihilism: John Gray and J. G. Ballard", Feb 27th, 2011. http://www.ballardian.com/fulfillment-nihilism-gray-ballard 참조.

17 존 그레이, 《동물들의 침묵》, 김승진 옮김, 이후, 2014, 138쪽.

원숭이가 이 행성에서 가장 고등한 생물이 될 수도 있어."(《물에 잠긴 세계》, 79쪽) 소설에서 습지와 석호 주변을 배로 이동하면서 거의 양서류나 파충류처럼 살아갈 수밖에 없는 인간 또한 환경변화에 따른 거대한 진화시스템의 일부로 적응과 변이를 겪는다.

《물에 잠긴 세계》에서 이 적응과 변이는 인간이 자신의 진화의 근원으로 거슬러 올라가 그것을 환각적으로 경험하는 "총체적인 생체심리학적 기억"(143쪽)의 작용으로 구체화된다. 마치 기억과 정보, 문화적 학습능력이 세대를 거쳐 유전자에 새겨져왔다는 리처드 도킨스의 밈 가설과 유사하게도 위험과 공포에 대한 두려움이라는 원시생물의 원초적 자극과 기억이 생물학적 진화를 거듭하면서 인간의 염색체와 DNA에 새겨지는 방식으로 인류는 진화해왔다는 것이다. 물론 이 소설에서 진화와 변이는 인류가 자신의 원시적 유년기로 거슬러 올라가는 역진화의 형태로 형상화된다. 비슷하게 다른 소설들에서 인류의 진화와 변이는 원소로의 분해와 회귀를 거치거나 가사 상태의 산죽음을 낳는다.

> 물이 잠수복 안으로 부드럽게 스며들면서, 몸 안의 혈류와 거대 양막 사이의 장벽이 사라져 갔다. 깊고 깊은 토사의 요람이 커다란 태반처럼 그를 부드럽게 감싸 안았다. 지금껏 누워 본 어떤 침대보다 아늑하고 부드러웠다. 의식이 흐려지는 중에도 그는 자궁 안의 어두운 밤을 가르는 고대 성운과 은하계의 별빛을 볼 수 있었다. 마침내 그 빛마저 흐려지자, 그는 마음속 가장 깊숙한 곳에 자리하고 있던 자신의 정체성을 의식하게 되었다. 희미하게 반짝이는 그 정체성을 향해, 둥근 천장의 중앙을 향해, 그는 천천히 고요하게 나아갔다. 가까이 갈수록 그 희미한 빛은 빠르게 멀어져 갔다. 그 빛이 더 이상 보이지 않게 된 후에도 그는 알 수 없는 충동에 이끌려 어둠 속을 홀로 나아갔

다. 끝없는 망각의 바다를 헤엄치는 눈먼 물고기처럼……(《물에 잠긴 세계》, 216~217쪽)

그러나 이제는 강의 파인 바닥이 그들을 그 반대로, 부연 거울에 미치는 모습처럼 과거에 해결하지 못한 문제의 찌꺼기가 시간의 파편에 둥글게 모가 닳아 보일, 미래 시간 구역으로 들어가게 해 준다는 느낌이 들었다. 어쩌면 이 찌꺼기는 미래에 들어 있는 유일한 요소일지도 몰랐고, 그가 지금 밟고 있는 잔해처럼 기이하고 파편적인 속성을 지닐지도 몰랐다. 그럼에도 불구하고, 그들은 모두 물 빠진 강바닥의 부드러운 흙먼지 속에서 하나가 되어 녹아들 것이다.(《불타버린 세계》, 275쪽)

살아 있는 것들과 생명이 없는 모든 것들이 우리 눈앞에서 변형되죠. 그것이야말로 우리가 얼마나 일시적이고 물질적인 존재인지를 깨닫고 받아들이는 순간 얻게 되는 불멸의 선물입니다. 이 세상에서 지금의 현실을 아무리 부인해도 결국에는 무지갯빛 태양의 사도가 될 수밖에 없어요. (…) 낮에는 환상적인 새들이 크리스털 숲을 날아다니고 보석으로 변한 악어들이 크리스털 강둑에서 전설 속의 불도마뱀처럼 반짝거리는 그곳, 밤에는 팔은 금빛 수레바퀴 같고 머리는 무지갯빛 왕관 같은 남자가 빛을 뿌리며 나무들 사이를 달리는 그곳으로……(《크리스털 세계》, 294~295쪽)

물, 불, 공기, 흙의 4원소로의 분해와 그것들과의 일체화된 회귀, 존재의 우연성에 대한 뼈저리면서도 냉정한 인식 등 발라드의 소설에서 구현되는 진화의 산물인 인간에 대한 우울한 통찰은 《하찮은 인간, 호모 라피엔스》에서 일체의 진보의 신화를 부정하는 존 그레이의 허무주의적 사유와도 맞닿아 있다.

그레이의 출발점은 인간(인간 동물)을 궁극적으로 진화의 산물로 보는 다윈의 이론(그리고 가이아 가설의 과학적 자연주의)이며, 그것은 발라드 소설의 초현실주의적 자연주의와 상당 부분 공명한다. "다윈의 이론은 우리가 다른 동물과 마찬가지로 동물이며, 우리의 운명이나 지구상의 다른 생명체의 운명이나 다를 바 없다는 자연주의의 진리를 보여준다."[18] 진화의 산물로서의 인간은 다른 동물과 마찬가지로 무심하고도 어질지 않은 천지에 의해 '지푸라기 개'처럼 얼마든지 버려질 수 있는 존재다(天地不仁 以萬物爲芻狗, 《도덕경》).[19] 그레이는 인간을 다른 어떤 동물보다도 보살펴야 할 긴 유년기를 가진 특이한 동물로 보는 프로이트의 견해를 참조하고 타고난 불완전성과 결핍을 받아들이는 인간의 수고성(受苦性)을 분석한 청년 마르크스의 통찰에 기댄다. 그리하여 그는 인간 동물의 타고난 자연적 결핍을 진보의 관념과 테크놀로지의 수단으로 만회하고 보충하려는 인류의 시도가 가져온 끔찍한 문명적 재앙과 역사적 파국의 결과를 냉혹하게 분석하고 비판한다. 마침내 그레이는 인간을, 가이아를 병들게 하는 '파종성 영장류 질환'의 원인, '호모 라피엔스(homo rapiens, 약탈하는 인간)'로 규정짓는다.

> 호모 라피엔스는 많은 생물 중 하나일 뿐이고, 딱히 영원히 지속되어야 할 분명한 이유를 가지고 있지는 않다. 머지않아 인간 종은 멸종할 것이다. 인간이 사라지고 나면 지구는 회복될 것이다. 인간 종의 마지막 흔적이 사라진 후,

18 존 그레이, 《하찮은 인간, 호모 라피엔스》, 김승진 옮김, 이후, 2010, 53쪽.

19 존 그레이, 《하찮은 인간, 호모 라피엔스》, 162쪽에서 인용.

인간이 파괴하려고 했던 다른 많은 종이 다시 번성할 것이다. 또한 존재하지 않았던 또 다른 종들도 함께 번성할 것이다. 지구는 인간을 잊을 것이다. 삶의 놀이는 계속될 것이다.[20]

과학적 합의가 정확하다면 머지않아 지구는 인간이 등장한 이래 수백 만 년 동안 걸어온 길과 다른 길을 걷게 될 것이다. 어떤 의미에서 이것은 진정한 종말론적 전망이다. 인간이 멸종할 가능성이 적다 해도 인간이 진화해 왔던 세계가 사라지고 있기 때문이다. 또 다른 의미에서 본다면 이 전망은 종말과 아무 상관이 없을 수도 있다. 지구 환경이 파괴되어가고 있지만 인간은 국지적 수준에서 골백번도 더 해온 일을 꿋꿋이 하는 수밖에 없기 때문이다. 진행 중인 지구온난화는 역사상 지구가 여러 차례 극복해 온 열병 중 하나일 뿐이지만 인간은 자기가 초래한 지구온난화를 멈출 능력이 없다. 다시 말해 지구온난화는 인간과 다른 생물종에게 재앙일 수 있지만 지구적인 차원에서는 정상적인 현상이다. 그러나 대부분의 사람들은 이 가혹한 현실을 감당할 수 없을 것이다.[21]

물론 삶에 대한 그 어떠한 목표도, 더 나은 미래에 대한 일체의 꿈도 모두 버리고 그저 바라보는 삶을 강조하는 그레이의 다소 자폐적인 "수동적 허무주의"[22]는 발라드의 비전과 꼭 같지는 않다. 발라드의 파국 삼부작은 결말 부분에서 공통적으로 태초의 신화적 세계로 복귀하려는 움직임을

20 존 그레이, 《하찮은 인간, 호모 라피엔스》, 196쪽.

21 존 그레이, 《추악한 동맹》, 추선영 옮김, 이후, 2011, 295~296쪽.

22 Simon Critchley, "John Gray's Godless Mysticism: On The Silence of Animals", June 2nd, 2013. https://lareviewofbooks.org/review/john-grays-godless-mysticism-on-the-silence-of-animals.

인상적으로 묘사한다. 확실히 발라드의 소설에서 인간(정확히는 대단히 이기적이고, 폭력을 통해 타인을 지배하려는 욕망이 강하며, 무분별하게 오만한 서구의 백인)은 그레이와 같은 철학자가 충분히 혐오스럽게 묘사한 적이 있는, 발라드 소설의 한 표현을 빌리면 "춘분의 어두운 측면으로 기우는"(《크리스털 세계》, 302쪽) 자신들의 정신적이고도 육체적인 불균형을 필사적으로 감추려드는 위태로운 존재들이다.

그러나 발라드는 그레이와는 다소 다르게 자신을 둘러싼 역사의 기후환경을 변화시키는 지질적인 행위자로서의 인간 종에 대한 허무주의적 판단 중지로 곧장 나아가는 대신에 진화의 우연적인 산물이자 언젠가는 진화의 필연적인 결말로 사라지고 말 인간의 변이를 집중적으로 묘사한다. 또한 그는 변이하는 과정 속의 인간의 형상을 포착하려고 한다. 《물에 잠긴 세계》의 마지막 부분에서 발라드가 진흙 속에 잠긴 한 남자의 모습을 묘사하는 장면에는 죽음과 부활이라는 변이와 진화의 과정을 동시에 내포한 태초의 인간인 아담의 탄생이 예고된다.

> 남자는 검은 누더기와 나무껍질 조각을 덕지덕지 몸에 붙인 채, 불에 탄 장대 같은 긴 다리를 힘없이 앞으로 뻗고 앉아 있었고, 팔과 움푹 들어간 가슴에는 짤막한 덩굴식물들이 휘감겨 있었다. 한때 풍성했을 검은 턱수염도 숱이 별로 남아 있지 않았다. 희미해지는 햇빛을 향해 들어 올린 턱은 움푹 꺼졌지만 끝이 튀어나와 있고, 그 위로 빗물이 흘러내렸다. 남자는 해골처럼 말라 초록색 갈고리처럼 보이는 손을 태양을 향해 뻗었다가 힘없이 바닥으로 떨어뜨렸는데, 마치 무덤에서 나온 시신의 손 같았다.(《물에 잠긴 세계》, 339~340쪽)

발라드가 변이와 생성의 도정(道程)에 있는 인간을 환상적으로 재현하면서 어떠한 희망 또는 절망을 이야기하려 했는지는 파악하기가 쉽지는 않다. 그러나 적어도 발라드의 '파국 삼부작'은 여전히 자신을 지구의 주인이라고 믿고 끊임없이 다른 생명체와 무기물을 파괴하며 도무지 지칠 줄 모르는 진보에의 무분별한 복음을 세계의 끝까지 전파하려고 하는 무모한 인간 종을 향한 묵시록적 경고이자, 겸손한 태도로 가이아와 공존하는 피조물 인간 존재의 변화 가능성에 대한 희미하지만 소중한 믿음의 표현이라고 평가할 수 있겠다.

포스트모던 자연주의 서사의 가능성

제임스 G. 발라드의 묵시록적 과학소설이자 종말 삼부작인 《물에 잠긴 세계》《불타버린 세계》《크리스털 세계》는 근대 산업사회의 도래 이후 인간이 지질적인 행위자로 본격적으로 등장하기 시작하면서 급변화하기 시작한 미래의 지구와 환경을 세 개의 상이하고도 환상적인 평행우주로 제시하고 있는 작품들이다. 과학소설은 가까운 미래의 구체적인 이미지를 예언으로 보여주는 문학이 아니라, 현재진행중인 역사에서 분기되는 가능성으로서의 다양한 미래를 상이하게 분절해 표현하는 문학이라고 할 수 있다. 세 편의 작품에서 인간은 공통적으로 더 이상 지구환경을 지배하고 주재하는 주권자로서의 인류가 아니라 급격하게 변화하는 자연과 환경의 일부인 인간 종으로 형상화되며, 인간 종은 변이의 과정 속에서 갑작스러운 종말을 맞이하거나 다른 존재로 진화할 희미한 가능성이 있는 생성 중인 존재로 묘사된다. 이러한 형상화는 구체적으로 4원소의 상태로 분해되거나 원시적 역진화의 무의식적 과정을 겪는 분열적 인간을 묘사하는 작가의 환상적인 문체를 통해 뒷받침되며, 그러한 초현실적인 묘사와 서술에는 서구의 부르주아적 개인성과 공동체의 분열과 해체, 식민지배의 역사적 종말과 같은 정치적 무의식마저 환기되어 있다.

이 글은 발라드의 삼부작을 특별히 자연의 역사화 또는 자연의 탈자연화라는 관점으로 읽어내려고 했다. 먼저 발라드의 삼부작에 재현되는 지구환경의 변모된 모습을 자기조절을 통해 항상적인 시스템을 유지하고 그를 위해 때로는 폭력적으로 멸종과 단종을 유도하기도 하는 제임스 러브록의 가이아 이론에 견주었다. 가이아 이론은 기본적으로 조화와 안정을 꾀하고 균형 잡힌 전체론을 전제하는데, 발라드의 삼부작에서 묘사된 지구와 환경은 대홍수와 기온상승, 사막화와 크리스털화 과정과 같은 균형의 깨어짐을 집중적으로 묘사하고 있다는 점에서 약간의 차이점이 있다. 이러한 묘사에 따르면 자연은 조금도 전체론적이지 않으며, 오히려 우연하면서도 급작스러운 재앙과 균열, 종의 소멸을 유도하는 과정을 그 자신의 본질로 포함하고 있다. 한편으로 발라드의 소설에서 지구환경의 급격한 변화는 인간이 지질적인 행위자인 한 그 변화의 주원인으로 설정되어 있기도 하다.

발라드의 소설은 여기서 그에 대한 깊은 철학적 대변자이기도 한 존 그레이의 염세적이고도 허무주의적인 철학과도 상통한다. 그레이에 따르면 인간은 자신의 태생적 결핍과 한계를 겸손하게 인정하기보다도 그것을 메우고 은폐하기 위해 진보의 관념과 테크놀로지의 수단을 이용하면서 더 나은 세상을 만들기보다는 그 세상을 파괴해온 존재다. 그레이는 이러한 인간 동물을 일컬어 '호모 라피엔스', 즉 약탈하는 인간으로 명명한다. 더 나은 삶에 대한 좌파와 우파의 정치적 프로젝트가 세계와 다른 인간에게 축복과 희망이 아니라, 재앙과 절망을 가져다주었음을 음울하면서도 명상적인 문장으로 명징하게 드러내는 그레이의 철학은 인간과 역사, 진보와 문명에 대한 발라드의 염세주의적인 견해와도 상통하는 바가 적지 않다. 그러나 발라드의 소설은 인간과 문명의 역사에 대한 그레이 식의 허무주의적 단정에만 머무르지 않고 그것들에 대한 묵시록적이고도 향수 어린 비가(悲歌)를 통해 생성중이고 진화를 겪는 인간의 미래 또한 암시한다는 점에서 그레이의 사유와 갈라진다.

발라드의 종말 삼부작은 인간의 행위와 그것의 결과를 역사가 아니라 비역사적인 신화와 자연으로 지속적으로 은폐하는 오늘날의 자본주의적 이데올로기의 대서사에 대한 대항서사의 가능성을 암시한다. 대항서사로서 발라드의 소설은 문학적으로는 일종의 포스트모던 자연주의를 표방하는데, 발라드 소설에서 드러나는 바 새로운 자연주의는 인간이 자신을 둘러싼 환경에 철저하게 예속된 존재임을 드러냄으로써 종으로서의 인간이 자연의 일부이자 진화의 산물인 한편으로 인간 행위의 결과인 역사와 문명마저도 자연사의 일환임을 환기한다. 그럼으로써 인간이 그와 더불어 공존하는 것을 거부하거나 망각한다면 철저히 자연을 파괴하거나 자연에 의해 파괴당할 진화의 우연적인 산물임을 일깨운다. 또한 이러한 환기와 깨달음은 궁극적으로 자신을 비역사적인 필연과 진보의 연속으로 상정하는 자본주의라는 신화와 서사에 대해 강한 경종을 울리는 것으로 평가할 수 있겠다.

—《외국문학연구》 55집, 한국외국어대학교 외국문학연구소, 2014

필립 K. 딕의 환생

―그의 서사적 우주로 들어가기 위한 몇 개의 키워드

보통 독자의 자리에서

놀라운 예지와 통찰로 내다본 황량한 미래상, 소용돌이로 굽이치며 가라앉는 침울한 디스토피아적 서사, 현실에서 존재를 삭제하고 비현실에서 존재를 창조하는 경이의 묘사, 평범한 실존의 밑바닥에서 수면으로 떠오르는 광기를 붙잡는 문장들, 그 문장들에서 들리는 무능한 창조주에 대한 피조물의 애절한 탄원, 구원이 될 만한 것은 무엇이든 붙잡으려는 절박한 종교적 몸부림…… 내가 읽은 그 작가의 첫인상이다.

나는 짐짓 냉정한 품위를 유지하려는 비평가나 무조건 열광하기 좋아하는 팬덤이 아닌 서투른 독자로서 미국의 SF작가 필립 K. 딕(1928~1982, 이하 PKD)의 작품[1]을 읽은 소감을 간략히 적고 싶다. SF를 처음 읽게 될 때 가졌던 순전한 당혹감을 고스란히 상기한 채, 내가 서 있는 이곳이 지구인지 다른 행성인지, 현실인지 가상인지, 미래인지 현재인지, 나의 정체성이 인간인지 안드로이드인지를 이리저리 책장을 옮겨가며 확인하던, 그러다가 포기하고 줄거리 따라가기에 바빴던 보통독자의 자리에서. 사실 나는 지난 몇 년 동안 SF를 읽을 때마다 늘 당혹스러워했으며, PKD의 장편 10권을 최소한 두 번에 걸쳐 읽은 지금까지도 SF에 익숙해지지 않았다고 고백해야겠다. 내게 SF는 리얼리즘 소설과는 판이한 독법이 필요한 소설로 보였고, 실제로 SF 팬덤 가운데 일부도 부추기듯이 그렇게 말했다. SF는 원래부터 주류문학에 비해 문학적인 소수자였고, 또 실제로 사회적인 소수자의 이야기라고. 그러니 소수의 컬트로 갈 수박에 없다고. 우리 시대에 보기 드문, 올곧은 대의와 신념을 지닌 그분들께서는 부디 SF 번역물이나 소설을 들고 괜히 재정 빠듯한 출판사 근처에서 소수의 책을 내달라고 얼씬거리지 않았으면 좋겠다. 또 어떤 사람들은 SF도 문학이라면 문학인데, 별다른 독법이야 있겠느냐, 그저 좋은 작품과 나쁜 작품이 있을 뿐이라고 말한다. 주로 문단 쪽에서 이런 말들이 들린다. 늘 옳게만 들리는, 그래서 별로 매력적이지는 않은 말. 그래도 황석영의 장편소설《낯익은 세상》(2011)을 읽는 방식으로《화성의 타임슬립》을 읽기란 좀 어렵지 않을까. 존재하는 세계를 추문거리로 만드는 일이라면《낯익은 세상》과《화성의 타임슬립》은 이러한 문학적 대의에 동참하지만 그 방식은 다르다.

1 이 글에서 읽을 필립 K. 딕의 장편소설은 다음과 같다.《화성의 타임슬립》(이하《타임슬립》), 김상훈 옮김, 2011;《죽음의 미로》(《미로》), 김상훈 옮김, 2011;《닥터 블러드머니》(《블러드머니》), 고호관 옮김, 2011;《높은 성의 사내》(《높은 성》), 남명성 옮김, 2011;《파머 엘드리치의 세 개의 성흔》(《성흔》), 김상훈 옮김, 2011;《발리스》, 박중서 옮김, 2012;《성스러운 침입》(《침입》), 박중서 옮김, 2012;《티모시 아처의 환생》(《환생》), 이은선 옮김, 2012;《유빅》, 김상훈 옮김, 2012;《안드로이드는 전기양의 꿈을 꾸는가?》(《안드로이드》), 박중서 옮김, 2013. 위에서 언급한 책들은 모두 폴라북스에서 출간되었다. 앞으로 본문에 인용할 경우 작품명과 쪽수를 적는다.

뭐랄까, PKD의 SF는 좀 더 충격적으로 세계와 인간을 낯설게 만들어 시쳇말로 인지적 부조화를 유도한다고나 할까. 시공간을 미래의 행성으로 옮기고 유사인간을 등장시키는 것이 독자를 골탕 먹이려고 의도한 게 아니라면, 그래서 SF가 다른 문학과 변별되는 의의가 있다면 그것은 도대체 무엇일까.

나는 선집 출간에 대한 용기 있는 결정, 소설의 내용만큼이나 환상적인 북 디자인, 뛰어난 번역의 삼박자를 고루 갖춘 폴라북스의 PKD 선집으로 이 낯선 SF의 문을 몇 개의 열쇠말로 따고 들어가보기로 했다. 내가 방문한 PKD의 SF에 대한 스케치를 통해 독자 작가 비평가 누구에게라도 SF가 지금보다는 조금 더 '낯익은' 것으로 다가와, 세계와 인간에 대해 다른 비전을 제시하는 문학 장르로 조금이라도 인지된다면 더 바랄 것이 없겠다. 이 문장을 방금 쓰고 나니 이것이야말로 매우 큰 욕심일 수도 있겠다는 생각도 든다.

엔트로피

엔트로피(entropy). PKD 소설이라는 우주에 붙일 첫 번째 이름. 열역학 제2법칙, 우주는 열과 무질서가 증가하는 방향으로 나아간다. 그러나 특별한 외부의 에너지 유입이 없는 한 열평형의 고립계에서 체계는 종말을 맞이한다. 닫혀 있는 체계는 그 상태가 변화 없이 지속되는 한, 몰락을 피할 수 없다는 것이다. PKD SF의 우주는 마치 차가운 빛을 발산하면서 블랙홀로 빨려 들어가게 될 백색왜성의 운명과 닮아 있다. 사람들이 인구증가, 환경오염, 태양복사열로 뜨거워진 지구를 떠나면서 새로운 삶을 희망하는 행성이든(《타임슬립》), 낯선 행성에서 사람들이 지루하고도 우울한 삶을 견디기 위해 자신에게 투여한 약물이 열어주는 환각적인 가상현실이든(《성흔》), 핵전쟁 이후에 선별된 인류는 떠나고 방사능 낙진으로 오염된 샌프란시스코에서 남은 사람들이 머무는 텅 빈 아파트든(《안드로이드》), 사람들이 죽은 후에도 동면상태 속에서 반생(半生, half-life)이 가능해진 미래의 현실이든(《유빅》), 독일과 일본이 2차 세계대전에서 승리를 거뒀지만 인종 학살이 합법화된 가상의 역사든(《높은 성》) 간에, 개인과 공동체의 운명에서 정치 체제, 식민행성과 역사에 이르기까지 쇠퇴와 몰락은 결코 피할 수 없다. PKD는 이 지독하게 음울한 몰락의 관점에서 인간과 현실, 역사와 미래를 낯설고도 뒤틀린 방식으로 응시한다.

예를 들면 《타임슬립》에서 화성은 어떤 곳인가. 더 이상 감당할 수 없는 지구의 인구증가와 환경오염은 지금 우리에게도 두려운 엔트로피의 미래다. 그래서 사람들은 새로운 삶의 터전으로 믿고 블리크맨이라는 화성원주민을 정복해가면서 화성에 정착했는데, 이번에는 모두들 마실 물을 비롯해 물자부족에 심하게 시달리게 된다. 게다가 지구에 대한 향수를 달래면서 우울해하는 화성의 식민 1세대와 자손을 포함해 인구의 1/6이 분열증자다. "지구의 가장 큰 고질 중 하나가 미래에 이식된 징후"(《타임슬립》, 66~67쪽)였던 것이다. 미래의 화성은 현재 지구의 연장이었다. 유토피아는 디스토피아였다.

이러한 화성에서 물로 사업하는 기업가는 화성의 실질적인 통치자다. 수자원노동조합장으로 "봉건시대의 영주"(《타임슬립》, 170쪽)와 같은 절대권력을 누리던 어니 코트는 UN이 화성의 황무지를 구입해 주택단지로 조성한다는 계획을 듣고 노심초사해한다. 독점기업가 어니는 자신의 권력을 유지하기 위해서는 새로운 기업과 타협하기보다는 이윤독점을 고수하기 위해 경쟁업체를 막을 그 어떤 비열한 수단이라도 강구해야 한다. 그러기 위해서 화성은 계속 우울한 황무지로 남아 있어야만 한다. 어니는 자폐아 만프레드의 예지력을 이용하여 시간이동을 감행하고자 한다. 어니는 위기에 닥친 현재를 다른 시간대로 되돌리려고 했지만, 만프레드의 악몽 같은 예지계에 꼼짝없이 갇히게 되고 나중에는 현실감각마저 상실하게 된다. 소설에서 현실과 환영이 겹쳐지는 이 부분을 묘사하는 대목은 압권이며, 이것이야말로 PKD 소설의 장처다. 소설 도처에서 들려오는 만프레드의 수수께끼 같은 중얼거림, '거블'은 돌이킬 수 없는 엔트로피 운동에 대한 소름돋는 명명일 것이다. "벽에서 먼지가 떨어진다. 세월과 먼지로 가득 찬 방이 삐걱이며 그의 주위에서 썩어 들어간다. 거블, 거블, 거블, 하고 방이 말했다. 거블러가 너를 거블 거블하고 너를 거비쉬로 만들려고 왔다."(《타임슬립》, 257쪽)

PKD의 소설에서 '거블'에 상응하는 엔트로피의 신조어는 여럿이다. 걸작 《안드로이드》에서 속수무책으로 사물에 쌓이는 먼지와 비슷한 키플(kipple)은 일종의 불가항력적 필연이자 운명, 법칙으로 승격된다. 지구의 텅 빈 아파트를 혼자 지키는 낙오자 '닭대가리' 이지도어는 말한다. "키플 제1법칙이란 게 있어요." "키플은 비(非)키플을 몰아낸다."(《안드로이드》, 106쪽) 이렇게 모든 것이 소멸로 향해갈 수밖에 없는, 거역할 수 없는 법칙은 인간이 생물학적으로 죽은 이후에도 인터페이스를 통해 살아 있는 인간과 사고와 정서, 대화를 나누는 반생(半生)이 현실화된 미래라고 해서 특별히 달라지지는 않는 것 같다. 생명연장, 불사(不死)에의 욕망은 로버트 셰클리의 《불사판매 주식회사》(1959)에서 로버트 A. 하인라인의 《므두셀라의 아이들》(1967) 등에 이르는 SF의 중요한 모티프로, PKD의 경우에는 《유빅》이 그런 작품에 해당하겠다.

반생인, 텔레파시 능력자 프리콕과 그의 능력을 상쇄시키는 관성자가 공존하는 미래 사회를 그린 《유빅》에서 반생인 아내와 협력해 불사의 상품 '유빅'(ubik)을 만들어내려는 사업가 런사이터는 주인공 조 칩을 포함한 관성자들과 함께 사라진 부하들을 찾아 달로 떠난다. 그러나 달에서 의문의 폭발사고를 당한 후 런사이터는 죽고 반텔레파시 요원들은 시간이 거꾸로 흐르는 것을 강렬히 체감한다. 장소를 잠깐만 이동해도, 엘리베이터를 한 번만 타도 사물들이 이전의 시간으로 되돌아간다. "내 담배 말인데 (…) 완전히 말라버렸죠. 우주선에 있던 2년 전의 전화번호부. 상한 크림에, 찌끼가 생기고 곰팡이가 핀 커피. 폐지된 화폐."(《유빅》, 173~174쪽) 그러니까 지금까지 존재해왔던 것이 사라지며, 한 번도 존재한 적 없던 (비)존재가 나타나는 것이다. 현재가 사라지고 존재한 적 없던 과거가 출현하게 된다. 이 체험은 조 칩뿐만 아니라 다른 작중인물도 함께 겪는다. 도대체 무슨 음모일까. 어떤 알 수 없는 존재가 시간을 거꾸로 되돌리는 것일까. 혹시 이들은 이미 죽어 반생의 체험을 겪고 있으며, 런사이터가 그들을 오히려 반생인으로 만든 것일까. "마치 현실이라는 유리창 앞에서 날개를 퍼덕거리며, 흐릿한 내부를 들여다보는 한 마리의 무력한 나방"(《유빅》, 220쪽) 처지의 그들. 이쯤에서 물어야겠다. 당신이 현실이라고 믿고 살아왔던 것의 정체는 정말로 무엇이었는지를.

시뮬라크르

시뮬라크르(simulacre). PKD 소설의 우주에 붙일 두 번째 이름이다. 2500년 전 플라톤의 《국가》에서 2000년 무렵에 출시된 LG TV 플라톤, 그리고 3D 영화관의 하이퍼리얼에 이르기까지 우리 시대는 유보 없는 시뮬라크르 복권의 시대다. 시뮬라크르는 원본의 재현, 이미지, 사물의 그림자가 아니라, 그 자체로 증식하고 파생하는, 원본 없이 실재하는 가상현실이다. PKD 작품에서 체험할 수 있는 시뮬라크르는 작가 생전에 미국 가정에 공급이 완료된 TV, 부상하던 컴퓨터, 그리고 그 자신의 마약 체험의 문학적 승화였다.

PKD의 SF는 이제 가상현실의 전 지구적 문화제국이라고 할 수 있는 할리우드에 공급되는 매력적인 소스가 되었지만, PKD는 자신의 작품 중 하나가 어떻게 영화상품이 되는지 보지도 못하고 눈을 감았다. 다른 영화도 있겠지만 워쇼스키 자매의 〈매트릭스〉(1999)에 펼쳐지는 놀랄 만한 가상현실의 스펙터클은 앞서 언급한 작품들은 물론, 《성흔》《미로》 그리고 후기작 '발리스 삼부작' 중 《침입》 등에서도 그 생생한 원형을 찾아볼 수 있다. 작가 자신이 《시뮬라크라》(1964)라는 작품을 쓰기도 했는데, 그에게 점증하는 가상현실은 현실에 대한 물음을 고통스럽게 동반하는 어떤 것이었음을 일단 상기해보겠다. 언젠가 〈TV 서프라이즈〉는 이른바 PKD의 2-3-74라는 환각체험을 방송했다. 1974년 2월, PKD가 마취 상태에서 분홍색 광선을 맞는 계시를 체험했으며, 이 체험으로 아들이 난치병에 걸린 것도 직관적으로 알아냈다는 내용이었다. 이 신비 체험이 실린 자전소설 《발리스》에서 PKD의 분신 호스러버 팻은 현실이 무엇이라고 생각하느냐는 질문에 인상 깊게 답한다. "현실이란 당신이 더 이상 믿지 않는다고 해서 금세 사라지지는 않는 것입니다."(《발리스》, 142쪽)

이 놀라운 문장을 이렇게 뒤집는 것도 가능하다. 당신이 믿고 있는 현실이 더 이상 현실이 아니고 시뮬라크르라면? 나아가 당신이 현실이라고 믿었던 것이 처음부터 시뮬라크르였다면? 아마도 《유빅》의 조 칩과 그의 동료들은 쇠락해가는 현실과 사물을 바라보면서 이렇게 물었으리라. PKD 소설에서 시뮬라크르는 우선 엔트로피로 포화된, 미래에 대한 희망도 없고 오직 향수로만 달랠 수 있는 현실에 대한 피난처로 제시되는 것 같다. PKD 소설의 주요 인물들은 보통 마약을 하며 불륜을 꿈꾸고 종종 남을 속이지만, 그런 식으로 자기도 속고 마는 나약하고도 외로운 존재들이다. 이들이 기껏해야 할 수 있는 것이 집단적 환각체험이다. 《성흔》에서 외계로 강제로 이주당한 이민자들은 레오 뷸레로가 독점으로 공급하는 약물 캔-D와 퍼키 팻 모형 세트를 통해 이런 식으로 환각을 경험한다. "승천, 즉 모형 세트에 포함된 축소된 물건들이 단순한 지구의 모방이 아니라 지구 자체가 되는 거의 신성한 순간을 말이다. 승천하는 순간 샘과 그의 동료들은 캔-D의 작용에 의해 인형들 속으로 그들의 영혼을 전이시키고 융합시킴으로써 시간 및 국부 공간 밖으로 운반된다."(《성흔》, 66쪽) 그렇게 이민자들은 그들이 떠나온 고향 지구에 실제로 함께 있다는 생생한 느낌을 갖지만, 이 순간이 끝나면 더욱 깊은 우울의 세계로 추락한다. 이것이 그들이 자신들의 세계가 엔트로피의 최대치에 도달했다고 생각하는 이유다. 소설은 결국 레오 뷸레로가 캔-D를 압도하는 경쟁상품 츄-Z를 제조하는 기업가 파머 엘드리치에게 위협을 느끼고 이런저런 모략을 통해 그를 제거하려다가 실패하는 이야기다. 파머 엘드리치는 편재할 뿐만 아니라 전지전능한, 가히 신적인 존재가 되기에 이른다. 기업가가 신이 되다니! 자본주의는 새로운 영적 체험의 시장이라는 뜻인가.

그런데 PKD 소설에서 시뮬라크르는 한편으로는 엔트로피 현실의 도피처이자 현실의 실재성에 대한 의문을 낳게 하는 장치이기도 하다. 《성흔》에서 분명히 「매트릭스」의 가상현실을 연상시킬 만한 깜짝 놀랄 만한 장면이다. "그러나 다음 순간 두 진화한 지구인들의 모습이 아무런 경고도 없이 사라졌다. 풀로 덮인 초원, 기념비, 떠나가던 개—이것들을 포함한 파노라마 전체가 증발해버렸던 것이다. 마치 그것을 투사하고, 안정시키고,

유지해오던 것의 스위치를 찰칵 끈 것처럼. 이제 레오의 눈앞에는 희고 광활한, 영사기에서 3-D 슬라이드를 뽑아낸 뒤에 남는 강렬한 백열광을 연상케 하는 허공만이 펼쳐져 있을 뿐이었다. 우리가 '현실'이라고 부르는 현상의 깜박거림 아래에 존재하는 빛이로군, 하고 레오는 생각했다."(《성흔》, 179쪽) 레오가 진화한 지구인들을 미래에서 만나는 도중에 일어난 환각이다. 파머 엘드리치가 개발한 츄-Z의 시뮬라크르 효과는 이처럼 공간과 시간, 과거와 미래 모두를 지배한다. 현실이 있고 가상현실이 있는 게 아니라, 가상현실이 현실을 대체한다. PKD의 소설은 가상현실이 물질화되는 생생한 에피파니를 각인한다. 그런데 가상현실의 물질화에 상응하는 것이 있다. 삶의 가상화. 현실과의 접촉면이 갈수록 줄어들기 때문에 어떤 식으로든 살아 있음을 되찾으려는 삶의 몸부림.

시뮬라크르, 사물이 끝없이 복제되는 세계에서 삶의 가상화는 작중인물들 각자의 정체성 혼란을 악화시킬 뿐만 아니라, 이들 대부분의 공멸(共滅)을 초래한다. 《미로》는 이에 대한 끔찍한 기록이다. 자기복제하는 괴생명체가 가득한 정체불명의 행성 델멕-O에 도착한 작중인물들이 서로에게 위해를 가하다가 파멸 직전에 이르는, 속도감과 반전이 인상적인 이 소설은 '형상 파괴자' 곧 엔트로피와 생성자인 조유신(造有神) 곧 네겐트로피의 대결이기도 하다. 그러나 두 번 뒤집힌 이 이야기에서 델멕-O의 살육게임은 가상현실이었으며, 우주의 미아가 되어버린 고장 난 우주선 '페르서스 9'에서 탑승자들이 가상의 다뇌(多腦) 융합의식을 벌인 행위가 '진짜 현실'로 판명나게 된다. 하나의 현실을 기억하자마자 이전의 현실은 망각해버리는 와중에 그들에게 찾아드는 자기상실, 삶의 가상화!

영지주의

영지주의(靈知主義, Gnosticism). PKD의 우주를 여는 세 번째 열쇠말. 확실히 시뮬라크르는 우리 시대의 탈근대 소피스트 시인과 수사학자 들이 열과 성을 다해 기예의 경지로 승격시킨 것과는 달리 PKD의 인물들에게는 반드시 유쾌하지만은 않은 체험인 듯하다. 오직 파멸로만 나아가며 끊임없는 자기복제를 낳고 《침입》의 주인공 허브 에셔가 두 개의 삶으로 경험하는 분기(分岐)하는 평행우주. 그것은 현실이 그 자체로 매우 불완전하다는 것뿐만 아니라, 불완전한 현실을 창조한 창조주의 불완전성, 창조주를 모방해 시뮬라크르를 만들어내는 존재, "하느님의 원숭이"(《침입》, 321쪽)에 대한 의문을 낳는다. PKD는 예수 사후(死後), 《환생》에 나오는 말썽 많은 성공회주교 티모시 아처처럼 사해근방의 사막을 떠돌면서 이 악마적 세계의 불완전함에 의문을 품고 자기구원에 몰두했던 영지주의 교도의 환생이라고 할 만하다. 물론 PKD의 SF는 포스트모던한 세기에 맞게 다시 쓴, 상상력으로 가득한 영지주의의 공관복음서일 것이다.

이른바 '발리스' 삼부작인 《발리스》《침입》《환생》 그리고 《발리스》에 일부 포함된 《주해서》는 앞서 언급한 2-3-74 체험을 바탕으로 한 영지주의의 공관복음서다. 그런데 PKD의 비교적 초기 SF인 《블러드머니》에서부터 영지주의적 상상력은 이미 발휘되고 있었다. 영지주의 교리에 의하면 지상의 피조물은 그것을 창조한 사악한 신의 심술궂음 때문에 불완전한 형태를 띨 수밖에 없다. 《블러드머니》에서 핵폭발 이후 7년이 지난 세상의 모습은 가히 기형적이다. "여러 명이 한 몸으로 합쳐져 몸속 장기를 공유하는 공생체"가 존재하는가 하면, 반대로 "여러 명이 췌장 하나를 함께 쓰는" 경우도 있다.(《블러드머니》, 157쪽) 어눌하게 말하는 개, 자신 내부에 있는 남동생과 대화하는 소녀, 팔다리는 없지만 환상수족으로 가공할 위력을 발휘하면서 세상을 지배하려는 기술자 하피 해링턴의 세계.

생각해보면 PKD 소설에 등장하는 피조물은 신체적, 정신적 결함이 선명하게 두드러지며, 이러한 피조물들의 외침은 그들의 창조주에 대한 편집증에 가득 찬 질문을 낳게 한다. 그것은 현실을 조종하는 막후를 캐는 음모론과 연결된다. 도대체 누가 나를 그를 이것을 이렇게 만든 걸까. 델멕-O에서 하나둘씩 죽어나가는데도 누가 살인범인지, 자신들이 왜 이곳에 있어야 하는지 모르는 피조물의 절규와 몸부림. "우리는 죽음의 미로에 갇힌 실험용 쥐나 마찬가지다. 궁극의 적과 함께 미로에 갇힌 채 한 마리씩 죽어가는 설치류 무리인 것이다. 단 한 마리도 남지 않을 때까지."(《미로》, 155쪽) 건전한 이들의 상식과는 달리 음모론을 지나치게 폄훼하지는 말자. 음모론은 다이달로스의 미로처럼 "그 세계를 창조했고, 창조한 세계 속에 빠져서 옴짝달싹하지도 못하는 신세"(《미로》, 291쪽)가 되어버린 나약하고 불완전하며 결핍된 실존이 어떤 방식으로든 이 불가해한 세계의 별자리와 인타라망을 파악하려는 안쓰러움으로, 그가 앓고 있는 증상으로 이해할 필요가 있겠다. 악의적인 세계에 대한 피조물의 필사적인 의문과 탐색, 구원에의 절박한 몸부림은 이미 종교적이다.

드라마틱한 작가의 연보와 거의 일치하는 《발리스》의 주인공 호스러버팻의 분열된 삶에서 짐작되는 것처럼 불행한 출생과 성장, 잦은 이혼과 재혼, 궁핍한 처지, 자살시도, 마약투여와 신경쇠약, FBI의 협박, 친구들의 죽음과 결별 등을 무수히 겪은 자가 종교로 지친 몸과 마음을 이끌고 가지 않을 이유란 별로 없다. 마르크스의 말대로 종교는 눈물의 골짜기인 현실을 감싸고 있는 후광이다. 억압된 피조물의 한숨이며, 심장 없는 세계의 감정, 영혼 없는 현실의 영혼, 그렇다, '인민의 아편'이다. PKD가 애용하던 환각제 LSD가 바로 그의 영지주의, 종교다. PKD 오컬트들이 열광하듯이 2-3-74라는 종교적 에피파니를 체험한 독특한 산물로 간주하더라도 '발리스' 삼부작은 기본적으로 이전 작품과의 연속선상에 있어 보인다.《발리스》에서 "엔트로피, 부당한 고통, 혼돈과 죽음, 나아가 제국, 또한 흑철 감옥"(《발리스》, 170~171쪽)의 현실을 감싸고 있는 것은 발리스, '거대 활성 생체 지능 시스템(Vast Active Living Intelligence System)'이 뿜어내는 찬란한 광채다. PKD 자신은 '발리스'를 기형의 우주를 바로 잡을 구원의 신적 존재로 보는 것 같다.

《침입》은 성육신의 탄생을 영지주의 복음서에 맞게 새롭게 고쳐 쓴 소설이다.《발리스》에서도 그랬듯이 기원후 70년 이후의 역사는 하느님이 지구 밖으로 추방된 이후 사악한 신 벨리알이 지배해온 혼돈과 파국의 역사다. 그러나 하느님은 주인공 허브 에셔와 리비스 로미를 통해 성육신 이매뉴얼을 낳게 해 벨리알에 대항하도록 한다. PKD의 마지막 작품《환생》은 신앙의 위기를 느낀 티모시 아처가 순수자아, 하느님을 뜻하는 '아노키'라는 독버섯을 거래한 마약상인 예수의 행적에 대한 새로운 사해문서를 찾아 이스라엘 사막으로 떠났다가 불귀의 객이 된다는 사실주의 소설이다. 다른 작품들보다도 종교적인 '발리스' 삼부작은 구원에 대한 PKD의 필사적인 탐색이다. 그런데 내가 '발리스' 삼부작을 읽으면서 내내 들었던 생각은 혼돈과 파국의 우주를 바로잡지 못하는 신의 절대적 무능함, 신의 죽음이었다. 어쩌면 PKD의 SF는 이 혼돈과 파국의 우주를 견뎌내기 위해 고안한 대안우주가 아니었을까(나는 여기서만큼은 특별히 평행우주보다 대안우주라고 쓰고 싶다).

PKD와 대안우주로서의 SF

대안우주(alternative world). 사실 이것은 SF에 대한 정의로도 유용하며, PKD의 SF에도 잘 들어맞는다. 물론 이런 반론이 있을 법도 하다. 어떻게 보면 문학 그 자체가 우리가 살고 있는 현실에 대한 대안우주일 텐데, 가상의 시공간, 유사인간의 등장이라는 문학적 낯설게하기인 SF가 문학에서 차지하는 특출하고도 독자적인 의의라고 할 만한 것이 따로 있을까. 만일 SF가 우리가 살고 있는 경험적 현실의 단면을 좀 더 낯설고도 충격적인 방식으로 재인식하는 문학에 불과하다면. SF에서 형상화하는 미래가 단지 현재의 연장에 불과하고 외계인, 안드로이드 등이 결국 인간의 극단적 변종에 지나지 않는다면. 게다가 PKD의 SF처럼 많은 등장인물, 특별히 극적이라고 하기는 어려운 스토리텔링과 플롯, 반전이 별로 없는 결말, 비슷한 유형을 지닌 인물들의 중복 출현, 인지적 부조화를 유도하는 SF 특유의 설정이 그저 부담스럽고 번거롭기만 한 독자에게 SF가 특별한 문학적 감동을 줄 것이라는 보장은 별로 없어 보인다. 물론 미래를 형상화하는 SF가 미래의 삶을 보장하는 보험상품은 아니겠지만.

그러나 적어도 PKD의 SF 중에서《높은 성》과 같은 대안역사소설에는 보통의 리얼리즘 문학이 주기 어려웠을 신선하고도 충격적인 감동이 있다. '만일 독일과 일본이 2차 세계대전에서 승리했더라면 역사는 어떻게 달라졌을까'라는 가정법으로 쓴《높은 성》의 언어는 독일과 일본이 패배한 이후의 실제의 역사, 팍스 아메리카나가 그나마 천만다행이었다는 것을 재확인하는 무감동의 언어가 아니다.《높은 성》 안에 있는 소설로 은둔 작가 호손 아벤젠이 쓴《메뚜기는 무겁게 짓누른다》가 기록하는 것은 물론《높은 성》을 읽고 있는 우리가 살고 있는 바로 이 현실과 역사, 독일과 일본이 패배하고 팍스아메리카나가 진행되고 있을 현실과 역사다. 그러나《높은 성》의 언어는 언어를 뒤집고 뒤집은 언어를 다시 뒤집는 과정에서 빚어진 마술의 언어다. 허구(《높은 성》 안의 허구(《메뚜기》)가 밖으로 뒤집혀져 현실(《메뚜기》)이 된다. 그리고 이번에는 다시 현실(《메뚜기》)이 안으로 접혀져 허구(《높은 성》 안의 허구(《메뚜기》)가 된다. 그때 현실이 단지 현실만은 아니게 되고 허구가 단지 허구로만 머물지 않게 되는 언어가 생성된다. 우리는 《높은 성》을 읽으면서 역사와 현실의 가혹한 필연성을 재차 확인할 뿐만 아니라, 필연으로만 여겼던 역사와 현실의 우연성도 상상적으로 경험하게 된다. 그렇게 우리는 SF를 통해 다른 현실과 역사를 상상할 수 있는 언어의 여백, 여백의 언어를 얻게 된다. 이 언어의 여백, 여백의 언어를 '미래', 현재의 연장이 아닌 현재와 단절하는 미래로 불러보면 어떨까. 신자유주의적 통치술 그리고 전쟁과 테러가 앞으로 백 년 후에도 똑같이 계속될 거라고 믿는 자들은 오직 국가와 자본을 경영하는 지배자들뿐이다.

《높은 성》에서 패전국 시민들이 읽으면서 희망을 품는 아벤젠의 《메뚜기》가 놀랍게도 PKD가 써왔던 엔트로피의 서사와 동종이라는 것은 최고의 아이러니다. 돌이켜보니 PKD의 SF에서 암흑의 사악한 신, 자폐증과 분열증, 기형의 피조물, 고온의 복사열과 핵의 낙진으로 가득했던 어지러운 연옥에는 희망과 구원을 상징하는 인물들이 계속 있어왔으며, 또 그들 간의 연대도 늘 존재해왔다. 호손 아벤젠은 몰락의 서사를 통해 구원의 대안역사를 꿈꿨다. 낙진 가득한 지구에 남게 된 '닭대가리' 인간 이지도어는 지구에 잠입해 들어온, 수명이 4년에 불과한 미래의 프롤레타리아트인 안드로이드들을 도왔다(《안드로이드》). 최초의 우주인 데인저필드는 인공위성에서 핵폭발 이후에 살아남은 사람들을 위해 밤낮으로 희망의 음악을 전송하기를 멈추지 않았다(《블러드머니》).

PKD의 SF는 무(無)에서 솟아오른 것이 아니라, 역사의 산통(産痛)이 낳은 산물이다. 소설에 등장하는 기업가들이 겪는 사업 위기가 환기하듯이 독점기업은 다국적기업에 인수 합병되고 있었으며, 편집증적 자아는 다중인격으로 분열되던 시기였다. 대량생산된 복제품과 희귀한 골동품이, 시뮬라크르와 아우라가, 테크놀로지의 진보와 산업화 이전에 대한 향수가 화폐라는 유일신 아래에서 상품으로 결합했던 시기였다. 68혁명과 베트남전 등 유혈투쟁의 역사를 끝내면서 인간은 데이터베이스를 소비하는 동물과 골동품을 어루만지는 속물의 경계쯤에서 포스트휴먼을 꿈꾸기 시작했다. 그 와중에 흐릿하게 사라져버리는 것은 역사의 맨얼굴이었다. PKD는 이처럼 역사의 우울한 표정이 바뀌던 시기에 지금까지 우리가 읽어왔던 위대한 SF를 썼다. 그의 SF는 흔히 SF를 오해하는 것처럼 역사와 현실로부터의 도피, 초월이 아니다. 적어도 PKD의 SF는 "희미한 역사의 한 페이지"(《유빅》, 236쪽)를 복원하려는 급진적 상상력이었으며, PKD는 역사의 미래를 기록한 우주적 사관(史官)이었다. 여러모로 폴라북스의 PKD 선집 출간은 뜻있는 사건이다. 그리고 나는 이 사건을 특별히 '필립 K. 딕의 환생'이라고 부르고 싶어진다.

—《현대문학》, 2012년 6월호

'존재할 수 없는 존재'를 탐사하는 흑마술 서사

—H. P. 러브크래프트의 코스믹 호러

하워드 필립스 러브크래프트……

……아마도 내가 그의 이름을 처음 들었던 것은 호르헤 루이스 보르헤스의 〈There are more things〉(1975)라는 단편에서였으리라. There are more things. '더 많은 것들이 있다'로 번역되겠지만, 보르헤스는 단편 제목을 모국어인 스페인어가 아닌 영어로 썼다. 형이상학에 관심 많은 호기심 덩어리의 한 젊은 철학도가 수상쩍은 유대계 이방인 부호(富豪) 프리토리우스가 건축을 끝마친 기괴한 저택에 도대체 무엇이 있는지 알아보려고 서성이고 뒤늦게 어둠 속의 계단을 내려가다가 맞은편에서 올라오는 '그것(들)(things)'과 섬뜩하게 마주치는 데서 끝나는 소설이었다. 저택에 어마어마한 미로를 설계하고 있다는 괴상한 소문을 들은 직후였다. 형이상학에 심취한 철학도가 계단에서 마주친 '그것(들)'은 무엇이었을까. 미노타우

로스였을까. 그렇다면 미로가 그려진 그림책을 돋보기로 들여다보면서 미노타우로스를 찾아 헤맸다던 어린 시절의 보르헤스에게 맞춤한 결말이겠다. 그러나 소설은 '그것'을 미노타우로스라고 명명하지는 않았다. 소설도 복수의 존재를 암시한다(황소의 머리에 사람의 몸을 한 미노타우로스는 단수라고 할 수 있을까). 음산한 기운으로 둘러싸인 낯선 저택의 분위기에 대한 묘사, 수수께끼 같은 삶의 비밀을 지닌 이방인 학자에 대한 수상쩍은 정보의 암시, 미로에 유독 공들이는 설계를 둘러싼 이상한 이야기들은 계단으로 서서히 올라오는 그것(들)의 실체를 명명하는 대신 암시함으로써 공포의 효과를 극대화하고 있었다.

'There are more things.' 뉘앙스를 달리해 이렇게 의역할 수도 있으리라. '거기엔 뭔가가 더 있다.' 사물에는 우리가 그것에 대해 평상시 알고 있는 것보다 뭔가가 하나 '더' 있다. 칸트가 말한 것처럼 '철학의 여왕'인 형이상학은 건축술이다. 그런데 보르헤스에게 형이상학은 사물의 이면에 '더 있는 뭔가'를 탐구하는 것이다. 그에게 형이상학이란 지하실에 음산한 비밀을 감추고 있는 건축술이었다. 형이상학이란 천상의 비밀을 탐구하는 것이 아니라 캄캄하고도 미로와도 같은 지하실의 냉기와 공허, 미지의 공포를 탐사하는 것이었다. 보르헤스에게 형이상학은 환상소설이었으며, 환상소설이야말로 '미지의 저 너머'에 대한 가장 극적인 형이상학적 탐사였다. 그런데 〈There are more things〉를 시작하면서 보르헤스는 자신의 이 단편소설을 존경하는 누군가에게 바친다고 썼다. 그의 이름이 바로 H. P. 러브크래프트(1890~1937)였다. 에드거 앨런 포를 제외하고 보르헤스보다 먼저 이러한 음산한 형이상학을 탐험한 선구자가 있었던 것이다. 보르헤스는 에세이 〈카프카와 그의 선구자들〉에서 작가는 자신의 선구자를 새롭게 창조한다고 썼다.[1] 보르헤스가 아니었더라면 나는 러브크래프트의 이름에 지금보다 덜 관심을 기울였을 것이다. 러브크래프트는 보르헤스 덕택에 내게 그렇게 새롭게 창조된 보르헤스의 선구자였다.

내가 처음에 읽은 러브크래프트의 소설은 〈광기의 산맥〉(1936)이었다. 미지의 남극대륙으로 떠난 학자들에게 닥친 공포의 모험, 연이은 실종과 죽음, 남극대륙에 비밀스럽게 존재하는 수수께끼 같은 외계종족인 올드원에 대한 인류학적 탐사를 그린 환상적인 공포소설. 〈광기의 산맥〉은 이번에는 러브크래프트의 스승이라고 할 만한 포가 남긴 유일한 환상적인 장편 《아서 고든 핌의 모험》(1838)에 대한 오마주라고 할 만했다. 그런데 〈광기의 산맥〉에는 흥미로운 구절이 쓰여 있다. "환상소설의 표현처럼, '존재할 수 없는 존재'의 의미를 확인했다고 해야 할 것이다."[2] 이 문장은 환상소설에 대한 러브크래프트의 정의로 고쳐 읽어도 무방하지 않을까 싶다.

환상소설, 그것은 '존재할 수 없는 존재의 의미'를 탐구하는 소설이다. 러브크래프트의 책도 그럴 것이다. 그가 쓴 단편의 일부를 자유간접화법으로 인용하자면 러브크래프트를 읽으면 '존재할 수 없는 존재'를 탐구하지만 그 자신은 '존재할 수 없는 존재'인 책, 제목만 남아 발굴을 기다리고 있을 책, 읽히기를 거부하거나 극소수만이 비밀리에 사본을 유통해 몰래 읽어온 책, 꿈속에서만 전승되어 우주의 은폐된 신비를 몰래 누설하고 삼차원의 세계를 넘어서는 발견의 실버 키(silver key)가 되는 그런 책을 상상할 수 있다. 그럼, 러브크래프트의 소설은 누가 상상한 책일까.

1 호르헤 루이스 보르헤스, 〈카프카와 그의 선구자들〉, 《만리장성과 책들》, 정경원 옮김, 열린책들, 2008.

2 H. P. 러브크래프트, 〈광기의 산맥〉, 《러브크래프트 전집》 2, 정진영 옮김, 황금가지, 2009, 342쪽. 이 글에서는 《하워드 필립스 러브크래프트》, 김지현 옮김, 현대문학, 2014에 실려 있는 소설들을 집중적으로 다루는 것으로 하며, 불가피한 경우에는 《러브크래프트 전집》 1~4(정진영·류지선 옮김, 황금가지, 2009~2012)을 인용한다.

그것 안에 있는 그것 이상의 어떤 것

러브크래프트의 공포소설에서 공포의 대상은 가히 무한정하며, 그것들은 도처에 편재한다. 이 글에서 읽을 《하워드 필립스 러브크래프트》에 실린 소설들에 한정하더라도 정체가 불분명한 낯설고 섬뜩한 목소리나 음성(〈랜돌프 카터의 진술〉〈에리히 잔의 연주〉), 가장 가까운 친구의 돌연하고도 사악한 응시(〈현관 앞에 있는 것〉), 인간의 저열한 욕망에 의해 창조된 불완전한 피조물(〈시체를 되살리는 허버트 웨스트〉), 불사를 추구하는 인간(〈냉기〉), 지하와 어둠을 지배하는 쥐 떼들(〈벽 속의 쥐들〉), 고성이 있는 황량한 숲(〈아웃사이더〉)과 유령과도 같은 비현실적인 도시(〈그 남자〉), 크툴루처럼 지구에 오래전에 잠입한 외계생명체(〈크툴루의 부름〉), 묘지에 나타나 인간을 잡아먹는다는 아랍의 괴물 구울(〈아웃사이더〉), 정체 모를 습기와 그것을 먹고 사는 수상한 균류(〈금단의 저택〉), 외계의 운석이 빠진 우물 속의 수상쩍은 빛처럼 물, 불, 흙, 공기의 4원소가 화학적으로 결합된 섬뜩한 물질(〈우주에서 온 색채〉), 《네크로노미콘》과 같은 흑마술의 비서(秘書)(〈크툴루의 부름〉 〈어둠 속의 손님〉), 괴물이 피사체로 찍힌 수상쩍은 사진(〈픽먼의 모델〉) 등등이다. 그것들은 시골과 도시에 두루 존재하며, 낯설거나 가까운 이웃에 도사리고 있다. 그것들은 인간을 닮은 괴물, 괴물을 닮은 인간으로 변이하며, 동식물과 무생물에게로 확장된다. 그것들은 지상과 지하 어디에든 존재하며, 때론 역사와 지구 바깥에서 온 것이기도 하다. 작가가 열다섯에 쓴 최초의 공포소설 〈동굴 속의 짐승〉[3]에서 모태의 원형적 공간의 상징인 동굴은 주인공이 짐승을 죽인 섬뜩한 장소였으며, 그가 죽인 '짐승'은

3 H. P. 러브크래프트, 〈동굴 속의 짐승〉, 《러브크래프트 전집》4, 정진영 · 류지선 옮김, 황금가지, 2012.

아이러니하게도 사람을 닮았다.

단편 〈랜돌프 카터의 진술〉은 러브크래프트 소설에서 전개되는 흑마술의 마법과 우주의 섬뜩한 비밀을 열 수 있는 작은 열쇠와도 같은 작품이다. 주인공 '나'(랜돌프 카터)는 사이프러스 늪지 근처에 있는 어느 지하 무덤을 탐사하다가 시체조차 없이 사라져버린 친구인 할리 워런에 대한 이야기를 가상의 법정 앞에서 진술하고 있다. '나'의 이야기를 듣는 소설의 내포독자라고 할 만한 법정은 '나'의 이야기를 믿을 수 없는 위치에 있으며, 그것은 이 소설을 읽는 독자를 서술자 '나'의 이야기를 믿어야 하는지 말아야 하는지 망설임의 상태로 강제한다. 바야흐로 환상적인 공포소설의 구조적인 얼개가 완성된다. 소설 속에서 괴괴하게 묘사되는 사이프러스 늪지는 자연 속에 있는 자연보다 더한 그 무엇(things), 초자연적인 것의 분위기를 환기한다.

러브크래프트가 다른 소설에서 두렵다고 토로한 적이 있는 크고 노란 불길한 보름달, 바닥없이 아래로 끊임없이 가라앉을 것만 같은 황량한 늪지, 지하의 비밀을 숨기고 있는 무덤의 미장센인 케케묵은 유골단지, 오래된 석판 등 공포소설에서 묘사되는 배경은 한낱 공포소설의 그저 그런 도입부 장치가 아니다. 그것들은 '세계의 세계성'을 드러내는 분위기(stimmung)로 기능한다. 워런이 말하는 "인간의 상상력을 벗어날 만큼 위험한"[4] 것의 정체가 무엇인지는 소설은 결코 알려주지 않는다. 결말은 간단명료하다. 무덤의 지하에서 들려오던 친구의 목소리는 어느 순간부터 더 이상 들리지 않고, 소설은 그 대신 "끈적끈적하고 냉담하고 섬뜩하고

4 H. P. 러브크래프트, 〈랜돌프 카터의 진술〉, 《하워드 필립스 러브크래프트》, 김지현 옮김, 현대문학, 2014, 13쪽. 앞으로 러브크래프트의 소설을 인용할 경우 본문에 작품명과 쪽수를 표시한다.

비현실적이고 인간의 것 같지 않은 소리"(15쪽)를 지하에서 지상으로 들려준다. "멍청한 놈, 워런은 죽었어!"(같은 쪽) 이것은 누구의 목소리인가. 지하에 있는 친구가 '나'에게 보내는 마지막 목소리인가, '나'의 내부에서 들려오는 목소리인가. 그것도 아니면 제3자의, 인간은 아닌, 그러나 인간의 목소리를 놀라울 정도로 닮은 목소리인가. 이 소설을 러브크래프트가 창조한 섬뜩한 사차원의 우주로 들어가는 열쇠로 간주할 수 있다면, 소설의 마지막에 울려 퍼지는 목소리가 다만 지하에서 지상으로만 들려오지는 않을 것이라는 불길한 예감을 가져도 좋겠다. 러브크래프트의 소설에서 목소리는 '그것' 안에 있는 '그것 이상의 어떤 것'이다.

러브크래프트의 소설에서 서술은 애매하지만 플롯은 복잡하지 않다. 〈랜돌프 카터의 진술〉에서처럼 일인칭 서술자는 보통 현실의 논리에서는 좀처럼 일어날 수 없고 현실의 법칙으로는 도무지 이해할 수 없는 기괴한 목격담을 전하는 '신뢰할 수 없는 화자'로 설정된다. 소설은 독자에게 충격을 줄 반전의 결말을 준비하고 눈앞에서 일어나는 공포의 사건이나 대상에 대해 최대한 자세하게 묘사하는 데 집중한다. 러브크래프트 소설의 거의 모든 서술과 플롯은 공포의 대상에 초점화되어 있기 때문에, 소설은 대개 서사보다는 묘사에 주력한다. 동시에 공포의 대상이 과연 재현이 가능한 것인지에 대한 질문을 던지는 한편으로 그 대상을 눈앞에서 보듯 생생하게 묘사하기도 한다. 그의 소설에는 인식 불가능한 현실에 대한 재현 여부를 문제적으로 취급하는 모더니즘 소설의 큰 줄기와 그것을 실감나는 것으로 재현하여 독자들의 쾌락원칙을 만족시켜주는 대중소설의 큰 줄기가 양방향으로 나눠져 있다.

숲의 마법과 섬뜩함의 미학

아득한 먼 옛날, 반딧불이가 날아다니던 강가와 물푸레나무 군락 근처는 마을 사람들에게도 친숙한 정령들과 신들이 살고 있었다. 또한 성과 촌락, 농토가 있는 마을과 광활하게 펼쳐진 황야를 자연스러운 경계로 나누는 숲속에는 민간의료로 전수되던 약초를 따거나 기르던 약초꾼과 그것을 말리고 빻아 약으로 만들던 그의 가족들이 살고 있었다. 그러나 어느 순간부터 정령들과 신들은 거처를 잃어버리고 숨어들면서 음산한 악마로 변해버렸으며, 숲의 약초꾼 가족은 비밀스러운 의식을 집행하는 늙은 마법사나 마녀로 변하면서 마을의 귀족과 성직자, 농부들에게는 두려움과 공포를 주는 대상이 되어버렸다.

숲이나 강기슭은 빛과 어둠, 선과 악이 모호하게 교차하고 친숙함이 섬뜩함으로 뒤바뀔 수 있는 경계다. 그런데 숲의 수렵과 대지의 농경이라는 두 문화의 접점은 후자가 전자를 갈수록 압도함으로써 악마, 괴물, 유령, 외계인의 것으로 간주되었다. 자전적인 소설 〈아웃사이더〉를 읽으면 러브크래프트는 확실히 숲과 기슭의 피가 흐르는 경계의 인간으로 보인다. 이 소설에는 숲의 고성(古城)에서 유령과도 같은 "사악한 구울들과 친근하게" 지내고 스스로를 "어디까지나 낯선 이방인"(〈아웃사이더〉, 109쪽)으로 간주하는 것을 오히려 편안해하는 한 남자의 초상이 있다. 소설의 '나'는 마을과 황야의 경계라고 할 만한 숲속의 고성에 친숙함을 느끼지만 정작 이 소설에서 숲의 주변이 섬뜩하게 묘사된다는 것은 아이러니다. 지극히 개인적인 고백으로 읽히는 〈아웃사이더〉는 러브크래프트의 소설 전반에 암시되는 가계와 유전에 대한 공포와 맞닿아 있는 소설이기도 하다. 인디언들을 사냥함으로써 그들이 거주하던 광활한 대지를 점령하고 세일럼의 마녀재판(1692)처럼 숲을 마녀들의 집회 장소로 악마화한 청교도들에 대한 양가적인 죄책감은 청교도의 후손인 미국인 러브크래프트의 공포의 원천이다.[5] 러브크래프트가 창조해 훗날 온라인 게임에서도 유명해진 크툴루 같은 외계생명체의 기원에도 그것을 토템으로 숭배하던 숲의 문화가 자리하고 있었다. "마을 주민들이 정말로 두려워하는 것은 소름 끼치는 비명 소리나 실종 사건보다도" "숲 그 자체인 셈이었다."(〈크툴루의 부름〉, 182쪽) 한편으로 섬뜩한 환상에 탐닉하는 화가인 픽먼에 대한 회고인 〈픽먼의 모델〉에서 픽먼의 옛 조상은 세일럼 마녀재판 당시 처형되었던 것으로 그려지며, "시체 같은 도시"(〈그 남자〉, 151쪽) 뉴욕에 사는 한 남자는 환영 속에서 출몰하는 "인디언 악마들"에게 소리 지른다. "천연두로 뒈진 너희들의 그 마법을 여태껏 안전하게 지켜준 게 누군데!"(〈그 남자〉, 161쪽) 이 진술에는 부인(denial)할수록 명백해지는 진실이 있다. 그것은 천연두를 인디언에게 처음 퍼뜨린 원흉이 백인이라는 진실이다. 러브크래프트에게 공포는 D. H. 로런스의 《미국 고전문학 연구》의 한 구절을 응용하면 마녀재판의 희생자 유령과 인디언의 원혼이 함께 미국의 하늘을 떠도는 공포다.[6]

러브크래프트는 환상소설의 갈래 가운데서 공포소설, 그 가운데서도 우주적 공포(cosmic horror)의 장르를 개척한 작가로 알려져 있다. 러브크래프트가 남긴 거의 유일한 공포 문학론의 유명한 첫 구절은 그의 소설을 온몸으로 휘감는 공포의 정체를 해명하는 데 흔히 인용되곤 한다. "가장 오래되고 강력한 인간의 감정은 공포이며, 그중에서도 가장 오래되고 강

5 H. P. 러브크래프트, 《공포 문학의 매혹》, 홍인수 옮김, 북스피어, 2012, 80쪽.

6 D. H. 로렌스, 《D. H. 로렌스의 미국 고전문학 강의》, 임병권 옮김, 자음과모음, 2018, 76, 104쪽.

력한 것이 바로 미지에 대한 공포다."[7] 생각해보면 공포는 멀리는 아리스토텔레스가 그리스비극에 대해 쓴 《시학》에서 동정(연민)과 함께 중요한 모티프다. 그러나 러브크래프트의 공포는 오이디푸스가 자신의 삶의 진실에 놀라 두려움에 떨었던 공포보다는 호메로스의 서사시 《오디세이아》에서 오디세우스가 마주쳤던 미지의 괴물들, 카리브디스와 스킬라, 세이렌, 외눈박이 식인종 폴리페무스 등과 맞닥뜨렸을 때의 공포와 어쩌면 한층 더 닮았다. 괴물을 닮은 인간인 오이디푸스에 대한 시학은 있었지만, 인간을 닮은 괴물인 폴리페무스에 대한 시학은 없었다. 《오디세이아》의 환상적인 괴물과 우주적 공포에 대한 시학이 근대에 들어서기 직전까지 수천 년 동안 존재하지 않았거나 아마도 흔적조차 남기지 않고 사라졌다는 것은 역사의 슬픈 진실이다.

그러나 근대에 이르러 폴리페무스처럼 인간을 닮은 괴물을 위한 공포소설의 시학은 이전과는 다르게 급속하게 성장한다. 러브크래프트의 코스믹 호러는 그와 동시대인이었던 프로이트가 가공하고 분석한 '섬뜩함(das unheimliche)'의 소설적 판본이자 섬뜩함의 진실을 확증할 수 있는 문학적 증인이라고 할 만하다. 프로이트가 말한 것처럼, 자신들의 종교가 몰락한 후에 옛 신들은 악마가 되었다.[8] 친숙한 것은 섬뜩한 것으로 변했으며, 섬뜩한 것은 원래 친숙한 것으로 정체가 드러난다. 마을 사람들이 기리면서도 두려워하던 토템은 계몽주의의 도래로 숭배의 제의가 사라지자 지하의 무덤에서 풀려나기를 기다리거나 신성한 주거지를 잃고 정처 없이 떠도는 악마의 화신으로 변했다. 프로이트가 미처 생각하지 못한 것은 섬뜩함의

7 H. P. 러브크래프트, 《공포 문학의 매혹》, 9쪽.

8 지크문트 프로이트, 〈섬뜩함〉, 《프로이트의 문학예술이론》, 이노은 옮김, 민음사, 1997, 412쪽.

출현이 모더니티의 도래와 깊은 연관이 있다는 진실이었다. 섬뜩함은 "모더니티의 출현과 너무나 밀접하게 관련되어 있으며, 모더니티에 의해 산출된 것이다. 먼 과거의 잔재처럼 보이는 것은, 실제로 모더니티의 산물이자 그것의 대응물이다."[9] 모더니티가 모든 고정되고도 신성한 것을 공기 중으로 사라지게 했던 것은 아니다. 오히려 모더니티는 그때까지 지하에 갇히고 봉인된 마법을 일깨워 선사의 고대에서 미지의 외계에 이르는 유령과 괴물을 한꺼번에 풀려나게 만들었다. 러브크래프트의 소설에서 유령이나 괴물 같은 비존재는 주로 소도시를 헤매지만, 대도시 뉴욕에도 떠돌아다닌다. 유령 같은 비존재는 초월적인 존재가 아니라, 살과 무게를 지니고 산 자를 괴롭히는 역사적인 존재다.

우주적 공포와 역사적 공포

마지막으로 나는 러브크래프트의 코스믹 호러에 표현된 공포를 두 가지 층위로 나눠 살펴보고 싶다. 첫째, 러브크래프트 소설의 공포는 질료의 원초적 차원까지 스며든 우주적 공포다. 이것은 러브크래프트의 소설을 읽으면서 충분히 동의할 수 있는 진술이다. 둘째, 러브크래프트 소설의 공포는 모더니티와 함께 생성된 공포, 즉 역사적 공포다. 이것은 보다 해석을 필요로 하는 진술이다. 역사적 공포는 얼핏 우주적 공포와는 상반되는 말처럼 보이지만, 실제로 둘은 다르지 않다. 우주적 공포가 러브크래프트의 텍스트에 묘사와 서사로 표현된 공포라고 한다면, 그 공포의 문장에는 러

9 믈라덴 돌라르, 〈"나는 네 첫날밤에 너와 함께할 것이다": 라캉과 섬뜩함〉, 복도훈 옮김, 《자음과 모음》, 2015년 봄호, 294쪽.

브크래프트가 소설을 쓰던 당시의 역사적 상황의 카오스가 무수한 생채기들로 새겨져 있다. 우주적 공포가 텍스트에 표현된 공포라면, 역사적 공포는 우주적 공포에 대한 재해석으로 새롭게 열리는 차원의 공포다. 러브크래프트의 우주의 비밀은 궁극적으로는 역사의 비밀이다. 물론 우주가 역사보다 거대하고 심원하고 비밀스럽다는 것은 확실하다. 그러나 역사의 자물쇠를 따고 들어가야 광대한 우주에 숨겨진 미지의 진실도 드러나게 된다.

아마도 중편 〈우주에서 온 색채〉는 러브크래프트 소설에 표현되는 우주적 공포가 역사적 공포의 이면이자 그것의 진실임을 놀라운 물질적 상상력으로 표현하는 탁월한 소설일 것이다. 소설은 러브크래프트가 창조한 소도시인 아컴 서부에 있는 황야와 협곡을 무대로 벌어진다. 서술자 '나'는 아컴 근처 협곡의 저수지 조성 사전 조사를 위해 파견된 직원으로, 오랫동안 그곳에 살던 아미 노인과 나훔 가족의 수수께끼 같은 이야기를 차례로 듣게 된다. 그 수수께끼 같은 이야기를 요약하자면 이렇다. 수십 년 전에 아컴 마을 부근에 떨어진 운석 때문에 일련의 수상한 일들이 벌어졌다. 예를 들면 우물 속에서 빛을 발하는 이 외계물질의 영향으로 나훔의 집 근처에 있는 식물은 이상한 빛을 내면서 점차 시들고, 동물이 죽거나 곤충이 들끓으며, 가족들은 실종되거나 시체로 발견된다. 나훔의 말을 빌리면 모든 것을 황폐하게 만들고 "몽땅 닥치는 대로 생명을 빨아"들이는 우물 속 빛나는 외계물질은 "운석에서 나온 게 분명해. 그게 이 땅을 모조리 오염시켰네."(〈우주에서 온 색채〉, 309쪽) 소설은 '우물 속의 빛'을 하강과 상승의 이미지를 결합하는 물질적 상상력으로 표현한다. "우물 속의 빛은 이제 그냥 솟아나는 정도가 아니었다. 봇물처럼 뿜어져 나오면서 하늘을 향해 똑바로 치솟고 있었다."(〈우주에서 온 색채〉, 316쪽) 바야흐로 우주적 상상력의 백미다. "우리 세계의 물리적 법칙과 어긋나는" 이 "우주에서 온 색채"는 "우리가 아는 자연 너머에 존재하는 형체 없는 무한의 영역에서, 먼 우주의 캄캄한 심연에서 날아온, 눈앞에 나타나는 것만으로도 우리를 충격에 빠뜨려 정신을 마비시키고 마는 섬뜩한 전령"(〈우주에서 온 색채〉, 323쪽)인 것이다. 그런데 이 모든 이야기를 듣는 서술자 '나'가 전율로 가득 찬 공포의 이야기를 전해 듣는 와중에 다소 강박적으로 반복되는 진술을 여러 번 흘린다는 사실은 꽤 흥미롭게 보인다. 그중 하나를 들자면 이렇다.

> 내가 그 오래된 숲과 언덕으로, 그 어두컴컴한 혼돈 속으로 걸어 들어갈 일은 앞으로 두 번 다시 없을 것이다. 그 저주받은 회색 황야의 무너져 내린 벽돌과 석재 옆에 있는 시커먼 우물 곁을 지나갈 일도 없을 것이다. 곧 저수지 공사가 시작되면 모든 비밀은 깊은 물속에 영원히 잠길 테지만. 그렇게 되어도 그 지역에는 절대로 발을 디디지 않을 생각이다. 특히 불길한 별이 뜨는 밤 시간에는. 그리고 누가 억만금을 준다 해도 아컴에 들어오게 될 수돗물은 결코 마시지 않을 것이다.(〈우주에서 온 색채〉, 288쪽)[10]

단서는 '저수지 공사'가 아닐까 싶다. 다시 말해 저수지 공사라는 모더니티의 개발로 인해 아컴 서부 황야와 협곡의 황폐화와 오염이 진행된 것으로 조심스레 유추해볼 수 있지 않을까. 물론 소설은 저수지 공사에 대해서는 어떠한 구체적인 묘사나 서술을 하지 않는다. 그렇지만 우물 속에서 빛나는 운석이라는 우주적 이미지는 저수지 공사로 인한 자연의 급격한 황폐화라는 역사적인 진실을 전치하고 은폐하는 것은 아닐까 생각해볼 수도 있다. 만일 그렇지 않다고 하더라도 황야와 협곡의 자연 생태계를 갑자기 황폐하게 만드는 낯선 외계의 힘의 정체가 저수지 개발에 함축된 모더니티(자본)의 위력과 전혀 무관하다고 적극적으로 말하기도 힘들지 않을까. 물론 누군가는 이런 식의 역사적 독법이야말로 〈우주에서 온 색채〉의 물질적 상상력이 선사하는 우주적 이미지의 휘황한 마술의 효과를 반감시키는 것이 아니냐고 항의할 수도 있겠다. 그러나 나는 러브크래프트의 소설에서 역사와 우주, 세일럼의 마녀재판과 부활한 크툴루, 저수지 개발과 우주에서 온 색채가, 은밀한 중핵이 낯선 외부와 접속하는 뫼비우스의 띠처럼, 연결되어 있다고 생각한다.

러브크래프트의 공포

러브크래프트는 경이로운 물질적 상상력을 발휘해 '존재할 수 없는 존재'가 주는 우주적 공포를 재현하는 일에 거의 외골수로 일생을 바친 소설가다. 러브크래프트를 읽다 보면 생전에 운과 명예라곤 별로 없었던 이 작가야말로 '존재할 수 없는 존재'로 삼차원의 현실에 불쑥 나타났으며, 그의 책들도 러브크래프트를 닮은 저 너머 누군가의 창조물이 아니었을까 상상

10 이뿐만이 아니다. 저수지 공사와 관련된 서술자의 언급은 소설의 시작과 끝부분에도 강박적으로 흩어져 있다. "앞으로 저수지가 건설되면 골짜기의 절반이 물에 잠기겠지만 그 흔적의 일부는 지워지지 않을 것이다. 그때가 되면 어두침침한 숲도 벌목될 테고, 황야는 햇살이 일렁거리고 하늘이 비치는 푸른 물속에 조용히 잠들게 될 것이다. 그러면 기이한 과거의 비밀들도 저수지에 잠겨 자연의 수많은 비밀 중 하나가 될 것이다. 옛 바다에 숨겨진 전설과 태초의 땅에 얽힌 수수께끼처럼."(284쪽) "나로서는 하루 빨리 그곳에 저수지가 조성되기를 바랄 뿐이다. 그리고 모쪼록 아미의 신변에 아무 일도 일어나지 않기를. (…) 저수지 공사가 시작되면 공사 책임자에게 편지라도 보내서 아미를 특별히 보살펴달라고 당부해야겠다."(324쪽) 이러한 강박이야말로 〈우주에서 온 색채〉에서 '저수지'가 아컴 부근의 협곡과 마을에 수수께끼의 운석이 가져다준 우주적 공포를 은폐하는 이면이자 그것의 진실임을 강력하게 암시하는 증거라고 할 수 있지 않을까.

하도록 한다. 그러나 존재할 수 없는 존재는 비존재가 아니라 존재의 비밀이다. 러브크래프트를 가장 많이 닮은 존재는 그 누구도 아닌 바로 러브크래프트 자신이다. 글머리에서 러브크래프트의 소설은 누가 상상한 책일까라고 물었다. 물론 러브크래프트가 자기 자신의 매혹적인 창조주였고 두려운 피조물이었다.

러브크래프트의 공포는 두려워하면서도 매혹되는 공포이며, 피할 수 있어도 피하지 않으려는 공포다. 그의 소설에서 공포는 양가적인 두려움과 매혹으로 매우 다양하게 변주된다. 그것은 우주적인 동시에 역사적이며, 심리적인 동시에 사회적인 공포였다. 협곡을 황폐하게 만든 저 너머 미지의 공포는 바로 개발을 추진하는 자본이 불러일으킨 공포였다. 두려움과 매혹을 주는 공포는 때로는 이주민에 대한 것이기도 했고, 사회주의 운동에 대한 것이기도 했다. 러브크래프트에게 바다 저편에서 대공황기의 미국으로 건너오는 타자들, 이주민과 낯선 이념은 두려운 매혹의 대상이었다.

러브크래프트를 인종차별주의자나 반공산주의자로 간주하고 싶은 독법도 여기서 있을 수 있겠다. 그러나 그러한 독법은 러브크래프트가 창조한 공포의 양가성을 견디지 못하고 성급히 재단하려는 무기력한 독법일 뿐이다. 러브크래프트가 자신의 작품들에서 일관되게 표현한 공포가 내게는 외진 소도시의 밤하늘로 쏘아올린 마그네슘탄처럼 순식간에 엄청난 빛을 내지만 이내 캄캄하게 스러져가는 공포에 가깝다는 인상을 주었다. 그것은 러브크래프트에게는 미래의 괴물이 될 좀비마냥 인근 도시까지 빠르게 잠식하면서 전염되고 확산되는 공포는 아니었다. 그의 소설들 도처에 등장하는 괴물은 한 번 나타났다 사라지면 다시는 등장하지 않을 것 같은 괴물, 미래의 괴물이 아니라 때로는 애잔함마저 자아내는 과거의 괴물 같았다. 그럼에도 이러한 인상들이 나를 엄습했던 러브크래프트의 흑마술 서사의 거절하기 힘들었던 마력, '존재할 수 없는 존재'가 나를 사로잡았던 매혹을 반감시키지는 못할 것이다.

—《현대문학》, 2015년 9월호

두 마르치온주의자에 대한 단상
—야콥 타우베스와 윤인로

"잊혀서는 안 되는"

비록 많은 이들에게 기억되지는 않더라도, 결코 잊을 수 없는, 잊혀서는 안 되는 만남이 있고, 또 그렇게 읽도록 요청하는 저자와 책들이 있다. 내게는 야콥 타우베스(1923~1987)의 《바울의 정치신학》과 윤인로의 《신정-정치》[1]가 그렇다. 이 두 사람과 책들의 한도 끝도 없는 차이를 이야기하는 것보다 그들을 하나로 묶는 강력한 끈 하나를 강조하고 싶다. 두 저자 모두 2세기에 살았던 급진적 바울주의자로 창조와 구원을 분리하고 구원의 편에서 세계의 몰락을 주장한 마르치온의 후예다. 그리고 그들의 사유는

1 야콥 타우베스, 《바울의 정치신학》, 조효원 옮김, 그린비, 2012; 윤인로, 《신정-정치: 축적의 법과 국법의 이위일체 너머》, 갈무리, 2017. 앞으로 이 책들을 인용할 경우 본문에 쪽수를 표시한다.

국가와 자본에 의한 마성적인 세계통치와 협치에 조종(弔鐘)을 울리고 종말을 재촉하는 묵시록이라는 공통의 끈으로 연결되어 있다.

"이제 때가 얼마 남지 않았으니……"

야콥 타우베스의 《바울의 정치신학》은 마치 삶이 얼마 남지 않은 한 사람의 생애가 격류와도 같은 파노라마로 일순간에 스쳐 지나가는 것 같은 인상을 주는 책이다. 죽음이 목전에 다가와 더 이상 돌이킬 수 없게 된 삶의 마지막에만 가질 수 있을 법한 강렬함과 집중력을 통해 타우베스는 평생에 걸친 지적 편력을 인상적인 만남과 황홀한 에피소드로 자신의 최후의 강연에 응축해놓았다. 그래서 《바울의 정치신학》은 결코 잊을 수 없는 만남의, 만남에 대한 책이 되었다. 무엇보다도 이 책은 이렇게 읽지 않으면 안 된다. 거동조차 힘들었던 암 환자 타우베스는 이 책을 탄생시킨 하이델베르크대학 강연을 한 지 두 달도 채 지나지 않아 사망했다. 죽음 앞에서, 끝=종말 앞에서 잊을 수 없는 사건은 끈 묶음이 느슨한 팽팽한 두루마리처럼 펼쳐질 준비를 마친다.

《바울의 정치신학》에서 요청하고 강요하는 만남은 먼저 시간을 거스르면서 사유의 성좌를 구성하는 만남이다. 2천 년의 격차를 둔 메시아주의라는 성좌 안에서 사도 바울과 야콥 타우베스가 만났던 것. 타우베스는 열심당원 유대인의 종족주의와 로마인의 창백한 세계주의를 한꺼번에 지양하는 급진적 그리스도교 공동체의 창시자로 바울의 편지를 읽는다. 그리고 둘째로 이 만남은 동시대인의, 그렇지만 불구대천의 적과의 만남이기도 했다. "저 90살 먹은 노인네(칼 슈미트)가 50살 먹은 사람(야콥 타우베스)하고 같이 밥 먹고 나서 (《로마서》) 9장부터 11장까지를 한 글자 한 글자 읽어 내려갔던 겁니다."(124쪽) 칼 슈미트가 누구인가. 비상사태를 선포해서라도 지배와 통치의 정당성을 이끌어내고자 바울과 〈로마서〉 등을 연구했던 나치의 국법학자가 아닌가. 그러면 야콥 타우베스는 누구인가. 슈미트가 옹호했던 제3제국에 의해 거의 절멸에 이르렀던 유대계 출신의 종말론 철학자가 아닌가. 그런데 그는 지금 슈미트를 거슬러 본연의 정치신학자로 바울을 호출한다. 바울은 슈미트처럼 국가와 제국(법, 노모스)을 정당화하는 사제가 아니라, 이 "노모스 때문에 십자가에 매달린 사람"(63쪽), 그리스도 예수를 믿음으로써 노모스를 전복시키려 했던 사도인 것이다. 셋째로 이 만남은 전사(前史)와 역사의 만남이다. 그 만남은 가령 이런 식이다. "아브라함에 의해 제단 위에 묶인 이사악은 예수의 십자가에 대한 전주곡이었던" 것.(112쪽) 그리고 이 만남들이 큰 물줄기로 모여 타우베스가 전하는 바울의 정치신학이 시작된다. 그 신학의 요체는 우리가 대략 알고 있다고 생각하지만, 그저 통념뿐인 교리(doxa)다.

아담의 원죄를 갖고 태어난 우리는 삶을 끝마칠 때까지 아담처럼 필멸의 운명을 결코 벗어나지 못한다. 지상의 것들, 세속적인 것은 그에 대한 그 어떤 노력을 통해서든 간에, 예를 들어 법을 잘 지키든, 옳은 일을 하든, 쾌락과 행복을 추구하든, 지성이나 고행을 통해 스스로 완전해지든 간에 모두 멸망을 피하지 못한다. 그것들은 근본적으로 무상(無常)하다. 그러나 그리스도 예수, 메시아는 그 어떠한 대가도 없이, 무상(無償)으로 십자가에 못 박혀 우리의 죄를 탕감했고 그렇게 다시 부활했다. 그리하여 필멸의 우리에게도 부활의 희미한 가능성이, 의(義)에 이르는 좁은 문이 열렸다. 당신은 그리스도 예수가 했던 것처럼 네 몸과 같은 네 이웃을 위해 살아야 한다. 그것이 구원에 이르는 삶이다. 여기까지는 나도 당신도 알고 있다. 그럼 당신은 부활이라는 사건을, 십자가에 못 박힌 자가 우리를 구원하러 온

메시아임을 진정으로 믿느냐? 여기가 바로 로도스다. 적어도 이 책을 읽는 우리는 그리스도 예수에 대한 믿음이라는 로도스 앞에서 〈사도행전〉에 기록된 바(17장 18절), 유대인 열심당원처럼 우스꽝스럽게 보였던 이 인물 바울에게 이해심 있는 냉소('이 말쟁이가 무슨 말을 하고자 하느냐')를 보낸 아테네의 스토아와 에피쿠로스 철학자들과 비슷한 처지가 아닌가.

《바울의 정치신학》은 기저, 근거를 묻는 책이다. 이른바 '닥치고, 정치'라는 우리 시대에 대해 이 책은 그 시류의 근본을 캐묻도록 요청한다. 우리 시대에 정치는 결국 정치 전문가들의 행정과 법 집행의 절차적 과정에 불과한 것이 아닌가. 으르렁거리며 서로 물어뜯는 여당과 야당의 싸움은 정치 엘리트들의 파워 게임의 하나가 아닌가. 투표를 통해 심판하자라는 외침은 결국 그 혼탁한 게임의 일부에 불과한 것이 아닌가. 그러면 정치철학은 무엇인가. 그것은 행정과 법 집행을 하는 국가를 창설하고 유지하는 것에 대한, 그리고 그에 대한 반대(혁명)까지를 포함한 것에 대한 궁리가 아닌가. 이런 식의 물음은 자칫 냉소로 비난받기 십상이다. 어쨌든 민주시민의 의무이자 권리인 투표는 반드시 해야 하며, 필요하다면 정권을 심판하고 새로운 정치 질서를 창출하는 것은 단지 '가카' 때문에 받은 스트레스를 푸는 것 못지않게 내 삶과 세계의 다른 가능성을 점치는 일이니 중요하지 않은가 말이다. 그러나 나는 정치적 행위와 사고의 근본을《바울의 정치신학》 같은 책을 통해 되묻고자 하는 것이다. 그렇다면 정치철학 이전에는 무엇이 있었는가. 여기서 정치신학이 출현한다.

방금 나는 누구나 쓰는 심판이라는 말을 슬쩍 흘렸다. 그런데 심판, 이것은 정치 이전에 성서의 용어다. 통치, 위임, 대표, 사회계약도 마찬가지다. 거슬러 올라가면 성서를 통해 정당함을 입증받고 그렇게 합법화된 말들이다. 예를 들면 법적 절차에 대한 궁리인 정치철학은 하느님의 은혜를 받는 절차인 성사(聖事, sacramento)의 세속화다. 칼 슈미트의 《정치신학》(1922)을 여는 저 유명한 첫 문장은 그렇게 이해된다. "현대 국가론의 주요 개념은 모두 세속화된 신학 개념이다." 우리 사유의 장에서는 낯설게만 보이는 이러한 문장은 '하느님이 뽑은 대통령'인 기독교 장로 출신의 통치자가 사익(私益)으로 국가를 경영하는 세속화된 남한과, 신=주권자의 세습이라는 정치종교적인 통치를 수행하는 북한 체제의 정당성을 되묻기에 꽤 유용해 보인다. 그런데 타우베스의 물음은 이보다 더 철저하다. 그는 종말, 끝에서 모든 것들을 근본적으로 톺아본다.

야콥 타우베스는 그의 신학적, 철학적 이력이 증명하듯이 종말론자다. 그는 예수의 생애와 말을 인용하지 않고 그리스도교를 창조했던 바울처럼, 다시 바울을 유대교적 종말론의 사도로 재창조한다. 그러나 타우베스는 바울이 죽고 난 후에 세계 제국 로마와 무모한 파국의 전쟁을 벌였던 유대인 열심당원처럼 세계를 증오했던 종말론자하고도, 동시대인인 로마의 세네카와 그 추종자들처럼 자기 테크놀로지에 몰두하면서 세계를 냉소했던 허무주의자하고도 달랐다. 또한 마치 세계가 존재하지 않는 듯 영적 지식을 통해 홀로 자기 구원에 몰두했던 영지주의자하고도 달랐다. 타우베스가 창조한 바울주의자는 그리스도 예수의 십자가 못 박힘과 부활이라는 청천벽력의 사건(은총) 앞에서는 지상의 모든 창조는 고통이고, 그렇게 창조된 모든 피조물은 신음하며, 그렇게 피조물이 기거하는 세계(세계 통치)는 참으로 무상하다고 선언하는 방식으로 자신의 선언에 구속되고 그렇게 살 수밖에 없는, 힘없고 결핍된 자다(그런 점에서 타우베스는 바울주의자인 한편으로 창조주와 구세주를 구분했으며 철저하게 후자 편에서 세계의 몰락을 꿈꿨던 급진적 바울주의자인 마르치온과 더 닮았다). "이제 때가 얼마 남지 않았으니……" 물론 역사는 바울의 뜻대로 가지 않았다. 또 그렇게 가지 않은 것이 역사다. 로마제국은 바울의 기독교를 통치 이데올로기로 배치했다. 통치자는 하느님의 대표가 되었고, 정치는 세속적 지배와 종교적 지배를 합쳤다가 분리했으며, 그렇게 하느님의 지배를 지상에 실현시키는 것으로 정의됐다. 그럼에도 불구하고 이 "세계는 몰락해야 한다."(232쪽)

정치가 그러하면 경제는 어떠한가. 《바울의 정치신학》을 디딤돌 삼아 우리는 '바울의 경제신학'에 대해서도 이렇게 헤아려볼 수 있지 않을까. 세계경영(oikonomia)인 자본주의도 구원과는 무관하다. 그것은 종말을 생산하고 소비하면서 종말을 미룬다. 그래서 자본주의의 종말은 바울이 '~이 아닌 것처럼(hos me)'이라 불렀던 것, 소유에서 그것의 사용을 분절하는 방법을 상상하는 데서 시작하리라. "물건을 산 사람은 그 물건이 자기 것이 아닌 것처럼 생각하고 세상과 거래를 하는 사람은 세상과 거래를 하지 않는 사람처럼 살아야 합니다. 우리가 보는 이 세상은 사라져가고 있기 때문입니다."(〈고린도전서〉 7장 30~31절) 소유와 분리해 상상할 수 없는 사용을 희망하기, 소용이 다해 쓸모없어진 것을 사랑하기, 카프카와 벤야민의 저 찌그러진 흉물(das ungeheuer)들이 허리를 곧추세울 날이 올 것을 믿기. 그리고 나는 비평에서 곧잘 아무렇게나 써왔던 '구원'이라는 낱말을 앞으로는 이런 방식으로 엄격하게 사용하기.

인용의 게발트

패러디

발터 벤야민의 〈역사철학테제〉(1940)의 1테제에 등장하는 자동기계, 즉 장기를 두는 자동인형이 뛰어난 사유실험의 알레고리임은 벤야민의 독자라면 누구나 다 알고 있다. 터키 복장의 수연통(水煙筒)을 문 자동인형(역사적 유물론)은 상대방과 장기를 둬서 매번 이긴다. 사실은 장기의 명수인 꼽추난쟁이(신학)가 인형 안에서 인형의 손을 조종하고 있었기 때문에 승리를 쟁취할 수 있었던 것이다. 만일 역사적 유물론이 왜소하고 흉측해 그 모습을 드러내어서는 안 되는 신학과 한편이 될 수만 있다면, 죽은 자들과 산산이 부서진 것들을 모으고 싶어 하는 '새로운 천사'(9테제)의 등 뒤에서 불어 닥쳐 와 그를 앞으로 마구 떠미는 진보의 폭풍과도 한판 겨룰 만하리라. 생각해보면 신학(꼽추난쟁이)이 조종하는 역사유물론(인형), 역사유물론을 조종하는 신학기계는 그 자체로 사유를 촉발시키는 경이로운 사유기계라고 할 만하다. 나는 윤인로의 역작인 《신정-정치》를 읽으면서 벤야민이 고안해낸 저 사유기계란 알레고리에 대항하는 알레고리가 아닐까 내내 생각했다. 어떤 알레고리에 대항하는 알레고리인가?

벤야민이 〈역사철학테제〉를 쓸 당시의 역사적인 현실에서 정작 얄궂게도 늘 이기던 것은 신학의 은밀한 조종을 받는 역사유물론이 아니라 끊임없는 잔해를 사방에 불러일으키며 죽은 자들을 밟고 파국으로 무작정 나아가는 문명의 진보였다. 그 진보의 자동인형이 세계정치에서 매번 승리할 수 있었던 것은 인형 안에 숨어 그것의 손을 조종하는 꼽추난쟁이 때문은 아니었을까. 벤야민을 주의 깊게 읽은 독자라면 그의 글에서 〈역사철학테제〉에 등장하는 것과는 다른 형상의 꼽추난쟁이를 만날 수 있었을 것이다.

《베를린의 유년시절》(1938) 마지막에 실린 에세이 〈꼽추난쟁이〉의 주인공인 그 꼽추난쟁이는 카프카의 〈가장家長의 근심〉에 등장하는 악마적인 피조물인 오드라덱(odradek)만큼이나 벤야민의 삶을 죄의 굴레에 묶어놓고 운명에 가둬 끊임없이 괴롭히는 흉물이었다. 벤야민처럼 하나의 개념-형상을 밀도 있고도 집요하게 가공한 사상가도 드물다는 것을 염두에 둔다면, 벤야민의 〈역사철학테제〉에서 자동인형 속에 숨어 있던 꼽추난쟁이는 그 자신의 패러디를 포함한 피조물로 읽어야 한다(클레의 '새로운 천사' 또한 구원의 형상일 뿐만 아니라 벤야민의 〈카를 크라우스〉(1931)에서는 파괴의 형상이기도 했다). 한마디로 말해 벤야민의 인형(역사유물론)과 꼽추난쟁이(신학)는 세계통치의 비밀(Arcanum)인 인형(진보)과 꼽추난쟁이(신학)의 알레고리에 대항하는 알레고리다. 그리고 주의해야 한다. 후자(진보-신학의 알레고리)는 전자(역사유물론-신학의 알레고리)의 패러디다. 그 반대가 아니라. 조르조 아감벤에 따르면 바울은 벤야민의 선조로, 그는 패러디의 악마적인 의미를 꿰뚫고 있었다. 바울-벤야민에게 이 세상을 통치하는 지상의 신은 그리스도를 빼닮은 적그리스도였다.

단도직입적으로 말해보겠다. 한마디로 벤야민이 고안해낸 인형과 꼽추난쟁이의 알레고리는 '이 세상의 신'(바울)을 참칭하여 파국으로 향하는 통치기계를 작동하고 가속화하는 적그리스도에 대항하는 알레고리다. 이것이 벤야민이 〈신학적·정치적 단편〉(1921)에서 말했던 것처럼 신정정치가 정치적인 의미가 아닌 종교적인 의미만을 갖는다고 말한 것의 첫 번째 중요한 뜻이다. 그 신정정치는 단지 비정치적인 것이 아니라 세계통치를 끝장내는 메시아적인 정치다. 그런데 다른 신정정치가 있다. 마치 다른 꼽추난쟁이가 있는 것처럼. 이 신정정치는 중단 없이 잔해와 죽은 자들을 쌓아올리고 숭배를 받는 세계통치를 조종하는 신학이자 그것의 실천태다. 신정정치가 종교적인 의미만을 갖는다고 할 때의 두 번째 중요한 뜻은 이 종교, 신학은 비정치적이지 않고 오히려 정치적으로 작동한다는 것이다. 나는 윤인로의 책 제목 '신정-정치'의 분절(articulation)의 하이픈(-)을 역설이자 모순, 패러디로 읽고자 한다. '신정-정치'는 "축적론이자 통치론인 동시에 그것들의 정지론이자 몰락론이기를 원한다."(8쪽)

인용

사유의 길이 중단된 곳, 딱히 끊겼다고 말하기는 어렵지만 더는 밟아나가지 않는 곳에서 비로소 사유를 시작하는 이가 있다. 이미 말했지만 말한 곳에 머물러 말해지지 않고 남아 있는 사유의 잔해를 긁어모으고, 드러나 있는 채로 은폐된 인용문에서 사유의 발걸음을 천천히 옮기는 자가 있다. 더 나아가 그는 쓰였으나 소실되어버려 제목만 남긴 채 사실상 쓰인 적이 없었던 것이 되어버린 부재하는 텍스트의 유산상속인임을 밝힌다. 윤인로가 바로 그 유산상속인이다.

언젠가 나는《자본》을 읽으면서 비유와 유추의 힘을 실감한 적이 있다. 마르크스가 자본(가)을 흡혈귀로 즉 산 노동의 피를 빨아먹는 죽은 노동으로 비유할 때, 마찬가지로 소진된 죽은 노동의 집합적 신체를 프롤레타리아트에 비유할 때, 그 비유는《자본》의 탄생 전후에 놓인 소설인《프랑켄슈타인》(1818)과《드라큘라》(1897)에서 강력하고도 생생한 형상을 입고 태어났었다. 그런데 윤인로는 자본주의 축적론의 모델을 제공한《자본》의 한 문단에 등장하는 유추로부터 세계통치로서의 신정정치의 공식을 과감하게 읽어낸다. 그는《자본》의 한 구절에서 스쳐 지나치기 쉬운 유추를 통해 뭔가를 끄집어내 사유의 모델로 삼는다. 인용의 위력이다.

> 가치는 이제 상품들[W]의 관계를 표현하는 것이 아니라 이를테면 자기 자신과의 사적인[자기증식적인] 관계를 맺는다[G-W-G′]. 그것은 최초의 가치[처음에 투하된 가치]로서의 자신[G]을 잉여가치로서의 자기 자신[⊿G]으로부터 구별한다. 이는 성부가 성자로서의 자기 자신으로부터 스스로를 구별하는 것과 마찬가지다. 비록 부자는 둘 다 나이가 같고 또 실제로는 둘이 한 몸이지만 말이다.(《신정-정치》, 13쪽)

자본의 일반 공식 G-W-G′에서 G는 성부, ⊿G(G′)는 성자, W는 성령으로 비유되는데, 마르크스의 비유 또는 유추는 윤인로에 의해 강력하고 생생하게 탈바꿈한다. 게다가 자본의 자기증식의 공식인 G+⊿G=G′에서 G′는 "축적하라, 축적하라! 이것이 모세며 예언자다!"(18쪽)라는 마르크스의 패러디를 등에 업게 되고, 그때 자본은 스스로 말하기 시작한다. 상품이 스스로 말하기 시작하는 순간을 포착했던 마르크스를 이어받아 그의 사위였던 사회주의자 폴 라파르그는 자본의 실재(The Real)가 말하는 장면을 무대에 올린다. "나는 인간을 잡아먹는 신이다. 나는 방앗간, 공장, 광산, 들판의 의자에 앉아 노동자들을 먹고 산다. 나는 그들의 핵심을 신적인 자본으로 변형시킨다. 나는 풀리지 않는 수수께끼다."(26쪽) 한마디로 자본이라는 실재, 그리고 자본에 의한 세계통치의 자동인형은 신학적인 비유와 유추의 악마적인 꼽추난쟁이를 통해 적그리스도적인 신정정치를 진행해나가는 것이다.

이에 비해 윤인로는 G(성부)-W(성령)-G′(성자)의 삼위일체 대신에 금융자본의 공식 G—G′의 이위일체(二位一體)로 논의를 이어나가는데, 그렇다면 W는 어디로 갔는가. W는 없어진 것이 아니다. 그것은 신용으로, 빚/죄로 인간 삶을 옭아매는 악마적인 운명으로 신용불량의 상시적인 위기를 살아가는 빚진 자들에게 파고든다. 여기에는 오늘날 자본의 세계통치 전략이 금융자본에 의한 것임을 인식하는 포괄적인 정세적인 판단이 자리하고 있다. 한편으로 축적의 법으로 불릴 만한 금융자본주의의 이위일체와 협치를 꾀하는 국법의 이위일체가 있다(나아가 축적의 법과 국법의 협치 또한 이위일체적인 세계통치의 수행이다). "카테콘과 아노모스의 이위일체"(551쪽)에 대한 윤인로의 위력적인 고찰은 카프카와 보르헤스, 이승우와 황정은의 독자이자 문학평론가로서의 그의 비평의 한 출발점을 짐작게 할 뿐만 아니라 보다 은밀하게는 그가 바울-마르치온을 '인용'하면서 그들과 함께 호흡하는 "동시대인"(237쪽)임을 알려준다. 윤인로에게 인용이란 축적의 법과 국법에 의해 비참하게 피 흘리는 삶정치가 겪는 고통과 죽음에 대한 인용인 동시에 자본-국가의 몰록(Moloch)에 의해 제물이 된 생명의 통치, 생명정치적인 삶에 대항하는 항적(航跡/抗敵) 그리기다.

게발트

카테콘(katechon, 억지자)과 아노모스(anomos, 불법자)가 등장하는 바울의 〈데살로니가 후서〉를 직접 인용해보겠다.

> 아시다시피 그자[적그리스도]는 지금 어떤 힘에 붙들려[억제되고] 있지만 제때가 되면 나타나게 될 것입니다. 불법의 비밀이 벌써 작동하고 있습니다. 그러나 그 악한 자를 붙들고 있는 자[억지자]가 없어지면 그때에는 그 불법자가 완연히 나타날 것입니다. 그리고 주 예수께서는 다시 오실 때에 주의 입김과 그 광채로 그 불법자를 죽여 없애실 것입니다.(《신정-정치》, 550쪽)

카테콘은 "한 세계의 '종말론적 마비'를 억지하고 유예시키는 힘"(같은 쪽)이지만, 그것은 그리스도교 왕국 곧 적그리스도=불법자의 도래를 억지, 유예하는 통치, 신정정치가 아니다. 이 지상의 통치란 근본적으로 악한 신, 적그리스도의 통치에 불과하다는 것이 윤인로가 바울, 시몬 베유, 벤야민 등을 인용하면서 거듭 반복하고, 몇 번이고 처음으로 되돌아가 이야기하는 내용이다. 카테콘과 불법자는 세계통치의 이위일체적인 힘이다. 내 생각에 윤인로의 바울주의는 약간의, 그러나 중대한 변형을 겪는 것 같다. 나는 지난 10여 년 동안 국내외 아포칼립스와 과학소설을 읽어오면서 두 장르가 창조와 구원, 파괴와 부활 등의 신학적인 질문을 문학적인 알레고리로 형상화하는 것은 아닐까 하는 생각을 해왔다. 아울러 최근 한국 소설에서 마니교적이거나 영지주의적인 상상력의 급증을 실감하기도 했다. 그래서 '문학평론가' 윤인로가 《신정-정치》에서 보기 드물게 수행한 문학비평을 특히 주목해 읽었다.

나 역시 깊은 관심을 갖고 있는 작가들인 이승우와 황정은의 소설에 대한 비평을 읽어보면 윤인로는 구약의 신과 신약의 신은 무관하고, 창조와 구원은 한 몸이 아니라 화해할 수 없는 불구로 쪼개졌다고 말하는 급진적인 바울주의자 마르치온의 후예에 아무래도 가깝다는 생각이 든다. 윤인로가 고집스럽게 세상을 통치하는 신정정치의 이위일체론을 고수하는 까닭도 아마 여기에 있을 것이다. 윤인로에게 창조와 구원의 화해를 도모하는 삼위일체설, 세상을 유지하는 동시에 파국을 통해 구원을 꾀한다는 정통(orthodoxy)의 구속사(救贖史)는 구원을 위한 악의 섭리를 정당화하는 신정론(神正論)을 낳을 뿐이다(이러한 신정론에 대한 최고의 문학적인 반박은 도스토옙스키의 《카라마조프가의 형제들》(1880)에서 이반 카라마조프에 의해 수행된 바 있다. 이반은 무고한 아이의 죽음이라는 증거로 신을 부정하려는 무신론자가 아니라 창조의 부조리함을 심오하게 되물은 마르치온주의자에 가깝다).

오히려 윤인로-마르치온은 구약의 신에 의해 창조된 지상은 온갖 벌레들로 들끓는 좁은 감옥, "유형지요 사막"(487쪽)에 불과하고, 저주받은 피조물들은 고통 속에서 끊임없이 신음하면서 "세계의 완파"(493쪽)를 기다리는 "파씨(破氏)"(499쪽)들이며, 우리를 구원하러 올 신은 지상의 신이 아닌 낯선 다른 신이라고 말한다. 그렇지만 낯선 다른 신에 대한 열망, 윤인로의 메시아주의는 항간에서 터무니없이 오해하는 것처럼 핼리혜성의 도래와 같은 예외 상태를 순진하게 열망하는 일과는 무관하다. 그가 벤야민과 칼 슈미트를 겹쳐 읽으면서 구원(Erlösung)과 최종해결(Endlösung)이라는 두 예외 상태의 힘(Gewalt)이 합치될 때 발생할 수밖에 없는 "곤욕스런 아포리아"(629쪽)에 집중하는 것도 그 때문일 것이다.

이 아포리아와 관련하여 내가 《신정-정치》에서 가장 징후적으로 읽었던 글은 〈후기: 구원과 최종해결의 근친성〉이다. 이 글은 그노시스 문서인 〈유다복음〉과 관련되어 아찔한 독해를 선보인다. 그 글은 "그리스도를 위해서 악마의 역할을 담당하겠다고 결심했던"(617쪽) 열심당원 유다가 수행했던 "배반의 신비"(616쪽)를 해명하고 있다. 왜 유다인가. 결론만 말하자면 유다는 카테콘적인 예수, 곧 분란을 회피하고 협치를 도모하는 방식으로 종말을 지연시키려는 지상의 예수를 재촉하고 소환하여 종말의 도래를 통해 구원을 앞당기기 위한 어둠 속의 "도약"(629쪽)을 감행하는 자다. 나는 이 부분에서 벤야민-아감벤이 하듯이 법과 화폐를 그 신성하고도 특권적인 용도로부터 이탈해 사용하는 무위(無爲, in-operation)의 상세한 궁리보다는 슈미트-하이데거적인 결단주의를 좀 더 읽었다. 윤인로 자신도 바틀비의 'I would prefer not to'를 '그러지 않는 쪽을 택하겠습니다'로 번역함으로써 바틀비를 "불복종"(340쪽)의 의지의 화신으로 만드는 것 같다. 그러한 번역은 이 지상의 낯선 자로 살아가면서 그리스도와 적그리스도의 식별불가능한 모순과 아포리아를 "끝까지 똑똑히 직시하고 직면하"(633쪽)는 일과 무관하지 않을 것이다. 그것은 《묵시적/정치적 단편들》(2015)에서 순례자(caravan) 이상(李箱)의 문학에서 "모조된 구원의 체제를 뚫고 나오는 리얼(real)에의 격동"을 읽어냈던 일과도 무관하지 않을 것이다. 그것은 《신정-정치》에는 포함되지 않은 윤인로의 문학평론 당선작인 〈꼬뮌의 조건〉(2010)에서 그가 "아픈 실재성(reality)"으로 부른 삶정치의 고통스러운 현장에 낮은 포복으로 잠행하는 일과도 또한 무관하지 않을 것이다.

돌이켜보니 〈꼬뮌의 조건〉에서 윤인로는 철조망 안팎으로 피어나는 꽃에서 삶의 잠재력과 고통의 실재성의 경계가 맞닿는 새벽(황혼)의 기미를 섬세하게 읽어낸 관조자였다. 그러다가 《묵시적/정치적 단편들》에서 그는 파국으로 치닫던 식민지 근대를 걷는 순례자 이상의 발걸음을 추적했으며, 《신정-정치》에서는 배반자 유다가 되어 구름 속에 빛과 별들이 감춰져 있는 어두운 밤을 걸었다. 관조자—순례자—배반자. 윤인로-유다가 걷는 길이 새벽을 향할지, 더욱 깊은 밤을 향할지 나로서는 도무지 가늠할 길이 없다. 어설픈 마르치온주의자인 나는 다만 윤인로가 인용한 문장의 힘, 게발트를 이 짧은 글에서 겨우 (재)인용하려고 했을 뿐이다.

—《문학과사회》, 2012년 여름호 & 《말과활》, 2017년 여름호

세계의 끝에서 다시, 유토피아를 상상하다

얼마 전 나는 한 러시아 예술가가 실제 사진에 포토샵 등을 응용해 만든 〈아포칼립스 이후의 삶Life after the Apocalypse〉(2010)이라는 그림 연작을 인터넷에서 본 적이 있다. 흔히 볼 수 있는 UFO 합성사진처럼, 이 연작은 크게 신기로울 것도 보잘것도 없는 작품이었다. 풀로 뒤덮인 녹슬고 구부러진 고층빌딩들, 그 아래를 걷는 침울한 생존자의 쓸쓸한 그림자, 파국을 알리는 핏빛 황혼의 이미지 등등. 그런데 국내의 한 신문이 이 그림의 연작을 이야기하던 중 빌딩 정면에 흐릿하나마 LG 광고가 부착된 그림에 주목하면서 꽤 재밌는 코멘트를 남겼다. “지구의 마지막 날까지 LG가 세계적인 경쟁력을 가진 기업이 될 것이라고 예견하는 것일까?” 기자의 첨언에 의하면 〈아포칼립스 이후의 삶〉은 자본주의마저 끝내버리는 세계의 종말을 그린 그림이 아니라, 오히려 ‘지구의 마지막 날’까지 계속될 자본주의의 건재함을 예언하고 과시하는 그림이 되는 셈이다. 나는 다소 우스꽝스러워 보이는 이 해석이 어떤 핵심을 의도하지 않게 건드리고 있다고 생각했다. 세계의 종말인가, 자본주의의 종말인가. 자본주의는 세계의 종말과 더불어 사라지는 것인가, 자본주의의 종말이 곧 세계의 종말인가. 세계가 끝나면 자본주의도 끝날 것이라는 저 환상적인 그림의 살 속에 '세계는 끝나더라도 자본주의는 영원하리라'라는 충동의 맥박이 오히려 뛰고 있었던 것. 여기서 자본주의의 종말을 상상하기보다 세계의 종말을 상상하기를 택한다는, 세계 종말에 대한 상상(The Imaginary)의 각종 문화산업은 자본주의(의 종말)라는 실재(The Real)를 체계적으로 회피하려는 무능력의 상징(The Symbolic)이라는 프레드릭 제임슨의 교훈을 어떻게 떠올리지 않을 수 있겠는가.

우리 시대에 유행하는 수많은 아포칼립스의 문화산업이 도리어 자본의 유토피아를 두둔하고 있다는 이 역설! 자본이 이른바 창조적인 파괴를 통해, 주기적인 공황과 파국에의 경종 울리기를 통해 오히려 불사(不死)의 생명을 얻는다는 참담한 교훈. '세계의 끝'과 '유토피아'는 서로 으르렁거리지 않고 오히려 다정하게 한 몸이 된다. 원래 토머스 모어 경이 상상했던 섬 '유토피아'는 인클로저 운동 등으로 근세 자본주의의 패권적 기틀을 마련해가던 영국의 저 너머, '세계의 끝'에 위치해 있었다. 그럼 자본의 유토피아가 세계의 종말과 결합하는 데 맞서 결자해지(結者解之)의 상상력을 어떻게 발휘할 수 있을까. 그러나 국내외적으로 상황은 좋지 않다. 2011년은 후쿠시마 원전사태 등 자본과 국가가 공동기획한 문명화 프로젝트가 돌이킬 수 없는 재앙을 낳게 한 사태들이 있었음에도 불구하고, 세계의 다른 한쪽에서 이러한 자본과 국가에 맞서 '점령하라!(Occupy!)'라는 구호와 중동의 정치적 혁명이 모종의 연대마저 기획하고 있었다. 그러나 올해 들어서는 한둘의 예외를 제외하곤 소강상태인 듯하다. 국내도 사정은 다르지 않아 2012년 4.11 총선참패 이후 국민적 유행어가 된 '멘붕'이 환기하듯이, 자본과 국가의 공세는 가속화되고 있으며, 통합진보당 부정선거 사태에서 보이듯이 진보세력조차 원하지 않는 정치적 덫에 걸렸다. '분노 자본'을 동원해 맞서기엔 많은 이들이 지쳤고, 지금까지 어떻게든 간신히 견뎌왔으니 이제 얼마 남지 않은 이 정권이라도 빨리 눈앞에서 꺼져버리길 바라는 것 같다. 이런 먹먹한 때에 자본과 국가의 전유물이 아닌 유토피아를 상상하는 일은 공허한 사치에다가 허망한 놀음에 불과하지 않을까. 유토피아는 '좋은 곳'이 아니라 점점 '어디에도 없는 장소'라는 의미에 더 충실해지는 것처럼 보인다.

신자유주의로 통칭되는 자본의 유토피아는 그 자신과 몇몇 추종자를 제외한 모든 것들을 디스토피아적 파국으로 만들어버리며, 그에 대항하려는 디스토피아적 상상력마저 자본의 유토피아에 포획될 처지다. 그러니 회색빛의 우중충한 이름만큼이나 좌우파의 계몽주의적 유토피아적 기획이 엄청난 파국을 가져왔으며 앞으로도 그럴 것이라고 음울하게 이야기하는 존 그레이와 같은 사상가가 우리에게 다량으로 투여하는, 약간의 현실주의적 각성을 수반하는 강력한 허무주의의 마약이 매력적으로 다가오지 않을 도리가 없다. 국내에도 번역된 그의 책들 《하찮은 인간, 호모 라피엔스》《추악한 동맹》에서 엿보이듯이 그레이는 지난날의 공산주의와 공산주의에 대해 승리했다고 우쭐해하는 자본주의 모두는 근대의 계몽주의의 기반이 된 유토피아적 신념이 낳은 파국의 정치경제적 시스템에 다름 아니라고 말한다.

그레이는 계속 말한다. 이 시스템의 창공에 파국과 구원을 함께 열망하는 천년왕국의 기독교가 불가해한 섭리로 군림하고 있으며, 공산주의와 자본주의, 그리고 그것들을 수반하는 국가시스템 모두 세속화된 정치종교의 통치술에 불과하다고. 종교적 미신이나 광신을 타파했다고 자부했던 계몽주의가 바로 새로운 시대의 미신과 광신을 자처했던 것이다. 제아무리 으르렁거리면서 서로 다투더라도 서구근대의 정치적 좌우파가 앞 다투어 약속했던 계몽, 과학, 진보의 유토피아는 현재의 고통과 희생을 감내하면 미래에 약속한 구원이 도래하리라는 그릇된 신념의 공통의 산물에 불과하다. 그 잘못된 신념이 낳은 최악의 물질적 결과는 나치즘과 스탈린주의의 만행으로 그것들은 20세기의 역사를 피로 물들였다. 그러나 공산주의가 물러난 21세기에도 가령 미 제국은 자신의 승리에 도취해 자유민주주의라는 첨병을 동원한 자본주의, 자본의 척후병을 둔 자유민주주의적 실험, 곧 실제로는 아프가니스탄과 이라크에서 엄청난 유혈과 파괴를 동반할 뿐인 가망 없는 천년왕국의 실험을 도무지 멈추려 들지 않는다는 것이다.

그럼 인간이 할 수 있는 것은? 없다. 도대체 뭘 하려고 들지 말라. 인간이 별로 중요하지 않은 시대가 와야 한다. 이것은 허무주의인가 신종 메시아주의인가. 어떠한 신념도 갖지 말고 그저 동물들을 쓰다듬으며 세상을 관조할 것을 권유하는 부활한 쇼펜하우어, 우리 시대의 현자가 들려주는 현실주의적 충고는 이 엄청난 불의의 현실을 둘러봐도 속수무책으로 야속해 보인다. 자본주의의 승리가 곧 자유민주주의의 승리라도 되는 양 떠들어대는 현재의 유일무이한 정치 종교적 실세를 비판할 때는 참으로 통렬하다가도, 역사의 무덤에 안치된 공산주의의 실험을 모조리 꺼내어 부관참시(剖棺斬屍)할 때는 이 현자가 지그시 눈을 감고 천천히 시취(屍臭)를 향유하는 게 아닌가 하는 의구심을 품게 한다. 그레이 편에서, 역사적 유물론이 후퇴되고 있는 마당에 역사적 유물론을 '코스프레' 하는 오늘날의 신학적 메시아주의는 실제로는 지구를 강타할 핼리혜성을 대망하는 것보다 못나 보이리라. 발터 벤야민이 독소불가침조약에 절망하면서 마지막으로 기다린 것은 메시아가 아닌 핼리혜성이었을지도 모른다.

유토피아=디스토피아라는 전제 아래 역사를 도매금으로 처리하는 그레이의 주장을 십분 받아들이더라도 우리에게는 이론(異論)의 여지가 없지 않다. 초점을 이동해 그레이가 말하고자 하는 내용이 아니라, 형식, 즉 그의 수사학과 서사학이 유래 없는 별종이 아니라는 점을 우선 지적할 필요가 있겠다. 그레이만큼 현실주의자이지만 허무주의자는 결코 아닌 경제학자 앨버트 O. 허시만의 논리를 응용하면 그레이의 수사학은 보수주의 수사학의 원조인 '역효과 명제'의 최신 판본에 불과하다. 즉 '어떠한 계획된 행동도 비참한 결과를 초래할 것이다'라는. 또 그의 서사학은 엔트로피적이다. 즉 '존재하는 것은 반드시 소멸을 향해 갈 수밖에 없다'는 것이다. 이것은 어떤 의도가 남김 없는 결과를 초래하리라 믿는 순진하고도 극단적인 주장은 아닌가. 그에 맞서 우리가 상상하려는 것은 계획되었지만 아직은 실현되지 않은 의도다.

장-자크 아노가 스탈린그라드전투를 배경으로 만든 반공주의 오락영화 「에너미 앳 더 게이트Enemy at the Gates」(2001) 후반부에는 감독 자신도 의도하지 않았던 인상적인 장면이 나온다. 연적(戀敵)이자 동지인 소련군 저격수 자이체프(주드 로)의 승리를 위해 공산당원 다닐로프(조지프 파인즈)는 자신의 머리를 독일군 저격수 코니그(에디 해리스)에게 내민다. 공산주의가 우리에게 평등하게 욕망하는 세상을 가져오리라는 약속은 거짓말이었다고 말한 뒤에. 다닐로프의 희생 덕택에 자이체프는 코니그를 사살하며, 자신의 저격용 소총을 다닐로프 팔에 끼워놓는다. 다닐로프를 영웅으로 만들려는 자이체프의 배려였다. 공산주의가, 유토피아가 파국으로 끝났다고? 파국 속에서 보여준 다닐로프의 희생과 자이체프의 배려, 이들의 우정이, 파국 속에서 막 실현될 기미를 보인 공산주의적 동지애의 가능성이 공산주의가 아니라면 그것은 도대체 무엇인가. 이렇게 파국, 세계의 끝에서 가능성의 장소, 유토피아를 상상해본다.

—《중앙대학교 대학원신문》 291호, 2012년 6월 6일

나가는 말

종말기상관측소 K의 하루

K가 종말기상관측소에 근무한 지도 어느덧 10년이 되었다. 종말기상관측소는 위기, 재난, 파국, 종말, 묵시와 같은 가족유사성을 지닌 어휘들이 한국 사회의 하늘과 땅 그리고 바다에서 그 어느 때보다도 자주 출현하기 시작한 정세적인 종합국면을 면밀히 탐구하는 업무를 담당하고 처리하기 위해 설립된 민간자치단체다. 별다른 지원을 받고 있지 않기 때문에 종말기상관측소에 구비된 디지털 휴대장비와 시설은 대단히 낙후될 수밖에 없겠다. 그래도 낡은 풍향계는 상서롭지 않게 불어오는 비바람, 낙뢰와 태풍을 품고 있는 구름의 종류를 기록하고 있다. 기상관측소이긴 하지만 미진(微震)을 일찌감치 눈치채는 설치류(齧齒類) 등의 움직임을 포착하는 지진계도 2011년 후쿠시마 원전사태 직후에 구비했다. 최근 몇 년 사이에는 바다에서 전해 오는 조난신호가 심상치 않아 모스부호 해독 기구

를 마련해 사용하고 있다. 업무량이 증가했지만, 뜻을 함께하는 동료도 한둘씩 늘었다. 풍향계와 지진계, 모스부호 해독 기구를 다루면서 해야 하는 공통 업무가 하나 있다. 그것은 물론 하늘과 땅, 바다에서 전해져 오는 파국과 묵시의 전조와 예감, 징후를 포착하고 그와 관련된 기록일지를 작성하는 것이다. K는 때때로 그 기록일지를 위기(crisis)와 어원을 공유하는 비평(criticism)으로 부른다. 요즘 들어 신뢰성이 급격히 추락하는 어휘이긴 하지만 딱히 대안이 있을 리도 만무하겠다.

10년 동안 하루도 빼놓지 않고 하늘과 땅, 바다에서 일어나는 징후 일지를 작성하는 동안 K는 한국 소설과 영화에서 그동안 잘 쓰이지 않았던 시제가 작품 구성과 캐릭터를 형상화하는 방식에 적극적으로 개입했다는 것을 눈치챘다. 그것은 미래라는 시제였다. 2008년 직후에 쓰이기 시작한 선진화라는 어휘에는 미래마저 식민화하려는 정부와 기업의 음험한 의도가 노골적으로 내포되어 있었다. 그리고 일부 소설과 영화는 근(近)미래를 조금씩 형상화하기 시작했다. 그 소설과 영화 들은 대홍수와 빙하기, 불과 모래비, 원전사고, 농무(濃霧) 낀 바다 등을 배경으로 하고 있었다. 사이보그와 좀비와 같은 유사인간이 소설과 영화의 주인공으로 더러 등장했다. K는 그 당시에 이러한 징조를 최근 서사의 부상하는 종이라고 불렀다. 낙동강 등에 녹조가 끼고 선진화라는 구호가 사람들의 입과 언론에서 자취를 감추기 시작하던 무렵에는 근미래의 서사도 잠시 주춤한 듯했지만, 식민화된 미래는 이내 다른 이름으로 부활했다. 이번에는 빚이라는 이름으로. 서브프라임 모기지 사태에서 드러난 것처럼 있을 수 있는 리스크를 방지하고 미래의 기대이윤을 약속하는 온갖 파생 금융상품을 장식하는 예언에 생애를 걸었던 대한민국 주식회사의 소액주주들은 자신들의 미래가 이내 빚으로 저당 잡혀 있다는 것을 머지않아 깨닫게 되었다. 그즈음에 상영된 두 편의 한국 영화(변영주의 「화차」, 김기덕의 「피에타」)는 부모가 진 빚을 자식이 갚아야 하거나 자식이 진 빚을 이번에는 부모가 갚아야 하는, 뫼비우스적인 빚의 대물림과 악순환을 리얼하게 형상화했다. 아울러 근미래를 재현하는 SF와 디스토피아, 아포칼립스 서사도 한국 문학에 기하급수적으로 증가했다.

K는 온갖 종류의 좀비 아포칼립스 서사를 즐겨 읽고 보는 편인데, 그중에서도 미국 드라마 「워킹데드The Walking Dead」(2010~)를 즐겨 봤다. K는 드라마를 시청하면서 단 한 번의 자산관리의 실패와 빚짐으로도 돌이킬 수 없이 시장으로부터 추방당하는 호모 에코노미쿠스가 마치 좀비에게 물리면 속절없이 좀비로 변해버리고 마는 인간과 빼닮았다고 생각했다. 빚진 자는 빚을 갚기 전에는 마음대로 죽을 수도 없이 지상을 떠돌아다녀야 하는 좀비이며, 생존자들은 좀비로부터 쫓기며 각자도생해야 하는 잠재적인 좀비일 따름이다. 요점인즉슨 K가 그동안 기록해왔던 종말기상관측일지는 식민화된, 빚진 미래를 재현하는 동시에 그 미래와 단절하려는 서사의 분투를 기록하려고 했다는 것이다. 그러나 그것은 K의 생각일 뿐이었고, 항간에는 묵시록 서사와 담론에 대한 억측과 오해가 차고 넘쳤다. 오늘 K는 출근하자마자 종말기상관측소의 업무와 기능에 대해 이상한 오해를 퍼뜨리는 몇몇 소문을 수집했는데, 이젠 그에 대해 분명하게 대응해야겠다고 생각하던 참이었다.

소문에 따르면, 첫째, 종말기상관측소의 업무와 기능은 자본주의의 창조적 파괴와 혁신 담론 또는 서사와 닮은꼴이라는 것이다. 파괴를 통한 창조적 혁신은 확실히 지난 수백 년 동안 진행되어온 자본주의의 대서사이자 담론이다. 그러나 종말기상관측소의 K의 일지는 묵시록 서사와 담론이 자본주의에 내재적인 동시에 외재적이라고 기록하고 있다. 오늘날 파국과 묵시를 오락으로 취급하는 할리우드 서사는 확실히 종말산업의 일부로, 그러한 산업은 자본주의의 종말을 생각하기보다는 세계의 종말을 상상하는 것을 훨씬 속 편하게 여긴다. 그러나 창조적 파괴 운운하는 자들은 종말기상관측소가 세계의 종말을 상상함으로써 자본주의의 종말을 아울러 생각해볼 수 있는, 미래를 식민화하는 자본주의와 단절하는 다른 미래의 서사와 담론을 적극적으로 평가해왔음에 대해서는 좀처럼 인정하려 들지 않는다.

둘째, 종말기상관측소의 묵시록 서사와 담론은 재난에 수반되는 공포와 불안을 과잉되게 취급하는 '엘리트 패닉'의 일종이며, 지배자들이 아나키 상태의 사회와 시민에게 느끼는 사회적 다원주의의 반응, 만인이 만인에게 늑대나 좀비가 되는 공포와 불안을 고스란히 반영한 것에 지나지 않는다는 것이다. 그것은 묵시록 서사와 담론에 다른 정부, 사회, 공동체에 대한 민중주의적 전망이 부재하다는 비판과도 연결된다. 즉시 반박해보자면, 종말기상관측소에서의 K의 작업은 재난을 천국으로 들어가는 뒷문으로 간주하는 견해에 내포된 아포리아에 집중해왔다고 할 수 있다. K는 '새 하늘과 새 땅'에 대한 천년왕국 운동의 유구하지만 좌절된 전통을 《묵시록의 네 기사》에서 상세히 기록한 바 있다. 다만 새 하늘과 새 땅을 이루기 위해서는 재난이 필수적인가 또는 '은총을 얻기 위해 죄를 지어야 합니까'라는 사도 바울의 반문에 내포된 병리적인 전도(顚倒)와 도착(倒錯)에 집중해왔다고 하겠다.

셋째, 종말기상관측소의 역할은 기껏해야 재난이나 파국을 현실에 일격(一擊)하는 진리의 유일한 계기로 간주하고, 현실의 자잘한 세목을 허위와 가상으로 간주하는 허무주의적이고도 낭만주의적인 메시아주의에 불과하다는 것이다. 이렇게 비판하는 누군가는 묵시록 서사와 담론을 기각하고 바야흐로 변증법의 낮잠을 깨워야 하지 않겠느냐고 주장하는데, K는 오히려 잠든 변증법이 좀처럼 깨어나지 않은 이유가 무엇인지를 파국의 서사와 담론으로 따져보고 있다. K는 모르지 않는다. 종말은 쾅하고 오는 것이 아니라 지극히 현실적으로 흐느끼면서 다가온다는 것을. K와 함께 근무하는 종말관측사무소의 동료들 가운데 한 명은, K도 그의 작업에 동의하는데, 변증법이 낮잠을 자는 어두운 한낮이라면 파국 서사와 담론은 비(반)변증법이 아니라 변증법이 꿈꾸는 특별한 희망을 품은 백일몽으로 사유하고 있다. 그 꿈이 변증법의 낮잠을 연장시킬지, 기지개를 켜고 마침내 깨어나게 할지는 두고 볼 일이지, 냉소적으로 기각할 필요는 없겠다.

이렇게 오전 내내 쓰고 나니 K는 오후 들어서 급격히 우울해졌다. 누군가가 그에게 조증과 울증이 공존하는 파괴적 성격이라고 불렀다. 그에게는 단번에 절멸을 가져오는 파국의 감각과 점진적이고도 느린 지속의 감각이 오랫동안 공존해왔다. 누군가 K에게 삶에는 원래 상호모순의 감각이 공존하는 것이라고 충고한다면 그로서는 더는 그 사람과 삶에 대해 나눌 말이 없을 것이다. 그렇지만 K에게는 이 두 감각이 심하게 충돌을 일으키고 있다. 어떤 경우에는 도저히 양립할 수 없다는 식으로. 그렇게 나이 듦과는 무관한 결단과 타협 없는 선택을 K는 종종 강요받기도 한다. 그는 스스로를 내일이라고는 없는 종말의 직전처럼 오늘을 살았던 사도 바울의 충실한 추종자로 여기고 있다. 내일 일은 알 것 없으니 오늘이나 실컷 즐기자와 같은 로마의 쾌락주의 또는 내일을 위해 오늘을 열심히 살자와 같은 인생론은 K의 삶과는 무관하다. 그래서 그에게는 자서전이나 인생론을 쓰는 사람들이 아무래도 낯설게만 느껴진다. 내일 지구에 종말이 와도 오늘 한 그루 사과나무를 심겠노라는 루터의 격언은 K의 삶과 가장 가까운 것 같아도 실은 가장 거리가 먼 것이다. 오히려 내일 종말이 올지 짐작조차도 못하지만 마치 당장에 종말이 올 것처럼 사는 게 그의 삶이다. 그런가 하면 K에게는 종말의 감각과는 상반될 정도로 나선형(螺旋形)과 같은 성숙과 각성을 통해 삶이 점차로 나아지는 것에 대한 믿음도 없지 않다.

K의 두 번째 책《묵시록의 네 기사》는 파국과 절멸에 대한 것이었으며, 세 번째 책인《자폭하는 속물》(2018)은 젊음과 성숙에 대한 것이었다. 물론 그는 절멸과 파국 속에서도 더 나은 삶에 대한 희미한 희망을 꿈꿨으며, 성장과 성숙이 지속되다가 갑자기 벼랑 아래로 뚝 떨어지는 파국을 이야기했다. K가 읽은 어떤 한국의 교양소설들에 등장하는 젊음은 성숙에의 예감조차 없이 갑작스럽게 종말을 맞이한 경우가 적지 않았다. 또한 그들은 당장의 파국을 목전에 두고서도 삶이 계속되는 놀라운 기적과 맞닥뜨리기도 했다. 삶에의 각성은 더 나은 삶이 아닌 죽음을 갑자기 가져오기도 했으며, 죽음의 충동은 삶을 벼랑으로 몰고 가서도 그 끝에 시퍼렇게 살아서 있게 했다. 지금까지 파국과 지속의 상반된 감각이 K의 내부에서 충돌해왔음을 별로 생각해보지 않았다는 것은 확실히 그에게는 놀라운 일이었다.

K는 단 하루도 거르지 않고 아침에 종말기상관측소에 출근해 일지를 점검하고, 종일 풍향계와 지진계, 모스 기구로 기후와 징조와 예감을 관측하거나 기록하며, 더 나을 것도 없는 내일을 이따금씩 다르게 꿈꾸면서 저물녘에는 퇴근을 준비한다. 그는 시내의 허름한 식당에서 간단히 저녁을 먹고 집으로 들어오자마자 어둑한 방의 커튼을 치고 창백한 불빛 아래에서 커피를 마시며 담배를 피운다. 그리고 한없는 공상 속으로 빠져든다. 마치 내일이 정말로 오기라도 할 것처럼 일기를 공들여 쓰지만, K의 일기가 파국과 내일없음에 대한 것인지 그 반대의 것인지는 누구도 알 수 없으리

라. 적어도 타인의 희망이 자신의 희망이 아니라는 것만은 K에게는 분명해 보인다.

—《건축신문》 15호, 2015년 10월 31일

SF는 공상하지 않는다

1판 1쇄 인쇄 2019년 2월 7일
1판 1쇄 발행 2019년 2월 15일

지은이 · 복도훈
펴낸이 · 주연선

총괄이사 · 이진희
책임편집 · 김서해
본문 디자인 · 김지수
마케팅 · 장병수 최수현 김다은 이한솔 강원모
관리 · 김두만 유효정 박초희

(주)은행나무
04035 서울특별시 마포구 양화로11길 54
전화 · 02)3143-0651~3 | 팩스 · 02)3143-0654
신고번호 · 제 1997-000168호(1997. 12. 12)
www.ehbook.co.kr
ehbook@ehbook.co.kr

잘못된 책은 바꿔드립니다.

ISBN 979-11-88810-80-2 (03810)

이 책은 2011년 대산문화재단에서 대산창작기금을 지원받은 작품입니다.